崔曙海 小說 研究

최서해 소설 연구

김성옥

지식과교양

책머리에

'세월은 유수와 같다'더니, 2002년 초봄에 서울대학교에서 박사과정을 시작하던 때가 얼마 전 같은데 벌써 10년 세월이 지나갔다. 비록 늦은 나이에 다시 학생 신분으로 돌아가서 대학원에 진학했지만, 간절히 바라던 공부여서 그런지 교실에 앉아 수업을 들을 때면 교수님과 젊은 학생들을 보기 면구스럽다기보다는 마냥 행복감에 젖어 들곤 했다.

첫 학기에 조남현 선생님의 과목을 수강하였는데, 첫 수업 시간에 리포트 발표 제목을 정하지 못하여 머뭇거리자 선생님께서 최서해 관련 리포트를 써보라고 권고하시면서 흥미가 있으면 나중에 박사학위 논문으로 발전시켜도 좋을 것 같다고 넌지시 귀띔해주시는 것이었다. 내가 중국에서 유학 간 것을 감안하시어, 상대적으로 익숙한 최서해 관련 연구를 하는 것이 편할 것이라는 생각에, 그리고 최서해가 간도 체험을 소재로 하여 발표한 작품이 양적으로나 질적으로나 큰 비중을 차지하기에 새로운 자료를 발굴할 수 있으리라는 기대에서 그렇게 말씀하셨던 것 같다.

최서해 관련 리포트를 준비하는 과정에 나는 그때까지 접촉해보지 못한 수십 편의 단편소설과 한 편의 장편소설을 읽게 되었고, 이전에 몰랐던 최서해의 다채로운 문학세계를 발견하고 적이 놀라게 되었다. 중국에서 대학교에 다닐 때 「탈출기(脫出記)」, 「박돌(朴乭)의 죽음」, 「기아(飢餓)와 살육(殺戮)」, 「큰물진 뒤」, 「홍염(紅焰)」 등 몇 편의 작품밖에 알지 못했던 나에게 최서해는 그의 작품의 '투쟁적 담론'의 성격으로 하여 소위 '신경향파 작가'로 각인되었을 뿐이었다. 그런데 최서해의 다양한 제재의 작품들을 읽으면서 단순히 '신경향파 작가'로 평가할 수 없는 그 무엇을 느끼게 되었고, 첫 학기 학기말에 가서는 벌써 '최서해 소설 연구'로 박사학위논문 제목을 잡기로 생각을 굳히게 되었다. 그런데 정작 본격적인 연구를 시작하려고 하니 난관이 첩첩하였다. 우선 빈궁체험을 소재로 한 작품의 주제나 내용이 인상 깊고 충격적이었던 만큼 '신경향파 소설' 내지 '체험의 기록' 또는 '소재문학'이라는 선행연구의 규정에서 벗어날 수 없었다. 다음으로 방대한 기존연구와 질 높은 논문들을 대하면서 새로운 것을 내놓을 수 있을지 우려되었고 적당한 연구방법을 찾기 힘들었다. 이밖에도 최서해의 전기적 사실을 비롯하여 작품의 창작 배경, 그리고 당시의 문단 상황으로부터 시대적 배경, 문화적 분위기에 이르기까지 그저 지나칠 수 없는 문제가 너무 많았다.

내가 연구방법을 가지고 고민을 거듭하고 있을 때 지도교수님이신 권영민 선생님께서 서사이론을 도입하여 작품분석을 해보라고 권고하셨다. 그러나 중국에서 공부할 때 서양의 서사이론을 배우지 못한 나는 다시금 눈앞이 캄캄해지는 것 같았다. 다행히 그때 학과사무실 서형범 조교(현재 경기대학교 교수)가 서사이론 관련 스터디를 제의하여 서사이론에 대해 접촉하게 되면서, 서사이론을 제대로 습득하여 방법론으로 활용해보고 싶은 욕망이 슬며시 생겼다. 그리하여 몇 학기 동안 서사이론 도서를 열독하는 가운데, 서사이론은 작품을 객관적으로 분석하는 데 필요한 연구방법으로 될 수 있다는 것을 확인하게 되었다. 그리고 최서해 소설을 한국문학의 리얼리즘의 성과로 인정하면서도 예술성이 결핍하다고 보는 기존의 모순된 견해는, 주로 체험을 바탕으로 하여 쓰인 최서해 소설의 의의를 소재의 진실성에서만 찾고 문학의 진실성, 특히 표현의 진실성에 대해서는 간과한 데서 비롯된 것임을 발견하게 되었다. 따라서 서사이론을 도입하여 최서해 소설을 재조명할 필요가 있음을 느끼게 되었다.

주지하다시피 문학의 '진실성' 문제는 문학의 발생과 함께 관심을 불러일으킨 문제이며, 동서양 문예이론에서 빠짐없이 언급하는 화제이다. 또한 견해의 불일치로 언제나 논쟁의 대상이 되어왔음에도 불구하고 거의 모든 문학 유파가 각자 나름의 '진실성'의 원칙을 추구하였고, 특히 리얼리즘에서는 '진실성'을 핵심적인 요소로 간주하였다. 그러나 문제는 문학의 진실성의 함의와 진실성의 다양한 기준에 대하여 어떻게 이해하는가이다. 문학의 진실성은 작가에 의하여 창조된 허구적 진실성을 가리키는 것으로, 내용의 진실성과 표현의 진실성을 동시에 아우르며, 내용의 진실성은 표현의 진실성을 떠나서는 실현되기 어렵다고 해야 할 것이다. 뿐만 아니라 진실성은 근대에 와서 고전문학처럼 '외재적 진실 또는 객관적 진실'이라는 단 하나의 기준이 아니라 '내재적 진실 또는 주관적 진실'이라는 새로운 기준에 의해서도 해석될 수 있는 것이고 오늘날에는 더욱 다양한 기준에 의해 이해되기에 이르렀다. 그리고 간과할 수 없는 것은, '외재적 진실'이든 '내재적 진실'이든 모두 '표현의 진실성'을 통해서 재현된다는 점이다.

최서해 소설의 서사방식에 대한 연구를 통하여, 최서해가 개인의 체험을 바탕으로 한 창작활동을 진행하는 과정에 내용과 표현의 진실성을 확보하고 소설의 미학적 가치를 실현하기 위하여 다양한 서술방법을 탐구하였음을 감지할 수 있었다. 다시 말하여, 최서해 소설은 화자의 공적 위치와 서술방법의 독자성에 의하여 개인적 체험을 사회적 담론의 차원으로 끌어올림과 동시에 초점화를 통하여 소설의 진실성을 집요하게 추구하였다. 특히 환상 등 문학적 장치와 의성어(擬聲語)·의태어(擬態語) 등에 의한 시화된 언어를 통하여 인물의 경험과 감각을 진실하게 표현함으로써 인물의 '내면적 진실'이라는 측면에서 새로운 리얼리티를 발굴하는 데까지 나아갔다. 또한 여러 가지 소설적 요소를 결합시켜 복합적인 서사구조를 구축하고 소설의 미학적인 승화를 실현함으로써 리얼리즘의 문학적 지표에 도달할 수 있었다. 따라서 최서해는 기교가 부족한 작가인 것이 아니라 주제와 기법을 통일시킬 줄 아는 작가로서 한국의 근대 리얼리즘 소설의 확립과정에 특수한 기여를 하였다는 결론에 이르게 되었다.

그런데 박사논문 집필이 끝난 다음에도 나의 분석에 미흡한 점이 많다는 느낌에 훗날의 수정 보완을 기약하게 되었다.

그 후 어느덧 7년 남짓한 세월이 흘렀다. 작가의 꿈을 간직한 최서해가 맨 주먹으로 서울에 올라와 갖은 고생을 다했던 것처럼, 무턱대고 북경에 진출하여 재취직하려고 한 나의 신상에는 많은 일과 변화가 발생했다. 나에게는 최서해가 그러했듯이 생활 자체가 필사적인 분투의 연속이었다. 힘들고 고달픈 가운데 내가 박사논문을 집필하던 당시의 치열한 분투의 나날들과, "궁핍과의 문학적 싸움(신춘호)"을 벌이다가 요절한 작가 최서해를 떠올릴 때마다 새로운 힘과 용기를 얻곤 하였다.

아쉬운 것은 그 동안 여러 가지 사정으로 박사논문을 수정 보완하여 출간하려던 계획을 자꾸 뒤로 미루게 된 것이다. 워낙 현재 근무하고 있는 중국사회과학원 외국문학연구소에 취직하기 전에 2년 동안 중국인민대학교에서 박사후 연구자로 있는 기간에 한국국제교류재단의 박사후과정 펠로십 수혜자로 선정되어 박사논문을 개고하여 출간하려고 하였으나, 당시 학교 측의 요구에 따라 연구과제를 변경하는 바람에 최서해 관련 논문을 2편 집필하여 한국의 학술지에 발표하는 데 그쳤다. 올해에 다시 한국국제교류재단 체한펠로십 수혜자로 선정되어 한국에 5개월 간 체류하는 기간에, 박사논문 개고를 마치고 출판사를 찾게 되었다. 이 기회를 빌어 한국국제교류재단의 후의에 감사를 드린다. 아울러 한국국제교류재단의 지원으로 한국에 체류하는 기간에 방문학자로 초청하여 연구실 등을 지원하고 숙소를 마련해 준 서울대학교 규장각한국학연구원 국제한국학센터에 감사드린다.

동시에 이보다 앞선 박사과정에 초청장학생으로 선발하여 장학금을 지원해 준 재외동포재단과 박사논문 집필과정에 연구지원을 해 준 대산문화재단의 후의에 감사드린다.

박사논문을 집필하기 시작해서부터 책으로 출간하기까지 많은 분들의 도움을 받았다. 먼저 권영민 선생님과 조남현 선생님께 깊은 감사의 말씀을 드린다. 권영민 선생님은 한국 학생들보다 실력이 차한 나를 흔쾌히 지도학생으로 받아주시고 시종일관 지도와 배려를 아끼지 않으셨다. 박사논문 집필 과정에는 방법론으로부터 논문체계에 이르기까지 정성껏 지도해주셨고, 귀국한 다음에도 박사논문을 책으로 출간할 것을 재삼 권고하셨다. 조남현 선생님은 박사과정 첫 학기부터 박사논문 제출 마감까지 자상한 가르침을 주신 분이다. 지도교수님이 연구실에 안 계실 때 찾아가서 가르침을 부탁드리면 언제나 친절하게 맞아주시고 다망 중에도 논문의 틀린 글자까지 고쳐주시면서 꼼꼼하게 챙겨주셨다. 지난 여름에 한국에서의 연구활동을 마치고 귀국할 무렵 갑자기 출판사를 부탁 드렸을 때에도 그 자리로 출판사에 전화하여 연계를 맺어주시었다. 그리고 박사논문 심사에 노고를 아끼지 않고 가르쳐주신 김인환 선생님, 장사선 선생님, 박성창 선생님께도 심심한 감사의 인사를 드린다. 김인환 교수님은 석사과정 때의 지도교수님이시기도 한데, 나를 학문에 정진할 수 있도록 언제나 따뜻하게 보살펴주셨다. 장사선 선생님은 박사논문 심사 때마다 공백부분까지 메울 수 있도록 참을성 있게 가르쳐주셨고, 박성창 선생님 또한 서사이론 면에 약한 나를 많은 시간을 할애하면서 지도해주셨다.

그 외에도 한국 유학 과정에 도움을 준 고마운 분들이 이루 헤아릴 수 없다. 박사 과정에 학문적 가르침과 격려를 주신 서울대학교 국문과 선생님들께 깊은 감사를 드리며, 귀중한 조언과 도움을 준 학우님들에게도 고마움을 전한다. 이 자리를 빌어 유학 기간에 물심양면으로 도와줌으로써 어둡기만 하던 나의 삶에 희망과 용기를 북돋아 준 모든 분들께 진심으로 감사드린다. 동시에 그간 언제나 힘이 되어 준 집안 식구들에게 미안하고도 고마운 마음을 전한다.

마지막으로 출판 계약서를 갖고 서울대학교까지 찾아오셔서 많이 부족한 이 책의 간행을 허락해 주신 도서출판 지식과교양 윤석원 대표님과, 번거로움을 마다하지 않고 꼼꼼하게 원고를 다듬어준 윤예미 편집님께 진심으로 감사를 드린다.

2012년 10월 북경에서

金成玉

목차

제1장

최서해 소설의
재조명의 필요성

최서해 소설 연구

 1. '소재문학'이라는 편견과 소설의 진실성 문제

1920년대 한국문단에 등장한 최서해(崔曙海, 1901~1932)는 개성적이고 의욕적인 작가로서, 자신이 체험한 생활고에 기반하여 궁핍한 식민지 현실을 리얼하게 묘파(描破)함으로써 당대 문단에 신선한 충격을 주었다. 그의 작품들은 대부분 당대 소설계의 흐름을 반영하고 있어 "1920년대 중·후기 소설문학의 축도"[1]라고 할 수 있는데, 불과 작가생활 8년 동안에 60여 편의 단편소설과 한 편의 장편소설을 발표함으로써 당시 어느 작가보다도 많은 양의 작품을 선보였다.

최서해는 처음에 '신경향파 작가'로서 인기를 누렸지만, 나중에 생활과 예술을 맞바꾸었다는 이유로 주변 사람들로부터 비난의 대상이 되기에 이르고, "그에 따라 차츰 그의 작가로의 지위는 '인민의 속'에서부터 나와서 '민중관심의 권외'에 서게 되"[2]었다. 그 결과 규범 되어 있는 '좌익작가' 속에서 저회하기를 달게 여기지 않고 한 걸음 더 나가서 자유주의적 진보적 작가가 되기를 바랐던 최서해는, '좌익작가'라는 질고 속에서 고사(枯死) 되고 말았다.[3]

최서해 소설에 대한 논의 역시 찬사와 비난이 오갔다. 해방 전의 논의는 최서해 생존시의 기록들이 주를 이루며, 평자들의 입에 오르내린 작품은 약 30편 정도 되지만 인상비평적(印象批評的)인 월평(月評)과 단평(短評)이 대부분을 차지한다.

---

1 박상준, 「최서해 소설 연구」, 문학사와 비평학회 편, 『최서해 문학의 재조명』, 새미, 2002, p.127.
2 金東煥, 「生前의 曙海 死後의 曙海」, 『新東亞』 第5券 第9號, 1935.9.
3 李鍾鳴, 「曙海의 追憶: 그의 日週忌를 압두고」, 『每日申報』, 1933.6.30~7.4.

해방 전의 지속된 논의의 문학사적 평가도 '신경향파 작가'라는 규정으로부터 시작하여 긍정과 부정으로 엇갈려왔다.

최서해가 '신경향파 작가'라는 규정은 임화로부터 비롯되었고, 오늘날까지도 지대한 영향력을 발휘하고 있다. 임화는 "서해는 상섭·동인 등의 자연주의 문학에서 한 걸음 전진한 사실주의로서 개인적 관찰로부터 사회적인 데로 확대한 최초의 작가이며 신경향파가 가진 최대의 작가"[4]라고 고평하였다. 그리고 김태준은 최서해에 대하여 "만주를 배경으로 한 작품이 많고 살인으로 끝을 맺는 프로문학의 초보단계의 대표적 작가이며 장래의 고리끼를 자부하고 나가는 작가"[5]로 긍정적으로 평가한 바 있다.

해방 후 백철은 그의 문학사 저술에서 최서해를 신경향파의 대표적인 작가로 제시하고, 최서해의 문학이 생활체험에 근거한 것이기 때문에 처음부터 하나의 이채였지만, 서해는 작가로선 당시에 평판된 것처럼 재능이 있는 사람이 아니기에 그의 작품이 뒤에 와서 차츰 빛깔을 잃게 되었다고 부정적인 평가를 내리고 있다.[6] 백철은 후에 그의 견해를 약간 수정하여 사실주의적 묘사, 생동하는 문장과 서경묘사의 혼합, 환상장면의 설정 등을 높이 평가하여 서해는 동인·빙허·도향 등과 대등한 작가로 놓아야 한다고 진술하였으나,[7] 그 뒤에 재판된 문학사에서도 역시 서해는 그 당시 문단의 총아요 유행작가로서 그의 문학은 정말 예술성이 풍부한 것이 아니고 일종의 소재문학일 뿐이라

---

4 林和, 「朝鮮新文學史論序說—李仁稙으로부터 崔曙海까지」, 『朝鮮中央日報』, 1935. 11.12.

5 金台俊, 「朝鮮小說發達史」, 『三千里』, 第8卷 第1號, 1936.1.

6 白鐵, 『增補 新文學思潮史』, 民衆書館, 1955, p.265.

7 白鐵, 「한 발 앞선 孤獨의 意味」, 『文學思想』 通卷 第26號, 1974.11.

는 초기의 관점을 버리지 않았다.[8]

　조연현도 최서해 문학에 대하여 빈궁을 제재로 하고 반항을 주제로 한 신경향파문학의 일반적 특징을 갖춘 것으로 지적하고, 주제의 단일성·구성의 공식성·사상의 관념성을 한계로 보았다.[9] 김우종은 궁핍한 체험 속에서 문학적 소재를 얻은 최서해의 소설은 빈궁과 반항의 프로문학이었지만 그 빈궁은 소설적 구성의 빈곤과 사상성의 빈곤으로서 다만 보고의 형태로만 표현되었고 그 반항은 본능적·자연발생적인 것으로만 그치고 말았다며 비판적인 입장을 보였다.[10]

　한편 김현은 신경향문학이라는 기존의 평가에서 탈피하려는 의도를 가지고, 최서해 문학은 빈궁에 대한 박진력 있는 묘사로 염상섭과 다른 차원에서 식민지 시대 초기의 민족 궁핍화 현상을 뚜렷하게 부각시키고 있다[11]고 극찬하면서 가난을 체험한 자의 강렬한 절규, 도식화를 막는 여성 편향적 요소, 서한체와 정경묘사체의 겸용, 그리고 피와 같은 붉은 색의 이미지 등으로 최서해 소설의 특질을 밝혀 놓았다. 이재선은 최서해가 "어느 작가보다도 가난에 대한 체험의 근거와 양식을 작품 속에 원자화시키고 있는 작가"로서 그의 소설은 "궁핍의 사회적 조건과 생리적으로 및 사회 심리적으로 굶주린 자의 정서적인 변화에 역점을 두고 있"다"고 지적하고, 주제적인 측면과 결부하여 울음의 문체, 불과 피의 수사학 등 형식적인 측면의 특성에 대하여 언급한 바 있다.[12]

---

8 白鐵, 『新文學思潮史』, 新丘文化社, 1986 四版, p.317.
9 趙演鉉, 『韓國現代文學史』 第一部, 現代文學社, 1956.
10 金宇鍾, 『韓國現代小說史』, 宣明文化社, 1968.9, p.216.
11 金允植·김현, 『韓國文學史』, 民音社, 1973, p.160.
12 李在珖, 『韓國現代小說史』, 弘盛社, 1979.2, p.239.

　　김윤식과 정호웅은 최서해의 초기소설에 대하여 당대 조선과 만주의 궁핍한 현실을 "강렬한 감각적 직접성의 차원에서 포착해낸 것"으로, 개별자의 빈궁을 전체성과 관련하여 형상화하는 데 미치지 못하고 현상의 직접성만을 보여주는 데 그치고 말았기에 "전망의 부재"라는 "최서해적 경향"을 보여준다고 보았다.[13] 권영민은 최서해의 소설을 "궁핍한 현실과 삶의 문제를 적극적으로 형상화하여 식민지 조선의 참담한 민중의 삶을 그려내고 있"다고 보면서 작중 인물들의 행동이 "궁핍한 생활체험을 풍부하게 반영하고 있는 구체적 현실로부터 출발하고 있다는 점은 한국 근대소설에서 볼 수 있는 리얼리즘적 성과의 하나"[14]라고 고평함과 동시에, 계급적인 문제성을 띤 담론적 성격과 살인이나 방화에 이르는 결말의 극단성이라는 한계를 지적하고 있다.

　　이상의 문학사 서술은 최서해에 대한 전면적인 평가라고 보기 힘든데, 그것은 언급된 작품으로 하층민의 극빈 생활을 제재로 한 「토혈(吐血)」(1924.1), 「고국(故國)」(1924.10), 「탈출기(脫出記)」(1925.3), 「박돌(朴乭)의 죽음」(1925.5), 「기아(飢餓)와 살육(殺戮)」(1925.6), 「기아(棄兒)」(1925.9), 「큰물진 뒤」(1925.12), 「그믐밤」(1926.5), 「홍염(紅焰)」(1927.1), 「전아사(餞迓辭)」(1927.1), 「낙백불우(落魄不遇)」(1927.1) 등 12편밖에 없기 때문이다. 여기서 주목할만한 점은 신경향적인 색채가 짙은 「탈출기(脫出記)」(1925.3), 「박돌(朴乭)의 죽음」(1925.5), 「기아(飢餓)와 살육(殺戮)」(1925.6), 「큰물진 뒤」(1925.12), 「홍염(紅焰)」(1927.1) 등 전기(前期)의 작품 몇 편이 빈번하게 평가의 대상으로 오르고 있다는 점이다. 이는 최서해에 대한 제한된 문학사적 서술만을

---

13 김윤식·정호웅, 『한국소설사』(개정판), 문학동네, 2000, p.133.
14 權寧民, 『한국현대문학사』 1, 민음사, 2002, pp.345~6.

가능케 하여 여전히 '신경향파 작가'라는 테두리를 크게 벗어나지 못하고 있다는 것을 보여준다.

이와 다른 관점에서, 1970년대부터 최서해와 그의 전 작품을 전면적으로 고찰한 학위논문[15]이 나오고, 이와 병행하여 대량의 단편적인 논문이 발표되어 최서해 소설에 대한 재평가 작업이 활발하게 이루어지기 시작했다. 특히 사회학적, 역사학적 그리고 문학사적 측면의 연구가 가장 많이 이루어졌는데,[16] 다양한 시각에서 연구를 시도한 점이 돋보이나 역시 대개 소수의 작품만을 언급했거나 텍스트에 대한 심층적인 분석에 들어가지 못한 한계가 있었다.

주목할 것은 형식 미학적 측면에 관한 연구가 적지 않게 나온 것이다. 김주연은 문체와 관련하여 직접화법을 담은 서간체를 구사하고 "울음의 문체"를 수다한 의성어와 의태어와 통일시킬 줄 아는 스타일리스트라고 높이 평가했다.[17] 김영화는 최서해 소설에 나타나는 빈궁

---

15 孫英玉,『崔曙海 硏究』, 서울大學校 석사논문, 1977;
　　郭　根,『曙海 崔鶴松 硏究』, 서울大學校 석사논문, 1976 등.
16 洪以燮,「1920년대 植民地的 現實─民族的 窮乏 속의 崔曙海」,『文學과知性』
　　第3卷 第1號 , 1972.3;
　　趙鎭基,「20年代 現實과 貧窮의 文學─崔曙海의 作品을 中心으로」,『語文學』
　　第34輯, 韓國語文學會, 1976.5;
　　尹弘老,「韓國現代小說의 統合解釋論─崔曙海論」,『東洋學』第9輯, 1979;
　　윤지관,「민족적 현실과 가난체험의 모랄리즘─최서해론」,『韓國文學』 第16卷
　　第4號 1988.4;
　　李　勳,「崔曙海 小說論─가난체험과 가족애를 중심으로」,『冠岳語文硏究』第
　　12輯, 1987.12;
　　김병구,「최서해 소설의 (탈)식민성 연구─식민지적 정신성의 문제를 중심으로」,
　　『최서해 문학의 재조명』, 문학사와 비평학회 편, 새미, 2002;
　　박상준,「최서해 소설 연구」, 앞의 책;
　　최시한,「가족 이데올로기와 문학 연구」,『돈암어문학』, 제19호, 2006.12;
　　홍기돈,「최서해 소설의 문학사적 의의」,『批評文學』, 第1卷 第30號, 2008 등.
　　이 외의 논문 표제는 이 책의 뒤에 첨부한 최서해 연구서지를 참조.

의 양상과 더불어 작중 인물을 분석하고, 깊이 있는 문제 의식을 추구한 대신 그것을 기술적인 측면에서 예술적인 것으로 승화시키는 데는 역부족이었다고 보았다.[18] 장성수는 최서해의 단편소설은 문제적 인물을 설정하지 못했지만 결말을 강렬한 행위로 끝맺음으로써 현실에 대한 전체성 부각에 성공하고 있다고 본 반면에, 일인칭 소설에서 주인공의 체험을 극명하게 드러냈지만 개인과 사회를 객관적으로 통합시키지 못했으며, 직절(直截)하고 간결한 문장을 통해 행위의 격렬함을 적절하게 연결시키고는 있지만 수사의 공식성을 드러내는 한계가 노출되고 있다고 지적했다.[19] 이동희는 최서해 소설에 대한 꼼꼼한 문체적 분석과 고찰을 진행하여, 문체와 관련한 최서해 소설의 기조는 고백적 양식으로 나타나며 의성·의태어의 다양한 구사와 더불어 문장이 묘사적이면서도 세련된 시적 경지를 보여주는 것이라고 하였다. 동시에 서사구조는 매우 논리적인 구조로서 독자와의 거리를 의식하면서 내용에 상응하는 표현양식으로 채택되고 있으며, 표현구조를 놓고 볼 때 근대소설의 주된 서사기법으로 작용하는 내언(內言)을 통하여 양심적 인간의 내적 갈등, 자기 성찰의 심리 등을 잘 그렸을 뿐만 아니라 어둠, 그림자, 눈물, 피 등과 같은 주사(主辭)를 자주 사용하여 주제를 암시하고 술사(述辭)로는 비유종지(比喩終止)와 형용종지(形容終止)를 많이 사용하여 문체의 유연성을 뒷받침 해주고 있다고 보았다.[20]

김창식은 「토혈(吐血)」, 「기아(飢餓)와 살육(殺戮)」, 「홍염(紅焰)」에

---

17 金柱演, 「울음의 文體와 直接話法」, 『文學思想』 通卷 第26號, 1974.11.

18 金永和, 「崔曙海 小說의 構造」, 『月刊文學』 第8卷 第6號, 1975.6.

19 장성수, 「崔曙海文學의 再檢討」, 『國語文學』 第23輯, 1983.2.

20 李東熙, 「崔曙海小說의 文體論的 考察」, 『人文研究』 第6號, 1984.9.

서 불과 피의 언어 요소들로 이루어진 몇 개의 에피소드들이 표면적인 이야기(표층구조)에서는 인과관계로 연결되어 있지만 잠재적인 이야기(심층구조)에서는 연상의 논리에 의해 결합된 동일한 내적 경험의 연속인 공포와 흥분, 자기파괴의 충동 등을 보여 주고 있다고 하면서 서해 소설에서 동일한 주제소(살인, 방화 등)의 반복을 프로문학의 도식성으로만 볼 것이 아니라 상징적 언어 체계로 이해하는 것이 정당하다는 독특한 견해를 내놓았다.[21] 김주남은 서술자 문제를 중심으로 하여 최서해 소설은 서술자의 변화에 따라 초기는 주동적 경험적 자아, 중기는 허구적 자아, 말기는 관찰자적 경험적 자아가 각각 우세하다고 보면서 이에 대응한 수기 형식, 액자소설, 3인칭 소설의 세 가지 양식으로 유형화하여 고찰했다.[22] 조남현은 최서해의 유일한 장편소설 『호외시대(號外時代)』를 맨 처음 본격적으로 연구하여, 『호외시대(號外時代)』는 단편소설에서 보이는 인물들간의 갈등심리를 약화시킨 대신 상호 의존 내지 보은의 관계를 구축하였고, '가진 자'의 몰인정한 횡포를 강조하는 대신 한 걸음 더 나아가 '돈'의 작용과 반작용을 살피려는 단계까지 나아갔다고 평가했다.[23] 정영길은 최서해 소설은 '탈가'라는 공간성을 중심으로 유랑문학의 한 전형을 형성했다고 보면서 그 공간성을 심화하기 위하여 한민족으로 표상될 수 있는 어머니의 이미지와 일제의 분신으로 상징화되다시피한 포악한 개의 이미지를 대립적으로 장치한 서사구조를 밝혀냄과 동시에 주인공과 적대자의 갈등을 중재하는 방식이 꿈이나 환상과 같은 비현실적인 적응기제로

---

21 金昌植, 「崔曙海小說의 言語와 그 象徵構造 硏究―「吐血」·「饑餓와 殺戮」·「紅焰」을 中心으로」, 『國語國文學』 第22輯, 1984.12.
22 金周南, 「崔曙海 作品論考―敍述者問題를 中心으로」, 『西江語文』 第4輯, 1985.4.
23 曹南鉉, 「崔曙海의 「號外時代」, 그 갈등구조」, 『韓國文學』 第15卷 第5號, 1987.5.

자연발생적인 폭력에 의존함으로써 식민지 사회의 구조적 모순을 효과적으로 드러내는 데는 미흡하다고 지적했다.[24]

임규찬은 「해돋이」는 비교적 단순한 이중구조이면서도 상호 연결되면서 중층성을 갖는 형식의 작품으로서 「기아(飢餓)와 살육(殺戮)」, 「박돌(朴乭)의 죽음」, 「홍염(紅焰)」보다 진일보한 본격소설의 면모를 보여주었다고 주장함과 동시에 「탈출기(脫出記)」와 「해돋이」가 최서해의 대표작이 되어야 하므로 임화가 말한 '최서해적 경향'으로 설명되는 내용과 상당한 거리가 있다고 새로운 견해를 피력했다.[25] 이경돈은 「탈출기(脫出記)」를 비롯한 최서해의 소설은 기록을 변형하여 소설을 창출하는 특별한 구조를 가지고 있으며, 1920년대 기록의 변형을 통하여 소설을 창출했던 최서해는 리얼리티를 중심으로 근대소설 형성의 획을 그어내는 미증유의 역할을 담당했다고 보았다.[26]

이상과 같은 방대한 분량의 단편적인 고찰과는 달리 최서해에 관한 본격적인 연구에서는, 안함광과 신춘호의 연구가 대표적이며, 이외에 최서해와 관련된 심도 깊은 연구는 미미한 실정이다.[27] 1956년에 북한에서 출판된 안함광의 『최서해론』은 최서해에 대한 남북한 최초의 본격적인 평론서로서, 최서해 소설의 내용뿐만 아니라 형식에 대해서도 높이 평가했지만 객관적인 분석보다는 주관적인 판단을 많이 한 경향이 있다. 신춘호의 『궁핍과의 문학적 싸움─최서해』는 1990년대

---

24 鄭英吉, 「서해 최학송 소설 연구」, 『현대소설연구』 제6호, 1997.6.

25 임규찬, 「최서해의 「해돋이」론」, 基俗 姜信沆博士 停年退職紀念論叢刊行委員會 편, 『國語國文學論叢: 基俗 姜信沆博士 停年退職紀念』, 太學社, 1995.11.

26 이경돈, 「최서해와 기록의 소설화」, 『泮橋語文研究』 第15輯, 2003.8.

27 安含光, 『崔曙海論』, 朝鮮作家同盟出版社, 1956.
   신춘호 저, 『최서해─궁핍과의 문학적 싸움』, 건국대학교출판부, 1994.
   문학사와 비평학회 편, 『최서해 문학의 재조명』, 새미, 2002.

에 나온 연구서로서 단행본으로서는 분량이 적은 편이고, 최서해의 전기적 사실을 조명하고 소설의 특질을 구명한 성과가 있지만 구체적인 작품분석을 많이 하지는 않았다. 2002년에는 문학사와 비평학회에서 출간한 논문집도 나왔지만 최서해와 직접 관련된 논문은 소수에 그치고 있다.

요컨대 이제까지의 기존 연구는 최서해 소설에 대한 전체적인 면모의 조망과 다각도로 개진된 연구로 상당한 성과를 이룩하였으나, 그 넓이와 깊이를 동시에 아우르고 소설 전체를 관통하여 최서해의 문학사적 위치를 재정립하는 데 유력한 증거를 제시한 연구는 아직까지 답보상태이다. 기존 연구성과 가운데 대부분은 주제적 측면에 집중하고 있으며, 주제적인 측면에서는 긍정적인 평가를 받은 반면에, 미학적인 측면에서는 부정적인 평가를 받거나 일부 특질을 밝혀내는 데만 그치고 있다. 미학적 측면의 부정적인 평가는 최서해 소설을 한국문학의 리얼리즘의 성과로 보는 문학사적인 평가와 모순되는 것으로서, 주로 최서해 문학을 소재문학으로 보는 편견에 의한 결과라 볼 수 있다. 즉 최서해 문학의 의의를 소재의 진실성에서만 찾고 문학의 진실성, 특히 소설적 표현의 진실성에 대해서는 간과하였기 때문이다.

문학의 진실성 문제는 문학의 발생과 함께 관심을 불러일으킨 문제이며, 동서양문예이론에서 빠짐없이 언급하는 화제이다. 또한 견해의 불일치로 언제나 논쟁의 대상이 되어왔음에도 불구하고 거의 모든 문학 유파가 각자 나름의 '진실성'의 원칙을 추구하였고, 특히 리얼리즘에서는 '진실성'을 핵심적인 요소로 간주하였다.

그러나 문제는 문학의 진실성의 함의와 진실성의 다양한 기준에 대하여 어떻게 이해하는가이다. 문학의 진실성은 작가에 의하여 창조된 허구적 진실성을 가리키는 것으로, 내용의 진실성과 표현의 진실성을 동시에 아우르며, 내용의 진실성은 표현의 진실성을 떠나서는 실현되기 어렵다고 해야 할 것이다. 뿐만 아니라 진실성은 근대에 와서 고전문학처럼 '외재적 진실 또는 객관적 진실'이라는 단 하나의 기준이 아니라 '내재적 진실 또는 주관적 진실'이라는 새로운 기준에 의해서도 해석될 수 있는 것이고 오늘날에는 더욱 다양한 기준에 의해 이해되기에 이르렀다.[28] 또한 간과할 수 없는 것은, '외재적 진실'이든 '내재적 진실'이든 모두 '표현의 진실성'을 통해서 재현된다는 점이다.

최서해는 소설을 쓸 때 "사실 그대로라 하여도 사진사 모양으로 있는 그대로를 기술하는 것이 아니고 나의 주관을 통하여 그 사실에 크라이막스도 붙이고 인물도 矯正을 하"며 "事實 3분 空想 7분주의로 한다."[29]고 고백한 바 있는데, 그가 문학의 허구성과 진실성에 대한 이해가 있었음을 입증해준다. 뿐만 아니라 그의 작품에서는 환상 등 장치로 '내면의 진실'을 집요하게 보여주었다.

따라서 한국현대문학사에서 리얼리즘의 확립과정에 기여한 최서해 소설에 대해 주제나 내용의 측면에서만 '진실성'을 인정하고 '체험의 기록' 또는 '소재문학'으로 평가하는 것은 바람직하지 못한 것으로, 표현의 진실성 문제에 대한 검토가 이루어져야 한다고 본다.

한편 기존연구의 미학적 측면에서 긍정적인 평가를 내리는 시각에서 문제로 되는 것은 서간체나 액자소설, 1인칭이나 3인칭과 같이 형식상 식별하기 쉬운 방법으로 유형화하여 그 특성을 고찰하는 데 그치거나 서사적 측면이나 문체적 측면에서 부분적인 요소를 추출

---

28 刘雪芹,「西方文学真实性内涵的现代发展」,『求索』2002年 第5期, 2002.10, p.158.

29 崔曙海,「「紅焰」과「脫出記」」,『三千里』第2卷 第3號, 1930.5(崔曙海 著, 郭根 編,『崔曙海 作品, 資料集』, 國學資料院, 1997.6, p.20에서 재인용).

하는 것으로 미학적 가치를 밝히는 데 치중한 점이다. 최서해 소설 텍스트 전체를 관통하는 서술상의 특징은 제대로 구명되지 못하고 있으며 인물의 미묘한 심리 변화에 대해서도 포착하기 힘든 한계를 보이고 있다.

본 연구에서는 기존 연구에서 노출된 한계를 넘어서기 위한 방편으로 새로운 시각과 연구방법을 도입하여, 최서해 문학의 본질적인 특성을 밝혀보고자 한다. 즉 최서해 소설에 대한 기존 연구를 바탕으로 하여, 체험을 소설화하고 리얼리즘 문학의 지표에 도달하기 위하여 서사방식에 천착(穿鑿)한 작가 최서해의 노력과 이룩한 성과를 증명하기 위한 작업으로 텍스트에 대한 서사적 측면의 분석을 통해 최서해 소설의 새로운 의미를 발굴하고자 한다.

2. 객관적인 분석을 위한 서사이론의 도입

본 연구에서는 최서해 문학을 둘러싼 기존 연구의 평가에 기반하여 '생활고의 문학적 기록'이라는 연구 결과에 토대를 두고 최서해 문학의 전모를 비판적으로 재검토해 보고자 한다.

최서해 문학의 출발점은 과거의 체험에 두고 있지만, 그 당시 이광수, 현철, 김동인에 의하여 입증된 바, 그들의 초기소설론이 이미 나온 상태였고 한결같이 소설의 허구성을 강조하고 있는 문단적 분위기에서 기교없는 체험의 기록만으로 성공할 순 없었다. 최서해의 창작의지는 "근본적으로 자신의 체험이자 곧 최하층의 애환을 증언하고 싶은 충동에서 비롯된 것"[30]으로, 최서해는 일찍 "경험 없는 것은 쓰지 않으련다"고 한 동시에 "많은 勞動者의 수고를 빌어 世上에 드러내일 價値가 있"는 글을 쓰기 위해 창작한다고 밝힌 바 있다.[31] 최서해의 이러한 창작의식은 고리끼의 영향에 의한 것이라 보는 견해도 있는데,[32] 최서해는 하층민을 대변하기 위하여 자신의 체험을 바탕으로 하여 실천적인 창작을 하면서 작품의 질을 높이기 위하여 서구문학에 관심을 보였다.[33] 최서해는 선구자들에 의해 정립되어 가던 기존 서

---

[30] 李永成, 「崔曙海 文學 研究 序說」, 『국민어문연구』 第8輯, 2000.2, p.216.

[31] 崔曙海, 「?! ?! ?!」, 『朝鮮文壇』 第7號, 1925.4.

[32] 金鏞熙, 앞의 논문 참조.

[33] 김기현은 최서해가 등단초기에 스승인 이광수가 권하는 대로 아래에 제시한 日文의 서구문학에 관한 評論文 등을 공부 삼아 열심히 읽고 번역도 해보았다고 했다. 金基鉉, 「歸國 직후의 崔曙海: 崔曙海의 傳奇的 考察(3)」, 淵民 李家源博士 六秩頌壽紀念論叢 刊行委員會 편, 『淵民 李家源博士 六秩頌壽紀念論叢』, 汎學圖書, 1977, p.285.
최서해가 번역하여 발표한 평론문은 아래와 같은 것이다.

사양식을 독자적으로 활용함으로써 "독서계에서 많은 센세이션"[34]을 불러일으킨 우수한 작품을 발표하였고, 1920년대에 "밀도 높은 표현양식과 치밀한 구성을 요청"[35]하는 단편소설을 어느 작가보다도 많이 써내어 리얼리즘 작가의 선두에서 다양한 서사 기법을 탐색하였다.

물론 최서해의 서사 기법에 대한 탐색은 앞서 살펴본 대로 어디까지나 그의 창작의지를 실현하는 데 목적을 두고 있다. 다시 말해, 자신의 절실한 체험을 하층민의 비참한 현실과 결부시켜 당대 식민지 상황을 밀도 있게 보여주기 위한 수단으로 문학적 기교를 부가한 것이다.

이러한 의미에서 본 연구는 문학이 '의미 있는 형식'이고 '형식화된 내용'이라는 논리를 출발점으로 하여, 최서해가 어떻게 소재의 진실성을 문학의 진실성으로 전화시켰는가에 역점을 두고 살펴보고자 한다.

연구 방법론으로는 한국 초기소설론과 1920년대 한국 소설의 서사적 특징에 관한 기존 연구에 비추어 한국근대소설의 정립과정에 기여한 최서해의 업적을 고찰함과 동시에 서술방법, 초점화, 서사구조 등을 통한 텍스트 분석에서는 서구의 서사이론 특히 미케 발의 서사이론을 적용하여 최서해 소설의 서사적 측면에 대한 전면적이고 심도 있는 연구를 진행하고자 한다.

서사 분석에서 핵심적인 것은 화자의 서술방식과 초점화 방법으로서 서사의 모든 문제는 결국 화자의 문제로 귀결된다고 볼 수 있다. 재래의 개념에 있어서 화자는 작가와 등치관계에 있었고 화자의 역할은 작가의 대변자로 그 역할이 한정되었다. 근대 소설론의 성립과 함께

豊年年(崔曙海), 「近代露西亞文學槪觀」, 『朝鮮文壇』第3號, 1924.12.

崔鶴松, 「近代英美文學槪觀」, 『朝鮮文壇』第4號, 1925.1.

崔鶴松, 「近代獨逸文學槪觀」, 『朝鮮文壇』第5號, 1925.2.

34 金東仁, 「朝鮮近代小說考」(一)~(十五), 『朝鮮日報』, 1929.7.28~8.16.

35 趙鎭基, 『한국근대리얼리즘소설연구』, 새문사, 1989, p.184.

작가는 화자와 구분되었고, 작가는 작품에 대한 직접적인 권리를 화자에게 넘겨주게 되었다. 뿐만 아니라 화자의 전지적 간섭이 억제되면서 화자의 역할이 분화되었다. 이러한 분화는 한국 초기소설론에서도 발견된다. 이를테면 현철은 『소설개요(小說槪要)』에서 '마련을 쓰는 방법'이라 지칭하여 화자의 서술방법을 직접담화법(直接談話法), 자서적 담화법(自敍的 談話法), 서한체 담화법(書翰體 談話法), 가탁적 담화법(假託的 談話法)의 네 가지로 유형화하였다.[36] 김동인 역시 『소설작법(小說作法)』에서 문체라는 이름으로 서술 양식을 일원묘사체(一元描寫體), 다원묘사체(多元描寫體), 순객관적 묘사체(純客觀的 描寫體)로 나누었다.[37] 물론 이러한 것은 현철이나 김동인의 독창적인 관점이 아니라 근대적 서구소설이론을 수용하여 만들어진 것으로, 소설의 이해와 창작에 도움을 주려는 동기에서 비롯된 것이고 텍스트의 표면에서 쉽게 식별할 수 있는 논의가 되기에, 최서해 소설에 나타난 근대적 서사기법에 대한 고찰을 위해서만 참조하는 것으로 하고 구체적인 텍스트 분석에서는 현대의 서사이론을 도입하고자 한다.

서구 소설이론에서 화자의 문제에 대한 정치한 논의는 20세기 후반에 와서야 본격적으로 전개되었다. 채트먼은 화자를 드러나 있는 화자와 숨어 있는 화자로 크게 둘로 나누었는데, 이는 부스의 극화된 화자와 극화되지 않은 화자의 분류 개념과 일치한다. 채트먼은 드러난 화자의 역할을 다시 배경묘사, 작중인물 한정, 시간적 요약, 작중인물 규정, 작중인물 보고, 논평 등 6가지로 정리하였다.[38] 그런데 채트먼이 드러나 있는 화자와 숨어 있는 화자에 비서술자의 개념을 추가한

---

36 曉鐘(玄哲), 「小說槪要」, 『開闢』第1卷 第1號, 1920.6, p.136.
37 金東仁, 「小說作法」, 『朝鮮文壇』通卷 第9號, 1925.6. pp.110~113.
38 조남현, 『소설신론』, 서울대학교출판부, 2004, p.132.

것은 분류기준의 혼란을 초래했다. 이 문제는 슈탄젤이 서술 상황을 일인칭 서술 상황, 주석적 서술 상황, 인물 시각적 서술 상황으로 구분함으로써 해결되었다.[39] 리몬-케넌은 더욱 세분화하여 서술 수준, 화자의 스토리 참여 범위, 그의 역할을 지각할 수 있는 정도, 그리고 화자의 신빙성이라는 판단 기준에 따라 여러 가지 유형의 화자를 제시해 놓았다.[40] 위의 이론들은 모두 화자를 서사 담론의 형식적 존재로 바라보았는데 이와 달리, 미케 발은 화자를 실질적인 존재로 보고 서사이론의 새로운 진전을 보여주었다. 그는 화자는 실질적으로 담론을 주도하는 주체이며 서사 텍스트에서의 모든 발화들은 사실상 문법적 1인칭인 '나'에 귀속되어 있는 것이라 간주하여 화자의 서술단계를 구분하고 있다.[41] 요컨대 화자를 말하기의 주체가 아닌 문장을 진술하는 주체로 보았는데, 이는 추상화되어 작품 바깥으로 추방된 작가를 서사 텍스트 생산의 주체로 복권시킨 것으로, 서사 텍스트를 소통의 형식이라는 제한된 측면에서만 문제삼아왔던 종래의 폐쇄적인 관점에서 벗어나 서사학의 논의영역을 서사 텍스트의 생산과 수용의 문제로까지 확대시킨 것이다.[42] 물론 이것은 전통적인 비평가들이 작가를 곧 화자로 소박하게 일치시키는 것을 의미하지 않는다. 수잔 스나이더 랜서는 작가의 정체라는 문제를 취급하면서 소설의 화자뿐만 아니라 텍스트 그 자체 내에 위치하면서도 전통적으로 간과되어 왔던 작가적 존재인 "허구외적 목소리"도 인식할 필요가 있음을 암시하였다. 특히 작품의 내용 뿐 아니라 그것의 형식적 구조도 작가적 시각을 반

---

39 Stanzel, F. K., 김정신 역, 『소설의 이론』, 탑출판사, 1990.
40 Rimon-Kenen, S., 최상규 역, 『소설의 현대 시학』, 예림기획, 1999, pp.168~181.
41 Bal, M., 한용환·강덕화 역, 『서사란 무엇인가』, 문예출판사, 1999, pp.215~269.
42 한용환, 『서사 이론과 그 쟁점들』, 문예출판사, 2002, pp.173~191.

영하는 것으로 이해되어야 하고 서술적 기교의 선택 그 자체가 이데올로기를 드러낼 수 있고 구체화할 수 있다고 주장했다. 이러한 견해는, 우선 '무엇'이 전달되는가 하는 내용이나 이데올로기적 문제를 중요시하면서 '어떻게'라는 형식적인 문제에 관심을 보인 최서해 소설의 분석에 필요한 이론적 근거를 제공해준다.[43]

미케 발의 서사이론은 또한 "초점화와 서술을 통한 이데올로기적 조작의 가능성에 유의하고", "리얼리즘적인 서사 텍스트를 논의의 중심에 두"고 있기에,[44] 최서해 소설의 해석에 객관적인 근거를 제공해 줄 수 있다.

따라서 본 연구는 최서해 소설의 서사적 측면의 연구를 통하여 작품에 나타난 작가의식 내지 이데올로기적 요소까지 검토하기 위하여, 화자 문제와 관련된 제2장과 제3장에서 미케 발의 서사이론을 수용하여 논의의 기본 틀을 마련하고 텍스트 분석에 수잔 스나이더 랜서의 이론을 적절히 활용하는 등 기타 서사이론도 필요에 따라 부분적으로 응용하고자 한다.

본 연구의 제3장에서 집중적으로 다룰 초점화는 사건들을 제시하는 화자의 시각과 관련된 조작수단으로서 스토리의 양상을 결정한다. '초점화(focalization)'라는 용어는 '시점(point of view)'이란 용어와 구별하기 위하여 쥬네뜨가 제안한 것이다.[45] 이 용어가 나오기 전에 대부분의 비평가들은 '누가 이야기하느냐'와 '누가 보느냐'의 서로 다른 두 개의 문제, 즉 서술과 초점화를 마치 서로 대체 가능한 것으로 간주하

---

43 Lanser, S. S., 김형민 역, 『시점의 시학』, 좋은날, 1998.
44 박진, 「미케 발의 서사이론 연구—서사학과 텍스트이론의 결합」, 『現代文學理論研究』 21호, 2004, p.88.
45 Genette, G., 권택영 역, 『서사담론』, 敎保文庫, 1992, p.177.

였다. 리몬-케넌은 쥬네뜨가 초점화를 비초점 서술, 내적 초점화, 외적 초점화의 세 가지 유형으로 구분한 것을 토대로 하여 크게 외적 초점화와 내적 초점화의 두 가지 유형으로 다시 나누고 스토리와 관계되는 위치와 지속의 정도라는 두 가지 판단 기준에 따라 초점화와 인물을 흥미롭게 논의했다.[46] 미케 발은 리몬-케넌의 외적 초점화와 내적 초점화의 분류를 인정하면서도, 초점화 주체와 초점화 대상간의 관계에 주목하여 초점화의 단계를 설정하고 외적 초점화와 내적 초점화를 종속관계로 보았다.[47] 즉 외적 초점화는 결국 화자에 의하여 수행되는 것으로서, 여기서도 미케 발의 글쓰기 주체로서의 화자에 대한 인식을 그대로 반영한 셈이다. 본 연구에서는 이상의 미케 발의 서사이론을 가지고 최서해 소설에 나타난 초점화의 양상과 의미에 대해 검토하고자 한다.

본 연구의 제4장은 최서해 소설의 서사구조의 특징에 대해 살펴보고자 한다. 서사구조는 실질적인 담론의 주체인 화자의 존재를 인식시켜주는 것으로, 소설의 기본요소에 대한 작가의 인식과 직결되는 사항이다. 사건·인물(성격)·배경이라는 소설의 삼요소는 서구 근대소설이론에서 배태되었고, 김동인의 『소설작법』에서도 분명하게 제시된 것이다. 그러나 본 연구에서 집중하여 논의하고자 하는 것은 이러한 삼분법 자체가 아니라 화자의 서술방법에 의하여 삼분법으로부터 파생되어 나오는 과정에서 현현(顯現)된 소설의 세 가지 서사구조 방식이다. 이러한 문제 의식은 진평원의 『중국소설서사학(中國小說敍事學)』[48]에서 제시한 서사구조의 분석 방법에서 착안된 것이기도 하

---

46 Rimon-Kenen, S., 앞의 책, pp.134~147.

47 Bal, M., 앞의 책, pp.181~206.

48 陳平原 著, 이종민 역, 『中國小說敍事學』, 살림, 1994.

다. 본 연구에서는 최서해 소설의 서사적 측면에 대한 연구의 일관성을 유지하기 위하여 역시 미케 발의 서사 이론에 근거하여 인물의 성격과 시공간적 구성을 중심으로 서사구조의 특성을 논의하고자 한다.

이상의 논의들을 종합하여, 제5장에서는 최서해 소설의 문학적 성과에 대하여 서술하고자 한다.

본 연구에서는 최서해 소설을 화자의 위치와 초점화의 방법에 비추어, '관점의 상승'이라는 각도에서 「갈등(葛藤)」(1928.1)을 분기점으로 하여 전기(前期)와 후기(後期)로 나누고자 한다. 이 분류는 이 작품을 "하층민속에서 파묻혀 보이던 동정의 관점을 지식인의 시선(above)으로 상승"[49]시켰다고 본 조남현의 견해를 참조한 것임을 밝힌다.

---

[49] 曺南鉉, 「觀點으로 본 曙海와 玄民」, 『月刊文學』第9卷 第2號, 1976.2, p.170.

제2장

화자의 위치와 서술방식의 다양성

최서해 소설 연구

1920년대의 서구 리얼리즘의 수용이 한국 근대소설의 정립에 결정적인 계기를 마련해 주었음은 주지의 사실이다. 한국 리얼리즘 소설의 서사 양식이 성립되는 과정을 살펴보면 1920년대 전반기에 1인칭 소설 및 서간체 소설이 우세한 경향을 보이고 후반기에 이르면 1인칭 서술 양식이나 서간체 서술 양식은 상당히 약화된 반면에 3인칭 객관적 서술 양식이 두드러지게 나타나는 현상을 볼 수 있다. 1인칭 소설 양식은 다시 자전적 서술양식과 관찰자적 서술양식으로 나눠 살펴볼 수 있는데, 자전적 서술양식이 1925년 이전에 편재한 현상을 보여준 것과는 달리 관찰자적 서술양식은 1925년을 전후하여 집중적으로 발표되었다.[1]

1924년에 등단한 최서해는 1920년대 중반기부터 왕성한 작품활동을 하였는데, 그의 소설의 변모과정이 이러한 한국 리얼리즘 소설 양식의 성립 과정과 거의 일치한 다는 점은 시사하는 바가 크다. 다시 말해 최서해가 당시의 소설 양식에 관심을 보이고 그것을 적극적으로 수용하여 자신의 체험을 소설화하는 데 집중했다고 추정해 볼 수 있다.

이 장에서는 화자와 서술방식을 중심으로 최서해 소설에 대하여 고찰함으로써 최서해가 근대적 서사기법에 천착(穿鑿)한 작가였음을 증명하고자 한다.

"화자는 서사 텍스트 분석에서 가장 핵심적인 개념이다"고 언명한 미케 발은 화자에 대하여 서사담론의 형식적 존재로 본 전래의 비평가들과 달리 화자를 실질적인 존재로 즉 서술 행위의 주체로 보았다.

---

1 趙鎭基,『한국근대리얼리즘소설연구』, 새문사, 1989, pp.71~284.

미케 발의 논의에 따르면, 문법적 관점에서 보자면 화자는 항상 1인칭이므로 3인칭 화자라고 하는 것은 불합리한 용어이며, 1인칭 서사물과 3인칭 서사물의 차이점은 서술의 대상에 있는 것이다. 따라서 화자를 자신에 대해 이야기하는 화자와 다른 사람에 대해 이야기하는 화자로 구분하였다. 즉 화자가 인물로서 자신을 명시적으로 언급하지 않을 때 그 화자를 외적 화자(extemal narrator; EN)라 하고, 반면에 화자가 인물과 동일하다면 인물에 갇힌 화자(character-bound narrator; CN)라고 정의했다.[2]

미케 발의 서사이론을 원용하여 제2절과 제3절에서는 화자를 '인물에 갇힌 화자'와 '외적 화자'로 나누어 최서해 소설의 서술방법을 구체적으로 살펴보고자 한다. 제1절의 전통적 구분의 소위 '1인칭 화자'는 '인물에 갇힌 화자', '3인칭 화자'는 '외적 화자'에 대응되는 개념임을 미리 밝혀둔다.

최서해 소설의 화자의 위치와 관련해서는, "허구외적 목소리"[3]의 의식이 서사의 조직에 참여할 수 있는 페르소나의 세 수준에서 공적 화자, 사적 화자, 그리고 초점화자를 구분한 수잔 스나이더 랜서의 관점을 참고하여 심도 깊은 논의를 전개하고자 한다. 공적 화자와 사적 화자의 구분은 미케 발의 화자 이론에 의한 서술 단계에 대한 고찰에서 응용할 것이고, 발화의 주체가 아니라 '바라보는' 주체인 초점화자에 관한 것은 제3장에서 상세하게 논의하고자 한다.

---

2 Bal, M., 한용환·강덕화 역, 『서사란 무엇인가』, 문예출판사, 1999, pp.217~221.
3 수잔 스나이더 랜서는 '허구외적 목소리'는 담론을 조직하고 나타내고 기록하고 그에 제목을 붙이는 목소리로서, 이 목소리는 허구적인 이야기 그 자체 내에서의 서술존재는 아닐 수도 있지만 소설 세계라는 존재 그 자체, 인물, 그들의 이름과 개성, 플롯의 조직에 대해서는 책임을 진다고 했다. Lanser, S. S., 김형민 역, 『시점의 시학』, 좋은날, 1998, p.128.

 **1.** **서간체와 액자소설 형식을 통한 서술방법의 탐색**

1) 서간체를 통한 빈궁체험의 극화

(1) 화자의 역할 및 호소와 의론의 문법

서간체 소설은 1인칭 소설의 특수한 형태로서, 서간의 형식을 매개로 하거나 소설의 서술이 전적으로 편지나 또는 그 교환으로 이루어진 것으로,[4] 호소력이 강한 서사 양식이다.[5] 서간체 소설은 18세기 영국에서 시민계급의 대두와 함께 근대적 개인주의에 대한 자각이 이루어지고 여성들의 자유, 특히 결혼에 관한 자유가 성취되고 우편제도가 발달하는 등 당대의 사회적 변화와 밀접한 관계를 맺으면서 나타난 일련의 작품, 예컨대 편지 형식으로 사적인 연애 경험을 표현한 리처드슨(S. Richardson)의 『패밀러(*Pamela*)』(1974), 『클래리서(*Clarissa*)』(1747~48) 등을 계기로 하여 문예사에 등장하기 시작했다.[6]

한국에서도 서간체 소설의 출현은 전통문학에 있어서의 내간(內簡, 여자들끼리 주고받는 편지)에 연원을 두고 있기는 하지만, 19세기말부

---

4 李在銑, 『韓國短篇小說研究』, 一潮閣, 1997, p.152.

5 宋百憲은 작가는 '나'를 독자들의 의식(意識) 속에 더욱 강렬하게 작용시키는 방법으로 호소적(呼訴的) 위력(威力)이 강한 서간체(書簡體) 형식을 자주 원용(援用)한다고 했다. 宋百憲, 「一人稱小說 研究—나레이터의 機能에 대하여」, 蘭汀南廣祐博士 華甲紀念論叢 刊行委員會 편, 『蘭汀南廣祐博士 華甲紀念論叢』, 一潮閣, 1980, p.511.

6 李在銑, 앞의 책, 1997, p.155; 권보드래, 「연애편지의 세계상—1920년대 소설의 편지형식과 의사소통양상」, 문학사와 비평학회 편, 『최서해 문학의 재조명』, 새미, 2002, p.10.

터 도입된 근대 우편제도와 근대적인 연애관의 수립, 그리고 서구문학의 수입에 직·간접적인 영향을 받은 결과로 보인다.[7] 1920년대를 정점으로 한국문단에 성행한 서간체 소설은 1920년대 전반기 소설에서 거의 압도적인 비중을 차지하였다.

한국 소설의 서간체는 유럽 소설의 서간체와 마찬가지로 연애 경험을 주된 내용으로 하고 연애편지의 틀을 모방한 양식으로, 무엇보다 주체의 자기 표현 양식으로 이해되었다. 그러나 대부분의 프롤레타리아 작가들은 연애에 대한 반감과 함께 서간체에 대하여 혐오하기까지 하였다. 이에 비해, 신경향파 작가로 이름난 최서해는 서간체라는 소설 양식을 적극적으로 수용하여 정치적 성향이 짙은 작품을 발표하였는데, 이것은 "1920년대 전반의 작가와도, 1920년대 후반의 프롤레타리아 작가와도 구별"[8]되는 점이었다.

최서해는 1인칭 서술 양식에 근거하여 소설 창작을 시작하였고 등단 초기에 1인칭 소설의 특수형태인 서간체 소설 형식을 빌어 자신의 빈궁체험을 소설화하는 데 천착(穿鑿)하여 큰 성과를 올렸다. 이를테면 그의 처녀작 「토혈(吐血)」은 1인칭으로 쓰여지고 그의 출세작 「탈출기(脫出記)」는 서간체로 되어 있는 것이다. 「탈출기(脫出記)」는 1924년 10월의 『조선문단』 창간호에 발표한 단편소설 「고국(故國)」과 함께 투고하여 감상문으로 선외 가작에 뽑힌 것을,[9] 최서해가 계속 고치고 손질하여 이듬해의 『조선문단』 3월호에 발표하게 된 것이다.[10] 이에 대하여 「탈출기(脫出記)」의 원본을 자신의 체험을 사실적

---

7 李在銑, 위의 책, pp.158~159.

8 권보드래, 앞의 논문, p.24.

9 「佳作(選外)」, 『조선문단』 창간호, p.52.

10 李海聲, 「새 資料를 통해 본 崔曙海의 生涯」, 『文學思想』 第26號, 1974.11, p.244;

으로 적은 "기록서사물"로 보고 개작과정에서 서간체라는 소설적 형식을 추가했을 것이라고 추측하는 견해[11]가 있다. 또한 최서해가 사실과 문학적 형식을 결부시켜 "문학적 실감"을 이끌어내는 창작방법을 창출함으로써 체험에 근거한 새로운 리얼리티의 경지를 보여주었다는 주장[12]도 나왔다. 이는 새로운 관점이긴 하나, 최서해 소설의 기록성을 강조한 대신 미학적 측면에서는 소략하게 다루었다는 아쉬움이 남는다. 원본 「탈출기(脫出記)」는 단순히 서간이라는 틀에 서간문도 감상문도 아닌 "기록문"을 담아서 이루어진 것이 아니라, 경험적 사실을 감정적으로 서술했을 가능성이 높다. 그 후에 단편소설로 나온 「탈출기(脫出記)」는 "그의 체질과 체험이 지시한 자연적인 결과"[13]로서의 서간체의 채택을 통해서 개작된 것이다. 여기서 '무기교의 기교'라는 최서해의 문학적 본령이 찾아진다.

서간체 소설은 "주관과 객관을 포함하고 있어서 주관감정을 표출하면서 객관사실을 서술하는 소설"[14]로서, 최서해의 '고백'에 의하면 「탈출기(脫出記)」는 "체험한 사실을 토대"로 쓰면서 "그 때의 심정을 일호가차(一毫假借)이 없이 그려 놓은 것"[15]이었다. 이것을 최서해가 「탈출기(脫出記)」를 "일호가차 없는 체험의 기록으로 인정"했다[16]고 보는

金基鉉, 「歸國 직후의 崔曙海―崔曙海의 傳奇的 考察(3)」, 淵民 李家源博士 六秩頌壽紀念論叢 刊行委員會 편, 『淵民 李家源博士 六秩頌壽紀念論叢』, 汎學圖書, 1977, p.285.

11 이경돈, 「최서해와 기록의 소설화」, 『泮橋語文硏究』 第15輯, 2003.8.

12 최수일, 「『개벽』 소재 '기록서사'의 양식적 기원과 분화」, 『泮橋語文硏究』 제14집, 2002.8

13 金柱演, 「울음의 文體와 直接話法」, 『文學思想』 26號, 1974.11. p.226.

14 陳平原著, 이종민 역, 『中國小說敍事學』, 살림, 1994, p.135.

15 崔曙海, 「「紅焰」과 「脫出記」」, 『三千里』 第2卷 第3號, 1930.5.(崔曙海 著, 郭根 編, 『崔曙海 作品, 資料集』, 國學資料院, 1997.6, p.20에서 재인용).

것은 그의 '고백'에 대한 오해라고 할 수 있다. 최서해가 인정한 것은 "체험한 사실을 토대"로 했다는 것이고 강조한 것은 "그때의 심정"이었다. 따라서 최서해의 서간체 소설은 사건의 제시보다는 주로 그 사건에 수반된 심리에 관심을 두고 있으며, 주인공의 경험적 사실은 이미 단순한 기록성을 벗어나서 가난을 초래한 사회제도 때문에 결국 탈가할 수밖에 없었던 주인공의 심리적 고통과 갈등을 고백하는 데 초점을 맞추어 취사선택된 것이다.

최서해의 서간체 소설은 「탈출기(脫出記)」(1925.3) 외에 「전아사(餞迓辭)」(1927.1)가 있다. 「전아사(餞迓辭)」는 한국에서 문학을 생계의 수단으로 삼는 말하자면 직업으로서의 작가의 출현을 제일 먼저 알려준 것에 해당된다.[17] 최서해의 수십 편 단편소설 중 서간체 소설은 단 두 편으로 「탈출기(脫出記)」와 「전아사(餞迓辭)」뿐이지만, 이 두 작품은 최서해의 대표작이자 자전적 소설로서 그의 문학적 생애를 보여주고, 전 작품의 변모과정을 가능케 하는 두 개의 뚜렷한 지점이라고 할 수 있다. 좀더 세분해서 살펴보자면, 최서해 소설은 가난체험이란 측면에서 주인공의 신분에 따라 하층민의 궁핍 체험과 소시민 또는 지식인의 궁핍 체험으로 대별할 수 있는데, 「탈출기(脫出記)」는 전자에 속하고 「전아사(餞迓辭)」는 후자에 속한다. 따라서 두 작품은 최서해 문학의 근원 또는 본질을 구명하는 데 있어서 매우 중요한 작품이라 볼 수 있다.

자서전적 성격이 강한 「탈출기(脫出記)」와 「전아사(餞迓辭)」가 서간체로 쓰여진 것을 보면, 서간체는 최서해에게 있어 그의 절박한 체

---

16 이경돈, 앞의 논문, p.134.

17 조남현, 「「예술가소설」의 의의와 특질」, 『한국 지식인 소설 연구』, 일지사, 1984, p.87.

험을 담아내고 전달할 수 있는 가장 적절한 서사양식으로 인식되었던 것이라 추정해 볼 수 있다. 일반적인 1인칭 소설에 특정한 청자가 존재하지 않는 반면, 서간체 소설에서는 화자(발신자)인 '나'에게 특정한 청자(수신자)가 존재한다. 이때의 화자는 글쓰기 주체로서의 모습을 공공연히 드러내며, 수신자는 "많은 독자들에게로 향하는 통로"[18]의 역할을 한다. 하층민 출신인 최서해에게 있어 창작은 "'내용' 뿐만 아니라 형식상에서도 권위를 쟁취하는 투쟁"[19]으로 되었다고 할 수 있는데, 당시 그가 독자들과 소통하고 작가적 권위를 쉽게 얻을 수 있는 문학적 수단이 바로 근대 초기에 여성 작가들이 즐겨 썼던 서간체였던 것으로 보인다.

　서간체 소설은 비록 소설형식에서는 초기적인 수법으로 되지만 그 자체의 특이성을 지니고 있다. 그것은 "수신자로서의 2인칭을 그 파트너로서 전제하기 때문에 이 가상적이거나 허구적인 독자의 위치에 모든 독자는 곧 자신을 치환시킬 수 있게 된다"[20]는 것이다. 그러므로 서간체 소설은 독자들의 호기심을 불러일으키는 동시에 독자들에게 신뢰감을 줌으로써 독자들과의 심리적 공감대를 쉽게 형성할 수 있는 양식인 셈이다. 아울러 작가가 "'나'를 독자들의 의식(意識) 속에 더욱 강렬하게 작용(作用)시키는 방법으로 호소적(呼訴的) 위력(威力)이 강한 서간체(書簡體) 형식(形式)을 자주 원용(援用)한다"[21]고 할 때, 개인 체험에 대한 절절한 고백과 호소를 통하여 사회적 공감을 불

---

18 Lanser, S. S., 黃必康譯, 『虛构的权威—女性作家与叙述声音』, 北京 : 北京大学出版社, 2002, p.315.

19 위의 책, p.166.

20 李在銑, 앞의 책, p.157.

21 宋百憲, 앞의 논문, p.511.

러일으키는 것을 목표로 한 최서해의 기본적인 문학적 태도를 확인할
수 있다.

최서해의 서간체 소설은 '닫힌 액자소설'[22]과 유사한 구조를 취하
고 있는 것이 주목된다. 서간체 소설은 워낙 액자소설의 근대적 변
이형식으로 되는데, 액자소설에서 액자구조는 단순히 형식적인 틀
이 아니라, 도입액자를 통하여 독자들을 수수께끼 같은 '안 이야기'
로 끌어들이는 흡인력을 발휘할 뿐만 아니라 '안 이야기'의 핍진성과
신빙성을 확보하게 하기 위하여 존재한다. 이러한 의미에서 최서해
가 서간체에 '액자 형태'의 구성을 취한 것은 독자들에 대한 흡인력
과 이야기의 핍진감과 신빙성을 증가시키려는 의도에 의한 것이라
고 해야 할 것이다. 최서해가 자신의 빈궁체험을 바탕으로 한 소설
을 쓰면서, 서간체, 액자 구조 등을 빌어 진실한 이야기임을 거듭 상
기시키는 것은, "비허구적인 권위의 담론"이라는 위장 뒤에 "가장 극
단적인 권위의 허구적 담론"[23]을 생산하기 위한 목적에 의한 것이었
는지도 모른다. 실지로 최서해의 서간체 소설에서 '액자 형태'는 서
사의 구성적 계기를 마련하여 화자의 역할과 작품의 의미구조를 강
화하는 기능을 하였다.

최서해의 소설 「탈출기」와 「전아사」에서 또 한 가지 간과할 수 없
는 것은 화자가 남성이라는 점이다. "소설가의 권위는 여성보다도 남

---

22 액자소설이란 하나의 행동 속에 하나 또는 둘 이상의 다른 행동이 들어 있는 소설
   을 의미한다. 이때 바깥의 것을 '바깥 이야기', 안의 것을 '안 이야기'라 부른다. '닫
   힌 액자소설'은 안 이야기가 바깥 이야기 가운데 끼여 있는 소설을 말하고, '열린
   액자소설'은 바깥 이야기에 연이어 안 이야기가 서술된 다음, 다시 바깥 이야기로
   돌아가지 않고 끝나버리는 소설이다. 김천혜, 『소설 구조의 이론』, 문학과 지성
   사, 1990, pp.167~170.
23 Lanser, S. S., 黃必康譯, 앞의 책, 2002, p.110.

성들에게는 훨씬 자동적으로 주어진다"[24]고 할 때, 이는 보다 확실한 화자의 자격, 즉 "진술의 권위"[25]를 얻기 위한 책략이라고 볼 수 있다.

「탈출기」와 「전아사」에서 우선 주목되는 것은 도입부에서의 화자와 청자의 관계 설정방식이다. 「탈출기」에서 1인칭 화자(발신자)가 하층민인 주인공 박군이고 청자(수신자)가 박군의 친구인 김군이고, 「전아사」에서는 1인칭 화자(발신자)가 지식인 주인공 변기운이고 청자(수신자)는 주인공의 고종 사촌 형님이다. 그들에 대한 "호명은 관계를 맺으려는 희망을 암시"하며, 화자로서의 "권력을 상징"하는 것으로 된다.[26]

그런데 두 작품의 1인칭 화자(발신자)는 모두 액자 형태로 된 도입부에서 '탈가'한 자신을 향하여 '귀가'하라고 한 청자(수신자)의 권고를 받아들일 수 없음을 밝힌다. 두 작품의 최초의 흡인력은 바로 도입부에 제시한 화자와 청자의 친근한 관계와 '탈출'의 문제를 대하는 견해 차이에 있다.

> 김군! 수삼차 편지는 반갑게 받았다. 그러나 한번도 회답치 못하였다. 물론 군의 충정에는 나도 감사를 드리지만 그 충정을 나는 받을 수 없다.
>
> —「탈출기(脫出記)」에서[27]

> 형님,
> 일부러 먼먼 길에 찾아오셨던 것도 황송하온데 또 이처럼 정다운 글까

---

24 Lanser, S. S., 김형민 역, 앞의 책, p.91.

25 랜서에 의하면, '진술적 권위'란 작가적 목소리에 밀착된 권위를 말한다. 위의 책, p.147.

26 Lanser, S. S., 黃必康譯, 앞의 책, 2002, p.212.

27 郭根 編, 『崔曙海 全集』上, 文學과知性社, 1987, p.16. 이하 본 연구에서 전집의 인용문은 괄호 안에 권수와 쪽수만 밝힘.

지 주시니 어떻게 감격하온지 무어라 여쭐 수 없습니다.

—「전아사(餞迓辭)」에서(상권, pp.326~327)

　이와 같이 두 작품에서는 첫머리에 청자(수신자)를 호명하며 서사를 시작한다. 이러한 호명은 1인칭 화자와 수신자의 관계, 그리고 주인공의 위치와 어조의 선택 등을 결정지어준다. 「탈출기(脫出記)」에서는 서두에서 1인칭 화자인 '나'와 '김군'이 가까운 사이라는 것, '나'는 솔직한 태도와 평등한 자격으로 친구에게 편지를 쓴다는 것 등의 정보를 독자에게 제공해준다. 뿐만 아니라 도입부에서 주인공의 '탈출'을 둘러싼 김군과의 가치관의 대립을 제시하고 그 '탈출'의 이유를 "군이 아니면 다른 사람에게라도 알리지 않고는 견딜 수 없는 충동을 받"(p.17)고 있다고 밝히면서 '안 이야기'를 시작하고 있어, 독자들에게 앞으로 전개될 '안 이야기'가 사적인 영역을 초월하여 공적인 영역으로까지 이어질 것이라는 암시를 주기에 독자들이 심리적 긴장감과 호기심을 갖고 '안 이야기'에 몰입하게 한다. 반대로 「전아사(餞迓辭)」에서는 도입부에서 친척관계를 나타내는 '형님'을 호명하며 존대어로 서사를 진행하고 있는데다가 주인공이 형님에 대한 고마운 마음을 표시하면서도 그의 권고를 받아들일 수 없는 딱한 사정을 전달하는 것으로 되어있기에 '안 이야기'가 은밀한 사적인 영역에서 진행될 것임을 예시해주고 있으며, 따라서 독자들에게 보다 큰 신뢰감과 친근감을 주는 동시에 독자들이 심리적 긴장감보다는 은근한 호기심을 갖고 '안 이야기'에 끌려 들어가게끔 만든다.

　보다시피 「탈출기(脫出記)」와 「전아사(餞迓辭)」에서 화자와 청자의 성적 문제는 '탈출'이라는 엄숙하고 강렬한 담론적 주제와 관련된다. 그리고 두 작품의 화자와 청자의 상이한 신분과 관계는 텍스트의 담론 양상을 결정해준다. 다시 말해 도입부에 제시된 화자와 청자의 관계는 텍스트 전체의 톤(tone), 그리고 '안 이야기'의 서사방향을 규정해주고 있다. 즉「탈출기(脫出記)」에서 1인칭 화자가 자신의 '탈출'을 변호하는 데 초점을 맞추어 자신의 목소리, 즉 '주관적인 톤'을 높일 뿐만 아니라 강경하고 격정적인 목소리로 과거의 '나'의 절박한 가난체험을 선택적으로 재현한 반면,「전아사(餞迓辭)」에서는 자신의 처지를 동정하는 형님에게 '나'가 '탈출'하여 "이런 생활을 하게 된 동기"(p.328)를 '고백'하려는 목적에서 상대적으로 톤이 낮은 동시에 부드러우면서도 비통하고 때론 격앙된 목소리로 과거의 '나'의 이야기를 의미화하고 재구조화하고 있다.

최서해 서간체 소설에서 화자와 청자의 관계에 의하여 '형성된 톤'은 화자의 여러 가지 수사법의 사용으로 하여 독특한 문체를 이루고 있다. 이를테면 두 작품에서는 "감정에 호소하는 수사법"[28], 즉 영탄법, 반문법과 자문자답법을 빈번하게 사용하고 있다.

① 김군! 이때 나의 감정을 어떻게 표현하면 적당할까?

　―오죽 먹고 싶었으면 길바닥에 내던진 귤 껍질을 주어 먹을까, 더욱 몸 비잖은 그가! 아아, 나는 사람이 아니다. 그러한 아내를 나는 의심하였구나! 이놈이 어찌하여 그러한 아내에게 불평을 품었는가. 나 같은 잔악한 놈이 어디 있으랴. 내가 양심이 부끄러워서 무슨 면목으로 아내를 볼까? (p.19)

---

28 넓은 의미에서 수사법이란 하나같이 감정에 호소하거나 정감을 토로하기 위하여 언어를 효과적으로 사용하는 방법으로 된다. 하지만 수사법 가운데는 유난히 감정에 호소하는 데 무게를 싣는 수사법이 있는데, 영탄법, 반문법, 의문법, 자문자답법 등이 거기에 속한다. 김욱동,『수사학이란 무엇인가』, 민음사, 2002, p.289.

나는 이미 품속에서 빽빽하는 어린 것의 장래를 생각할 때면 애잡짤한 감정과 분함을 금할 수 없었다. 내가 늘 이 상태면(그것은 거의 정한 이치다) 그에게는 상당한 교양은 고사하고, 다리 밑이나 남의 집 문간에 버리게 될 터이니, 아! 삶을 받을만한 생명을 죄없이 찌그러지게 하는 것이 어찌 애닯지 않으랴? 그렇다면 그것을 나의 죄라 할까? (p.23)

② 그러한 판인데 뇌물 없는 내가 어떻게 발을 붙이겠읍니까? 더구나 그때나 이때나 뇌물드릴 만한 여력이 있으면 내가 먹고 있겠읍니다. 나는 이러한 꼴—소위 민중의 공기요 대변자라는 한 신문사의 내막에 잠긴 추태를 볼 때 이 세상이 싫어지고 미워지고 부숴 버리고 싶었읍니다.(p.341)

나는 차마 하늘이 보기 무서워서 몇 번이나 죽으려고 한강까지 갔다오고 칼을 빼어 들었다가도 이 세상이 어찌되는 것을 보려고 단념했읍니다. 내가 죽으면 소용 있읍니까? 내가 죽어도 이 세상은 세상대로 있을 것이요 나의 지내온 사실은 사실대로 남아있을 것입니다. 내 한 몸이 없어졌다고 누가 코나 찡그리겠습니까. (p.342)

위의 인용문에서 ①과 ②는 각각 「탈출기(脫出記)」와 「전아사(餞迓辭)」에 나오는 수사법인데, ①에서는 영탄법과 반문법이 동시에 나타나 있고, ②에서는 반문법만 독자적으로 사용되고 있다. 영탄법은 상대방에게 호소력 있도록 느낌이나 정감을 간절히 드러내는 수사법으로서 북받치는 감정을 직접 토로하거나 상대방에게 자신의 감정을 하소연하기 위한 데 그 목적이 있으며, 반문법은 의문문의 형식을 통하여 결론을 유도하는 수사법으로 상대방의 주의를 끌어 호소하고 판단을 촉구하는 데 효과적일 뿐만 아니라 화자의 의도를 정감 있게 표현하는 데에도 효과적이다.[29] 따라서 감정에 호소하고 정감을 토로하는 강도의 면에서 전자가 더 강렬하고, 후자의 경우 그것이 상대적으로 약한 대신 결론을 유도하여 상대방의 판단을 촉구하는 성질이 더 강하며, 영탄법이 '호소'를 목적으로 한다면 반문법은 의론의 경향이 짙다고 할 수 있다.

그런데 전자와 후자가 모두 영탄법과 반문법을 사용한 대목에서 정이 넘쳐흐르고 이해를 바라는 '절규'가 나타나고 있음을 볼 수 있다. 이에 대하여 김현은 최서해 소설을 "서한체의 절규"[30]라고 규정한 바 있는데, 최서해가 사용한 수사법의 특성에 근거하여 서간체 소설의 "절규"는 강력한 '호소'로 이해를 촉구하기 위한 것이라고 볼 수 있다.

위의 예문 외에도 「탈출기(脫出記)」에서는 영탄법과 반문법을 함께 썼거나 반문법, 의문법을 따로 쓴 실례가 많고, 이에 비하여 「전아사(餞迓辭)」에서는 반문법과 의문법이 훨씬 많이 나타나는 동시에 자문자답법도 눈에 뜨이게 나타나고 있다.

> 형님, 형님은 농사를 질 줄 몰라서 도회로 돌아다니게 되었습니까? 또는 도회가 그리워서 도회처를 찾아다니십니까? 형님같이 농촌을 사랑하고 형님같이 농사를 잘하시는 이는 드물 것입니다마는 땅이 없으니 노동을 따르는 것이요 노동은 도회에 있는 것이니 하는 수 없이 도회에 모이어들게 되는 것입니다. 그런 대로 도회가 잘 받아 주었으면 좋으련만 직업난과 생활난은 그네들을 도로 쫓아내게 됩니다. (p.334)

---

29 위의 책, p.303.
30 金允植·김현, 『韓國文學史』, 민음사, 1984 重版, p.162.

어머니께서 나를 어떻게 기르셨읍니까? 내 아버지가 돌아가신 뒤에 나 때문에 개가를 못 하시고 젊으나젊으신 청춘을 속절없이 늙으면서 당신의 모든 정력과 성의를 내 한몸에 부으셨읍니다. (p.328)

이러한 자문자답법은 화자나 저자의 감정을 토로하거나 호소하는 효과를 지닐 뿐만 아니라 생각과 느낌을 논리적으로 전달할 수 있다는 이점을 지니기도 한다.[31] 이로써 「전아사(餞迓辭)」의 화자가 감정의 분출을 될수록 억제하면서 객관적인 서술에 기울어지고 있음을 알 수 있다. 따라서 언어의 총체적 특징을 보면, 전자가 감정적인 서술에 기울어져 강하고 열렬하게 나타나고 있는데 비하여, 후자는 감정적인 서술과 동시에 논리적 서술을 지향하여 강하면서도 냉정한 특징을 보이는 것이다.

「탈출기(脫出記)」는 영탄법의 빈번한 사용으로 격렬한 감정을 호소한 나머지 자칫 감정을 헤프게 늘어놓을 위험성이 있지만, 직접화법을 알맞게 원용하는 것으로 "감정적 처리(넉살 따위)를 최대한으로 제어"[32]하고 있다.

"오늘도 배고프겠구나, 아침도 변변히 못 먹고……. 나는 너 배 주리지 않는 것을 보았으면 죽어도 눈을 감겠다."

내가 삯일을 하다가 늦게 돌아오면 어머니는 우실 듯이 말씀하셨다. 그러나 나는 흔연하게,

"배가 무슨 배가 고파요."

하고 대답하였다.

---

31 김욱동, 앞의 책, p.309.
32 金柱演, 앞의 논문, 226쪽.

내 아내는 늘 별말이 없다. 무슨 일이든지 시키는 대로 다소곳하고 아
무 소리 없이 순종하였다. 나는 그것이 더욱 불쌍하게 생각된다. 나는 어
머니보다도 아내 보기가 퍽 부끄러웠다.(pp.18~19)

이는 서간체 소설에서 감정의 무절제한 분출을 막는 효과적인 방법
으로 되는 동시에 생동한 서술을 통해 서간체 서사의 지루함을 덜어
내는 효과를 준다. 더 깊은 의미에서는 화자가 청자에게 객관적인 서
술 태도를 보여주고 체험적 사실에 근거한 의론을 전개하기 위한 것
이라고 할 수 있다.

「전아사(餞迓辭)」에서는 직접화법이 더욱 증가되었을 뿐만 아니라
직접화법을 통하여 사회 각 계층에 속하는 인물들의 면모를 실감 있
게 보여주고 있는데, 이는 경직된 서술을 극복하기 위한 것인 동시에
보여주기, 인물의 사회성 강조 등을 위한 작가의 의도적인 노력으로
보인다.

이밖에 두 작품에서는 감각기관에 직접 호소할 수 있는 수사법, 이
를테면 청각 이미지에 호소하는 의성법과 시각 이미지에 호소하는 의
태법을 많이 사용하였는데, 이러한 감각기관에 직접 호소할 수 있는
표현이야말로 "소설 속의 작중인물과 배경을 현실적이면서 신뢰감 가
도록 만들어 주"[33]는 것이다. 이 두 가지 수사법은 어떤 행동을 마치
눈으로 직접 보거나 귀로 직접 듣는 것처럼 생생하게 그리고 구체적
으로 묘사하는 데 효과적이다.

---

33 Robert C. Meredith and John D. Fitzgerald, 『*Structuring your novel*』, Barnes
& Noble Books, 1972, p.85(曹南玹, 『小說原論』, 고려원, 1982, p.208에서 재
인용).

이십 전이나 삼십 전에 어머니는 운다, 아내도 기운이 준다. 나까지 가슴이 **바짝바짝** 조인다.(p.21)

아이는 젖을 달라고 밤새껏 **빽빽**거린다.(p.21)

나의 식구도 그럴 것을 생각할 때면 자연히 흐르는 눈물과 **뿌직뿌직** 찢기는 가슴을 덮쳐 잡는다.(p.23)

— 「탈출기(脫出記)」에서(강조-인용자)

형님께서 섭섭해하실 것보다도 용손의 낙망을 생각하면 가슴이 쓰린 것이 아니라 **뿍뿍** 찢깁니다.(p.328)

그래도 목구멍이 포도청으로 그놈의 것을 꿀꺽꿀꺽 참고 나면 십 년 감수는 되는 것 같았습니다.(p.330)

나는 **뻣뻣이** 앉아서 게트림을 하면서 부른 배를 슬슬 만지는 김초시를 발길로 차놓고 싶었으나……(p.331)

— 「전아사(餞迓辭)」에서(강조-인용자)

여기서 보여준 의성법과 의태법은 시각적·청각적 이미지를 통하여 표현의 직각성과 정확성을 획득함으로써 현장감을 높이고 있다. 이 역시 가난에 대한 호소와 '탈출'에 대한 의론을 효과적으로 전개하는 데 유리한 것으로 된다. 최서해는 의성어 의태어가 풍부한 조선어의 특유성을 독자적으로 활용함으로써 "극도의 빈궁을 상징하는" " 배경 묘사"를 통하여 "뛰어난 사실주의 수법을 보여주"었다.[34]

이러한 문체적 전략은 모두 화자 자신의 '탈출'을 정당화하기 위한 진술과 관련되어 있다는 것에 그 적극적인 의의가 있다.

---

34 孫英玉, 「崔曙海 연구」, 서울대학교 석사논문, 1977, p.68.

(2) '대화적 서술'에 의한 '탈출'의 정당화

최서해의 서간체 소설은 그 구성상의 특징으로 인하여 화자의 진술이 독특한 양상을 띠고 전개된다. 다시 말해, 서간체 소설은 그 형식으로 보아 주로 서신 교환 형식과 일방적 송신 형식의 양자로 구분되고, 전자가 장편의 성격을 지향한다면 후자는 보다 단편적인 것이 특징이다.[35] 한국의 20년대의 서간체 소설들은 단편이기 때문에 우선 외형적으로 교환형식보다는 일방적 송신형식을 취했고, 따라서 시점 문제에 있어서도 중층적 1인칭보다는 거의 단순 1인칭으로 이루어졌다.[36] 그런데 최서해의 서간체 소설은 서신 교환 형식과 중층적 1인칭으로 되어 있어, 첫머리에 송신자와 수신자의 갈등관계가 제시되고 있다. 이와 같은 서신 교환형식으로 하여 수신자의 목소리가 서사적으로 구성되어 있고, 1인칭 화자의 의식 속에 타자의 의식이 함께 들어가 있어 화자 스스로 그 타자와 대화를 나누는 듯한 "대화적 독백"[37]의 양상을 보인다.

뿐만 아니라, 최서해의 서간체 소설은 도입부와 종결부에 '액자'와 비슷한 형태를 취하고 전형적인 회고식 서술로 되어 있어 1인칭 화자는 서술의 대상이자 경험 주체로서의 '경험적 자아'와 서술 주체로서의 '서술적 자아'를 동시에 담당하는 이중적인 측면[38]을 지니게 된다. 이와 같은 자서전적 1인칭 소설은 일반적으로 "소설의 의미구조를 결

---

35 李在銑, 앞의 책, p.157.

36 위의 책, p.159.

37 우정권, 『한국 근대 고백소설의 형성과 서사양식』, 2004, p.181.

38 Stanzel, F. K., 안삼환 역, 『소설형식의 기본유형』, 탐구당, 1982, pp. 62~76 및, Stanzel, F. K., 김정신 역, 『소설의 이론』, 탑출판사, 1990, p.129.

정"하는 "체험적 자아와 서술적 자아의 긴장"[39]이 작품을 이끌어 가는 원동력으로 작동한다. 최서해의 서간체 소설에서 경험적 자아는 가난을 체험하는 주인공이고 서술적 자아는 체험을 보고하는 화자로서, 서술적 자아인 화자는 경험적 자아인 주인공보다 우위에 서서 자신의 체험에 대하여 주체적인 평가를 하고 있다. 따라서 최서해 소설의 '액자 형태'는 화자의 우월한 위치와 주인공의 복잡한 심리적인 갈등을 보여주기 위한 틀로서의 역할을 하고 있다.

「탈출기(脫出記)」와 「전아사(餞迓辭)」의 도입부에 삽입된 수신자 '김군'과 '박군'의 서한을 보면, 두 사람은 모두 '탈가'한 주인공에게 집으로 돌아올 것을 권고하고 있다.

—박군! 나는 군의 탈가(脫家)를 찬성할 수 없다. 음험한 이역에 늙은 어머니와 어린 처자를 버리고 나선 군의 행동을 나는 찬성할 수 없다. 박군! 돌아가라. 어서 집으로 돌아가라. 군의 부모와 처자가 이역 노두에서 방황하는 것을 나는 눈앞에 보는 듯싶다. 그네들의 의지할 곳은 오직 군의 품밖에 없다. 군은 그네들을 구하여야 할 것이다.

—「탈출기(脫出記)」에서(p.16)

'이 글은 내가 부르고 용손이가 쓴다. 그놈이 금년에 사학년인데 국문은 곧잘 쓴다. 어서 오너라. 노비 이십 원을 부치니 곧 오너라. 밥값 진 것이 있으면 내려와서 부치도록 하여라. 한꺼번에 부쳤으면 얼마나 좋겠니마는 그날 그날 빌어먹는 형세라 어디 그렇게 돼야지! 이것도 용손의 저금을 찾았다. 그놈이 저금을 찾는다며 엉엉 울던 것이 네게 보낸다고

---

39 Stanzel, F. K, 安三煥 역, 위의 책, p.62.

하니 제가 달아가서 찾아 가지고 오는구나!'

—「전아사(餞迓辭)」에서(p.327)

이 두 작품의 편지내용은 서로 다른 의미를 나타내고 있다. 「탈출기(脫出記)」의 김군의 편지가 '탈가'한 친구 박군에 대하여 윤리적인 측면의 비판을 전제로 한 것이라면, 「전아사(餞迓辭)」의 형님의 편지는 집을 나가 고생하는 아우에 대한 형님의 따뜻한 혈육의 정을 바탕으로 하고 있다. 따라서 이에 응답하는 차원에서 답신을 보내는 두 작품의 화자는 똑같이 수신자를 향하여 권고를 받아들일 수 없음을 강조하고 있지만, 삽입된 서한의 내용 때문에 하나는 수신자와 대립적인 입장에서, 다른 하나는 죄송한 마음으로 "탈가한 이유" 또는 '탈가'하여 "이런 생활을 하게 된 동기"를 고백하겠다고 한다. 그리고 주인공 자신도 가족적인 삶과 사회적인 삶의 괴리로부터 오는 심각한 고통을 겪는 위치에 놓여 있다. 그러므로 두 작품의 1인칭 화자의 진술은 두 가지 갈등을 극복하면서 '탈출'의 정당성을 확인하는 대화적 진술로 채워진다. 이러한 '대화적 서술'은 "울음의 문체"[40]를 바탕으로 한 '호소'로 일관하면서도 청자의 이해를 유도하는 데 초점을 둠으로써, 1인칭 화자가 수신자와의 갈등을 해소하고 공감대를 이루고자 하는 서사적 특징을 갖고 있다. 다시 말하여, 가족애와 "울음의 문체"에 근거한 '호소'와 '의론'의 문법은 "인정과 눈물"이라는 "조선인의 정조"[41]와 맞닿아지는 것으로, 쉽게 청자와 공감대를 형성할 수 있을 뿐만 아니라 그 공감대를 민족적인 것으로 확산시킬 수 있는 것이다.

두 작품의 대화적 진술은 '액자 형태'에 의하여 '안 이야기'와 '바깥

---

40 김주연, 앞의 논문, p.224.
41 孫英玉, 앞의 논문, p.67.

이야기'로 갈라진다. 「탈출기(脫出記)」는 1~6의 숫자에 의하여 도합 6장으로 나뉘어졌는데, 이 작품에서 2~5장과 6장의 앞부분까지는 주인공의 탈가하기 전 궁핍한 생활을 서술한 '안 이야기'로 구성되어 있고, '안 이야기'를 둘러싼 1장과 6장의 나머지 부분은 외부 이야기로서 이미 기정사실로 된 주인공의 탈가의 정당성에 대한 변론으로 채워지고 있다. 「전아사(餞迓辭)」도 1~4의 숫자에 의하여 도합 4개의 장으로 나뉘어지고 있는데, 2장부터 4장의 전반부까지 주인공인 '나'의 탈가의 전후과정과 탈가 후의 생활에 대해 서술한 '안 이야기'로 구성되어 있고 1장과 4장의 후반부는 '나'의 현재 상황과 생각을 서술한 외부 이야기로 채워져 있다.

두 작품의 '안 이야기'는 액자구조의 역할과 대화적 진술 방식에 의하여, '과거사'에 대한 단순한 서술의 차원에 머무르지 않고 화자 자신의 복합적인 갈등을 제시하는 '극적인 이야기'로 재현되고 있다.

먼저 「탈출기(脫出記)」의 '안 이야기'를 보면, 1인칭 화자가 과거에 경험한 가난을 중심으로 전개되면서 중간 중간에 현재 화자의 생각을 전하는 것으로 서술되어 있으므로 화자가 자신의 과거 경험을 이야기하는 서술 상황과 현재 자신의 심경을 이야기하는 서술 상황이라는 두 개의 서술층위가 나타나게 된다. 주목되는 것은 1인칭 화자의 진술이 '탈가'를 반대하는 친구 김군과의 가치관의 대립을 의식하면서 주인공의 윤리의식을 표나게 내세우는 가운데 주인공의 절박한 가난체험을 절실하게 그려내고 있다는 점이다. 경험적 자아인 '나'는 오년 전에 고향에서 살길을 찾아 가족을 데리고 간도로 떠났다. 그러나 간도에서 땅을 구하기는 고사하고, 일자리도 구하기 힘들어 닥치는 대로 구들을 고치는 일도 하고 여름불볕에 삯 김도 매고 꼴도 베어 팔지만, 집 식구가 굶주림을 면할 수 없는 상황이었다. 그 와중에 임신한 아내

가 배고파서 남이 버린 귤껍질을 몰래 주워먹는 것을 목격했을 때 서
사는 클라이맥스에 이른다. 나는 "이 목숨이 있는 때까지는 벌어보
자!"(p.20)고 주먹을 쥐고 눈물을 흘리며 맹세하지만, 더욱 암담한 나
날이 기다리고 있을 뿐이다. 두부장사를 했으나 두부가 자꾸 쉬어 돈
을 벌지 못하며, 땔나무가 없어 나무를 베다가 산 임자한테 들켜 경찰
서로 잡혀가 매맞고 나무도둑으로 몰려도 하소연할 길이 없었다. 이
러한 극한적 상황에 이른 나는 "시퍼런 칼이라도 들고 하루라도 괴로
운 생을 모면하도록 쿡쿡 찔러 없애고 나까지 없어지든지, 나가서 강
도질이라도 하여서 기한을 면하든지 하는 수밖에는 더 도리가 없게
절박하였다"(p.22)고 절규하는데, 그로부터 갑자기 의식의 전환이 이
루어져 세상에 속아서 "험악한 제도의 희생자"(p.22)로 살아온 것을
자각하는 것으로 내부의 이야기는 마무리되고 있다. 이처럼 '안 이야
기'에서 1인칭 화자는 체험적 사실로써 "험악한 제도" 앞에서 주인공
의 윤리의식이란 얼마나 무력하고 허무한 것인가를 보여준다.

그런데 '안 이야기'에서는 의식의 전환과정이 구체적으로 서술되지
않고 탈가의 방향도 제시되어 있지 않다. 화자가 생생한 장면적 서술
을 통하여 주인공과 그의 가족이 살아가기 위해 고투하는 처절한 생
활상을 극적으로 보여준 대신 '탈출'이라는 결말에 이르는 의식의 전
환이나 탈가할 당시의 심경 등은 지나치게 요약하여 서술하거나 생략
했다고 볼 수 있다. 그러므로 회고식 서술에서 마지막에 경험적 자아
와 서술적 자아의 의식의 일치가 이루어져야 하는데, 가난체험을 통
하여 스스로 의식의 전환을 가져오게 된 것처럼 되어 있는 것은 '안 이
야기'가 이념전달이 강조된 외부 이야기와 서사적으로 자연스럽게 연
결되지 않고 있음을 말해준다.

종결부에서는 서술적 자아가 전면에 등장한 서술 상황으로 전환하

면서, 이미 탈가하여 독립단에 가입한 주인공의 이념만이 번복된다. 1인칭 화자는 경험적 자아보다 훨씬 높은 의식으로 탈가의 목적과 향후의 투쟁에 대하여 말하고 있다. 말하자면 '안 이야기'에서 1인칭 화자는 자신을 비롯한 가족의 문제를 중심으로 하여 김군과 '대화적 독백'을 함으로써 윤리적 측면에서 공감대를 형성하였지만, 사회적 모순을 자각한 후부터는 대화의 범위를 사회라는 넓은 영역으로 거침없이 확대시키고 있다. 이에 따라 외부 이야기에서 서술적 자아는 김군의 보수적인 윤리관과 대립되는 위치에 설 수밖에 없다. 화자는 불공평한 사회에서 사회제도가 변하지 않는 한 개인이나 가족의 희망은 존재하지 않으며, 탈출하여 새로운 삶의 공간, 즉 독립단이라는 사회적 집단에 몸담고 사회를 변혁하기 위하여 싸우는 길만이 궁극적으로 가족을 위하는 일이라는 점을 역설한다. 주인공은 대화적 진술을 통하여 개인이나 가족의 생존방편을 찾기 위한 사회 집단으로의 탈출은 결국 보수적 윤리관으로부터 탈출하는 진통을 겪지 않고서는 실현될 수 없음을 김군에게 말하고 있는 셈이다. 뿐만 아니라 맨 마지막에 "아아, 김군아! 말을 다하였으나 정은 그저 가슴에 넘치누나!"라고 서술함으로써 김군과의 갈등을 화합으로 전환시키려는 강렬한 염원을 표출해 놓았다.

「전아사(餞迓辭)」의 '안 이야기'에서도 경험적 자아가 보다 우세한 위치를 확보하고 있는데, 「탈출기(脫出記)」와 다른 점이라면 가난체험을 통하여 경험적 자아의 의식이 성장하는 과정을 단계적으로 서술했기에 서술적 자아와 경험적 자아의 거리가 먼 상태에서 출발하여 점차 좁혀지면서 나중에 일치하게 되며, 서술적 자아의 정서적 개입이 「탈출기(脫出記)」에 비하여 훨씬 줄어들고 경험적 자아의 심리적 갈등이 섬세하게 그려져 있다. 그리고 주인공의 고통도 두 가지로서

"늙은 어머니에게 조밥이나마 배불리 대접치 못하는 것과 남들과 같이 서울로 공부 못 가는 것"(p.329)이었다. 전자가 어머니에 대한 사랑에서 비롯된 것이라면 후자는 자신의 이상을 실현할 수 없는 고통이다. 그런데 이 두 가지 고통의 근원은 다 가난에 있었으므로 어느하나를 희생해서 해결할 수 있는 일도 아니었다. 처음에 '나'는 어머니에 대한 효성 때문에 집을 지키다가 결국은 사회 의식에 눈을 뜨게되는 동시에 적자생존과 자연도태 설을 받아들여 출세의 길을 찾아서울로 오게 된다. 그러나 도시는 농촌보다 발전했지만 왜곡된 삶의현장으로서, 자신의 이상을 포기하지 않은 '나'는 끈질긴 노력으로 끝내 등단을 하나 생계조차 유지하기 힘들어 "매춘부"(p.340)보다도 못한 글쓰기 생활을 한다. 그러한 삶에 역겨움을 느낀 나머지 '××주의단체'에 드나들게 되지만 그것도 역시 하루나 이틀에 될 일이 아니기에 우선 밥을 먹는 것이 중요하다고 생각한다. 그리하여 취직운동을하게 되지만 실패하고 마는데, 이런 와중에 어머니의 작고소식을 접하고 "변태적 사회"(p.342)에서는 개인의 이상도 실현할 수 없고 가족에 대한 책임도 다할 수 없다는 것을 뼈저리게 자각하게 된다. 그래서자살까지 시도하다가 "세상이 어찌되는 것을 보려고"(p.342) 구둣짐을 지게 되었다. 이와 같이 '안 이야기'에서 주인공은 이미 사회적 모순을 자각하고 그에 대한 대응책을 모색하려고 노력하는 모습을 보이고 있다.

종결부에서 1인칭 화자는 친족의 따뜻한 정을 받아들이고 싶지만, 자신에게 있어서 가족의 품으로 돌아가는 것은 불가능한 일이고 사회와 싸우는 것만이 유일한 길이라는 것을 고백한다. 그런데 하루라도살아있는 한 이 세상과 싸울 것이라고 하였는데, 도대체 무슨 방식으로 세상과 싸우겠다는 것인지에 대해서는 구체적으로 밝히지 않고 있다. 그리고 '전아사'라는 이 작품의 제목의 의미를 그저 "이 옛날의 생활을 전멸하고 새생활을 맞"겠다는 뜻으로 해석하는 것으로 작품이 종결되는데, 여기서도 "새 생활"이라는 그 의미가 모호한 상태로 남아 있다. 다만 도피할 수 없는 현실에서 '새 생활'이란 명분뿐인 정신적인 '탈출'을 시도하고 있는 것으로 추측할 수 있다. 이러한 결말로 하여 주제의식이 희박하게 나타나는 한계가 있지만, 현실의 모순 속에서 부대끼고 갈등하면서 참다운 삶의 길을 모색하고자 안간힘을 쓰는 가난한 지식인의 불우한 처지를 사실적으로 보여주는 것, 그리고 그러한 주인공의 고통스럽고 안타까운 심정을 '형님'이라는 가상의 '수신자'를 통하여 울분에 찬 목소리로 독자들에게 호소하고 이해를 촉구하고 있는 점은 의미가 있다고 해야 할 것이다.

이처럼 최서해의 서간체 소설에서는 '대화적 서술'이라는 서술방법으로 '탈출'의 의미에 대한 논의를 폭넓은 담론의 차원으로까지 이끌어 나아가는데, 여기에 이 작품들이 지니는 보다 큰 의의가 놓여있는 것이다.

먼저 「탈출기(脫出記)」를 살펴볼 경우, 내부 이야기에 "좌절이자 희망의 모티프"[42]로 되는 두 번의 탈출 모티프가 나타나는데, 서사적 공간의 이동에 따른 1인칭 화자의 진술에 의하여 탈출의 의미가 구체화되고 있다. 즉 첫 번째 탈출은 가족과 더불어 잘 살아보고자 하는 욕망으로 "식민지 조선을 벗어나는 일"이고, 두 번째는 그 욕망의 실현이 불가능한 상황에서 사회에 대한 반항의 길을 선택하여 "노모와 처자를 버리고 집을 나와 독립단에 가담"하는 것이다. 바로 이 같은 탈출의 의미로 인하여 이 작품의 담론적 성격이 계급적 문제성을 지니

---

[42] 권영민, 『한국현대문학사(1896-1945)』 1, 민음사, 2002, pp.346-347.

게 되는 것이지만, 전반적인 서사에서 볼 경우 주인공의 탈가에 대한 문제 제시를 통하여 논의의 범위를 개인적인 비극으로부터 사회적인 문제로까지 넓히고, 주인공이 공적인 담론의 차원에서 가족과 사회의 관계에 대하여 밝히는 동시에 가족적인 삶과 사회적인 삶의 괴리를 보여주고 있어 탈출이 결국은 사회의 부조리에 대한 도전을 통하여 궁극적으로 그 괴리를 극복하기 위하는 데 있다고 진술한 것은 의미 있는 구상이라 볼 수 있다.

「전아사(餞迓辭)」에서는 내부 이야기의 중간에 '탈출' 모티프가 나와 가정으로부터 사회로, 농촌으로부터 도시로 향한 주인공의 '탈출'이 이루어지고 있다. 주인공의 가정으로부터의 탈출은 "나의 존재와 사회적 관계"에 대한 근대적 자아에 관한 각성으로부터 비롯된 것이지만, 도시로의 탈출은 적자생존과 자연도태설에 경도되어 출세의 길을 선택하였기 때문에 가능한 것이다. 적자생존과 자연도태설은 무의식중에 일본 제국주의의 식민주의 담론과 맥을 같이 하게 되는 한계를 보이지만 근대적 자아의 발전을 문제삼고 있다는 점에서는 그 나름의 진보성을 갖고 있다고 해석해 볼 수 있다. 그러나 식민지 사회의 도시라는 삶의 공간에서 근대적 삶의 주체로 발전해 나가기를 지향하는 주인공의 욕망은 쉽게 도달될 수 없는 것이었다. 거듭되는 좌절을 통하여 정신적인 각성을 하고 나중에 사회에 대한 저항의 자세를 취함으로써 정신적인 '탈출'이 외부이야기에서 전개된다. 이로써 이 작품이 결국은 식민주의 담론에 영합하지 않을 뿐 아니라 반식민주의적 담론의 성격을 지니고 있다고 보아야 할 것이다.

요컨대, 「탈출기(脫出記)」와 「전아사(餞迓辭)」는 대화적 진술을 통하여 개인의 '탈출'에 관한 논의를 "사회의 근본적 구조를 묻는" "투쟁적 담론"[43] 내지 '사회적 담론'으로 확대시킴으로써 독특한 미학적 특질을 보여준다 하겠다. 그리고 전자가 빈궁으로부터의 '탈출'을 위하여 정치투쟁의 길로 나아가는 데 비하여 후자는 글쓰기라는 방식을 선택하고 있어 주목된다. 이것은 최서해 자신의 생애를 문학적으로 재현한 것인 동시에 궁핍으로부터의 '탈출'을 지향한 그의 글쓰기의 특성을 여실히 보여준 것이라 할 수 있다.

2) 액자소설 형식을 통한 리얼리티의 구현

전기(前期)와 후기(後期)를 망라해서 최서해 소설은 액자소설 형식에 관심을 보였다. "액자(額字)의 기능(機能)은 주로 작가(作家)의 자아(自我)를 억제하는 원근법적(遠近法的)인 객관성(客觀性)과 사건 경과의 거리화(距離化, 회상 방법 등) 및 전체(全體)의 현실인식(現實認識)의 표현(表現)을 인간(人間)의 수준(水準)에 두고 있"[44]으므로, 최서해가 주관적 서술을 가능한 한 배제하는 동시에 소설의 리얼리티를 구현하려는 의도를 지니고 있었다는 것이 자명해진다.

최서해 소설 중 액자소설 형식을 취한 작품으로는 「누가 망하나?」(1926.7), 「저류(底流)」(1926.10), 「무서운 인상(印象)」(1926.12), 「같은 길을 밟는 사람들」(1929.12), 「누이동생을 따라」(1930.2) 등의 작품이 있다. 그 중 「저류(底流)」를 제외하고는 모두 1인칭 소설에 속하는데, 작가 최서해가 1인칭 소설의 서사적 기법을 탐구하는 과정에서 액자소설 형식에 관심을 지니고 있었다는 것을 추정해 볼 수 있다.

아래에 최서해의 액자소설을 '바깥 이야기', 즉 1단계의 서사 텍스트[45]에서 화자가 스토리 시간을 배치하는 방법을 기준으로 하여 우선 순

---

43 전문수, 「1920년대 소설의 구조에 관한 연구」, 『人文論叢』 第3輯, 1996.1, pp.36~37.
44 李在銑, 앞의 책, p.100.

차적으로 서술된 작품 「누가 망하나?」(1926.7), 「저류(底流)」(1926.10), 「누이동생을 따라」(1930.2)를 살펴보고, 그 다음 에 회고식 서술로 된 작품 「무서운 인상(印象)」(1926.12), 「같은 길을 밟는 사람들」(1929.12)을 고찰해 보고자 한다.

「누가 망하나?」(1926.7)는 총 3장으로 구성되어 있는데, 1~2장과 3장의 결말 부분이 '바깥 이야기'로 되어 있고, 3장의 대부분이 '안 이야기'에 속한다.

'바깥 이야기'의 대부분의 내용은 '안 이야기'의 앞에서 서술된다. 1인칭 화자인 '나'는 어느해 이른봄 친구의 하숙집을 찾아갔다가, 한 거지가 어떤 신사의 집 마루에 올라갔다고 도둑놈으로 몰려 순사에게 매맞는 것을 목격하는데, 이 지점으로부터 이야기가 시작된다. 참다 못한 거지는 자기를 무함한 신사를 때려눕힌 후 사라져 버렸다. 그 이듬해 가을 '나'는 전남 법성포로 가서 친구들과 뱃놀이를 즐기다가 그 거지를 다시 만나게 되며, 그의 내력에 대해 듣게 된다.

거지의 내력이 서술되는 '안 이야기'는 특이한 구성을 취하고 있다. 우선은 화자에 의해 거지한테서 들은, 중학교 때 아버지가 남의 소작인으로 살다가 돌아가는 바람에 공부를 그만두게 되고 그 후에는 어머니마저 세상을 뜨고 아내는 자궁병으로 신고하게 되었다는 내용이 소략하게 요약되어 제시된다. 나머지 이야기는 거지가 2단계의 화자가 되어 직접대화 형식으로 병든 아내가 약 한첩 죽 한 술 못 먹고 찬구들 위에서 죽은 사실과, 그 후 자살하려다가 세상이 망하는 꼴을 보

---

45 미케 발에 의하면, 서사 텍스트는 궁극적으로 다른 텍스트가 화자 텍스트로 삽입된 전체로 이루어지면서 서술단계가 나타난다. 따라서 액자 소설의 '바깥 이야기'는 1단계의 서사 텍스트로, '안 이야기'는 2단계의 서사 텍스트로 볼 수 있다. Bal, M., 앞의 책, pp.242~246.

려고 살아남아 떠돌아다닌다는 이야기를 상세하게 재현하고 있다. 이 때 1인칭 화자는 청중의 위치로 이야기를 듣는 입장에 놓이게 된다. 이는 이야기의 진실미를 더해 주는 효과가 있다는 점에서 객관성의 획득에 기여할 수 있는 것이다.[46] 그런데 거지가 자신의 내력을 고백하는 과정에 이야기가 여러 번 중단되는 "중단적 액자(中斷的 額字)"[47] 의 형태가 나타나고 있다. 김창식은 이러한 "중단적 액자"는 형태적인 측면보다는 서술의 근원상황이란 측면에서 서술자의 태도와 청자의 반응 혹은 주변의 분위기를 보여줌으로써 서술내용의 리얼리티를 획득하기 위한 수단으로 기능한다고 언급한 바 있다. 이는 형태적인 측면과 내용적인 측면의 통일을 이루어 이야기의 진실성을 확실하게 부여하려 했던 작가 최서해의 문학적 기교라 볼 수 있다.

또한 이런 "중단적 액자"로 하여 '안 이야기'의 중단 부분이 '바깥 이야기'와 시간적 연속성을 갖게 되므로 1단계의 화자인 1인칭 화자의 서술이 일관성을 지니고 자연스러운 연결을 연출한다.

'안 이야기'의 뒤에 이어진 '바깥 이야기'는 1인칭 화자의 감상을 간단히 서술하는 것으로 종결되고 있다.

> 그 뒤에는 벌써 사 년이 되도록 그 거지 박 서방을 못 보았다. 그러나 나는 어디서든지 거지를 보면 박 서방 생각이 나서 유심히 보게 되고 동시에 알 수 없는 공포를 느낀다.
>
> —「누가 망하나?」에서(상권, p.268)

---

46 金昌植,「崔曙海 額字小說의 構造와 意味—「누가 망하나?」·「무서운 印象」을 中心으로」,『國語國文學』第23輯, 1986.2, p.236.

47 "중단적 액자"에 관한 것은 李在銑, 앞의 책, pp.137~138 참조.

이 세 행밖에 안되는 감상의 중요성은 '안 이야기'의 주인공인 박서방보다 서사를 이끌어가는 지배적 위치로 보나 사회적 위치로 보나 우위에 있는 화자의 느낌이라는 데 있다. 여기서 화자가 말하는 '공포'는 화자 자신의 감상인 동시에 독자들에게 전달하려는 것이다. 그 '공포'의 의미에 대해서는 두 가지로 해석해 볼 수 있다. 하나는 동일한 인간적 차원에서 볼 때 박서방의 운명에 대한 관심으로부터 오는 공포이고, 다른 하나는 사회적인 차원에서 볼 때 박서방과 같은 거지들을 배출하는 사회에 대한 공포이다.[48]

「누이동생을 따라」(1930.2)는 분위기, 묘사수법, 구성방법, 작품의 배경 등에서 김동인의 「배따라기」와 유사한 작품이다.[49] 이 작품은 총 8장으로 된 분량 있는 소설로서, '바깥 이야기'가 1~4장과 8장의 마지막 5행으로 되어 있고 '안 이야기'는 5장부터 8장의 대부분을 차지한다.

앞에 있는 '바깥 이야기'에서는 '나'가 부산 해운대에 갔다가 단소 부는 사나이를 알게 된 이야기로 되어 있다. 서두에 반복적으로 제시되는 단소 소리는 얼마 전에 젊은 여자가 바다에 뛰어들어 자살했다는 화제와 더불어 작품 전체에 음울한 분위기를 형성해주는데, 1인칭 화

---

48 최서해 소설에 제시된 '공포'에 대하여 김병구는 "지배 계급에게 공포를 환기시키는 효과를 낳고 지배 계급에 대한 경고의 전언을 담고 있다"고 했고, 장수익은 "기층 민중들이 몰락하는 주인공에게서 자신들에게도 닥쳐올 강퍅한 운명을 같이 봄으로써 느끼는 공포"라고 했다. 본 연구에서는 화자의 위치라는 측면에서 볼 경우 이 작품에서 두 가지 의미를 다 내포하고 있다고 보며 다른 작품의 경우는 내용에 따라서 시각을 달리할 수도 있다고 본다. 김병구, 「최서해 소설의 (탈)식민성 연구—식민지적 정신성의 문제를 중심으로」, 문학사와 비평학회 편, 『최서해 문학의 재조명』, 새미, 2002, pp.40~42; 장수익, 「최서해 소설과 조선 자연주의」, 『한국 현대소설의 시각』, 역락, 2003, pp.78~79.

49 郭根은 김동인의 「배따라기」와 최서해의 「누이동생을 따라」를 비교하고 恰似한 點이 많음을 증명했다. 郭根, 「曙海小說의 特質研究」, 『成大文學』 第21輯, 1980.12.

자는 담담한 정경묘사체로 배경을 묘사하고 있어 서사 기법 면에서 또 다른 면모를 보여주었다.

이 작품에서도 '안 이야기'가 "중단 액자"에 의하여 잠시 그치나, 그 중단 부분이 '바깥 이야기'와 시간적 연속성을 갖고 있다. '안 이야기'는 주로 단소 부는 사나이가 처음부터 끝까지 직접화법으로 자신의 내력을 이야기하는 것으로 되어 있어, 「누가 망하나?」에서 처음에 화자의 간접화법으로 요약하여 서술한 다음 인물의 직접화법으로 바뀌는 것과 달랐다. '안 이야기'는 직접화법에 의하여 단소 부는 사나이가 조실부모하여 서모의 학대로 애꾸눈이 되고 벌목판에서 다리를 다쳐 불구가 된 과정과 그 후 어릴 때 갈라진 여동생이 유곽에 팔려갔다는 말을 듣고 방랑하면서 찾아다니던 중 이곳에 와서 여동생이 열흘 전에 자살한 소식을 접하게 된 경과가 사실적으로 재현되고 있다.

'안 이야기'의 뒤에 있는 '바깥 이야기'에서는 「누가 망하나?」에서처럼 몇 행의 서술로 끝내고 있다. 그러나 1인칭 화자의 감상을 적은 것이 아니라 단소 불던 사나이도 여동생의 뒤를 따라 자살해 죽었다는 사실을 담담한 필치로 전달하고 있을 뿐이다. 이 작품은 단소 부는 사나이의 불행을 둘러싸고 제기되는 일련의 문제에 대해 화자가 직접적인 평가를 하지 않고 간접적으로 제시하여 서술의 객관화를 이루고 있다.

「저류(底流)」(1926.10)는 최서해의 액자소설 중 유일한 3인칭 소설로, 역시 "중단 액자" 형태를 취하고 있는 작품이다. '바깥 이야기'는 여름 밤에 시골 노인들이 모여앉아 가뭄 걱정에 이어 세상을 원망하는 것으로 시작되고 있다.

"일은 거저 일이 아니야……. 이래서 달달 볶아 죽이자는 게지?"

"세상이 이렇구서야 바루 되겠소? 두만강에 떡이 돋구 당목이 똥숫개(뒷지) 되문 세상이 망한다더니."

그 이마 벗어진 늙은이는 눈을 끔벅하면서 큰일이나 난 듯이 말하였다.

"망해두 어서 망하구 흥해두 어서 흥해야지. 이거 이러구서야 어디 견디겠소……. 글쎄, 술두 맘대루 못 해먹구 담배두 맘대루 목 저먹는 세상에 살아서는 뭘 하겠소……. 참 우리야 쉬 죽겠으니 또 모르겠소마는 이것들이 불쌍해서……."

김 도감이란 영감은 악 절반 한탄 절반으로 뇌면서 무릎에 앉은 손자를 내려다본다.　　　　　　　　　　　　　—「저류(底流)」에서(하권, p.29)

노인들의 대화를 통하여 그들이 당면하고 있는 현실 상황의 열악함을 느낄 수 있다. 거기에 불만을 느끼고 있는 노인들은 세상이 망하기를 바라지만, 전년(前年)의 '만세'운동의 실패를 보았기에 때를 기다려 홍길동이나 소대성같은 서민들의 영웅이나, 나라를 세울 정도령 같은 왕이 나타나기를 고대하고 있다. 그러나 한편으론 "○○ 놈들이 장쉬 나는 곳마다 쇠말뚝을 박아서 못 나오게 하는"(하권, p.31) 걸 걱정하고, 한편으로는 조만간에 세상을 구할 장수가 나올 것이라는 확고한 믿음을 내보인다. 이러한 믿음은 그들에게 '아기 장수 전설'로 재현된다.

이 작품의 '안 이야기'는 '아기 장수 전설'로서, 이 설화 역시 노인들의 대화 형태로 소개되어 '안 이야기'의 중단 부분이 '바깥 이야기'와 시간적 연속성을 갖고 전개되는 가운데 작품에 제기된 현실에 맞추어 설화의 내용이 변천한다. 워낙 전국적인 광포설화(廣布說話)인 아기장수전설은 좌절된 영웅의 모습을 통하여 민중의 원망(願望)이 좌절당한 사회상의 비극을 반영하고 있는 것이 일반적인 특징이지만,[50] 이 작품에서는 아기 장수가 죽는 것이 아니라 산에 들어가 십년 후에 나오겠다고 하는 것으로 마무리되고 있다.

이러한 전설의 종결은 '바깥 이야기'의 전반부에서 때를 기다려야 한다고 한 노인들의 견해와 맞물리고 있으며, 그 견해는 '바깥 이야기' 의 후반부가 되는 종결부에 와서 재차 강조된다.

"이제 보오마는 때는 꼭 있을게요!"

미래를 보는 듯이 힘있게 말하고 달을 쳐다보는 김 서방의 눈은 빛났다.

다른 늙은이들도 신비로운 꿈에 싸인 듯이 멀거니 앉아서 달을 쳐다보았다. 그 눈은—달빛 받은 그 늙은 눈은 다 같이 달 속에서와 하늘 위에서 무엇을 찾고 그윽히 믿는 듯이 빛나고 위엄 있게 보였다.

—「저류(底流)」에서(하권, pp.36~37)

이로써 아기 장수로 표상되는 세상을 구할 수 있는 영웅은 죽지 않았으며 그의 재출현을 믿으면서 '때를 기다려야 한다'는 것이 이 작품에 흐르는 '저류'임을 알 수 있다. 그 영웅은 현실 생활에서 출현 가능성이 전혀 없는 인물이 아니라, 역사적으로 실재한 민중 속에서 나온 홍길동, 소재영, 이순신과 같은 인물이라고 할 때, 그리고 조선의 역사가 이미 정왕(鄭王)과 같은 임금도 나타날 수 있다는 것을 증명하고자 했다고 할 때 이 작품이 선보인 현실적 의의는 과소평가할 수 없는 것이다. 이러한 위로부터 아래에 이르는 믿음이 대화형식으로 구성되어 서민의 목소리가 텍스트 전체를 관통하면서 흐르고 있는 것이 이전의 최서해의 소설에서는 볼 수 없었던 것이라고 할 수 있다. 그리고 다른 작품들이 개별적인 비극적 상황에서 전개된 것과는 달리, 서민들의

---

50 沈晶燮, 「傳說의 文學的 構造—아기장수 전설을 중심으로」, 『文學과 知性』, 第8卷 第1號, 1977.2,. p.240.

"비극의 원천을 일본인들이 산에 말뚝을 박아 맥을 끊었다는 상징적인 암시"[51]로 보여주고 있다. 이러한 주제의 상징적 표현으로부터 이 작품이 "일제의 패망(敗亡)과 조국(祖國) 광복(光復)에 대한 투철한 의지(意志)"[52]를 반영했다는 평가를 재차 확인할 수 있다.

이상의 작품들은 모두 '바깥 이야기'가 화자의 순차적인 서술로 되어 있을 뿐만 아니라 '안 이야기'는 작중인물의 직접화법에 의하여 전달되고 있다는 공통점이 있는데, 작중인물의 직접화법은 그들의 역할이 크다는 것을 말해준다. 그런데 「누가 망하나?」와 「누이동생을 따라」의 '안 이야기'에서 '나'의 관찰 대상으로 되는 작중인물이 2단계의 화자가 되어 직접 경험한 일을 이야기하여 사실적으로 재현하는 데 반하여, 「저류(底流)」에서는 '안 이야기'의 화자가 '아기 장수'를 직접 본 듯이 이야기하나 '전설'과 관련된 내용이므로 '안 이야기'의 진실성을 보장하기 어렵다. 그러나 전자의 경우 '안 이야기'의 화자와 청중의 거리감을 없애기 위하여 '안 이야기'의 신빙성이 특히 강조되고 있는 데 반하여, 후자의 경우는 화자와 청자가 거의 맞물리면서 '안 이야기'를 만들어가고 있기에 '안 이야기'보다 '바깥 이야기'가 더 중요한 의미를 지니게 된다. 즉 후자는 '안 이야기'의 화자와 청자로 되는 노인들이 전설적 영웅에 대하여 한결같이 동경하는 심리를 보여주는 것으로 현실적인 상황과 집단적인 염원을 자연스럽게 반영하고 있는데, 이는 하나의 독창적인 리얼리즘의 수법이라고 할 수 있다.

위의 작품들과 달리, 「무서운 인상(印象)」(1926.12)과 「같은 길을

---

51 金周南, 「崔曙海 作品論考─敍述者問題를 中心으로」, 『西江語文』第4輯, 1985. 4, p.186.

52 趙鎭基, 「20年代 現實과 貧窮의 文學─崔曙海의 作品을 中心으로」, 『語文學』 第34輯, 韓國語文學會, 1976.5, p.211.

밟는 사람들」(1929.12)은 '바깥 이야기'가 회고식 서술로 되어 있고 '안 이야기'는 화자의 간접화법으로 전개되고 있다.

「무서운 인상(印象)」(1인칭, 1926.12)은 총 5장으로 구성되어 있는데, '바깥 이야기'에서 1장과 2, 3, 5장의 끝부분이 서사적 '현재'에, 2장과 4장 및 5장의 대부분이 서사적 '과거'에 속하며, 3장은 '안 이야기'에 속한다. 비교적 복잡한 구조로 되어 있기에 서술의 편리를 위하여 아래에 작품의 내용에 대하여 서술과 시간의 순서에 따라 (a) 현재 1 → (b) 과거 1→ (c) 현재 2 → (d) '안 이야기' →(e) 현재 3 → (f) 과거 2 → (g) 현재 4로 각각 정리하여 표시해보면 다음과 같다.

(a) 현재 1 : 1장

도입부에서 글쓰기 주체로서의 1인칭 화자가 직접 모습을 드러내어, 자신이 직접 목도한 "함경북도 ××역에서 콩을 쓸던 늙은 부인이 기차에 치어서 죽"(상권, p.302.)은 사건을 쓰겠다고 밝힌다. 여기서 화자는 이 사건이 신문 지상에 보도되었다고 하는 것으로 '안 이야기'의 신빙성에 대해 증명하고 있다.

(b) 과거 1 : 2장의 대부분

화자는 자신이 작년 가을 ××역에서 정거장 일을 하면서 약간 정신이 나간 봉준 어머니를 만나게 된 경과를 이야기한다.

(c) 현재 2 : 2장의 끝부분

화자는 그의 말로를 인상 깊게 하기 위하여 그가 지나온 일부터 쓰겠다고 한다.

(d) '안 이야기' : 3장의 대부분

작품의 중앙에 위치한 '안 이야기'에서는 ××역의 노동판에서 고된 일을 하다가 사고로 비참하게 죽은 봉준 아버지와 봉준에 대한 이야기가 서술되고 있다. 봉준 어머니한테서 들은 이야기지만 화자가 자신의 말로 그것을 재정리하여 전달했다. 그 다음 화자는 "무산자(無産者)가 무산자에게 대한 자연적 의식"(상권, p.308)에서 그에 대해 동정하는 한편 "봉준의 그림자는 나의 그림자 같고, 노파의 운명은 우리 어머니의 늘그막 운명을 가리키는 듯해서 무어라 형용할 수 없는 감정에 가슴이 식을 새가 없었"(상권, p.308)다는 느낌을 쓰고 있다.

(e) 현재 3 : 3장의 끝부분

봉준 어머니의 약력을 대강 썼으니 화자는 그의 말로를 쓰겠다고 한다.

(f) 과거 2 : 5장의 대부분

이 부분에서는 봉준 어머니의 약력을 대강 썼으니 이제는 그의 말로를 쓰겠다고 하면서 화자가 다시 서술의 순서를 밝힌다. 기차에 치어죽은 봉준 어머니의 처참한 광경을 목격한 사실을 이야기하고 나서 그 후 공연히 기차가 무섭고 싫어지더니 나중은 그것이 심하여져서 그만 부숴버리고 싶었던 느낌을 서술한다.

(g) 현재 4 : 5장의 끝부분

이 종결부에서는 늙은 부인—봉준 어머니의 죽음에 대한 감상을 아래와 같이 종합하여 토로하고 있다.

> "그래서 지금은 조그마한 기계를 보아도 그만 부숴버리고 싶어서 이가 갈리고 주먹이 쥐어집니다.
>
> 그럴 때마다 내 눈앞에는 내 앞길이 보입니다. 노동자로서의 내 앞길이 활동사진같이 살아 뜁니다.
>
> 오오 붉은 나의 피여!"　　　　—「무서운 인상(印象)」에서(상권, p.312)

이 작품은 중앙에 있는 '안 이야기'에서 두 사람의 죽음, 즉 봉준 어머니에게서 들은 그의 남편과 아들이 노동판에서 사고로 죽은 이야기가 서술되고, 그 이야기를 둘러싼 바깥 이야기에서 화자가 직접 목격한 봉준 어머니의 생전의 사실과 말로가 서술된다. 그런데 '바깥 이야기'의 앞과 뒤에 있는 서사적 '현재'가 '액자'와 비슷한 역할을 하여 글쓰기 주체로서의 화자가 서술의 순서와 단계를 분명하게 밝히면서 서술을 진행한 특징이 있다. 한 집 식구로 되는 세 사람의 죽음을 차례로 제시하는 데 따라 자신의 운명에 대한 '경험적 자아'의 사고가 심화되어가다가 나중에 '서술적 자아'는 자신의 죽음까지 상상하면서 공포에 떤다. 그런데 이러한 '공포'는 다른 작품에서와 달리, 발화로 제시되는 것이 아니라 동류의식에 의한 감정으로 제시됨으로써 '심적인 공감'을 불러 일으킨다. 그리고 또 하나 간과할 수 없는 것은 1인칭 화자가 경어체를 사용하고 있다는 점이다. 「전아사(餞迓辭)」에서 1인칭 화자가 경어체를 사용한 것은 텍스트 내부에 '형님'이라는 청자(수신자)가 명확하게 드러나 있기 때문이라고 한다면, 「무서운 인상(印象)」에서는 독자로 하여금 화자의 존재를 인식시켜 서술된 사건 속에 몰입하기 보다는 거리감을 주고 그러한 거리감을 통해 세 사람의 죽음이라는 사건을 경건한 자세로 받아들일 것을 묵시적으로 강요하고 있다.[53] 이로써 화자가 독자와 보다 큰 공감대를 형성하고 '공포'와 '연민'의 감정과 '비극적 효과'[54]를 강화하였다.

「같은 길을 밟는 사람들」(1인칭, 1929.12)은 구성상 더욱 복잡한 형

---

[53] 김창식은 「무서운 인상(印象)」을 논의하면서 화자의 경어체에 대하여 두 가지 효과를 노리고 있다고 했는데, 이 견해는 경어체로 서술된 다른 소설에서도 통한다고 볼 수 있다. 金昌植, 앞의 논문, p.240.

[54] 아리스토텔레스는 비극은 연민과 공포를 유발하고, 비극의 목적은 카타르시스라고 하였다. Aristotle, 陈中梅译, 『诗学』, 北京: 商务印书馆, 2008., p.228.

식을 취하고 있다. 바깥 이야기인 현재의 이야기가 텍스트의 서두, 중간, 결말에 나뉘어 서술되었는가 하면, 과거의 이야기는 뒤의 사건이 먼저 서술되거나 하나의 사건이 두 번 반복되어 서술되어 있다. 현재의 그리고 세 개의 '안 이야기'가 있는데 전반부에 하나의 '안 이야기'가 있고 후반부에 이중 '안 이야기'가 있다. 다시 말하여 서술과 스토리 시간의 순서에 따라, (a) 현재 1 + 과거 2 → (b) 과거 1 → (c) 과거 2 → (d) '안 이야기' 1 → (e) 현재 2 → (f) '안 이야기' 2, 3 → (g) 과거 3 + 현재 3으로 정리할 수 있다. 여기서 (a)~(g)은 서술의 순서를 가리키고, 1~3은 과거와 현재의 스토리 시간의 순서를 각각 표시한다.

이에 근거하여 아래에 이 작품의 내용을 요약하여 제시하면 다음과 같다.

(a) 현재 1 + 과거 2 : 친구 K의 1주기를 맞은 '나'의 오늘과 1년 전의 감상

C일보사 기자인 '나'는 오늘이 친구 K의 1주기인 것을 생각하고 자신으로서도 알 수 없는 짜릿한 기분에 잠긴다. 작년 이날 석간 신문에서 K의 부음을 접한 그는 K의 죽음이 남의 일 같지 않아 밤에 잠을 이룰 수 없었다.

(b) 과거 1 : '나'가 하는 K와 '나'에 대한 과거 이야기

K는 조금만 아니꼬운 것을 보면 참지 못하는 비타협적인 성격의 소유자로, 잡지사 기자, 신문사 기자, 학교 교사로 직업을 빈번히 바꾸기도 하고 외국소설도 번역하기도 하면서 불안정안 생활을 하다가 생활난을 견뎌내지 못하고 중병을 얻게 된다. 화자인 '나'는 그런 생활난은 K뿐만 아니라 '나'와 주변의 사람들도 마찬가지로 겪는 것이어서 모두 축 처진 어깨를 어쩔 줄 모르고 이맛살을 펼 사이가 없었다고 기술한

다. 그래도 K는 자기도 살아가기 힘든 상황에서 '나'의 집식구들이 굶는 걸 보고 책과 좌종을 내주며 팔아서 쌀을 사다가 밥을 지으라고 권한다. 그런 K가 병으로 죽게 되어 절로 가지만 '나'는 살아갈 걱정으로 아무 도움도 주지 못한다. 그러다가 결국 K의 부음을 듣게 된다.

(c) 과거 2 : 1년 전에 K의 부음을 들었을 때의 감상

K의 죽음에 대하여 '나'는 "예기하였던 일이라 별로 놀라지는 않았으나 어쩐지 나 자신도 그와 같은 운명의 길을 밟는 것 같아서 그날 밤을 집에 돌아와서 잘 자지 못하였다"(하권, p.159)고 기술한다.

(d) '안 이야기' 1: 작년에 S가 들려준 K의 임종 전후와 K의 장례식 때 의문의 여자를 본 이야기

K가 죽은 후 그의 친구 S에게서 K의 임종 당시의 이야기와 장례식에 관한 이야기를 들었다. S는 장례식 때 화류계의 분위기를 풍기는 한 여자가 K의 죽음을 슬퍼하며 우는 것을 보고 의아해 했지만 의문을 풀 사이가 없었다고 했다. 이 '안 이야기'는 S의 직접화법으로 전달되는 것이 아니라 1단계의 화자가 편집자적인 가공을 하여 서술하고 있다.

(e) 현재 2 : '나'가 지금 K의 장례식 장면을 상상하면서 제기하는 물음

'나'는 K의 장례식 때의 쓸쓸한 광경을 지금 상상하면서 K에게 "온몸이 불길로 변할 때 혼령이 있다면 그는 세상을 어떻게 보았을까? 불길 뒤에 남은 재는 그것을 친히 본 S에게는 어떤 감상을 주었으며 멀리서 듣는 우리에게는 무엇을 보이는가?"(하권, p.160)라는 물음을 제기한다.

(f) '안 이야기' 2, 3 : S가 전달한 절의 사람들과 술 파는 여자가 한 이야기

S는 '나'에게 절의 사람들이 들려준 K가 임종할 때 지켜본 술 파는 여자에 관한 이야기를 들려주고 나서 그 술 파는 여자한테서 들은 그녀의 내력을 전달한다. 어릴 때 부모를 잃은 그녀는 남동생과 서로 의

지하고 살다가 갈라지고 그 뒤 색주가에 팔려갔다. 색주가에서 어떤 사나이가 몸값을 치러주어 몸의 자유를 찾게 되어 술장사를 하면서 남동생을 찾아 다녔으나 찾지 못한다. 그러다가 사고무친한 K의 이야기를 듣고 불쌍해서 찾아온다. 이 두 개의 '안 이야기'도 S의 직접화법으로 전달된 것이 아니라 1단계의 화자가 자신의 입장에서 재정리하여 전달하고 있다.

이 두 개의 '안 이야기'로 하여, 이 작품은 1단계의 화자가 서술하는 이야기와, 작중인물인 S가 하는 이야기에 다시 절의 사람들과 술 파는 여자가 한 이야기가 나란히 끼어들어간 이중의 액자소설로 전개된다.

(g) 과거 3 + 현재 3 : S가 한 이야기를 들은 당시의 감상과 현재의 감상
아래 인용문은 S가 한 이야기를 들은 당시의 감상과 현재의 감상이다.

> S의 말을 들은 나의 가슴은 소발에 밟히는 것 같았다. 죽어 불에 재가 된 K군의 운명이나 동생을 생각하는 누이의 운명이나 누이의 가슴에 그림자를 남긴 동생의 운명이나 S와 S의 말을 듣고 슬퍼하는 우리들의 운명이나 무엇이 다르랴? 그들은 다 다른 사람들이로되 모두 같은 운명이란 궤도 위에 선 것을 나는 그윽히 느끼었다.
>
> 그 생각은 날이 갈수록 더욱 몹시 나의 가슴을 찔렀다. 지금도 버스에서 내려 한강으로 나가는 나의 눈에는 더위를 피하여 물을 따라 나온 모든 사람들이 무심히 보이지 않는다. 그들 가운데는 우리와 운명의 궤도를 같이한 이가 얼마나 되는지?
>
> 그들은 내일의 해를 어떻게 맞으려나?
>
> —「같은 길을 밟는 사람들」에서(하권, p.162)

이 작품에서도 '액자'와 유사한 역할을 하는 '바깥 이야기'의 서사적

‘현재’ 부분에서 1인칭 화자는 자신도 K와 같은 운명의 길을 밟고 있다는 것을 끊임없이 강조하다가 나중에 모두 다 같은 운명의 궤도 위에 섰다고 한다. 이는 역으로, 공동체의 운명이 위태롭다는 것을 말해준다. 왜 이러한 결론에 이르게 되었는지는 ‘안 이야기’를 보면 알 수 있다.

‘바깥 이야기’의 서사적 ‘과거’ 부분은 주로 K의 삶과 죽음에 서술의 초점이 맞춰지고 있다. K는 가난때문에 병들었고 병든 다음에는 약도 제대로 쓰지 못하고 죽어갔다. 문제가 되는 것은 ‘나’, 그리고 K처럼 의지할 곳 없는 가난한 자들이 매일매일 숨막히는 현실에 의해서 조금씩 병들어가고 있는 것이다. 이런 궁핍한 현실에서 부대끼기 때문에 ‘나’는 K가 죽는다는 소식을 듣고도 돈이 없어서 병문안을 가지 못하며 K의 친구 S도 K가 죽은 뒤에야 그를 보러 갔다. 그런데 K와는 생면부지인, 술파는 여자가 K의 임종을 지켜주었다는 말을 듣고 모두 감동해한다. 물론 한 인간이 베푼 인정으로 죽어가는 사람을 살릴 수 없듯이 공동체의 운명도 인정만 갖고 구할 수 없지만, 인정조차 없는 세상이라면 더욱 살아가기 힘들 것이기에 가난한 사람에게 인정은 무엇보다 귀중한 것이 된다. 이 작품은 계급적 대립관계를 설정하지 않고도 한 사람의 생사와 그로 비롯된 분위기를 통하여 사회 문제를 날카롭게 제기하고 있을 뿐만 아니라, 그 속에서도 가난한 사람들끼리 주고 받는 인정을 찬미하거나 모두 그렇게 할 것을 선양하고 있다.

「무서운 인상(印象)」과 「같은 길을 밟는 사람」은 모두 1단계에서 화자의 전형적인 회고식 서술로 ‘나’의 심리적 활동이 강조되고 있는 동시에, ‘안 이야기’가 화자의 간접화법에 의해 전달됨으로써 1단계 화자의 역할이 두드러지게 부각되고 있다. 특히 「같은 길을 밟는 사람」은 이중의 ‘안 이야기’가 모두 화자의 간접화법으로 서술됨으로써 「무서운 인상(印象)」에서보다 화자의 역할이 더 크다고 할 수 있다. 그리고 「무서운 인상(印象)」에서는 봉준 어머니의 비참한 말로를 더욱 인상 깊게 하기 위하여 화자가 '안 이야기'에 봉준이와 그의 아버지의 죽음에 대해 이야기하고 있는 데 반하여, 「같은 길을 밟는 사람들」에서는 '안 이야기'가 K의 임종을 지켜본 술 파는 여자와 관련된 이야기에 비중을 두고 있다. 즉 전자의 경우 '나'가 한 정거장에서 일하던 타인의 죽음을 두고 자신의 비슷한 처지를 생각하며 큰 심리적 충격을 받은 사실을 고백하고 있다면, 후자의 경우는 친구의 죽음으로 하여 같은 운명을 떠올리며 고통스러워하고 그 때문에 더욱 인정을 갈망하는 '나'의 심정을 호소하고 있다. 두 작품은 '안 이야기'에 신빙성을 부여하는 동시에 그에 비추어 '바깥 이야기'의 화자의 심리를 실감있게 보여주고 있다.

이상으로 최서해의 액자소설 형식을 취한 작품을 크게 순차적 서술과 회고식 서술의 작품으로 나누어 살펴본 결과, 순차적 서술로 된 작품에서는 작중인물의 직접화법에 의하여 '안 이야기'가 전달되고 회고식 서술로 된 작품에서는 화자의 간접화법에 의하여 '안 이야기'가 서술되는 것을 볼 수 있었다. 전자의 경우 '안 이야기'의 화자로 되는 작중인물의 역할이 두드러지면서 '안 이야기'의 리얼리티가 강화되고 '바깥 이야기'에 위치한 청자의 반응을 실감있게 보여주었다면, 후자의 경우는 화자의 역할이 강조되어 '안 이야기'에 신빙성을 부여하는 동시에 화자이자 '안 이야기'의 청자가 되는 '나'의 심리적인 공감상태를 생동감있게 서술한 특징이 있었다.다시 말하여 전자의 경우, 작중인물보다 사회적 지위가 높은 화자가 발언권을 양보하여 하층민의 비극적 경험을 직접 이야기하게 하여 공포와 연민의 분위기를 확산시켰다면, 후자의 경우는 작중인물과 처지가 유사한 하층민과 지식인 화자가 자신의 권위를 빌어 동류계층의 불행과 그로부터 느낀 공포와 연민의 감정을 독자들에게 전달했다. 따라서 작가가 액자소설 형식을 빌어 자신을 포함한 다양한 인물의 빈궁체험을 보여줄 수 있는 서술적 권위를 수립하고, 사회에 보편적으로 존재하는 빈궁문제를 제시하는 동시에 그 해결방안에 대해 모색하고자 했음을 알 수 있다.

 ## 인물에 갇힌 화자의 서술태도 및 기법

1) 진술적 권위의 표명과 서술의 거리화

1인칭 서술방식은 일반적으로 소설의 의미구조를 결정하는 경험적 자아와 서술적 자아의 긴장이 작품을 이끌어 가는 원동력으로 작동한다는 것에 대하여 앞 절의 서간체 소설 분석에서 이미 언급한 바 있다. 그러나 이 형식을 이용하여 화자가 독자를 최고도로 긴장시키기는 어렵다. 왜냐하면 화자 스스로 긴장의 정점을 이미 알고 있을 뿐만 아니라, 독자 또한 화자가 그것을 알고 있다는 사실을 알고 있기 때문이다. 따라서 화자는 의도적으로 긴장하게 만든다는 사실을 잊어버릴 정도로 서술된 내용을 현재의 일처럼 생생하게 묘사하는 게 중요하다. 다시 말해 이야기 속의 나를 내면세계로부터 신빙성 있게 보여주어야 한다.[55]

최서해 소설은 인물에 갇힌 화자(character-bound narrator; CN)를 통하여 독자를 최고도로 긴장시키려는 게 아니라, 이미 경험한 사실들을 현재의 일처럼 생생하게 재현시키는 동시에, 그 상황 속의 주인공의 절실한 고통 또는 비애를 호소하고 의론을 전개하여 폭넓은 공감을 형성하려는 데 목적을 둔다.

최서해 전집에 수록된 56편의 단편소설들 중 인물에 갇힌 화자의 서술로 된 작품은 24편에 달한다. 이는 작가가 직접 경험한 사실을 보고한다는 양식상의 용이함[56] 때문이기도 하겠지만, 그가 창작시기의

---

55 Gelfert, H. D., 정인모·허영재 역, 『소설 어떻게 해석할 것인가?』, 새문사, 2002, p.23.

후기에 이르기까지 이 양식에 집착했다는 것은 1인칭 화자의 기능[57]에 흥미를 가졌기 때문이라고 할 수 있다. 최서해가 1인칭 화자, 즉 인물에 갇힌 화자의 호소적 기능에 각별한 관심을 가졌다는 것은 그의 대표작 2편이 서간체 소설 형식을 원용하여 쓰여졌다는 데서도 확인할 수 있다. 물론 서간체 소설을 포함한 최서해의 1인칭 소설에서 화자의 호소적 기능뿐만 아니라 기타 기능, 즉 구심체적 기능, 자기 변호적 기능, 관찰자적 기능, 자기실현의 기능이 다채롭게 발휘되고 있음을 볼 수 있다.

여기서는 최서해의 1인칭 소설에서 인물에 갇힌 화자의 권위가 어떻게 수립되고 그와 더불어 화자의 기능이 어떠한 서술방법에 의하여 구현되고 있는지를 살펴보려는 의도하에, 우선 최서해가 자주 쓴 '액자 형태'의 기능을 살펴본 다음 논의의 편의를 위하여 그 다음 항들에서 1인칭 서술 양식을 자전적 서술과 관찰자적 서술[58] 양식으로 나누어 고찰해 보고자 한다. 그리고 화자나 작중인물의 시각을 통한 서술방법, 즉 초점화와 관련된 것은 제3장에서 논의하기로 하겠다.

인물에 갇힌 화자는 자신에 관한 진정한 사실들을 상세하게 말함으로써 마치 자서전을 쓰는 것처럼 가장할 수도 있다.[59] 그러나 최서해는 인물에 갇힌 화자를 통하여 자서전을 쓰는 것처럼 가장했다기보다

---

56 趙鎭基, 앞의 책, .p.177.

57 宋百憲은 1인칭 소설의 내레이터의 機能을 1. 呼訴的 機能, 2. 自己實現的 機能, 3. 自己辯護的 機能, 4. 觀察者的 機能, 5. 求心體的 機能으로 유형화했다. 宋百憲, 앞의 논문.

58 자전적 서술과 관찰자적 서술이라는 용어는 조진기가 앞의 책에서 1인칭 소설을 서술자에 따라 크게 자전적 양식과 관찰자적 서술 양식 두 가지로 나눈 것을 참조한 것임.

59 Bal, M., 앞의 책, p.220.

자신의 체험을 서술대상으로 삼고 객관적으로 평가하려 하거나 다른 사람의 체험을 관찰자의 입장에서 서술하고자 했다.

"서술 양식이 주관적이냐 객관적이냐 하는 문제는 시점의 문제가 아니라 서술태도와 밀접한 관계가 있는 문제"[60]라는 지적이 있듯이, 최서해는 그의 소설에서 상대적으로 객관적인 서술태도로 자신의 체험을 독자들 앞에 제시하려는 꾸준한 노력을 보여주었다.

최서해 문학의 출발점은 체험적 사실이었지만 최서해의 창작 동기는 단순히 개인의 체험을 작품화하기 위한 것이 아니라 사회적인 요구에 의해 민중을 위한 문학을 창조하기 위한 것이었다.[61] 따라서 그는 자신의 체험조차도 민중 생활의 일부분으로 간주하면서 주관과 객관을 통일시켜 문학적으로 인식하고자 했다. 말하자면 그에게 있어서 과거의 체험은 그 자신에게 속하는 것인 동시에 민중에게 속하는 것이었다. 그리하여 민중의 원색적인 고통과 민중의 변혁의지를 '안'으로부터 묘사할 수 있었다.[62]

그런데 최서해가 본 민중은 러시아나 프랑스의 민중처럼 위대하지 못하고 무지했으므로,[63] 문학을 통하여 그러한 민중에게 "빛나는 생과 새로운 세계와 줄기찬 힘을 보여 주"[64]는 것이 무엇보다도 중요했다. 바로 이러한 인식 때문에 최서해는 그의 작품에서 민중과 자신을

---

60 趙鎭基, 앞의 책, p.186.

61 최서해는 그의 평론 「勞農大衆과 文藝運動」(一)~(四), 『東亞日報』, 1929.7.5~10 (崔曙海 著, 郭根 編, 『崔曙海 全集』 下, 文學과知性社, 1987, pp.352 ~359)에 서 민중을 위한 문학을 제창하는 그의 문학적 태도를 분명하게 보여주었다.

62 윤지관, 「민족적 현실과 가난체험의 모랄리즘─최서해론」, 『韓國文學』第16卷 第4號, 1988.4. p.373, 385.

63 廉想涉, 「文壇沈滯의 原因과 그 對策」, 『朝鮮文壇』第4卷 第1號 , 1927.1.

64 최서해, 앞의 글.

동일시하는 측면을 나타내는 한편, 이들과 차별화를 시도하며 일정한 거리감을 드러내고자 했다.[65] 기실 글쓰기를 통해 신분적 상승을 이룩한 최서해는 스스로를 무산·무학 계급으로 인정하지 않았고 일반적인 작가성분인 시민·소시민층에 포함되어 있다고 생각했다.[66] 자의적이든 타의적이든 이러한 '거리감'은 최서해가 작가로서, 그리고 그에 어울리는 화자의 '자격'[67]을 확고히 다지는 데 일조했다. 최서해는 그의 소설에서 이러한 화자의 '자격'을 '액자 형태'를 통하여 분명하게 보여주고 있다. 사실 근대소설의 생성기와 전개 과정에 중요한 기능을 한 "액자형식은 소설의 「틀짓기」의 한 유형인 동시에 독자에게 현실감을 제공하는 「의사소통」의 중요한 한 방법"[68]으로 되었다.

이미 앞에서 최서해의 서간체 소설 「탈출기(脫出記)」(1925.3), 「전아사(餞迓辭)」(1927. 1), 「무서운 인상(印象)」(1926.12), 「같은 길을 밟는 사람들」(1929.12)은 화자가 전형적 회고식 서술을 진행하고 있으며, 서사적 '현재' 부분이 '액자 형태'를 띠고 있음을 지적한 바 있다. 이밖에 최서해 소설 중 도입부 또는 종결부에 '액자 형태'를 취하고 전형적인 회고식 서술로 된 작품을 추출해보면 아래와 같다.

「매월(梅月)」(1924.11), 「향수(鄕愁)」(1925.4), 「보석반지(寶石半指)」

---

65 김병구, 앞의 논문, p.38.

66 송희복, 「최서해의 『紅焰』과 평판의 문제」, 『國語國文學論文集』第17輯, 1996. 2. p.30.

67 '자격'은 발화자가 언화행위에 가지는 관계, 즉 소통행위자에게 관습적으로 그리고 개인적으로 허락되어 있는 권위, 능력, 신뢰성을 말하며, 발화자의 정체는 보통 前 텍스트적으로 작용하며 주어진 공동체에서의 사회적 계층구조와 역할에 의하여 결정된다. 공적인 소통의 경우에, 중류계급이나 상류계급 작가는 노동자들보다 훨씬 더 쉽게 문학적 자격을 얻는다. Lanser, S. S., 김형민 역, 앞의 책, p.91.

68 나병철, 『문학의 이해』, 文藝出版社, 1997, p.91.

(1925.7), 「설날밤」(1926.1), 「백금(白琴)」(1926.2), 「담요」(1926.5), 「만두」(1926.7), 「동대문(東大門)」(1926.11), 「미치광이」(1926.12), 「이중(二重)」(1927.5), 「갈등(葛藤)」(1928.1), 「폭풍우시대(暴風雨時代)」(미완, 1928.4), 「차중(車中)에 나타난 마지막 그림자」(1929.4)

여기서 「매월(梅月)」, 「설날밤」을 제외하고는 모두 1인칭 소설로 되어 있는데, 이는 1인칭의 서술상황에서는 화자와 작중인물의 가치상·감정상의 융합의 가능성이 크다는 데서 이를 억제하고 '안 이야기'(경험적 사실)의 객관성을 보장하려는 작가의 의도에서 비롯된 것이라 할 수 있다. 물론 엄밀히 말해 이 작품들은 '액자 형태'를 취하고 있을 뿐 액자소설이라고 볼 수는 없지만, 도입부 또는 종결부에 취한 이 '액자 형태'의 기능을 구명하기 위하여 액자소설의 이론에 비추어 이 작품들을 분석해 보고자 한다.

우선, 이 유형의 1인칭 소설, 즉 인물에 갇힌 화자의 서술로 된 작품들을 "닫힌 액자"와 "열린 액자"가 있는 소설로 나눌 수 있고,[69] '열린 액자'가 있는 소설은 또 다시 '도입 액자'나 '종결 액자'만 있는 소설로 나눌 수 있다.

「향수(鄕愁)」(1925.4), 「백금(白琴)」(1926.2), 「담요」(1926.5), 「동대문(東大門)」(1926.11), 「미치광이」(1926.12), 「이중(二重)」(1927.5), 「갈등(葛藤)」(1928.1), 「차중(車中)에 나타난 마지막 그림자」(1929.4)는

---

[69] 김천혜는 액자소설은 "닫힌 액자소설"과 "열린 액자소설"로 나눌 수 있는데, 전자는 안 이야기가 바깥 이야기 가운데 끼어 있는 소설을 말하며, 후자는 바깥 이야기에 연이어 안 이야기가 서술된 다음 다시 바깥 이야기로 돌아가지 않고 끝나버리는 소설이라고 했다. 이에 근거하여 본 연구에서는 도입액자와 종결액자가 다 있는 것을 "닫힌 액자"라 하고, 도입 액자나 종결 액자 중 어느 하나가 없는 것을 "열린 액자"라 한다. 김천혜, 앞의 책, 1990, pp.169~170.

최서해의 서간체 소설이나 액자소설과 유사한 '닫힌 액자'를 갖고 있는 소설이다. 그런데 「향수(鄕愁)」, 「백금(白琴)」, 「담요」, 「갈등(葛藤)」이 비교적 완결된 '액자 형태'를 취하고 있는 반면, 나머지 절반의 작품 「동대문(東大門)」, 「미치광이」, 「이중(二重)」, 「차중(車中)에 나타난 마지막 그림자」는 '도입 액자'가 회고식 서술임을 표명하는 기능밖에 하지 않는다. 그리고 전자의 경우 모두 가난한 현실 문제를 중심으로 전개되며 「갈등(葛藤)」이 아이러니컬한 특성을 띠고 있는 외에 나머지는 비극적 색채가 농후한 반면, 후자의 경우는 애정문제나 비정상적인 인물이나 사소하면서도 중요한 의미를 지니는 사건을 서술한 특징이 있다.

우선 전자의 경우 '액자 부분'의 내용을 보면, 「향수(鄕愁)」(1925.4)는 가난과 사회에 대한 불평으로 이국에서 방랑하면서 가족이 다 죽어도 돌아오지 못하는 친구에 대한 동정과 그리움을 표현하고, 「백금(白琴)」(1926.2)과 「담요」(1926.5)는 영양실조로 죽은 또는 가난한 집에서 태어나 어린 나이에 죽은 딸애에 대한 애절한 그리움과 불평등한 사회에 대한 저주의 마음을 적고 있다.

「갈등(葛藤)」(1928.1)은 '도입 액자'에서 화자가 떠나간 어멈의 엽서를 받고 기뻐하는 장면과, 엽서 한 장이 던지는 어멈에 대한 동정의 마음, 그리고 그로부터 어멈에 대하여 회고하는 것으로 되고 있다. '종결 액자'에서는 어멈 계급의 해방에 대한 키워드를 근거 없는 낙관론에서 찾고 있다.

'오오, 그대들이여! 그대들은 세상을 낙관하라! 삶을 사랑하라! 겨울은 지나간다. 봄빛이 이제 찾으려니 한강의 얼음과 북한산의 눈이 녹는 것을 반드시 볼 것이다.'

어멈을 보는 내 가슴에는 이러한 생각이 들었다. 동시에 나는 나로도 모를 굳센 힘을 느꼈다.　　　　　　　　　　　─「갈등(葛藤)」에서(하권, p.64)

사족이나 다름없는 이 결말로 하여 결국은 관념론적 결론에 이르고 말지만, 화자의 역할을 통하여 '미래지향적 정신'을 보여준다는 데 의의가 있다고 하겠다.

위의 작품들은 서간체 소설과 더불어 1인칭 화자의 비애나 분노의 감정 또는 심리적 갈등을 서술할 수 있도록 비교적 완결된 '액자'를 갖고 있지만, 친구들의 장난으로 밤중에 낯선 여인으로부터 만나자는 전화를 받고 동대문으로 갔다가 헛물 켠 이야기를 적고 있는 「동대문(東大門)」(1926.11)과 젊은시절에 짝사랑했던 이야기를 서술한 「차중(車中)에 나타난 마지막 그림자」(1929.4)는 소위 '도입 액자'와 '종결 액자'를 다 합쳐서 4행밖에 되지 않는다.

헛물켜던 이야기나 하여 볼까 한다.

지금도 동대문을 볼 때면 그것이 생각나서 나는 혼자 웃고 이마를 찡그린다. 사내의 얼 없는 생각이 떠오르고 내 자신도 그러한 생각의 소유자인 사내인 것을 속일 수 없는 까닭이다.

　　　　　　　　　　　─「동대문(東大門)」에서(상권, p.290; p.298.)

내가 회령 신우조(會寧新又組)라는 노동조에 있을 때였다.

이것이 한때의 나의 젊은 꿈이었다. 지금 앉아 생각하면 한 백 년 전의 꿈처럼 희미하면서도 어쩐지 흘러내리는 웃음을 금할 수 없다. 무엇보다

도 그의 이름도 모르고 혼자 애달파 푸닥거리를 놓던 것을 생각하면 허리
가 꺾어지도록 우습다.
　　　　　　　—「차중(車中)에 나타난 마지막 그림자」에서(하권, p.110; p.124)

「동대문(東大門)」에서 '도입 액자' 형태라고도 보기 힘든 "헛물켜던
이야기나 하여 볼까 한다"라는 1행으로 시작되는 간단한 도입부는 '안
이야기'가 엄숙한 내용이 아님을 알려주는 데 불과하다. '종결 액자'에
서는 화자가 연애의 유혹에 빠졌던 과거의 일을 쑥스럽게 생각하면서
체면을 세우려는 변명투의 어조로 이야기하고 있는데, 자신의 행위를
남자들의 본성과 연결시켜 설명하는 것으로 미루어 보아도 독자들의
보편적인 공감을 얻고자 하는 의도를 파악할 수 있다. 그리고 「차중
(車中)에 나타난 마지막 그림자」에서는 '도입 액자'에 과거 어떤 곳에
서 겪은 일임을 밝히는 데 그치고, '종결 액자'에서는 젊은 시절에 가
난한 현실때문에 사랑도 떳떳하게 추구해보지 못하던 화자가 자신이
남몰래 사랑했던 그 여자가 훗날 초라한 모습이 된 걸 보고 누구나 그
러하듯이 세월과 생활고의 거치른 풍파에는 어쩔 수 없음을 한탄하면
서 천진하고 유치한 과거의 꿈에 대해서 스스로 조소하는 것으로 결
말을 맺고 있다.
　「미치광이」(1926.12)와 「이중(二重)」(1927.5)도 '도입 액자'와 '종결
액자'를 합쳐서 3~4행밖에 안되는 '닫힌 액자'의 형태를 취하고 있다.

　　벌써 4년 전 일입니다.(어떤 자는 말하였다.)

　그 후에는 벌써 4년째나 그 미치광이의 소식을 나는 못 들었습니다. 그
러나 나는 늘 돈도 계집도 모르고 천애 이역에 표박 유리하여 태연자약하

는 그 미치광이를 그윽히 생각합니다. 그 미치광이는 지금 어디 가서 살았는지 죽었는지?　　　　　　　　　―「미치광이」에서(상권, p.89; p.97)

나는 일주일쯤 전에 사정이 있어 일본인촌인 약초정에 이사를 왔다.

그러나 이 가슴속에 쌓이고 쌓여 혈관이라든가 세포에 깊이깊이 또 무겁게 스며들어 가는 이중의 비애! 아아 나는 그것이 커가는 장래를 고요히 바라보고 있다.　　　　　　　　　―「이중」에서(상권, p.368; p.369)

「미치광이」의 '도입 액자'를 보면, "벌써 4년 전 일입니다(어떤 자는 말하였다)"라고 씀으로써 이야기가 발생한 시간을 밝히고 있다. 그런데 화자는 자신이 다른 사람의 이야기를 그대로 적는 글쓰기 주체라는 것을 암시하는 것으로 서사 내용의 진실성에 대한 책임을 피하고 있다. 그러나 서사 전체에 스토리에 참여한 사람의 목소리를 직접 들려주는 것으로 이야기의 신빙성을 간접적으로 증명하고 있다. 뿐만 아니라 '그'의 목소리를 모방하여 '경어체'를 씀으로써 서술적 권위를 보여주는 동시에 "독자를 작품 내적인 언어체계 안으로 유인"[70]하고 있다. '종결 액자'에서는 정상인보다 더 정직한 미치광이에 대한 그리움을 나타내고 그의 운명에 대해 궁금해하면서 물음표로 이야기를 끝맺는 것으로 독자들에게 사색의 여지를 남겨주고 있다. 그리고「이중」(1927.5)에서는 '도입 액자'에 이야기의 시간과 장소를 밝히고, '종결 액자'에서는 목욕탕에 갔다가 일본인에게 차별대우를 받고 민족적 비애를 느낀 울분을 토로하고 있다.

---

70 李注衡, 「1930년대 한국장편소설연구」, 서울대학교 박사논문, 1986, p.145(禹漢鎔,『韓國現代小說構造硏究』, 三知院, 1990, p.215에서 재인용).

‘도입 액자’만 있는 소설로는 「보석반지(寶石半指)」(1925.7), 「폭풍우
시대(暴風雨時代)」(1928. 4, 미완) 2편이 있다. 이 작품들은 개방형태로
되어 있는데, 이에 대해 프리츠 로케만(Fritz Lockemann)은 화자의 "不
在狀態로 자신과 그의 이야기를 증명하는 것"[71]이라고 했다. 실연의
이야기를 쓴 「보석반지(寶石半指)」(1925.7) 역시 4행의 도입부로 시작
하고 있다.

> 좋든지 그르든지 또는 크든지 작든지간에 한번 젊은 가슴을 애틋이 끓
> 게 한 사실은 좀처럼 스러지지 않는다.
> 　나는 그 눈을 몹시 쏘던 보석 반지와 그 반지의 주인공인 혜경이를 내
> 기억에 있는 동안에는 잊을 것 같지 않다.
>
> —「보석반지(寶石半指)」에서(상권, p.40)

이 역시 가난한 가정교사의 이야기이기는 하지만 극단적 빈궁을 다
룬 작품과는 거리가 있는 작품으로, 순수한 애정을 갈망하다가 실연
한 지난날의 일을 독자들 앞에 신빙성 있게 펼쳐보이기 위한 장치가
된다. 얼핏 보면 사적인 이야기를 하려는 것 같지만 다시 첫 두 행을
살펴보면 사랑에 빠져본 사람이라면 누구나 그 사랑을 쉽게 잊을 수
없다는 일반적인 사례를 전제로 삼고 있다.

「폭풍우시대(暴風雨時代)」(1928.4, 미완)는 미완의 소설이므로 ‘도입
액자’만 있는 소설에 포함시켜 볼 수 있다. 이 작품은 1인칭 화자가 민
족운동을 하다가 죽은 조병구에 대한 이야기를 하고자 한다는 것을
도입부에 밝히고 있다.

---

71 李在銑, 앞의 책, p.99.

> 나는 우리 동포의 슬픈 이야기를 우리 동포의 앞에 드리겠읍니다. 구
> 변이 없는 나의 말 솜씨가 과연 동포의 슬픈 사정을 슬프게 드러낼는지는
> 퍽 의심스럽습니다. 그러므로 나는 이야기에 슬프지 않은 사실이 있다고
> 뽑아버리거나 슬픔 사실을 더 고조하려고는 하지 않습니다. 그러는 것은
> 여러 분이 애초부터 들으려고도 하지 않겠지만 설령 듣고자 하더라도 구
> 변 없는 나는 이야기를 더 망치지나 않을까 하는 의심이 생겨서 그런 객
> 기는 부리지 말고 내가 본 대로 들은 대로 느낀 대로 똑바로 적겠읍니다.
> —「폭풍우시대(暴風雨時代)」에서(상권, p.370)

이는 도입부의 첫단락으로서 1인칭 화자는 자신의 능력에 대해 의
심하면서까지 이야기의 진실성에 대해 강조하고 있다. 물론 1인칭 화
자의 겸손하면서도 진지한 태도는 역설적으로 청중들에게 글쓰기 주
체에 대한 믿음을 주고 있다. 그리고 이 작품에서는 1인칭 화자가 경
어체를 사용하여 민족운동과 관련된 거창한 이야기를 경건한 자세로
받아들이게 하고 있다.

'종결 액자'로만 되어 있는 소설로는 「만두」(1926.7)가 유일한 작품
이다. 이 작품의 종결액자 역시 '안 이야기'의 신뢰도를 높이려는 화자
의 서술태도에 의한 것이라고 할 수 있지만 "처음부터 진실(眞實)된
것임을 증명(證明)하려 들지 않고 이를 결말(結末)까지 유보(留保)"[72]
한 데는 또 다른 의도가 담겨있다. 다시 말해 이 작품은 종결부에 몇
행의 해설이나 평가 같은 것을 사족으로 붙여놓고 있다.

이 이야기는 여러 해 전에 내가 북간도에서 겪은 일이다.

---

[72] 앞의 책, p.104.

그때 그 힘, 힘 빠진 나의 사지에 민첩한 동작을 주던 그 힘, 지금 생각해도 기적같이 느껴지는 만두를 집어내던 그 힘!

내게 만일 그 힘이 없었더면 이 심장이 오늘까지 뛰리라고, 이 눈깔이 그저 빛나는 태양을 보았으리라고 어느 누가 보증을 하랴? 오오! 그 힘!

—「만두」에서(상권, p.271)

위의 인용문에서 작중화자는 만주벌판을 지나다가 기근으로 거의 굶어죽게 된 상황에서 만두를 훔쳐먹고 살아난 과거의 일에 대해 회고하면서 만두를 훔쳐 먹던 그 힘을 구가하는 것으로 생에 대한 열망을 표현하고 있다.

위에서 살펴본 작품들 중 '도입 액자'가 이야기의 과거 시간이나 장소를 밝히는 기능밖에 하지 못하는 작품이나 '도입 액자'나 '종결 액자'만 있는 작품은 경제적 빈궁에 서술의 초점이 맞추어져 있지만은 않다. 애정문제나 비정상적인 인물과 관련된 이야기 또는 사소한 것 같으면서도 웃고 넘어가지 못할 사건에 대하여 일반적인 설명을 하거나 강력한 논평을 하는 동시에 독자들의 사색이나 긍정적인 반응을 유도하는 공통점을 내포하고 있다.

이상과 같은 '액자 형태'는 '안 이야기'(경험적 사실)에 대한 화자의 논평이나 해석 및 감상을 기술하는 것으로 화자의 우월성을 각인시키고 서술의 거리를 확보하며 '안 이야기'의 진실성을 보장하는 역할을 하고 있다. 이러한 '액자 형태'를 통하여, 서술된 내용은 이념 표백이나 설교적인 의미를 나타내는 부정적인 측면도 있지만, 지적인 화자가 "개인과 전체의 통합적인 관계를 상징"하는 "총체성"[73]을 보여주기

---

[73] 禹漢鎔, 『韓國現代小說構造研究』, 三知院, 1990, p.496.

위한 '틀'로 활용하여, 개인적 체험을 보편적인 사회의 문제나 인생의 문제와 관련시키면서 탐구하려는 의욕을 보여주고 있다는 점에서 의의가 크다.

2) 자전적 서술태도와 서술의 정조화·논리화

자전적 서술방식으로 쓰여진 최서해 소설로는 「토혈(吐血)」(1924.1), 「탈출기(脫出記)」(1925.3), 「전아사(餞迓辭)」(1927.1), 「보석반지(寶石半指)」(1925.7), 「그 찰나(刹那)」(1926.1), 「5원 75전(五元七十五錢)」(1926.1), 「백금(白琴)」(1926.2), 「담요」(1926.5), 「만두」(1926.7), 「8개월(八個月)」(1926.9), 「동대문(東大門)」(1926.11), 「쥐죽인 뒤」(1927.1), 「이중(二重)」(1927.5), 「차중(車中)에 나타난 마지막 그림자」(1929.4) 등 14편이 있다. 이러한 작품에서 인물에 갇힌 화자는 논평식의 서술을 통하여 화자의 기능을 최대한으로 발휘하고 있음을 볼 수 있다. 그 중 대부분의 작품, 즉 「탈출기(脫出記)」, 「전아사(餞迓辭)」, 「보석반지(寶石半指)」, 「백금(白琴)」, 「담요」, 「만두」, 「동대문(東大門)」, 「이중(二重)」, 「차중(車中)에 나타난 마지막 그림자」 등 9편의 작품은 '액자 형태'를 이용하여 화자가 서술의 논리화를 실현하고 화자의 위치를 공고히 하고 있음을 이미 앞서 살펴보았다. 이 유형의 소설에서 화자의 위치와 서술방법과 관련하여 논평이 지니는 보편적인 의의에 대해 구명하기 위해서는 기타 소설을 포함하여 더 세부적인 분석을 진행시킬 필요가 있다.

최서해 소설에서 자전적 서술로 된 적지 않은 작품은 가족과의 관계 속에서 '나'의 이야기가 전개되고 있는 것을 볼 수 있는데, 우선 이들 작품에서 논평식의 서술을 통하여 인물에 갇힌 화자의 기능이 어떻게 발휘되고 있는지를 살펴보도록 하겠다.

「토혈(吐血)」(1924.1)은 최서해의 처녀작으로 간도에서 빈궁에 시달리는 한 가족의 비참한 생활을 그리고 있다. 이 작품의 서두에서 인물에 갇힌 화자는 자신의 운명뿐만 아니라 가족의 운명에 대해서 걱정하고 있다.

지금 우리 집 운명은 나에게 달렸다. 여러 식구가 굶고 먹기는 나의 활동에 있다. 어머니는 늙었다. 백발이 성성하시다. 민활하던 그 수완도 따라서 쇠미(衰微)하였다. 나는 처도 있다. 금년에 세 살 되는 어린 몽주(夢周)도 있다. 그런데 나의 처는 병석에서 신음한 지가 벌써 한달이 넘었다.

그러나 나는 이때까지 직업을 얻지 못하였다. 생소한 이곳에서 도와주는 이조차 없었다. 내 생활은 곤궁하다. 나를 사랑하여 별별 고생을 다하시고 길러 주신 어머니를 내가 벌게 된 오늘날에 이르러 차디찬 그 조밥이나마 배부르도록 대접지 못한다. 더욱 병석에서 신음하는 나의 처, 냉돌(冷突)에 홑이불 덮고 누워 있는 그에게 약 한첩 따뜻이 못 먹였다.

소위 우리 집의 가장이라는 나는—아무 수입 없는 나는—헐벗고 못 먹고 신음하는 어머니와 처자를 볼 때나 생각할 때마다 부끄럽고 쓰려서 차마 머리를 들지 못한다. 그러나 그렇다고 그네들은 조금도 불편한 기색을 보이지 않는다. —「토혈(吐血)」에서(상권, pp.111~112)

인용문에서 인물에 갇힌 화자는 나와 가족 상황에 대한 간략한 묘사와 더불어 논평을 통해 '나'의 운명은 가족 전체의 운명과 직결되어 있음을 논리적으로 설명하고 있다. 첫 단락에서는 가족의 운명이 '나'에게 달려 있다고 하면서 그 원인에 대하여, 어머니는 백발이 성성하고 딸애는 세 살밖에 안되며 아내는 병석에 누워 있기 때문이라고 말하고 있다. 두 번째 단락에서는 '나'가 직업을 얻지 못했기에 생활이 곤궁하다고 하면서 그 때문에 가족들을 굶주리게 할 뿐만 아니라 아픈 아내에게 약 한 첩 사주지 못했다고 술회하고 있다. 세 번째 단락에서는 가장의 처지에서 가족에 대한 책임을 다하지 못하는 '나'의 고통을 보여준다. 곤궁한 생활의 원인에 대하여 이 작품에서는 구체적으로 명시하지 않고 있지만 이국(異國)이라는 배경과 실업자라는 불안정한 신분을 통해 사회의 구조적 모순을 암시하고 있는데, 이러한 것을 통하여 화자의 호소적 기능과 자기변호적 기능이 더욱 효과적으로 표출되고 있다. 그리고 첫 번째 단락과 세 번째 단락에서는 "어머니는 늙었다. 백발이 성성하시다.", "나는 처도 있다. 금년에 세 살 되는 어린 몽주(夢周)도 있다"와 같은 단형의 문장을 나열하거나 "헐벗고 못 먹고 신음하는 어머니와 처자를 볼 때나 생각할 때마다 부끄럽고 쓰려서"라는 나열식 구문(羅列式 構文)[74]을 구사하고 두 번째 단락에서는 부정문을 나열하여, 시적인 이미지와 리듬을 형성하는 가운데 강한 메시지를 전달함으로써, 논평을 통한 서술의 정조화와 논리화를 동시에 실현하고 있다.

「백금(白琴)」(1926.2)에서도 인물에 갇힌 화자는 단순한 논평이 아니라, 구체적인 인물이나 장면이나 사건 등에 대한 묘사를 정리하고 귀납하는 형식을 통하여 서술을 진행하고 있다.

　　사람의 외모와 그 표정이 그 사람의 내면 생활을 어느 정도까지 표현

---

[74] 본 연구에서 사용한 비유종지(比喩終止), 형용종지(形容終止), 반복(反復)·나열식 구문(羅列式 構文) 등 명명법은 이동희의 논문을 참조한 것임. 이동희는 그의 논문에서 최서해 소설은 이러한 것을 통하여 서술에서 시적인 효과를 나타낸 것으로 보았는데, 본 연구에서도 이 견해에 동의함. 李東熙, 「崔曙海小說의 文體論的 考察」, 『人文硏究』 第6號, 1984.9.

한다 하면 나를 보는 사람들 가운데서 생각하는 이는 생각할 것이다. 나는 지금 꽃으로 치더라도 훨훨 피어날 청춘인데 벌써 이마에 주름이 잡혔다. 그나 그뿐인가. 두 뺨은 김빠진 고무볼같이 쑥 오글고 눈 가장자리가 푹 파였으니 남다르게 악착한 운명을 지고 험한 길을 밟는 것은 더 말하지 않아도 알 것이다.　　　　　　　　　　　─「백금(白琴)」에서(상권, p.171)

　　집 떠난 지 두 해에 한 일이 무엇이냐? 나는 이렇게 생각하는 때면 큰 죄를 짊어진 사람같이 가책을 받는다. 온 식구가 내 몸에 칼을 박는다 하여도 대답할 말이 없다.　　　　　　　　─「백금(白琴)」에서(상권, p.186)

　　앞의 인용문은 인물에 갇힌 화자가 "이마에 주름이 잡혔다"라는 은유법과 "김빠진 고무뿔 같이"라는 직유법을 동원하면서 자신의 외모와 표정에 대한 묘사와 평가를 하여 "악착한 운명"에 대해 설명하고 있으며, 뒤의 인용문은 "집 떠난 지 두 해에 한 일이 무엇이냐?"라는 의문법을 사용하면서 가족을 버리고 집을 떠나서 가책을 받는 심정을 호소하고 있다. 역시 인물에 갇힌 화자는 묘사와 논평을 결합시켜 서술의 정조화와 논리화를 실현함으로써 자기변호적 기능과 호소적 기능을 효과적으로 발휘하고 있다.

　　"엄마, 헤헤, 엄마, 곱다."
하면서 뚝뚝 뛸 듯이 좋아라고 웃는다. 그것을 보고 웃는 우리 셋─어머니, 아내, 나─은 눈물을 씻으면서 서로 쳐다보고 고개를 돌렸다.
　　아! 그때 찢기던 그 가슴!
　　지금도 그렇게 찢겼다.　　　　　　　　　　─「담요」에서(상권, p. 254)

위의 것은 「담요」(1926.5)의 인용문인데, 여기서는 인물에 갇힌 화자가 새로 산 담요를 보고 집안 식구들이 기뻐하는 장면을 서술한 후 "아! 그때 찢기던 가슴!"이라는 짧은 문장에 영탄법과 은유법을 사용하여 그때의 심정에 대해 설명하는 방식으로, 동일하게 묘사와 논평을 결합시킴으로써 가난 때문에 딸애에 대한 사랑을 다하지 못하는 아버지의 비애를 전달하고 있다.

「8개월(八個月)」(1926.9)에서도 주인공의 가족들이 나오고 있지만, 서술의 초점이 가족보다도 주인공 '나'의 병에 맞추어져 있다는 점과 '액자 형태'를 취하지 않았다는 점, 그리고 이야기의 내용이 아이러니하다는 점 등에서 위의 작품들과 차별성을 보인다. 이 작품에서 화자이자 주인공인 '나'는 8개월밖에 살 수 없다는 의사의 '사형 선고'에 기막힌 슬픔과 분노를 웃음으로 환치함으로써 극적인 아이러니를 만들어 내고 있다.[75] 그러나 이러한 웃음은 생에 대한 포기나 운명에 대한 타협과 다르다. '나'의 이러한 웃음 뒤에는 사회와 인생과 운명에 대한 더욱 깊은 의문과 사고가 담겨 있다.

픽픽 웃기는 하면서도 내 맘속에는 빼랴 뺄 수 없고 속이랴 속일 수 없는 슬픔과 원망과 걱정과 어떤 희망이 흘렀다. 종로, 집, 사람, 하늘, 땅— 이 모든 것을 팔 개월밖에 못 볼까? 일 개년 치료비가 없어서 죽나? 생각할 때 내 주먹은 쥐어졌다. 내게도 눈이 있고 코가 있고 입이 있고 팔다리가 있다. 나도 영감(靈感)을 가진 사람이다. 그런데 어째 나는 남과 같이 피지 못하고 마르는가? 같은 사람이언만 같은 사람에게 쪼들리고 쪼들려서 피가 마르고, 고기가 마르고, 뼈가 말라서 화석(化石) 같은 내 그림자

---

75 신춘호, 『최서해—궁핍과의 문학적 싸움』, 건국대학교출판부, 1994, p.37.

가 눈앞에 보일 때 부르쥔 내 주먹은 더 단단히 쥐어졌다. 사람이 자기 운
명의 길고 짧은 것과 좋고 언짢은 것을 모르니 말이지 안다면 확실히 안
다면 그 속에서 무슨 변이 일어날는지 누가 보증을 하랴?

—「8개월(八個月)」에서(상권, p.278)

위의 인용문에서 화자는 "슬픔과 원망과 걱정과 어떤 희망", "종로,
집, 사람, 하늘, 땅", "피가 마르고, 고기가 마르고"와 같은 반복·나열
식 구문(構文)과 "이 모든 것을 팔 개월밖에 못 볼까? 일 개년 치료비
가 없어서 죽나?", "어째 나는 남과 같이 피지 못하고 마르는가?", "누
가 보증을 하랴?"와 같은 의문법과 반문법 등을 씀으로써 돈이 없어서
병이 중한 줄 알면서도 치료하지 못하는 안타까운 마음을 호소하고
있다.

이상에서 살펴본 최서해의 서간체 소설과 「백금(白琴)」, 「담요」는
모두 공통적으로 비극적 색채가 강할 뿐만 아니라 '액자 형태'를 취한
특성을 보이는데, '액자 형태'에 나타난 서술의 논리화로 인해 서술의
정조화보다 논리화에 치중됨으로써 화자의 강력한 메시지가 전달되
는 동시에 자기 변호적 기능과 호소적 기능을 실현하고 있다. 이에 비
하여 「토혈(吐血)」과 「8개월(八個月)」은 '액자 형태'를 취하지 않은 관
계로 서술의 정조화와 논리화가 균형을 이루고 있다. 그러나 「토혈(吐
血)」이 자기변호적 기능과 호소적 기능이 동시에 발휘되고 있는 데 반
하여, 「8개월(八個月)」은 호소적 기능만 강화되고 있다.

그리고 이들 작품은 대부분 의문법과 반문법을 자주 쓰고 있는데,
이는 궁극적으로 자아의 인생과 운명에 대한 탐구로 이어진다는 데
의의가 있다. 이 의문법과 반문법은 답안이 암시되어 있으므로 문답
체와 비슷한 기능을 하고 있다. 문답체는 문답을 가상하여 자신의 뜻

을 펼치거나 그 뜻을 거듭 밝히고, 논지를 세우기 위해 논리의 변화를 조성하여 속속들이 비판하며, 자유롭게 반복하는 가운데에 진정으로 울분을 펼치고 뜻을 통할 수 있는 서술방법의 일종이다.[76]

작품에 제시된 논평들이 대체로 최서해 소설의 예술적 가치에 대해서 부정하는 근거로 되었지만, 최서해가 논평을 통하여 서술의 논리화뿐만 아니라 '한'의 정조라는 시적인 정조를 구현하고 있다는 점에서, 그리고 이는 궁극적으로 자아의 생사와 관련된 문제를 제시하고, 나아가 그것을 민족의 존망과 관련시켜 생각하게 하고, 그 대안을 찾으려는 의욕을 보여주고 있다는 데서 일단은 그 의의를 긍정해야 할 것이다. 더욱이 최서해가 이런 인생과 운명의 문제에 대하여 단순히 정치이론에 의하여 답안을 찾으려고 한 것이 아니라 인물의 심리와 결합된 철학적 사고를 통하여 해명하려고 시도하고 있는 점이 돋보인다. 따라서 그의 인생에 대한 진지한 사유와 열렬한 가치추구가 독자들을 감응시켜 충격적인 효과를 자아내는 데 성공했다고 볼 수 있다. 또한 논평이라는 비이야기적 요소를 적극적으로 활용한 사안은 한국 근대소설의 서사구조의 변천에 최서해가 문학사적으로 큰 기여를 했다고 볼 수 있겠다.

다음으로 애정문제 및 민족문제 등을 다룬 작품에서 화자의 기능이 어떻게 발휘되고 있는지를 살펴보고자 한다. 「보석반지(寶石半指)」(1925.7)에서는 인물에 갇힌 화자가 논평식의 서술을 통하여 사랑에 대한 회의적인 느낌을 적고 있다.

이 세상에 나온 날부터 따뜻한 부모의 사랑을 못 받고 자라 청춘의 반

---

76 陳平原, 앞의 책, p.248.

생애를 부평같이 보낸 나는 어떠한 행복을 생각할 때면 그것이 나에게는 무의미하다는 것보다 와질 것 같이 믿어지지 않는다.

　그러면서도 아직 스물 셋이나 되는 청춘이라 이성의 뜨거운 사랑이 그립지 않은 것은 아니었다. 그러나 내가 이때까지 이성의 뜨거운 사랑을 그린 것은 미적지근하였다. 마치 물 못 본 기러기가 물 그리듯 하였다.

—「보석반지(寶石半指)」에서(상권, p.44)

　여기서는 화자가 "청춘의 반 생애를 부평같이 보낸", "마치 물 못 본 기러기가 물 그리듯", "미적지근하였다"라는 정서를 환기시키는 비유법과 비유종지(比喩終止), 형용종지(形容終止)를 사용하여 자신의 운명의 기구함과 사랑을 열렬히 추구할 수 없는 처지를 설명함으로써 논리화되고 정조화된 서술을 통하여 호소적인 기능을 발휘하고 있다. 「차중(車中)에 나타난 마지막 그림자」(1929.4)에서도 화자가 가난에 짓눌려서 사랑을 추구할 마음의 여유를 갖지 못하고 있음을 호소하고 있다.

　나는 그러한 심리를 나로서도 판단할 수 없었다. 나는 그때까지 이십이 넘도록 어떤 여자에게 그처럼 마음이 쏠려 본 일이 없었다. 십 오륙 세까지 철을 몰랐고 그 뒤에는 방랑에서 방랑으로 유유전전하느라고 사랑의 싹을 틔울 사이가 없었다. 나는 회령서도 정거장 노동자로 일만 하면서 매일 정거장에 드나드는 많은 여자를 보았으나 두 어깨를 누르는 무거운 짐에 나의 감정은 여유를 못 가졌다. 거칠은 생활에서도 어쩌다 조용한 틈을 얻으면 그립고 애틋한 설움에 젊은 나의 가슴은 흔들렸다. 그것은 어떠한 대상을 지목하고 흔들리는 가슴은 아니었다. 무조건하고 무엇인지 그리워서 견딜 수가 없었다. 나는 그렇게 가슴이 흔들릴 때마다 눈앞에 나로도 모를 어디서 본 일도 없는 한 이성의 그림자를 윤곽이나마

그려 보았다. 내 가슴은 불붙었다. 그러나 그것은 아무 소용도 없는 불이
었다. 소용 없는 줄은 알면서도 그 불길은 일어났다. 그것은 썼다. 괴로
웠다. 그러나 아른한 단꿈 같은 맛도 있었다. 정체 모를 그림자를 그림자
로 보고 조건 없는 그 사랑을 사랑으로 맛보려던 그 엷은 꿈은 거칠은 나
에게 애틋한 위안을 주었다. 그러나 나의 생활은 그 위안이나마 오래 계
속할 수 없었다.

―「차중(車中)에 나타난 마지막 그림자」 에서(하권, pp.114~115)

여기서는 "사랑의 싹", "불길", "두 어깨를 누르는 무거운 짐"이라는
은유법와 "그림자"라는 상징법, 그리고 "내 가슴은 불붙었다. 그러나
그것은 아무 소용도 없는 불이었다. 소용 없는 줄은 알면서도 그 불길
은 일어났다. 그것은 썼다. 괴로웠다. 그러나 아른한 단꿈 같은 맛도
있었다"라는 나열식 구문(構文)을 사용함으로써, 시화된 서술로 화자
의 논평을 유연화시켜 섬세한 '한'의 정조를 나타내고 있다.

「동대문(東大門)」(1926.11)에서는 안정되지 못한 생활 때문에 애정
추구에서 자신감이 없어진 '나'라는 주인공이 등장한다. 그러나 이 작
품은 아이러니컬하게도 애정과 관련된 이야기를 다루고 있는 가운데
화자의 호소적 기능보다 자기변호적 기능을 보여주고 있다.

"선생님! 뭐래요?"
D군 부인은 호기심이 바싹 나서 묻는다.
"글쎄 동대문에서 지금 만나자고 하는데."
나는 트릿한 수작으로 대답하였다.
"그러면 어서 가 보세요."
웃던 D군의 부인은 정색으로 권한다.

　“아니. 글쎄 가 본다는 것도 무턱대고 가겠어요? 알지 못하고…….”

　나는 가고도 싶었으나 그저 속이는 것도 같고 또 D군 내외가 무슨 짓을 해 놓고 놀리는 것도 같았다. 후에 알고 보니 D군 내외는 히아까시일 따름이었고 나를 권한 것은 참말이었는데 그 당시의 나에게는 모두 의심스러웠고 나의 약점이 드러나는 듯 하였다.

―「동대문(東大門)」에서(상권, p.295)

　인물에 간힌 화자는 잡지사 기자로 있는 주인공인 ‘나’가 밤중에 낯선 여인으로부터 만나자는 전화를 받고 주저하는 장면을 서술한 후, 그때 의심스러웠던 마음과 훗날 그 일을 생각하면 면구스러워지는 심정을 “놀리는 것 같았다”, “약점이 드러나는 듯 하였다”라는 비유적인 종지법을 구사하여 변명조로 말하고 있다.

　「보석반지(寶石半指)」와 「차중(車中)에 나타난 마지막 그림자」, 「동대문(東大門)」에서 애정문제로 인한 고통이나 면구함을 호소거나 변호했다면 「이중(二重)」에서는 민족문제로 비롯된 비애를 호소하고 있다.

　아아 우리들은 이중의 비애를 갖고 있다. 조선인이므로, 요보라 하여 그네들은 목욕을 못 하게 한다. 그 뒤로는 노파가 미워졌다. 중이 미우면 가사까지 밉다는 격으로, 노파가 인사를 하면서 물 얻으러 오면 마주 인사하던 나는 인사도 마주 하지 않고 물을 줄 수 없다고 했다.

　그뿐만은 아니었다. 집을 비우라는 것이었다.

―「이중(二重)」에서(상권, p.368)

　꽁트에 가까운 이 작품에서는 조선인이라 하여 일본인의 목욕탕에 들어가는 것을 거절당한 순간에 느낀 민족적 비애를, "아아 우리들은 이중의 비애를 갖고 있다"라는 감탄사를 동반한 논평적인 문장으로 서술하고 "중이 미우면 가사까지 밉다는 격으로"라는 속담으로 일본인에 대한 적개심을 나타내고 있다. 이 부분은 그 뒤에 있는, 영탄문과 의문문을 사용한 '종결 액자' 부분과 맞물리면서 논평의 정조화와 논리화를 동시에 획득하고 있다. 이에 비하면 「보석반지(寶石半指)」는 '도입 액자' 부분의 논리적인 서술로 하여 논리화가 상대적으로 강하게 나타나는 편이다.

「5원 75전(五元七十五錢)」(1926.1)에서는 글쓰는 일을 업으로 삼고 살아가는 '나'라는 가난한 지식인이 원고료 체불때문에 하숙비를 내지 못하여 일본 사람이 와서 하숙집의 전기를 끊어버리는데, 하숙집 주인은 '나'를 원망하기보다 사정도 돌아보지 않고 남의 집 '광명'을 빼앗아간 일본 사람을 미워하고 있다. 그러나 '나'는 하숙집 주인을 보기 면구하여 일본가는 길에 서울에 잠깐 들른 고향친구를 찾아 돈을 변통해서 하숙집 주인한테 가져다 준다.

주인은 아까 일이 미안스럽다는 사과를 하였다. 나는 도리어 낯이 후끈하였다.

"아니요! 천만에…… 제야 참 제 홧김에 괜히……."

하면서 나는 오 원 지폐를 주인의 손에 쥐였다. 주인은 벙끗 웃었다.

"아무쪼록 노여워 마세요. 하하."

주인도 나와 같이 웃었다.

이 찰나! 주인과 나 사이에 가로질렀던 담벽이 툭 터져서 더욱 가까와진 듯하였다. 아까 피차 찌그리던 낯은 티만치도 찾을 수 없었다.

―아아 단돈 오 원이로구나!

> ―나는 이렇게 생각할 제 가슴이 찌르르하여 눈물이 핑돌았다. 또 다시 내일이나 모레 주마―B군에게 한 말이 떠올라서 이마를 찡그리지 않을 수 없었다.
>
> ―「7원 75전」에서(상권, p.155)

여기서 화자는 "이 찰나!"라는 영탄문과 "주인과 나 사이에 가로질렀던 담벽"이라는 은유법, "가까와진 듯하였다"라는 비유종지 등을 사용하여 기술함으로써 하숙집 주인과 '나' 사이의 더 가까워진 관계를 제시하고 있다. 다른 작품에서와 다르게, 채권자와 채무자의 관계를 인정으로 얽혀 있는 것으로 설정한 것은 일본인에 대한 분노가 저변에 깔려 있기 때문이라고 볼 수 있다.

꽁트에 가까운 「만두」(1926.7)는 '종결 액자' 부분에서 논리적이고 정조화된 논평을 곁들인 이외에 모두 정경묘사체로 만주 벌판에서 겪었던 고난의 경험을 호소하고 있다. 「쥐죽인 뒤」(1927.1)는 쥐를 죽인 뒤의 꺼림칙한 심리를 변명조로 서술한 작품이다.

> 태중! 그 말에 나는 나를 생각지 않을 수 없었다. 아내는 태중이다 이렇게 생각하니 배 안의 어린 것에게 좋지 않다 함에 어쩐지 쥐를 죽인 것이 무슨 큰 불상사의 조짐이나 하여 놓은 것 같았다. 오오 이것이 사람이다. 제게 이해관계가 없어서는 좋아하고 제 것을 위하여는 남의 목숨을 빼앗고 그럼으로 제게 무슨 불상사가 오는 때에 우리는 양심의 고통을 맞는다.
>
> ―「쥐죽인 뒤」에서(상권, p.325)

이 작품은 "태중!"이라는 영탄법, "어쩐지 쥐를 죽인 것이 무슨 큰 불상사의 조짐이나 하여 놓은 것 같았다"는 비유종지와 "오오 이것이 사람이다"는 감탄사를 섞은 논평식의 문장을 사용하여 쥐를 죽인 행위에 대해 자기변호를 하듯이 서술하고 있다. 처음부터 끝까지 무의미한 쥐잡이를 서술하고 있어 그 내용이나 주제로 보면 빈약하지만, 마지막에 '태중에 살생을 하면 좋지 않다'는 미신을 빙자하여 이해관계에 따라 행동하는 인간의 고약한 심리에 대해 해부하고 있는 점은 어느 정도 의미가 있다.

이상에서 살펴본 바처럼, 자전적 서술 양식으로 쓰여진 최서해 소설은 논평을 통하여 인물에 갇힌 화자의 여러 가지 기능을 발휘하고 있다. 이러한 논평은 구체적인 장면이나 사건이나 심리 등에 대한 묘사를 정리하고 귀납하거나 그러한 묘사와 병행하여 진행되고 있는데, 시화된 서술 문체로 인하여 시적 이미지와 정조를 보여주면서 서술의 정조화와 논리화를 구현하고 있는 점이 특징이다. 시화된 언어의 사용은 최서해가 미감(美感)이라는 소설언어의 표현기능에 대한 자각적인 인식을 보여주었음을 입증해 준다.

우선 가족과 관련된 이야기를 서술한 작품을 살펴볼 경우, 대개 비극적 색채가 강하며, '액자 형태'를 취하여 서술의 논리화를 강화하면서 호소적 기능과 자기변호적 기능을 발휘하고 있다. '액자 형태'를 취하지 않은 작품은 서술의 정조화와 논리화의 균형을 이루고 있고, 그 중 아이러니컬한 색채가 있는 작품은 호소적 기능만 발휘된다. 그리고 이 유형의 작품에서는 의문법과 반문법을 자주 쓰고 있는데, 이러한 수사법은 자아의 인생과 운명, 나아가서 민족의 생사존망에 관한 문제를 논의하는 데서 그 기능이 발휘되어 광범위한 독자들의 공감을 불러일으키는 데 관여하고 있다. 다음으로, 애정문제 및 민족문제 등을 다룬 작품은 인물에 갇힌 화자가 서술의 정조화와 논리화를 통하여 대개 호소적인 기능을 발휘하고 부분적으로 아이러니컬한 색채를 띤 작품이거나 희극적인 작품만이 자기변호적 기능을 실현하고 있다.

이러한 작품은 자전적 서술로 하여 인물에 갇힌 화자가 자기실현적 기능을 표출하고 있다는 공통점이 있다.

3) 관찰자적 서술태도와 서술의 객관화

관찰자적 서술방법은 화자가 자신의 경험을 이야기하는 양식에서 벗어나 자신이 직접 본 것을 중시하는 양식으로 대상과의 일정한 거리를 유지함으로써 보다 객관적인 서술태도를 유지하려는 작가적 노력의 결과라고 할 수 있다.[77]

최서해는 관찰자적 서술방법을 많이 사용하여「향수(鄕愁)」(1925.4),「누가 망하나?」(1926.7),「무서운 인상(印象)」(1926.12),「미치광이」(1926.12),「낙백불우(落魄不遇)」(1927.1),「갈등(葛藤)」(1928.1),「폭풍우시대(暴風雨時代)」(1928.4),「주인아씨」(1929.4),「같은 길을 밟는 사람들」(1929.12),「누이동생을 따라」(1930.2) 등 10편의 작품을 발표하였는데, 그 중 4편의 작품이 액자소설이고 3편의 작품이 '액자 형태'를 취하고 있다.

이러한 작품에서 관찰자로서의 화자가 스토리에 참여하기는 하지만 중심 사건과 관련해서는 관찰자의 입장에 있기에, 이것은 외부 시점을 통해 얻을 수 있는, 주관적으로 윤색되지 않은 객관적인 인식에다 내부 시점에 의해서 보장되는 더 큰 신빙성을 부여하는 방식이다.[78] 그러나 화자는 관찰되는 인물의 내면세계에 대한 상세한 묘사를 포기해야 하는데, 최서해의 소설에서는 액자소설의 '안 이야기', 그리고 에피소드 등과 같은 삽입된 서사를 통하여 이러한 한계를 어느 정도 극복하고 있다. 이러한 삽입 서사에서는 화자가 완전하게 교체되거

---

77 趙鎭基, 앞의 책, pp.209~210.
78 Gelfert, H. D., 앞의 책, p.24.

나 부분적으로 교체되면서, 직접화법 또는 간접화법에 의하여 관찰되는 인물의 경험세계가 독자들 앞에 펼쳐지게 된다. 그런데 그 관찰대상의 경험세계는 대개 빈민층의 비참한 세계로 그려지고 있다. 이를테면 액자소설 「누가 망하나?」(1926.7), 「무서운 인상(印象)」(1926.12), 「누이동생을 따라」(1930.2)를 포함하여 「향수(鄕愁)」(1925.4), 「낙백불우(落魄不遇)」(1927.1), 「갈등(葛藤)」(1928.1) 등이 이에 속한다. 그리고 「미치광이」(1926.12)는 비정상인인 미치광이에 대한 이야기가 삽입되어 있고, 「주인아씨」(1929.4)는 부유층의 의식 세계를 보여주고 있다. 이밖에 「폭풍우시대(暴風雨時代)」(1928.4)는 관찰대상이 민족운동가로 되어있는데, 이중화자로 되어 있는 작품이 아니기에 여기서는 논외로 하겠다.

우선, 작중인물의 직접대화에 의하여 관찰대상이 제시되는 경우를 살펴보기로 하겠다. 「향수(鄕愁)」(1925.4)는 회고식 서술로 되어 있는 작품으로, 중간에 인물에 갇힌 화자의 관찰대상으로 되는 김우영의 편지가 삽입된 특이한 구성을 취하고 있다. 즉 김우영은 2단계의 화자로서 직접화법으로 가족을 잃은 슬픈 심정과 탈가한 후 집으로 돌아오기 힘든 상황을 토로하면서 마음 속의 울분을 내뱉고 있다.

군의 편지는 어저께 받았다. 나는 가슴이 미어지는 듯하여 무어라 하면 좋을지 모른다. 꿈 같기도 하고 거짓 같기도 하다. 그러나 또렷한 군의 필적이거니 이제 무엇을 다시 의심하랴? 나는 밤새껏 가슴을 쥐어 뜯으면서 울었다. 울기는 벌써 때가 지난 줄 내 모르는 것이 아니건만 나오는 눈물을 어찌하랴? 집 떠난 지 오 년 사이에 내 사랑하던 어머니가 돌아가시고 어린 것이 죽고 이제 남았던 아내까지 죽었으니 아아 무슨 바람과 무슨 면목으로 이제 다시 고향을 밟으랴?

올해는 어떨까 내년에는 어떨까 하여 해가 갈 때마다 집으로 돌아가기를 맹세하고 바랐으나 몸은 점점 괴로울 뿐이고 모든 것은 뜻같이 되지 않아서 고향으로 못 돌아갔다. 이리하여 세월도 나를 속였거니와 나도 세월을 속였으며 내 사랑하던 식구까지 속였구나.

— 「향수(鄕愁)」에서(상권, p.25)

위의 인용문을 보면, 앞부분에서 2단계의 화자인 김우영은 "이제 무엇을 다시 의심하랴?", "나오는 눈물을 어찌하랴?", "아아 무슨 바람과 무슨 면목으로 이제 다시 고향을 밟으랴?"라는 반문법을 반복적으로 사용하고, 뒤부분에서는 "세월도 나를 속였거니와 나도 세월을 속였으며 내 사랑하던 식구까지 속였구나"라는 영탄법을 사용하면서 시화된 서술로 호소적 기능과 자기변호적 기능을 실현하고 있다. 이를 통하여 독자들은 김우영의 불행한 사실뿐만 아니라 그의 정서까지도 공감하게 된다. 「낙백불우(落魄不遇)」(1927.1)에서도 편지가 삽입되어 작중인물이 탈가하게 된 사연을 밝히고 있다. 그런데 그 편지는 인물에 갇힌 화자의 아내의 대화에 삽입되어 직접화법으로 전달되고 있다.

"저 집 사내가 달아났구려! 저를 어쩌우?"
들어온 아내는 아랫목에 자리를 깔면서 근심스럽게 뇌었다.
"달아나다니?"
나도 미상불 놀라지 않을 수 없었다.
"지금 편지가 왔는데 달아났다오!"
"편지는 누가 한 편진대!"
"사내가……."
하고 아내는 다시 화롯가로 오더니 말을 이어서,

"아까 편지가 왔는데 '나는(사내) 인제 더 어찌 할 수 없으니 당신(아내)은 당신 마음대로 하오. 나는 동경으로 가오. 나를 바라보고 배고픈 설움을 받지 말고 좋은 데 개가를 하오'하고 편지가 왔는데 그래서 저렇게 울고 있는데 에구 그 꼴은 차마 못 보겠어요."

하고 아내는 전등을 물끄러미 쳐다본다.

— 「낙백불우(落魄不遇)」에서(상권, pp.358~359)

아내의 직접화법에 의해 제시된 이 '삽입 서사' 텍스트에 이웃집 남편의 편지가 삽입됨으로써 또 한 명의 화자가 등장하고 있다. 즉 이 작품은 삼중의 화자와 이중의 청자가 나오는 셈이다. 3단계의 화자인 이웃집 남편은 편지에서 자신이 어려운 생활을 견디다 못하여 가족을 버리고 도망가는 사실을 알리고, 2단계의 화자인 아내는 이웃집 남편이 도망가면서 남긴 편지의 내용을 1단계의 화자에게 그대로 전달함으로써 서술의 사실성과 객관성을 높이고 있다. 중간에 삽입된 편지를 얼핏 보면 3단계의 화자인 이웃집 남편이 자신의 탈가한 소식을 알리는 간단한 내용에 불과한 것 같지만, 자세히 살펴보면 서술의 정조화와 논리화로 호소적 기능과 자기변호적 기능을 실현하고 있음을 볼 수 있다. 다시 말하여 "나는(사내) 인제 더 어찌 할 수 없으니 당신(아내)은 당신 마음대로 하오", "나는 동경으로 가오", "나를 바라보고 배고픈 설움을 받지 말고 좋은 데 개가를 하오"라는 문장을 나열식으로 배열하여, 아내에게 "인제 더 어찌할 수 없어" "동경으로 가는" 안타까운 마음을 호소하고, "나를 바라보고 배고픈 설움을 받지 말고 좋은 데 개가를 하"라는 아내에 대한 미안함과 배려를 보여주고 있는 것이다. 한편, 「누가 망하나?」(1926.7)에서는 관찰대상으로 되는 거지가 직접화법으로 자신의 슬픈 과거에 대하여 이야기하고 있다.

"어떤 때는 겨죽도 못 먹은 아내를 뉘여 놓고 삯일을 찾아서 헤매다가 빈 손으로 돌아와서 운〔泣〕 일도 많습니다. 그럴 때마다 병으로 뼈만 남은 아내가 내 손을 잡으면서 '여보 우리도 잘 살 때가 있지 늘 이렇겠소' 하던 말이 지금도 귀에 들리는 듯합니다. 그때에 나는 그때에 나는……."

그는 목이 메인 듯이 기침을 칵 하고 한참 있다가,

"지금 같으면 도적질이라도 해서 그를 멕였지만 그때에는 그래도 청렴을 생각하고……. 그가 굶어서 앓아 누웠던 일을 생각하면……. 이 가슴이 찢기는 것이 아니라 칼로다 짓이기는 것 같습니다. 언제나 그게 잊어지겠읍니까? 이 눈에 (그는 자기 눈을 가리키면서) 흙들기 전에야 잊어질 리야 잊읍니까?"

하면서 우리를 휘 둘러보는 그 눈! 눈물 한 점 없이 마른 그 눈은 눈물이 터벅터벅 흐르는 눈보다 더 처량히 보였다.

―「누가 망하나?」에서(상권, p.266)

여기서 2단계의 화자인 거지는 병으로 죽은 아내가 앓아누웠을 때 돈이 없어 제대로 먹이지도 못한 과거를 회상하면서 자신의 심리적 고통을 하소연하고 있다. "이 가슴이 찢기는 것이 아니라 칼로다 짓이기는 것 같습니다"라는 비유종지와 "언제나 그게 잊어지겠읍니까? 이 눈에 (그는 자기 눈을 가리키면서) 흙들기 전에야 잊어질 리야 잊읍니까?"라는 나열된 반문법을 구사함으로써 논리적이고 정서적인 언어로 화자의 호소적 기능을 강화하고 있다. 이때 인물에 갇힌 화자는 청자가 되는 동시에 객관적인 입장에서 2단계 화자의 이야기를 그대로 모방하여 재현시키는 역할을 담당한다.

「누이동생을 따라」(1930.2)에서는 인물에 갇힌 화자의 관찰대상인

피리 부는 사나이가 2단계의 화자가 되어 직접화법으로 자신의 경력을 소개하고 있다.

> "하루는……."
>
> 그는 천천히 입을 열었다.
>
> "도끼를 들고 산으로 들어갔읍니다.
>
> (중략)
>
> 나는 여러 달을 자리에서 일어나지 못하였읍니다. 나를 낳은 아버지까지 돌보지 않는 세상에서 그와 같은 친구의 도움을 받는 때 나는 무어라 할 수 없었읍니다. 나는 그 뒤로 친구의 고마움을 느꼈고 한 번 사귄 친구는 소홀히 하지 않았읍니다. 이듬해 봄부터는 막대를 짚고 걸어다니게 되었으나 이 다리를 가지고 무슨 일을 하겠읍니까? 평생에 배운 재주라고는 막벌이밖에 없는데, 그것을 못 하게 되니 굶는 수밖에 무슨 수가 있겠읍니까? 나는 얼마 동안 더 조심을 하다가 친구들이 한푼 두푼 모아 주는 돈을 받아 가지고,
>
> '고향에 가지.'
>
> 하고 떠났읍니다. 말은 좋게 고향으로 간다고 하였으나 돈 한푼 없이 더구나 병신까지 되어 가지고 무슨 면목에 고향으로 갑니까? 청진으로 배 타러 나가다가 중로에서 길을 변경하였지요. 별로 정처도 없이 떠나 촌촌이 들러 밤을 지내었읍니다. 늦은 봄이라 길에 나서면 몸이 노그라지는 듯 하고 어떤 촌집을 찾아 들면 저녁을 먹고 봉당에 나 앉아 황혼빛에 잠긴 산과 들을 바라보면 무어라 할 수 없는 애틋한 생각에 가슴이 찢겼읍니다. 나는 가슴에 서린 정을 단소로 하소연하였읍니다. (하략)"
>
> —「누이동생을 따라」에서(하권, pp.179~183)

위의 인용문에 따르면, 피리 부는 사나이가 벌목판에서 일하다가 다리를 다쳐 불구가 된 가긍한 처지에 대하여, "이 다리를 가지고 무슨 일을 하겠읍니까?", "굶는 수밖에 무슨 수가 있겠읍니까?", "무슨 면목에 고향으로 갑니까?"라는 반문법을 중간에 삽입해가면서 호소하는 동시에, "길에 나서면 몸이 노그라지는 듯 하고 어떤 촌집을 찾아 들면 저녁을 먹고 봉당에 나 앉아 황혼빛에 잠긴 산과 들을 바라보면 무어라 할 수 없는 애틋한 생각에 가슴이 찢겼읍니다"라는 나열식 구문으로 묘사함으로써 동적인 이미지를 재현하고 있다. 여기에 "나는 가슴에 서린 정을 단소로 하소연하였읍니다"라는 서술을 덧붙여 2단계 화자의 호소적 기능을 강화하면서 '한'의 정조를 더욱 고조시키고 있다. 이 유형의 소설은 편지, 직접대화와 같은 언술들을 삽입함으로써 "인물의 개성을 형성하는 동시에 심리를 절실하고 깊이 있게 드러내"[79] 주고 있다.

다음으로, 화자의 간접화법에 의하여 관찰대상이 제시되는 경우를 살펴보기로 하겠다. 「무서운 인상(印象)」(1926.12)에서는 관찰대상인 봉준 어머니가 들려준, 그의 남편과 아들의 죽음에 관한 이야기를 화자가 간접화법으로 전달하고 있다.

실상 내가 그의 말로(末路)를 끔찍하게 보게 된 것도 그의 생애를 안 까닭이겠지요. 그렇지 않아도 비참하고 무서운 그의 말로는 그가 밟은 쓰라린 사실이 있는지라 더 힘있게 나의 머리에 박히어서 좀처럼 잊혀지지 않읍니다. 그러므로 나는 이제 그의 말로를 쓰려는 데 이르러서 그것을 더욱 힘있고 인상이 깊게 하기 위하여 먼저 그의 지나온 일부터 쓰려고

---

79 최시한, 「염상섭 소설의 전개—서술자의 객관화 과정을 중심으로」, 서종택·정덕준 편, 『한국현대소설연구』, 새문사, 1990, p.168.

합니다.

　(중략)

이렇게 여러 노동자가 발판에서 떨어지는 바람에 그 크나큰 나무도 꽝하고 언 땅에 떨어졌읍니다. 아아 나무가 떨어지는 곳에는 금방 발판으로 그 나무를 끄집어 올리던 노동자가 넷이나 치었읍니다. 둘은 허리가 끊어지고 하나는 가슴이 부서지고 하나는 다리가 부러졌읍니다. 다리가 부러진 사람은 곧 병원으로 보내었으나 그것도 돈 없는 탓으로 치료가 불완전해서 사흘 만에 죽고 가슴 부서진 사람과 허리가 끊어진 사람은 현장에서 즉사했읍니다. 그 가운데는 과부의 외아들인 봉준이도 끼었읍니다. 그는 허리가 부러져서 죽었읍니다.

— 「무서운 인상(印象)」에서(상권, p.307)

여기서 화자는 봉준이가 철도 노동판에서 일하다가 사고로 죽는 광경을 자신이 직접 본 것처럼 가장하면서 비교적 구체적으로 묘사하고 있다. "둘은 허리가 끊어지고 하나는 가슴이 부서지고 하나는 다리가 부러졌읍니다"라는 나열식 구문으로 사고 현장의 처참한 장면을 입체적으로 재현하는가 하면 "아아"라는 감탄사를 섞어가면서 그 사건에 대한 화자의 공포 심리를 보여주기도 한다. 즉 단순한 사실의 전달에 그치는 것이 아니라 자신의 감정을 얼마간 이입시켜 가면서 서술을 진행시키고 있다.

「미치광이」(1인칭, 1926.12)에서는 인물에 갇힌 화자가 감정 이입을 완전히 배제하면서, 나중에 미치광이가 모함을 받아 마을에서 쫓겨난 경과를 다른 사람에게서 들은 대로 자신의 말로 요약하여 서술하는 것으로 사실의 전달에 충실한 태도를 보이고 있다. 그런데 다른 작품에서는 관찰대상이 들려준 이야기를 그의 직접화법 또는 화자의 간접화법으로 전달하는 데 비하여, 이 작품에서는 다른 작중인물이 미치광이의 이야기를 한 것을 화자가 다시 정리하여 전달하고 있다.[80]

「갈등(葛藤)」(1928.1)에서도 인물에 갇힌 화자가 간접화법으로 된 어멈의 기구한 팔자에 대해 전달하는 것으로 사실성에 충실한 서술태도를 보이고 있다. 그러나 「미치광이」와는 달리, 관찰대상인 어멈이 아내한테 들려준이야기를 화자의 말로 바꾸어 서술하고 있다.

> 며칠 뒤 어떤 날 밤 어멈은 바윗돌에나 눌리는 듯한 감각에 곤한 잠을 깨어 보니 그것은 김서방이었다. 그 뒤로는 한방에서 잠자게 되었다. 이렇게 된 뒤로는 김 서방의 태도는 일변하였다. 이전은 어멈이 부엌에서 무거운 일을 하면 김 서방이 쫓아와서 도와주었는데 부부가 된 뒤부터 저(김 서방)는 상전이나 된 듯이 제 할일까지 여편네(어멈)를 시켰다. 여편네가 뭐라고 하면 때리기 일쑤였고, 여편네가 한 달에 삼 원 받는 월급까지 빼앗아 술을 먹고 곤드레만드레 하도니 늦은 여름 어떤 날 그 여관 손님의 돈 사십 원인가를 훔쳐가지고 도망질했다. 그리하여 애꿎은 여편네까지 주인 마나님에게 공모자로 걸려들어 경찰서까지 구경하고 여관에서 쫓겨나서 다른 집에 있다가 우리 집으로 왔는데, 김 서방과 같이 있는 동안에 그의 핏덩이가 뱃속에서 자리를 잡게 되었다.
>
> ─「갈등(葛藤)」에서(하권, pp.53~54)

인용문을 보면, 화자는 어멈이 어떤 여관집 어멈으로 있을 때 그 집에서 심부름하던 나이 든 사내의 꼬임에 들어 그 사내와 함께 살게 되어 애를 가지게 된 과정을 요약하여 서술함으로써 사실의 진상을 그

---

80 이 작품에서 간접화법으로 서술된 내용에 대해서는 3장의 가변 초점화에 관한 논의에서 다시 언급하기로 한다.

대로 밝히는 데 목적을 두고 있다.

「같은 길을 밟는 사람들」(1929.12)에서는 화자의 친구 K군의 임종을 지켜준 술 파는 여자에 관한 이야기를 서술하는 과정에서 삼중의 화자가 등장하고 있다. 즉 술 파는 여자가 한 이야기를 K군의 친구 S가 듣고 '나'에게 전달하고 '나'는 그 이야기를 다시 정리하여 전달하고 있다. 인물에 갇힌 화자는 간접화법으로 술 파는 여자가 기생집에 팔려가 고생하다가 어떤 사나이의 도움으로 몸값을 치르고 술을 팔면서 살아가게 된 이야기와 어릴 때 부모를 잃은 다음에 의지하고 살다가 갈라진 남동생 춘삼을 찾아다니는 이야기를 스토리 시간의 순서에 따라 요약하여 서술하고 있다. 그런데 술파는 여자가 나중에 K을 만나 임종을 지켜보게 된 이야기를 전달할 때 그 여자의 직접화법으로 대체되고 있다.

그는 예까지 말하고 흐르는 눈물을 씻더니 다시 말을 이었다.

"지금도 젊은 남자만 보면 춘삼의 생각이 나서 가슴이 꿈틀꿈틀해요……. 어디 가서 죽은 것만 같아서 늘 마음에 걸리겠지요! 전달에 누가 이야기를 하는데 춘삼이라는 경상도 사람이 서울서 노동을 하다가 차에 치어 죽었다는데 나이를 물어보니까 사십 넘은 사람이라고 하기에 내 오라비는 아니다 하면서도, 어디 가서 장가도 못 들고 그렇게 볕발 없이 죽은 것 같아서……."

하고 그 여자는 목메인 눈물을 지었다.

(중략)

"그래 염치를 불구하고 뛰어갔지요. 남의 사내란 생각은 나지 않고 우리 춘삼이가 어디 갔다가 그렇게 와서 죽는 것만 같아요……. 가 보니 아직도 새파란 젊은 어른인데 목에 담이 끓어올라서 숨도 바로 못 쉽다.

벌써 알았다면 병구완이라도 해드렸을 것을……."
　　　　　　　　—「같은 길을 밟는 사람들」에서(하권, pp.161~162)

여기서 술 파는 여자는 K군이 자기의 남동생처럼 생각되어서 그의 임종을 지켜보게 된 것이라 술회하고 있는데, 가난하고 불쌍한 사람은 모두 한 집 식구와 같고 서로 도우면서 살아야 한다고 생각하는 그의 내면 세계를 진실하게 보여주고 있다.

위의 작품들에서 '삽입 서사'를 통하여 가난한 사람들의 이야기를 서술한 것과 달리, 「주인아씨」(1929.4)에서는 인물에 갇힌 화자가 간접화법으로 잘사는 사람의 이야기를 서술하고 있다.

주인 아씨는 잔뜩 흥분이 되어서 말하였다. 그 모든 말을 종합해 가지고 들으면 주인 아씨는 일부러 시험한 것이었다. 동전 두 푼을 방바닥에 놓고,

"내가 나갔다 들어올 테니 저 방 치워라."

간난이에게 이르고 밖으로 나와서 슬그머니 뒤를 돌아와 뒷문 구멍으로 들여다보았던 것이다. 방 치러 들어갔던 간난이는 그 동전 두 푼을 집어서 허리춤에 넣었다.

그 말을 들은 나는 주인 아씨의 얼굴이 다시 치어다보였다. 도적을 만들고 도적을 잡는 그의 얼굴이 다시 치어다보였다.
　　　　　　　　—「주인 아씨」에서(하권, p.105)

꽁트에 가까운 이 작품의 핵심이라고 할 수 있는 이 부분에서, 화자는 주인 아씨가 부엌 심부름을 하는 계집애를 손버릇이 깨끗하지 못한 걸로 의심하여 동전 두 푼을 몰래 방바닥에 놓고 시험한 사실을 종

합하여 서술함으로써 하숙집 여인의 비인간적인 소행을 폭로하고 그의 추악한 내심 세계를 대번에 들여다볼 수 있게 한다.

이상으로 인물에 갇힌 화자의 관찰자적 서술태도로 쓰여진 작품에 대한 고찰을 통하여, 작중인물의 직접화법을 통하여 관찰대상이 제시되는 작품에서는 모방적인 서술방법으로 2단계 화자로 되는 작중인물이 반복법, 영탄법, 나열식 구문 등을 사용하여 서술의 정조화와 논리화를 실현함으로써 작중인물의 불우한 운명을 생동감있게 보여주는 동시에 심리적 고통이나 마음 속의 울분을 직접 호소하게 한 특징이 있다는 것을 볼 수 있었다. 특히 편지를 통한 직접화법에서는 서술의 논리성이 더욱 강조되어 작중인물의 자기 변호적 기능이 발휘되고 있다.

이에 비하여, 화자의 간접화법에 의하여 관찰대상이 제시되는 경우는 작중인물의 경력이나 어떤 사건에 대한 요약적이고 종합적인 서술을 통하여 관찰대상의 심리를 드러내보이는 데 치중한 것이 아니라 그들을 보다 폭넓은 사회 관계 속에서 파악하고자 하는 의도를 내보이고 있다. 그렇게 함으로써 가난한 사람들의 불우한 처지를 동정하거나 비정상적인 인물의 정직성에 대해 찬미하고 정상적인 인물의 부정함에 대해 비판하거나 가난한 사람들의 인정 세계를 희구하거나 부유한 인물의 비인간성을 폭로하는 등 다양한 목적에 도달하는 데 성공하고 있다. 관찰대상의 경험을 간접화법으로 전달한 어떤 작품에서는 인물에 갇힌 화자가 자신의 비슷한 처지를 떠올리면서 일부 감정이입적 서술을 진행하기도 했지만, 이러한 경우에도 어디까지나 객관적 사실에 충실한 서술태도를 보여주고 있었다.

한마디로, 관찰자적 서술태도를 보인 작품은 객관화의 서술을 통하여 일관하게 사회적 약자에 대한 동정의 태도를 보여주고 있다는 데 의의가 있는 것이다.

3. 외적 화자에 의한 객관성 지향의 서술

1) 공적 화자의 위치 확립과 서술적 거리의 형성

(1) 서술적·함축적 서술을 통한 글쓰기의 주체와 암시

외적 화자(extemal narrator; EN)는 다른 사람에 관한 이야기를 진실인 것처럼 쓰며, 이에 따라 파블라는 허구적으로 창안된다.[81] 한국문단에서 이런 '외적 화자', 소위 '3인칭 화자'에 의한 객관적 서술방법은 1920년대 중반기 이후 리얼리즘 소설의 가장 보편적인 방법으로 채택되었다.[82] 다시 말해 1920년대 소설에서는 화자의 수에 대한 조종과 더불어 화자의 전지성의 제한이 이루어지는 것을 볼 수 있는데,[83] 최서해 소설에서도 마찬가지로 등장인물을 통한 서술방식을 채택하는 것으로 화자의 전지성을 제한하려는 의도가 명확히 나타나고 있다. 최서해 소설의 1인칭 서사, 즉 인물에 갇힌 화자에 의한 서술도 실제로 제한적 서사로 묶을 수 있다. 그러나 인물에 갇힌 화자의 서술이 전지성 제한이라는 점에서 3인칭 서사, 즉 외적 화자에 의한 서술보다 용이하게 파악할 수 있다는 장점이 있기는 하지만, 작가든 독자든 간에 3인칭 서사는 언제나 1인칭 서사에 비해 객관적으로 인물을 관찰하고 이해하기가 비교적 편리한 입장에 놓여 있다.[84] 게다가 "자서전

---

81 Bal, M., 앞의 책, p.221.
82 趙鎭基, 앞의 책, p.247.
83 김석봉, 「1920년대 초기 단편소설의 서사론적 연구」, 서울대 석사논문, 1997, p.23.
84 陳平原, 앞의 책, p.139.

적 경향의 유혹을 억제하고 주관적 감정의 과도한 투입을 방지할 수 있"[85]으므로, '공적 화자'의 위치는 객관적 서술 상황에서 자연스럽게 확립된다.

최서해가 '인물에 갇힌 화자', 소위 '1인칭 화자'를 통하여 글쓰기 주체로서의 화자의 진술적 권위를 내세우면서 자신의 체험적 사실에 대하여 공적인 입장에서 서술하고자 했다면, '외적 화자'를 통해서는 글쓰기 주체로서의 화자의 모습을 '배후'로 감추고 허구적인 권위를 내세우는 동시에 공적 화자의 위치에 대한 정립을 통하여 "현실반영(現實反映)을 위한 기법(技法)으로서의 사실성(事實性)"[86]을 꾸준히 추구해 온 것이다. 이는 그의 초기소설에서부터 외적 화자가 등장했고 단편 소설 56편 중 32편과 나중에 발표한 장편소설 한 편이 이에 속한다는 사실로 추정해볼 수 있다.

최서해의 외적 화자의 서술로 된 작품은 우선적으로 서술의 설명화를 통하여 글쓰기의 주체를 암시해 주면서 공적 화자의 위치를 확인시키고 있는 것을 볼 수 있다. 요컨대, 최서해의 단편소설에서는 화자가 행위자 텍스트에 설명적이거나 번역적인 서술을 많이 함으로써 "말하는 인물과 그것을 기술하는 관찰자의 거리를 강조"[87]하고 있다.

최서해의 간도를 배경으로 한 작품 「홍염(紅焰)」(1927.1)에서는 인물의 대화에 중국어가 자주 나오는데, 화자는 그것을 한국어로 번역

---

[85] 앞의 책, p.139.

[86] 조진기는 한국근대 초기소설론을 성립시킨 이광수, 현철, 김동인의 소설이론의 근대적 성격을 분석하면서 이들의 견해는 "小說의 虛構性과 함께 現實反映을 위한 技法으로서의 事實性을 小說의 根本槪念으로 파악"하였으므로 "近代리얼리즘 文學論의 성격을 지니고 있는 것으로 評價할 만한 것이라 하겠다"고 지적했다. 趙鎭基, 「初期小說論의 成立과 그 性格」, 『韓國現代小說研究』, 學文社, 1984.

[87] 앞의 책, p.188.

하는 역할을 하고 있다.

> ㄱ) "부요우(싫어)……. 퉁퉁디…… 모모 모두 우리 가져가두 보미(옥수
> 수) 쓰단(四石), 쌔옌(소금) 얼씨진(20斤), 쑈미(좁쌀) 디 빠단(八石)
> 디유아(있다)…… 니디 자리 알라있소! 그거 안줘?)
> 검붉은 인가의 뺨은 성난 두꺼비 배처럼 불떡불떡 하였다.
> ─「홍염(紅焰)」에서(하권, p.16)

> ㄴ) "윈따야 랠라마(문영감 오셨소)?"
> 캉(구들)에서 지껄이는 중국인 중에서 누군지 첫인사를 붙였다.
> "에헤 랠라 장구재(주인) 유(있소)?"
> 문 서방은 어색한 웃음을 지었다. 얼었던 몸은 차아 녹고 흐리었던
> 눈앞도 점점 밝아졌다.
> "쨩캉바(구들로 올라오시오)!"
> 구들 위에서 나는 틱틱한 소리는 인가였다.
> ─「홍염(紅焰)」에서(하권, p.19)

위의 인용문에서 첫 번째 ㄱ)는 중국인 지주가 문서방에게 빚을 재
촉하는 장면이고, 두 번째 ㄴ)은 문서방이 딸을 인가에게 빼앗기고나
서 화병이 난 아내를 위하여 중국인 사위를 찾아갔을 때 나눈 대화로
서, 화자와 작중인물의 분리가 분명하게 나타나고 있다. 최서해 소설
에서는 인물의 대화 부분에서 방언이 자주 나오고 화자가 그것을 표
준어로 번역하는 것을 보여준다.

"갱게(감자)를 삶아먹구……. 그리구 너무도 먹구 싶어하기에 뒷집에

서 버린 고등어 대가리를 삶아 먹구서는 먹은 게 없는데."
　　　　　　　　　　　　　　　　　　　　—「박돌(朴乭)의 죽음」(상권, p.61)

"그 되놈덜, 개를 클아배(할아버지)보다 더 모시는데, 사람을 문다구 누군지 그 개를 때렸다가 혼이 났는데두!"
"이놈[支那人]의 땅에 혼이 났는데두!"
　　　　　　　　　　　　　　　　—「기아(飢餓)와 살육(殺戮)」에서(상권, p.38)

"제마(어머니)! 어째 움매? 외큰아매(외할머니) 보구 싶어 우오! 웅."
밥먹던 학범이는 어머니 곁에 와서 섰다. 그는 얼른 눈물을 거두었다. 어린 학범이에게 우는 낯을 보이지 않으려고 함이다.
"웅…… 외큰아매(외할머니) 보구 싶어서 운다. 너는 외큰아매 보구 싶지 않느냐? 흥윽."
"나두 외큰아매 보구 싶네! 하—."　　　　—「폭군(暴君)」에서(상권, p.141)

"야 이 머저리(바보) 같은 놈아, 글쎄, 무슨 머저리 행세(바보짓)냐? 무시기 어쩌구 어째, 뱀아페(한테) 물긴 게 아프구 어쩌구, 뛰기만 잘 뛰더구나!"
김좌수는 물었던 장죽을 한 손에 뽑아들고 노염이 충일해서 호령을 하였다. 뜰에 나다니는 여편네들은 입을 막고 돌아가면서 웃었다. 삼돌이는 죽은 듯이 서 있었다.　　　　　　　　　　—「그믐밤」에서(상권, p.225)

"우리 선돌 있을 때에 우리 이웃에 무산 간도서 나온 한 사십되는 영감 노친(노파)이 있었는데, 그 영감의 성이 김가가 돼서 늘 김 영감 하는데, 자식이 없었단 말이오! 그래 늘 절에두 댕기구 뒤왠(뒤우란)에 칠성단을

묻고 밤이믄 정화수(井華水)를 떠놓고 삼 년인지 자식을 빌었소, 에
구……."
　　　　　　　　　　　　　　　　　—「저류(底流)」에서(하권, p.31)

"윗전(웬) 울음을 그리두 우는가?)"
　　　　　　　　　　　　　　—「이역원혼(異域冤魂)」에서(상권, p.282)

"그저 산신님과 하누님은 굽어살펴사 자식두 없는 우리 주인을— 삼대
독자신 우리 남편을 저를 대신 잡아가시더라도 우리 주인은 돕아(도와)
주시사 대쉬[代數]를 끊게 말아 줍시사……."
　　　　　　　　　　　　　　—「이역원혼(異域冤魂)」에서(상권, p.283)

"엑 또 바람이 나는 게로군! 날쎄두 폐릅다(괴상하)다."
　한관청은 이렇게 뇌이면서 등꽂이에 등을 꽂고 몸부림하는 문 서방 내
외와 젊은 사람을 피하여 앉았다.　　　　—「홍염(紅焰)」에서(하권, p.23)

"글쎄 그게 다 젊은 때니 그렇지만 서울이 그게 어떤 데냐? 장안 천지
에 너 같은 게 없을라더냐? 너보다도 더한 가시내(처녀) 쌔 버렸단다! 왜
그놈이 가만히 있것냐?"　　　　　　　　—「가난한 아내」에서(상권, p.365)

　이처럼 방언이 많이 나오는 작품은 대부분 간도나 농촌 배경의 작
품이고 방언의 사용자는 노동자나 농민, 머슴이나 소작인 등의 하층
민으로서, 화자는 그들의 방언에 대한 표준어로의 번역을 통하여 우
월한 지위를 확보할 뿐만 아니라, "대중문화에 대한 더욱 큰 규모의
포용"88을 보여주었다.
　또한 최서해 소설은 작중인물의 대화에 나타난 방언을 화자가 표준

어로 번역하고 있을 뿐만 아니라 대화 중간에 화자 텍스트로 되는 지
문을 삽입하고 있는 것을 볼 수 있다.

ㄱ) "이 더러운 놈들아! 웅 이러구 살아서 뭘 하니? 웅, 애이(배를 콱 밟으
면서) 못생긴 밍충이들아! 이 꼴이 되고도 두려운 것이 있니? 웅? 네
힘이 이뿐이냐? 죽구두 볼 것 있니? 그까짓 한푼 두푼 받아서 뭘 하
니? 글쎄 이 (이를 악물고 가슴을 탁 차면서) 밍충아! 차라리 ××밥을
가서 먹고 있지, 그 밥 먹을 줄도 모르더냐? 너희 같은 놈들은 죽어
라! 어서 죽어라! 너 따윗 놈들 때문에 한가한 놈들이 더 늘어난다.
웅! 한심하지!"　　　　　　　　　　―「설날밤」에서(상권, pp.159~160)

ㄴ) "그러더니만 선녀가 하나는 노친의 왼팔 아래 자댕(겨드랑이)에 손을
대니까 왼자댕이가 툭 터지면서 애기가 스르르 나오더라지!(이때 모
든 사람은 빙그레 웃었다) 애기가 금방 나자 노친의 자댕이는 그만
터졌던 둥 말았던 둥 하게 아물고 애기는 이내(곧) 향탕에 목욕을 시
키더라오. 애기는 말이 애기지 키가 알아므 살 먹은 아이만치 크고
눈은 찍 째진 것이 왕방울 같고 귀는 이렇게 크고(손을 펴서 자기 귀
에 대고 눈을 크게 떠서 그 흉내를 내면서) 팔다리 손 할 것 없이 참
철골로 생겼는데, 말을 다 하더라는데……."
　　　　　　　　　　　　　　　　　―「저류(底流)」에서(하권, p.33)

위의 예문에서 첫 번째 인용문 ㄱ)는 「설날밤」에 나오는 대화로서
부자들이 모인 설날 만찬회에 뛰어들어 금품을 털어가는 한 청년이

---

88 Lanser, S. S., 黃必康譯, 앞의 책, p.144.

길거리에서 구걸하는 거지들을 질타하는 부분이다. 여기서 화자는 대화를 사실적으로 재현하는 동시에 그 중간에 거지들의 배를 밟고 가슴을 차는 청년의 동작에 대한 묘사를 삽입하는 특이한 구성을 취하고 있다.

두 번째 인용문 ㄴ)은 「저류(底流)」의 일부분으로 주인공 김 서방이 아기 장수 전설에 대한 이야기를 하는 대화 중에 주위 사람들과 그의 표정을 묘사한 지문을 괄호 안에 삽입시켜 놓고 있다. 이러한 지문의 삽입방식은 대화의 완전성을 보장해 주는 동시에 그 대화를 듣고 있는 텍스트 내의 청자 반응을 보여줌으로써 작품의 리얼리티를 강화해 주는 기능을 한다. 또한 이를 통하여 독자는 텍스트 '배후'에 숨은 글쓰기 주체로서의 화자를 인지하게 된다. 최서해 소설에서 글쓰기 주체로서의 화자의 모습은 화자 텍스트에 설명을 덧붙이는 방식에서도 찾아볼 수 있다.

> 그는 신 신은 채 정지 아랫목에 쓰러졌다. 바당(부엌. 복도는 부엌과 안방 사이에 벽 없이 한데 통하였다. 바당이란 것은 부엌이고 정지는 부엌에 있는 안방이다)에서 불을 때던 늘그스레한 부인은,
> "어디서 저리 처질렀누! 엑 개장시."
> 하고 입속으로 뇌이면서 혀를 툭 채었다.
> ― 「폭군(暴君)」에서(상권, p.135)

> 이번까지 가면 네 번째다. 이번은 어떻게 성사가 되겠지?
> (간도에 있는 중국인들은 조선 여자를 빼앗아가든지 좋게 사가더라도 밖에 내보내지도 않고 그 부모에게까지 흔히 면회를 거절한다. 중국인은 의심이 많아서 그런다고 한다.) ― 「홍염(紅焰)」에서(하권, p.18).

> 허준의 아버지는 그 사람의 도움으로 그 해(김관호가 선린 상업학교에
> 입학하던 해) 늦은 봄에 그 항구로 식솔을 데리고 가서 어떤 해산업자(海
> 産業者)의 일을 보아주고 허준이는 물산 객주에서 상심부름을 하였다.
> ―「먼동이 틀 때」에서(하권, p.75)

위의 첫 번째 예문에서는 간도 지역의 '바당'에 대하여 독자들의 이
해를 돕기 위하여 괄호 안에 설명을 덧붙이고 있고, 두 번째 예문에서
도 중국인 지주가 조선인 아내를 친정 사람들과 왕래하지 못하게 하
는 원인에 대해 괄호를 치고 설명하는 것으로 그에 대한 독자들의 의
문을 풀어주고 있다. 그리고 세 번째 예문에서는 동일한 시간대에 있
은 두 작중인물의 부동한 경력에 대해 확실한 증거를 제시하기 위하
여 역시 괄호 안에 설명을 삽입하고 있다. 이처럼 최서해의 많은 소설
에는 화자의 설명적 서술의 방법이 채용되고 있는데, 이는 소설의 리
얼리티를 강화하고 이야기의 신빙성을 보장하기 위한 글쓰기 주체의
노력을 보여주는 것이라 하겠다.

다음으로, 최서해 소설의 외적 화자의 서술로 된 작품은 화자 텍스
트에 의미가 함축된 한자어를 많이 씀으로써 작중인물보다 지적이고
신빙성 있는 화자의 이미지를 그려주고 있는 것을 볼 수 있다. 물론
인물에 갇힌 화자의 서술로 된 소설에서도 한자어가 많이 동원되고
있지만 서술적 자아와 경험적 자아라는 화자의 이중적 기능으로 하여
화자와 인물의 서술적 거리화에는 크게 반향을 일으키지 못하고 있
다. 반대로 외적 화자의 서술로 된 최서해 소설에서는 한자어의 사용
으로 하여 이러한 거리화가 보다 뚜렷해지며, 장편소설 『호외시대(號
外時代)』(1930.9.20~1931.8.1)에 와서는 한자어가 더 큰 기능적 역할
을 하는 것을 볼 수 있다.

> 삼순구식, 조실부모, 衆寡不敵, 식자우환, 二重苦痛, 삭발위승, 獨善
> 생활, 四柱八字, 低頭 縮, 수두구려, 사고무친, 동취서대, 사고무친, 증이
> 패-증이파의(甑已破矣), 牛耳讀經, 자격지심, 사통오달, 천언만어, 矛盾
> 撞着, 欲速不達, 과문불입, 言中有話, 事半功倍, 一敗塗地, 탕진가산,
> 수화지중, 勝敗利鈍, 不可逆睹, 頓挫, 불의지변, 신출귀몰, 心讀喜自負,
> 閑人勿入, 침소봉대, 魂不附體, 자곡지심, 捲土重來, 안주지지, 세사는
> 금삼척(世事琴三尺), 생애에 주일배(生涯酒一杯), 大悟人生, 묘창해지
> 일속(渺滄海之一粟), 괄목상대, 同家宿 同鼎食, 元亨利貞, 命在頃刻,
> 애자지정, 남존여비, 초면부지, 여형약제, 사제지간, 경이원지, 불감청이
> 언정고소원, 천사만려, 臥龍선생, 百孔千瘡, 증이파의, 언중유화, 부앙천
> 지, 장래지계, 無主空山, 일거수 일투족, 자곡지심.
>
> ―『호외시대(號外時代)』에서[89]

위의 것은 『호외시대(號外時代)』에 나오는 한자어를 추출한 것으로
서, 이런 한자어는 의미가 고도로 함축된 성구이다. 『호외시대(號外時
代)』의 주요인물들의 대화에도 한자어가 일부 나타나지만, 화자는 그
들보다 더욱 지적인 태도로 이야기를 서술함으로써, 한자어를 통하여
공적 화자의 위치를 공고히 하고 작품의 심오한 주제를 형상화하는
데서 일정한 성과를 올리고 있다.

이와 동시에 최서해 소설에는 화자 텍스트에 '소원화어'[90]가 나타나

---

89 郭根 編, 『號外時代』, 문학과 지성사, 1994. 이하 본 연구에서 이 작품의 인용문
은 괄호 안에 쪽수만 밝힘.

90 보리스 우스펜스키는 어법론의 차원에서는, 작가는 그 자신과 인물을 통합하고,
반면에 평가의 측면에서는 자기 자신을 그 인물로부터 '소원화'할 수 있다고 했다.
동시에 '분명히', '마치', '…듯하다' 등은 소원함의 언어표현들이라고 했다.
Uspenski, B., 앞의 책, p.188; p.208.

는 것도 볼 수 있는데, 이러한 '소원화어'는 "함축성의 추리적 지위를 암시"[91]하고 있다. '소원화어'는 한자어와 마찬가지로 화자의 서술의 함축화를 실현하는 도구로서, 한자어가 화자의 함축적인 단어의 선택과 관련되는 것이라면, '소원화어'는 화자의 인물에 대한 함축적인 묘사 방법과 관련된다고 할 수 있다. 아래의 인용문은 최서해의 일부 단편소설에서 '소원화어'가 나타난 텍스트를 선별해 본 것이다.

> 의사는 어이없다는 듯이 입을 벌린다.
> "그래 못 지어 주겠소."
> 하면서 여인이 보내는 시선을 피하려는 듯이 미닫이 두껍짐에 붙인 산수화(山水畵)를 본다.　　　　　　　　―「박돌(朴乭)의 죽음」에서(상권, p.58.)

> 주간은 기가 막힌다는 듯이 입을 커다랗게 벌려서 웃었다.

> 강은 그래도 못 참겠다는 듯이,
> "이놈을 그저 둬? 오늘은 오늘은 요정을 내야 한다. 자네들 가서 사장놈을 좀 잡아오게! 세 놈을 한데 모아놓고 어디 모가지를 도리세."
> 하면서 주간을 그저 뚫어지게 본다. 주간은 무색한 듯이 엉금엉금 일어나더니 모자를 집어썼다.
> 　　　　　　　　　　　　　―「서막(序幕)」에서(상권, p.345; p..350.)

> 그는 이렇게 가슴속으로 뇌이면서 또 한번 가슴을 쳤다. 그리고 그는 모든 뒤숭숭한 생각을 잊으려는 듯이 머리를 흔들면서 한숨을 쉬더니 차

---

91 Rimon-Kenen, S., 최상규 역, 『소설의 현대 시학』, 예림기획, 1999, p.145.

창 유리에 눈을 대고 밖을 내다보았다.

—「용신난(容身難)」에서(상권, p.398.)

　　허준이는 열 한시가 거이 되어서 그 집 대문 밖에 나섰다. 대문밖에 나
선 그는 무슨 함정이나 벗어난 듯이 시원스럽고도 할 일을 한 듯이 기뻤
다. 그의 머릿속에는 조금 전의 그림자가 알찐알찐 돌고 있었다.

—「먼동이 틀 때」에서(하권p.93.)

　　위의 예문에서 보다시피 「박돌(朴乭)의 죽음」에서는 화자가 남의
절박한 사정에 대해서는 아랑곳하지 않고 잔꾀를 부리려는 의사의 고
약한 심보를 꿰뚫어보고 있는데, 이처럼 의사의 얼굴에 나타난 반응
을 "어이없다는 듯이", "여인이 보내는 시선을 피하려는 듯이"라는 '소
원화어'로 해석하고 있다. 「서막(序幕)」에서는 화자가 억지를 부리려
다가 들통이 나서 꼴불견이 된 주간의 표정변화를 포착하여 "기가 막
힌다는 듯"하다가 "무색한 듯"한 것으로 묘사하고 있다. 동시에 기자
'강'의 반항심리를 "그래도 못 참겠다는 듯"한 표정에서 읽어내고 있
다. 그리고 「용신난(容身難)」에서는 이념으로 애정에 대한 환상을 이
겨내려고 애쓰는 주인공의 심리적 갈등을 "뒤숭숭한 생각을 잊으려는
듯이"라는 표현으로 해석하고 있다. 「먼동이 틀 때」에서는 이념을 실
천에 옮기기 위하여 주의자로서 가당치 않은 우정의 유혹을 이겨내고
그로 인한 갈등을 극복한 주인공의 기쁘고 통쾌한 심정을 "무슨 함정
이나 벗어난 듯이 시원스럽고도 할 일을 한 듯이"라는 표정에 대한 묘
사로 개괄하고 있다. 여기서 화자의 해석들은 서술의 거리화를 나타
내는 동시에 작중인물이 느끼고 생각하는 것과 일치하기도 함으로 허
구적인 리얼리티에 보다 가까운 것처럼 나타난다. 이러한 '소원화어'

는 최서해의 장편소설 『호외시대(號外時代)』에서 더욱 자주 나타나고
있다.

> 밖을 내다보는 두환이는 어색한 침묵을 깨트리려는 듯이 다시 입을 열
> 었다. (p.47)
>
> 홍재훈은 의외라는 듯이 그리고 좀 어렵다는 듯이 이마를 찌푸리며 머
> 리를 기웃하더니……. (p.71)
>
> 그들은 서로 입 떼기를 두려워 하고 꺼리는 것 같았다. (p.121)
>
> 주인 노파는 어찌 들으면 사과 같고 어찌 들으면 빈정거리는 듯한 어
> 조로 말했다. (p.211)
>
> 침묵을 깨치는 두환의 말에 홍재훈은 그것은 공연한 소리라는 듯이 머
> 리를 약간 좌우로 흔들었다. (p.432)
>
> 그의 태도는 최후의 무슨 결심을 보이는 것 같았다. (p.441)
>
> 반갑게 맞아주었지만 정애는 별로 좋을 것이 없었다는 듯이 흐린 얼굴
> 로 잠깐 앉았다가 주인으로 나가버렸다. (p.494)
>
> 숙경은 두환의 얼굴을 측면으로 바라보며 놀라운 그리고 의외라는 듯
> 한 어조로 말하였다.(p.583)　　　　　　　　　　　—『호외시대(號外時代)』에서

위의 인용문은 『호외시대(號外時代)』 텍스트에서 '소원화어'가 있는
부분을 눈에 뜨이는 대로 뽑아 본 것으로서 화자의 작중인물에 대한
소원함을 엿볼 수 있다. 화자는 각양각색의 인물들이 분명히 느꼈음
직한 감정이나 사고에 대해 자신의 해석으로 대체하고 있다. 이러한
것으로부터 최서해의 근대적 서사기법에 대한 이해가 그의 『호외시대
(號外時代)』에 와서 보다 성숙된 경지에 이르렀음을 알 수 있다.

요컨대 최서해의 외적 화자의 서술로 된 작품에 나타난 서술의 설

명화와 함축화는 글쓰기 주체로서의 화자의 신빙성과 우월성을 보여주고 서사의 객관성과 사실성을 획득하는 데 이바지하고 있다.

(2) 서술의 냉정화에 의한 절제된 어조

최서해의 대부분 외적 화자의 서술로 이루어진 소설은 화자가 서두에서 관찰자적 입장에서 배경과 등장인물의 행동이나 대화를 서술하고 있는 것을 보여준다. 이는 '액자' 형태를 취한 '인물에 갇힌 화자의 서술'로 된 소설의 도입부에서 화자의 주관적인 설명으로부터 시작하는 것과는 달리, 화자의 객관적인 서술로 사건 전개의 방향을 암시함으로써 공적인 화자의 입장을 제시하고 있다. 물론 이러한 서두는 근대소설에서 보편적으로 채택된 기법으로서 서사구조에 나타난 예시성과도 관련된 것이다.[92]

여기서는 화자의 위치와 관련하여 외적 화자가 비극적 사건이나 인물의 불우한 현실을 다루면서도 어떻게 서술의 냉정성을 유지하고 있는가를 살펴보고자 한다. 일찍이 주요한은 최서해의 단편집 『혈흔』의 서평에서 "그의 관찰과 그의 필은 냉정하다. 열화를 감춘 냉정이다"라고 표명함으로써 서술의 냉정성을 지목한 바 있으나, 그후 이에 대한 정밀한 분석에 근거한 연구는 미미한 상태이다. 본 연구에서는 미케 발의 서사단계에 대한 이론, 즉 기초 텍스트와 삽입 텍스트 또는 화자 텍스트와 행위자 텍스트에 대한 구분[93]에 입각하여, 최서해 소설에서 서술의 1단계가 되는 화자 텍스트에서 화자가 어떠한 서술방법으로

---

92 최서해 소설의 서두에 관한 것은 본 연구의 제4장 제2절에서 작품의 예시성을 논의할 때 더 구체적으로 언급하기로 한다.

93 Bal, M., 앞의 책, pp.242~247.

공적 화자의 위치를 확립하면서 서술의 냉정성을 보장하고 있는지를
확인하고자 한다.

최서해 소설에서 외적 화자의 냉정성이 가장 뚜렷하게 나타나는 부
분은 결말로서 이 유형의 소설의 결말에서는 화자의 냉정한 코멘트가
덧붙여지는 것을 볼 수 있다. 여기서 특별히 결말에 대해 주목하려는
것은 최서해 소설에서 스토리의 클라이맥스가 일반적으로 결말부에
서 이루어지기에 작품의 마무리를 처리하는 데서 화자의 총체적인 서
술태도를 엿볼 수 있다는 데 기인한다. 이러한 코멘트는 형식적으로
는 '인물에 갇힌 화자의 서술'로 된 소설에서 화자가 대개 '종결 액자'
의 형태를 취하여 종합적이고 주관적인 감상을 적고 있는 것과 유사
한 방법으로 되지만, 그 서술방법과 내용은 완전히 다른 것으로서 그
효과도 판이하게 나타난다.

외적 화자가 나오는 최서해 소설은 배경 또는 분위기 묘사로 작품
을 마무리짓는 것을 자주 볼 수 있다. 「기아(飢餓)와 살육(殺戮)」
(1925.6)에서는 주인공의 광기어린 살인의 행각 후에 화자의 분위기
묘사가 뒤따르고 있다.

경수의 눈앞에는 아무 거리낄 것, 아무 주저할 것이 없었다. 그는 허둥
지둥 올라가면서 닥치는 대로 부순다. 상점이 보이면 상점을 짓모으고 사
람이 보이면 사람을 찔렀다.

"홍으적(도적놈)이야!"

"저 미친 놈 봐라!"

고요하던 거리에는 사람들의 소리가 요란하다.

"내가 미쳐? 내가 도적놈이냐? 이 악마 같은 놈들 다 죽인다!"

경수는 어느새 웃장거리 중국 경찰서 앞까지 이르렀다. 그는 경찰서

앞에서 파수보는 순사를 콱 찔러 누이고 안으로 뛰어들어갔다. 창문을 부순다. 보이는 사람대로 찌른다.

"꽝……꽝……꽝꽝."

경찰서 앞에서는 총소리가 연방 났다. 벽력같이 울리는 총소리는 쌀쌀한 바람과 함께 거리를 처량히 울렸다. 모든 누리는 공포의 침묵에 잠겼다.
　　　　　　　　　　　　　　　　　　—「기아(飢餓)와 살육(殺戮)」에서(상권, p.39)

여기서 화자가 주인공이 벌린 충동적인 살인사건과는 대조적으로 침중한 어조로 "벽력", "처량", "공포", "침묵"이라는 한자어를 섞어가며 "모든 누리"에까지 퍼지는 공포의 분위기를 개괄적으로 묘사하고 있는 것을 볼 수 있다. 이 '공포'가 부동한 독자층에서 어떤 반응을 일으킬지는 독자의 몫으로 남겨진다. 「그믐밤」(1926.5)에서는 죽은 머슴 삼돌의 환영에 놀란 김좌수가 환도로 자기 아들을 잘못 쳐죽이는 비극적인 장면이 연출된 후, 초가을 밤의 음산한 분위기가 묘사되고 있다.

"에엑!"

하자 환한 불빛에 노렸다가 풀리던 영감의 눈은 다시 둥그래지더니 피를 콱 토하면서 앞으로 쓰러졌다. 그것을 이리저리 들여다보던 마누라도,

"으윽!"

하고 쓰러졌다. 그 바람에 기름등은 방바닥에 떨어져서 꺼졌다. 좀 있다가 별이 총총한 푸른 하늘 아래 어둠 속에 고래등같이 뜬 김 좌수의 집으로 여자의 처량한 곡 소리가 흘러나왔다. 초가을 깊은 밤, 고요하고 휑한 집으로 울려 나오는 곡소리는 어둠 속에 높이 떠서 온 동리에 흘렀다.
　　　　　　　　　　　　　　　　　　　　　　　—「그믐밤」에서(상권, p.250)

위의 인용문에 제기된 깊은 밤에 울리는 곡성에 대한 묘사는 복잡한 의미를 나타내고 있다. 다시 말하여 "별이 총총한 푸른 하늘 아래"에 "처량한 곡소리"라는 표현에서 관찰자의 냉정한 시선을 느낄 수 있는데, 화자는 극히 평온한 어조로 김좌수가 자초한 비극적인 사실을 인지시켜 줌으로써 비판적인 자세를 취하면서도 어느 정도 동정적인 태도를 은근히 보여주고 있다. 그리고 다른 작품에서처럼 공간 배경을 무한대로 확장시키지 않고 "온 동리"로 한정함으로써 낙후하고 봉건적인 농촌에서 벌어진 참극이라는 사실을 다시 한번 암시하면서 경종을 울려주고 있다. 「이역원혼(異域冤魂)」(1926.11)에서는 작품 말미에 여주인공의 피살 장면 다음에 배경묘사를 함으로써 이에 의존하여 한으로 서린 비참한 분위기를 주조하고 있다.

두 동강난 그는 마지막 부르짖고 숨이 끊겼다. 유가의 그림자는 사라졌다. 찬 땅에 흐르는 뜨거운 피는 싸늘한 달빛 속에 흰 김을 뿜으면서 엉키어 버렸다.

사면은 고요하였다. 아직도 새벽이 못 되었다. 서천에 기우는 달은 목메인 여울 소리 우지짖는 벌레 소리와 같이 외롭고 의지 없는 원통한 혼들을 조상하는 듯하였다. 그처럼 모든 소리와 빛은 처량하였다.

—「이역원혼(異域冤魂)」에서(상권, p.289)

여기서도 "사면", "서천"이라는 공간적 의미를 나타내는 한자어와 더불어 "원통", "조상", "처량"이라는 슬픈 이미지를 나타내는 한자어를 사용하고 "목메인 여울 소리"라는 의인법을 씀으로써 '한'의 정서를 무한히 확장하고 서서히 상승시켜 깊은 여운을 남겨주고 있다. 「홍염(紅焰)」(1927.1)의 결말에서는 주인공 문서방이 밀린 소작료를 핑계로 딸을 빼앗아간 중국인 지주를 찾아가 살해하고 딸을 되찾는 장면을 서술하고 나서, 화자의 격동된 논평이 개입되다가 다시 절제된 어조로 돌아와 어두운 밤에 타오르는 불길에 대해 묘사하는 것으로 마무리되고 있다.

> 문서방은 딸을 품에 안으니 이때까지 악만 찼던 가슴이 스르르 풀리면서 독살이 올랐던 눈에서 뜨거운 눈물이 떨어졌다. 이렇게 슬픈 중에도 그의 마음은 기쁘고 시원하였다. 하늘과 땅을 주어도 그 기쁨을 바꿀 것 같지 않았다.
>
> 그 기쁨! 그 기쁨은 딸을 안은 기쁨만이 아니었다. 적다고 믿었던 자기의 힘이 철통 같은 성벽을 무너뜨리고 자기의 요구를 채울 때 사람은 무한한 기쁨과 충동을 받는다.
>
> 불길은— 그 붉은 불길은 의연히 모든 것을 태워 버릴 것처럼 하늘하늘 올랐다.
>
> —「홍염(紅焰)」에서(하권, p.26)

앞부분에서 화자는 주인공 문서방의 격동된 심정을 서술하다가 중간부분에서 그 역시 "고조된 감정을 드러냄으로써 그동안 억제된 독자의 감정 역시 해방시키는 효과를 거"[94]둔다. 그러나 맨 마지막에 '불길은—그 불길은' 하고 중간에 호흡을 긋는 부호를 삽입한 반복법을 쓰고 마음의 여유를 보여주는 '의연히'라는 한자어와 '하늘하늘'이라는 의태어를 씀으로써 "다시 안정된 어조로 돌아가려는 시도"[95]를 선보이고 있다. 「돌아가는 날」(1926.12)에서는 간도에서 마적 토벌에 나섰던 조선인들이 희생자의 무덤을 두고 돌아올 때의 슬픈 장면을

---

[94] 장수익, 앞의 논문, p.85.
[95] 위의 논문, p.85.

묘사한 뒤 역시 정경 묘사로 작품을 마무리짓고 있다.

> "여러분…… 여러분…… 여러 아우님……. 이 늙은 놈의 목을 버혀다
> 가 저 죽은 이들 유족에게 사죄를 하셔요. 응으응!"
> 그는 땅에 자빠지면서 통곡하였다. 그 바람에 모든 사람들은 모여들어
> 서 그를 일으키면서 갈길을 재촉하였다.
> 창화도 일어섰다. 그러나 그의 발은 무거웠다. 차마 떨어지지 않았다.
> 돈아오른 햇빛은 산봉우리를 물들이고 무덤에 흘러서 여러 사람을 비
> 취었다. 이제 돌아가는 날의 빛이었다.
>
> ─「돌아가는 날」에서(상권, p.317)

여기서는 다른 작품에서 밤이나 새벽의 배경을 묘사한 것과는 달리
해가 돋는 아침의 산 속 경치를 묘사하고 있다. 그러나 새로운 하루의
출발을 의미하면서 "산봉우리를 물들이"며 비치는 아침 햇빛은 피를
흘리고 영영 쓰러진 동포에 대한 애달픈 그리움을 더욱 불러일으키고
있다. 그래서 화자는 이 슬픔의 장면을 "돌아가는 날의 빛"이라고 지
칭하고 있다. 위의 작품들이 작중인물의 피살이나 살인 등 비극적 사
건 뒤에 배경묘사로 분위기를 주조하고 있다면 「기아(棄兒)」(1925.9)
에서는 주인공이 버린 아이를 되찾으러 왔다가 쫓겨나는 비극적인 사
실을 제시한 후 한 줄의 풍경 묘사로 결말을 맺고 있다.

> 전신에 흙투성이가 된 그자는 또 벌컥 일어나더니 대문을 탁 밀친다,.
> "에그머니!" 잠그려는 대문이 탁 열리는 바람에 안에 섰던 여자는 주춤
> 한다.
> "하 학범아! 내가 왔다. 학범이 좀 보여 주어! 응 내 학범이!"

그자는 주인 내외와 할멈이 쥐어박고 내밀치는 것도 상관치 않고 안으로 들어간다.

"에그, 저를 어째?"

"웬 주정꾼이 저 야단이야!"

마당으로 뛰어들어가는 그자의 억센 팔에 밀치어서 뒤로 물러서는 주인 내외는 난리가 만난 듯이 몸을 부르르 떨었다.

비는 그저 줄줄 쏟아졌다. 사방은 고요하다.

—「기아(棄兒)」에서(상권, p.78)

이 작품은 인간의 무정함과설움을 다 굽어보는 가을 밤의 비를 "줄줄" 쏟아진다고 묘사하고 한자어 "사방"과 형용사 "고요하다"를 결부시킨 짧은 문장으로 음울한 분위기를 공간적으로 확대시키면서 보여주는 독특한 여운을 남기고 있다. 「큰물진 뒤」(1925.12)에서도 마지막에 독특한 배경묘사로 분위기를 창조하고 있다.

대문밖에 나선 장정은 홱 돌아서 이 주사를 보더니,

"흥, 낸들 이 노릇이 좋아서 하는 줄 아니? 나도 양심이 있다. 양심이 아픈 줄 알면서도 이짓을 한다. 이래야 주니까 말이다. 잘 있거라!"

하고 장정은 어둠 속에 그림자를 감추었다. 대문턱에 벌거벗고 선 이 주사는 오지도 가지도 않고 멀거니 섰다가 몸을 부들부들 떨면서 눅눅한 땅에 거꾸러졌다.

사면은 고요하였다. 높고 넓은 하늘에 총총한 별만이 하계의 모든 것을 때룩때룩 엿보았다.

—「큰물진 뒤」에서(상권, p.134)

이 작품은 「기아(棄兒)」에서와 마찬가지로 밤의 전체적인 분위기를 묘사하는 것으로 끝맺고 있다. 그런데 「기아(棄兒)」에서 실의에 찬 주인공의 모습에 어울리는 처량한 분위기를 보여주었다면, 「큰물진 뒤」에서는 주인공의 강도 행위 뒤에 밤의 고요하고 신비로운 분위기가 펼쳐지고 있어 비극적인 색채를 감소시키고 오히려 통쾌한 느낌까지 준다. 특히 "하늘에 총총한 별"이 "때룩때룩 엿보았다"는 대담한 의인법을 구사함으로써 세상의 비밀을 굽어보는 천상의 지혜로는 주인공의 불법행위의 정당한 여부를 밝혀낼 것임을 암시하고 있다. 「설날밤」(1926.1)에서도 「큰물진 뒤」에서처럼 주인공의 강도 행위 뒤에 분위기 묘사가 이루어지고 있다.

> "자— 이제는 큰 숨을 쉬어라. 나는 간다. 내게는 알 때부터 이 짓을 배운 것은 아니다. 너무도 굶었으니 말이다. 내게는 밥도 없다. 그런 줄이나 아는 것 같지 않다. 이 취한 놈들아!"
>
> 말을 마친 그의 그림자는 방에서 사라졌다. 그 나가는 장정의 뒤를 멀거니 보던 동방 신문 기자는 한숨을 쉬면서 고개를 끄덕거렸다.
>
> 새벽녘 바람 소리는 더욱 맹렬하고 처참하였다. 우우 쏴—쑤 북창을 치고 지붕을 넘어서 뜰을 지나 멀리 가는 그 소리! 온 세계를— 음울과 비통에 싸인 온 세계를 금방 부수는 듯하였다.
>
> 두려운 침묵 속에 앉았던 방안의 모든 사람들은 몸을 또 한 번 부르르 떨었다. 그네는 그저 아까 앉았던 대로 숨도 크게 쉬지 않고 있다. 그네들도 알 수 없는 무거운 저기압에 눌렸다.
>
> —「설날밤」에서(상권, p.171)

이 작품은 "맹렬", "처참", "음울", "비통"이라는 의미가 함축된 간결한 한자어로 기세 드높은 "새벽녘 바람"을 묘사하면서 공간배경을 대번에 "온 세계"로까지 확장하여 분위기를 동적으로 고조시키고 있다. 그리고 다른 작품과 달리 분위기 묘사 뒤에 작중의 부정적인 인물들의 공포의 정서를 보여주고 있는데, 이 작품은 결국 "지배 계급에게 공포를 환기시키는 효과를 낳고 지배계급에 대한 경고의 전언을 담고 있다"[96]는 최서해 소설에 대한 평가에 가장 적중한 작품이기도 하다.

「서막(序幕)」(1927.1)은 가난한 잡지사 기자들이 사복만 채우는 사장을 협박하여 밀린 월급을 받아내는 행동을 서술한 후 분위기 묘사를 나타내는 한마디를 덧붙이는 것으로 끝맺고 있다.

> "어따 갖다 먹어라!"
> 사장은 툭 쏘면서 소절수를 던졌다.
> "응 받는다. 확실히 받았다. 잘 먹고 말구! 너 이놈의 근성이 이렇다. 왜 줄 돈을 벌써 주었으면 피차 생색이지 발악발악을 하다가 준단 말이냐? 응! 이건 서막이나 이제 더한 불떵어리가 너의 머리에 떨어져야."
> 하는 강과 같이 여러 사람은 모자를 집어썼다. 방안은 어수선하였다.
> —「서막(序幕)」에서(상권, p.355)

여기서 맨 마지막의 "방안은 어수선하였다"라는 묘사는 기자들과 사장의 무리 사이에 벌어진 난투극을 대략적으로 보여주는 동시에 그들간의 조화할 수 없는 관계를 암시하고 있다. 「저류(底流)」(1926.10)에서도 마을 노인들이 아기장수 전설에 관한 이야기를 주고 받은 후 밤의 경치를 묘사하는 것으로 작품을 마무리짓고 있으나, 위의 작품들과는 다른 분위기를 보여주고 있다.

---

96 김병구, 앞의 논문, p.43.

"이제 보오마는 때는 꼭 있을게요!"

미래를 보는 듯이 힘있게 말하고 달을 쳐다보는 김 서방의 눈은 빛났다. 다른 늙은이들도 신비로운 꿈에 싸인 듯이 멀거니 앉아서 달을 쳐다보았다. 그 눈은—달빛 받은 그 늙은 눈은 다 같이 달 속에서와 하늘 위에서 무엇을 찾고 그윽히 믿는 듯이 빛나고 위엄 있게 보였다.

푸르고 높고 넓은 하늘은 의연히 대지를 덮었다. 그 서쪽에 걸린 달도 의연히 신비롭게 비치었다. 뒷산과 앞펄에 살근히 흘르는 안개는 철철철 소리치는 강 위로 몰렸다. 높은 하늘 푸른 달 아래 엉긴 안개 속에는 무슨 거령(巨靈)이 그윽히 숨은 듯이 보였다.

뜰 앞 밭을 우수수 스쳐오는 바람결에 산새 소리가 두어 마디 들렸다.

늙은이들은 여전히 돌아갈 것을 잊고 말없이 앉아서 강 안개와 푸른 달을 본다. 그 모양은 달과 하늘에 말없는 기도를 드리는 것같이 침묵한 속에 그윽한 위엄이 흘렀다.

—「저류(底流)」에서(하권, p.37)

이와 같이 "철철철" 흐르는 강물소리라든가, "우수수" 스쳐오는 바람소리라든가 하는 의성 · 의태어와 함께 생생하게 펼쳐지는 신비로운 자연의 이미지는 아기 장수 전설과 어울리면서 머지않아 장수가 나와서 나라를 구할 수 있을 것이라는 확신을 더해주고 있다. 대자연의 장엄한 화폭 속에 아기 장수전설이라는 장치를 빌어 당시의 민심을 보여준, 스케일이 큰 특이한 작품임을 다시 한번 확인할 수 있다.

외적 화자가 나오는 최서해 소설 중에는 정황묘사나 어떤 상황이나 사실에 대한 제시로 끝을 맺는 경우도 있다.

박돌 어미는 김 초시의 가슴을 타고 앉아서 그의 낯을 물어뜯는다. 코,

입, 귀…… 검붉은 피는 두 사람의 온몸에 발리었다.

"어찌 저럼메?"

"모르겠다."

밖에 선 사람들은 서로 의아해서 묻는다. 모든 사람은 일종 엷은 공포
에 떨었다.

"그까짓 놈(김 초시), 죽어도 싸지! 못할 짓도 하더니."

이렇게 혼잣말처럼 뇌이는 사람도 있다.

—「박돌(朴乭)의 죽음」에서(상권, p.66)

「박돌(朴乭)의 죽음」(1925.5)에서는 박돌어미가 식중독으로 죽어가
는 아들의 진료를 거부한 의사 김초시를 물어뜯어 복수하는 것과 그
것을 보고 주위의 군중들이 의론하는 장면을 사실적으로 묘사하는 것
으로 끝을 맺고 있다. 이 장면에서 모든 사람들은 "엷은 공포"를 느끼
는데, "엷은 공포"라는 것은 군중들이 박돌 어미와 김초시와 거리감을
두고 느끼는 감정이라고 할 수 있다. 이때의 '공포'는 박돌 어미의 폭
행에 대한 공포와 김초시의 비정함에 대한 공포라는 두 가지 의미로
해석할 수 있다. 그런데 가장 공포를 느끼는 것은 부정적인 인물인 주
인 여편네라는 데서, 그리고 마지막 한 줄의 서술에서 모든 것을 관찰
하고 있는 공적인 화자가 "혼잣말처럼 뇌이는 사람"의 "죽어도 싸"다
는 말을 전달하는 것을 통하여 박돌 어머니의 행위에 대한 화자의 긍
정적인 태도와 연민의 정을 감지할 수 있다.

이러한 박돌 어미의 행위를 "무차별 폭행"97으로 보는 견해도 있지
만, 사건의 전후 맥락으로부터 볼 경우 정당하다고 볼 수 있다. 왜냐

---

97 許判浩,「崔鶴松 小說研究—그 人物과 指向性을 中心으로」, 成均館大 박사논
문, 1991, p.72.

하면 박돌의 식중독은 얼마든지 치료할 수 있는 병임에도 불구하고, 박돌 어미가 집에 있는 돼지 새끼를 팔아 약값을 물어주겠다고 하는데도 김초시는 돈을 갖고 오지 않았다고 진료에 나서지 않았기 때문이다. 「폭군(暴君)」(1926.1)에서는 살인 장면이 나온 후 한 줄의 요약적인 정황묘사로 소설을 끝맺고 있다.

> 곁에 섰던 일본 순사의 구둣발에 채어서 끌려나가던 춘삼이는 축대 아래 찬 땅에 거꾸러졌다.
> "어엉…… 흑흑…… 제…… 제— 마—에이고 내 제마(엄마!)으웅!"
> 학범이는 그저 웃목에서 어미의 뺨에 낯 비비면서 구슬피 통곡을 친다.
> 알 수 없는 두려움에 싸인 군중은 눈물을 씻었다.
>
> —「폭군(暴君)」에서(상권, p.146)

이 작품에서는 아내를 살해한 춘삼이가 순사에게 끌려가고, 그의 아들이 죽은 어미의 시체를 붙잡고 구슬피 우는 장면이 서술된 후 마지막에"알 수 없는 두려움에 싸인 군중은 눈물을 씻었다"라는 묘사가 덧붙어 있다. "알 수 없는 두려움"이라는 표현에서, 두려움을 느끼면서도 그에 대해 분명히 설명할 수 없는 어리석은 군중에 대한 공적 화자의 태도를 엿볼 수 있다. 「고국(故國)」(1924.10)에서는 주인공의 현실상황에 대해 제시하는 것으로 마무리되고 있다.

> 이 모양으로 향방 없이 표랑하다가 지금 본국으로 들어오기는 왔다. 내가 찾아갈 곳도 없고 나를 기다려 주는 이도 없건마는 나도 본국으로 돌아왔다. 알 수 없는 무엇이 나를 이로 이끈 것이었다. 그러나 그로부터 어디로 가랴.

> 운심이가 회령 오던 사흘 째 되는 날이다. 회령 여관에는 도배장이 나
> 운심(塗褙匠 羅雲深)이라는 문패가 걸렸다.
>
> —「고국(故國)」에서(상권, pp.101~102)

위의 인용문 앞부분에서는 삼일운동 후 간도에 가서 민족 교육사업에도 종사하고 독립군에도 들어가 독립운동도 했던 주인공이 '나'라는 1인칭을 써가며 지난 5년동안의 활동에서 아무런 결과도 맺지 못하고 고국에 돌아온 것에 대한 감회를 적고 있다. 이에 대하여 김정자는 "작품의 서술자가 스토리 외적 수준에 숨겨져 있는 주석적이며 조감자적, 전지적 서술자인 줄 알고 있었던 독자는 이 갑자기 나타난 극적이면서도 일인칭 주석적인 서술자의 출현에 당황하게 된다"[98]고 지적하면서 "실패한 작품의 문체"[99]라고 평가한 바 있다. 그러나 본 연구에서는 이에 대해 비록 서투르기는 하지만 근대적 서사기법을 수용하여 화자의 서술단계에 인물의 화법을 그대로 받아 들여 쓴 것으로서, 보리스 우스펜스키가 지적한 '인물의 화법에 대한 작가의 영향'[100]으로 바라보고자 한다.

그리고 인용문의 뒷부분에서는 귀국 후 사흘 뒤에 도배장이로 변신한 나운심의 얘기를 덧붙여 놓고 있는데, 이는 화자가 공적 화자의 입장에서 어떻게든 생활하지 않을 수 없는 주인공의 현실상황을 드러내고 있다. 「먼동이 틀 때」(1929.1~2)에서는 사회주의자인 주인공이 취직 문제를 둘러싸고 반복적인 갈등을 겪은 후 돈있고 권력있는 친구

---

98 金亭子, 「서술의 유형으로 본 소설의 문체적 분석—蔡萬植과 崔曙海를 중심으로」, 『國語國文學』 第23輯, 1986.2, p.55.

99 위의 논문, p.71.

100 Uspenski, B., 김경수 역, 『소설구성의 시학』, 현대소설, 1992, p.80.

의 호의를 물리치고 자신이 취직하게 될 자리에서 밀려난 가난한 사람을 동무로 삼는 것으로 결말을 맺고 있다.

> 그는 약속한 때에 그 김씨를 만나면 자기의 모든 것을 고백하고 그도 자기의 동무를 삼으려고 하였다. 그는 알 수 없는 기쁨에 떠서 회관으로 달려갔다.
> ×××
> 그 뒤로부터 상조회에는 회원 하나가 더 늘었다. 그것은 더 말할 것도 없이 허준이의 소개로 들어온 김씨였다.
> ─「먼동이 틀 때」에서(하권, p.94)

이 작품은 마지막에 극히 요약된 서술로 객관적인 사실을 전달하고 있지만 작품 전체를 관통하는 주제를 내포하고 있다. 즉 사회주의자로서의 주인공이 부르주아 친구와의 우정을 둘러싼 심리적인 갈등을 극복하고, 같은 무산자의 계열에 속하는 낯선 사람을 동정하는 것에서 한 걸음 더 나아가 그와 손을 잡음으로써 자신의 이념을 실행했음을 말해주고 있다.

이밖에 이 유형의 작품에서 결말이 논평으로 끝나는 경우도 있었다. 「아내의 자는 얼굴」(1926.?)은 가난 속에서 넘치는 부부애를 보여준 색다른 작품으로서 결론도 특이하다.

> 기선의 두 눈에서 흘러내리는 뜨거운 눈물은 방울방울 아내의 낯에 떨어졌다. 그 바람에 잠을 깬 아내도 기선의 목을 꼭 껴안았다.
> 뜨거운 청춘의 가슴에 끓어넘치는 순진한 정이 서로 엉키는 때에 사람은 새로운 힘을 얻는다.　　　　─「아내의 자는 얼굴」에서(상권, p.322)

인용문의 앞부분에서 주인공은 기한에 시달리다가 잠이 든 아내의 모습을 보면서 눈물을 흘리고 아내는 깨어나서 그러한 남편을 껴안는 것으로 위로하고 사랑을 전한다. 그 다음 화자의 논평으로 전환하여 순수한 사랑으로 새로운 힘을 얻을 수 있다는 강력한 메시지를 전달하고 있다.

이상에서 살펴본 작품들은 인물에 갇힌 화자의 서술에서 종결부에 고백체로 주관적인 감상이나 해설을 덧붙인 것과는 달리, 외적 화자가 절제된 어조의 정경묘사체로 냉정하게 결말을 맺고 있는 특징이 있다. 다시 말해 외적 화자의 서술로 된 작품에서는 대개 화자가 공적인 입장에서 주인공의 테러나 강도, 그리고 방화나 살인 등의 격렬한 행동 뒤에, 또는 주인공의 피살이나 작중 인물의 희생 등과 같은 비극적 사건 뒤에 배경을 통한 분위기를 묘사하는 경향이 강하다. 그리고 「저류(底流)」에서는 노인들의 '아기장수 전설'에 대한 이야기가 제시된 뒤 자연의 경치를 빌어 신비로운 분위기를 주조하는 것으로 민족의 운명에 대한 희망과 살아 숨쉬는 민심을 보여준다. 이러한 작품들은 마지막에 독특한 여운을 남기고 있는데 작품의 주제를 교묘하게 재확인시켜주는 동시에 독자로 하여금 충격된 감정을 질서화해 주고 있다. 다시 말하여 배경은 캐릭터나 플롯이 특정한 시간과 장소의 구도 가운데서 생생하게 떠오르게 하는 활력원으로서 소설의 리얼리티에 배경이 밀접히 관련되어 있으며, 배경이 궁극적으로 소설에 기여하는 바는 분위기 혹은 더 나아가 상징을 통해서라고 할 때,[101] 최서해 소설에 나타난 배경과 그에 의한 분위기의 묘사로부터 작가의 리얼리티에 대한 끈질긴 추구와 문학적 기교에 대한 애착을 확인할 수

---

101 정한숙,『현대소설 창작법』, 웅동, 2000, p.160.

있다.

일부 작품, 이를테면 「박돌(朴乭)의 죽음」과 「폭군」에서는 주인공의 살인 행위 뒤에 사건 현장의 군중의 반응에 대한 정황묘사로 공포의 분위기를 조성함으로써 독자들에게 의미 있는 메시지를 전달하고 있으며, 인물의 극단적인 행위로 결말을 맺고 있지 않은 「고국(故國)」과 「먼동이 틀 때」에서는 새로운 정황에 대한 객관적인 묘사로 독립운동과 사회운동의 간고함과 미래에 대한 희망을 암시하고 있다. 이 밖에 「아내의 자는 얼굴」에서는 빈부의 양극을 초래하는 사회제도에 불만을 표시하면서도 저항적인 행동으로 나아가지 못하고 가정에 대한 애착으로 기울어지는 주인공의 심리에 대해 화자가 예리한 논평을 가함으로써 주제의 강렬도가 약화되는 것을 방지하고 있다.

이러한 결말에서 최서해의 분위기 묘사에 대한 일관된 관심과 공적 화자의 역할에 대한 자각을 엿볼 수 있다. 그리고 최서해 소설은 두 겹으로 되는 결말 구조를 통해 표층구조 아래에 잠복된 심층적인 상징구조를 드러냄으로써 표층구조의 의미를 최종적으로 심화·확대시키고 있으며, 이로써 최서해 소설의 미학적 가치가 성립되고 있다.

2) 시화된 언어에 의한 서술의 리듬화와 질서화

최서해 소설에서 화자는 비유종지(比喩終止), 형용종지(形容終止), 비유법, 그리고 반복(反復)·나열식 구문(羅列式 構文)을 통하여 서술에서 시적인 경지를 보여주고 있는데, 이에 대해서 각각의 예문을 들어 문체론적인 관점에서 고찰한 연구가 있다.[102] 그런데 본 연구에서

---

102 李東熙, 앞의 논문.

는 서사적 텍스트를 하나의 유기체로 보고 이러한 요소들이 작동하는 메커니즘을 살펴보려는 의도하에 최서해 소설에서 하나의 고립된 문장이나 구절이나 단어만을 추출하여 분석하는 것이 아니라 한 개 또는 그 이상의 단락을 선택하여 시화된 언어와 그 기능에 대하여 종합적으로 살펴보고자 한다.

우선, 외적 화자가 나오는 최서해 소설에서 인물의 심리를 묘사한 부분에 시화된 언어가 자주 나타나는 것을 볼 수 있다. 아래의 인용문은 「기아(飢餓)와 살육(殺戮)」(1925.6)에서 주인공이 앓는 아내의 약을 지으러 갔다가 돈이 없어서 빈손으로 돌아설 때의 심리를 묘사한 것이다.

> 약국 주인은 아무 말도 없이 이마를 찡그리면서 저편 방으로 들어간다. 경수는 모든 설움이 북받쳐서 눈물에 앞이 캄캄하였다. 일종의 분노도 없지 않았다. 세상은 너무도 자기를 학대하는 것 같았다. 그것이 새삼스럽게 슬프고 쓰리고 원통하였다. 방안에 걸어놓은 약봉지까지 자기를 비웃고 가라고 쫓는 것 같았다. 그는 소리 없는 눈물을 주먹으로 씻으면서 약국문을 나섰다. 약국을 나선 경수는 감옥에서나 벗어난 듯이 시원하였지만 빈손으로 집에 들어갈 일을 생각하면 또 부끄럽고 구슬펐다.
>
> —「기아(飢餓)와 살육(殺戮)」에서(상권, p.35)

위의 인용문은 8개의 문장으로 구성되었는데, 두 개의 문장에서 동사종지를 사용한 이외에 모두 형용종지를 사용하고 있다. 여기서 "학대하는 것 같았다", "쫓는 것 같았다"는 '같다'라는 비유종지에 의하여 추측을 나타내는 것으로 "감옥에서나 벗어난 듯이" 라는 비유법과 더불어 간접적인 서술방법으로 기능하고, "캄캄하다", "원통하다", "부끄

럽고 구슬펐다"는 표현은 마음이나 자연의 상태를 형용하는 묘사방법
으로 사용되고 있다. 화자는 또한 "분노도 없지 않았다"와 같이 형용
사와 보조 형용사의 결합으로 된 "없지 않았다"라는 표현을 씀으로써
"있다"라는 동사와 같은 의미이면서도 그 뜻을 보다 완곡하게 전달하
고 있다. 이러한 표현들은 시적인 효과를 나타내면서 등장인물의 격
동된 정서를 시화하여 보여 줌으로써 서술의 유연성을 획득하고 있
다. 또한 이는 앞에서 논의된 이 작품의 결말과 조응을 이루면서 작중
인물의 극단적 행동 때문에 자칫하면 경색되기 쉬운 언어표현을 피하
는 반면, 작품의 미학적 효과를 높이고 있다. 「이역원혼(異域冤魂)」
(1926.11)에서는 불행한 여주인공의 심리적 상태가 시적인 표현 속에
서 생생하게 제시되고 있다.

이제 영좌 앞에 앉으니 그 모든 설움이 한꺼번에 치밀었다. 그는 목을
놓아 울었다. 영좌 앞에서 몸부림을 하면서 울었다. 연기가 팽팽 돌고 무
딘 칼로 찍찍 찢는 듯하던 가슴과 목구멍이 시원히 풀리는 듯하며 뜨거운
눈물이 빠지는 족족 뜨거운 마음을 눅이는 것 같았다. 그리고 어둑한 영
좌에서 부드러운 사내의 손이 나와서 슬그머니 안아 주는 것 같다. 모든
것은 한 공상. 남편은 적적한 숲속 흙에 묻히었거니 하는 생각이 가슴을
뜨끔거리게 하여 그저그저 울었다.

—「이역원혼(異域冤魂)」에서(상권, p.282)

여기서도 "무딘 칼로 찍찍 찢는 듯하던"이라는 비유법과 "눅이는 것
같았다", "안아주는 것 같았다"라는 비유종지, 그리고 "팽팽", "찍찍"이
라는 의성·의태어와 "울었다"라는 동사의 반복과 나열 등으로 남편을
잃고 위험한 상황에 처해 있는 여자의 울음에 절은 애통한 마음을 리

듬화시키고 질서화시키면서 시적으로 재구하고 있다. 이 역시 작품의 결말과 조화를 이루면서 공적 화자의 위치를 돋보여주고 있다. 최서해의 전기(前期) 작품에서 시화된 언어로 인물의 강한 비애의 감정을 표현했다면, 후기(後期) 작품에서는 인물의 감상적이면서도 복잡한 심리 활동을 서술했다. 「전기(轉機)」(1929.1)에서는 작중인물의 심리를 묘사함에 있어서 비유와, 각각 상태와 부정을 나타내는 형용사와 보조동사로 된 단어결합을 쓰는 복잡한 문장 구성을 하고 있다.

> 죽고 사는 것은 생물의 원칙이거니 생각하면서도 어쩐지 죽는다는 것이 마음에 켕기고 최일천의 신세라거나 그 형의 울음이 남의 일 같지 않았다. 자기도 그런 운명을 밟고 있는지도 모른다. 아니 밟는 것만 같이 느끼지 않았다. 한평생 이렇게 쪼들리어 지내다가 빛발 없이 숨이 끊어지는 것도 원통하지 않은 바는 아니었다.
>
> —「전기(轉機)」에서(상권,p.430)

위의 예문에서 본 4개의 문장은 모두 '긍정의 부정'이나 '부정의 부정'으로 끝맺으면서 그러한 문장의 나열을 보여주고 있는 것이 특징이다. 특히 비유종지와 형용종지에 의한 "남의 일 같지 않았다", "원통하지 않은 바는 아니었다"는 표현은 비유적이거나 묘사적인 성질보다는 강한 논리적인 성향을 보여주고 있다. "다중부정(多重否定)"은 "다면적으로 바라볼 수 있는 현상을 다면적으로 바라보기 위해 활용하는 문체적인 장치"[103]로서, 빈곤하게 사는 것 자체가 원통하고 그렇게 살다가 죽는 것은 더욱 원통하다는 느낌을 전달하면서 죽음에 대한 다

---

103 禹漢鎔, 앞의 책, p.309.

충적 문제의식을 보여주고 있다. 그리고 중간에 추상성을 나타내는 "자기도 그런 운명을 밟고 있는지도 모른다. 아니 밟는 것만 같이"라는 특이한 비유법을 구사함으로써 가난하게 살다가 죽은 친구의 운명과 자신의 운명을 비교하면서 낙망하고 슬퍼하는 주인공의 심리를 잘 그려내고 있다. 「먼동이 틀 때」(1929.1~2)에서는 주인공의 심리에 대한 묘사에 부재의 상태를 표시하는 형용사 뒤에 비유종지를 사용함으로써 화자의 담담한 서술태도를 보여주고 있다.

> 돈푼이나 얻어썼다는 것보다도 그 사람의 친절이 허준이 스스로도 알 수 없이 허준의 몸을 얽어서 웬만한 괴롬이 닥치더라도 차마 관호의 호의를 등질 수는 없는 듯하였다. 자기가 이제 집금원 노릇을 그만두겠소 하는 것은 관호와의 사이에 이때까지 쌓아 오던 친분을 산산히 밟아 버린 것이나 다름없는 것같이 느꼈다. 그것이 괴롬이었다.
>
> —「먼동이 틀 때」에서(하권, p.91)

이 작품에서는 불가능을 나타내는 "ㄹ 수는 없다"와 추측을 나타내는 '듯하다'를 결합시키고 있는데, 역시 논리적으로 문장이 구성되어 있다. 뒤에 오는 비유 역시 "친분을 산산히 밟아 버리는 것이나 다름없는 것 같이"라는 추상적인 내용을 담고 있어 논리적인 색채를 강화시켜주고 있다. 그러나 「전기(轉機)」에서 긍정이나 부정에 대한 부정의 논리를 펼친 것과는 달리, 여기서는 부정이나 긍정의 논리를 펼 수도 없는 상황을 제시하면서 그로 인한 갈등 때문에 괴로워하는 주인공의 심정을 객관적으로 보여주고 있다. 이러한 갈등은 결말에 가서야 해소되고 있는데, 이로써 화자의 논리정연한 서술태도가 확실히 드러난다. 「무명초(無名草)」(1929.8)에는 심리 묘사에 비유법, 비유종지 외에 나열·반복식 구문이 나타나고 있다.

> 하여튼 고마운 일이다. 가는 데마다 거절 없이 하여주는 것은 눈만 감으면 코를 베어먹을 세상에서 고마운 일이다. 그 까닭이 있는 일이지만 춘수로서는 미상불 감사히 생각할 일이다. 그러나 남의 기분에 오르락내리락하는 자기의 기분을 생각하니 그늘에 피는 꽃과 같아서 세상에서 비열한 것은 자기 하나뿐만 같다. ─「무명초(無名草)」에서(하권, 148)

이처럼 "눈만 감으면 코를 베어먹을"과 "그늘에 핀 꽃과 같아서"라는 은유와 직유, "세상에서 비열한 것은 자기 하나뿐만 같다"라는 비유종지로 된 문장이 조화를 이루는 가운데, "고마운 일이다"가 연이어 두 문장에서 반복·나열됨으로써 잔잔한 리듬을 형성하고 있다. 이러한 구성에 의하여 험악한 세상에서 어둡게 살아가는 주인공이 사소한 일로 감동하면서 자신의 "비열"함을 반성하는 모습이 자연스레 연출된다.

다음으로, 최서해 소설은 배경묘사에 시화된 서술이 나타나고 있는 것이 발견된다. 「큰물진 뒤」(1925.12)에서도 유사한 서술방법이 채택되고 있는 것을 볼 수 있다.

> 모든 사람들은 침침 어둔 빗속을 헤저어서 마을 뒤 방축으로 나아갔다. 더듬더듬 방축으로 기어올랐다. 물은 보이지 않았다. 손과 발로 물형세를 짐작할 뿐이었다. 꽐꽐 철썩 출렁, 꽐꽐하는 물소리는 태산을 삼키고 대지를 깨칠 듯하다.
>
> "이거 큰일났구나!"
>
> "암만해두 넘겠는데!"

이입 저입으로 흘러나왔다. 그 소리는 위대한 자연의 힘 앞에 인력의
박약을 탄식하는 듯하였다.　　　　　　　　―「큰물진 뒤」에서(상권, p.124)

　위의 인용문에서 "물소리는 태산을 삼키고 대지를 깨칠 듯하다"라
는 문장은 동사 "깨치다" 뒤에 보조 형용사 '듯하다'를 붙임으로써 추
측을 나타내는 비유적 종지를 보여주고 있다. 이 또한 간접적인 표현
방법으로서, "침침", "더듬더듬", "꽐꽐 철썩 출렁"과 같은 의성·의태
어와 "꽐꽐"이란 의성어의 반복적인 사용과 더불어, 홍수 장면을 거대
한 시적인 화폭 속에 감각적이고 율동적으로 펼쳐보임으로써 위기일발
의 험악한 분위기를 비교적 유연하게 재현하고 있다. 이는 이 작품의
결말에 나타난 화자의 냉정하고 절제된 어조에 의한 서술적 분위기와
도 잘 맞아 떨어진다. 「홍염(紅焰)」(1927.1)에서도 배경묘사에 비유법
과, 비유종지, 의태어와 반복법이 동시에 사용되는 것을 볼 수 있다.

　동풍이 몹시 일면은 불기둥은 서편으로 서풍이 몹시 부는 때면 불기둥
은 동으로 쏠려서 모진 소리를 치고 검은 연기를 뿜다가도 동서풍이 어울
치면 축늉[火神]의 붉은 혓발은 하늘하늘 염염히 타올라서 차디찬 별―
억만 년 변함이 없을 듯하던 별까지 녹아내릴 것같이 검은 연기는 하늘을
덮고 붉은 빛은 깜깜하던 골짜기에 차흘러서 어둠을 기회로 모아들었던
온갖 요귀(妖鬼)를 몰아내는 것 같다.

　　　　　　　　　　　　　　　　　　―「홍염(紅焰)」에서(하권, p.25)

　이 작품에서는 한 문장 안에 "하늘하늘"이라는 의태어와 "별"이라는
낱말의 반복법, "억만 년 변함이 없을 듯하던"과 "별까지 녹아내릴 것
같이"라는 비유법이 차례로 사용되다가 "몰아내는 것 같았다"라는 비

유종지로 결속됨으로써 한 수의 산문시와 같은 운율과 정조를 보여주고 있다. 그 중 "하늘하늘"이라는 의태어는 작품의 결말에 다시 나타남으로써 일관된 분위기를 형성시키고 있다.

외적 화자가 나오는 최서해 소설의 배경묘사에는 반복·나열식 구문이 자주 사용되는 것을 볼 수 있다.

> 이곳에 사는 사람은 함경도, 평안도, 황해도 사람이 많다. 거개가 생활 곤란으로 와 있고 혹은 남의 돈 지고 도망한 자, 남의 계집 빼 가지고 온 자, 순사 다니다가 횡령한 자, 노름질 하다가 쫓긴 자, 살인한 자, 의병 다니던 자, 별별 흉한 것들이 모여서 군데군데 부락을 이루고 사냥도 하며 목축도 하며 농사도 하며 불한당질도 한다. 그런 까닭에 윤리도 도덕도 교육도 없다. 힘센 자가 으뜸이요 장수며 패왕이다.
>
> —「고국(故國)」에서(상권, p.100)

반복·나열식 구문의 전형적인 실례라 할 수 있는, 「고국(故國)」(1924. 10)에 나오는 위의 예문은 그 당시 서간도 청시허라는 곳에 사는 조선인들의 생활상에 대한 축도라고 할 수 있다. 성분이 복잡한 인물집단의 활동상이 반복·나열식 구문에 의하여 압축된 서술 속에 질서있게 드라마처럼 펼쳐지고 있어 흥미롭다. 또한 이러한 지역적 배경은 주인공의 민족교육에 대한 이상이 물거품으로 돌아갈 수 밖에 없게 되었음을 설명해주고도 남음이 있다. 따라서 귀국의 길에 오른 주인공은 패배감에 휩싸인 어두운 분위기 속에서 결국 고국의 암담한 현실속에 자신의 이상을 일단 접어두고 도배장이가 될 수밖에 없었다. 「박돌(朴乭)의 죽음」(1925.5)에서는 반복·나열식 구문에 의하여 박돌의 죽음을 아랑곳하지 않고 무정하게 돌아가는 바깥 풍경이 제시되고 있다.

박돌 어미는 울면서 박돌의 가슴에 쓰러졌다.

밖에서 가고오는 사람의 발자국 소리가 들린다. 개짖는 소리, 닭 우는 소리, 새의 지저거리는 소리가 요란하다.

─「박돌(朴乭)의 죽음」에서(상권, p.62)

보다시피 "사람의 발자국 소리", "개짖는 소리, 닭 우는 소리, 새의 지저거리는 소리"라는 간략한 서술에 의하여 아침의 요란한 분위기를 느낄 수 있으며, 새 아침을 보지 못한 박돌의 죽음은 더욱 비극적으로 제시되고 있다. 「해돋이」(1926.3)에서는 간도에서 독립운동가 만수의 집이 일제의 방화에 불타는 장면에 대하여 반복·나열식 구문으로 묘사함으로써 입체적 이미지를 그려주고 있다.

우뢰 소리 같은 바람 소리! 바다 소리 같은 불 소리! 뿌연 눈보라! 뻘건 불빛! 뭉뭉한 연기는 하늘을 덮고 눈에 덮힌 골은 벌겋게 탈 듯하다.

─「해돋이」에서(상권, p.214)

이처럼 두 줄밖에 안 되는 묘사에 "우뢰소리 같은 바람 소리", "바다 소리 같은 불 소리"라는 비유법과 "소리"라는 낱말의 반복, 그리고 '바람 소리'·'불 소리'·'눈보라'·'불빛'·'연기' 등 이미지의 배열에 이어 "탈 듯하다"라는 비유 종지로 끝나고 있어, 서정시와 같은 율조와 이미지를 보여주고 있다. 이로써 일제에 대한 분노와 민족적인 비극을 간접적으로 표출하고 있다.

최서해의 특정 작품에서는 인물의 행동묘사에 나열식 구문을 사용하기도 하였다. 「폭군(暴君)」(1926.1)에서는 나열식 구문으로 폭군인 주인공 춘삼이와 그의 아내의 형상을 대조적으로 제시하고 있다.

춘삼이는 아버지가 돌아가신 날부터 전방 문을 닫아채워 버렸다. 그 뒤로 그의 업은 술, 계집, 골패, 투전, 싸움이었다. 나중은 술게걸이라는 별명까지 받았다. 밭고랑이나 있던 것은 어느 틈에 다 날아가 버리고 집 문권까지 남의 손에 가 버렸다. 그리고는 학범 어미가 닭도 치고, 도야지도 기르고, 삯바느질도 하여 푼푼이 모은 것까지 술값, 투전채로 쪽쪽 훑었다. 그것도 부족하여 생트집을 툭툭 부리고 여편네를 때린다, 세간을 모은다, 야단을 쳤다.　　　　　　　　　　　　 ―「폭군(暴君)」에서(상권, p.139)

위의 인용문에서는 춘삼의 품성을 대번에 꿰뚫어볼 수 있는 "술, 계집, 골패, 투전, 싸움"이라는 명사와 그의 행태를 집약적으로 보여주는 "여편네를 때린다, 세간을 모은다, 야단을 쳤다"는 구절이 나열된 가운데, 춘삼의 아내가 "닭도 치고, 도야지도 기르고, 삯바느질도 하"는 부지런한 모습과 아내가 번 돈을 "술값, 투전채로" 날리는 춘삼의 방탕한 모습을 교차적으로 묘사하면서 하나의 역동적이고 입체적인 장면을 구성해 주고 있다.

요약해서 말하자면, 최서해 소설에서는 비유종지·형용종지·비유법, 그리고 의성어와 의태어 또는 반복·나열식 구문을 다양하게 사용함으로써 시적 경지에 도달하고 있다. 그중 의성·의태어는 소설의 리얼리티에, 반복(反復)·나열식 구문(羅列式 構文)은 입체적 이미지 구축에 기여하여 독특한 미학적 효과를 보여주고 있다. 이러한 시적 효과를 형성하는 서술방법은 인물의 심리묘사나 배경묘사에 자주 등장함으로써, 전기(前期)의 비극적인 색채가 강한 작품에서는 직설적이고 경화된 표현을 억제하고 처참한 분위기나 강렬한 비애의 정서를 시화하고 있으며, 후기(後期)의 비극적 색채가 약화되거나 작중인물의 과격한 행동이 나타나지 않는 작품에서는 시화된 언어로 논리적 사유를 전개하거나 감상적인 심리활동을 보여주거나 함으로써, 궁극적으로 화자의 서술을 리듬화하고 질서화해주고 있다.

3) 이중 화법에 의한 서술층위의 구축

최서해의 외적 화자의 서술로 된 작품은 화자 텍스트에서 이중 화법을 빈번하게 사용함으로써 인물의 사고와 의식을 재현시킨 서술층위가 뚜렷하게 나타나고 있는 것을 볼 수 있다. 여기서 이중 화법(이중 목소리)은 화자의 화법과 인물의 화법이 하나의 통사구조에 함께 나타나는 것을 지칭한다.[104]

1920년대 한국근대소설의 성립과정에서 김동인, 염상섭, 최서해 등 작가들에 의하여 본격적으로 시도된 이중 화법(이중 목소리)은 경험의 사실성과 서술의 객관성을 획득함으로써 3인칭 서술 상황을 허구화하는 데 가장 큰 기여를 하였고 근대적 사실주의의 새로운 가능성을 보여 주었다.[105]

최서해 소설의 이중 화법은 인물의 내적 사고나 의식 활동을 화자 텍스트에서 서술하는 것으로 나누어 볼 수 있는데, 우선 전자의 경우를 살펴보면 주인공의 살인 등 극단적 행위가 나타나는 전기(前期)의

---

104 이중 화법은 金周南이 그의 석사논문에서 번역한 이중 목소리(Dual Voice)를 참조하여 명명한 것이다. 이중 목소리는 화자가 서술을 통해 인물의 말, 사고, 의식을 전달할 때 독자로 하여금 화자를 의식하지 않고 인물의 말로서 인식하도록 의도된 문체형태다. 서술자는 그의 권한에서 자신의 말을 인물의 말로 대치시켜 인물의 조망(Perspective)과 서술자의 조망을 일치시키는 효과를 가져온다. Paul Hernadi, "Dual Perspective", Comparative Literature(Winter, 1972), p.35(金周南, 「1920年代 韓國小說의 敍述文體 硏究―金東仁, 崔曙海, 廉想涉을 中心으로」, 서강대학교 석사논문, 1983, p.101에서 재인용).

105 위의 논문.

작품에서는 화자의 개입이 강한 김동인이나 논리화된 인식을 나타내는 염상섭의 이중 목소리와는 달리 작중인물의 흥분된 감정이 표출되는 것을 볼 수 있다.[106] 아래에 인용한 「박돌(朴乭)의 죽음」(1925.5)에서는 화자 텍스트에 작중인물의 자유직접화법[107]과 화자의 "서술된 독백"[108]이 동시에 나타나고 있다.

> 그는 자는 애를 부르듯이 소리쳤다. 박돌이는 고요하다. 아아 참말이다. 죽었다. 저것을 흙속에 넣어? ―이렇게 다시 생각할 때 또 눈물이 쏟아지고 천지가 아득하였다. 자기가 발 붙이고 잡았던 모든 희망의 줄은 툭 끊어졌다. 더 바랄 것이 없다 하였다.
>
> ―「박돌(朴乭)의 죽음」에서(상권, p.64)

첫 문장에서 화자는 아들애를 부르는 박돌 어머니의 행동과 죽은 박돌의 모습을 객관적으로 서술하고 있다. 그 다음 문장들을 보면, "아아 참말이다. 저것을 흙 속에 어떻게 넣어?" 하는 박돌 어머니의 직접화법을 그대로 나열한 것이고, 그 뒤의 것은 화자가 "서술된 독백"의 형식으로 박돌 어머니의 목소리를 전달한 것으로 구성되어 있다. 직접화법에서는 "아아"라는 영탄법과 "저것을 흙속에 넣어?"라는 의문법을 쓰고 "서술된 독백"에서는 "툭"이라는 의성어를 사용함으로써 죽은 아

---

106 위의 논문, p.114.

107 자유직접화법이란 관례적인 바른 기술방식에서 탈피한 직접화법을 말한다. Rimon- Kenen, S., 앞의 책, p.193.

108 보리스 우스펜스키는 작가가 인물의 화법으로 이야기를 다시 손질하는 것은, 어떤 인물의 느낌과 생각이 그 인물의 방법을 모방하는 것으로 보이는 형식―반면에 이 인물에 대한 언급은 3인칭으로 나타난다―속에서 우리에게 알려지는데, 이것을 '내적 독백'이라고 지칭했다. Uspenski, B., 앞의 책, p.80.

들의 시신을 마주한, 애간장을 저미는 듯한 박돌 어머니의 내면의 목소리를 사실적으로 재현하고 있다. 「기아(飢餓)와 살육(殺戮)」(1925.6)에서는 "서술된 독백"으로 주인공의 내적 경험을 서술하고 있다.

> 자기를 따라 수천리 타국에 와서 주리고 헐벗어서 병나 드러누운 아내에게 의약을 못 써 주는 자기가 말로라도 왜 다정히 못 해 주었을까? 하는 생각이 치밀 때, 그는 죄송스럽고 애절하고 통탄스러웠다. 이때 그 아내가 일어나서 도끼로 경수의 목을 자른다 하더라도 그는 순종하였을 것이다. 그는 아내를 얼싸안고 자기의 잘못을 백번 사례하고 싶었다.
>
> ─「기아(飢餓)와 살육(殺戮)」에서(상권, p.33)

인용문에서 앞의 "자기를 따라 수천리 타국에 와서 주리고 헐벗어서 병나 드러누운 아내에게 의약을 못 써 주는 자기가 말로라도 왜 다정히 못 해 주었을까?" 하는 부분에서 '자기'라는 3인칭 주어를 제외하면 자유직접화법으로 될 수 있다. 나머지 부분은 화자가 직접 주인공의 심리를 그린 "서술된 독백"이 된다. 여기서 자유직접화법이 화자에 의해 엿들어지는 객관적인 사실을 재현하고 있다면 "서술된 독백"은 주인공의 사고와 명상을 반영함으로써 형식보다도 내용에 집중하는 역할을 한다.[109] 뿐만 아니라 인물의 자유직접화법에 감정을 호소하는 의문법과 화자의 "서술된 독백"에 인물의 정서적 상태를 표현하는 "통탄스러웠다"라는 형용종지가 나타남으로 인해 서술이 감정쪽으로 치우치고 있다. 이렇게 화자는 겉은 무뚝뚝한 듯하나 내심은 애정으로 넘치는 주인공의 심정을 전달함으로써 병들어 누운 아내를 따뜻하

---

[109] 앞의 책, p.82.

게 대해줄 마음의 여유조차 없는 주인공의 처지에 대해 독자들로 하여금 더욱 동정하게 만들고 있다.

전기(前期) 작품 중 주인공의 피살로 끝나는 「이역원혼(異域冤魂)」(1926.11)에서는 화자의 "서술된 독백"에 인물의 자유직접화법을 삽입하는 것으로 돌아간 남편을 그리는 여자의 애달픈 심정을 보여주고 있다.

> 어느새 창문에는 달이 절반 넘어 비치었다. 레스 끝 같은 처마 그림자에 구렁이처럼 달린 것은 새끼가 드리운 것인가? 바람 소리 나는 때마다 흔들렸다. 바람이 스르르 스치어서 조와 기장 밭에서 곡식 이삭이 흔들린다. 그 이삭과 이삭이 머리를 치는 소리에는 아쉬운 생각이 더 떠올랐다. 곡식은 익는다. 자연은 언제나 자연이다. 사람은 죽거나 설어하거나 자연은 조금도 주저치 않고 제 걸음을 걷는다. 남편과 같이 갈고 뿌린 씨가 어느새 자라서 익었다. 오오 남편은 어디로 갔는가? 저 익은 곡식은 나 혼자 먹는가? 생각하니 가슴이 뿌지지 하면서 눈물이 핑그르 돌았다.
>
> —「이역원혼(異域冤魂)」에서(상권, p.285)

인용문에서는 남편을 따라 간도로 살 길을 찾아갔다가 남편의 병사로 과부가 된 주인공의 심정이 "레스 끝 같은 처마 그림자에 구렁이처럼 달린 것은 새끼가 드리운 것인가?", "곡식은 익는다. 자연은 언제나 자연이다. 사람은 죽거나 설어하거나 자연은 조금도 주저치 않고 제 걸음을 걷는다. 남편과 같이 갈고 뿌린 씨가 어느새 자라서 익었다. 오오 남편은 어디로 갔는가? 저 익은 곡식은 나 혼자 먹는가?"라는 자유직접화법으로 전달되고 있는데, 의문법과 단문을 나열한 서술문으로 하여 인물의 비애의 감정을 호소하는 내면의 목소리가 화자 텍스트에 확산되면서 '한'의 정조를 불러 일으키고 있다.

최서해의 후기(後期) 작품은 전기(前期) 작품과 달리 이중 화법에서 인물의 흥분된 감정보다는 복잡한 감정을 서술하는 경향이 있다. 이러한 변화는 작중 인물들의 신분의 변화와 관련되는 사안이기도 하다.

> 회사의 태도는 심하게 생각났다. 회사로서 본다면 으레 그럴 일이다. 그 사람의 개인으로 본다 하더라도 또한 부득이한 일이다. 그것은 악의에서 나온 행동이 아니요 목전에 닥쳐오는 부득이한 사정—월급은 적고 식구는 많고—을 누가 알아주랴?
>
> 그는 김관호까지 슬그머니 미웠다. 그렇다고 그 사람들이야 저 사람을 좀 보아 주지 못할 것이 무엇이랴? 그 돈은 받을 대로 받으면서도 한 개의 생명을 생명같이 보지 않는 것을 생각하면 온몸의 피가 끓어오르지 않을 수 없었다. 허준이는 자기로도 모를 흥분에 주먹이 쥐어졌다.
>
> —「먼동이 틀 때」에서(하권, pp.88~89)

위의 것은 「먼동이 틀 때」(1929.1~2)의 인용문인데, 이념과 실천사이의 갈등을 겪으며 자신을 반성하는 사회운동가 주인공의 내심의 목소리가 주로 자유직접화법의 형식으로 화자 텍스트에 전달되고 있다. 여기서 감정에 호소하고 판단을 촉구하는 반문법을 쓰고 있는데다가 "회사로 본다면 으레 그럴 일이다. 그 사람의 개인으로 본다 하더라도 또한 부득이한 일이."는 판단을 나타내는 반복·나열식 구문과 "미웠다", "생명을 생명 같이"라는 형용종지와 비유법을 사용함으로써 화자의 서술이 인물의 정서보다도 감정에 근거한 판단 쪽으로 기울어지고 있음을 볼 수 있다. 따라서 사회운동의 간고함과 돈과 인정 앞에서 동요하면서도 그 유혹을 동지애로 이겨내는 주인공의 사상면모가 여실히 드러나고 있다. 「무명초(無名草)」(1929.8)에서도 자유직접화법과 "서술된 독백"의 형식을 동시에 취하고 있다.

> "어린 것이 몹시 잃는데 자네 돈원 변통해 주게……. 곧 갚으리."
> 하고 죄없는 어린애를 빙자하여 말한 것도 괴롭거니와 그 사람과 같은 제배 건만 죄송스러운 목소리로 종이 상전의 앞에 나선 듯이 구걸하던 자기의 그 림자가 눈앞에 떠오를 때 그는 자기의 얼굴에 가래침을 뱉고 싶었다.
> 이러고 살아서 무얼 하나? 그것도 한두 번이지 누가 항상 줄리도 없거 니와 준다 한들 오죽하고 주랴. 그는 그 자리에서 소리를 지르고 발버둥 을 쳤으면 갑갑한 가슴이 풀릴 것 같았다. 그러나 그것도 결국은 아무 소 용도 없는 일이다.　　　　　 —「무명초(無名草)」에서(하권, pp.135~136)

이 작품에서 특이한 점은 앞부분에서 "구걸하던 자기의 그림자가 눈앞에 떠오를 때 그는 자기의 얼굴에 가래침을 뱉고 싶었다"라는 비 유종지로 된 "서술된 독백"을 통하여 지식인 주인공이 스스로 자신의 초라한 모습을 떠올리고 자신에 대해 매도하는 심리를 엿볼 수 있다. 인용문의 뒷부분에서 반문법과 영탄법이 동원되면서 체면 때문에 딸 애를 빙자하여 돈을 변통하고 또 그 체면 때문에 "살아서 무얼 하나?" 라고 절망적인 생각도 하고 "그것도 한두 번이지 누가 항상 줄리도 없 거니와 준다 한들 오죽하고 주랴" 하고 타인을 이해하려고도 하는 주 인공의 목소리가 자유직접화법의 형식으로 그대로 화자 텍스트에서 전달되는가하면 화자가 "서술된 독백"의 방법으로 "그 자리에서 소리 를 지르고 발버둥을 쳤으면 갑갑한 가슴이 풀릴 것 같았다"고 주인공 의 안타까운 심정을 서술하기도 한다. "서술된 독백"에서는 "종이 상 전의 앞에 나선 듯이"라는 비유법과 "갑갑한 가슴이 풀릴 것 같았다"

와 같은 비유종지의 사용으로 미묘한 시적인 정조가 나타나고 있다. 바로 이러한 서술방법에 의하여 화자는 잡지사의 경영난 때문에 월급을 받지 못하여 돈을 변통하러 다니는 주인공의 부끄럽고 고통스러운 심정을 객관적으로 서술하고 있다.

『호외시대(號外時代)』(1930.9~31.8)에서는 반문법과 영탄법을 사용한 자유직접화법으로 주인공의 사회적 문제에 대한 폭넓은 감성적 사고를 보여주고 있다.

> 그 은인의 그 사업이 일패도지가 되지 않았는가! 그 사업은 어떠한 원인으로써 실패하였으며 그 사업의 실패는 어떠한 결과를 낳았는가?……인정도 없고 의리도 없는 녹슬은 바람이 멀리서 소리를 치고 불어들어 그 공장을 때려누일 때 수많은 사람의 생명도 그 공장과 운명을 같이하지 않았는가? 그들은 울고 있다. 폐허의 초토에서 헤매는 그들은 살 바 올 바를 알지 못하고 목구녕이 찢어지도록 통곡을 하고 있다. 어린 처자는 어찌하며 늙은 부모는 어찌하랴. 오래지 않아 눈발이 흩날릴 이때 그들은 벗은 몸을 엇다 의지하여 곱은 배를 엇다 호소하랴?
>
> —『호외시대(號外時代)』에서(p.308)

화자는 주인공 양두환의 심리적 활동에 대하여 화자 텍스트에 직접 전달하는 것으로, 은행 사기사건을 계획하게 된 동기와 그것을 추진하는 과정의 초조한 심정을 사실적으로 보여주고 있다. 그런데 그의 범행 동기는 사회적 문제에 대한 확대된 인식과 그의 드높은 의무감과 연결되면서 화자 텍스트에 숭엄한 분위기를 형성시켜주고 있다. 다시 말해 그의 사고는 정연한 논리적인 전개 과정을 보여주지 않지만 감정을 이입한 반문법과 의문법과 영탄법을 빈번하게 사용함으로써 대번에 문제의식을 확대시켜 보여주고 있다. 다시 말하여 홍재훈의 사업은 외래 독점자본을 상징하는 "의리도 없는 녹슬은 바람이 불어들어 오는 바람"에 의한 것으로, 그의 파산으로 그 공장과 운명을 같이 한 수많은 생명이 위기에 처하게 되었으므로 그들의 처지를 가만히 앉아서 볼 수 없다는 것이다. 화자는 바로 이러한 주인공의 심리를 자유직접화법의 형식으로 화자 텍스트에 직접 제시하는 것으로 범죄 행위를 정당화하고 이에 대한 책임을 회피하는 한편 사실성을 재고하고 있다.

최서해 소설의 이중 화법에는 인물의 내적 사고 뿐만 아니라 언어화되지 않은 의식도 이미지 형태로 서술된다.

> 아까까지 철호의 화려하고 부럽게 보이는 만호 장안이 갑자기 변하여 복마전(伏魔堂) 같이 보였다. 철호는 눈을 들어 모든 것을 두리번두리번 보았다. 크고 작은 건물들은 녹슨 백골을 저장한 마굴 같다. 총총한 전등은 유령의 험한 눈초리 같다. 들리는 소리 보이는 빛이 모두 도깨비판 같다. 그는 우뚝 서서 눈을 딱 감고 모든 것을 보지 않으려고 하였다.
>
> ―「기아(棄兒)」에서(상권, pp.75~76)

이는 「기아(棄兒)」(1925.9)에서 가난 때문에 자신의 네 살 된 아들을 남의 집 대문 앞에 버리고 돌아올 때의 주인공 철호의 의식을 장면화하여 서술한 것이다. 여기서 비유종지 '같다'로 끝맺은 반복·나열식 구문에 의하여 어두운 밤 장안의 건물들이 "마굴 같다", "유령의 험한 눈초리 같다", "도깨비판 같다"로 표현됨으로써 시적인 이미지가 그려지고 있다. 주인공은 자식을 굶겨 죽이지 않으려는 마음에서 잘 사는 집 앞에 버렸지만, 아버지로서는 차마 하지 못할 인륜을 저버리는 행위를 했기에 그의 눈에 화려한 장안의 풍경도 지옥같은 곳으로 비칠 수밖에 없는 것이다. 화자는 바로 그러한 인물의 주관적 의식의 흐름을 포착하여 슬픔에 젖은 그의 눈에 비친 객관적인 현실공간을 이미지화하여 서술하고 있다. 이러한 "'의식의 흐름'의 근본적인 목적은 어떤 구체적이고 세부적인 심리활동을 재현"[110]하기 위한 것으로, 이를 통하여 '묘사의 구체성'을 획득하고 있다.

> "윤호! 윤호! 제방(堤防)이 터지니 어서 나오오!"
> 그 소리는 윤호에게 청천의 벽력이었다. 그는 튀어나갔다. 이 순간 그의 눈앞에는 퍼런 논판이 떠올랐다. 그밖에 아무것도 생각나지 않았다. 그는 마당 앞으로 몰려 지나가는 무리에 뛰어들었다. 어디가 하늘! 어디가 땅! 창살 같이 들이는 비! 몰려오는 바람! 발을 잠그는 진창! 그 속에서 고함을 치고 어물거리는 그림자는 으슥한 수천만의 도깨비가 횡행하는 것이다.　　　　　　　　　　　　　—「큰물진 뒤」에서(상권, p.124)

「큰물진 뒤」(1925.12)에서는 홍수에 제방이 터진다는 소리에 놀라 뛰어나간 주인공이 명줄이라고 할 수 있는 논판 걱정에 앞뒤를 분별하지 못하고 뛰어갈 때의 의식상태를 사실적으로 재현시키고 있다. "어디가 하늘! 어디가 땅! 창살 같이 들이는 비! 몰려오는 바람! 발을 잠그는 진창!"이라는 감탄 부호를 삽입한 나열식 구문(羅列式 構文), 그리고 "고함을 치고 어물거리는 그림자는 으슥한 수천만의 도깨비가 횡행"한다는 비유적이고 상징적인 표현은 주인공의 초조한 심정을 움직이는 공간적 이미지로 절실하게 보여주고 있다.

---

110 Lanser, S. S., 黃必康譯, 앞의 책, p.129.

「폭군(暴君)」(1926.1)에서는 화자 텍스트에 남편한테 피살당하는 학범의 어머니가 눈앞의 등불을 바라보면서 자신과 대립되는 위치에 있는 남편의 술에 취한 눈을 연상하고 공포를 느끼는 장면을 사실적으로 재현하고 있다.

밖에서 바람 소리만 들려도 신 끄는 소리 같아서 가슴이 두근거리고 마음이 죄었다. 저년편 난리판에 태아(胎兒)가 놀랐는지 배까지 슬슬 아파서 일이 손에 잡히지 않았다. 그는 배를 그러쥐고 등불을 보았다. 등불은 점점 둘 셋 넷 되어 보이더니 나중은 수없이 불방울이 사방으로 둥둥 흩어져서는 사라지고 사리지고는 흩어진다. 크고 작은 붉고 푸른 그 불방울은 남편의 취한 눈알 같다. 그는 보지 않으려고 눈을 꼭 감았다. 등뒤에는 커단 그림자가 서서 자기의 목을 슬그머니 잡는다. 그는 눈을 번쩍 뜨고 머리를 돌렸다. ―「이역원혼(異域冤魂)」에서(상권, p.142)

등불이 수없이 많은 불방울로 변하고 그 불방울이 남편의 취한 눈알로 되어 보이는 심리상태를 통해서 남편으로 인한 아내의 피해정도를 짐작할 수 있으며, 잇달아 남편의 이미지가 '커단 그림자'로 변하여 숨통을 조이는 것 같은 느낌을 받는 것은 그녀의 위기의식을 잘 말해주고 있다. 화자는 이런 아내의 의식을 "둥둥"이라는 의태어와 "남편의 취한 눈알 같다"는 비유법과 "둘 셋 넷", "흩어져서는 사라지고 사리지고는 흩어진다", "크고 작은 붉고 푸른 그 불방울"이라는 나열식 구문으로 생생하게 기술하고 있다.

최서해 소설에서는 인물의 의식이 환상적 이미지로 나타나는 경우도 있다. 『기아(飢餓)와 살육(殺戮)』(1925.6)에서는 화자의 필치에 의하여 주인공 경수의 환상이 생동감있게 그려지는 것을 볼 수 있다.

경수는 머리가 떵하였다. 그는 사지가 경련되는 것을 느꼈다. 그의 가
슴에서는 납덩어리가 쑤심질하는 듯도 하고 캐한 연기가 쿡 찌르는 듯도
하고 오장을 바늘로 속쏙 찌르는 듯도 해서 무어라 형언할 수 없었다. 갑
자기 하늘은 시커멓게 흐리고 땅은 쿵쿵 꺼져 들어간다. 어둑한 구석구석
으로부터는 몸서리치도록 무서운 악마들이 뛰어나와서 세상을 깡그리 태
워버리려는 듯 뻘건 불길을 내뿜는다. 그 불은 집을 불사르고 어머니를,
아내를 학실이를, 자기까지 태워버리려고 확확 몰켜왔다.

—「기아(飢餓)와 살육(殺戮)」에서(상권, p.36)

인용문의 뒷부분은 경수의 환상 장면으로, 땅이 꺼져들어가면서 악
마들이 뛰쳐나와 불을 뿜어 식구들을 태워죽이는 이 환상에 대하여
화자는 “쿵쿵”, “확확”이라는 의성·의태어와 “태워버리려는 듯”이라
는 비유법, 그리고 “어머니를, 아내를 학실이를, 자기까지 태워버리려
고”라는 나열식 구문으로 표현함으로써 그의 절망적인 심리와 현실에
대한 분노, 그리고 미래에 대한 불안한 강박관념을 입체적으로 그려
내고 있다. 「그믐밤」(1926.5)에서는 피살된 머슴 삼돌의 환영이 가해
자인 집주인 김좌수의 눈앞에 나타나는 장면이 화자에 의하여 세밀하
게 서술되고 있다.

그림자는 꺼먼 베 고의적삼을 입었다. 다리는 불신 걷었다. 푸른 힘줄
이 툭툭 삐진 다리! 솥뚜껑 같은 손! 터부룩한 머리는 산산이 흩어졌다.
꺼멓고 쪽 빠진 낯은 피칠 되었다. 목으로는 검붉은 선지피가 홍건히 흘
러서 꺼먼 고의적삼을 물들였다. 전신이 피였다. 사람이었다. 두 눈은 독
살이 잔뜩 오르고 이는 꼭 악물었다. 그것은 김 좌수 앞에 다가섰다. 악
문 이빨과 목으로 푸우 뿜는 피는 김 좌수에게 튀어왔다. 모든 것은 너무

도 선명하게 김좌수에게 보였다.　　　　　　　　—「그믐밤」에서(상권, p.249)

화자는 단문들을 나열하여 서술하는 가운데, 중간의 "푸른 힘줄이 툭툭 삐진 다리! 솥뚜껑 같은 손! 터부룩한 머리는 산산이 흩어졌다"는 나열식 구문에는 감탄부호까지 삽입하고 "쪽", "꼭", "푸우"라는 의성·의태어를 동원하면서 김좌수의 공포의 심리를 극대화하여 생생하게 보여주고 있다. 마지막의 "보였다"는 표현은 인물의 시각에 의하여 보여진 사실을 화자가 사실대로 재현한다는 것을 암시함으로써 인물의 의식활동에 대한 화자의 책임을 회피하고 있다.

위의 두 작품에서 환상적 이미지를 통하여 공포의 분위기를 그리는 데 주력했다면, 「용신난(容身難)」(1928.8)에서는 유혹을 자아내는 여성의 이미지를 율동감 있게 서술하고 있다.

> 끊어지도록 안아도 그저 눈을 내리감고 귀밑만 불그레해서 일언반사가 없는 아내를 보는 때면 흥분되었던 그의 감정은 꿈같이 스러지면서 온몸의 피가 식어 내렸다. 동시에 어떠한 유혹을 느꼈다. 상긋거리는 맑은 눈! 타는 듯한 입술! 파르르 떨리는 백어 같은 손가락과 대리석같이 희고도 뜨거운 팔! 인정 있게 속삭이는 그 아름다운 목소리— 그의 기억에 남은 소설의 주인공들이 그의 눈앞을 엷은 베일을 쓰고 꿈같이 지나갔다.
>
> —「용신난(容身難)」에서(상권, p.396)

인용된 부분을 보면, 사회주의자인 주인공 조인현의 아내에 대한 불만의 감정 뒤에 그것과 비교되는 유혹적인 환상을 서술하는 것으로 인물의 의식의 변화를 잘 보여주고 있다. 환상에 나타나는 여성의 이미지는 "상긋거리는 맑은 눈! 타는 듯한 입술! 파르르 떨리는 백어 같은 손가락과 대리석같이 희고도 뜨거운 팔! 인정 있게 속삭이는 그 아름다운 목소리”라는 감탄 부호를 곁들인 나열식 구문으로 하여 매혹적인 이미지를 구성하는 동시에 인물의 충동적인 심리를 구체적으로 형상화하고 있다.

애정문제를 다룬 「동대문(東大門)」에서도 여성의 아름다운 이미지에 대한 환상이 나오고 기타 작품에서도 다양한 이미지를 보여주는 환상이 나오는데, 이에 대해서는 초점화에 대한 분석에서 상세하게 논의하기로 한다.

이상에서 살펴본 것처럼, 최서해의 외적 화자의 서술로 된 작품에서 이중 화법에 의하여 화자 텍스트에 인물의 사고와 의식을 사실적으로 재현한 서술 층위가 나타나는 것을 볼 수 있었다. 이중 화법은 인물의 내적 사고를 보여줌에 있어서 다시 자유직접화법과 화자의 ‘서술된 독백’으로 된 서술층위로 나뉘어지는데, 전기(前期) 작품에서 인물의 자유직접화법을 통하여 화자 텍스트에 인물의 내면의 목소리로 비애의 감정을 직접 호소하게 하고 화자에 의한 “서술된 독백”을 통하여 인물의 흥분된 감정을 질서있게 보여주었다면, 후기(後期) 작품에서는 자유직접화법과 “서술된 독백”을 통하여 감성적인 사유와 판단을 보여주고 복잡한 감정을 정리하여 서술하고 있다. 동시에 화자는 화자 텍스트에 인물의 발화되지 않은 의식도 사실적으로 서술함으로써 작품에 독특한 분위기를 형성해 주고 있다. 특히 전기(前期)의 작품에 많이 나타나는 공포를 자아내는 환상적 이미지는 주인공의 불안한 강박관념을 전달해주어 비극적 분위기를 고조시키고 기타 작품에서는 환상을 통하여 주인공의 심리적 고통이나 갈등을 심화시키고 있다. 그런데 화자에 의한 “서술된 독백”과 인물의 발화되지 않은 의식에 대한 묘사에는 모두 시화된 언어가 많이 나타나고 있는데, 이는 담론적 차원에서 인물보다 우위에 있는 화자의 우월성을 다시 한번 확인시켜주는 것이기도 하다. 그러나 화자의 우월성은 그의 권위를 과시하는 것이 아니라, 발언권이 없는 수많은 인물들을 삶의 주체로 인정해주고 그들로 하여금 억눌린 마음의 목소리를 낼 수 있도록 배려해주는 역할을 하며, 그러한 역할을 통하여 독자들에게 더욱 큰 신뢰감을 준다는 데 의의가 있는 것이다.

제3장

초점화에 대한 인식과 진실성의 추구

최서해 소설 연구

초점화에 관한 논의는 시점(point of view)에 대한 연구를 바탕으로 하여 이루어진 것이다. 즉 구조주의 서술학에 의해 만들어진 시점에 관한 논의는 장기간 지속되어 오다가 제라르 쥬네뜨에 의해 가장 체계적인 연구가 이루어진 바 있다. 쥬네뜨는 시점과 관련된 기존의 이론들이 '누가 말하는가'와 '누가 보는가'라는 문제를 구분하지 않고 있음에 문제를 제기하고 '초점화(focalization)'라는 관점을 제시하여 이를 네 가지의 하위 범주로 구분하였다. 초점화의 첫 번째 유형은 비초점화로 대체로 고전적인 서술에서 취하고 있는 전지적인 시각을 들 수 있다. 두 번째 유형은 내적 초점화인데 이는 다시 단일한 인물의 시각으로 제한되어 서술되는 고정 초점화의 경우와 초점화가 인물과 인물 사이로 이동하는 가변적 초점화의 경우 그리고 서간체 소설처럼 하나의 사건이 여러 등장 인물을 통하여 여러 번 서술되는 복수 초점화로 구분할 수 있다. 세 번째 유형으로는 주인공이 자신의 생각이나 감정을 우리에게 전혀 알려주지 않는 외적 초점화가 있다.[1]

리몬-캐넌은 쥬네뜨의 초점화 구분에 대하여, 비초점화와 내적 초점화는 지각자(초점화자)의 위치에 준한 구별인 반면 내적 초점화와 외적 초점화의 구별은 지각 대상(초점화 대상)에 관한 것이라고 지적하면서 쥬네뜨의 비초점화를 그의 외적 초점화로, 내적 초점화를 그의 내적 초점화에 해당되는 것으로 대체하고, 쥬네뜨의 세 번째 분류의 '외적 초점화'는 별도의 판단 기준에 따른 것으로 보았다.[2]

---

1 Genette, G., 권택영 역, 『서사담론』, 敎保文庫, 1992, p.177.
2 Rimon-Kenen, S., 최상규 역, 『소설의 현대 시학』, 예림기획, 1999, pp.134~147.

미케 발 역시 초점화를 외적 초점화와 내적 초점화의 두 가지로 구분하고 있다. 그에 의하면, 초점화는 '시각' 즉 보는 주체와 보여지는 대상 사이의 관계를 뜻하는 것으로, 초점화자가 행위자로서 이야기속의 등장인물 중 하나일 때 내적 초점화가 수행되고 이야기의 외부에 위치한 익명의 주체가 초점화자의 기능을 할 때는 외적 초점화가 수행된다고 보았다. 동시에 초점화 단계에 주목하여 외적 초점화와 내적 초점화는 종속 관계에 놓여 있으며, 내적 초점화는 항상 외적 초점화에 삽입되는 형식으로 존재한다고 보았다.[3]

미케 발의 견해는 초점화의 주체와 초점화의 대상의 관계를 중요시하고 초점화의 단계에 주목하고 있어, 최서해 소설에 나타난 외적 초점화의 의의뿐 아니라 외적 초점화와 내적 초점화의 관계를 밝히는 데 있어 미케 발의 이론을 적용하는 것이 효과적일 것으로 보인다. 최서해의 대부분의 작품은 외적 초점화자에 의해 이야기가 전개되어 외적 초점화자의 역할이 부각되는 동시에 외적 초점화와 내적 초점화의 빈번한 교체가 이루어지고 있기 때문이다. 최서해 소설에서 내적 초점화가 이루어지는 경우 인물에 갇힌 화자의 서술로 된 작품을 비롯하여 단일한 인물이 초점화자 역할을 하는 작품이 다수인 반면, 두 명 이상의 인물이 초점화자로 등장하는 작품은 소수에 그치는 것으로 보이는데, 이는 미케 발의 논의를 중심으로 쥬네뜨와 리몬-케넌의 내적 초점화에 관한 이론까지 참고하여 분석해보고자 한다.

이에 근거하여, 최서해 소설의 외적 화자의 서술로 된 작품에 나타나는 초점화의 단계를 크게 외적 초점화와 내적 초점화의 단계로 나눈 다음, 우선 초점화의 1단계로 되는 외적 초점화에서 외적 초점화자

---

3 Bal, M., 한용환·강덕화 역, 『서사란 무엇인가』, 문예출판사, 1999, pp.181~206.

의 기능을 총체적으로 파악하는 것을 목적으로 외적 초점화뿐만 아니라 외적 초점화와 내적 초점화의 관계에 대해서까지 살펴보고자 한다. 왜냐하면 내적 초점화는 외적 초점화에 종속되므로, 외적 초점화자의 초점화를 조직하는 능력에 대해서 검토하자면 외적 초점화 뿐만 아니라 내적 초점화에 대해서도 함께 고찰해야 하기 때문이다. 그 다음 외적 화자의 서술로 된 작품에서 초점화의 2단계로 되는 내적 초점화의 의의를 좀더 깊이 있게 논의하고 인물에 갇힌 화자의 서술로 된 작품에 나타난 내적 초점화자의 역할을 고찰하는 방편으로, 쥬네뜨의 내적 초점화에 대한 이론을 참고하여 고정 초점화와 가변적 초점화로 된 작품 또한 분석해 보고자 한다.

 1. 외적 초점화를 통한 시각의 일관성과 다양성

1) 초점화의 일관성과 인물의 성격화

(1) 정서적 긴장과 행동의 개연성

최서해의 소설 작품 중 외적 화자의 서술로 된 작품은 인물에 갇힌 화자의 서술로 된 작품처럼 처음부터 끝까지 내적 초점화가 이루어져 있는 것이 아니라, 초점화의 1단계에서 외적 초점화가 이루어진 다음에 초점화의 제2단계에서 내적 초점화가 이루어지고 있다. 그러나 외적 화자의 서술로 된 작품에서 외적 화자는 외적 초점화를 통하여 한 명 또는 그 이상의 한정된 인물에 지속적으로 초점을 맞추어 서사를 전개하는 것으로 사건의 진행보다도 인물의 성격 발전이나 개성적인 특징의 묘사에 관심을 두고 있다. 이때 작중인물은 외적 초점화자에 의하여 지속적인 초점화의 대상으로 되는 동시에 내적 초점화자의 역할을 수행하기도 한다. 그러나 내적 초점화는 언제나 외적 초점화에 종속되는 형식으로 놓여 있으므로, 외적 초점화자만이 스토리 전체를 초점화하여 조망하는 것이 가능할 뿐이다. 이러한 초점화의 단계는 외적 화자가 외적 초점화를 통하여 시각의 일관성과 다양성을 확보할 수 있도록 한다.

최서해의 외적 화자의 서술로 된 작품은 대부분 외적 초점화자가 한 명의 인물에 지속적으로 초점을 맞추는 것으로 시각의 일관성을 보여주고 있다면, 나머지의 작품에서는 한 명 이상의 인물에 초점을 맞추는 것으로 시각의 다양성을 보여주고 있다. 여기서는 우선 전자

의 경우에 해당하는 전기(前期)의 대표적 작품 「고국(故國)」(1924.10),
「기아(飢餓)와 살육(殺戮)」(1925.6), 「홍염(紅焰)」(1927.1)과 후기(後期)
의 대표적 작품 「먼동이 틀 때」(1929.1~2)와 「무명초(無名草)」(1929.8)
를 각각 나누어 분석하는 것으로 이 유형의 작품에서 외적 초점화가
지니는 보편적인 의의를 구명해 보고자 한다.

최서해의 등단작인 「고국(故國)」(1924.10)의 첫머리에는 외적 초점
화에 의하여 주인공 운심의 외모가 제시되고 있다.

> 큰 뜻을 품고 고국을 떠나던 운심의 그림자가 다시 조선땅에 나타난
> 것은 계해년 삼월 중순이었다. 첨으로 복면모를 푹 눌러 쓴 아래에 힘없
> 이 꿈벅이는 눈하며, 턱과 코 밑에 거칠거칠한 수염하며, 그가 오 년 전
> 예리예리하던 운심이라고는 친한 사람도 몰랐다.
>
> —「고국(故國)」에서(상권, p.98)

인용문은 거칠고 생기 없게 생긴 운심의 외양을 통하여 그가 이국
땅에서 풍상고초를 겪다가 실의에 빠져 돌아왔음을 보여주고 있다.
외적 초점화자는 계속해서 운심에게 초점을 맞추어, 그가 회령에 도
착하여 여관에 들어서는 과정을 보여준 다음 다시 과거로 돌아가서
운심의 과거를 기술하고 있다. 운심은 삼일 운동이 일어나던 해 봄에
서간도의 백두산 뒤 흑룡강가 청시허라는 곳에 갔는데, 그곳에는 윤
리도 도덕도 교육도 없는 잡다한 신분의 조선 이민들이 살고 있었다.
그는 그 동리 어린 아이들을 모아 놓고 글을 가르치다가 떠나게 되고,
정처없이 방랑하던 중 독립단에 가입하여 활동하기도 했으나, 간도
소요로 군대가 해산하자 또 다시 정처없이 표랑하다가 귀국한다. 작
품의 마지막에는 운심이 귀국한지 사흘째 되는 날에 회령 여관 앞에

'도배장이 나운심(塗褙匠 羅雲深)'이라는 문패가 걸린 장면을 보여주는데, 이는 결국 큰 뜻을 지닌 청년 나운심이 간도에서 활동하다가 패배하고 귀국해서 일차적으로 생계유지를 위한 수단으로 도배장이의 일을 선택했음을 설명하고 있다.

외적 초점화를 통하여 빠른 템포로 움직이는 변화과정을 보여준 이 작품에 대하여, 넓은 공간과 긴 시간의 한 정류장에 살아온 나운심이 사회와 역사 속의 개인이라는 것을 확인하게 된다는[4] 긍정적인 평가가 나온 반면에, 나운심의 긴 행로를 토막을 쳐서 짧은 형식에 담음으로써 피상적인 줄거리에 지나지 않았다는[5] 부정적으로 보는 견해를 살펴볼 수 있다. 위의 논의에 따라 외적 초점화를 통하여 전자의 평가를 적절한 것으로 이해해 볼 수 있다면, 후자의 견해에 대해서는 외적 초점화에 종속된 내적 초점화까지 살펴본 후 동의를 할 수 있을 것으로 보인다. 이는 본 장의 서두에서 제시한 연구방법론으로, 외적 화자의 서술로 된 작품에서 내적 초점화는 언제나 외적 초점화에 종속되는 형식으로 놓여 있으므로, 외적 초점화자의 역할에 대해서 전면적인 검토와 더불어 외적 초점화 뿐만 아니라 내적 초점화에 대한 고찰이 필요할 것으로 보인다. 이 작품의 첫 단락에서 외적 초점화에 의하여 운심의 외면이 제시된 다음 두 번째 단락에서는 내적 초점화로 전환하여 그의 내적 경험을 제시하고 있는 것을 볼 수 있다.

간도에서 조선을 향할 때의 운심의 가슴은 고생에 몰리고 몰리면서도 무슨 기대와 희망에 찼다. 그가 두만강 건너편에서 고국 산천을 볼 때 어찌 기쁜지 뛰고 싶었다. 그러나 노수가 없어서 노동으로 걸식하면서 온

---

4 尹弘老, 『韓國近代小說研究』, 一潮閣, 1982, p.233.
5 孫英玉, 「崔曙海研究」, 서울대 석사논문, 1977, p.22.

그는 첫째 경제 문제를 생각지 않을 수 없었다. 다음 그의 가슴을 찌르는 것은 패자라는 부끄러운 느낌이었다.

'아— 나는 패자다. 나날이 진보하는 도회에서 활동하는 모든 사람은 다 그새에 훌륭한 인물이 되었을 것이다. 나는 확실히 패자로구나……'

—「고국(故國)」에서(상권, p.98)

인용문을 통하여 우선, 운심의 조국에 대한 그리움과 애정을 볼 수 있다. 그러나 고국에 돌아온 그는 일차적으로 생계 문제 때문에 걱정을 하게 되고 다음으로는 패자라는 자괴감에 수치를 느낀다. 그가 부끄럽게 생각하는 것은 간도로 갈 때의 '큰 뜻'을 이루지 못하고 돌아온 것에 있으며 그가 외방을 떠도는 동안 도회에서 활동하여 출세한 사람들과 벌어진 격차에서 오는 괴리감 때문이기도 하다. 이는 그의 '큰 뜻'이 개인적 분투와 관련을 갖고 있으며 그가 식민지 현실에 대한 인식도 철저하지 못하다는 것을 시사해준다. 이 점은 간도에서의 그의 과거 경험에서도 잘 나타난다. 그는 간도의 청시허에서 어린 아이들을 모아 놓고 홀로 글을 가르치면서 유위한 청춘이 속절없이 스러져 가는 신세 되는 것이 슬펐고 항상 알지 못한 딴 세상을 동경하다가 그곳을 떠나게 된 것이었다. 떠날 때 다만 조석으로 글 가르쳐 준 열 세 살난 어린 것 하나가 울면서 배웅하자 다녀오겠다고 약속하면서 그 소년과 함께 울고 또 울었다. 그후 독립단에 가입한 다음에도 일시는 엄벙덤벙한 것이 기뻤으나 날이 가고 달이 갈수록 그 군인 생활이 염증이 나서 늘 고원을 바라보고 울게 된다. 군대가 해산된 후에 그의 표랑은 계속되었고 "이방의 괴로운 생활에 시화(詩化)되려던 그의 가슴은 가을 바람에 머리숙인 버들가지가 되고 하늘이라도 뚫으려던 그 뜻은 이제 점점 어둑한 천인갱참에 떨어져 들어가는 줄 모르게 떨어져 들어감을 깨"(상권, p.101)닫게 된다. 그는 자신의 신세를 생각하고 울었다. 그러나 스스로 패자라고 생각하던 그는 새로운 기대와 희망을 안고 고국에 돌아온다.

이처럼 이 작품은 비록 개인의 비극을 초래할 수밖에 없는 식민지 현실에 대한 철저한 해부에는 이르지 못하고 있지만, 외적 초점화를 통하여 거시적인 안목으로 사회·역사적 배경 속에 주인공의 과거와 현재와 미래를 자유롭게 제시하는 것과 동시에 내적 초점화로의 전환을 통하여 불우한 시대에 자신의 낭만적인 이상을 실현할 수 없어 슬퍼하는 열혈 청년 나운심의 설움과 끊임없이 그 설움을 이겨내고 비극적인 현실과 고투하면서 새로운 미래를 지향하고자 하는 정신을 뚜렷하게 보여줌으로써 독자의 정한을 자극하는 방향으로 심층적인 공감대를 형성하고 있다.

「기아(飢餓)와 살육(殺戮)」(1925.6)은 외적 초점화가 부각된 「고국(故國)」과 달리, 내적 초점화로의 빈번한 전환이 이루어지면서 내적 초점화자의 역할이 강화되고 있다. 총 6장으로 구성된 이 작품에서 외적 초점화자에 의하여 주인공 경수의 행위가 매우 간결하게 조명되고 있다. 주인공 경수는 1장에서 추운 겨울날 자기 키도 넘는 나뭇짐을 지고 힘겹게 집으로 돌아오고 있으며 2장에서는 병처와 노모 그리고 철부지 딸애가 굶주림과 추위에 시달리며 기다리고 있는 셋집에 들어서며, 3장에서는 아내의 병이 위급해져 의원을 데리러 가고 4장에서는 약방에 갔다가 돈이 없어 약을 짓지 못하고 돌아서는 대목이 제시되어 있다. 5장에서는 빈손으로 돌아와 아내의 곁에 앉아 졸다가, 밖에서 중국인 개한테 물려 정신을 잃은 어머니가 남에게 업혀서 돌아오자 소리를 지르며 절규하고, 6장에서는 외적 초점화가 크게 부각되면서 경수가 식칼로 식구들을 찔러죽이고 밖으로 뛰쳐나가 살인하는 장면이 극단적으로 형상화되고 있다.

> 그의 손에는 식칼이 쥐어졌다. 그는 으악— 소리를 치면서 칼을 들어
> 서 내리찍었다. 아내, 학실이, 어머니 할것없이 내리찍었다. 칼에 찍힌
> 세 생령은 부르르 떨며, 방안에는 피비린내가 탁해졌다.
>
> (중략).
>
> 경수는 어느새 웃장거리 중국 경찰서 앞까지 이르렀다. 그는 경찰서
> 앞에서 파수보는 순사를 콱 찔러 누이고 안으로 뛰어들어갔다. 창문을 부
> 순다. 보이는 사람대로 찌른다.
>
> —「기아(飢餓)와 살육(殺戮)」에서(상권, p.39)

외적 초점화자의 시선에 따라 작품을 살펴보면, 이 작품은 전체적으
로 주인공과 그의 가족의 극도로 궁핍한 삶을 구현하고 있으면서도
결말에 비정상적인 행위인 광적인 본능적인 반항으로 하여 사실성이
약화되고 있다. 그러나 내적 초점화를 살펴보면 최후의 살인 행위가
궁극적으로 무엇을 보여주고자 한 것인지 분명하게 드러난다. 2장에
서 집에 들어선 경수의 눈에 비친 집안은 서양 소설에 나타나는 비밀
지하실 같고, 중풍을 앓는 아내는 지덕지덕한 포대기와 의복에 싸여
서 부뚜막에 고요히 누워 있는 시체와 같다. 이러한 내적 초점화는 가
족의 궁핍한 상황과 참담한 처지를 보여주는 기능을 하고 있다. 경수
는 이런 상황을 직접적으로 제시해줄 뿐만 아니라 불공평한 세상에
대한 인식으로 한 걸음 더 나아가는데, 그것은 그의 내적독백을 통해
서 잘 나타난다.

> (내가 그른가? 공부도 있는 놈만 해야 하나? 식구가 빌어먹게 집까지

팔면서 공부하게 한 죄가 뉘게 있나? 내게 있을까? 과연 내게 있을까? 아
아, 세상은 그렇게 알 터이지. 흥, 공부를 하고도 먹을 수 없어서 더 궁항
에 들게 되니, 이것도 내 허물인가? 일을 하잖는다구? 일? 무슨 일? 농촌
으로 돌아든대야 내게 밭이 있나, 도회로 나간대야 내게 자본이 있나? 교
사 노릇이나 사무원 노릇을 한대야 좀 뾰루퉁한 말을 하면 단박 집어세이
고……. 그러면 나는 죽어야 옳은가? 왜 죽어? 시퍼렇게 산 놈이 왜 그저
죽어? 살 구멍을 찾다가 죽어두 죽지! 왜 거저 죽어? 세상에 먹을 것이 없
나, 입을 것이 없나? 입을 것 먹을 것이 수두룩하지! 몇 놈이 혼자 가졌으
니 그렇지! 있는 놈은 너무 있어서 걱정하는데 한편에서는 없어서 죽으니
이놈의 세상을 거저 두나?)

—「기아(飢餓)와 살육(殺戮)」에서(상권, p.31)

　　주인공은 식구가 빌어먹게 집까지 팔면서 공부를 하고도 일자리를
찾기 힘들어 살아갈 일이 막막한 자신의 처지를 호소하면서 자문자답
형식의 내적 독백을 하는데, 이는 그의 불공평한 사회에 대한 인식과
원한을 잘 보여주고 있다. 경수는 농촌으로 돌아가도 밭이 없고 도회
로 나가도 자본이 없어서 별 도리가 없으며, 교사 노릇이나 사무원 노
릇을 한다 해도 죽은 듯이 지내지 않으면 언제든 쫓겨나야 하는 판국
에 굶어 죽는 길 밖에 없다고 생각한다. 그러나 시퍼렇게 살아있는 놈
이 그저 죽을 수는 없으며, 더구나 세상에 입을 것, 먹을 것이 수두룩
한데 그것을 독점하고 있는 몇 놈은 너무 있어서 걱정이고 반면에 아
무 것도 없는 자들은 없어서 죽어가니 이놈의 세상을 거저 둘 수 없다
고 분개한다. 내적 독백에 이어 주인공의 복잡한 감정이 제시되는데,
이는 경수가 지닌 식구들에 대한 애정을 보여주고 있다. 주인공은 전
신의 피가 막 끓어올라서 소리를 지르고 뛰어나가면서 지구 덩어리까

지라도 부숴 놓고 싶으나 미약한 자기의 힘을 돌아보고 자기 한몸이 없어진 뒤의 식구의 정상이 눈앞에 선히 보이는 듯할 때면 참으려는 의지가 끓는 감정을 지긋이 누른다. 그러나 다시 눈앞의 처참한 광경을 보면 모두 다 죽기라도 하면 큰 짐이나 벗어놓은 듯이 시원할 것 같다고 생각하다가도, 곧 생각을 고쳐먹고 다시 내적 독백으로 "뼈가 부서져도 같이 살자! 죽으면 같이 죽고!"(상권, p.32)라는 의지를 다진다. 이와 같은 주인공의 처절한 심리와 그 변화는 나중에 극단적인 행동으로 폭발하게 되는 과정을 암시해준다.

3장에서 경수는 풍이 일어 사경에서 헤매는 아내를 보고 가슴이 찡하고 머리가 띵해 오다가, 4장에서는 고통스러워하는 병인을 앞에 놓고 빚을 갚겠다는 계약서부터 쓰라고 하는 최의사를 담박 때려서 죽여버리고 싶다는 충동을 느낀다.

5장과 6장에서는 각각 경수의 눈앞에 두 번의 환상이 나타나는 것으로 극한 상황에서 일어나는 그의 내심의 급격한 정서적인 변화를 보여주고 있다. 먼저 5장에서는 아내의 약을 지어오지 못한 채 돌아와 아내 보기가 민망해진 경수의 눈앞에 괴물이 나타나 철관으로 아내의 심장과 자기의 염통의 피를 빨아먹고 딸애 학실을 바작바작 깨물어 먹는 환영이 나타나고, 6장에서는 경수가 중국인 개한테 물려 피투성이가 된 어머니를 보면서 무서운 악마들이 뛰쳐나와 집을 불사르고 불 속에서 시퍼런 칼을 들고 식구들을 쿡쿡 찔러서 그들이 피를 흘리며 괴로움을 겪게 되는 환상을 본다. 첫 번째 환상이 그의 정신적 파멸의 징조를 보여주었다면, 두 번째 환상은 그것을 현실화시킴으로써 발광적인 살인 행위를 하게 한다. 이는 외적으로의 폭발을 통한 내적 갈등의 해소라고 할 수 있는데, 이로써 극도의 궁핍한 현실이 인간에게 갖다준 정신적 피해에 대해 고발하고 작품의 비극성을 강화하고 나아가서 그러한 현실에 굴복하지 않고 반항하려 했던 주인공의 반항 의지를 살인이라는 장치를 통하여 상징적으로 형상화하는 데 성공하고 있다. 따라서 "내부의 움직임이 어떤 중요한 외부적 사건을 준비하고 그것의 동기를 제공하는 역할"[6]을 하였다.

「홍염(紅焰)」(1927.1)은 총 5장으로 구성되었는데, 외적 초점화와 내적 초점화를 통하여 주인공 문서방의 외면과 내면이 제시되는 가운데 그의 행동과 심리 변화가 두드러지게 나타나고 있다. 이 작품의 1장에서는 처음에 외적 초점화에 의하여 눈보라치는 날 서간도의 한 농촌 마을의 풍경이 제시된 다음에, 집문을 나서는 주인공 문서방이 등장하고 있다.

> 이렇게 몹시 춥고 두려운 날 아침에 문 서방은 집을 나섰다. 산산이 흐트러진 머리카락을 뿌연 상투에 휘휘 거둬감고 이마를 질끈 동인 위에 까맣게 그으른 대패밥 모자를 끈달아 썼다. 부대처럼 툭툭한 토수래(베실을 삶아서 짠 것이다) 바지저고리는 언제 입은 것인지 뚫어지고 흙투성이 되었는데 바람에 무겁게 흩날린다. ―「홍염(紅焰)」에서(하권, p.20)

문서방의 외양은 가난한 조선 이민의 모습으로, 외적 초점화자는 문서방이 추운 날 달리소라는 곳에 있는 중국인 지주 사위를 찾아가는 장면에 초점을 맞추다가 내적 초점화로의 전환을 통하여 딸을 빼앗긴 문서방의 울분과 죽어가는 아내한테 그 딸을 데려다 보여주려는 초조한 심정을 보여주고 있다.

2장에서는 외적 초점화에 의하여 문서방이 중국인 지주 인가한테

---

6 Auerbach, E., 김우창·강덕화 역, 『미메시스』, 민음사, 1999, p.256.

빚대신 딸을 빼앗기고 그의 아내가 화병으로 앓게 된 과정이 제시되고 있는데, 문서방과 인가의 대화 장면에서 중국인 지주의 무지막지한 태도와 그에 대한 문서방의 굴종적인 모습을 볼 수 있다. 그러나 중간에 삽입된 내적 초점화를 통하여 조선 이민으로서 중국인 지주한테 착취당하고 수모를 받는 문서방의 설움과 "무남독녀로 고이 기른 딸을 되놈에게 주기는 머리에 벼락이 내릴 것 같아서 죽으면 그저 굶어죽었지 차마 할 수 없"(하권, p.16)다고 생각하는 그의 절박한 마음을 볼 수 있다. 하지만 문서방은 결국 인가한테 딸을 빼앗기고 마는데, 여기서 그의 나약한 성격이 잘 드러나고 있다. 3장은 외적 초점화자가 다시 현재로 돌아와, 인가의 거절로 딸을 데려가려던 문서방의 계획이 수포로 돌아가는 내용을 제시하고 있다. 여기서 중간에 삽입된 문서방에 의한 내적 초점화를 통하여 문서방의 성격 변화를 포착할 수 있다.

> 이십 년 가까이 손끝에서 자기 힘으로 기른 자기 딸을 억지로 빼앗긴 것도 원통하거든 그나마 자유로 볼 수도 없이 되는 것을 생각하니! 더구나 그 우악한 인가에게 가슴과 배를 사정없이 눌리이는 연연한 딸의 버둥거리는 그림자가 눈앞에 언득하여, 가슴에 꽉 막히고 사지가 부르르 떨리면서 주먹이 쥐어졌다. 그러나 뒤따라 병석의 아내가 떠오를 때 그의 주먹은 풀리고 머리는 숙었다. ─「홍염(紅焰)」에서(하권, p.20)

이 장의 외적 초점화만 보면 문서방의 인가에 대한 태도는 변함없는 것으로 나타나지만, 내적 초점화를 통하여 문서방이 짐승보다도 못한 인가에게 딸을 빼앗긴 원통함과 딸을 마음대로 유린하고 그 딸의 얼굴도 보여주지 않는 인가에 대한 분노를 가까스로 잠재우고 있음을 볼 수 있다.

4장에서는 외적 초점화자가 문서방과 이웃집 사람들이 지켜보는 가운데 문서방의 아내가 딸을 부르다가 피를 토하면서 죽고 아내의 죽음 앞에서 문서방이 울음을 터뜨리는 장면을 제시하고, 5장 역시 외적 초점화를 통하여 문서방이 인가네 집으로 찾아가 불을 놓고 인가를 도끼로 찍어죽이고 딸을 되찾는 장면을 보여준 다음 마지막에 내적 초점화로 전환하여 문서방의 흥분된 심정을 보여주고 있다.

> "용례야! 놀라지 마라! 나다! 아버지다! 용례야!"
> 문서방은 딸을 품에 안으니 이때까지 악만 찼던 가슴이 스르르 풀리면서 독살이 올랐던 눈에서 뜨거운 눈물이 떨어졌다. 이렇게 슬픈 중에도 그의 마음은 기쁘고 시원하였다. 하늘과 땅을 주어도 그 기쁨을 바꿀 것 같지 않았다.
> ─「홍염(紅焰)」에서(하권, p.26)

이로써 이 작품은 외적 초점화를 통하여 주인공의 행위의 변화를 두드러지게 보여주는 동시에 중간중간에 내적 초점화를 삽입하여 주인공의 울분을 비중 있게 다룸으로써, 그 울분이 마지막 장면에서 주인공의 무한한 기쁨과 충동의 심정으로 전환되는 과정을 자연스럽게 보여주고 있다. 워낙 순종적이던 문서방이 나중에 보인 반항적인 행동은 중국인 지주한테 딸을 빼앗기고 뒤이어 아내를 잃은 이중적인 원한의 감정이 겹쳐지면서 폭발하였기에 가능한 것이었다. 다시 말해 외적 초점화와 내적 초점화의 교체 속에서 '외부적 사건'과 '내면의 정서'가 일정하게 균형을 이루면서 문서방의 성격 발전이 자연스럽게 제시되며 나중의 살인의 정당성이 설득력 있게 전개되고 있다. 간도 조선이민의 전형적인 인물을 대표하는 주인공의 살인과 방화는 억눌린

자의 반항심과 정신적인 해방을 표출함으로써 개인적인 복수에서 한 걸음 더 나아가 압박 받는 조선 민족의 반항 정신과 해방에 대한 갈망을 상징적으로 보여주고 있다.

이상과 같이, 최서해의 전기(前期) 소설 「고국(故國)」(1924.10), 「기아(飢餓)와 살육(殺戮)」(1925.6), 「홍염(紅焰)」(1927.1)은 공통적으로 외적 초점화자의 기능을 통하여 일관된 시각으로 식민지 사회의 구조적 모순을 암시하면서 그에 대응하는 주인공의 저항적 성격을 형상화하는 데 주력한 특징이 있다. 이들의 저항적 성격은외적 초점화를 통한 행위의 변화와 내적 초점화로의 전환을 통한 정서적 긴장에 의해 구체화되고 있다. 다시 말해, 「고국(故國)」은 자신의 이상을 실현할 수 없는 주인공의 '한'의 정서를 반복적으로 고조시키는 동시에 그 '한'을 풀기 위하여 식민지 현실에 적극적으로 대응하다가 거듭 실패하는 모습을 보여주었다면, 「기아(飢餓)와 살육(殺戮)」과 「홍염(紅焰)」에서는 가족의 불행에 직면한 주인공의 내면의 울분을 거듭 강조하여 제시하다가 나중에 그 불행을 초래한 사회나 개인을 향하여 복수하는 행위로 발전시키는 경향을 보이고 있다. 따라서 이들의 행위의 귀착점은 상이한데, 전자의 경우 사실성에 근거한 것이라면, 후자의 경우는 상징성을 나타내기 위한 데 있다고 해야 할 것이다. 즉 후자의 경우에 속하는 두 작품의 결말에 나타나는 주인공들의 살인 행위는 사실성의 결여라거나 도식적인 구성이라기보다는 '내면의 진실', 즉 극한 상황에 처한 주인공의 정신적인 피해나 정신적인 해방을 보여주고 반항정신을 고취하기 위한 문학적인 수단으로 상징적 의의를 지닌다는 데서 그 미학적 가치가 성립된다고 볼 수 있을 것이다.

(2) 심리적 변주와 갈등의 해소

최서해의 후기(後期) 소설에 속하는 「먼동이 틀 때」(1929.1~2)는 그의 단편소설 중 「해돋이」(1926.3) 다음으로 긴 작품이다. 총 19장의 분절된 구성으로 되어 있는데, 단편소설로는 지나친 분절이라는 느낌이 들지만 3,6000자 정도의 많은 분량을 다루고 있고 『조선일보』에 연재하였기에 날짜에 따라 순서를 밝히기 위한 것으로 짐작된다. 그러나 그 구성을 보면 풍부한 내용을 질서있게 배치하려는 노력이 엿보이고 있다. 여기서 말하는 풍부한 내용이란 사건이나 행동의 드라마스틱한 전개를 말하는 것이 아니라 갈등으로 채워진 인물의 내면 세계를 리얼하게 펼쳐보이고 있음을 가리킨다. 이는 그만큼 내적 초점화자의 기능이 충분하게 발휘되고 있다는 것을 말해준다. 그러나 그 내적 초점화자의 기능은 외적 초점화자의 기능과 긴밀하게 맞물려 있다.

이 작품의 스토리는 비교적 간결하다. 사회주의 단체에서 일하며 곤궁하게 지내는 주인공 허준은 죽마고우로 지내다가 후에 출세한 고향친구 김관호의 알선으로 취직하게 된다. 그러나 그 직업이 가난한 사람을 상대로 집세를 받아내는 집금원(集金員)인 데다가 김씨라는 가난한 사람이 쫓겨난 자리임을 알게 된 그는 돈의 유혹과 친구와의 우정 때문에 갈등을 겪다가 결국은 자신의 신념으로 그 갈등을 극복하고 취직을 사양하는 동시에 김씨를 사상단체의 회원으로 받아들인다.

1장에서는 처음에 내적 초점화를 통하여 밤에 친구의 집에서 자다가 빈대와 모기와 벼룩에게 뜯기고 아침에는 파리떼에 시달려 잠을 제대로 자지 못하여 화증과 비탄에 차 있는 허준의 내면을 보여주면서 그의 고통스러운 심정을 보여줄 뿐만 아니라 사회주의자의 고난에 찬 삶을 암시하고 있다. 그 다음에 외적 초점화자가 친구의 집에서 나와 주의자들이 모여사는 상조회 회관으로 향하는 허준의 이동에 따라 그의 외적인 행동을 스케치하듯이 제시하는 가운데 그의 마음 속의 생각과 느낌을 끊임없이 펼쳐보이고 있다. 회관 대문 앞에 이르렀을 때 최씨 성을 가진 회원이 형사에 의해 압송당하는 장면이 그의 시각에 의해 포착된다. 먼저 나오는 형사의 시선이 그의 온몸을 뱀처럼 스치는 바람에 그의 가슴은 뭉클하고, 최의 뒤에 또 형사 하나가 따라 나오는 걸 보자 그는 속이 떨리게 된다. 매일 보는 것이지만 보는 때마다 가슴이 조이는 것은 허준의 위기 의식을 잘 보여주는 동시에 주의자들의 위험에 찬 현실을 시사해 주고 있다.

2장에서는 외적 초점화자가 열기에 차 떠들어대면서도 끼니 걱정을 하고 있는 회원들의 모습을 보여주는 가운데 내적 초점화로의 교체를 통하여 그들 속에서 배가 고픈 나머지 자신들의 생활에 대한 탄식이 나가고 마음이 침울해지는 허준의 내면을 보여주고 있다. 1장과 2장에서 외적 초점화자가 장면을 객관적으로 제시하려는 노력을 보여주었다면 3장의 첫 머리에는 인간의 본능에 대한 냉정한 인식 태도를 보여주고 있다.

> 사람은 어디서든지 자기를 잊어버리지 않는다. 그것은 자기로서도 똑똑히 의식하지 못하는 의식이다. 자기가 슬프면 모든 것이 슬퍼 보이는 것이요 자기가 기쁘면은 세상이 기쁜 것이다. 허준이도 이러한 감정에서 벗어날 수 없었다. ─「먼동이 틀 때」에서(하권, p.91)

이는 외적 초점화자가 이념으로 무장한 사회주의자인 허준도 보통 인간에게서 볼 수 있는 모든 감정과 느낌을 똑같이 갖고 있음을 암시하고자 하는 것이다. 이러한 암시는 그 다음에 이어지는 허준의 내면의 갈등을 더욱 실감 있고 자연스럽게 보여주기 위한 장치이다. 따라서 굶주림에 지친 그의 눈에 비치는 모든 것은 그의 뱃속같이 허전허전하고 그의 가슴속같이 갑갑하여 무엇이나 손에 잡히는 대로 잡아서 눈에 보이는 대로 깡그리 부수고 싶은 충동을 느끼다가, 결국은 밥이라는 문제를 해결하기 위하여 어딘가 경망스러워 불유쾌한 인상을 주는 고향 친구 김관호의 호의를 받아들이기로 결정하고 그를 만나러 간다.

4장부터 10장의 앞부분까지 외적 초점화자는 과거로 거슬러 올라가면서 허준과 김관호의 특수한 관계를 중심으로 허준이 김관호의 도움을 받게 된 전후 사정과 그 과정에 겪은 그의 심리적 갈등을 제시하고 있다. 김관호는 워낙 허준의 소학교 친구인데, 그 뒤 팔년 동안 서로 소식을 모르고 지내다가 경성 역에서 우연히 상봉하게 된다. 말쑥한 양복에 중절모자를 사뿐히 쓴 신사로 변한 김관호를 본 허준은 그가 어깨가 찢어지고 궁둥이가 드러나게 된 양복을 입은 자기를 비웃을 것 같아 외면을 하려고 하는데, 김관호가 먼저 아는체 할 뿐만 아니라 그후 다시 만났을 때는 생계에 지장이 없을 만한 직업을 알선해주겠다고 자청한다. 그래서 운동선에 힘을 보태려는 생각으로 이틀 후에 김관호의 집으로 찾아가게 되고 김관호는 자신이 근무하는 물산회사에 취직할 것은 권고한다. 그런데 그 직업이 회사에서 삯 월세로 준 집들을 찾아다니며 세전을 받아들이는 일인 데다가 회사에서 내쫓긴 다른 사람의 자리라는 것을 알게 되자 결정을 내리지 못하고 망설이다가 다음에 만나서 확답을 하기로 하였다.

10장부터 13장에서는 외적 초점화에 의하여 다시 현재로 돌아와 허준이 김관호를 만나서 내일부터 출근하기로 약속한 후 회사에서 쫓겨난 그 김이라는 사람이 찾아와 통사정을 하는 내용이 제시되고 있다.

14장에서는 그 김순구라는 사람이 자신의 내력을 이야기하는 것으로 되어 있는데, 여기서 내적 초점화자가 김순구로 바뀌지만 그의 이야기 내용은 허준에 의한 내적 초점화에 삽입되는 형식으로 존재하고 있다. 김순구의 내력을 보면, 그는 어릴 때 아버지와 이별하고 어머니의 슬하에서 소학교밖에 나오지 못한 가난한 집 출신의 사람으로, 소학교를 마친 다음 일본 사람의 집에서 심부름을 하다가 그 상점 주인의 소개로 서울에서 미곡상을 하는 사람의 집으로 오게 되었고 그 후 물산 회사에 취직하게 된다. 그런데 시골에 사는 늙은 어머니를 모셔오고 결혼하고 어린애가 생겨 식구가 늘어난 데다가 아내가 병으로 드러눕게 되자 생활고에 너무 시달려 회사의 공금을 쓰게 되는데, 이로 인해 회사에서 쫓겨나게 된다.

15장과 16장에서는 주로 내적 초점화를 통하여 김순구의 이야기를 들은 허준의 복잡한 심정을 보여주고 있다. 그는 김순구에게 그를 대신하여 김관호를 찾아서 사정해 보겠다고 약속을 하고 헤어졌으나 김관호의 호의를 등지고 친분을 깨뜨릴 것을 괴로워 한다. 그러나 반복되는 사상투쟁의 결과 김순구와의 약속을 지키는 쪽으로 기울어진다.

그러나 처지를 같이한 아까 그 김씨와의 약속이 있지 않은가? 그 사람에게 자기의 사정을 이야기한 것은 아니지만 그 사람을 위해서 모든 노력을 아끼지 않기로 약속하지 않았는가. 자기 본의는 아니라 하더라도 힘써 준다고 약속한 자기가 그 사람의 자리에 들앉게 되고 그 사람은 여전히 실직대로 있다면 그 사람이 자기를 어떻게 알까? 자기의 신용은 자기 즉 해준 한 사람의 신용 문제가 아니다. 또 그 사람의 부탁이 없더라도 자기는 그런 자리에 발을 넣지 않는 것이 옳은 일이 아닌가. 하루에 한 끼나 두 끼를 더 먹으려고 창해 같은 전정을 막는 동시에 운동선에 좋지 못한 영향을 줄 것이다. 그렇다. 정실에 끌릴 때가 아니다. 공사를 가릴 때이다.

―「먼동이 틀 때」에서(하권, p.91)

인용문은 이 작품의 핵심적인 주제를 보여주는 부분으로, 허준은 주의자로서 신념을 실천으로 옮기지 못한다면 빈 구호에 지나지 않으며 정실에 끌려 이념을 망각하는 것은 더욱 바람직하지 못하다는 주장을 펴고 있다. 그러나 인간으로서 이념만 생각하고 현실의 유혹을 물리친다는 것은 결코 쉬운 일이 아니었다. 따라서 허준은 17장에서 김관호를 찾아가는 길에 계속 동요하며 18장에서는 김관호의 친절에 결심이 흐트러지려는 것을 겨우 추스르고 용기를 내어 찾아온 뜻을 이야기한다. 그러나 김관호는 허준이 직업을 사양하는 데 대해 아쉬워하는 한편 김순구를 다시 쓸 수 없다고 잘라 말한다.

마지막 장으로 되는 19장에서는 김관호의 집을 나서는 허준의 마음을 생동감있게 보여주는데, 그는 큰 짐을 벗은 듯이 시원해 하는 한편 눈앞의 복을 밀어버린 듯하여 섭섭해 하다가, 김관호가 '더러운 놈'이라는 생각에 자기의 비열한 생각을 뉘우치고 상쾌한 마음으로 김순구를 만나 그도 자기의 동무로 삼기로 한다. 마지막에는 외적 초점화를 통하여 상조회에 회원 하나가 더 많아진 것을 담담하게 제시하는 것으로 외적 초점화자의 객관적인 태도를 확인시키고 있다. 갈등 해결의 장이라고 할 수 있는 마지막 장에서는 주인공의 사사로운 감정보다 인간애를 중히 여기고 그 인간애를 동지애로 승화시킴으로써 자신의 신념과 접목시키려는 이념 실천의 자세를 볼 수 있다. 그러나 의식 문제를 자각하고 그것을 해결하고자 하는 그의 노력은 수포로 돌아간다. 그럼에도 불구하고 이 작품에서 주인공을 내세워 이념만을 내세우는 것이 아니라 생활 문제에 관심을 보여주고 있다든가 돈과 인정의 유혹을 물리치고 현실 수용의 정당한 방법을 유보하고 있다든가 하는 점은 긍정할만 한 것이다.

「무명초(無名草)」(1929.8)는 외적 초점화와 내적 초점화가 균형있게 이루어지면서 주인공 박춘수의 고달픈 일상을 통하여 그 속에서 끈질기게 삶을 영위해나가는 모습을 차분하게 보여주고 있는 작품이다. 이 작품도 28,000자 정도로 되어 있어, 최서해의 단편소설 중 긴 작품에 해당한다. 숫자 대신 기호로 여섯 개 부분으로 분명하게 나누어 스토리를 전개하고 있는데, 이는 6장으로 나누어 볼 수 있다. 1장의 전반부와 2장과 3장, 그리고 5장과 6장의 후반부에서 외적 초점화자가 중요한 역할을 하고 있는 반면, 1장의 후반부와 4장, 그리고 6장의 전반부에서는 내적 초점화자의 역할이 강조되고 있다.

우선 외적 초점화를 살펴볼 경우, 1장의 전반부에서 외적 초점화자는 『반도공론』이라는 잡지사의 경영난을 제시한 다음 주인공 박춘수의 외적 특징을 보여주고 있다. 조선 민중의 기대에 영합하여 전 조선의 인기를 차지했던 『반도공론』은 자본주들의 알력으로 인한 경영난 때문에 창간한 지 삼 년만에 쓰러지고, 그 때문에 사원들의 어깨가 처지고 생활난에 부대낀다. 그러한 사원 중의 한 사람인 박춘수에 대해서는 다음과 같이 소개하고 있다.

그러한 사원 중에 박춘수라는 서른 한 살 된 사나이가 있었다. 그는 학예부 기자로 상당한 수완을 가진 사람이다. 본래 경상도 김천 사람으로 키는 중키에서 벗어지는 키나 몸집이 뚱뚱해서 그저 중키로 보이는 골격이 건장한 사람이다. 얼굴 윤곽이 왼편으로 좀 삐뚤어진데 뺨이 빠지고 얽어서 얼른 보면 험상궂게 생겼으나 커다란 눈을 오그리고 두툼한 입술을 벙긋하면서 하하 하고 웃으면 보는 사람에게 쾌활하고도 관후한 인상을 주는 사람이다. 그는 부지런한 사람으로 잡지사가 한창 경영 곤란에 빠져서 월급 지불까지 못 하게 된 때에도 불평은 불평대로 쏟아 놓으면서 할 일은 꼭꼭 하였다.

—「무명초(無名草)」에서(하권, p.127)

『반도공론』이 전 조선의 인기를 차지했던 잡지사이고 박춘수가 상당한 수완을 가진 사람이라는 제시는, 주인공을 조선을 대표하는 지식인으로 내세움으로써 그를 통하여 당대 현실을 보여주려는 의도와 맞물려 있다. 그리고 인용문을 통하여 박춘수는 건장한 골격과 쾌활하고 관후한 성격의 소유자라는 것을 알 수 있는데, 이것은 뒤에서 제시되는 그의 심신의 고통과 대조를 이루면서 열악한 생활 환경이 지식인들한테 주는 심각한 피해를 보여주고 있다. 이 작품은 박춘수를 중심으로 하면서 그의 가족을 제외한 주변 인물들이나 주변 환경을 제시할 때 외적 초점화가 지배적임을 볼 수 있다. 다시 말하여, 2장과 3장에서는 대화 장면을 통하여 박춘수를 비롯한 잡지사 사원들의 생활난을 구체적으로 반영하고 있다.

"글쎄 이 노릇을 어째야 좋담! 저녁 거리가 없지……. 어린애는 월사금을 못 내서 학교에서 쫓겼지……. 이거 사람이 제 명에 못 죽고 이렇게 말라서 죽겠으니……."

김은 호소할 곳 없는 가슴을 혼자 탄식하듯이 거의 절망에 가까운 소리로 뇌이었다.

—「무명초(無名草)」에서(하권, p.130)

　"오늘은 어떻게 다소간 변통이 있어야겠읍니다. 글쎄 이 노릇을 어떡
합니까. 여편네란 며칠 전부터 드러누워 매일 앓고……."

　최는 구걸이나 하는 듯한 울듯말듯한 음성으로 편집부장을 졸랐다.

　"모다 어떻게든지 해 주서야지 참말 이제는 못 견디겠읍니다."

　김도 주필을 꺼적거리다 말고 편집부장을 바라보고 다시 춘수를 본다.

　(중략).

　"글쎄……."

　부장은 그저 글쎄만 부른다.

　"저도 좀 주서야겠읍니다. 제일 약값 몇 푼이라도 얻어 가지고 나가야
지 이렇게 아파서야 견디겠읍니까!"

　춘수도 안 떨어지는 입을 겨우 떼었다.

—「무명초(無名草)」에서(하권, p.134)

　이처럼 식구들이 끼니를 굶고 어린애는 월사금을 내지 못하여 학교
에서 쫓겨나고, 집에서 가족이 병이 나도 돈이 없어 치료받지 못하는
사원들의 생활은 더 이상 견딜 수 없을 정도로 극도에 달했다. 화자는
이러한 외적 초점화를 통하여 당대 현실에서 박춘수를 대표로 한 소
위 '지식인'이라고 하는 사람들의 삶이 얼마나 고달픈 것인가를 리얼
하게 보여주고 있다. 대화 장면을 통하여 또 한 가지 발견할 수 있는
것은 사원과 잡지사의 상층을 대표하는 편집부장의 관계가 「서막(序
幕)」(1927.1)에서처럼 대립적이지 않다는 점이다. 다른 대화 장면에
서도 사원들이 주간과 사장한테 불만을 터뜨리기는 하지만 과격한 언
사가 나타나지 않을 뿐만 아니라, "주간이나 사장인들 어쩌겠나? 돈
낸다는 작자가 말만 낸다낸다 하고 주지는 않지……, 그런데 조선서
잡지 사업이란 생돈 쓸어넣는 사업인 것은 뻔한 노릇이지……."(하권,

p132)라는 박춘수의 말을 통해 주간이나 사장에 대해 이해하고자 함을 볼 수 있다. 이는 1장의 외적 초점화에 의하여 제시된 잡지사의 배경에 대한 소개와 일치한 것으로 외적 화자의 사회적 문제에 대한 일관된 태도를 볼 수 있다. 이러한 대화 내용은 내적 초점화에 속하는 것이지만, 객관적인 장면으로 제시되었기에 외적 초점화자의 역할을 확인할 수 있는 부분이기도 하다. 그러나 외적 초점화에 종속된 대화 내용은 사원들의 의식을 나타내는 부분이므로, 이를 통하여 잡지사의 상층에 대한 그들의 태도를 반영했다고 볼 수 있다. 따라서 박춘수는 지체된 월급을 한 푼도 받아내지 못했으나 별 불만 없이 아픈 몸으로 신문사를 찾아가 원고를 써주겠다고 약속한 다음 돈을 구하러 친구를 찾아간다.

5장에서는 낮에 잡지사에 출근하지 못하고 집에서 원고를 쓰던 박춘수가 밤에 집세를 독촉하러 온 사람과 언쟁하는 장면이 제시되고, 6장의 후반부에서는 박춘수가 빈손으로 아는 의사를 찾아가 자기와 딸애의 약을 지어오는 장면이 제시되고 있다. 이러한 장면 제시는 박춘수의 궁핍한 생활 뿐만 아니라 타인에 대한 인식 태도를 보여주고 있는데, 그것은 이 두 장에서 부분적으로 나타나는 내적 초점화의 내용을 통해 확인할 수 있다. 5장에서 박춘수는 집세를 받으러 온 사람에게 사정을 보아달라고 하다가 다음과 같이 생각한다.

어찌 생각하면 그도 남에게 돈 때문에 부리는 사람으로 같이 어려운 사람의 사정을 보아 주지 않는 것이 야속스럽기도 하나 어찌 생각하면 그럴 수밖에 없는 일이다. 그렇게라도 하여서 성적이 좋아야 집주인의 눈에 들게 되는 일이요, 집주인의 눈에 들어야 밥알이나 입에 들어갈 것이다. 그에게도 자기와 같이 여러 식구가 달려서 그의 어깨에 매달려 지내게 될

것이다. 그렇게 생각하니 볕에 그을어서 거무접접한 이마에 구슬 같은 땀
을 흘리고 앉았는 그의 운명과 자기의 운명이 별로 다를 것이 없었다.

—「무명초(無名草)」에서(하권, p.143)

인용문에서 볼 수 있듯이, 박춘수는 자신의 처지에서 집세 받으러
온 사람에 대해 야속하게 생각하는 한편 그 사람의 입장에 서서 그를
이해하고 그도 자신의 운명과 별 다르지 않은 사람이라고 여기게 된
다. 그리고 6장의 후반부에서는 박춘수의 의사에 대한 복잡한 감정을
보여주고 있다. 그는 빈손으로 가서 진찰을 받고 나오는 때마다 병원
의사의 찌푸린 얼굴이 가슴에 걸려서 다시는 그 꼴을 안 본다고 맹세
하다가도 급하면 하는 수 없이 찾아간다. 그리고 의사에 대해 "그도
무리는 아니다. 돈 주고 약을 거저 줄 리가 있나?"(하권, p.146) 하고
생각해 보다가도 악감이 일어나는 것을 막을 수 없다. 그러면서도 의
사 앞에만 서면 기가 죽는 것을 생각하면 무어라 형용할 수 없는 모욕
감이 끓어올라 견딜 수 없다. 의사를 찾아가는 도중에 이런 생각에 잠
겼던 박춘수는 나중에 의사한테서 딸애의 약을 얻어올 때 눈만 감으
면 코를 베어먹을 세상에서 고마운 일이라고 감격해 한다. 여기서 의사
라는 인물에 대한 제시와 의사에 대한 주인공의 인식 태도는 의사가 등
장하는 전기(前期) 소설 「토혈(吐血)」이나 「기아(飢餓)와 살육(殺戮)」,
그리고 「박돌(朴乭)의 죽음」 등과 같은 작품들과 현격한 차이를 보여
준다. 이는 5장과 6장에서는 외적 초점화와 내적 초점화의 교체를 통
해 험난한 인생살이에서 타인에 대한 이해와 타인이 베푸는 인정의
중요성을 암시해주는 데 있다고 해야 할 것이다.

다음으로, 1장의 후반부와 4장과 6장의 전반부에서는 박춘수에 의
한 내적 초점화가 우세한 것으로 나타나면서 박춘수의 심신의 고통과

그 고통을 감내하면서 현실과 싸우려는 의지가 뚜렷하게 제시되는 것을 볼 수 있다. 1장의 후반부에서 집이 비좁은 탓에 친구집 대청 마루에서 자다가 설사가 난 박춘수는 출근길에 나서면서 몸이 불편함을 느끼는데 아내가 따라나와 저녁거리가 없다고 하는 바람에 마음이 무거워진다. 4장에서 앓는 몸으로 친구에게 가서 돈 일 원을 구해 가지고 집으로 돌아와 아내에게 건네준 그는 설사로 인한 육체적인 괴로움보다도 일곱 식구가 비좁은 집에서 생활하며 고생하는 모습을 보면서 이 모든 것이 자기의 죄인 것만 같아서 견딜 수 없어 한다. 그러나 현실은 발버둥을 쳐도 당장에 면할 수 없다는 것을 알고 있는 그는 현실과 싸울 수밖에 없다고 생각하면서도 그 의지가 어쩐지 나날이 줄어들어감을 느낀다. 6장의 전반부에서는 지속되는 심신상의 고통으로 자꾸 격해지는 박춘수의 내면을 있는 그대로 보여주고 있다. 하루종일 설사로 고생하던 그는 점심도 변변히 먹지 못한 식구들을 보기가 민망한 데다가 또 저녁 거리 걱정을 하게 되자 악에 북받쳐 자기 손으로 식구들을 없애버리고 자기라는 존재까지 사라져 버렸으면 좋겠다고 생각했다가는 곧 뉘우친다.

하여튼 불쌍한 존재들이다. 자기의 주먹을 바라는 그 여러 식구를 생각하면 그늘에 핀 꽃과 같다. 자기 존재만 쓰러지면 그들은 어디로 가나? 어찌 되나? 그는 일전 광교 다리 아래 뼈만 남은 열 서너 살 된 어린애와 아래만 누더기로 겨우 가린 젊은 부인이 갓난 아이를 안고 마주 앉아서 참외 껍질을 먹던 기억이 머릿속에 떠올라서 그 그림자를 보지 않으려고 머리를 저었다. 그런 사람에게 비기면 자기의 생활은 호화롭기 짝이 없다. 그러나 그들과 무엇이 다르랴. 차라리 그렇게 지내는 것이 배를 주릴 바에는 더 순서로울는지도 모른다. 누가 좋다는 것도 아니요, 누가 오라는 것도 아닌데 헐레벌떡거리고 쫓아다니면서 갖은 궁상과 마음에 없는 웃음을 쳐 가면서 푼푼히 얻어다가 겨우 연명이라고 하니 그것이 무슨 소용이며 거기서 무슨 수가 나랴. 망치는 것은 자기의 존재일 뿐이다.

—「무명초(無名草)」에서(하권, p.143)

인용문에서는 주인공의 식구들에 대한 끈끈한 애정이 드러나 있다. 그는 자기의 보호를 바라는 식구들이 불쌍하고 자기만 쓰러지면 더 비참해질 것을 걱정한다. 그리고 한편으로는 자기보다 처지가 못한 사람들에 비하면 호화로운 생활을 한다고 생각하면서도 남한테 궁상을 보이거나 웃음을 흘려 가면서 푼푼이 얻어다가 겨우 연명하는 것을 괴롭게 생각한다. 이는 생활의 괴로움 뿐만 아니라 정신적인 괴로움도 겪어야 하는 가난한 지식인의 이중적인 고통을 솔직하게 보여주고 있다.

그러나 박춘수는 가족을 위해 모든 괴로움을 달갑게 감내하고자 한다. 그래서 그는 자기의 존재는 망친다 하더라도 그 때문에 식구들의 존재까지 튼튼한 자리를 잡게 된다면 조금도 원통할 것이 없겠다고 생각하는 한편, 이렇게 시시각각으로 부대껴서는 몇 날 못 가고 어디서 어떻게 꺼꾸러질는지도 모를 일이고 그렇게 된다면 그의 식구들의 밟을 길은 광교 다리 밑에서 신음하던 그 그림자와 같을 것이라는 생각에 가슴이 찢기는 듯한 고통을 느낀다.

이와 같은 그의 가족애에도 불구하고 악화되는 눈앞의 상황에 박춘수는 또 다시 이성을 잃은 생각을 하게 된다. 자기의 병도 채 낫지 않았는데 설상가상으로 딸애가 고열에 시달리면서 설사를 하게 되자, 그는 피차 편하게 어서 죽으라고 너무도 북받치는 악에 속으로 뇌이면서도 그런 악독한 소리를 하는 자기 자신이 밉고 어린것의 괴로워하는 것이 가슴에 걸리지 않을 수 없어서 이튿날 병원으로 약을 지으러 간다. 이 작품은 후기(後期) 작품 중 빼어난 작품으로 외적 초점화와 내적 초점화의 교체를 통하여 당대 사회 현실을 리얼하게 조명하는 동시에 심각한 생활난으로 인한 육체적 고통과 정신적 고통을 극복하면서 가족에 대한 애정과 타인에 대한 이해를 가지고 힘겹게 살아가는 가난한 지식인의 눈물겨운 생활 모습을 사실적으로 재현하고 있다.

이상에서 살펴본 것처럼, 「먼동이 틀 때」(1929.1~2)와 「무명초(無名草)」(1929. 8)는 외적 초점화를 통하여 당대 사회주의자와 가난한 지식인의 현실적인 생활 문제를 객관적으로 제시하는 동시에 내적 초점화를 통하여 그들이 극한적인 상황에서 겪게 되는 심신상의 고통과 심리적인 갈등 및 그 고통과 갈등을 극복하는 과정을 일관성 있게 보여주고 있다. 전자의 경우 취직을 둘러싸고 이념과 우정 사이에서 갈등하는 주인공의 내면을 중점적으로 보여주었다면, 후자의 경우는 가족의 생활난으로 비롯된 주인공의 심신상의 고통을 집중적으로 제시해주고 있다. 그러나 공통적으로 굳은 의지로 이념을 실천에 옮기거나 운명과 싸우는 주인공들의 감동적인 모습을 볼 수 있는데, 그들은 전기(前期) 소설처럼 가족애 내지 민족애로부터 출발하여 사회나 가해자에 대한 불만 또는 분노를 보여주는 과격한 행동으로 나아가는 것이 아니라 결국에는 인간애나 가족애에 기울어지면서 심리적 변주를 통하여 현실적 문제에 대한 온당한 해결방안을 찾는 특징을 보이고 있다.

2) 초점화의 다양성과 인물의 입체화

(1) 지속적 초점화의 변화와 인물의 개성화

최서해의 외적 화자의 서술로 된 소설은 초점화의 제1단계에서 두 명 이상의 인물에게 지속적으로 초점을 맞추어 서사를 전개시키는 작품도 있다. 이 유형의 작품으로는 「매월(梅月)」(1924.11), 「박돌(朴乭)의 죽음」(1925.5) 「기아(棄兒)」(1925.9), 「큰물진 뒤」(1925.12), 「폭군(暴君)」(1926.1), 「해돋이」(1926.3), 「설날밤」(1926.1), (1926.3), 「그믐밤」(1926.5), 「금붕어」(1926.6), 「저류(底流)」(1926.10), 「서막(序幕)」(1927.1), 「부부(夫婦)」(1928.10) 등 12편의 단편소설과 장편소설 『호외시대(號外時代)』(1930.9~1931.8)를 들 수 있다. 그 중 단편소설에서는 가비로부터 실업자, 농민과 노동자, 머슴, 기자, 약국점원에 이르기까지, 장편소설에서는 기업가로부터 은행원과 교사, 그리고 신여성에 이르기까지 각각 다양한 인물들이 등장하고 있다.

여기서는 그 중 대표적인 작품이라고 할 수 있는 전기(前期)의 단편소설 「박돌(朴乭)의 죽음」(1925.5), 「큰물진 뒤」(1925.12), 「해돋이」(1926.3)와 후기(後期)의 작품으로 되는 장편소설 『호외시대(號外時代)』(1930.9~1931.8)를 각각 나누어 분석하는 것으로 외적 초점화자의 역할을 살펴보고자 한다.

「박돌(朴乭)의 죽음」(1925.5)은 총 7장으로 구성되었는데, 외적 초점화자의 역할이 특별히 강조되고 있는 작품이다. 1장의 첫머리에 외적 초점화에 의하여 밤의 배경이 제시된 다음 박돌 어머니가 등장하고 있다. 그런데 「고국(故國)」(1924.10)이나 「홍염(紅焰)」(1927.1)에서처럼 주인공의 외양을 먼저 보여준 것이 아니라, 의사 김초시의 집으로 달려가는 그의 행동을 제시하고 있다.

> 남자인지 여자인지, 어둠 속에 잘 분간할 수 없는 히슥한 그림자가 동
> 계사무소(洞契事務所) 앞 좁은 골목으로 허둥허둥 뛰어나온다.
> 고요한 새벽 이슬에 추근한 땅을 울리면서 나오는 발자취는 퍽 산란하
> 다. 쿵쿵 하는 음향(音響)은 여러 집 울타리를 넘고 지붕을 건너서 어둠
> 으로 규칙 없이 퍼져나갔다.
> 어느 집 개가 몹시 짖는다. 또 다른 집 개도 컹컹 짖는다. 캥캥한 발바
> 리 소리도 난다.
> 뛰어나오는 그림자는 정직상점(正直商店) 골목 안으로 휙 돌아서 내
> 려간다. 쿵쿵쿵……. —「박돌(朴乭)의 죽음」에서(상권, p.55)

위의 인용문은 박돌 어머니가 상한 고등어를 먹고 식중독에 걸린
아들애를 구하려고 김초시를 찾아가는 장면인데, 외적 초점화자의 시
각은 먼 거리에서부터 점차 인물에게 접근하고 있다. 인물을 그림자
로 제시하는 이런 방법은 최서해 소설에서 자주 발견되는 것으로, "시
점(視點)의 거리조작(距離操作)을 통한 독자(讀者)를 이야기 속으로 이
끌어 들이는 영상미적 방법(映像美的 方法)"[7]으로서 조급한 듯한 그림
자의 움직임이 긴장감을 환기시켜주고 있다.

2장에서는 외적 초점화자가 객관적이고 냉정한 시선으로 인물의 대
화 장면과 행동 모습을 제시하고 있다. 즉 박돌 어머니는 울음에 젖은
목소리로 애비없이 자란 불쌍한 아들을 치료해달라고 애걸하지만, 김
초시는 아프다는 핑계로 진료를 거부할 뿐만 아니라 약품이 없다면서

---

7 李東熙,「崔曙海小說의 文體論的 考察」,『人文研究』제6호, 1984, p.162.

약도 지어주지 않는다. 박돌 어머니가 집의 돼지 새끼를 팔아서 갚겠으니 약을 지어달라고 또 다시 사정하는 것도 김초시는 그의 애처로운 시선을 피하면서 막무가내로 못 지어주겠다고 잘라 말하고 어서 가라고 내쫓는다. 그러자 "너무 한심하구만! 돈이 없다구 업시비 보지 마오. 죽는 사람을 살려주문 어뗘오? 혼자 잘 사오"(상권, p.58) 하고 분개하는 박돌 어머니의 눈에는 이상한 불빛이 섬뜩하는데, 이는 작품의 마지막에 외적 초점화에 의해 제시되는 박돌 어머니의 복수 행위를 예시해 주고 있다.

3장은 다른 장에서 모두 박돌 어머니를 중심으로 초점화가 이루어지는 것과 달리, 외적 초점화자가 지속적으로 초점화를 변화시켜 박돌 어머니의 현장의 부재상태를 보여주면서 김초시 내외의 대화 장면만을 제시해주고 있다.

> "별게 다 와서 성화를 시키네!"
> 여인이 간 뒤에 의사는 대문을 채우고 안으로 들어오면서 중얼거렸다.
> "그까짓 거렁뱅이들에게 약을 주구 언제 돈을 받겠소? 아예 주지 마오."
> 주인 여편네는 뾰루퉁해서 양양거린다.
> "흥, 그리게 뉘기 주나?"
> "약만 주어 보오! 그놈의 약장 도끼로 바사 놓게."
>
> — 「박돌(朴乭)의 죽음」에서(상권, p.59)

이 대화장면을 통하여 작중화자는 김초시가 약을 지어주지 않는 실제 원인이 박돌 어머니가 돈을 가져오지 않은 데 있음을 보여주며, 동정심이라고는 찾아볼 수 없는 그들 내외의 고약한 심보를 적나라하게 고발하고 있다. 동시에 이 장면은 박돌 어머니의 복수 행위를 강하게 환기시켜주고 있다. 4장과 5장에서 외적 초점화자는 고통으로 몸부림 치는 박돌의 모습과 죽어가는 아들의 곁에서 어쩔 줄을 몰라 하는 박돌 어머니의 모습을 번갈아가며 보여주고 있다.

6장에서는 전반부에 외적 초점화에 의하여 박돌 어머니가 박돌의 시신을 붙들고 통곡하는 장면이 제시된 후, 후반부에서는 내적 초점화에 통하여 아들을 잃은 어머니의 슬픈 심정과 감정을 보여주고 있다. 자기가 발 붙이고 있었던 희망의 줄이 툭 끊어져버린 상태에서 더 이상 바랄 것이 없다고 생각하는 박돌 어머니는 소리를 버럭버럭 가슴이 툭 터지도록 지르면서 물이든지 불이든지 헤아리지 않고 엄벙덤벙 날뛰었으면 속이 시원할 것 같아 하다가 마침내 입에서 검붉은 선지피를 울컥 쏟으며 쇠말뚝을 겯는 듯한 가슴을 부둥키고 까무라친다. 7장의 첫머리에는 내적 초점화에 의하여 아들이 부르는 소리에 정신을 차린 박돌 어머니의 눈앞에 박돌이 지옥같은 곳으로 끌려가는 처참한 장면이 환상적으로 펼쳐진다.

이때 그의 눈속에는 보이는 것이 있었다.

낮인가? 밤인가? 밤 같기는 한데 어둡지는 않고 낮 같기는 한데 볕이 없는 음침한 곳이다. 바람은 분다 하나 나뭇가지는 떨리지 않고 비는 온다 하나 빗소리는커녕 빗발도 보이지 않는 흐리머리한 빗속이다. 살이 피둥피둥하고 얼굴이 검붉은 자가 박돌의 목을 매어 끌고 험한 가시밭 속으로 달아난다.

"애고! 애고! 제마! 제마!"

박돌의 몸은 돌을 부딪치고 가시에 찢겨서 온몸이 피투성이 되었다. 피투성이 속으로 울려 나오는 박돌의 신음 소리는 째릿째릿하게 들렸다.

— 「박돌(朴乭)의 죽음」에서(상권, p.64)

이처럼 박돌 어머니의 눈앞에 나타난 아들이 저승으로 끌려가는 광경은 어머니의 마음으로서는 도저히 감당할 수 없는 것이다. 낮인지 밤인지도 분간할 수 없고 볕이 없는 음침한 곳, 그리고 바람이 불고 비가 온다고 하지만 나뭇가지가 떨리지 않고 빗소리도 들리지 않는 적막하고 음산한 분위기의 지옥에서 박돌은 험상궂은 몰골을 한 자한테 목을 매인 채 피투성이가 되어 가시밭 속으로 사정없이 끌려가면서 어머니를 향하여 부르짖고 있다. 박돌 어머니는 환영 속에 아들의 피투성이가 된 모습에서 자극을 받고 죽을 때와 똑같은 신음 소리에 따라 환상과 현실을 구분할 수 없는 착란에 빠지고 만다. 이런 생동한 환상은 그의 향후의 행동에 개연성을 부여하는 기능을 하고 있다.

따라서 환상 뒤에 외적 초점화의 교체를 통하여 박돌 어머니가 김초시를 찾아가 복수를 하는 장면이 제시되고 있다. 박돌 어머니가 김초시를 물어뜯는 마지막 장면은 처음에 김초시를 찾아가는 장면과 대조를 이루면서 박돌 어머니의 성격 변화를 잘 보여주고 있다. 이런 성격의 변화 과정은 외적 초점화자의 '외부적 사건'에 대한 객관적인 제시와 내적 초점화를 통한 '내면의 심리활동'의 적절한 배치를 통하여 비교적 합리적이고 자연스럽게 제시되고 있어 독자들의 공감을 불러 일으킨다. 다시 말해 박돌의 죽음이라는 비극적 사건과 그 사건으로 말미암은 그의 어머니의 발광적인 살인 행위에 대한 제시를 통하여 극한적인 가난이 인간에게 주는 막대한 육체적인 피해와 정신적인 상처, 그리고 가난한 사람의 생명을 무시하는 자에게 피의 대가를 요구하는 반항적인 행동을 보여주는 것으로 식민지 사회의 모순과 부자들의 부도덕한 성향에 대하여 신랄하게 비판하는 동시에 그러한 현실과 인간에 대하여 순응하지 않고 강렬하게 반항하는 행위를 구현하고 있다.

「큰물진 뒤」(1925.12)에서도 외적 초점화자의 역할이 두드러지게 나타나고, 외적 초점화에 의하여 주인공 윤호와 부정적인 인물 이주사가 대비적으로 제시되고 있다.

다른 작품들과 마찬가지로 이들의 외면이 외적 초점화에 의하여 제시되고 있다면, 내면은 내적 초점화로의 전환을 통하여 보여지고 있다. 총 6장으로 구성된 이 작품에서 외적 초점화에 의해 홍수로 인해 갓난애를 잃고 아내마저 병들어 누운데다가 생계 터전인 밭까지 떠내려가서 살길이 막막해진 윤호가 살아가기 위하여 강도의 길에 들어서는 전 과정이 드라마스틱하게 제시되고 있다.

1~3장에서는 외적 초점화를 통하여 윤호를 중심으로 한 마을 사람들이 홍수 피해를 입는 장면을 구체적으로 펼쳐보이는 가운데 홍수 피해를 입게 된 배경과 홍수 피해 상황을 의미 있게 제시하고 있다. 2장에서 외적 초점화를 통하여 마을에 철도를 부설하는 바람에 방죽이 위험하게 된 배경을 제시하고 있다면, 3장에서는 내적 초점화로의 전환을 통하여 홍수로 인한 피해 현장을 이미지화하면서 보여주고 있다.

날은 다 밝았다. 눈앞에 뵈는 것은 우뚝우뚝한 산을 남겨 놓고는 망망한 물판이다. 어디가 논? 어디가 밭? 어디가 집? 어디가 내? 누런 물이 세력을 자랑하는 듯이 쫠— 쫠— 흐른다. 널쪽, 궤짝, 짚가리, 나뭇단, 널따란 초가 지붕— 온갖 것이 둥둥 물결을 따라 흘러내린다. 저편 버드나무 속으로 흘러나오는 집 위에는 계집 같기도 하고 사내 같기도 한 사람 서넛이 이편을 보고 고함을 치는지 손을 내두르고 발을 구른다. 갠지 돼지인지 자맥질쳐서 이리로 나온다. 사람 실은 지붕은 슬슬 내리다가 물속에 쑥 들어가더니 다시 떠오를 때에는 여러 조각이 났다. 그 위의 사람의 그림자는 다시 볼 수 없었다. 그 저편에서도 두엇이나 탄 지붕인지 짚가리인지 흘러갔다. 그러나 누구 하나 그것을 건지려는 사람은 없다.

—「큰물진 뒤」에서(상권, p.126)

윤호의 "눈앞에 뵈는 것은 우뚝우뚝한 산을 남겨 놓고는 망망한 물판"으로, 우선 마을사람들의 피해상황이 얼마나 엄중한가를 구체적으로 보여주고 있다. 그 다음 그는 "어디가 논? 어디가 밭? 어디가 집? 어디가 내?" 하고 찾으려고 하나 그러한 것은 그림자도 보이지 않고, "누런 물이 세력을 자랑하는 듯이 쫄— 쫄— 흐르"는 가운데 "널쪽, 궤짝, 짚가리, 나뭇단, 널따란 초가 지붕— 온갖 것이 둥둥 물결을 따라 흘러내"려 가는 것만 보일 뿐이다. 2장에서 외적 초점화자가 마을사람들에게 막심한 피해를 끼친 홍수를 자연재해가 아니라 일본 관청의 횡포로 말미암아 인위적으로 조성된 재해라는 것을 암시했다면, 여기서는 윤호의 시각을 통하여 홍수로 인한 처참한 광경만을 보여줌으로써 식민지 백성의 '한'을 보여주는 목적에 도달하고 있다. 그런데 더욱 문제가 되는 것은 이 '한'의 정서를 불러일으키는 홍수가 인명과 재산에 피해를 주었을 뿐만 아니라 산 사람의 살아갈 희망까지 잃게 하였다는 데 있다.

4장의 전반부에서는 외적 초점화를 통하여 일 자리를 찾아 읍으로 나간 마을 사람들 속에 끼어 공사장에서 일하는 윤호의 모습을 제시하고 있다. 그런데 윤호는 끼니를 굶고 공사장에 일하러 나갔다가 일본인 감독에게 매맞고 쫓겨나게 된다. 4장의 후반부에서는 윤호의 내적 초점화자의 역할이 강조되면서 그의 심리활동을 폭넓게 보여주고 있다. 그는 자기는 이날 이때까지 착하고 부지런하게 살아왔지만 남은 것은 굶주림과 모욕밖에 없다고 생각하면서 자기가 본 경험으로 말하면 못된 짓 잘하는 무리들만 잘 산다는 결론에 이르게 된다. 이는 윤호의 강도 행위를 예시하는 동시에 그것을 합리화하기 위한 것으로 된다.

5장에서는 주로 외적 초점화에 의하여 강도행각에 나선 윤호의 행동이 제시되다가 중간에 내적 초점화를 통하여 그의 심리적 동요가 보여지고 있다. 그는 이주사 집으로 가는 도중에 "아, 못할 일이다! 참말 못 할 일이다! 내가 살자고 남을 죽여!"라고 동요하면서 발걸음을 돌리기도 하지만, 자기의 절박한 처지라거나 자기가 목표삼고 나가는 대상들의 하는 것들을 생각하고 다시 돌아선다. 이는 그가 정직한 성격의 소유자이지만 환경의 핍박으로 강도짓을 할 수밖에 없음을 재삼 암시하는 것이라고 할 수 있다.

6장의 전반부에서는 외적 초점화자의 지속적인 초점화 대상이 이주사로 교체되면서 낮이면 돈을 만지고 밤이면 계집을 어르는 것으로 한없는 쾌락을 삼는 이주사의 부패하고 타락한 면모를 보여주고 있다. 그리고 이주사가 내적 초점화자로 잠깐 전환하면서 그가 돈을 빼앗으러 온 강도의 그림자를 보는 환각에 시달리는 장면이 나오고 있다. 그는 눈 감았다 뜰 때에 벽에 해쓱한 그림자가 서 있는 것을 보고 여러 번 가슴이 끔틀끔틀하여 자리밑에 넣은 돈 뭉치를 자꾸 만져본다. 여기서 내적 초점화가 돈을 끼고서도 발편히 잘 수 없는 부자의 공포의 심리를 보여주기 위한 것이라면, 그 앞의 외적 초점화는 주인공의 강도 행위에 정당성을 부여해준다고 할 수 있다. 그런데 전자의 경우 이주사로 대표되는 부자들이 가난한 사람들한테 가지고 있는 일반적인 공포의 심리를 보여주고 있다는 점에서 의미가 있다면, 후자의 경우는 이주사에 대한 초점화가 극히 간단하게 이루어진데다가 그의 생활태도에만 초점을 맞추어 보여주는 데 그치고 있어 부당한 경로를 통하여 부자가 되었다는 제시도 없으므로 이주사를 목표로 한 주인공의 강도 행위를 정당화하기에는 설득력이 약하다.

　주인공은 워낙 일제의 철도 확장으로 홍수 피해를 입어 절망적인 상황에 이른데다가 공사장에서 일본인 감독한테 구타를 당하여 원한의 감정을 품게 되었다. 그런데 잘 사는 사람들은 다 나쁘다는 의식하에 무조건적으로 반항의 목표를 돈많은 이주사에게 돌리는 것은 작품 진행상 잘못된 코오스를 밟고 있는 것이다.[8] 그럼에도 불구하고 외적 초점화자가 주인공에게 지속적으로 초점을 맞추어 그의 '절박한 처지'를 리얼하게 재현하고 그를 통하여 사회적 문제를 반복적으로 상기시켰을 뿐만 아니라 한 걸음 더 나아가서 그의 행동의 변이로 되는 강도 행위를 통하여 삶에 대한 열렬한 추구를 보여주고 사회에 경종을 울려준 점은 긍정할만 하다. 6장의 후반부에서는 외적 초점화를 통하여 주인공의 반항심리를 현실화하여 그의 당당한 강도행위가 성공적으로 끝나는 것을 보여줌으로써, 사회가 불안정한 원인이 가난한 사람들에게 있는 것이 아니라 일본 관청의 횡포에 있음을 다시 한번 시사해주고 있다.

　위의 작품들과 달리, 「해돋이」(1926.3)에서는 외적 초점화자가 긍정적 인물들인 주인공 만수와 그의 모친 김소사 그리고 만수의 동지인 경석을 각각 지속적으로 초점화하는 동시에 내적 초점화로의 빈번한 전환을 통하여 그들 모두를 내적 초점화자로 등장시키고 있다. 4만자 남짓한 분량으로 최서해 단편소설 중 제일 길다고 할 수 있는 이 작품은 도합 8장으로 이루어졌는데, 앞뒤 1, 2장과 7, 8장이 액자와 유사한 형식을 취하여 이 부분에서 외적 초점화자가 주인공 만수의 모친인 김소사를 중심으로 주로 그의 현재 상황과 행동을 순차적으로

8　金宇鍾, 「崔曙海 研究」, 李崇寧博士頌壽紀念事業委員會 編, 『李崇寧博士頌壽紀念論叢』, 乙酉文化社, 1968, p.166.

보여준 반면, 3~6장은 독립운동에 참여한 주인공 만수의 과거 경력을, 마지막은 만수의 친구인 경석의 과거 경력과 현재 행동을 제시하고 있다. 따라서 초점화의 2단계에 해당하는 내적 초점화를 놓고 볼 경우 앞부분과 뒷부분에서 만수 모친의 초점화자 역할이 강조되는 반면, 중간은 만수에 의한 내적 초점화가 이루어지며, 결말에서는 만수와 함께 독립운동을 하는 경석이 초점화자로 등장한다.

우선 1장과 2장을 살펴볼 경우, 외적 초점화와 내적 초점화를 통하여 1장에서는 김소사가 풍랑 속에서 요동하는 배를 타고 철부지 손녀를 안고 힘겹게 귀국하는 장면과 그의 처량한 마음을 보여주고, 2장에서는 6년만에 돌아온 고향 성진에서 배에 내릴 때의 광경과 그의 희비가 엇갈리는 복잡한 심사를 제시하고 있다. 단적으로 말해 그의 비애는 손녀에 대한 측은함과 아들 만수에 대한 애석함에서 기인하고 있다.

> 낯이 감실감실하게 탄 몽주는 싹싹 자고 있었다. 그 불그레한 입술을 스쳐 나드는 부드러운 숨결을 들을 때에 김소사의 가슴에는 귀엽고 아쉬운 감정이 물밀 듯이 일렁일렁하였다.　　　　　—「해돋이」에서(상권, p.194)

> 이전에는 어디를 가면 그의 아들 만수(萬洙)가 따라다니면서 배에서든지 차에서든지 "어머니 어머니" 하면서 봉양이 지극하였다. 그가 수질을 몹시 하지 않아도 뒷간으로 간다든지 삽판으로 바람 쏘이러 나가면 만수가 업고 다녔다. 바람이 자고 물결이나 고요한 때면 만수는 어머니가 적적해 하신다고 이야기도 하고 소설도 읽어드렸다. 그러던 아들 만수는 지금 곁에 없다.　　　　　—「해돋이」에서(상권, pp.195~196)

여기서 내적 초점화자의 역할을 하는 김소사의 눈에 손녀는 애틋한 사랑의 대상으로, 아들은 다정다감한 효자로 그려지고 있다. 그러나 자신의 불행한 처지로 인해 손녀에 대한 사랑을 다할 수 없을 뿐만 아니라 사랑스런 아들을 곁에 두고 극진한 효성을 받을 수 없는 것이 만수 모친의 한이다. 그러한 '한'을 품은 김소사이기 때문에 그립던 고향을 대하고도 멀리 철창에서 고생하는 아들 생각에 더욱 괴로워하고 아들을 앞세우고 금의환향하지 못한 것을 애달파할 수밖에 없다. 김소사는 전통적인 여성상으로 독립운동을 하는 만수를 잘 이해하지 못하고 거지꼴을 하고 간도에서 돌아온 것으로 인해 고향산천을 대하기도 무색해한다. 그러나 도적질이나 강도짓을 하다가 감옥에 갇힌 것이 아니라는 데서 위로를 받는데, 그가 어느 정도의 시대의식을 갖고 있음을 말해준다. 7, 8장에서는 고향에 돌아와 딸집에 기거하는 김소사의 "자취자취 추억의 슬픔이요 소리소리 모욕 같"(상권, p.218)은 삶에 초점이 맞추어지고 있다. 이처럼 전형적인 조선 어머니의 정한을 작품의 기조로 함으로써 만수의 심리상의 고통과 고난의 행적을 더욱 두드러지게 보여주는가하면 경석과 같은 독립운동가의 투쟁의지를 강렬하게 구현하고 있다.

3~6장은 외적 초점화에 의하여 회고적 방법으로 3·1운동에 참여하여 옥고를 치른 만수가 출옥 후 간도에 가서 독립군 활동을 하다가 체포되기까지의 전 과정을 드라마처럼 펼쳐보이면서, 3·1운동에 이어 해외 독립운동의 역사적 현실을 배경으로 하는 가운데 만수의 현실적인 저항의식을 함축적으로 보여주고 있다. 그는 3·1운동 후의 감옥생활에서 "문명한 법의 내막을 철저히 체험하고 불합리한 사회 역경에 든 사람들의 고통을 배가 저리도록 목격함으로써" 의분과 고통을 느끼고, 뜨거운 정열을 자유롭게 펼 수 있는 천지를 동경하게 되어 출옥한 후 간도에 가게 되며, 간도에서 독립단에 투신하여 활동하다가 체

포당하게 된다. 그런데 여기서는 만수의 독립단에서의 활동보다도 그와 김소사의 전후(前後)의 갈등이 많은 비중을 차지하고, 그들의 외면과 내면이 번갈아가며 제시되는 것을 볼 수 있다.

만수와 김소사의 갈등은 뿌리가 깊은 것으로, 김소사는 천년이고 만년이고 귀여운 아들을 곁에 두고 보고 잘 먹이고 잘 입히고 글방에 보내고 장가들이면 부모의 직책은 다할 줄로 믿었고, 만수는 공부 못 한 것이라든지 사랑 없는 장가든 것이 모두 어머니의 허물이거니 생각하면 어머니가 밉고 어머니를 영영 떠나 버리고 싶었다. 한편 만수는 "아니다. 그것은 어머니의 그름이 아니다. 재래의 인습과 제도가 우리 어머니를 그렇게 가르쳤다. 그 인습에 너무 젖은 우리 어머니는 나를 사랑하여서 잘 되라고 그렇게 하신 것이다"라고 생각하기도 하고, "나는 모든 불합리한 인습에 반항하려고 한다. 그러니까 하는 수 없이 어머니 사상에 반항한다. 그러나 어머니를 반항하는 것은 아니다"라고 속으로 부르짖기도 한다.(상권, p.201~202) 이렇게 어머니의 뜻에만 반항하고 혈연에 따른 근본적인 유대는 끊어버리지 않았던 그는 삼일운동 후 옥고를 치른 후 북간도로 혼자 가려고 하다가 자기 하나를 위하여 남에게 된소리 안된소리 듣고 진일 마른일 가리지 않고 고생한 어머니를 버리고 천애 타국으로 갈 일을 생각할 때면 그 가슴이 쓰려 어머니를 모시고 간다. 간도에서 독립단에 가입하여 활동하다가도 어머니를 생각하고 돌아오는가 하면 어머니의 말에 순종하여 재혼하기도 한다.

어머니 또한 아들에 대한 사랑으로부터 출발하여 만수를 이해하려는 노력을 보인다. 그는 만수가 조혼의 고배를 마시고 이혼한 후 천금 같은 자식이 그때에 심려로 낯빛이 해쓱하여 가는 것을 볼 때마다 자기의 고기를 찢더라도 자식의 마음을 거슬리지 않으리라 한다. 그리고 간도에서 재혼시킨 만수의 내외간에 희색이 없이 지내는 것을 보고 또 아들이 마음에 없는 결혼을 시킨 것을 후회하기도 하며 작품의 마지막에 가서는 아들의 친구가 차려준 환갑상을 받으면서 그들 내외가 정답게 지내는 것을 보고 아들의 혼인에 대해 간섭한 것을 뉘우친다. 이러한 만수 모자의 관계는 이 시기 소설의 한 특징으로 볼 수 있는 것으로 반봉건이라는 제도하에 절대적인 혈연관계까지도 파괴되는 양상을 도식적인 대립·해결구조로 처리하는 것에 대조되고 있다.[9] 물론 만수 모자의 갈등을 부각시킨 것은 당시 검열을 피하기 위한 방편일 수도 있지만, 봉건적인 사상과 반봉건적인 사상의 갈등뿐만 아니라 "혈연적인 애정과 이념적 신념사이의 갈등"[10]이라는 복합적인 문제를 드러내고 있어 주목된다. 그러나 이 작품에서 만수를 통해 주요하게 보여주고자 한 것은 전통적인 어머니상에 대한 부정보다도 어머니에 대한 혈연적인 애정을 바탕으로 하여 은연중에 심화시키고 있는 일제에 대한 적개심과 항일정신이라고 할 수 있다. 그것은 만수가 어머니 생각에 귀가하여 개명하고 교편을 잡고 있던 중 변절자의 밀고로 체포되는 장면에서 내적 초점화를 통해 일제의 앞잡이에 대한 분노와 가족에 대한 가슴 아픈 애정을 교차시키며 보여주는 것에서 확인할 수 있다.

"만수 어서 나서거라. 이제야 독안에 든 쥐지……. 허허……."

밖에서 지르는 소리는 확실히 낯익은 소리다. 만수는 뜻밖이라는 듯이

---

9 임규찬, 「최서해의 「해돋이」와 신경향파 소설 평가문제」, 『문학사와 비평적 쟁점』, 태학사, 2001, p.169.

10 민현기, 「1920~30년대 독립 투쟁의 문학적 형상화와 작가 의식」, 『한국 근대 소설과 민족 현실』, 문학과 지성사, 1989, p.116.

눈을 굴렸다. 그 소리에는 조롱의 여운이 너무도 흐른다.

(중략)

"흥 한때 푸르던 세력이 어디를 갔니?"

한 자는 콧등을 쭝긋하면서 만수의 두 팔에 포승을 천천히 지인다. 그 목소리는 아까 밖에서 비웃던 소리다. 만수는 그 자를 쳐다보았다.

—「해돋이」에서(상권, pp.212~213)

이때 정주에서 들어오다가 거꾸러진 김 소사는 일어나면서,

"나리님 그저 살려 주시요! 어구! 어구!"

하고 끽끽 운다. 애원의 빛이 흐르는 김 소사의 낯은 원숭이의 낯 같이 비열하였다. 그것을 본 만수는 쓰라린 중에도 민망하였다.

—「해돋이」에서(상권, p.213)

위의 인용문은 만수가 체포되는 장면으로, 만수는 적들의 총칼을 마주한 위급한 상황에서도 태연하게 자기를 밀고한 변절자의 몰골을 확인하는가하면 어머니의 절망적인 모습에 오장이 끊어지는 듯한 아픔을 느낀다. 부언하자면, 그는 처음에는 공포의 전율을 느끼면서 문을 박차고 나가려 하다가 어머니와 처자의 안위를 생각하고 자신의 심경을 억누르며 순순히 체포되며, 나중에는 어머니에게 원수 앞에서 굴하지 말 것을 권고하면서 당당한 태도로 붙잡혀간다. 6장의 마지막에 외적 초점화를 통하여 만수의 집이 일제에 의해 불타버리는 장면과 7장의 전반부에 며느리까지 떠나버리자 김소사가 어린 손녀를 데리고 귀국하는 과정이 제시되는데, 이로써 김소사의 비극성이 고조되어 있다.

8장의 뒷부분에서는 외적 초점화자가 초점을 바꾸어 경석의 내력을 요약적으로 제시하는 것으로 만수와 비교되는 그의 이미지를 그려주

고 있다. 경석은 처자도 부모도 집도 직업도 없는 청년으로, 말하자면 명실상부한 무산계급이다. 학식과 인격이 비범한 그는 만세를 부르다가 감옥에 들어가고 출옥한 후로 사회주의자로서 다방면으로 활동한다. 당국의 검은 손이 그의 뒤를 쫓아다니는 위험이 수시로 따르지만 그는 감옥에 가면 공부하고 나오면 또 주의 선전한다는 투의 떳떳한 기개를 보인다. 경석의 형상이 지니는 의의는 만수의 낭만적 민족주의를 극복하고 철저한 현실 인식 아래서 항일 투쟁을 하는 인물로 그려져 있다는 데 있다.[11] 만수 어머니에 대한 그의 동정도 혈연적인 관계를 벗어나서 동류애 내지 민족애로 승화하는데, 이는 그가 내적 초점화자로 전환하여 환갑날에 만수 친구가 차린 떡국상을 받고 황송해하는 김소사의 모습을 측은하게 바라보면서 감옥에 갇힌 만수와 만수 어머니의 처지를 슬퍼하는 한편 만수 어머니를 헐벗고 굶주리는 수많은 생령 중의 한 사람이라고 생각하는 데서 잘 나타나고 있다. 이 작품은 마지막에 외적 초점화를 통하여 한천철교에 이르러 석양빛 속에 '조선의 해돋이'를 바라보면서 눈물을 흘리는 경석의 모습을 제시하는 것으로, 민족 독립 투쟁을 형상화하려는 일관된 의도를 보여주고 있다. 경석은 작품에 몇 번 등장하지 않지만, 그의 모습은 "작가의 미래 지향적 신념(조국해방을 위한 열정)을 감동적으로 드러내는 중요한 부분이 되고 있다"[12]는 데 의의가 있다.

요컨대 이 작품은 외적 초점화자의 역할에 따라 단편소설이라는 제한된 분량 속에 6년이란 긴 시간과 국내와 간도를 아우르는 폭넓은 공간, 그리고 국내의 3·1운동으로부터 간도의 독립운동이라는 거창한 역사적 사실을 비교적 잘 짜여진 구성에 담아 제시하는 데 성공하고

---

11 위의 논문, p.121.
12 위의 논문, p.122.

있다. 그리고 만수, 김소사와 경석 등 인물을 내적 초점화자로 등장시켜 진실하고 생생한 인물을 창조함으로써 민중의 정서와 생활을 바탕으로 하여 항일 의식을 교묘하게 고양시키고 일관된 민족 독립의 의지를 시사했다는 점에서 작품의 미학적 가치를 높이 평가할 수 있을 것이다.

이상으로 「박돌(朴乭)의 죽음」(1925.5), 「큰물진 뒤」(1925.12), 「해돋이」(1926.3)의 외적 초점화자의 역할을 살펴본 결과, 이 세 작품에서 외적 초점화자는 주인공을 주된 초점화 대상이나 내적 초점화자로 삼으면서도 주인공이 부재하는 장면을 제시할 경우에는 주인공과 대립되는 위치에 있는 인물이나 주인공 주변의 인물을 지속적인 초점화 대상 또는 내적 초점화자로 내세움으로써 다양한 인물들을 통해 복잡한 사회적인 배경을 제시하고 주인공의 개성을 뚜렷하게 형상화하는 것을 볼 수 있었다. 「박돌(朴乭)의 죽음」과 「큰물진 뒤」에서는 외적 초점화를 통하여 부정적인 인물의 대화 장면이나 생활 태도를 별도로 제시하는 것으로 그들의 추악한 면모를 보여주고, 아울러 주인공의 불행한 사건을 통한 부자의 비도덕성과 사회의 부조리에 대한 분노를 보여줌으로써 극단적인 행위를 정당화하거나 미화하고 있다. 이 두 작품의 부정적인 인물들은 「홍염(紅焰)」에서처럼 주인공의 가족에 대한 직접적인 가해자가 아니지만 주인공의 살인이나 강도 행위의 목표 대상으로 되고 있는데, 이를 통하여 잠재된 사회의 문제를 보여주고 있다. 그리고 「해돋이」에서는 외적 초점화자가 주인공과 그의 모친이나 친구를 지속적으로 초점화하는 것으로 그들의 각이한 체험에 따라 폭넓은 사회적인 배경을 제시하는 동시에 그들 상호간의 비교 또는 갈등 속에서 상이한 인물의 성격을 생생하게 보여주고 있다. 특히 내적 초점화로의 전환을 통하여 신구 사상의 갈등뿐만 아니라 혈연적인 애정과 이념적 신념 사이의 갈등을 겪는 주인공의 내면을 실감있게 보여주는 것으로 진보적인 사상을 지향하고 항일정신을 고양시키고 있는 것이 주목된다.

(2) 인물의 다양한 관계의 제시와 성격의 선명성

최서해의 『호외시대(號外時代)』(1930.9~1931.8)는 장편이라는 방대한 분량에도 불구하고 외적 초점화자에 의하여 스토리가 간략하게 전개되고 있으며 지속적으로 초점화되는 인물은 네 명뿐이다. 즉 갑부 홍재훈의 파산과 그의 몰락에 대해 복구하고자 하는 양두환, 홍찬형, 이정애 등 젊은이들의 헌신적인 노력을 중심으로 사건이 제시되고 있다. 그런데 이 인물들은 각각 기업가와 은행원 또는 교사로서 단편소설에서는 보기 힘든, 복잡한 경력이나 신분을 보여주는 인물구성을 취하고 있을 뿐만 아니라 그들의 관계가 계급적 대립이라는 도식적인 구조에서 벗어나 수혜와 보은 또는 애정 관계로 얽혀있는 것이 주목된다.

총 20장으로 되어 있는 이 작품에서 외적 초점화자의 기능이 효과적으로 발휘되는 것을 볼 수 있다. 11~16장까지 주인공 양두환의 은행 사기사건의 시말을 중심으로 하여, 앞부분은 삼성은행 대구지점에서 근무하는 양두환이 상경하여 의부인 홍재훈의 집안이 몰락한 것을 목도하는 것으로 홍재훈의 은혜를 입은 양두환의 사기사건의 배경을 보여주고, 뒷부분은 양두환의 범행의 결과로 홍재훈의 아들 홍찬형이 대신 자수하여 감옥에 들어가 고생하다가 병들어 죽고 홍재훈도 그 타격으로 쓰러지고 홍찬형과 함께 야학교를 꾸리던 이정애는 홍재훈의 학교를 재건시킬 목적으로 부자의 첩으로 들어가는 것을 비롯하여 양두환이 사기사건 후 홍찬형의 뒤를 이어 야학교를 꾸리면서 홍재훈 일가를 위해 헌신하는 활동상을 보여주고 있다. 양두환의 범행을 전면에 내세운 이러한 구성은 외견상 신문연재소설의 속성을 벗어나지 못하는 통속적인 구성을 보이지만, 당대의 식민지 사회를 총체적으로 반영할 수 있는 배경 제시와 그에 따르는 인물구성, 그리고 암울하고 부패한 현실에 대하여 적극적으로 대응하는 인물들의 진지한 삶의 태도를 보여줌으로써 작품의 미학적인 가치를 살려내고 있다. 이러한 의미에서 아래에 외적 초점화자에 의하여 지속적으로 초점화되는 인물들을 중심으로 살펴봄으로써 작품에 대한 심도 깊은 분석을 해보고자 한다.

우선 3장과 5장에서 제시된 양두환의 은행 사기사건의 동기를 제공해주는 인물인 홍재훈의 내력을 살펴보면, 그는 사생아로 태어난지 한달도 안되어 고아가 되었다가 홍씨성을 가진 농부의 손에 길러지고, 그들도 죽자 십오 세 때에 혈혈단신이 되어 온갖 고생을 겪는다. 그 후 구한말의 세도가이던 이대감집에 구종(驅從)으로 들어가 일하면서 진실하고 부지런히 일하고, 화재로 인해 목숨을 잃을 뻔 했던 그 집 며느리를 구해낸 덕에 백석 추수의 논과 집 한 채를 얻어 장가들게 된다. 그는 37세의 중년 나이에 구종이라는 굴레를 벗어나 속량된 후에도 인력거채를 놓지 않고 15년 동안 꾸준하게 돈을 벌며, 52세에 반도인쇄사를 세워 당대 굴지의 큰 기업으로 키우는 한편 사립보통학교까지 경영하여 가난한 집안의 학생들은 월사금을 내지 않고 교육을 받도록 한다. 그리하여 그는 인망이 높은 사장이자 교주로 승격되었지만 자신의 과거를 잊지 않고 언제나 가난한 사람들을 발벗고 도와 나선다. 그러던 중 어느 신문사를 위해 거액의 돈을 돌려 넣었다가 그 신문사의 경영이 어려워지는 바람에 사업에서 치명적인 타격을 받게 되며,

엎친 데 덮친 격으로 그 무렵 밀어닥친 외래자본과 공황의 여파로 파산의 운명에 처하게 되고 그 바람에 학교도 폐교하게 된다.

이처럼 구한말로부터 식민지 사회에 이르는 긴 기간을 걸치면서 펼쳐보인 홍재훈의 내력은 한국 사회의 거창한 역사적 흐름을 배경으로 민족 자본의 부침 과정을 사실적으로 보여주고 있다는 데 큰 의미가 있다. 그가 노비나 다름없는 신분으로 부를 축적할 수 있은 것이 당시 사회가 신분사회에서 경제사회로 전환되었기 때문이며[13] 그의 사업의 성공은 근대적 인쇄술의 도입과 독서층의 증가에 따른 당시 인쇄업의 흥성에 힘입고 있기 때문이다.[14] 그리고 그 후의 사업의 실패는 식민지 통치로 인한 조선 민족경제의 몰락을 암시해주는 것이기도 하다.

황금의 녹슬은 바람이 바다를 건너 하루 이틀 서울을 불어들자 서울에는 기계 소리가 더욱 높아지고 검은 연기가 더욱 퍼졌다.

큰 기계가 소리를 내는 때마다 작은 기계들은 쥐죽은 듯이 고요하였고 큰 굴뚝이 연기를 뿜는 때마다 작은 굴뚝들은 숨도 못 쉬었다. 그처럼 여러 작은 기계의 소리를 큰 기계가 대신 내게 되고 여러 작은 굴뚝의 연기를 큰 굴뚝이 대신 뿜어내게 된 뒤로 골목골목에서 팔딱팔딱 뛰던 작은 공장의 생명은 그림자를 감추지 않을 수 없었다. 그림자를 감추지 않고 그저 남아 있다면 그 생명은 삼기가 지난 폐병 환자의 생명이다. 그른 줄을 번연히 알면서도 차마 제 손으로 끊을 수 없어서 오늘 내일 하고 끊치기를 기다리는 생명이다.

그 바람은 그처럼 공장에만 미친 것이 아니었다. 방방곡곡 사업이란

---

13 林鍾國, 『韓國文學의 社會史』, 正音社, 1974, p.60.
14 김홍규, 『한국문학의 이해』, 민음사, 1986, pp.193~195 참조.

사업에는 다 미치게 되었으니 서울 한복판에 끼인 반도인쇄사에는 어디
보담도 먼저 미치게 되었다.

반도인쇄사는 원체 근거가 있었고 규모가 째이었으므로 동취서대로
겨우 꾸려가던 공장들처럼 얼른 흔들리지는 않았다. 그러나 독불장군격
으로 사업이란 혼자 할 수는 없는 것이다. 거래하던 상대자가 나날이 쓰
러져가고 몇 갑절 되는 힘이 시시로 머리를 내려 누르게 되니 홍재훈의
사업도 누런 잎 지는 가을 바람을 쏘이지 않을 수 없었다.

―『호외시대(號外時代)』에서(p.110)

위의 인용문에서는 "황금의 녹슬은 바람", "큰 기계", "작은 굴뚝" 등
은유를 동원한 우회적인 방법으로 일본 자본의 침투로 국내 중소기업
의 파산이 속출한 시대적인 상황을 교묘하게 제시하고 있다. 다시 말
해 그 당시 제1차 세계 대전 중 전시 초과 이윤으로 비대해진 일본 자
본주의는 1920년 회사령(會社令) 철폐로 일본 자본의 일부를 한반도
(韓半島)에 산업 자본으로 끌어들임으로써 공업화를 촉진시켰다.[15] 그
리하여 일제의 강압과 통제로 더 이상 개인의 의지나 능력이 허용되
지 않는 시대, 일본 자본주의의 간섭하에 국내 자본시장이 재편성되
는 시대가 시작된 셈이다.[16] 이러한 시대적 상황에서 홍재훈의 민족
자본이 원체 근거가 있었고 규모가 째이었다 하더라도 독불장군격으
로 실패할 수 밖에 없었다. 이로써 당대 식민지 상황에 대해 "올바른
진단"[17]을 내린 이 작품의 시대적 인식의 투철성을 볼 수 있다.

---

15 尹弘老, 『韓國近代小說硏究』, 一潮閣, 1982, p.216.

16 郭根, 「식민지 상황의 올바른 진단―최서해의 『호외시대』론」, 『作家硏究』 第1
號, 1996.4, p.176.

17 위의 논문.

다음으로, 홍재훈을 친아버지처럼 여기는 양두환은 일찍 고아가 되어 소학교밖에 나오지 못한 젊은이로서 홍재훈의 사업이 황금기에 있을 때 그의 뒷바라지 덕분에 상업학교를 마치고 조선에서 몇 손가락 안에 꼽는 삼성은행 대구지점에 취직한 경력을 갖고 있다. 홍재훈의 몰락에 직면하여 복구대책을 강구하다가 은행 사기사건을 획책한 그는 간난신고를 겪으며 거액의 돈을 횡령해 가지고 서울로 오나, 뜻밖에 홍재훈의 집이 화재에 휩싸이는 바람에 그 돈은 잿더미로 변하고 만다. 여기서 계획적인 은행 사기사건과 우연적인 화재사건은 이 작품의 통속성으로 지적되는 부분이기도 하지만, 단순히 독자의 흥미를 끌기 위한 것이 아니라 작품의 주제의식을 효과적으로 표출하기 위하여 마련된 소설적 장치로 보는 것이 더 합당하다.

은행 사기사건은 양두환의 불굴의 의지와 그의 인내심을 부각시키고 있을 뿐만 아니라,[18] 최서해의 단편소설에 나타난 살인·방화·테러 등과 마찬가지로 현실의 환멸스러움과 부정성에 대한 저항과 극복의 방안으로 비춰지고 있기 때문이다.[19] 그리고 이는 화재사건과 양두환의 사기 사건으로 말미암은 일련의 불행한 사건을 제시하는 것으

---

18 金昌植, 「1930년대 한국 신문소설의 특성과 그 존재의미에 관한 일연구―최서해의 『호외시대』를 중심으로」, 『國語國文學』 제32집, 1995.12, p.195.

19 한수영은, 서해는 그의 초기소설에서 흔히 발견할 수 있는 '즉자적 저항과 주정적 분노의 과잉'에서 비롯된 파괴·폭로·살상·방화 따위를 『호외시대(號外時代)』에 이르러 현실의 환멸스러움과 부정성에 대한 새로운 저항과 극복의 방안으로서 '인간품성의 고유한 미덕과 이타주의'로 자리바꿈하게 되는 독특한 변모과정을 보여주었으며, 이 둘은 객관적 현실에 대한객관현실에 대한 주관적 대응이라는 점에서 결국 뿌리가 같은 두 개의 가지라고 할 수 있다고 보았는데, 본 연구에서는 은행 사기사건을 전기(前期) 소설의 연장선에서 있는 객관현실에 대한 주관적인 대응으로 보고자 한다. 한수영, 「돈의 철학, 혹은 화폐의 물신성(物神性)을 넘어서기: 최서해의 『호외시대』론」, 한국문학연구회 편, 『1930년대 문학 연구』, 평민사, 1993, p.136.

로서 저항방법의 부당함과 부정한 현실에 대한 투쟁의 간고함을 암시하고 있다는 데 더 큰 의의가 있다. 그리고 양두환이 반도인쇄소에 오기 전에 어떤 사상단체의 회원이 되기도 하고 학생·직공·실직자들의 조직체인 삼우회(三友會)의 회원으로 노동문제에 관여하기도 하였다는 점과 은행 사기사건의 혐의로 류원철을 비롯한 일련의 사상단체 사람들이 체포되는 것은 프로 진영의 사람들이 극단적 행위에 익숙하다는 사실과 그러한 행위의 부당함을 재삼 암시하는 것으로 나타나고 있다.

따라서 양두환은 홍찬형이 그 대신 옥살이를 하게 된 후 야학에 나가 강의하기 시작하여 점차 그 일에 열중하고 홍재훈이 죽은 다음에는 집안의 유일한 경제 내원으로 되는 구멍가게까지 돌보게 되는데, 이로써 이 작품에서 제시하고자 하는 시대정신과 민족의식을 엿볼 수 있다. 즉 그 당시 야학은 민족의식이 강한 사람들이 꾸리는 비정규직 교육기관으로 주로 민간단체나 학생 등 근로 청소년이나 정규 교육을 받지 못한 성인을 대상으로 운영되었고, 민족 실력양성운동 또는 애국계몽운동의 취지로 설립되었다.[20] 그리고 10년대 준비론의 연장선상에 놓여 있는 부르주아 민족운동이 실력양성의 차원에서 주력한 것은 민족경제와 교육의 문제라고 할 때,[21] 민족경제의 번창과 교육 사업을 위하여 헌신한 홍재훈과 홍찬형의 뒤를 이은 양두환은 특수한 사명을 지닌 인물이라고 할 수 있다.

양두환과 달리 홍재훈의 외아들인 홍찬형은 처음에 부잣집 자식의

---

20 정신문화연구원 편, 『한국민족문화대백과사전』 제14권, 1991, pp.632~633(郭根, 앞의 논문, p.188에서 재인용).

21 한점돌, 「한국 신경향소설 연구—최서해 소설의 변모과정과 그 내적 논리를 중심으로」, 문학사와 비평 연구회 편, 『한국 근대문학 연구의 반성과 새로운 모색』, 새미, 1997, p.102.

행세를 하면서 자라난 탓에 일본 유학까지 다녀왔지만 하는 일 없이 허송세월하며 술과 여색에 빠진 불미한 경력을 갖고 있다. 그러던 중 그가 어느 날 술에 취해 유부녀를 희롱하다가 그집 사람들한테 쫓겨 나와 집으로 도피하고 그 대신 양두환이 자청하여 뭇매를 맞은 일을 계기로 새로운 출발을 하게 된다. 그리하여 그는 "홍재훈―양두환으로 이어지는 '빈자를 위한 삶'이라는 신념의 대열에 적극적으로 뛰어들어"[22] 부친이 운영하는 사립학교의 교사로 근무하게 되고 그 학교가 폐교되자 애인 이정애와 함께 어떤 부자의 별장 한 칸을 얻어가지고 야학생들을 가르친다. 동시에 양두환과는 절친한 친구이자 뜻이 맞는 동지가 되어 나중에 '대리수형'의 길을 걷다가 병을 얻어 죽게 된다. 홍찬형의 거짓 자수와 감옥행은 현실성이 약한 부분이지만 그것은 그의 죽음이라는 비극적인 결과를 통해 비정한 현실의 논리에 대응하는 희생 정신을 보여주고 있다.

한편 홍찬형과 함께 학생들을 가르치면서 그를 사랑한 이정애는 홍찬형의 가족과 사업을 물질적으로 돕기 위하여 사사로운 애정을 포기하고 소위 '재산가'와 마음에도 없는 결혼을 하게 된다. 그런데 '첩' 살림인 줄도 모르고 이루어진 그의 결혼이 이정자와 같은 부정적인 인물의 꼬임에 의한 것이라는 데서, 그의 남편 또한 빈 껍데기밖에 없는 '부자'라는 것이 밝혀짐에 따라 그 자신뿐만 아니라 작품의 전반적인 비극성이 한층 고조되는 것을 볼 수 있다. 그리고 타락한 신여성들과 똑같은 방법으로 냉엄한 현실에 대응하려다가 좌절한 그의 행동은 양두환의 은행 사기사건과 마찬가지로 부당한 방법임을 암시해주고 있다.

위의 인물들의 공통점은 '돈' 때문에 불행한 처지에 놓이는 것에 있

---

22 曹南鉉, 「최서해의 「호외시대」, 그 갈등구조」, 『韓國文學』, 第15卷 第5號, 1987. 5, p.373.

다. 그러나 그들의 불행은 '돈'에 대한 탐욕에서 비롯된 것이 아니라 가난한 사람들을 위한 의의 있는 사업을 위하여 '돈'을 추구한 데서 빚어진 것이다. 외적 초점화자는 그들의 불행을 통하여 돈의 '부정적인 기능'을 확대하여 보여줌으로써 자본의 논리에 따라 움직이는 식민지 현실의 모순을 폭로하는 동시에 돈의 '긍정적인 기능'을 회복하기 위한 그들의 헌신적인 노력을 미화하고자 하는 목적에 도달하고 있다.[23] 이러한 돈의 '긍정적 기능'과 '부정적 기능'에 대한 인식은 주인공 양두환에 의한 내적 초점화에서 더욱 분명하게 나타나고 있다.

'돈! 황금!'

그 힘은 너무도 크다. 이 세상에는 그 힘에서 더한 힘이 없다. 그 힘 앞에는 인정도 없고 의리도 없고 신앙도 없고 정조도 없다. 사람이 부리려고 사람이 만들어놓은 그 힘―돈의 힘―은 도리어 사람을 부리게 되었다. 사람이 나서 돈을 만든 것이 아니라 돈이 나서 사람을 낳든 것 같이 되었다.

그럼으로 오늘의 인간 세상에서는 그 힘을 부려 되지 않을 것이 없다. 숙명적이라고 믿었던 인간의 생명도 그 힘으로써 물릴 수 있는 것이다. (중략)

그는 어둠 속에서 두 주먹을 부르쥐었다. 철벽 같은 껌언 금고(金庫)가 떠오르는 줄 모르게 떠와서 그의 눈앞을 가렸다. (중략)

그는 또 한번 금고문을 힘껏 두드렸다. 그러나 철벽 같은 그 문이 두환의 새발 같은 주먹에 움씰할 리 없었다. 힘으로 열 수 없는 그 굳은 문은

---

23 이러한 의미에서 『호외시대(號外時代)』가 "돈의 부정적인 구실과 긍정적인 구실을 함께 문제 삼으려 했다"고 한 조동일의 평가는 타당한 것이라고 본다. 조동일, 『한국문학통사』 5, 지식산업사, 1994, p.150.

정의로써도 열 수 없거니와 인정으로써도 또한 열 수 없었다. 그러나 지금 두환은 그 문을 열려고 하였다. 열지 않고는 견딜 수 없었다. 열어야만 어깨가 축 처진 홍재훈의 그림자가 스러지고 여러 직공들의 창백한 얼굴이 스러질 것이다. 그 그림자는 남의 그림자가 아니라 즉 그 자신의 그림자였다.

—『호외시대(號外時代)』에서(pp.130~131)

위의 인용문은 제 5장에서 양두환이 상경하여 홍재훈의 파산을 목격하고 잠 못 이루면서 생각하는 장면으로, 은행 사기사건을 결심하게 된 동기를 잘 보여주고 있다. 그에 따르면, 돈은 인간이 유용하게 쓰려고 만들어 낸 것으로 워낙 긍정적인 기능을 갖고 있지만 오늘날에 도리어 인간의 생명까지도 좌지우지하는 부정적 기능만이 크게 발휘되고 있다. 홍재훈의 사업의 실패도 바로 돈의 부정적인 기능에 의한 것이므로 홍재훈의 사업을 복구하는 것은 돈의 훼손된 가치를 되찾기 위한 것이다.

그런데 눈앞의 현실에서 돈은 정의나 인정으로도 바꿀 수 없기에 비상 수단을 쓸 수밖에 없다. 양두환이 불법 행위를 저지르면서 죄의식을 느끼지 않는 것은 바로 돈에 대한 이러한 인식에서 비롯된 것이며, 외적 초점화를 통하여 양두환을 긍정적인 인물로 내세우면서 그의 은행 사기사건을 스토리의 중심에 당당하게 배치할 수 있은 것도 바로 이러한 이유에서이다.

이 작품의 내적 초점화자가 되는 인물들은 돈의 양면적인 기능에 대하여 공통된인식을 지니고 있는데, 그것은 양두환의 은행 사기사건을 고상한 행위로 보고 대리자수를 결심하는 홍찬형의 모습과 그러한 아들의 행동을 지지하는 홍재훈의 태도에서, 그리고 양두환과 같은 목적으로 '돈'을 위하여 '부자'의 첩으로 들어가는 이정애의 행적에서 찾아볼 수 있다. 이들이 추구하는 돈의 긍정적 가치는 모두 홍재훈의 사업과 연결되어 있고 홍재훈과 그의 사업에 특수한 의미를 부여하고 있다. 이에 대해서는 다음의 인용문에서 주인공 양두환을 중심으로 한 내적 초점화의 전개 양상을 통해 살펴보고자 한다.

> 두환의 눈앞에는 경애 아버지가 떠올랐다. 보기 좋게 흩날리는 수염의 주인공은 무거운 검은 구름에 싸여 갈 바를 모르고 헤맨다. 그는 그 그림자를 자시 보지 않으려고 머리를 흔들었다. 그러나 수색이 만면한 그 그림자는 너무도 분명히 보였다. 눈·코·입·수염, 깨끗한 몸집—이렇게 떠오르던 그 그림자는 커다란 기둥으로 변하여 보였다. 그 기둥은 쓰러졌다. 그 기둥 하나가 쓰러짐을 따라 온 집까지 쓰러졌다. 서까래는 부서지고 기왓장은 부스러졌다. 그 서까래와 그 기왓장의 운명은 두환 자신의 운명과 다를 것 없이 느껴졌다. 그는 그로도 알 수 없는 무엇에 찍혀 눌리는 것 같았다.
>
> —『호외시대(號外時代)』에서(p.36)

> '일만 사람의 가난은 한 사람의 부자를 의미하는 것이다…… 그러나 우리의 현상은 반드시 그렇지도 않으니 한 사업가의 실패는 수백 명의 실직을 의미하게 된다! 홍재훈의 사업은 더구나 그렇다!'
>
> —『호외시대(號外時代)』에서(p.127)

위의 인용문은 작품의 앞부분에 해당하는 2장과 5장의 일부로, 양두환의 눈에 홍재훈은 대가정의 큰 기둥이고 그 기둥이 쓰러지면 온 집안이 쓰러지는 것으로 보이며, 그는 홍재훈의 사업의 실패는 수백 명의 실직을 의미한다고 여긴다. 말하자면 양두환의 시각을 통하여 민족적 부르주아인 홍재훈은 단순한 한 가정의 아버지가 아니라 민족

공동체의 아버지로 그 의미가 확대되고 있다. 따라서 양두환이 은행 사기사건을 벌이면서 동기는 단순히 홍재훈의 은혜에 보답하기 위한 것이 아니라 공동체의 위기를 막기 위한 행동으로 보아야 할 것이다. 이는 은행 사기사건을 추진하면서 외로움을 느끼다가 홍재훈의 아들 홍찬형을 떠올리는 데서도 잘 나타난다.

그러나 자기의 말이라면 무조건 옳다고 생각하며 자기가 원하는 일이면 무조건적으로 따르는 홍찬형에 대하여 과단성이 적고 줏대가 약하다고 생각하여 그의 행동에 동참시키지 않는다. 이를 통하여 양두환이 나중에 홍찬형의 거짓자수를 끝까지 제지시키지 않고 홍찬형 대신 야학을 꾸려나가게 된 원인이 해명된다. 이는 홍찬형이 그 대신 감옥으로 가는 원인과 일치하는 것으로, 홍찬형은 자신을 새 사람으로 되게 한 양두환의 은혜에 보답하기 위한 것보다도 야학교와 아버지의 사업이 양두환을 더 필요로 한다는 데서 그렇게 한 것이다. 뿐만 아니라 이 작품에서 배경처럼 존재하는 인물인 홍재훈에 의해서도 처음부터 양두환은 시대의 젊은애들과는 딴판으로 정직하고 품위 있는 사람으로 인정되며, 홍재훈은 양두환에게 자신이 운영하는 반도인쇄사와 사립보통학교를 맡길 타산을 하는데, 이를 통하여 이 작품은 양두환을 당대 사회의 바람직한 인간상으로 내세우고 있음을 알 수 있다.

이 밖에 홍찬형의 주된 초점화 대상은 신여성인 이정애로서, 구식 여성인 아내한테 불만을 느끼는 홍찬형은 자기한테 사랑의 마음을 간직하고 있을 뿐만 아니라 야학교에 심혈을 기울이는 이정애를 비할 데 없이 아름다운 여성으로 보고 사랑한다. 이로써 홍찬형은 애정에 민감한 인물임을 짐작할 수 있는데, 그의 애정과 사업을 둘러싼 내심의 갈등을 통하여 인간다운 면모를 찾아볼 수 있다. 바로 그러한 홍찬형이 결국은 친구와의 사업을 위하여 희생한다는 것에서 이 인물의 덕목이 더욱 돋보이는 것이다.

그리고 이정애에 의해 초점화 대상이 되는 인물은 홍찬형과 양두환 뿐만 아니라 그가 정조를 잃고 결혼하도록 꾀인 부정적인 인물들인 옛 스승 김정자와 호색한인 그의 남편이다. 이정애의 눈에 양두환은 미덥고 부드러우면서도 엄연한 부모나 선배와 같은 존재이고 홍찬형 은 이성으로 가까운 정신적인 남편이며, 실제상의 남편이나 스승 김 정자는 혐오의 대상이다. 그러한 그가 존경하거나 사랑하는 사람의 사업을 위하여 할 수 있는 것이란 몸과 마음을 나누는 길뿐이었다. 말 하자면 사업을 위하여 홍찬형이 목숨을 바쳤다면 이정애는 자기 자신 을 희생한 것이다.

이러한 내적 초점화를 통하여 민족적 부르주아인 홍재훈은 단순한 대가정의 아버지가 아니라 민족 공동체의 아버지로서의 이미지가 확 대되고 있음을 볼 수 있다. 그리고 가족애 내지 민족애로 뭉친 젊은 세대들이 민족 공동체의 위기에 직면하여 그 위기를 막고 그것을 복 원하는 공동의 사업을 위하여 생명도 애정도 희생하면서 필사적으로 노력하려는 정신 세계를 보여주고 있다. 따라서 젊은이들의 희생정신 은 민족애와 이어지는 것으로, 이 작품의 궁극적인 주제는 민족의 독 립이라고 할 수 있다.

이 작품에서 또 한 가지 주목되는 것은 작품의 중반부터 등장한 류 숙경으로, 그는 동경과 빠리 등에 유학을 갖다온 여류화가이다. 양두 환의 눈에 병적으로 보이면서도 빛나는 눈빛을 가진 매력 있는 여자 였고, 그에게 "누이"나 "아내" 와 같은 존재이자 마음이 통하는 "지기" 였다. 지성과 도덕성을 겸비하고 동지애와 인간애를 한 몸에 지닌 그 는 마지막까지 양두환을 물심양면으로 도와주었다. 유부녀인 류숙경 은 양두환에 의하여 일방적으로 초점화되는 현실성이 약한 인물로 되지만, 이전 작품에서는 볼 수 없는 진일보한 여성상이라는 점으로부터 최서해의 신여성에 대한 탐구의 개연성에 기대를 걸어볼 수 있게 한다.

이와 같이 외적 초점화자는 일련의 사건과 인물을 상호 의미있는 연관 속에 배치하여 인물의 비극적인 상황에 대한 대응방법의 모색과정을 역동적으로 보여주고 2단계의 초점화로 되는 내적 초점화를 통해 인물들간의 상호 관계를 다층적으로 의미화하고 그들의 행동 의미나 방향을 구체화하면서 민족 독립의 주제를 암시하고 있다. 비록 제시되는 사건이 다소 통속적이고 인물이 지나치게 이상화되어 있지만, '돈'이라는 문학적 장치를 활용하여 돈의 부정적 기능과 긍정적 기능을 과시함으로써 인물의 비극성을 강화하는 것으로 통속성의 한계를 극복하고 있다. 아울러 식민지 사회의 모순과 병폐를 총체적으로 제시하고 인물의 희생정신을 제창하는 것으로 민족 독립의 의지를 상징적으로 보여줌으로써 소설의 미학적 가치를 한층 제고하고 있다.

 2. 내적 초점화에 의한 리얼리티의 심화

1) 고정 초점화에 의한 직접 경험의 부각

(1) 인물의 시각을 통한 상황의 집약적 제시

최서해 소설은 주로 한 인물을 고정적인 초점화자로 삼는 경향이 강하다. 이는 비교적 용이하게 파악할 수 있는 초점화의 방법이 되는데, 이러한 작품들을 볼 때 최서해는 한 명의 인물을 통하여 특정한 상황이나 사건을 보여주는 것으로 현실을 반영하고 그러한 현실을 극복하려는 의지가 강하다고 볼 수 있다.

이 유형의 작품으로는 '1인칭 소설'과 '3인칭 소설'이 대부분으로, 최서해는 이 작품들을 통하여 현실을 보여줌에 있어서 그의 직·간접체험을 바탕으로 한 삶의 대응방식을 보여주는 데 주력한 특징이 있으며, 그 삶의 대응방식은 우선 고정적인 초점화에 의하여 인물이 처한 "상황을 집약적으로 보여줌으로써 그 상황 속에 담겨 있는 현실의 모습들이 생생하게 전달되"[24]는 것으로 실현되고 있다.

최서해의 처녀작 「토혈(吐血)」(1925.1~2)을 놓고 볼 경우, 전반부에 주인공 '나'에 의한 내적 초점화를 통하여 병으로 죽어가는 아내를 두고 어쩔 줄을 몰라하는 식구들의 안타까운 정경을 제시하고 있다. 풍증이 일어 사지가 온통 뒤틀리고 줄어드는 아내의 팔을 주무르면서 '나'는 아내가 이제는 죽는다고 속으로 부르짖는데, 어머니는 곁에서

---

24 金東煥, 「근대 초기 소설의 현실 묘사 양상과 그 미학적 근거」, 『漢陽語文硏究』 제13집, 1995.12. p.396.

아내의 다리를 주무르면서 흐느껴 울고, 철없는 딸애 몽주는 젖을 먹으려고 어머니의 가슴에 기어오른다. 작품의 마지막에는 반대로 저녁 먹을 쌀을 얻으러 나갔다가 중국인 개한테 물려 인사불성이 된 어머니를 보고 아내가 병석에 누운 채 눈물을 흘리고 몽주가 할머니를 일으켜 세우려다가 움직이지 않자 우는 것이 '나'의 시야에 들어온다. 이러한 가족 상황을 마주한 나는 처음에는 눈물을 쏟고, 나중에는 울음이 나오는 대신 가슴이 답답하고 울화가 치밀어 피를 토하고 만다.

'1인칭 소설'은 화자가 여러 인물에 대한 견해를 밝히면서 교묘하게 조작되는 소설이다.[25] 그런데 최서해의 '1인칭 소설'은 고정 초점화를 통하여 여러 인물에 대한 견해를 밝히기보다는 '나'가 처한 상황을 재삼 확인하고 그에 대한 '나'의 감수를 보여주는 데 치중하고 있다. 이러한 내적·고정 초점화를 통하여 상황을 확대시켜 보여주는 방법은 '3인칭 소설'에도 똑같이 나타나는데, 「토혈(吐血)」을 개작한 '3인칭 소설' 「기아(飢餓)와 살육(殺戮)」을 보면 잘 알 수 있다.

「기아(飢餓)와 살육(殺戮)」(1925.6)의 전반부와 후반부에 있는 2장과 6장에서는 주인공 경수의 눈에 가난 때문에 제대로 치료도 못 받아 병으로 신음하는 아내의 가냘픈 모습과 머리를 팔아 며느리 병 구완할 양식을 구하려다 중국인 개한테 물려 마을 사람한테 업혀 오는 모친의 정신 잃은 모습이 각각 포착되고 있다.

경수는,

"아빠, 아빠!"

하고 딜룽딜룽 쫓아와서 오금에 매어달리는 학실이를 안고 문앞에 앉

---

25 Bal, M., 앞의 책, p.199.

아서 부뚜막을 또 물끄러미 보았다. 산후풍(産後風)이 다시 일어서 벌써 열흘 넘어 신음하는 경수의 아내는 때가 지덕지덕한 포대기와 의복에 싸여서 부뚜막에 고요히 누워 있다. 힘없이 감은 두 눈은 쑥 들어가고 그리 풍부치 못하던 살은 쪽 빠져서 관골이 툭 나왔다.

—「기아(飢餓)와 살육(殺戮)」에서(상권, p.30)

경수는 문밖에 나섰다.

쌀쌀한 어둠 속에서 사람들이 수군거린다. 그는 공연히 가슴이 덜컥하고 두근두근하였다. 그는 앞뒤를 얼결에 돌아보았다. 누군가 희슥한 것을 등에 업고 경수의 앞에 나타났다.

"아이구 어머니!"

그 사람의 등에 업힌 것을 들여다보던 경수는 이렇게 소리를 지르면서 늘어져서 정신 없는 어머니에게 매어달렸다.

—「기아(飢餓)와 살육(殺戮)」에서(상권, p.37)

앞의 인용문에 제시된 것은 집에 들어선 경수의 첫 눈에 비친 아내의 애처로운 모습인데, "지덕지덕한 포대기와 의복에 싸여서 부뚜막에 고요히 누워있"는, "힘없이 감은 두 눈은 쑥 들어가고 그리 풍부치 못하던 살은 쪽 빠져서 관골이 툭 나"온 아내의 불쌍한 모습에 대한 주인공의 구체적인 관찰은 가정의 참담한 상황을 충분히 보여주고 있다. 뒤의 인용문은 경수가 어둠 속에서 누군가에게 업혀 들어오는 어머니를 보고 놀라서 부르짖는 장면으로, 가족의 절박한 가난의 상황에 더하여 중국인에 의한 피해 상황을 보여줌으로써 작품의 비극적인 분위기를 한층 고조시키고 있다.

「이역원혼(異域冤魂)」(1926.11)에서는 중국인에 의한 피해 상황이 극대화되어 제시되고 있는데, 우선 밤에 공포에 떠는 여주인공의 회상을 통하여 중국인 지주 유가의 위협을 받는 처지가 제시된 다음, 다시 현재 시간으로 돌아와 그의 시각을 통하여 밤중에 유가의 침입을 받는 과정을 보여주는 것으로 비극적인 순간을 확장하면서 펼쳐보이고 있다. 그의 회상에 의하면, 그는 남편 따라 간도에 와서 이날 이때까지 중국 사람의 소작인으로 별별 구박을 다 받으면서 겨우 목숨을 이어왔다. 다른 구박보담도 지주되는 중국 사람 유가는 홀아비인데 그 녀석이 늘 고요한 데서 만나면 두 눈이 스르르 흐리고 누런 이빨을 드러내어서 벙긋 웃으면서 수상히 달라붙는 꼴은 볼 수 없었다. 그가 그러한 유가를 슬슬 피하게 된 뒤로 유가의 태도는 한껏 횡포하였다. 김을 잘못 맨다는 둥 빚을 어서 갚으라는 둥 생트집을 잡았다. 그 트집은 그에게 미칠 뿐 아니라 남편 형선이에까지 앙화가 미치었다. 설상가상으로 남편이 병사하게 되자 그는 유가가 두려워 한 고향에서 온 봉길의 할아버지를 밤마다 방에 와서 자게 하지만 유가는 이날 밤에 끝내 집에까지 들이닥친다.

> 한참이나 혼자 애를 쓰는데 창문이 어둑해지면서 이번에는 사람의 전신 그림자가 턱 가리었다. 그는 문고리를 번쩍 잡아당긴다.
>
> "홍 에구…… 클아배! 에구 저거."
>
> 울음 절반으로 고함을 치는 그의 눈─ 그림자가 어른거리는 창문을 보는 그의 눈은 벌써 반이나 뒤집히었다.
>
> "무시기 어쨌다구 그러는가?"
>
> 하고 영감은 귀찮다는 듯이 방 사이에 있는 문을 열었다. 이때 문 밖에서 어르대던 그림자는 문을 잡아채고 집안에 들어섰다. 그 바람에 문 걸쇠가 벌렁 빠져서 내려졌다.

그것은 유가― 지주 중국인이었다. 그의 직각은 맞았다.

(상권, p.288)

　인용된 부분은 여주인공의 시각을 통하여 제시된, 중국인 지주 유가가 여주인공의 집에 뛰어드는 장면이다. 유가는 밤중에 유령처럼 나타나 봉길의 할아버지가 지키는 것도 아랑곳하지 않고 헐망한 문을 잡아채고 들어온다. 파렴치하고 험악한 유가의 기세앞에 여주인공과 봉길의 할아버지가 꼼짝 못하고 당하기만 하는 이 장면은 간도에서의 조선인의 피해 현장을 적나라하게 재현하고 있다.
　「홍염(紅焰)」(1927.1)에서도 내적 초점화를 통하여 가난의 상황과 중국인 지주 인가에 의한 피해 상황을 동시에 보여주고 있다.

　문서방은 바위 모퉁이를 돌아 언덕에 오르니 산이 서북을 가리어서 바람이 좀 잠죽하여 좀 푸근한 느낌을 받았으나, 점점 인가― 사위의 집 용마루가 보이고 울타리가 보이고 그 좌우의 같은 조선 사람의 집이 보이니 스스로 다리가 움츠러지면서 걸음이 떠지었다.
　"엑 더러운 놈! 되놈〔胡人〕에게 딸 팔아먹은 놈!"
　그것은 자기 스스로 한 일은 아니지만 어디선지 이런 소리가 귀청을 징징 치는 것 같은 동시에 개기름이 번지르하여 핏발이 올올한 눈을 흉악하게 굴리는 인가―사위의 꼴이 언뜩 눈앞에 떠올라서 그는 발끝을 돌리까 말까 하고 주저하였다. 그러다가도,
　"여보 용네(딸의 이름)가 왔소? 용네 좀 데려다 주구려."
　하고 죽어가는 아내의 애원하던 소리가 귓가에 울려서 다시 앞을 향하였다.

(하권, pp.13~14)

여기서 소작인인 주인공 문서방은 빚 대신 인가에게 딸 용례를 빼앗기고도 조선인들한테는 딸을 팔아먹은 아버지로 오해받는 억울한 처지임을 보여주고 있다. 그러나 용례가 인가의 손 안에 있으므로 인가한테도 부득이하게 굽힐 수밖에 없으며, 더구나 병으로 죽어가는 아내가 마지막으로 딸을 보고 싶다고 하기에 눈보라를 무릅쓰고 찾아오지 않을 수 밖에 없다.

간도를 배경으로 한 위의 작품들이 주인공에 의한 내적 초점화를 통하여 어떤 충격적인 사건이나 장면을 제시함으로써 주인공의 가난의 상황과 더불어 중국인에 의한 피해 상황을 확대시켜 보여주고 있다면, 국내를 배경으로 한 작품에서는 가난의 상황을 사소한 사건이나 섬세한 느낌을 통해서 전달하고 있다.

「5원 75전(五元七十五錢)」(1926.1)에서는 글쓰는 것을 업으로 삼고 살아가는 주인공 '나'가 원고료 체불로 하숙비 5원 75전을 내지 못하는 바람에 주인집에서는 돈이 없어 한달치 전기세를 내지 못하고, 또 그 때문에 전기회사의 일인사원(日人社員)이 와서 전기를 끊어놓는 사건에 직면한다. 그래서 나의 눈에 비치는 마당은 컴컴하고 방의 미닫이에 비친 불빛은 꺼불꺼불한데, 친구한테서 겨우 돈을 변통하여 돌아온 나의 컴컴한 방에 주인이 따라 나와서 초에 불을 켠다. 이처럼 하숙비 5원 75전으로 하여 벌어진 전기 사건과 그로 인한 컴컴한 환경은 '나'의 구차한 생활 처지를 잘 말해주고 있다.

「아내의 자는 얼굴」(1926.?)에서는 월급쟁이인 주인공 기선에 의하여 구들이 어떻게 찬지 얼음판에 앉은 것같이 궁둥이가 저려 오르는 것이 느껴지고, 추워서 몸을 옹송그리고 곁에 앉아 바느질하는 아내도 그 낯빛이 검푸르게 보인다. 그리고 아랫목에 펴놓은 이불 위에 옷을 입은 채 누워서 삭 삭 자는 아내의 모습을 들여다보고 "창백한 아내의 얼굴— 자기와 처음 만날 때에는 포동포동한 두 뺨이 발그레하고 빨간 입술에 윤기가 흐르더니 불과 일 년이 못 되어서 뺨이 드러나고 입술이 검푸러"(상권, p.322)지는 것을 확인하기도 한다. 「8개월(八個月)」(1926.9)에서는 '나'에 의하여 의사와의 대화 장면이 제시되는 가운데 이십 년 가까이 앓으면서도 병치료를 할 수 없는 '나'의 가난한 일생이 그려지고 있다.

> "병 난 지 오래세요?"
> "네 한 이십 년 가깝습니다."
> "왜 고치잖고 그냥 버려 두셨어요? 대단 중한데요!"
> "무슨 병인지요? 고칠 가망은 있읍니까?"
> "뭐 위뿐 아닙니다. 폐도 좋잖고 신장도 나쁜데 공기가 깨끗하고 고요한 데서 자양분 있는 것을 잡수시면 한 일 년 치료하면 효를 볼 것 같습니다마는 그냥 이 모양으로 버려두면 팔 개월 넘기기 어려울 것 같읍니다."
> 이것이 병원에서 의사와 문답한 말이다. 나는 너무도 어이없어서 픽 웃었다.
> (상권, p.277)

인용문에서 살펴본 것처럼, 나는 병이 난 지 이십 년이 가까이 되도록 방치해 둔 탓에 의사에 의하여 "그냥 이 모양으로 버려두면 팔 개월 넘기기 어려울 것"이라는 '사형 선고'를 받게 된다. 그러나 병을 방치한 원인이 가난에 있고 현재도 역시 돈이 없어서 치료할 수 없음을 분명하게 알고 있는 나는 '8개월'이란 '사형 선고'를 받고도 어이없어서 웃을 수 밖에 없는데, 이로써 그의 가난이 얼마나 심각한지를 알 수 있다.

이상의 전기(前期) 작품에서 주인공의 시각을 통하여 개인이나 가족

의 가난이나 피해 상황을 심도있게 보여준 반면, 후기(後期) 작품에서
는 개인이나 가족 뿐만 아니라 주변 사람들이나 우연히 목격한 사람
의 가난한 삶에 대해서까지 범위를 확장하면서 제시하고 있다. 「전기
(轉機)」(1929.1)에서는 잡지사에 근무하는 주인공 박인화가 급사한 친
구의 송장을 바라보면서 생전이나 사후나 할 것 없이 초라하고 가난
한 자의 처지를 확인하고 있다.

> 그도 그 방문 밖에 가서 섰다. 방안에는 병풍을 둘렀다. 그가 살았을
> 때에는 일고지혜(一顧之惠)도 주지 않던 병풍이 죽은 그를 위하여는 둘
> 리어지었다. 그것도 주인 영감이 항상 나와 계옵시는 이 사랑 끝방에 두
> 른 류의 값진 병풍은 아니다. 케케묵어서 절고 뚫어진 병풍인데 어느 광
> 속에 처박아 두었던 것을 끄집어 내었는지 거미줄 흔적이 남아 있다. 그
> 것을 보는 박인화의 가슴은 일종의 증오의 염(念)에 묵직하였다.
>
> (상권, p.428)

박인화의 친구는 생전에 배우로 극계가 소조해지는 바람에 아버지
의 은혜를 크게 입은 적 있는 백가의 집에서 눈치밥이나 얻어먹었는
데, 그가 죽은 후 백가는 선심이나 쓰듯이 송장을 안치한 방에 병풍을
둘러준다. 그러나 케케묵어서 절고 뚫어지고 거미줄 흔적이 남아있는
병풍이 박인화의 눈에 포착되는데, 이를 통하여 죽은 후에도 푸대접
을 받는 가난한 자의 처지에 대한 동정과 은혜도 모르고 동정심도 없
는 백가의 몰인정에 대한 비판, 그리고 친구와 비슷한 자신의 가난한
신세에 대한 한탄의 시선을 동시에 보여주고 있다.

이 작품에서는 죽은 친구뿐만 아니라 주변 사람들의 처지도 박인화
의 시각을 통하여 제시되고 있다. 그는 "그의 모가지를 올가미한 잡지

사"에서 사원들이 "저녁 쌀 없느니 때일 나무가 없느니 하고 월급은 못 줄 값이나 며칠 걸러 돈 원씩 가불하는 것도 오늘 또 식었다고 모두 뿌루퉁해 섰"는 것을 보고, "그래도 조선서는 지식 계급이요 상당지보를 가지었다는 사람들이 이 꼴이다. 뼈가 빠지게 애를 쓰고도 갈데 올데 없이 배를 주리고 있다"고 확인하면서, 그들의 "밥 얻으러 나간 어머니를 기다리는 어린것처럼 얼굴이 노랗게 되어서 돈 원이나 생길까 하고 기다리는 꼴은 차마 볼 수가 없"어 한다.(상권, p.432) 이러한 내적 초점화는 식민지 조선의 지식인의 암담한 삶을 조명해주는 기능을 하고 있다.

「전기(轉機)」에서 주인공의 시각을 통하여 가난한 지식인들의 삶의 현실을 제시하면서 그들과 같은 자신의 처지를 돌아보고자 했다면, 「무명초(無名草)」(1929.8)에서는 내적 초점화를 통하여 주인공이 자신과 가족의 어려운 처지에 비추어 주변 지식인들이 자신과 같은 고달픈 생활에 놓여있음을 이해하고자 하는 것을 볼 수 있다. 이 작품의 주인공 박춘수는 잡지사에서 동료 김이 거의 절망에 가까운 소리로 집에 저녁 거리가 없어 걱정하는가하면 월사금을 못낸 집의 아이가 학교에서 쫓긴 것을 하소연하는 것을 듣고, 이제나 저제나 하고 자기가 들어가기만 기다리는 식구들의 모양과 네 살 된 딸년은 곁집 아이가 먹는 참외를 보고 사달라고 트집을 쓰다가 제 어미한테 얻어맞고 울던 일을 떠올린다.

집에서 식구들에 대한 그의 관찰은 더욱 예민한데, 그의 눈에 아내가 앞집에서 놓은 변돈을 꾸어 쌀을 사는 게 어떠냐고 물으면서 남편을 쳐다보는 표정이 무슨 죄지은 사람이 판결이나 바라는 것 같아 보인다. 그리고 집이 비좁아 할머니와 함께 마루에서 자다가 설사를 만난 딸애의 누워 있는 모습은 기운 없이 솜을 늘여놓은 듯이 가련하게 보이고, 눈을 힘없이 떴다 감더니 귀찮다는 듯이 이마를 찡기고 모로 눕는 딸애의 머리를 짚어보고 불이 날 듯이 뜨거운 느낌을 받기도 한다. 이러한 내적 초점화는 가정의 어려운 경제적 형편을 보여주는 동시에 가장으로서의 주인공의 식구들에 대한 자상한 관심과 무거운 책임감을 보여주는 데 기여하고 있다.

후기(後期) 작품 「인정(人情)」(1929.2)은 가난한 회사원 승현의 시각을 통하여 도둑을 관찰함으로써 나중에 그가 도둑질하게 된 원인이 궁핍한 가정 상황에 있음을 확인하는 작품이다. 승현에 의하여 도둑이 초점화 대상으로 되고 있는 이 작품에서 승현은 처음에 도둑을 공포와 분노와 호기심이 엇갈리는 시선으로 지켜보았으나 나중에 그의 가정 형편을 알게 되자 동정의 마음으로 바뀌게 된다.

비오는 밤에 잠들었던 승현은 무슨 꿈을 꾸었는지 귓가에 들리는 무슨 소리에 눈을 번쩍 뜨고 살피는데, 들창 밖에 유령 같은 그림자가 슬그머니 치미는 것이 보인다. "그 그림자는 낡아빠진 목출모(目出帽)를 내리 써서 눈과 코만 보인다. 밤송이 같은 눈썹 아래 좀 꺼져 들어간 세모눈은 서릿발 같이 빛나고 아무렇게나 빚어 붙인 듯이 넙적한 코는 음흉스럽게 벌룩거린다. 전깃불에 서릿발같이 빛나는 눈으로 흐르는 시선은 승현의 발치 벽과 책상 그림자에 코까지 가리운 승현의 얼굴을 번갈아가면서 쏘고 있다."(하권, p.96) 그러한 도둑의 그림자를 보고 공포에 떨던 승현은 도둑이 작대기를 방안으로 들이밀어 의걸이에 걸린, 자신의 하나밖에 없는 외투를 걸려다 떨어뜨리는 것을 보자 더 이상은 참지 못하고 양산대로 도둑을 냅다 찔러 눈을 멀게 한다.

"나리 마님 살려줍시요……. 할일은 없고 어린 자식들은 밥을 달라고 하고……. 살려줍시요……. 이놈의 눈깔뿐 아니라 목이 떨어져도 죽을 죽을 죄를⋯⋯. 살려줍시요⋯⋯."

그는 괴롭과 울음이 섞인 목소리로 뇌었다. 그는 승현의 마음을 의심하는 것이었다. 그저 보내지 않고는 감옥으로 보내지 않을까 하고 의심하는 어조요, 태도였다.

승현의 가슴은 더욱 찌르르 저리었다. (하권, p.100)

그는 도둑이 직업은 없고 어린 자식들은 밥 달라고 조르는 절박한 현실때문에 도둑질을 한다는 것을 말하자 고통스러워 몸부림치는 도둑의 모습을 보면서 함께 괴로워하고 죄의식을 느낀다.

이상과 같이, 최서해 소설은 고정 초점화를 통하여 공통적으로 가난한 사람들의 궁핍한 생활의 처지를 생동하게 제시해놓고 있다. 전기(前期) 작품 중 간도를 배경으로 한 작품은 충격적인 사건이나 비참한 장면을 통하여 주인공과 가족의 궁핍한 상황과 중국인에 의한 피해 상황을 두드러지게 제시하고 있는 반면, 국내를 배경으로 한 작품은 사소한 사건이나 절실한 감수를 통해서 주인공이나 가족의 궁핍한 현실을 확인시켜주고 있다. 후기(後期) 작품은 주인공이 자신을 비롯한 가족의 궁핍한 상황뿐만 아니라 처지가 비슷하거나 자신보다 못한 사람의 가난한 형편에 대해서까지 제시하고 있다. 따라서 전기(前期)의 간도 배경의 작품에서 하층민의 비참한 처지를 통해 민족적 비극을 보여주고 국내 배경의 작품에서 소시민 또는 지식인의 가난한 처지를 통해 심각한 사회적 문제를 제시하고 있다면, 후기(後期)의 작품은 지식인이나 소시민이나 하층민을 아우르는 인물들의 궁핍한 현실을 통해 식민지 사회의 보편적 문제를 확인시켜주고 있다.

(2) 내면 성찰에 의한 사고의 치열화 또는 섬세화

최서해의 적지 않은 작품에서는 인물의 심리 활동, 특히 내적 독백을 통하여 작중인물의 심층적인 내면을 제시하는 것으로 내적 경험을 부각시키고 있는 것을 볼 수 있다. 근대소설의 성립과 함께 그 중요성이 인정된 내적 독백은 작중인물 스스로가 자신의 내면을 초점화하는 가장 좋은 예로서,[26] 경험과 인식의 주체인 인물에 개성을 부여할 수 있다는 데 의미가 있는 것이다. 그런데 발화되지 않은 단어, 즉 내적 독백은 다른 인물이 결코 지각할 수 없다. 여기서 또한 종종 사용되는 조작의 가능성이 있다.[27]

최서해의 처녀작 「토혈(吐血)」(1925.1~2)에서 주인공 '나'는 자신의 심리 활동에 대한 제시를 통하여 생명의 귀중함에 대한 인식을 보여주는 동시에 극도의 생활난 때문에 식구들을 모두 죽었으면 시원하겠다고 생각한 자신을 통절하게 반성하고 있다.

> 그네들도 사람이다. 생을 아끼는 인간이다. 그네의 생명도 우주에 관련된 생명이다. 내가 내 생을 위한다 하면 그네들도 나와 같이 생을 석(惜)할 것이다. 그네들도 인류로서의 권리가 있다. 왜 죽어? 왜? 죽으라고 해? 나는 부지불식간에 주먹을 부르쥐었다.
>
> —「토혈(吐血)」에서(상권, p.113)

주인공은 인간이라면 생을 아끼는 마음을 누구나 다 가지고 있기 마련이라는 간단한 도리에 비추어 그러한 마음도 헤아리지 못하고 식

---

26 Rimon-Kenen, S., 앞의 책, p.145,
27 Bal, M., 앞의 책, p.200.

구들을 죽으라고 생각한 자신을 스스로 호되게 꾸짖는 것으로 가장으로서의 식구들에 대한 사랑을 보여주고 살아나갈 의지를 다지고 있다. 「토혈(吐血)」을 개작한 「기아(飢餓)와 살육(殺戮)」에서는 더욱 치열한 사고를 통하여 인물의 사회에 대한 불만을 보여줌으로써 나중에 살인이라는 극단적인 행위로 나아가게 된 원인에 대해 암시하고 있는데, 이는 1절에서 언급한 바 있으므로 여기서는 생략하기로 한다. 「의사(醫師)」(1926.2)에서는 의사인 주인공의 내적 독백을 통하여 나중에 그가 과격한 행동을 하게 되는 동기를 제시하고 있다.

> ─나는 왜 의학을 배웠누? 배부른 사람보고 덜 먹으라! 배고픈 사람보고 많이 먹으라! 하는 것이 내 일인가? 있는 사람은 있어서 병, 없는 사람은 없어서 병! 으응 아니다. 아니다. 나는 그 사람(그 청년의 아버지)을 건지리라! 구세제민(救世濟民)을 목적하고 구제원을 세운 내가 돈을 생각하고 병을 그저 버려 두다니! 내가 고치리라!─
>
> ─「의사(醫師)」에서(상권, p.189)

> ─오오 아니다! 그를 약 먹여, 밥 주어, 의복 입혀, 그 모든 것이 나는 어디서 나누? 아무리 무슨 병인 것을 알았은들 그에게 약을 안 주면 무슨 소용인구? 그러나 나는 그에게 약을 줄 수 없다. 내가 거저 준다면 나는 어디서 나서 먹으며 약을 사누? 그러면 내가 배운 의술은 결국 있는 사람을 위한 것이로구나! 나는 그러면 수천만의 진정한 병인을 못 건지고 조그마한 있는 이의 종놈이로구나! 나는 결국 있는 사람을 위해서 병원을 세우고 약을 벌여 놓았나?─
>
> ─「의사(醫師)」에서(상권, pp.189~190)

이는 '구제세민'을 목표로 하고 '구제의원'을 세운 의사가 영양실조로 병이 든 가난한 사람의 집과 영양과잉으로 탈이 난 잘사는 사람의 집에 각각 왕진을 가본 후 인생관이 급격히 변하여 자신의 직업에 회의를 느끼고 심리적 갈등을 겪는 부분이다. 그는 의사로 배부른 사람보고 덜 먹으라 하고 배고픈 사람보고 많이 먹으라고 할 수밖에 없는 데 대해 어이없어 하고, 더욱이 자신의 힘으로는 수 천 만의 가난한 사람을 구할 방법이 없기에 결국 소수의 잘사는 사람을 위해 병원을 세운 것이 된다는 것에 대해 혐오스럽게 생각한다. 이 때문에 고민을 겪던 그는 마침내 병원에 불을 지르고 모스크바로 떠나게 되는데, 그의 내적 독백이 방화의 직접적인 동기를 보여주고 있다. 이렇듯 의사의 고민이 지속되다가 현실적인 노력도 없이 과격한 행동으로 치닫는 것은 설득력을 잃고 마는 것으로 된다. 다시 말해 "의사(醫師)는 생활(生活)의 계급적 분열(階級的 分裂)의 사회(社會)에 서서 참말로 자기(自己)의 구세제민(救世濟民)을 실행(實行)하여 볼 생각은 못하고 도피(逃避)"함으로써 "일개(一個)의 지식인(知識人)으로서의, 의사(醫師)의 박지약행(薄志弱行)한 본색(本色)"을 드러내는 데 그치고 만 것이다.[28]

「8개월(八個月)」(1926.9)에서는 아내의 권고에 병원으로 갔다가 돈이 아까워 되돌아 온 주인공이 안타까운 나머지 울고 있는 아내의 모습을 보고 속으로 억울해 하고 원통함을 토로한다.

그가 우는가! 내 목숨 중한 줄 내 어찌 모를까? 아내의 걱정이 없어도 걱정 되거든 하물며 아내의 걱정이 있음에랴? 좀 웬만하면 나 편하고 그가 기쁜 일을 왜 못 하랴? 나도 눈에 눈물이 돌았다. 세상이 원망스러웠

---

28 金八峰, 「二月의 創作」, 『朝鮮之光』, 1926.2.

다. 모두 부숴버리고 싶었다.　　　　　—「8개월(八個月)」에서(상권, p.276)

'나'는 목숨이 중한 줄 몰라서 병을 보러 가지 않는 게 아니라 식구들의 생활 걱정 때문에 갈 수가 없는데, 그 사정을 잘 알고 우는 아내를 원망할 수도 없어서 속으로만 울화를 삼킨다. 이러한 내적 초점화는 중병을 앓으면서도 병을 치료할 수 없을 뿐만 아니라 우는 아내를 위로할 방법이 없는 이중적 고통을 보여주는 기능을 한다.

최서해의 전기(前期) 소설 중 주인공의 저항적 성격을 보여준 작품에서 인물의 내면 성찰을 통하여 치열한 내심의 갈등을 제시하였다면, 저항적성격이 없거나 약한 주인공이 등장하는 작품에서는 인물의 내면 활동을 통하여 보다 섬세한 감정이나 사고를 보여주고 있다.

「13원(拾參圓)」(1925.2)에서는 객지 생활을 하면서 노동으로 돈을 버는 주인공 유원의 내적 독백을 통하여, 곤궁한 생활을 하면서도 언제 한번 힘든 소리를 하지 않던 모친으로부터 집에서 무명장사를 하겠으니 돈 13원을 부치라는 편지를 받은 그가 노동조의 회계인 K를 찾아 돈꾸어달라고 입을 열기 난처하여 망설이는 심리를 잘 보여주고 있다. 그는 "이 말을 내었다가 거절을 당하면 어쩌나?"라고 주저하다가, "그러나 그 거절당하는 무참도 한 순간이겠지. 내가 말 내기 어려운 말 내는 것도 한 찰나겠지. 영영 이 무참이나 그 괴롬이 있지는 않을 것이다. 이 순간을 어서 흘려야 하겠다."(상권, p.105) 하고 마음을 다잡으며 용기를 낸다. 유원의 체면으로는 남한테 돈을 꾸라는 말을 꺼내기도 어렵거니와 거절당할 경우 돈을 꾸지 못하는 것보다 무참하게 될 일이 더 걱정이다. 그러나 어려운 말을 내는 것도, 그리고 무참한 것도 한 찰나고 그 순간을 지나면 잊어질 것이라고 생각하면서 돈 없는 사람이 살아가는 지혜를 터득하고 있다.

「아내의 자는 얼굴」(1926. ?)에서는 앞의 작품에서처럼 주인공 기선의 내적 독백에 계급의식의 자각으로 말미암은 내심의 고민과 갈등이 나타나지만 극단적인 행동으로 나아가지는 않는다. 총 3장으로 구성된 이 작품의 특이한 점은 1장의 절반, 즉 서두의 4~5단락(상권, p.318~319)이 내적 독백으로 된 것이다. 이 부분에서 내적 초점화를 통하여 긴 지면을 할애하면서 주인공의 논리적인 사유과정을 보여주고 있다. 그러나 매우 논리적인 이 부분에서는 주인공의 감정 색채가 상당히 가미되어 있다.

1행으로 된 첫 단락에서는 날씨가 갑자기 추워졌음을 확인하고 있고, 그 다음 단락부터는 점점 더 길어지며 점진적으로 논리적인 사유과정을 보이고 있다. 두 번째 단락에서 주인공은 추워지는 것은 사람의 힘으로는 막을 수 없는 자연의 힘이라고 본다. 그 뒤의 세 번째 단락에서 주인공은 날씨가 추워지니 얼어죽은 귀신을 면하자면 우선 불이 필요하고 다음은 의복이 필요하며, 살아가려면 이 "바깥 장치"가 필요한 동시에 "속 장치"인 밥도 필요하다고 생각한다. 네 번째 단락에 이르러 주인공은 이 "삼대 요건"의 준비여부에 따라 생사가 결정된다고 설명한다. 마지막의 다섯 번째 단락에서는 어떤 사람은 "삼대요건이 그 돗수에 넘어서 걱정인데" 어떤 사람은 "돗수에 못 차기는 고사하고 아주 텅 빈 판"으로서, 이 때문에 맑스의 자본론을 읽지 않아도 맑스의 머리를 가지게 되고 프롤레타리아 운동자와 접촉하지 않아도 자연 그렇게 된다고 하면서, "묘하다, 꽤 고솝하다"는 결론에 이르는 주인공은 코웃음을 친다. 이것은 주인공의 사회현실에 대한 소극적인 대응태도를 시사하는 동시에 자신의 무기력에 대한 풍자라고 할 수 있다. 이러한 소극적이고 자조적인 태도는 결국 가난한 삶에 대한 그 어떤 적극적인 해결책도 강구할 수 없으며 내심의 고민과 갈등만을 더해줄 뿐이다.

따라서 2장에서 외적초점화를 통하여 변변치 못한 월급으로 근근히 연명하면서 의식주 문제로 고통받는 기선과 그의 아내의 생활상이 구체적으로 제시된 뒤, 3장에서는 장가든 것까지 후회하는 주인공이 내적 독백을 통하여 "나는 사람이다. 청춘이다. 사람은 빵에 주리나 성에 주리나 주인 의미에 있어서는 한가지다. 생활 곤란—그것이 내게는 점점 더 닥치면 닥쳤지 늦추어질 날은 없을 것이다"라고 변호하기도 하고,"응— 어떤 놈은 계집을 세넷씩 가지고 어떤 놈은 하나인 것도 못 먹여서—"라고 분노하기도 한다.(상권, pp.321~322) 이렇듯 이론에서는 밝으면서도 실제에 있어서는 어쩔 도리가 없이 참고 견디는 수 밖에 없다고 생각하는 주인공은 결말부분에 가서 아내의 자는 얼굴을 보고 순간적으로 추위와 굶주림에 시달리는 꼴을 보지 않도록 죽이고 싶다는 극단적인 생각을 하기도 한다. 그러나 그는 아내와 포옹하는 것으로 부부의 애정으로 가난을 극복하는 힘을 얻고자 하는 수밖에 별다른 도리가 없다. 비록 이 작품은 내적 독백을 통하여 주인공의 내면의 갈등과 모순을 밀도 있게 펼쳐보였지만 이론과 현실의 괴리를 추상적인 부부애로 극복하고자 함으로써 또 다른 현실도피의 행동에 기울어지고 있다.

애정문제를 다룬 「보석반지(寶石半指)」(1925.7)에서는 주인공 김경호의 내적 독백에 자신의 짝사랑을 반성하기도 하고 짝사랑에서 벗어나고자 애쓰기도 하는 마음이 엿보이고 있다. 목사집 가정 교사인 그는 목사의 여동생 혜경을 몰래 사모하다가 나이 많은 부자가 결혼선물로 그녀에게 보낸 보석반지를 보고 불쾌해한다. 그러나 "흥 내가 미쳤지. 왜 내가 그(혜경)를 미워할까? 그가 나를 사랑하다가 버렸단 말이냐? 설사 사랑하다가 버렸다 치더라도 내가 그를 원망할 권리가 있을까? 홍! 그가 이미 결혼한 여성인 줄 번히 알면서 러브한 내가 미쳤지!" 하고 생각하면서 마음을 돌리려고 애쓰고, 그래도 불쾌하니 이번에는 "내가 왜 이러나? 응 글쎄. 내가 어서 공부나 열심히 하자! 어떠한 고통이든지 이기고 나가서 민중적 큰 일을 해 보자. 그까짓 조그마한 계집애 때문에 번민하다니……"(상권, p.53) 하는 생각으로 혜경에 대해 단념하려고 노력한다. 보다시피 그는 혜경을 공연히 미워하는 자신을 질책하면서 그녀가 자기를 사랑하다가 버렸다고 해도 원망할 권리가 없다고 하는데, 가난한 처지때문에 누굴 감히 사랑할 수도 없는 괴로운 심경을 엿보이고 있다. 뿐만 아니라 결혼한 여성인 줄 알면서도 혜경을 사랑하는 자신의 마음을 누가 눈치 챌까봐 겁내는 한편 마음에 없는 결혼을 한 그녀를 분명히 동정하고 사랑하면서도 스스로 미쳤다고 비웃기도 하고 "그까짓 조그마한 계집 때문에 번민하는 것"을 못마땅해 하는 것은 그의 비정상적이고 소극적인 애정 심리를 보여주는 것이기도 한다. 더구나 공부와 공상 속에 있는 민중의 큰 일을 핑계대고 애정을 외면하는 것은 애정문제를 둘러싼 하나의 정신적인 도피라고 할 수 밖에 없다.

최서해의 후기(後期) 작품에서는 생활난에 굴복하지 않는 주인공들이 내면 성찰을 통하여 더욱 섬세하고 복잡한 사고를 펼치는 것을 보여준다. 「전기(轉機)」(1929.1)는 잡지사의 월급 체불로 식구들의 끼니 걱정으로 날을 보내는 주인공 박인화의 내적 독백을 통하여, 가난한 친구의 죽음에 충격을 받은 그가 험난한 현실 속에서 실오리같은 희망이라도 놓치지 않고 인생의 동력을 찾으려는 의지를 보여주고 있다.

"이 시간이다. 자기의 삶에 의의(意義) 있는 행복을 당길 것도 이 시간이요, 자기의 존재를 없앨 것도 이 시간이다. 내일은 바람(望)이요, 지금

은 힘이다. 지금의 힘을 잃으면 내일의 바람도 허무한 것이다. 사람은 일
분이면 일 분, 일 초면 일 초, 그 일 분 일 초를 살았거든 살아 있는 그 힘
을 소홀히 여기지 말라. 뒤로 미루지 말라. 그것이 참말로 그대가 소유한
유일무이한 생명인 줄 모르는가."   ―「전기(轉機)」에서(상권, p.435)

위의 지문은 이 작품의 마지막에 있는 내적 독백으로, 박인화는 가
난에 부대끼던 친구의 죽음과 초라한 장례식을 통하여 생사의 덧없음
에 회의를 느끼다가 다른 친구의 생일잔치에 가서 만취하여 돌아와
깬 다음 생명의 귀중함에 대하여 새삼스럽게 느끼게 된다. 그는 현재
살아있다는 자체가 행복을 마련할 수 있는 기회로, 현재의 살아있는
생명에 힘을 부여하지 않는다면 현재가 무의미해질 뿐만 아니라 내일
의 희망도 허무한 것이라고 판단한다. 따라서 현재의 일 분, 일 초를
소홀히 여기지 말아야 하며, 해야 할 일을 뒤로 미루지 말아야 함을 스
스로 강조하고 있다. 그것은 결국 생명은 한 사람에게 있어서 유일무
이한 것이라는 점을 절실하게 느꼈기 때문이다. 그러나 가난한 현실
에 대한 실질적인 대책이 없이 관념적인 사고로 끝나는 것은 작품의
한계로 지적해야 할 것이다. 「부부(夫婦)」(1928.10)에서는 약국점원
인 서방님의 심리 활동을 통하여 힘겨운 삶을 살아가는 평범한 소시
민 계층의 현실에 대한 예민한 반응을 보여주고 있다.

치마, 두루막, 마른 신―돈으로 환산한다면 십여 원 내외가 되나 마나
한 그 손해 때문에 아까까지도 화락한 봄웃음이 흐르던 이 나라(방안)에
말할 수 없이 괴롭고 쓸쓸한 절망의 침묵이 흐르는 것을 깨달을 때 그는
너무도 보잘것없는 자기 생활의 처참을 다시금 느끼지 아니치 못하였읍
니다. 동시에 그는 하룻밤에 수백 수천 원이라는 큰 돈(자기로서는 일생

에 만져도 못 볼 돈)을 술과 계집으로 탕진하면서도 유쾌히 웃는 사람들
을 생각지 아니치 못하였읍니다.   (상권, p.417)

　서방님은 쥐들이 외출복을 쏠아놓은 하나의 사소한 사건을 통해서
부자들과는 아득히 떨어진 자신의 사회적 존재를 느끼고 사회의 불공
평에 불만을 품는다. 그러나 그러한 불만은 계급적 의식에 의해서라
기보다는 소시민의 감상적 사고에서 비롯된 것이기에 적극적인 행동
으로 나가지 못하고, 그 대신 다시 일상에 파묻혀 나름대로의 즐거움
을 찾으려고 한다. 하지만 소시민의 취약성은 수시로 감상에 빠지도
록 하는데, 이는 나중에 쥐를 죽이고서도 임신중에 부부가 살생하면
어린애에게 해롭다는 미신을 떠올리며 임신한 아내가 병신 애를 낳을
까봐 두려워하는 데서도 잘 나타난다. 이는 최서해가 정확하게 파악
한 소시민 계층의 한계이기도 하다. 「먼동이 틀 때」(1929.1~2)에서는
사회주의자인 주인공 허준의 '내적 독백'과 내적 사고를 통하여 취직
문제를 둘러싼 복잡한 심정을 잘 보여주고 있다.

　'그까짓 놈들을 주먹으로 해 내고 말 일이지 빌붙어서는 뭣하나? 사내
자식이 무슨 일이 없어서 그래…….' 하고 분개하던 허준의 가슴은 다시
스르르 풀리지 않을 수 없었다. 다른 데로 가면 어디로 가나? 골목골목이
직업을 눈이 붓도록 찾아다니는 이 세상에서 누가 그를 위해서 기다려 주
랴? 거기에 혼자 몸도 아니다. 그의 손을 바라는 입들이 한둘만이 아니
다. 이렇게 생각하니 그 사람에게 친분이 가지는 듯하고 그런 사람의 자
리를 자기가 차지하려고 한 것이 죄송스럽고 부끄러웠다.

　　　　　　　　　　　　　　　　　　—「먼동이 틀 때」에서(하권, p.89)

인용문을 통하여 몰인정한 회사의 놈들한테 빌붙는 가난한 사람 김순구에 대하여,허준이 못마땅하게 생각하는 한편 그럴 수밖에 없는 그의 처지를 이해하고 자신이 그의 자리를 차지하려고 한 것을 부끄럽게 생각하는 것을 볼 수 있다. 그래서 허준은 김순구에게 그를 대신하여 자신의 취직을 주선해 준 김관호를 찾아서 사정해 보겠다고 약속하고 헤어지지만 김관호와의 우정 때문에 또 다시 괴로워한다. 돈푼이나 얻어 썼다는 것보다도 그 사람의 친절이 허준이 스스로도 알 수 없이 허준의 몸을 얽어서 웬만한 괴로움이 닥치더라도 차마 친구의 호의를 등질 수는 없는 듯하였기 때문이다. 그러나 허준은 끝내 친구의 우정을 물리치고 겨우 얻은 취직자리에서 물러날 뿐만 아니라 가난한 사람을 동지로 받아들이는데, 그의 이념 실천의 자세는 위에서 제시한 복잡한 심리적 갈등을 이겨낸 것으로 하여 더욱 감동을 자아낸다.

이상으로, 고정 초점화자가 등장하는 최서해 소설은 전기(前期) 작품의 경우 주인공의 저항적 성격을 보여주거나 비극성을 강조한 작품에서 주인공의 내면 성찰을 통하여 치열한 사고를 제시한 반면 저항적 성격이 없거나 강하지 못한 주인공을 내세운 작품은 섬세한 감정이나 사고를 보여주고, 후기(後期) 작품의 경우는 인물의 저항적 성격보다는 생활난에 굴복하지 않는 정신을 보여주면서 더욱 섬세하고 다양한 사고를 펼치는 것을 볼 수 있었다. 그런데 전기와 후기 작품을 막론하고 현실과 동떨어진 생각이나 관념적인 사고를 하는 경우는 설득력이 약한 것으로 나타났다.

(3) 환상과 공상을 통한 내적 경험의 극대화

한국에서 가난의 문제는 최서해뿐만 아니라 그와 동시대 작가들에 의해 빈번히 다루어진 소설의 소재이다. 그러나 최서해만큼 궁핍한 현실의 문제를 소설이라는 문학적 서사양식을 통하여 일관성있게 파헤쳐 들어간 작가도 드물다. 그가 빈궁에 대한 독특한 인생체험을 갖고 있다는 것은 이미 알려진 사실이지만, 작가로서의 관건은 그 인생체험에 의한 독특한 주관적인 감각을 어떻게 소설적으로 형상화하는데 성공할 수 있는가하는 점에 있다.

근대에 와서 소설의 핵심인 이야기성이 약화되면서 한 가지 상황, 즐거운 태도, 참담한 사건의 이미지가 대신 흥기하였는데, 그것은 아름다운 꿈결일 수도 있고 악몽일 수도 있으며 부드럽고 구성진 음악과 같이 아쉬움을 남기는 문학일 수도 있다.[29] 그런데 가난체험을 바탕으로 창작을 시작한 최서해가 주요하게 관심을 가진 문학적 인식의 대상과 문학적으로 재현한 소설세계는 '즐거운 상황'과 '아름다운 꿈결'이 아니라 '참담한 사건의 이미지'와 '악몽'일 수밖에 없었다. 바로 이런 '참담한 사건의 이미지'와 '악몽'이 최서해 소설의 내적 초점화자의 감각에 의하여 끝없는 상념과 기이한 환상이라는 세부적 장면으로 펼쳐지면서 작품에 독특한 분위기를 형성하고 있다.

최서해 소설은 처녀작 「토혈(吐血)」(1925.1~2)에서부터 장편소설에 이르기까지 16편의 작품에 환상이 나타나는데, 최서해가 환상이란 문학적 장치와 그 기능에 각별한 관심을 가졌음을 알 수 있다. 즉 최서해 소설에서 환상은 식민지 시대 미메시스 문학의 목표를 달성

---

29 陳平原 著, 이종민 역, 『中國小說敍事學』, 살림, 1994, p.178.

하기 위한 보완적인 미학적 수단으로서[30] 다가올 사건에 대한 인물의 불안한 강박관념을 강화시키거나 흥분된 감정을 고조시키는 역할을 하고 있다.

그런데 전기(前期) 작품에 환상이 많이 나오는 반면, 후기 작품에는 환상이 드물게 나타나거나 환상 대신 공상이 보여지기도 한다. 전기(前期) 작품의 환상을 살펴볼 경우, 여러 작품의 환상 속에 공통적으로 가족이 등장하는 동시에 불이 나타나는 것을 볼 수 있다. 불에 관한 모티프는 1920년대 한국 단편소설에 있어서 방화 내지 불의 상징적 가치는 살인이나 폭력과 같은 범죄와 함께 문학적 현실의 중요한 구성요소로서 뚜렷한 현상을 이루고 있지만[31], 최서해 소설에 인물의 방화행위가 나타날 뿐만 아니라 환상 속에도 불이 나타나고 있다는 점은 주목을 요한다.

나는 가슴이 답답하였다. 목구멍에서 연기가 핑핑 돈다. 소리를 크게 쳐서 통곡을 하고 싶다. 나는 그만 몽주를 어머니에게 보내고 목침을 베고 누웠다. 눈을 꼭 감았다. 배가 아프다. 나는 수년 되는 복통이 지우금(至于今) 낫지 않았다. 그러나 나는 아픈 모양을 보이지 않았다. 악독한 마귀가 염염(焰焰)한 화염을 우리 집으로 향하여 뽑는다. 집은 탄다. 잘 탄다. 우리 식구도 그 속에서 타 죽는다. 나는 몸살을 치며 눈을 번쩍 떴다. 그것은 환상이었다. 나는 다시 눈을 감았다. 마음이 진정되지 않는다.

—「토혈(吐血)」에서(상권, pp.112~113)

---

30 방민호, 「한국현대소설에 흐르는 환상의 발원지를 찾아서—식민지 시대 한국의 환상소설첩」, 『환상소설첩—한국문학의 환과 몽(근대편)』, 향연, 2004, p.303.
31 이재선, 『현대소설의 서사시학』, 학연사, 2002, p.200.

위의 인용문 중 뒷부분은 최서해의 처녀작 「토혈(吐血)」(1925.1~2)에서 나오는 환영의 장면으로, 여기서 '악독한 마귀'는 악의 세력을 표상하고 '염염한 화염'은 마귀의 기염을 상징한다. 마귀가 내뿜는 강력한 화염에 집안 식구들이 타 죽는 환상은 주인공인 '나'의 공포와 절망의 심정을 보여주고도 남음이 있다. 이러한 환상에서 깬 후에도 마음이 진정되지 않아 하는 '나'의 모습은 자신을 비롯한 식구들의 위태로운 상황에 대하여 자각하고 있음을 말해준다. 그런 상황에서 '나'는 중병으로 앓는 아내의 신음소리를 듣자 모두 죽었으면 좋겠다고 속으로 절규하기도 하지만, 그들이 죽으면 자신의 처지가 더욱 비참할 것임을 깨닫고, 이성적으로 내심의 고통을 감내하다가 나중에는 피를 토하게 된다. 「토혈(吐血)」을 개작한 「기아(飢餓)와 살육(殺戮)」(1925.6)에서는 주인공 '나'의 토혈로 작품을 마무리 지은 전자의 경우와 달리, 주인공 경수의 두 번의 환상 뒤에 살인 행위가 나타나는 것으로 결말을 맺고 있다.

> 뻘건 불 속에서는 시퍼런 칼을 쓴 악마들이 불끈불끈 나타나서 온 식구들을 쿡쿡 찌른다. 피를 흘리면서 혀를 물고 쓰러져가는 식구들의 괴로운 신음소리는 차차 들을 수 없이 뼈까지 저민다. 그 괴로워하는 삶〔生〕을 어서 면케 하고 싶었다. 이런 환상이 그의 눈앞에 활동사진처럼 나타날 때,
> "아아, 부숴라! 모두 부숴라!"
> 소리를 지르면서 벌떡 일어났다.
> ―「기아(飢餓)와 살육(殺戮)」에서(상권, pp.38~39)

이는 경수의 두 번째 환상 장면으로, 악마들이 붉은 불길을 내뿜는 동시에 시퍼런 칼로 식구들을 쿡쿡 찔러 피를 흘리면서 쓰러지게 한

다. 「토혈(吐血)」에서 환상 속에 불만 나온 것에 비하여, 이 작품에서는 불과 피와 칼이 동시에 나타나는 것을 볼 수 있다. 특히 피는 최서해 소설에서 "작품감의 원색적 자극적인 선명성을 나타내기 위한 수단"으로, 인물의 "격렬하고도 역동적인 의식을 효율적으로 표출"하고 있다.[32] 따라서 피를 흘리며 쓰러지는 식구들의 괴로운 신음소리에 뼈까지 저미는 느낌을 받은 경수는 식구들의 괴로운 삶을 어서 면케 하고 싶은 절박한 마음으로 그들을 죽인 다음 밖에 나가서 충동적인 살인을 한다. 이처럼 최서해의 소위 '신경향파 소설' 소설에서 환상적 장치는 감각과 정서의 진실성을 보여 주었을 뿐만 아니라, "작중 인물이 겪는 사건의 경험적인 강렬함을 보증함으로써 사건의 진실성을 환기시키며, 사건과 사건 사이의 연결을 담당하는 핍진성을 만들어내고",[33] 나아가서 결말의 필연성을 예시해주는 등 다양한 기능을 하였다. 이러한 다양한 기능은 앞에서 언급한 것처럼 화자의 독특한 문체에 대한 활용을 통하여 구현되었음을 주목할 필요가 있다.

「아내의 자는 얼굴」(1926. ?)에서는 「토혈(吐血)」에서처럼 주인공 기선의 환상 속에 불만이 나타나고 있다. 그러나 「토혈(吐血)」의 경우 악마가 내뿜는 화염에 식구들이 불에 타는 데 반하여, 이 작품은 기선의 어리고 약한 아내가 차디찬 구들에서 자기의 손만 치어다보는 양이 눈앞에 떠오르는 동시에 그때마다 머리에 스스로 "번쩍번쩍하는 불길이 번개같이 지나갔다. 일어났다 꺼지고 꺼졌다가 일어나는 그

---

32 곽근은 최서해의 작품 45편을 대상으로 검토한 결과 36편의 작품에 피가 쓰이며 피가 나타나는 총 회수는 1622회라고 했다. 郭 根, 「曙海小說의 特質硏究—그 影響關係를 中心으로」, 『成大文學』 21輯, 1980. 12. pp.40~41.

33 유승환, 「1920년대 초중반의 인식론적 지형과 초기 경향소설의 환상성—『개벽』과 『조선지광』의 인식론적 담론을 중심으로」, 『한국현대문학연구』 제23집, 2007. 12, pp.67.

불길—처음에는 퍽 느리더니 이제는 돗수가 너무도 잦아서 일어났다."(상권, p.319) 따라서 기선은 공포와 절망에 사로잡히기보다 분노의 감정에 휩싸이게 되며, 작품의 결말도 「토혈(吐血)」에서처럼 고통스러운 나머지 토혈하는 것이 아니라 아내를 껴안는 것으로 고통을 극복하고 있다.

위의 작품들에서 환상 속에 가족과 불이 나타나는 것과 달리, 「이역원혼(異域冤魂)」(1926.11)에서는 피살되기 직전의 여주인공의 눈앞에 중국인 지주의 그림자가 환상으로 나타나고 있다. 여주인공의 남편이 아니라 그의 정조를 빼앗으려는 적대자인 중국인 지주의 그림자는 험악한 얼굴로 변하면서 무시무시한 분위기를 조성해주고 있다.

> 아까는 눈물에 어리어서도 희미하게나마 보이던 창문의 달빛이 지금은 보이지 않았다. 다만 무엇이— 방망이 만한 검은 것이 꿈틀꿈틀하게 보일 뿐이다. 그의 두 눈은 그 그림자를 점점 노렸다. 노리던 두 눈동자가 코[鼻]를 중심으로 모아 들어서 모들 떠진 때에는 그 그림자가 수없이 많아지고 커지더니 그놈이 죽 퍼졌다가는 모아 들고 모아 들었다가는 퍼졌다. 그것이 꿈틀거리면서 위로 아래로 앞으로 뒤로 양 옆으로 퍼질 때면 징글징글하고 무시무시한 구렁이 같고 그것이 확 모여든 때면 험상한 얼굴이 돼 보였다. 이렇게 되자 한참 자기의 존재까지 잊었던 그의 의식은 점점 무엇을 의식케 하였다.
>
> — 「이역원혼(異域冤魂)」에서(상권, p.286)

밤에 중국인 지주의 침입을 염려하여 잠 못 이루며 공포중에 시달리는 여주인공의 이 환상은 그로 하여금 소름이 끼치게 할 뿐만 아니라 공포의 분위기를 더욱 고조시키고 있다. 그의 눈에는 처음에 방망이만한 검은 그림자가 보이다가, 그것을 노려보던 두 눈동자가 모들 떠질 때에는 그 그림자가 구렁이처럼 퍼지기도 하고 험상한 얼굴로 모여지기도 하는데, 이런 환상은 여주인공의 공포의 심리를 극대화하여 보여주는 동시에 미구에 닥칠 불행을 예고해 주는 것으로 된다.

애정문제를 다룬 전기(前期) 작품 「보석반지(寶石半指)」와 「동대문(東大門)」에서는 환상에 무서운 장면이 나오는 것이 아니라 사랑을 고백하는 장면이거나 여성의 아름다운 이미지가 등장하고 있다. 「보석반지(寶石半指)」(1925.7)에서는 '나'가 속으로 몰래 좋아하는 여자에게 환상을 통하여 사랑을 고백하고 있다.

> "혜경씨 나는 당신을 사랑합니다. 나는 당신이 결혼한 여자인 줄 알면서 도 나는 사랑합니다. 그러나 나는 당신의 사랑을 받으려고 하지 않습니다. 당신의 사랑을 못 받더라도 당신 집에 몸을 붙인 김경호라는 기구한 청춘 이 당신을 그리고 생각했다는 것만 당신 기억에 박아 주신다면 나는 기쁘 겠읍니다. 나는 혜경씨에게 이 위에 더 요구가 없읍니다. 아~ 혜경씨 들어 주셔요? 네? 제 요구를 들어 주셔요? 당신도 청춘이지요. 아! 혜경씨!"
>
> (상권, p.49)

이 환상 속의 고백을 통하여 '나'는 누구도 모르는 비밀인, 혜경에 대한 절절한 사랑의 마음을 드러내 보이고 있다. 그런데 '나'의 사랑은 모순으로 차 있다는 데서 문제성이 제시된다. 나는 우선 혜경이 결혼한 여자인 줄 알면서도 사랑한다고 하며, 또 사랑한다고 하면서도 그의 사랑은 받으려고 하지 않는다고 한다. 그러나 한 걸음 더 나아가서 '나'의 소원은 다만 자신의 사랑을 그의 기억에 남겨주는 것이라고 하면서, 그렇게 해줄 것을 애원하고 있다. 환상에서 깬 다음 스스로도

"비열한 감정이 가슴에 치받쳐서 누가 보지나 안했나 하여 사면을 돌아보"(상권, p.49)는 '나'의 사랑은 허무맹랑한 것으로 비극적인 결과를 노정하고 있는 것이다.

「동대문(東大門)」(1926.11)에서는 밤중에 만나자는 낯모를 여자의 전화를 받고 동대문으로 가면서 그 여자의 모습을 그리는 장면이 환상으로 나타나고 있다. '나'는 "그 사람들 가운데 싸여 있는 어떤 여자의 그림자— 흰 저고리 검정 치마에 크고 작도 않은 키! 쑥 부푼 이마! 큼직한 눈! 전등불 아래 교소를 머금어서 불그레한 두 뺨! 흰 이빨 쌔근거리는 숨!"을 환상하면서 "부지불식간에 그의 손을 잡"(상권, p.296)는다. 이 역시 현실성이 결여된 사랑으로, 사랑의 유혹에 빠져 줏대 없이 노는 '나'의 의식 상태를 확대하여 보여준 것으로 된다. 따라서 '나'는 친구들의 꼬임에 들어 동대문에 가서 헛물만 켜게 된다.

후기(後期) 작품 「용신난(容身難)」(미완, 1928.8)에서도 유혹을 자아내는 아름다운 여자의 이미지가 환상 속에 나오고 있다. 그런데 이 작품의 환상은 아내에 대한 실망으로부터 비롯된 것이다. 이 작품의 주인공 조인현은 조혼한 아내에 대하여 사랑을 느끼지 못하는 탓에 그의 기억에 남은 소설의 주인공의 맑은 눈과 타는 듯한 입술 그리고 대리석같이 흰 팔과 인정 있게 속삭이는 목소리를 눈앞에 그려보면서 감정의 갈등을 겪는다. 그러나 사회주의자인 그는 동류애로 아내를 받아들임으로써 환상적인 유혹에서 벗어나고 있다. 아내가 병사한 후 그는 사회주의 활동을 하기 위해 도회로 오는 도중에 또 공상에 잠긴다. 극히 짧은 시간에 많은 지식과 많은 돈을 얻은 그의 앞에는 영화와 행복이 넘쳐 흘렀다. 그에게는 주택이 생겼는데, 그것은 그가 이때까지 이상에만 그려 보던 주택이었다. 그리고 그가 나갔다 들어오면 맞아 주는 애인이 있었는데, 그 애인은 미인이었다. 그는 애인의 사상에 반하고 그의 봉긋한 어깨와 상글상글 웃음을 띤 눈에 반하고 비단결 같은 살에서 스며 나오는 냄새에 반하였다. 그러나 그것이 호화로운 공상에 불과하다는 것을 깨닫는 순간 조인현은 천하의 무산자를 위하여 몸바칠 결심을 하면서 공상을 물리친다. 또 다른 후기(後期) 작품 「무명초(無名草)」(1929.8)에서도 주인공 박춘수의 내적 초점화에 의하여 공상이 펼쳐지고 있다.

> "돈! 돈!"
> 그의 머릿속에는 또 공상의 푸른 구름이 오락가락하였다.
> "백 원만 있었으면!"
> "에라! 백 원을 가지고 뭘 한담!"
> 이렇게 차차 불어가는 돈 액수는 천 원 만 원을 지나 엄청난 숫자에까지 이른다. 그렇게 머릿속에 돈 그림자가 어른거리면 그는 그 돈이 바로 눈앞에 있는 듯이 집을 짓고 사업을 하고…… 별별 꿈을 다 꾸게 된다. 지금도 그의 눈은 쨍쨍한 볕발에 삶는 듯한 종로로 주었으나 보는 것은 그의 머릿속에 그리는 딴세상이었다.　　　　　　　　　(하권, p.131)

이 작품에서 잡지사 기자이자 작가인 박춘수는 잡지사의 경영 곤란에 월급을 받지 못하여 생활난에 부대끼다가 돈이 많은 부자가 되어 집을 짓고 사업을 하는 꿈을 꾸게 된다. 덧없는 공상에 빠졌다가 무슨 죄나 지은 듯이 멋적어 하지만, 그의 공상은 한 지식인의 허욕보다는 포부를 보여준다는 점에서 의미를 찾아볼 수 있다. 집이 비좁아 이웃 친구집 대청 마루에서 자다가 배탈이 나서 출근하지 못하고, 돈이 없어서 식구들이 끼니를 굶는 모습을 지켜봐야 하는 그로서는 스스로 공상을 하는 순간이나마 괴로운 마음을 달랠 수밖에 없다. 그러나 공상과는 너무나 거리가 먼 현실은 더욱 그를 비참하고 왜소하게 만들고 있다. 하지만 그는 공상을 한 자신을 죄스럽게 생각할 뿐만 아니라 식구들을 먹여살리기 위해 앓는 몸으로 글쓰기에 열중하는 것으로 강한 삶의 의욕을 보여주고 있다. 후기(後期) 작품 「전기(轉機)」(1929.1)의 주인공 박인화도 잡지사 기자로, 월급을 받지 못하여 가족의 생존 문제 때문에 고민하는 인물이다. 그러나 그는 공상을 하는 것이 아니라 가난하게 살다가 급사한 친구의 시체가 자신의 시체로 변하는 환상을 본다.

> 그의 눈앞에는 뻐드름한 최일천의 시신이 나타났다. 시신은 점점 뚜렷이 나타났다가 다시 흐릿하여지더니 다시 구름 속에 들었던 달처럼 슬근히 나타난다. 다시 나타나는 그 시체는 박인화 자신의 시체이었다. 그 시체는 관 속에 들었다. 그 위에는 천근 같은 흙이 덮인다.　　(상권, p.434)

인용문에서는 전기(前期) 작품에서처럼 식구들과 불이나 피 또는 칼과 같은 것이 나타나 주인공의 절망이나 원한 또는 분노의 감정을 고조시키는 것이 아니라, 친구의 시체가 자신의 시체로 변하는 것을 보여줌으로써 친구의 죽음에서 자신의 죽음을 연상하는 주인공의 공포의 심리만을 확대하여 보여주고 있다. 즉 환상을 통하여 전기(前期) 작품에서 주인공이 식구들의 죽음을 먼저 생각하고 있다면, 이 작품에서는 주인공이 먼저 자신의 죽음을 생각한 다음 그것이 식구들한테 미칠 영향을 고려하고 있다. 그리고 전기(前期) 작품에서는 주인공이 자신의 죽음에 대해서 두려워하지 않는 태도를 보여주고 있는 반면, 여기서는 죽음에 대한 공포의 심리를 통하여 생명에 대한 강한 애착을 보여주고 있다.

이상에서 최서해의 내적·고정 초점화자가 등장하는 작품을 살펴본 결과, 전기(前期) 소설에 환상이 많이 나오는 반면, 후기(後期) 소설에는 환상이 적은 대신 공상이 일부 나타나는 것을 볼 수 있었다. 전기(前期) 소설 중 환상 속에 가족과 불이 동시에 나오는 작품은 주인공의 가족에 대한 애정과 사회에 대한 분노를 보여주고 있는데, 환상 속에 악마가 등장하고 불과 칼로 식구들을 살해하여 피를 흘리게 하는 경우는 주인공의 살인 행위로 결말을 맺고 있다. 환상이라는 문학적 장치에 의하여 추진되는 이런 살인은 상징성을 지닌다고 보아야 할 것이다. 주인공이 피살되는 작품은 환상 속에 가족이 아니라 적대자가 등장하여 험악한 몰골을 보여주는 것으로 공포적 분위기를 고조시키고 있다. 그리고 전기(前期)와 후기(後期)의 여러 작품에 환상 속에 아름다운 여성이 등장하는 것을 볼 수 있는데, 이러한 환상은 주인공의 애정에 대한 갈망을 보여주고 있으나 현실에서 실현될 수 없는 것이기에 비극적이다. 후기(後期)의 일부 작품에는 공상이 나타나고 있는데, 공상을 한 주인공들은 자신을 부끄럽게 생각하는 것으로 강한 투쟁 의지나 생활 의지를 보여주고 있다. 후기(後期) 작품의 환상에는 주인공의 식구가 아니라 주인공 자신의 시체가 나타나 주인공이 공포를 느끼는 것으로 생에 대한 의욕을 보여주고 있다. 한마디로 최서해 소설에 나타나는 환상 또는 공상을 작중 인물의 내적 경험을 극대화하여 보여줌으로써, 인물을 성격화하고 '외재적 사건'의 진실성을 환기시키는 기능을 했다. 특히 '내면의 진실'이라는 측면에서 감각과 정서의 층위에까지 진실성의 범위를 확대하면서 새로운 리얼리티를 발굴하고, 종전의 문학에서 소홀히 다루었던 사회 하층민의 내적 경험의 여러 층위를 보여주고자 한 노력은 문학사적으로 의의가 있는 것이라고 해야 할 것이다.

2) 가변 초점화에 의한 갈등과 인식의 심화

(1) 대비적인 시각의 제시와 갈등의 생동화

최서해의 외적 화자의 서술로 된 소설은 제 2단계의 내적 초점화에서 두 명 이상의 작중인물이 내적 초점화자로 전환되는 작품이 일부 있다. 이에 속하는 작품으로는 「매월(梅月)」, 「큰물진 뒤」, 「기아(棄兒)」, 「해돋이」, 「그믐밤」, 『호외시대(號外時代)』를 들 수 있는데, 이러한 작품들은 부동한 내적 초점화자의 시각에서 동일한 사건이나 인물이 부동한 의미로 해석 또는 평가될 수 있을 뿐만 아니라 외적 초점화자가 모든 내적 초점화자의 시각을 수렴하면서 스토리 전체를 관망하는 것이 가능하기에 서사가 객관적 인 모습을 지닐 수 있다. 「큰물진 뒤」, 「해돋이」, 『호외시대(號外時代)』는 1절에서 취급했으므로 여기서는 「매월(梅月)」, 「기아(棄兒)」, 「그믐밤」만 살펴보고자 한다.

「매월(梅月)」(1924.11)은 백여 년 전의 이야기를 쓴 작품으로, 외적 초점화에 의하여 양반집 가비인 매월이 그의 주인 박생의 욕정 앞에 정조관념과 은혜 사이에서 방황하다가 낙동강에 투신 자살하는 스토리가 제시되고 있다. 이 작품에서 양반 박생과 그의 집 가비인 매월이 초점화자의 기능을 하는데, 전반부와 후반부에 각각 박생과 매월의 초점화자의 역할이 두드러지게 나타나고 있다. 박생의 시각을 통하여 매월은 "그 문필의 갖은 것이며 용모의 뛰어난 것이라든지 탁문군이나 최앵앵이와도 손색이 없"(상권, p.81)는 미인의 형상으로 그려진다. 그러나 박생의 마음은 매월의 아름다움을 감상하는 데 있는 것이 아니라 그녀의 자색을 탐하는 데 있었다. 따라서 박생은 "달빛같이 맑고도 포르스름한 살빛은 청조한 끝에 냉정한 표정이 없지 않으나 이슬기가 자르르한 가는 눈하며 둥그스름한 턱 위 불그스레한 입술이며 이성이 넘치는 듯한 콧날 위 그리 넓지 않은 이마하며 어느 것이나 빠진 데" 없다고 보면서, "교수를 머금고 낭랑하게 율을 읊는 양은 그냥 탑싹 집어먹어도 비리지 않을 것 같"(상권, p.81)다고 생각한다. 그러나 박생은 양반의 신분 때문에 처음에 함부로 행동하지 못하는데, 그의 내적 독백에서 복잡한 내심세계가 잘 보여지고 있다. 박생은 가비 매월을 두고, "그는 천비다. 나는 양반이다. 양반이 종년을 생각하고 심려를 하다니? 응 세상이 알면 얼마나 비웃으랴? 버리자, 이 심려를 버리자. 그러나 그를 잊을 수 없구나! 그 꽃을 꺽지 않고는 못견디겠구나! 그러나 어찌 양반으로서 종년에게 말을 내누?"(상권, p.81) 하고 생각한다. 이를 통하여 자신의 심려를 누가 알면 양반의 체면에 손상이 갈까봐 두려워하면서도 매월에 대한 욕정에 끌리고, 그러면서도 한편으로는 양반의 신분에 종년한테 그런 말을 꺼내기 힘들어하는 그의 심사를 들여다 볼 수 있으며 체면을 중히 여기는 양반의 이미지를 그려볼 수 있다. 또한 매월을 '천비'라기도 하고 '종년'이라고 하는 데서, 그는 머리속에 봉건적인 신분관념이 완고하게 자리잡고 있음을 알 수 있다. 이러한 신분관념은 결국 양반의 체면을 더욱 부정적인 측면으로 발전시키는 작용을 하며, 박생은 매월을 손에 넣기 위하여 갖은 추태를 다 부리면서 물러서려고 하지 않는다. 매월에게 거절당하고 양반으로서의 체면에 "후회, 공포, 불안에 가슴이 조이면서도 분한 마음도 치밀어" 앓아눕게 되지만, 그래도 마음이 죽지 않은 그는 나중에 병치료를 핑계로 매월을 데리고 동래 범어사라는 절로 가면서 "나는 상전이고 매월이는 천비다. 쟤가 내게 거절하는 것은 일시 부끄러워서 그러겠지 실상이야……?"(상권, p.86) 하고 자기를 합리화한다.

박생과는 대조적으로, 작품의 후반부에 초점화자로 등장하는 매월은 자신의 절개도 굽히지 않고 은혜도 저버리지 않으려고 한다. 그는 "박생의 추태를 책망하고 싶으나 기구한 신세가 이 집에 팔려 와서 태산 같은 은혜 지었거니 생각하매 차마 그럴 수가 없고 그렇다고 송죽 같은 나의 절개를 더럽힐 수는 없다"(상권, p.84)고 번민한다. 그러나 가비로서 주인의 의사를 거스르기 힘들다는 것을 아는 그는 나중에 박생을 따라 범어사로 가는 도중에 하늘에 솜 같은 흰 구름이 기세 좋게 흐르는 것을 보고 그 구름을 타고 하늘로 가고 싶다는 생각을 하기도 하고 눈을 돌려 들에서 가을걷이에 분주히 돌아다니는 농촌 부녀들을 볼 때 솔개에게 채어가는 듯한 자기의 그림자를 눈앞에 그려보기도 하면서 자유세계를 갈망한다.

그러면서도 박생을 원망하지 않는데, 이는 "일개 아녀자요 천비로서 헌헌대장부의 간담을 태우누나"라는 내적 독백을 통해서 그 이유가 나타나고 있다. 또한 이는 그 역시 봉건적인 신분관념에 젖어있음을 보여주는 것이기도 하다. 하지만 그는 봉건적인 신분질서에 절대적으로 순응하는 것이 아니라 정조를 지키기 위해서는 반항하기로 작심한다. "한평생을 몸 아낄 만한 사람이거나 '논개'나 '초선'이 같이 큰 사업을 위하는 것이라면 그 정조를 바쳤겠지만, 상전의 한때 성욕을 만족시키기 위하여 정조라는 비단에 쉬 가위를 대기는 뼈가 갈려도 할 수 없"(상권, p.87)다고 생각하는 것으로 확고한 정조 관념을 보여준다.

한편 자신의 반항이 굳세면 굳셀수록 상전의 심려는 깊어지고 은혜진 상전의 병이 더할 것이라는 생각에 괴로움을 겪다가, 은혜도 저버리지 않고 정조도 지키는 유일한 방법으로 낙동강에 뛰어들어 자살하는 길을 선택하는데, 그의 희생정신은 인도주의의 정신세계를 보여주는 것이기도 하다. 이처럼 이 작품은 서로 상반되는 성격을 갖고 있는 두 사람을 내적 초점화자로 등장시켜 그들의 심리상태에 따른 부동한 행적을 보여주는 것으로 박생의 부패한 도덕성을 비판하고 매월의 고 매한 덕성을 구가하고 있다.

「기아(棄兒)」(1925.9)에서 외적 초점화자에 의해 제시되는 스토 리는, 가난한 지게꾼 김철호가 아들 학범을 기아로 죽이기 않기 위 하여 인도주의자 최순호의 집 대문 앞에 버렸다가, 학범이 경찰서로 넘어가는 바람에 종적을 알지 못하게 된다는 내용으로 되어 있다. 총 5장으로 되어 있는 이 작품의 1장에서는 인도주의자 최순호가 초점화자로 등장하고 그의 시각을 통하여 대문밖에 버려진 어린애 가 제시된다.

> "여보!"
>
> 서재에서 인의론(仁義論)을 쓰던 최순호는 그 아내 경희의 부르는 소 리에 붓을 멈추었다.
>
> "여보세요. 거기 계세요."
>
> 남편의 대답이 늦으니까 재차 부르는 소리가 들린다.
>
> 으스름한 초승 달빛이 소리 없이 흐르는 뜰을 지나 순호의 서잿방으로 울려 들어오는 그 소리는 몹시 거칠다. 그러자 뒤따라,
>
> "으아 엄마 —."
>
> 하는 어린애 울음 소리가 처량히 들린다.
>
> —「기아(棄兒)」에서(상권, p.67)

이는 작품의 서두에 나오는 장면으로, 서재에서 인의론을 쓰던 최순 호는 그의 아내가 부르는 소리와 어린애 울음 소리를 듣고 밖에 나가 서 무슨 영문인지를 확인하게 된다. 누군가 버리고 간 어린애를 두고

아내가 황급해하고 짜증을 내면서 어멈보고 경찰서로 업어가게 하는
것을 본 그는 "엑 도척 같은 놈들! 자식을 버리다니!"(상권, p.69)라고
탄식한다. 여기서는 최순호의 시각을 통하여 어린애 부모의 비윤리적
인 행각이 질책되고 있다고 해야 할 것이다. 그러나 2~4장에서 내적
초점화자가 김철호로 바뀌면서 아들을 버리게 된 내막과 그 과정에서
겪게 된 심리적 갈등이 구체적으로 제시되고 있다.

> 안에서 울려 나오는 소리에 철호는 귀를 기울였다.
> "응 밥 주, 응 엄마—."
> "이 자식아, 왜 이 성화냐? 응. 이 망할 자식 같으니라구."
> 여편네는 악을 빡 쓰면서 어린 것을 툭탁 쥐어박는 소리가 들렸다.
> "야아 아— 애고고……."
> 지르는 학범이 소리는 숨이 끊어지는 듯하다. 철호는 땅이 꺼지도록
> 한숨을 지었다.   ―「기아(棄兒)」에서(상권, p.72)

　　도시 실업자인 주인공 김철호는 밖에 나가 일자리를 찾아 하루종일
돌아다니다가 빈손으로 돌아와서, 밥달라고 성화를 부리는 아들을 아
내가 쥐어박는 소리를 들으면서 한숨을 쉰다. 그는 밥 달라고 보채는
아들을 보다 못하여, 기구한 자기 앞에 굶주리는 것보다 어서 없어져
서 후생에나 잘 살게 되면 하는 마음으로 한강에 내다 버리려다가 차
마 그러지 못한다. 그래서 자식 없는, 열렬한 인도주의자로 유명한 최
순호의 집 대문 밖에 갖다버리게 되는데, 그러면서도 역시 극심한 내
심의 고통을 겪는다. 그는 네 살이 다 먹도록 기른 자식을 버리고 나
오게 되니, 디디는 자국자국이 학범이 원한의 눈물이 괴는 듯해서 차
마 발이 떨어지지 않았다. 그는 발길을 돌려 다시 데려가려다가 호떡

을 사 주마 하고 업고 온 학범을 다시 그 무덤 속 같은 데 데리고 가서 굶길 일을 생각하니 진저리가 나 한다. 벌고벌고 뼈가 빠지도록 고생하여도 열흘이면 절반을 더 굶는 자기 앞에서 굶겨죽이는 것보다 나으리라고 믿었다. 점잖은 집이요 자식 없는 집이니 길러 줄 줄 믿은 것이다.

그러나 김철호가 그처럼 믿었던 최순호는 사실의 경위에 대해 불문곡직할 뿐만 아니라 학범을 경찰서로 보내는 아내를 말리지도 않아 김철호가 나중에 다시 찾으려고 해도 찾을 수 없게 되는데, 이로써 최순호의 비인도주적인 면모가 드러나고 주인공의 비극성이 강화된다. 따라서 이 작품은 '기아'라는 한 가지 사건을 둘러싸고, 부모로서 자식을 먹여 살릴 힘이 없어 버릴 수밖에 없는 부당한 현실을 고발하고 가짜 인도주의자의 허위성을 폭로하는 목적에 이르고 있다.

「그믐밤」(1926.5)은 김좌수 집에서 머슴으로 살고 있는 삼돌이가 주인집 아들의 연주창 치료를 위하여 뱀잡이에 내몰려 고생하다가 나중에는 팔자를 고쳐주겠다는 유혹에 목살까지 베어 바치고 죽게 되는 과정과, 그 뒤 실수하여 삼돌을 살해한 김좌수가 삼돌의 환영에 공포를 느낀 나머지 보신용 비수로 아들을 잘못 살해하고 피를 토하면서 죽는 사건을 중심으로 하여 스토리가 구성되어 있다. 총 6장으로 구성되어 있는 이 작품에서도 긍정적 인물과 부정적 인물이 각각 초점화자로 등장하고 있는데, 5장까지 주로 긍정적 인물인 주인공 삼돌이에 의해 내적 초점화가 이루어지고 삼돌이 죽은 후 6장에서는 김좌수가 내적 초점화자로 교체되고 있다.

이 작품에서 주인의 호령을 받고 뱀잡이에 나서게 되어 뱀한테 물리고 자빠져서 이마를 상한 삼돌은 "어려서 부모를 잃고 남의 집 구석으로 다니면서 꼴이나 베고 소나 먹이며 김매면서 나이 삼십 되도록 장가도 못 들고— 그것도 부족하여 팔자에 없는 배암잡이로 다리 병신 되고 이마까지 피 터진 것을 생각하니 새삼스럽게 가슴이 메어지고 눈에 눈물이 핑 돌"(상권, p.231)면서도 상전인 김좌수를 별로 원망하지 않는다. 이러한 삼돌의 주된 초점화 대상은 김좌수가 아니라 생각만 해도 소름이 끼치는 뱀잡이 장면과 이와 대조적인 아름다운 전야이다.

> 배암은 머리를 기웃기웃하더니 늘씬한 몸을 늘였다 줄이면서 그 나무 등걸 밑으로 머리를 수그렸다. 푸른 바탕에 누른 점 흰 점이 볕에 얼른얼른 빛났다. 그것이 징글징글 기어 풀 속으로 내리는 것은 정신이 아찔하도록 무서웠다.
> —「그믐밤」에서(상권, p.229)

> 앞으로 끝없이 잇닿은 푸른 논판에 붉은 저녁볕이 비껴 흐르고 또 바람이 흐르는 것은 더욱 아름다웠다. 온 세상의 모든 행복은 기름이 흐르듯이 윤기 돌아 먹음직하게 연연히 자란 푸른 포기가 벼바람에 물결쳐 넘는 듯 하였다. 온몸을 벼 포기 속에 숨기고 오직 삿갓 꼭대기와 땀 밴 등만 드러내고 기어가면서 김매는 농군들은 신선같이 보였다.
> —「그믐밤」에서(상권, p.231)

삼돌의 눈에 뱀은 자신의 목숨을 시시각각 위협하고 있는 존재이다. 이러한 의식으로 하여, 삼돌의 눈에 비치는 전야는 선경같은 세계로 이미지화되면서 고된 밭일에 지쳐 길가는 개까지 부러워하던 나날들도 돌이켜보면 호강스럽게만 생각된다. 그래서 자유를 갈망하던 나머지 나중에 김좌수가 연주창 치료에 인육이 좋다는 미신을 믿고 삼돌에게 장가를 보내고 집과 소와 밭을 주겠다고 구슬리자, 삼돌은 귀가 솔깃해지고 눈앞에 "낯모를 여자의 낯, 아담하고 깨끗한 작은 집, 듬직한 황소"(상권, p.242)의 그림자가 어른거려 목살을 베어 내는 데 동의하고 생죽임을 당한다.

한편 김좌수는 삼돌이가 생전에 뱀잡기가 싫으니 일부러 이마를 터져 가지고 그런다고 욕하기도 하고 목살을 골패짝만하게 떼겠으니 아프지 않을 것이라고 거리낌없이 말하는데, 이로써 김좌수와 삼돌이의 관계는 이미 고질화되어 버린 상전과 머슴의 봉건적인 종속 관계임이 여실히 드러난다. 따라서 김좌수와 삼돌의 관계를 '유산계급과 무산계급의 대립관계' 보는 관점은 타당하지 않다.

삼돌이 죽은 후 6장에서 김좌수는 그제야 인간성에 눈을 뜨면서 죽은 삼돌의 환영 앞에서 공포에 떨게 된다.

> 김좌수의 마음은 점점 무거워졌다. 따라 뒤숭숭한 것이 또 안절부절을 못하게 되었다. 어둑한 뜰 저편 헛간 침침한 어둠 속으로 목을 쭉 늘이고 뭉깃한 것이 어청어청 나왔다. 그는 눈을 돌렸다. 불빛이 그물그물 비추인 웃방 문이 번쩍 열리면서 시뻘건 피뭉치가 나왔다. 그는 애써 모든 것을 보지 않으려고 눈을 감았다 뜨면서 시선을 마루로 옮겼다. 시커먼 그림자가 그의 앞에 섰다. 그는 가슴에서 돌덩이가 쿡 내렸다. 그것은 피묻은 그림자였다. 모두 착각이었다. ─「그믐밤」에서(상권, p.248)

인용문은 죽은 삼돌의 혼령이 나타나자 김좌수가 혼비백산하는 장면으로, 이러한 환상은 김좌수가 노린 것이 애초에 삼돌의 목숨이 아니므로 그의 죽음에 대한 죄의식에서 비롯되는 것이라고 해석할 수 있다. 다시 말하여 무지막지한 김좌수이지만 어버이로서 하나밖에 없는 병약한 아들을 살려보겠다고 남의 생사를 돌보지 않은 그 뒤틀린 애정의 밑바닥에 희미하게나마 참회하는 마음과 함께 인간성이 자리 잡고 있었음을 말해준다. 결국 김좌수는 삼돌의 환영에 시달리던 나머지 보신용으로 품고 잠자리에 들던 비수로 아들을 잘못 살해하는 실수를 범하고 자신도 피를 토하고 죽게 된다. 이 결말에 대해선 대개 "논리성을 결한 죽음"[34]이라든가, "우발적인 죽음"[35]이라든가하는 부정적인 평가가 있다. 물론 이는 세부적인 장면 처리에서의 사실성의 일탈이라고 할 수 있지만, 관점을 달리하여 볼 경우 상징성을 띤 죽음을 통하여 봉건적인 사회 배경하에 "학대(虐待)받는 인간(人間)과 그 학대자(虐待者)를 인간본연(人間本然)의 자세대로 그려" 본 동시에 한 걸음 더 나아가 인간성과 근대의식의 각성을 촉구한 것이라 볼 수 있다.[36] 그리고 이 작품이 서로 판이한 정신 세계를 가진 두 초점화자를 내세워 인간의 본성에 대한 심층적인 고찰을 시도한 동시에 두 가지 비극을 통하여 독자들에게 사랑과 인간성에 대한 문제를 사색하게 한다는 점은 오늘날에도 긍정적인 의의가 있는 것이라고 본다.

위의 작품들은 서로 상반되는 정신 세계를 가진 인물들을 동시에

---

34 孫英玉, 앞의 논문, 1977. p.64.

35 許判浩, 『최학송 소설연구―그 인물과 지향성을 중심으로』, 성균관대 박사논문, 1991.5. p.76.

36 김우종(金宇鍾)은 「그믐밤」에 대하여 이 작품은 처음에는 유산계급과 무산계급의 대립관계를 표현하고 뒤에 가서는 그 '主人 어른'에 대하여 심심(甚深)한 인간적인 동정을 표현하였으며, 서해(曙海)는 계급적인 투쟁의식을 떠나서 다만 학대받는 인간과 그 학대자를 인간본연의 자세대로 그려보았을 뿐이라고 지적하였다. 이에 본 연구에서는 이 작품의 전반부에서는 계급적인 대립관계가 아니라 상전과 머슴의 종속관계를 보여준 것으로 보며, 전반적으로는 학대받는 인간과 그 학대자를 인간본연의 자세대로 그려보았다는 관점에서 한걸음 더 나아가 인간성과 근대의식의 각성을 촉구한 것으로 보고자 한다. 金宇鍾, 「崔曙海 研究」, 李崇寧博士頌壽紀念事業委員會 編, 『李崇寧博士頌壽紀念論叢』, 乙酉文化社, 1968, p.163; p.162.

내적 초점화자로 등장시킨 공통점이 있다. 즉 작품의 주인공과 대립되는 인물을 또 다른 초점화자로 내세워 갈등을 심화시킴으로써 주인공의 비극성이 강화되는 것을 볼 수 있다. 그러나 부정적인 인물에 대하여 절대적으로 매도하는 것이 아니라 복잡한 성격을 보여주는 것으로 문학의 진실성을 획득하고 있다. 이러한 대비적인 시각은 갈등의 생동화를 통하여 인간의 본성과 사회적 모순에 대한 보다 깊이 있고 폭넓은 인식을 지향한다는 데 의의가 있는 것이다.

이들 작품과 달리, 1절에서 논의한 「해돋이」와 「호외시대(號外時代)」는 서로 성격이 상반되는 인물들을 내적 초점화자로 내세운 것이 아니라 가족애 또는 동지애로 맺어진 인물들을 내적 초점화자로 설정함으로써 사회와의 대립관계를 암시하는 동시에 그들의 상호 관계와 보완적인 성격을 통하여 암울한 식민지 현실에 대한 강력한 대응방안을 모색하고자 하였다.

(2) 시각의 동일화와 문제 의식의 확대

최서해의 인물에 갇힌 화자의 서술로 된 소설 중 관찰자적 서술로 된 작품은 '나'에 의하여 내적 초점화가 이루어지고 있는 동시에 '나'의 관찰 대상으로 되는 작중인물이 내적 초점화자로 전환하면서 가변 초점화가 이루어지는 것을 볼 수 있다. 아래에 그중 대표적인 작품이라고 할 수 있는 「미치광이」, 「갈등(葛藤)」, 「누이동생을 따라」를 살펴보는 것으로 이 유형의 작품에 나타난 내적·가변적 초점화의 의의를 밝히고자 한다.

「미치광이」(1926.12)에서는 내적 초점화자인 '나'가 미치광이에 대해 듣고 관찰하면서 느낀 감정을 보여주는 가운데, 마지막 부분에 마을의 박서방에 의한 내적 초점화가 삽입되어 미치광이가 마을에서 쫓겨난 사실이 제시됨으로써 두 내적 초점화자의 동일한 시각에 의하여 작품의 문제 의식이 확대되는 것을 볼 수 있다. 총 3장으로 구성된 이 작품의 1장에서 내적 초점화자인 '나'는 자기 집에서 이십 리의 거리를 둔, 간도의 달리소라는 곳에 있는 처가로 놀러가서 장모와의 대화를 통하여 마을에 미치광이가 있다는 사실을 알게 된다.

2장에서는 밤에 처가에 찾아온 미치광이를 두고 마을 사람들이 의론하는 것을 들으면서 '나'는 미치광이를 유심히 관찰한다. 마을 사람들의 의론이라는 것을 들으면, 조생원이라고 하는 그 미치광이는 비록 미쳤지만 일은 잘할 뿐만 아니라 미치지 않은 사람보다 더 용감하고 정직하고 체면이 있는 사람이다. 그는 자기를 누가 미치광이라고 하면 매를 들고 달려들었고, 모두 겁내는 되놈 밭 임자도 미치광이라고 했다고 해서 돌멩이로 때려 머리가 터지게 했다. 그리고 강가에서 돈 백원을 얻은 것을 집주인을 주는가하면, 집주인 김참봉이 없을 때는 젊은 계집이 혼자 자는 집에서 자기 싫다고 비가 몹시 오는데 강가 보릿짚 속에서 잔다.

그런데 김참봉은 미치광이를 부려먹기만 하고 돈 백원을 주었을 때도 신발 하나 사주지 않는다. 그러나 마을 사람들의 의론을 듣는 '나'의 눈에 미치광이의 "우뚝한 성깔스런 코와 때가 검은 낯빛은 무섭게 보이"(상권, p.94)고 다시 똑똑히 보니 "두 눈의 검은 자위는 샙뜨는 듯이 똑같이 미간으로 몰켰는데 형용키 어려운 무서운 빛이 환하"(상권, p.95)여 무서운 나머지 그를 피하게 된다. "밤에 자리 속에서 그 미치광이의 신상에 숨었을 비밀을 머리가 아프도록 상상하여 보"는 때에야 마음 속으로 미치광이의 특이한 이미지를 다시 그려볼 수 있게 된다.

이 때 내 눈에 비취고 마음에 떠오른 그 미치광이는 미치광이 같지 않게 생각하였읍니다. 나는 '그가 도리어 우리를 미쳤다고나 하지 않을까' 고도 생각하였읍니다. 그 두 눈을 또렷이 뜨고 허공을 볼 때 그는 확실히 딴 세계를 보는 듯하며 만나려는 어떤 이를 만난 듯이 생각났습니다.

—「미치광이」에서(상권, p.96)

3장에서는 십여 일 후 다시 처가에 들른 나한테 마을의 박서방이 들려준 이야기가 제시되면서 내적 초점화자가 박서방으로 교체된다.

박 서방께서 들으니 이러합디다.
—말썽 많은 김 참봉의 아내가 중국 사람하고 연애(?)를 하다가 어떻게 서툴러서 미치광이에게 세 번이나 들켰읍니다. 그러나 미치광이는 아무 말도 없었읍니다. 하지만 김 참봉의 아내는 발설이 될까 겁이 나서 미치광이가 밥을 도적질한다고 남에게 거짓말로 모함하였읍니다. 귀 넓은 김 참봉은 그 말을 옳게 듣고 미치광이를 죽도록 때려서 쫓았읍니다. 미치광이는 김 참봉 집에서 일 잘하여 준 보수라고 할는지 돈 한푼 못 받고 매를 죽도록 맞고 쫓겼건만 아무 소리 없이 태연자약한 태도로 갔다 합니다.

—「미치광이」에서(상권, pp.96~97)

인용문을 보면, 중국인 지주와 눈이 맞은 김참봉의 아내는 자신의 부정한 행실을 덮어 감추기 위하여 미치광이가 밥을 도적질한다고 거짓말로 모함하고 우매한 집주인 김참봉은 그 말을 곧이듣고 미치광이를 죽도록 때려서 내쫓는다. 이를 통하여 내적 초점화자인 박서방이 '나'와 동일한 태도로 미치광이를 동정하는 한편 김참봉과 그의 아내한테 비판적인 시선을 던지고 있음을 볼 수 있다. 그리고 박서방에 의한 내적 초점화는 '나'에 의한 내적 초점화에 삽입되면서 스토리 전체에 특수한 의미를 부여하고 있다. 그것은 첫째로, 김참봉 내외와 미치광이에 대한 대비를 통하여 비정상인보다 못한 정상인의 인간성과 도덕성을 크게 문제 삼고 있다고 할 수 있다. 둘째로는 김참봉의 아내가 중국인 지주인 '되놈'을 자기 집으로 끌어들이고 집주인 김참봉은 미치광이를 집에서 쫓아내는 것을 통하여, 김참봉의 집은 위기로 가득 찬 조선사람의 간도에서의 생활공간을 상징하는 것으로 볼 수 있다. 왜냐하면 앞에서 '나'에 의하여 제시되는 중국인 지주는 조선인을 힘으로 억누르고 남몰래 살인까지 하는 부정적인 인물인 반면에 미치광이는 중국인 지주를 두려워하지 않고 용감하게 저항할 줄 아는 긍정적인 인물이기 때문이다. 이 작품의 종결부에서 내적 초점화자인 '나'는 정상인보다 도덕적인 성격의 소유자인 비정상인인 미치광이를 회상하면서 그를 그리워하고 그의 운명에 대해 여운을 남김으로써 독자들에게 사색의 여지를 주고 있다.

「갈등(葛藤)」(1929.1)에서는 중산계급에 속하는 지식인 주인공 '나'가 내적 초점화자로 등장하여 집의 어멈을 비롯한 주위의 사람들을 관찰하면서 겪는 심리적 갈등을 보여주고, 중간에 '나'의 주된 관찰 대상인 집의 어멈 홍성녀에 의한 내적 초점화가 이루어지면서 그의 내력이 제시되고 있다. 이 작품의 앞부분에서 '나'는 일전에 집을 떠나간 어멈으로부터 보내온, 황공스럽게 공손히 쓴 엽서를 받고 어멈에 대해 회상하면서 동정을 느낀다. 그런데 '나'의 어멈에 대한 동정은 그의 가난한 처지에 대한 단순한 동정이 아니다. "그 동정, 그 측은은 그의 질소한 성격, 순박한 마음에 대한 그것이요, 그 성격이 그 마음, 그 성격과는 아주 반대되는 환경의 거치른 물결에 찢기고 찢겨서 아름답고 부드러운 그 성격의 올을은 나날이 거칠어 가건만 그것을 의식치 못하고 오히려 모든 것을 믿고 받드는 어린 양 같은 철없는 어멈에 대해서 사람으로서 누구나 가지게 되는 동정이요 측은지심"(하권, p.40)이었다.

'나'의 과거에 대한 회상으로 되어 있는 작품의 중간 부분에서는 집에 와서 선보였거나 일하다가 간, 사회의 하층민에 속하는 어멈들에 대한 '나'의 시선이 결코 동정의 차원에만 머무는 것이 아님을 보여준다. 몰인격적이고 굴종적이고 비열한 어멈들의 모습은 오히려 비판적인 면에 더 가깝다고 해야 할 것이다. 그러나 주인공이 그들에게 따뜻한 시선을 보낼 수 있는 것은 그 계급의 '환경'이 그들을 고상하게 보이지 않도록 만들었다는 데 있다. 어멈들의 생활환경은 그들의 굴절된 성격뿐만 아니라 사회적인 최하층 지위를 결정해주었다. 주인공은 자신의 눈에 비친 어멈들의 모습에 비추어 그들보다 지위가 별로 더 높지 못한 중산층 지식계급이, 그 '웃계급'에게 보일 초라한 모습을 연상하면서 자신이 속한 계급의 사회적 지위까지 생각한다.

> 우리가 우리의 웃계급의 눈 밖에 나듯이 그네는 우리의 눈 밖에 났다. 그것은 우리나 그네나 다 같이 비열한 놈들이라는 조건하에서……
>
> 생각하면 같은 처지언만 어찌하여 그네와 우리 사이에는 금이 그어졌는가. 우리는 어찌하여 그네를 괄시하는가. 오히려 우리네는 지식계급이라는 간판 아래서 갖은 화장과 장식으로써 세상을 속이지만 그네들은 표리를 꼭 같이 가지고 있지 않은가. 그것이 우리보다도 귀할는지 모른다.
>
> ─「갈등(葛藤)」에서(하권, p.43)

'나'는 자신이 속한 계급이 어멈들과 같은 천민계급을 "괄시"하는 데 대해서, 그리고 세상을 속이는 '우리'의 허위와 가면에 대해서 깊은 반성과 예리한 비판을 하고 있다. 뿐만 아니라 '표리' 일치라는 면에서는 천민계급이 지식계급보다 우위에 있다고 생각한다. 이러한 주인공의 자기 반성 내지 비판은 집에 어멈을 두게 되면서부터 심각해진 것이며 심리적 갈등의 발단도 그로부터 비롯된 것이다. 특히 '나'는 집에 홍성녀라는 새로 온 어멈이 과부의 몸으로 임신하게 된 내력을 알게 되면서 '환경'이 인간에 주는 피해를 절실하게 느끼고 어멈에 대해 더욱 동정하게 된다.

홍성녀의 내력을 제시하는 부분에서 내적 초점화자는 홍성녀로 바뀐다. 그러나 홍성녀의 내력은 나의 아내를 통하여 나한테 전달되므로 홍성녀에 의한 내적 초점화는 실제상 '나'에 의한 내적 초점화에 삽입되는 형식으로 존재한다. 홍성녀의 내력을 보면, 그는 이전에 어떤 여관집 어멈으로 있을 때 주인집 마나님의 비호를 받는, 그집에서 심부름을 하던 나이 든 사내의 꼬임에 들어 몸을 더럽히고 그 사내와 함께 살게 되었다. 그런데 그 남자는 어멈을 폭행하거나 술주정을 부리기 일쑤인 데다가 여관 손님의 돈을 훔쳐 가지고 도망가기까지 한다. 결국 애꿎은 어멈은 주인 마나님에게 공모자로 지목돠어 경찰서까지 들어가고 여관에서 쫓겨나게 된다. 이와 같은 홍성녀에 의한 내적 초점화는 그의 비극적인 인생을 생동하게 보여주기 위한 것인 동시에 '나'의 현실에 대한 비판 의식을 강화하고 어멈에 대한 태도를 깊이 반성하게 한다.

따라서 어멈의 내력이 제시된 후 내적 초점화자는 다시 '나'로 바뀌면서 남을 '착취'하고 남의 정신과 육체를 유린하는 계급에 대한 '나'의 분개를 보여준다. 즉 나의 가슴은 일종의 의분으로 끓으면서 노력을 빼앗아다 피까지 빨려는 계급, 정조까지 유린을 하고도 부족이 되어서 매까지 대는 그러한 계급에 대한 반항적 의분에 내 가슴은 찌르르 전기를 받는 듯하였다. 한편, 끓어올랐던 홍분이 고요히 갈앉은 뒤 비판에 눈뜨는 '나'의 이성은 지식계급인 체하고 가만히 앉아서 그 모든 것을 정관하는 내 태도가 얄미운 동시에 그렇게 생각하면서도 그런 사람을 부리는 것이 죄송스러웠다.

그러나 '나'는 현실적인 문제에 직면하여, 어멈 철폐를 부르짖으면서도 집에 어멈을 부리고, 제 힘으로 살아가는 어멈이 사람답다고 생각하면서도 정조를 팔아 부귀영화를 누리려는 부르주아 모던 걸에게 눈길을 팔며, 여자해방론자로 자처하면서도 가장적 관념에 지배되어 어멈의 허물을 보는 아내에게 몰인격적인 언사를 쓰는 '나'의 사상과 행동의 모순으로 하여 더욱 큰 괴로움을 받게 된다. 작품의 뒷부분에서 '나'는 현재 시점으로 돌아와 자신을 어멈의 처지에 놓고 봄으로써 어멈의 고통을 이해하고자 하는 노력을 보여주고 있다.

> ……그와 같은 운명의 길을 밟는 때 지금의 나와 같은 중간 계급 이상 계급의 발길에 짓밟히는 나를 그려 본다는 것보다 그려 보여졌다. 나는 은연중 주먹이 쥐어졌다.
> '오오, 그네(어멈)의 세상이 되어야 일 만 사람의 고통이 한 삶의 영화와 바뀔 것이다.'
>
> —「갈등(葛藤)」에서(하권, p.64)

결국 화자는 어멈 문제를 둘러싸고 겪는 심리적 갈등을 계급타파의 사상으로 해결하고 있음을 알 수 있다. 즉 사회개혁은 구호로서가 아니라 내심으로 계급타파를 하고 실천적인 행동으로 이어져야 함을 강조하고 있는 셈이다.

「누이동생을 따라」(1930.2)는 '나'가 해운대에 놀러갔다가 단소 부는 사나이를 만나게 되어 그 단소 부는 사나이로부터 그들 오누이의 비참한 운명에 대한 이야기를 듣게 되고 그 이튿날 이미 바다에 투신

자살한 누이동생을 따라 역시 바다에 몸을 던진 사나이의 소식을 접하게 되는 스토리로 구성되어 있다. 이 작품은 총 8장으로 된 분량 있는 액자소설로 '바깥 이야기'가 1~4장과 8장의 마지막 5행으로 되어 있고 '안 이야기'는 5장부터 8장의 대부분을 차지하는데, '바깥 이야기'와 '안 이야기'에서 주인공 '나'와 '나'의 관찰 대상으로 되는 단소 부는 사나이가 각각 주된 내적 초점화자 역할을 하고 있다. 1장과 2장에서 '나'는 부산 해운대에 갔다가 애꾸눈인데다가 왼편 다리까지 저는 단소 부는 사나이를 알게 되고 그 사나이의 이미지와 어울리는 처량한 단소 소리를 듣게 된다.

> 달빛이 흐르는 바다를 고요히 바라보고 앉았던 나의 가슴은 흘러 오는 단소 소리에 아른아른 흔들렸다. 그 소리는 낮에 들든 것보다 한껏 처량하였다. 이어지는 듯 끊어지는 듯 굵고 가늘게 흘러 오는 그 소리는 밝은 달빛과 조화되어 달이 단소빛 소린지 단소 소리가 달빛인지 바다와 산을 스쳐 먼 하늘가를 흐르는 그 소리는 때로 여울 소리같이 격하고 때로 먼 하늘의 기러기 소리같이 처량하였다. 나는 세상을 떠나 달빛을 타고 하늘로 오르는 듯이 표연한 맛을 느끼면서도 인간의 애틋한 심정을 벗을 수 없었다.
> —「누이동생을 따라」에서(하권, p.165)

단소 소리를 듣는 '나'의 눈앞에는 열흘 전에 바다에 투신자살한, 보지도 못한 한 여자의 창백한 얼굴이 떠올라 그 단소 소리가 그 여자의 원한을 하소연하는 듯 하다고 느낀다. 3장과 4장에서는 나와 친구들이 바닷가에서 술놀이를 하다가 단소 부는 사나이를 청하여 단소를 불게 하면서 즐기던 중 그가 부모 처자가 없이 홀몸으로 떠돌아다닌다는 것을 알게 된다.

5장부터 단소부는 사나이가 내적 초점화자로 교체되면서 대화형식으로 그의 내력을 제시하고 있는데, 이 부분은 분절된 구성에 의하여 단소 부는 사나이의 "불행이 상승적으로 처리"[37]되어 비극적 플롯을 이루는 것을 볼 수 있다. 다시 말하여, 5장에서 단소 부는 사나이가, 첩으로 아버지와 살림을 갈라서 오누이를 데리고 산 어머니의 불행과 그가 열한 살 때 하늘처럼 믿던 어머니가 병으로 드러눕게 된 과거를 제시함으로써 비극의 발단을 암시하고 있다.

6장과 7장에서는 그가 어머니의 사망 후 정이 없는 아버지와 서모의 집에 가 지내다가 지독한 서모의 폭행으로 애꾸눈이 되고, 얼마 안 되어 아버지마저 돌아가는 바람에 아홉 살 된 여동생과 갈려 이모집으로 가게 된 사실을 제시하여 비극의 전개를 보여준다. 그는 이모집에서 중단했던 학업을 계속하고 열일곱 살 되는 해에 평양으로 가나 애꾸눈이라고 누가 거들떠 보지 않는다. 그래도 그는 국수집 심부름꾼, 운송부 짐꾼, 한산 인부를 하면서 운명을 타개하려고 애쓴다.

8장에서는 그가 부산, 대구에서 치도판으로, 항구판으로 탄광으로 전전하고 김도 매고 꼴도 베는 일을 하면서 근근히 밥벌이를 하다가 벌목판에 나가 사고로 다리를 다쳐 절름발이가 되는 것으로 비극의 심화를 보여주고 있다. 그때부터 단소를 불어 가슴에 서린 정을 하소연하기도 하고 밥을 빌어먹으며 간신히 연명하게 된 그는 고향에 몰래 찾아갔다가 여동생이 유곽에 팔려간 것을 알게 되고, 여동생을 찾아 안동현, 대련, 서울, 군산, 부산으로 헤매다가 여동생이 이곳에 와서 자살한 후 뒤늦게 도착하는데, 이로써 그의 비극이 절정에 달하는 것을 볼 수 있다. 작품의 종결부에서 내적 초점화자는 다시 '나'로 교

---

37 孫英玉, 앞의 논문, 1977, p.167.

체되면서 '나'에 의하여 그 이튿날 단소 부는 사나이가 여동생의 뒤를 이어 바다에 뛰어들어 자살한 사실이 제시되는 것으로 그의 비극적인 종말을 보여주고 있다.

이 작품은 「미치광이」나 「갈등(葛藤)」과 달리 '나'의 내적 초점화자 역할보다 '나'의 관찰대상으로 되는 단소 부는 사나이의 내적 초점화자 역할이 강조되는 것을 볼 수 있다. 그러나 역시 단소 부는 사나이에 의한 내적 초점화가 '나'에 의한 내적 초점화에 삽입되는 형식을 취하는 것으로 통일된 시각안에 단소 부는 사나이의 불행한 일대기가 펼쳐짐으로써 비극적인 사실의 생생한 전개와 더불어 일련의 심각한 문제를 제시하고 있다. 즉 이 작품은 계급적 갈등을 내세우지 않은 대신 인간의 도덕성과 가난한 사람들이 살아가기 힘든 사회적 문제에 질문을 던지고 있다. 단소 부는 사나이의 불행의 근원은 단순히 팔자가 기구해서라기보다 첩질이나 하고 자녀에 대해 아예 돌보지 않는 아버지, 인정이라고는 조금도 찾아볼 수 없는 서모에게 있음을 작품에서는 암시하고 있다. 이는 '안 이야기'에서 단소 부는 사나이가 "우리는 아버지의 애정이라고는 요만큼도 (그는 손가락 끝을 보이면서) 없읍니다"(하권, p.171)라고 말한다든가, 그의 이야기를 들으면서 '나'의 친구가 "팔자는 무슨 팔자요……. 그렇게 지독한 계집두 있담……"(하권, p.175)하고 '서모'의 소행에 분개한다든가 하는 데서 잘 나타난다.

뿐만 아니라 단소 부는 사나이의 여동생도 아편장이 남편이 유곽에 팔아먹었기에 더 불행하게 되었고, 단소 부는 사나이가 애꾸눈인 탓에 직업을 찾기 힘든 것은 사회적인 편견 때문이라고 할 수 있다. 벌목판에서 일하다가 다리가 불구 된 것도 그날 꿈자리가 사나워 벌목하러 나가지 않으려다가 삭전 주는 간조 날에 안 나가면 감독의 잔소리가 더욱 심하기에 그것이 싫어서 나간 것으로 되어 있기에 감독에게 간접적인 원인이 있다. 이 작품에서는 이러한 일련의 문제에 대하여 주관적인 평가를 하는 것이 아니라 내적 초점화를 통하여 간접적으로 제시하는 가운데 비극적 인간의 한을 '단소 소리'라는 문학적 장치를 통해 교묘하게 형상화하고 있는 것이 주목된다.

이상의 작품들은 '나'에 의한 내적 초점화에 '나'의 관찰 대상으로 되는 '그'에 의한 내적 초점화가 삽입되는 형식으로 존재하여 '나'와 관찰 대상의 시각의 동일화를 이루는 것을 볼 수 있다. 관찰 대상에 의한 내적 초점화에서는 '그'의 불행한 내력이 제시됨으로써 '나'가 '그'의 불행에 동정의 시선을 보내게 된다. 그런데 '그'의 불행은 사회의 부정적인 인물들에 의해 조성된 것으로, '그'가 피해자라는 것이 '나'의 의해 확인됨으로써 문제 의식이 심화되는 것을 볼 수 있다. 이러한 가변적 초점화는 낙오계층을 포함한 사회적 약자들에 대한 따뜻한 동정의 시각을 확보하고 절박한 사회문제를 해결하려는 의욕을 보여준다는 데 의미가 있는 것이다.

제4장

서사구조의 복합성과 소설의 미학적 승화

최서해 소설 연구

스티븐슨은 소설을 쓰는 데는 세 가지 방법이 있다고 했다. 첫째는 먼저 플롯을 결정하고 나서 인물을 찾는 방법이고 둘째는 인물을 먼저 선택하고 나서 인물의 성격묘사에 필요한 사건과 장면을 찾는 방법이며, 셋째는 먼저 일정한 분위기를 선택하고 나서 분위기를 표현하거나 실현할 수 있는 행위와 인물을 찾는 방법이다.[1]

스티븐슨이 제시한 소설 창작의 구조의식은 한국의 초기 소설이론에도 수용되었던 것으로 보인다. 김동인은 그의『소설작법』에서 소설의 기본요소로 사건, 인물(성격), 분위기를 들고, 이를 설명하면서 사건소설, 성격소설, 배경소설로 나누어 간략하게 언급했다.[2] 이는 소설의 구조적 관점에서 소설을 유형화한 것이라고 할 수 있다.

최서해 소설은 이러한 근대소설의 서사구조에 관한 이론 또는 인식을 반영하여 복합적인 서사구조를 구축함으로써 한국 근대소설의 발전에 독자적인 기여를 하였다. 본 장은 최서해 소설의 서사구조가 화자의 서술방법과 초점화 방법과 더불어 어떻게 생동하게 구축되는지를 살펴보고, 나아가서 그 미학적 가치를 구명하는 것을 목표로 한다. 연구의 일관성을 위하여 미케 발 등의 서사이론에 비추어 인물과 시공간의 구성으로 각각 나누어 논의를 전개하고자 한다.

---

1 陳平原 著, 이종민 역,『中國小說敍事學』, 살림, 1994, p.148에서 재인용.
2 金東仁,「小說作法」,『朝鮮文壇』通卷 第7號~第11號, 1925.4~1925.8.

 **1. 이데올로기적·심리학적 관계[3]에 의한 인물의 성격 창조**

1) 이데올로기적 관계와 인물의 사회적 대응 양상

최서해는 그의 초기작품의 가난과 반항이라는 제재와 주제로 폭발적인 인기를 모았지만, 그러한 작품은 대개 구성의 도식성이라는 지적을 받았다. 그것은 빈부의 대립과 갈등을 선명하게 보여주는 이데올리기적 속성 때문이었다. 그러나 최서해의 성공은 바로 절실한 빈궁체험과 창작충동을 한꺼번에 적절하게 담아낼 수 있는 도식적인 구조의 발견에서, 그리고 그러한 구조를 통하여 인물의 심리적 갈등 또는 변화를 핍진하게 보여준 서술방법에서 비롯되었다.

최서해의 전기(前期) 소설에서 주류를 이루는 소위 '신경향파 소설'[4]은 대개 "극빈의 고통 속에서 주인공이 자발적으로 제도의 희생자라는 의식의 전환을 경험하고 직접적 저항으로 나아간다는 구조로 되어

---

3 미케 발은 텍스트에 포함된 행위자에 관한 정보를 바탕으로, 그리고 파블라의 준거 틀(frame of reference)에 의존하거나 분석을 거친 파블라군(群)에서 중요하게 보이는 원칙들에 따라 인물들 사이의 관계, 그리고 인물과 세계의 관계들을 심리학적 관계, 이데올로기적 관계, 모든 종류의 상이한 대립관계로 묶을 수 있다고 보았다. 이 원칙에 비추어 이 글에서는 최서해 소설의 인물들의 관계와 인물과 세계의관계를 크게 심리학적 관계와 이데올로기적 관계로 나누어 논의하고자 한다. Bal, M., 한용환·강덕화 역, 『서사란 무엇인가』, 문예출판사, 1999, pp.72~74.

4 박상준은 최서해 소설에서 소위 '신경향파 소설'로는 「토혈(吐血)」, 「탈출기(脫出記)」, 「박돌(朴乭)의 죽음」, 「기아(飢餓)와 살육(殺戮)」, 「큰물진 뒤」, 「설날밤」, 「의사(醫師)」, 「누가 망하나?」, 「홍염(紅焰)」, 「서막(序幕)」 등 10편밖에 되지 않는다고 지적했다. 박상준, 「최서해 소설 연구」, 문학사와 비평학회 편, 『최서해 문학의 재조명』, 새미, 2002, p.133.

있어” “자발적 반항이라는 아나키즘적 전망을 일정하게 반영하고 있”[5]
다. 이러한 작품은 ‘부자’와 ‘빈자’의 이항 대립적 구조를 취한 공통점
이 있는데, 여기서 ‘부자/빈자’의 이항 대립적 구조는 ‘중국인/조선인’,
‘사악함/착함’, ‘지배/종속’, ‘일본/조선’, ‘제국주의/식민지’ 등으로 무
한히 확장 가능하다.[6] 동시에 주인공의 전반부의 순응적인 성격과 후
반부의 반항적인 성격이 대비되는 대위적인 구성을 보여주고 있다.
즉 빈부의 대립이라는 “횡적 긴장”과 사건의 진행에 따른 주인공의 정
서변화라는 “종적 긴장”[7]이 상호 교차되는 가운데 서사가 추진되는 경
향이 있었다.

「탈출기(脫出記)」(1925.3)에서는 인물에 갇힌 화자가 내적 초점화
를 통한 서술방법으로 ‘나’와 부정한 사회와의 대립관계를 생생하게
제시하고 있다. 오 년 전에 절박한 생활에 쫓겨 가족을 데리고 간도로
간 ‘나’는 마른 일 궂은 일 가리지 않고 다 하면서 성실하게 일했지만
남겨진 것은 기한뿐이었다. 나중에 땔나무를 하러 산에 갔다가 산 임
자한테 들켜 경찰서로 붙잡혀가 매까지 맞은 ‘나’는 험악한 제도의 희
생자로 살아왔다는 것을 깨닫고 험악한 제도를 뒤엎기 위하여 ‘독립
단’에 가입한다. 개인의 불행한 경력과 반항 정신의 형성 과정을 인물

---

5 한점돌은 주인공이 살인, 방화, 강도 등 극단적 반항을 보이는 최서해의 소설들은
1920년대 중반까지 한국 사회주의에 있어 주류였던 아나키즘 이론과 상당히 닮아
있다고 보았다. 한점돌, 「한국 아나키즘문학 연구―최서해 소설의 아나키즘적 특
성」, 『현대소설연구』 31호, 2006, pp.119-120.

6 “이항 대립적·대위적 구성”에 관한 것은 박훈하, 「탈식민적 서사로서 최서해 읽기」,
문학사와 비평학회 편, 『최서해 문학의 재조명』, 새미, 2002, pp.115~121 참조.

7 한스-디터 겔페르트는 시간의 연속으로 본 긴장을 종적 긴장으로, 동시적인 횡적
시간으로 본 긴장을 횡적 긴장으로 보면서, 횡적 긴장은 동시에 존재하는 두 입장,
즉 어떤 적대적이거나 정반대의 관계 속에 서 있는 두 입장으로부터 생겨난다고 지
적했다. Gelfert, H. D., 『소설 어떻게 해석할 것인가?』, 정인모·허영재 역, 새문
사, 2002, pp.81~82.

에 갇힌 화자의 내적 초첨화를 통한 서술로 제시하는 이 작품에서는, 비록 '나'와 대립되는 구체적인 인물을 제시하지 않았지만 "포악하고 요사한 무리를 용납하고 옹호하는 세상"(상권, p.22)이 '나'의 대립적인 존재로 되어 '나'를 극한적 상황에 몰아넣음으로써 자각을 통한 반항의 길로 나아갈 수밖에 없게 만든다고 역설한다. 그의 '탈출' 행위는 "개인적인 생존이나 욕망의 실현이라는 것이 모순된 사회구조 속에서는 불가능하다는 인식을 갖게 하며"[8], 사회 제도의 변혁을 주장하는 '투쟁적 담론'을 지향한다는 데서 이 작품의 미학적 가치가 성립되고 있다.

「박돌(朴乭)의 죽음」(1925.5.)에서는 '이항 대립적·대위적 구성'을 취하고, 외적 화자의 서술로 하층민의 비극적인 삶을 적나라하게 제시했다. 이 작품에서 남편 없이 홀로 사는 박돌의 어머니는 아들을 극진히 사랑하지만 극도의 가난 때문에 아들을 먹여 살릴 수 없고, 그 때문에 아들은 배고픔을 참지 못하여 썩은 고등어를 주어먹고 식중독으로 죽게 되자, 아들에 대한 치료를 거부한 의사를 찾아가 상투를 휘어잡고 낯을 물어뜯는 것으로 복수를 한다. 일종의 히스테리라고 할 수 있는 이 극단적인 행동은 최하층에 사는 식민지 여성의 "肉體的 표현으로 번역된 심리적 메시지"[9]로 된다. 박돌 어머니의 복수 행위는 왜곡된 사회적 질서와 윤리에 대해 신랄하게 질책하고, 민중들의 '자발적인 반항'과 맥을 같이 한다는 데 의의가 있다.

「기아(飢餓)와 살육(殺戮)」(1925.6)은 처녀작 「토혈(吐血)」(1924.1.28, 2.4)을 개작한 작품으로, 인물에 갇힌 화자의 자전적 서술로 되어 있

---

8 권영민, 『한국현대문학사(1896-1945)』 1, 민음사, 2002, p.347.
9 申水晶, 「韓國 近代女性小說에 나타나는 基督敎的 經驗의 히스테리적 변용 양상」, 『語文硏究』, 제34권 제3호, 2006, p.342.

는 「토혈(吐血)」과는 달리 외적 화자의 서술로 되어 있다. 따라서 「토혈(吐血)」에서 긴장감이 어느 정도 약화되는 반면, 「기아(飢餓)와 살육(殺戮)」에서는 고도의 긴장감을 불러일으킨다. 뿐만 아니라 이 작품은 외적 초점화와 내적 초점화의 빈번한 교체를 통하여 대립적·대위적 구조가 분명하게 드러나고 있다. 주인공 경수는 착하고 부지런한 가장으로서 아무리 애써도 식구들을 먹여 살릴 능력이 없다. 그러나 따지고 보면 실상 그가 무능력해서가 아니라 세상이 불합리하기 때문이다. 그는 농촌으로 돌아가도 밭이 없고, 도회로 나가도 자본이 없어서 그 무엇도 할 수가 없다. 세상에는 입을 것 먹을 것이 수두룩하나 그걸 가진 건 소수뿐이고, 있는 놈은 너무 있어서 걱정하는데 한편에서는 없어서 죽을 판이다. 이러한 생각을 통하여 불합리한 세상이 그와 대립하는 존재가 된다는 것을 알 수 있는데, 왜소한 그의 힘으로는 어떻게 할 도리가 없다. 그러던 경수는 병든 아내가 돈이 없어 치료받지 못해 거의 죽어가고 이웃 마을에 식량을 구하러 나갔던 늙은 어머니가 중국인 개에게 물려 정신을 잃고 이웃 사람에게 업혀 돌아온 것을 보자, 극한적인 상황에서 눈앞에 나타나는 무서운 환상에 충격을 받고 식구들을 칼로 찔러 죽이고 밖에 나가서 닥치는 대로 살인을 한다.

이 작품은 내적 초점화를 통하여 "굶주린 자의 정서적 변화"[10] 과정을 적나라하게 펼쳐보이고 있는데, 결국 주인공의 정서적 변화가 그의 행위를 살인으로까지 직접 몰고 간다는 점에서 결말이 개연성을 가지게 된다. 그의 살인은 상징성을 띤 것으로 "민중을 궁사의 지경에까지 내몰게 한 사회 제도와 인습 및 그 가치를 체현한 인물들에 대한

---

10 李在珖, 『韓國現代小說史』, 弘盛社, 1979, p.239.

가상의 '복수' 행위"11라고 할 수 있다.

「큰물진 뒤」(1925.12)에서도 외적 초점화와 내적 초점화를 통하여 워낙 성실한 농민인 주인공 윤호가 정상적인 삶을 영위할 수 없어서 나중에 강도행위를 하게 되는 과정을 리얼하게 보여주고 있다. 이 작품은 외적 화자에 의하여 세 개의 큰 이야기 단락으로 나누어 서사가 전개되는데, 앞부분에서는 홍수로 인해 윤호가 집과 갓 태어난 어린 애와 밭을 잃는 경과가 자세하게 서술된다. 그런데 이 홍수 피해가 일본 관청에서 철교를 놓으면서 마을 사람들의 안위를 돌보지 않아 부실한 방축이 무너진 데서 연유한 것이라는 점에서 모순이 암시된다. 중간부분은 윤호가 앓는 아내의 병간호를 하는 한편 공사장에 나가서 일하다가 포악한 일본인 감독에게 얻어맞고 코피를 흘리면서 집으로 쫓겨나는 이야기로 되어 있다. 뒷부분에서는 "병으로 살 수 없고 배고 파 살 수 없고―결국 목숨을 바치게"(상권, p.130) 될 절박한 상황에서 마음을 모질게 먹고 이주사 집에 쳐들어가 돈을 빼앗아내는 과정이 서술된다. 윤호의 강도 행위는 비록 성공을 하지만 역시 비극적인 결말이라고 해야 할 것이다. 이 작품은 앞부분과 중간부분의 이항 대립적인 갈등 구조가 '일본 관청/농민들'과 '일본인 감독/주인공'으로 나타나는데, 뒷부분에 와서는 그것이 한국인 내의 '부자/빈자'의 대립적 구조로 바뀐다. 그러나 주인공의 성격 변화과정은 전체를 관통하고 있으므로, 나중의 강도행위도 일본 관청과 일본인 감독, 그리고 한국인 부자를 한 통속으로 보는 데서 가능한 것으로 이해된다. 그리고 '일본 관청'과 '농민들'의 민족적 집단의 갈등을 제시했다는 데 이 작품의 의의가 있지만, 전후(前後)부분의 연결이 원활하게 이루어지지 못한

---

11 김병구, 「최서해 소설의 (탈)식민성 연구―식민지적 정신성의 문제를 중심으로」, 문학사와 비평학회 편, 『최서해 문학의 재조명』, 새미, 2002, p.37.

점은 구성상의 허점이라고 해야 할 것이다.

「홍염(紅焰)」(1927.1.1)은 외적 초점화와 내적 초점화의 결합을 통하여 주인공 문서방이 간도에 살길을 찾아가 소작농으로 살다가 중국인 지주에게 딸을 빼앗기고 아내까지 화병으로 피를 토하며 죽게 되자 격분한 나머지 중국인 지주 집에 가서 불을 지르고 중국인을 도끼로 쳐죽인 다음 딸을 찾게 되는 스토리를 제시하고 있다. 이 작품의 갈등구조 역시 이항 대립적·대위적 구조라는 도식성을 가지고 있지만, 위의 작품들이 "추상적인 차원에서의 가난한 자와 부유한 자 사이에서 일어나는 갈등"[12]이 제시되는 것과 달리, 처음으로 '중국인 지주'라는 구체적인 반동인물을 내세워 '부자/빈자'라는 대립적 구조를 분명하게 나타낼 뿐만 아니라 결말부분의 살인도 환상이라는 문학적 장치에 의해서가 아니라 주인공의 분명한 의식 아래 계획적으로 이루어진다는 것에, 앞의 작품들과 많은 차이점을 보이고 있다. 뿐만 아니라 간도라는 역사적 공간을 배경으로 한 이 작품에서 동시에 분명히 느끼게 되는 '중국인/조선인'이라는 이항적 대립구조는 "조선의 식민지 억압구조와 구조적으로 일치"하여, "아무런 걸림돌도 없이 곧장 '일본/조선', '제국주의/식민지' 등의 대립항으로 바뀔 수 있"[13]다는 데 이 작품이 가지는 문학사적 의의가 크다고 해야 할 것이다. 또한 주인공의 계획적인 살인을 통하여 그의 반항을 초기작의 "자발적 반항이라는 아나키즘적 전망"에서 한 걸음 나아가 "계급의식으로 처리"[14]한 것이 주목된다.

---

12 장수익, 「최서해 소설과 조선의 자연주의」, 『한국 현대소설의 시각』, 태학사, 2001, p.75.

13 박훈하, 앞의 논문, p.119.

14 孫英玉, 「崔曙海 硏究」, 서울大學校 석사논문, 1977, p.33.

최서해의 '신경향파 소설'에서는 "이항 대립적·대위적 구성"으로 된 작품 외에 단순한 "이항 대립적 구성"으로 된 작품도 발견된다.

「설날밤」(1926.1)은 결말이 강도 행위로 끝나는 작품으로, 외적 화자가 인물의 외적 행동과 대화 장면만 제시하고 그에 대해 객관적인 서술방법으로 "동방 신문 사장이요 청구 은행장으로 명망과 위세와 재산으로 유명한 한남윤씨의 주택"(상권, p.156)에서 부자들이 모여 만찬회가 벌어지는 가운데 한 사나이가 뛰어들어와 금품을 강탈해 가는 과정을 서술하고 있다. 따라서 이 작품은 외적 초점화에 의하여 '부자'와 '빈자'의 계급적 대립을 보여주고 있으나, 주인공의 내면에 대한 묘사가 이루어지지 않고 강도로 된 그의 내력이 베일에 가린 것 같다는 점에서 다른 작품들과의 차별된다. 다만 그가 금품을 털어가면서 마지막에 주인 한남윤한테 "나는 날 때부터 이 짓을 배운 것은 아니다. 너무도 굶었으니 말이다. 내게는 밥도 없다."(상권, p.171)라고 한 말을 통하여 극한상황에서 강도짓을 하게 되었다는 것을 알 수 있을 뿐이다. 행동과 대화만으로 제시한 주인공의 성격이 생생한 느낌을 주지 못하고 있으나, 그러나 주인공의 내면에 대하여 제시하지 않는 대신에 외적 초점화를 통하여 설날 밤 서울 거리에서 돈을 구걸하는 거지들의 무리와 만찬회에서 진주성찬을 먹고 미주(美酒)를 마시면서 희희낙락하는 부자들을 대조시키면서 제시하고 있는 점이 돋보인다. 그리고 주인공이 앞부분에서 돈을 구걸하는 거지를 "못생긴 밍충이"(상권, p.158)라고 경멸하는 태도에서 강도행위를 돈을 구걸하는 행위보다 떳떳하고 정당하게 여기는 그의 성격적 특징을 엿볼 수 있다.

「누가 망하나?」(1926.7)는 인물에 갇힌 화자의 서술로 된 작품으로, '나'에 의한 내적 초점화에 의하여 주인공이 거지 박서방이 관찰 대상으로 제시되는데, "세상이 망하나 내가 망하나? 누가 망하나?"(상권,

P.268) 두고보겠다고 벼르는 말에서 그의 저항적 성격과 세상과의 대립적인 관계를 알 수 있다. 그런데 액자소설 형식을 취한 이 작품의 '안 이야기'에서 가변 초점화가 이루어지면서 거지 박서방이 내적 초점화자로 교체되고 있다. 다시 말하여 '안 이야기'의 내적 초점화자인 박서방은 가난 때문에 병이 든 아내를 치료도 제대로 하지 못하여 잃게 된 슬픈 과거를 제시하면서 "지금 같으면 도적질이라도 해서 그를 멕였겠지만"하고 후회한다. 이러한 박서방에 의한 내적 초점화와 '나'에 의한 내적 초점화를 통하여 그는 방랑하면서 남에게 먹을 걸 "달라고 해서 먹고 달래서 안 주면 그 사람 보는 데서 집어는 먹지만 남 못 보는데 훔치지는 않"(상권, p.268)으며, 자기를 도둑이라고 몰아붙인 사람을 순사 앞에서 때려눕히기도 하는 특수한 성격의 소유자라는 것을 알 수 있다.

부르주아 자연주의 계열[15]의 작품 「이역원혼(異域冤魂)」(1926.11)은 여자가 주인공으로 등장하는 몇 안 되는 작품 중의 하나로, 이 작품에서도 중국인 지주를 등장시켜 '부자/빈자'라는 이항 대립적 구성을 취함으로써, 그것이 '중국인/조선인'으로 확장될 뿐만 아니라 '강자/약자'='남자/여자'라는 구성과 겹치어 복합적 구조를 이루고 있다. 여주인공 '그'는 살길을 찾아 간도로 갔다가 남편을 병으로 잃고 임신한 몸으로 홀로 남게 되는데, 음험한 중국인 지주에게 정조를 빼앗기지 않으려고 반항하다가 도끼에 허리를 찍혀 죽고 만다. 외적 화자에 의한 객관적 서술과 내적 초점화에 의한 여주인공의 심리에 대한 묘사가 자연스럽게 어울리면서, 이역에서 남편을 잃고 원혼이 된 그녀의 비극적인 운명을 민족의 수난사와 직결시켜 보여줌으로써, 민족적 의분을 불러

---

15 최서해 소설을 "신경향파 소설과 부르주아 자연주의에 해당하는 소설, 그 외의 작품들"로 나눈 박상준의 분류를 참조하였음. 박상준, 앞의 논문, p.133.

일으킨다.

최서해 소설의 이항 대립적인 갈등구조는 후기(後期)의 유일한 '신경향파 작품'인 「서막(序幕)」(1927.1.11~15)에서도 나타난다. 고용주와 고용인의 갈등을 다룬 이 작품은 외적 화자가 대화 장면과 행동만 제시하는 초점화 방법으로, 잡지사 편집실에서 일하는 김, 최, 강이라는 세 사람이, 사장 및 그와 한 통속이 된 주간과 회계에게 테러행위를 하여 밀린 월급을 받아내는 이야기를 서술하고 있다. 세 주인공이 격분한 나머지 테러행위를 하게 된 것은 사장 일당이 돈이 없다는 핑계를 대고 월급을 주지 않으면서도 자신들은 요릿집에 가서 배불리 먹고 마신 것을 알았기 때문이다. 이 작품은 고용주와 고용인의 대립과 모순에 대하여, 화자의 주관적 개입을 배제하면서 인물들 간의 짧은 대화와 지문으로 시종일관되게 표현한 특이한 구성을 취하고 있다. 그런데 고용주와 고용인의 갈등이 개인적인 차원에서 간단하게 결속되고 고용인의 용이한 승리로 끝나고 있어 문제의식과 사실성의 결여라는 한계를 노출시키고 있다.

「그믐밤」(1926.5)은 외적 초점화와 내적 초점화를 통하여 빈부의 대립 구조를 변형시킨 특이한 구조의 작품이다. 주인공 삼돌은 집주인 김좌수한테 무조건 순종하는 머슴이고, 김좌수는 삼돌을 인간 이하의 취급을 하는 상전으로 등장하고 있다. 삼돌은 주인집 아들의 연주창 치료에 인육이 필요하니 목살을 베어낼 수 있게 하면 집과 밭을 주고 장가까지 보내주겠다는 김좌수의 약속에 어리석게 동의하였다가 생죽임을 당한다. 이와 반대로 김좌수는 아들에 대해서는 따뜻한 부성애를 가지고 있으며, 그 아들에 대한 사적이고 시대착오적인 애정 때문에 급기야 삼돌과 자기 아들을 모두 살해하는 비극을 초래하는 장본인이다. 부정적인 인물인 지주 김좌수와 머슴 삼돌의 종속적인 대응 관계를 시종일관되게 보여주고 있는 이 작품은 삼돌의 죽음이 작품 전면에 나타난 비극적 플롯이라면 김좌수와 그의 아들의 죽음은 배면에 감추어진 또 하나의 비극적 플롯이라고 할 수 있다. 이러한 구성은 자연적으로 이 작품의 이항 대립적 갈등구조를 약화시키면서 두 가지 비극적 사실로 사람들에게 경종을 울려주는 효과를 발생한다.

빈부의 대립 구조를 변형시킨 이항 대립 관계는 후기(後期)의 작품들에 많이 나타난다. 그러나 형식적 의장을 달리할 뿐 '제도의 희생자' 의식에 기반한 서사적 논리가 일관되게 관철되고 있다.[16]

「먼동이 틀 때」(1929.1~2)는 외적 초점화와 내적 초점화를 통한 외적 화자의 서술에서 사상단체에 들어 사상 운동을 하는 주인공 허준과 돈 있는 신사가 된 옛 친구 김관호의 우정 뒤에 숨겨진 이데올로기적 관계가 교묘하게 제시되고 있는 작품이다. 작품의 전반부에 굶주림에 시달리는 허준에게 김관호가 직업을 알선해주는 것을 통하여 그들의 우호적인 관계가 제시되고, 후반부에서는 허준이 자신이 취직하게 된 자리에서 쫓겨났던 김순구를 알게 되면서부터 그의 처지를 동정하게 되고 김관호를 비롯한 회사의 상층부의 비인도주의적인 소행에 분개하면서도 친구와의 우정을 끊는 것을 괴로워하다가 결국 이념 실천의 적극적인 자세에 따라 취직을 그만두는 과정이 서술되고 있다. 인물들 사이의 첨예한 계급적 대립관계를 제시하지 않고 있지만, 내적 초점화를 통한 허준의 심리적 갈등에 대한 치밀한 묘사로 우정과 이념 사이에서 갈등하는 허준의 모습을 핍진하게 보여줌으로써 리얼리즘 소설의 지표에 도달하고 있다.

---

16 김병구, 앞의 논문, pp.35~36.

「누이동생을 따라」(1930.2)는 인물에 갇힌 화자의 관찰자적 서술로 된 작품으로, 앞에서 언급한 「누가 망하나?」에서처럼 가변 초점화가 나타나고 있다. 즉 액자소설인 이 작품의 '바깥 이야기'에서 '나'의 시각에 의하여 관찰 대상이자 주인공으로 되는 단소 부는 사나이가 제시되고, '안 이야기'에서는 단소 부는 사나이가 내적 초점화자로 전환하여 자신의 비운의 일생에 대해 이야기하는 것으로 되어 있다. 그의 이야기에 그를 애꾸눈이 되게 만든 계모와 그의 다리가 불구가 된 것에 간접적인 책임이 있는 벌목판의 감독이 제시되고 있지만, 그들의 관계는 계급적인 대립 관계로 제시되지 않는다. 그 대신 계모와 감독의 인간성과 도덕성이 문제시되고, 단소를 불면서 인간 세상에 '한'을 하소연하는 주인공의 모습이 객관적으로 제시되는 것으로 폭넓은 독자들의 공감대를 형성하고 독특한 미학적 가치를 확보하여 최서해 소설의 또 다른 면모를 보여주고 있다.

『호외시대(號外時代)』(1930.9)는 최서해의 유일한 장편소설로, '가진 자'와 '못 가진 자' 사이의 대립관계를 설정하는 대신, '돈' 앞에서 무력해지고 전락하고 희생당하는 인간들의 모습을 부각시키는 데 힘을 기울였다.[17] 그러나 '돈'이 주인공 양두환을 비롯한 주요인물들의 공동의 적으로 되고 있다는 데서 '돈'의 은유를 확인할 수 있다. 우선, 민족 자본가이자 대가정의 '아버지'로 등장하는 홍재훈의 사업의 실패의 원인은 외적 초점화자를 통하여 "황금의 녹슬은 바람"(p.110)에 의한 것으로 제시되는데, 그것은 일본 독점 자본의 침투를 암시하는 것으로 된다. 그리고 홍재훈의 사업을 복원하기 위한 신세대들의 돈에 대한 인식과 그에 의한 희생은 "돈(자본)의 논리에 입각하여 있는 자본

---

17 曹南鉉, 「崔曙海의 「號外時代」, 그 갈등구조」, 『韓國文學』第15卷 第5號, 1987. 5, p.377.

주의 내지 그것을 떠받치고 있는 일제 식민체제"[18]에 대한 저항의 실패라고 할 수 있다. 따라서 이 작품에서 주요인물들과 일제 식민체제의 대립관계가 성립되면서 이 작품의 궁극적 주제가 일제 식민지에 대한 저항 또는 민족 독립이라는 것을 다시 확인할 수 있다.

최서해 소설의 이념적 속성에는 양반과 가비, 남자와 여자, 정상인과 비정상인 등과 같은 이념적 관계도 나타나고 있다. 「매월(梅月)」(1924.11)은 외적 초점화와 내적 초점화로의 전환을 통하여 봉건시대 양반 박생과 가비인 매월의 대립관계가 분명하게 제시되고 있는 작품이다. 박생은 양반의 체면을 중히 여기면서도 매월의 정조를 빼앗으려는 부패한 양반이고 매월은 봉건적인 신분질서의 질곡에서 벗어나 자유를 찾으려고 하는 여성이다. 그러나 매월의 봉건주의에 대한 반항적 정신은 정조를 지키는 데서만 국한되고 있다. 이는 그가 자기 때문에 상전이자 은혜 진 박생의 심려가 깊어지는 것을 두려워하는 데서 잘 나타난다. 따라서 그는 결국 죽음으로 대응할 수밖에 없는데, 그의 자살은 박생의 부패한 도덕성에 대한 비판을 불러 일으키고 인도주의 정신세계로 이어지는 희생정신을 보여준다는 데 의미가 있다.

「폭군(暴君)」(1926.1.1)은 외적 화자가 술주정뱅이인 남편이 아내를 살해한 이야기를 서술한 작품으로, 외적 초점화와 내적 초점화를 통하여 계급적 대립구조와는 다른 성질의 '강자/약자'='남자/여자'의 이항 대립적 구조를 보여주고 있다. 외적 초점화자가 강하고 잔인한 남편을 부정인물로, 약하고 선량한 아내를 긍정인물로 제시하고 있다는 점에서 독자들에게 남녀관계 문제에 대해 시사하는 바가 크다고

---

18 한점돌, 「한국 신경향소설 연구─최서해 소설의 변모과정과 그 내적 논리를 중심으로」, 문학사와 비평 연구회 편, 『한국 근대문학 연구의 반성과 새로운 모색』, 새미, 1997, p.112~113.

본다.

「미치광이」(1926.12.)는 인물에 갇힌 화자가 관찰자적 서술방법으로 미치광이에 관한 이야기를 서술하고 있는 작품인데, '나'와 마을 사람 박서방에 의한 내적 초점화가 이루어지면서 가변 초점화가 형성되는 것을 볼 수 있다. 다시 말해 '나'에 의한 내적 초점화에 박서방에 의한 내적 초점화가 종속되면서 미치광이에 대한 '나'의 동정과 존경과 애정이 점차 깊어지고 있음을 느낄 수 있는데, 그것은 미치광이가 정상적인 사람보다 더 정직하기 때문이다. 이 작품은 미치광이와 그를 둘러싼 주위의 긍적적인 인물군과, 김참봉과 그의 아내, 그리고 중국인 지주라는 부정적인 인물군이 대응관계를 이루고 정상적인 인물과 비정상적인 인물이 대조되는 가운데서 점차 미치광이의 모습이 돋보이는 것으로 나타난다. 여기서 주목되는 것은 내적 초점화자인 '나'에 의하여 신경계통에 탈이 나서 이상한 언행을 보여주는 미치광이가 깨끗한 마음을 가진 긍정적인 인물로 제시되고 있는 반면에, 신경계통에 아무 탈도 없는 정상적인 인물들인 김참봉과 그의 아내는 윤리적 도덕적으로 나쁜 인물로 제시되고 있다는 점이다. 그리고 김참봉과 그의 아내가 중국인 지주보다도 더 나쁜 인물로 등장하고 있다는 것도 다른 작품과 다른 작품들과 변별된다.

이상으로 최서해 소설의 서사구조에 나타난 인물들의 이데올로기적 관계를 살펴보았는데, 최서해의 전기(前期) 소설 중 소위 '신경향파 소설'은 계급적인 대립구조를 도입하고, 인물에 갇힌 화자 또는 외적 화자의 서술로 신빙감과 소설적 긴장을 적절하게 확보하거나 발전시켜 나가는 것으로 독자들에게 진실한 느낌을 주었다. 이 작품들은 화자의 서술 초점이 외재적인 사회적인 갈등과 내재적인 인물의 정서에 동시에 맞추어짐으로써 상대적으로 완결된 이야기의 구성을 지니고 있으면서도 사건의 진행과 동시에 인물의 심리가 중요시되고 있었다. 특히 "이항 대립적·대위적 구성"으로 되어 있는 작품은 그 구성에서 빈부의 대립이라는 "횡적 긴장"과 사건의 진행에 따른 인물의 정서변화라는 "종적 긴장"이 상호 교차되면서 삶과 죽음을 넘나드는 주인공들의 고통이 리얼하게 묘사되고 그들의 반항은 상징성을 띠면서 승화된 미학적 가치를 실현했다. 빈부의 "이항 대립적 구조"로 된 작품은 내적 초점화가 잘 이루어지지 않은 데다가 화자의 경직된 서술로 하여 인물의 성격을 생생하게 형상화하지 못한 경우가 있었다. 최서해의 '신경향파 소설'은 주로 전기에 집중되었을 뿐만 아니라 '자발적 반항'이라는 결말을 통하여 '아나키즘적 전망'을 보여주었으며, 소수 작품만이 분명한 '계급적 전망'을 제시하였다.

후기(後期)로 가면서 최서해의 단편소설은 이항 대립구조를 변형시킨 구성을 취하여 인물의 복잡한 갈등관계를 나타내고, 장편소설『호외시대』는 '돈'의 은유로 주요인물들과 일제 식민체제의 대립관계를 암시하고 신세대들의 희생을 통한 완강한 저항 정신을 보여주는 것으로 리얼리즘의 문학적 지표에 도달하였다. 이밖에 다양한 이데올로기적 관계를 보여준 작품은 인물의 미묘한 심리에 대한 포착과 외면에 대한 의미 있는 관찰로 일정한 문학적 성과를 올렸다.

2) 심리학적 관계와 인물의 윤리 도덕 의식

최서해 소설은 가족관계를 비롯한 인물들의 심리학적 관계가 중요시되고 있다. 그의 적지 않은 작품은 주인공의 가족이 노모, 젊은 아내, 어린 자식으로 구성되었으며, 어머니와 아내는 대개 부지런하고 순종적인 전통적인 여성상으로 형상화되고 있다. 이러한 작품에서 남성 주인공의 성격이 뚜렷하게 부각되는 것을 볼 수 있는데, 만약 주인 공이 아내나 어머니 또는 딸 등 가족과의 심리학적 관계가 없다면 그 의 형상은 빛을 잃고 말 것이며 그 성격발전이나 소설의 서사적 전개 도 이루어질 수 없었을 것이다.

우선 최서해 소설에서 아내는 남성주인공과 함께 제일 많이 등장하 는 인물이다. 하층민의 궁핍체험을 다룬 전기(前期) 작품에서 아내는 대부분 말이 없고 남편에게 순종적인 연약한 여인으로 나타나고 있 다. 이러한 여성상은 유교적 윤리도덕에 의하여 길들여진 한국 전통 사회의 여성과 다를 바 없다. 실상 이러한 순종형의 아내는 한국을 비 롯한 동양사회, 그리고 전통적인 서양사회에서도 똑같이 찬미되었다. 가부장권 문화에서 남성은 '주체'로서 절대적인 존재이고 여성은 '타 자'인 것이다.[19]

이러한 전통적 아내상이 최서해의 소설에 나타나는 것은 그 당시 사회현실에 대한 사실적인 반영으로 될 뿐만 아니라, 한국인의 정조 와 미적 감수성에 대한 이해를 바탕으로 한 최서해의 심미관과 밀접 한 관계가 있다고 보아진다.

> 대체로 나는 여성에게서는 健全美보다 병적미를 좋아한다. 길을 가는 여자를 보아도 얼굴빛도 좋고 건강하게 쾌활하게 걸어가는 여성보다도 어떻게 폐병환자가 되어 어제밤에도 각혈하고 난 것 같은 그런 약하디 약 한 여성이 그립고 또 내 마음을 끈다. 부모 없는 듯한 외로운 여성 어디인 가 병적인 남다른 무엇이 있는 그런 여성! 그러나 나는 아직 작품 속에서 는 이러한 유형의 여성을 그렇게 많이 발견하지를 못하였다.[20]

---

19 Gayatri C. S., 陶鐵杜譯, 『第二性』, 北京: 中國書籍出版社, 1998年版, p.11.
20 최서해, 「반역의 여성」, 곽근 편, 『최서해 작품, 자료집』, 국학자료원, 1997, pp.41~42.

세상 뜨기 직전인 1931년 12월에 발표한 이 글에서 최서해가 "약하디 약한" 여성을 선호하고 있음을 알 수 있다. 이것은 "남자는 강한 것을 귀하게 여기고 여자는 약한 것을 아름답게 여기"[21]는 조선시대의 유교적 관습과 일치하는 점이 있다.

그러나 최서해가 강조하고 싶었던 것은 가정에서의 가부장적 위계질서보다는 남녀의 자연적인 차이성의 강조와 그에 따른 역할 및 조화인 것으로 보아진다. 즉 최서해 작품의 미학적 가치는 단순히 이러한 여성편향이나 "선(線)의 예술"에서 찾아지는 것이 아니라, "비애의 아름다움"을 분위기나 배경으로 하는 가운데 남성 주인공이 가장의 의무를 수행하기 위해 처절히 투쟁을 벌이는 과정에서 비롯된다. 말하자면 최서해의 심미관에 의하면 가정에서 "남자는 강"하고 "여자는 약"해야 미적 조화를 이룰 수 있는데, 그의 대부분 작품의 남성 주인공은 가난 때문에 아내를 먹여 살릴 능력조차 없어 남자로서 아내 앞에서 자신의 무능 때문에 부끄러움을 감수하게 된다. 따라서 아내가 약하면 약할수록, 그리고 아내가 착하면 착할수록 남편의 고통도 배로 증가되어 그 고통을 극복하는 방법으로 나중에 사회에 대한 저항이나 극단적 행동을 일으키게 된다.

아내가 나간 뒤에 나는 아내가 먹다 던진 것을 찾으려고 아궁이를 뒤지었다. 싸늘하게 식은 재를 막대기에 뒤져내니 벌건 것이 눈에 띄었다. 나는 그것을 집었다. 그것은 귤껍질이다. 거기는 베먹은 잇자국이 났다. 귤 껍질을 쥔 나의 손은 떨리고 잇자국을 보는 내 눈에는 눈물이 괴었다.

(중략)

---

21 최길성, 『한국인의 한』, 예전사, 1991, p.79.

아내는 말없이 울고 섰는 내 곁에 와서 손으로 치마끈을 만적거리며 눈물을 떨어뜨린다. 농사집에서 자란 아내는 지금도 어찌 수줍은지 내가 울면 같이 울기는 하여도 어떻게 말로 위로할 줄은 모른다.

—「탈출기(脫出記)」에서(상권, pp.19~20)

위의 인용문은 「탈출기」(1925.3.1)에서 내적 초점화자인 '나'의 시각을 통하여 포착된 것으로, 임신한 아내가 배고픔을 참지 못하여 귤 껍질을 주워 먹다가 들키고 오히려 미안해하는 눈물겨운 정경으로 아내의 착하고 순진한 모습을 생생하게 보여주고 있다. '나'는 그런 아내와 노모와 함께 "뼈가 부서지고 고기가 찢기더라도 충실한 노력으로 살려고 하"지만 그들에게 차례진 것은 굶주림과 눈물뿐이었다.

최서해의 전기(前期) 작품은 하층민인 주인공과 병처(病妻)가 자주 나오는데, 가난해서 헐벗은데다가 앓기까지 하는 아내들은 한결같이 남편에게 불만의 소리 한마디 없이 순종적이기만 하다. 인물에 갇힌 화자가 등장하는 「토혈(吐血)」과 「탈출기(脫出記)」에서 앓는 아내와 임신한 아내를 통하여 주인공의 내면의 고통과 의식의 전환과정을 신빙성 있게 보여준 반면, 외적 화자의 서술로 된 작품들은 더욱 비참한 아내들의 모습을 통하여 주인공이 극단적 행동으로 나아가게 되는 과정을 리얼하게 제시하고 있다. 다시 말하여 이러한 여성상을 통하여, 본 연구의 제2장 제1절에서도 언급했듯이 "인정과 눈물"이라는 한국인의 정조를 절실하게 반영하는 것으로 폭넓은 공감대를 형성하고 있다.

「기아와 살육」(1925. 6.1)에서 주인공은 앓는 아내를 두고 그 아내가 도끼로 자기 목을 자른다 하더라도 "순종"할 것이라고 할 정도로 아내를 불쌍하게 생각한다. 그러나 주인공 역시 나라를 잃고 간도라는 이국땅에서 최하층 생활을 하는, 가정에서는 가장이지만 사회적으

로는 주체적 삶을 살지 못하는 '타자'이자 '약자'로서 불쌍하기는 마찬
가지다. 그래서 아내의 신병이 악화되고, 앓는 며느리를 먹이려고 어
머니가 머리의 월자(月子)를 팔아 쌀을 사오다가 중국 집 개한테 물려
피를 흘리며 쓰러지는 불행이 연이어 들이닥치자, 주인공은 악마들이
나와서 집에 불을 지르고 시퍼런 칼로 마구 찔러 식구들이 괴로워하
는 환상에 빠진다. 이러한 환상은 "새로운 리얼리티 발견의 가능성을
심화, 확장시키는 역할을 한다"[22]는 데 의미가 있는 것이다. 주인공은
마침내 환상 속에서 아내와 가족을 칼로 찔러 죽이고 밖에 나가 살인
을 자행하는 비극적인 결말에 이르게 된다. 이러한 행동은 '타자'이자
'약자'로 전락하여 지배적인 남성언어를 잃은 주인공의 억압되었던 무
의식이 질식할 듯한 상황에서 히스테리적 양상으로 표출된 것인 동시
에 자신의 존재를 알리고자 하는 강렬한 몸짓으로, 출로가 막인 상황
에서의 전통적 윤리관의 파탄과 사회에 대한 '변혁의지'를 상징하는
것이라고 해야 할 것이다.

　역시 외적 화자의 서술로 된 「큰물진 뒤」(1925.12)에서는 홍수가
밀려오는 와중에 간신히 출산하고 병이 난 아내가 등장하는 가운데,
일본 관청에서 철교를 놓은 탓에 발생한 홍수로 결국 어린애와 집과
밭을 잃은 성실한 농민 윤호가 앓는 아내를 구하고 굶어죽지 않기 위
하여 나중에 강도행위를 하게 된다. "생명의 존귀함을 무엇보다 우위
에 두는 최서해의 세계관을 반영"[23]한 이러한 행위는 그 후과를 고려
하지 않고 행해진다는 데 한계가 있다.

---

22 방민호, 「한국 현대소설에 흐르는 환상의 발원지를 찾아서—식민지 시대 한국의
　　환상소설첩」, 『환상소설첩(근대편)』, 향연, 2004, p.297.
23 윤지관, 「민족적 현실과 가난체험의 모랄리즘—최서해론」, 『韓國文學』 第174
　　號, 1988.4, p.375.

「홍염(紅焰)」(1927.1)은 최서해 소설에서 유일하게 중년 주인공을 등장시킨 작품이다. 흉년에 소작료를 내지 않았다고 중국인 지주가 강제로 딸을 빼앗아가는 바람에, 주인공 문서방의 아내는 화병으로 앓다가 죽게 된다. 아내의 죽음이 결국은 주인공을 유혈투쟁으로 나가게 하여 지주 집에 가서 방화하고 살인을 감행하게 한다.

이처럼 최서해의 전기(前期) 소설 중 소위 "이항 대립적·대위적 구성"의 작품은 대부분 성공작으로 되고 있는데, 이러한 작품이 간도를 배경으로 하였을 뿐만 아니라 주인공·노모·아내·자식의 범주 안에서 인물구성을 하고 있다는 데 주목할 필요가 있다. 이는 작가의 절실한 체험을 바탕으로 하였기 때문인 것도 있지만 그러한 배경과 인물설정, 그리고 가정분위기가 그 당시 한국인의 정한을 더욱 잘 반영할 수 있었던 실정과도 무관하지 않은 것으로 보인다.

이 시기 소시민이나 지식인의 궁핍체험을 다룬 작품의 아내상은 제한적이나마 남편과 동반자로서의 새로운 관계를 보여준다. 이러한 변화는 '윤리 도덕 의식'에 대한 시각을 확장하면서 새로운 윤리 도덕에 대한 다양한 탐구를 지향한다는 데 의의가 있다.

「아내의 자는 얼굴」(1926.?)에서 아내는 꾀배를 앓고 드러누워서 밥을 한술이라도 남편의 입에 더 넣으려고 하는데, 그러한 아내의 사랑이 남편의 고통을 더해주어 비극성을 나타내고 있다. 그러나 주인공으로 되는 남편이 현실의 가난을 추상적인 사랑으로 극복하고자 하는 것은 현실도피의 행위라고 할 수 있다.

「8개월(八個月)」(1926.9)은 최서해의 네 번째 부인[24]과의 생활을 쓴

---

[24] 최서해는 일생동안 네 번 결혼하였는데, 첫 번째 아내와는 정이 잘 가지 않는다고 이혼을 하고, 둘째 아내와는 간도생활에서 가난때문에 사별하게 되고, 회령에서 결혼한 셋째 아내는 서해가 상경한 사이 도망가고, 서울에서 결혼한 네 번째 아내

작품으로, 아내는 남편의 위병을 고치기 위해 아끼는 결혼반지까지 전당포에 팔아 남편을 구슬려 병원에 보내려고 애쓴다. 아내의 행동은 남편을 감동시키는 동시에 더욱 슬프게 하고 현실에 대한 비판적 인식을 강화시키고 있다. 이 작품은 '나'의 시각을 통하여 아내의 '배려 행위'를 감명 깊게 보여주면서, 개인적인 차원에서 그것이 현실 극복의 하나의 대안으로 되고 있음을 시사하고 있다.

최서해의 후기 소설 「갈등(葛藤)」(1928.1.1)에 와서는 동반자로서의 아내의 매개적 역할을 통하여 하층민에 의한 내적 초점화가 '나'에 의한 내적 초점화에 삽입되는 형식으로 전개됨으로써, 사회 하층민에 대한 "지식인의 관념적 동정"[25]을 실현하고 '동정자 윤리'를 심화시키는 특징을 보여주었다. '나'는 집에 어멈을 두게 되면서부터 어멈들의 처지를 동정하게 되고 자신이 속한 중산계급의 허위와 가면에 대하여 깊은 반성과 예리한 비판을 하게 되는데, 어멈들에 관한 정보는 주로 아내를 통하여 입수하게 된다. 그런데 나는 여성해방론자로 자처하면서도 가장적 관념에 지배되어 어멈의 허물을 보는 아내에게 몰인격적 언사를 쓴다. 이에 아내는 부부싸움을 통하여 남편으로 하여금 여성해방론자로서 자기를 반성하는 계기를 만들어 주며, '나'는 사회개혁은 구호로서가 아니라 실천적인 행동으로 이어져야 함을 깊이 자각하게 된다. 본격적인 '부르 심파다이저 소설'[26]의 면모를 나타낸 이 작품

는 서해의 친구이자 시인인 조운의 여동생으로서 마감까지 함께 생활했다. 첫째 아내가 모습을 보이는 작품으로는 「해돋이」, 「용신난」이 있고 둘째 아내가 모델이 된 작품은 「토혈」, 「탈출기」, 「기아와 살육」이며, 세 번째 아내가 등장하는 작품으로는 「백금」, 「담요」, 「해돋이」가 있고 네 번째 아내와의 결혼생활을 소재로 한 작품은 「금붕어」, 「8개월」, 「쥐죽인 뒤」, 「부부」, 「무명초」가 있다. 김동환, 「살풍경한 짧은 생애」, 『조선중앙일보』, 1934.6.12; 방인근, 「서해를 추억함」, 『조광』 제5권 제12호, 1939.12.12.

25 曺南鉉, 「觀點으로 본 曙海와 玄民」, 『月刊文學』 第9卷 第2號, 1976.2. p.170.

은 '신경향파 소설'과 달리, '부르 심파다이저'의 시각으로 계급의식을 표현함으로써 '빈/부'의 대립이라는 도식적 구조를 변형시키고 있다. 또한 '인물에 갇힌 화자'의 관찰자 시각이 '동정의 윤리'[27]를 깊이 있게 탐구하는 데 중요한 기능을 하고 있음을 확인할 수 있다.

최서해의 네 번째 부인과의 결혼생활을 소재로 한 「부부(夫婦)」(1928. 6.21)는 최서해 소설의 선입견을 깨뜨리는 소설로서, 여타의 소설들에서 보여주는 인물의 심리적 또는 사회적 갈등이 거의 사라지고 경제적으로 가난하지만 비교적 안정된 가정의 환경에서 신혼부부가 아기자기하게 생활하는 모습을 보여주고 있다. 쥐와 관련된 에피소드를 다루고 있어 주제의식이 희박하고 주인공의 성격이 지나치게 감상적이지만, 자잘한 일에도 흥미를 갖고 즐기면서 서로 사랑을 나누고 불

---

26 한점돌은 최서해 소설을 극빈 하층민 소설, 프로 인텔리겐챠 소설, 심파다이저 소설의 세 계보로 나누어 고찰하면서, 그중 부르 심파다이저가 등장하는 작품으로 〈의사〉, 〈누가 망하나〉, 〈갈등〉, 〈인정〉, 〈주인아씨〉, 〈누이동생을 따라〉가 있다고 했다. 한점돌, 「한국 신경향소설 연구─최서해 소설의 변모과정과 그 내적 논리를 중심으로」, 앞의 책, 1997,p.98.

27 한국에서 '同情'이라는 용어를 처음 사용한 것은 이광수로, 그는 『同情』이라는 글에서 '동정'의 시혜자를 미학적 윤리적으로 완성된 인간형으로 그리고 있다. 고전 전통의 미덕이 되는 측은지심에 자선, 공익, 문명이라는 근대적 계몽의 가치를 덧입히고 있는 이광수의 '동정'의 윤리는 근대적 사적욕망과 이해를 대변하는 통로가 아니라 사회적 발전과 통합을 위해 영웅처럼 행동하는 것을 덕목으로 삼고 있다. 1920년을 전후로 한 한국의 '동정' 담론은 크로포트킨의 '상호부조론'이 대두되면서 제국주의 세력을 상대화할 수 있는 이론적 힘으로 발전한다. 시혜자의 인격적 위대함에 초점을 두고 추상적 동정의 원리를 강조한 계몽적 담론과는 달리 상호부조론 속에서 '동정'은 타인의 고통에 대한 개인의 구체적 감각에 기초한 상호윤리가 강조되고 있다. 그러나 각 개인이 발휘하는 미덕에 의해 사회가 유지된다는 발상은 부르주아적 인도주의를 연상시키는데, 사회 개선을 통한제도 개혁이 차단된 일본 제국주의 하에서는 어쩔 수 없는 부르주아지의 시혜, 동정에 매달릴 수밖에 없었다. 이덕화, 「염상섭의 동정자(同情者) 윤리를 통해 본 세계관과 돈에 대한 인식」, 『현대문학의 연구』32, 2007, p.75.

쾌한 일이 있으면 서로 위로하는 것으로 일상의 번뇌를 잊고 살아가는 소시민의 근대적 가정 분위기를 소상하게 묘사한 것이 이색적이다. 신혼부부의 사랑과 일상생활을 보여준 작품은 전기(前期) 소설 「금붕어」(1926.6.1)에서 시작되고 「쥐죽인 뒤」(1927.1.1)로 이어지나, 분량으로 보나 구성으로 보나 완결한 소설형태를 갖춘 것은 「부부」가 유일한 작품이다.

외적 화자의 서술로 '가난'과 '윤리 도덕 의식'의 문제를 객관화시켜 바라본 「무명초(無名草)」(1929.8)에서는 잡지사 기자 박춘수의 아내가 돈을 벌려고 애쓰다가 병이 난 남편을 보며 가슴아파하기도 하고 남편의 끼니 걱정을 덜어주려고 변돈을 얻어 쌀을 사오기도 한다. 그런 아내로 하여 숨 돌릴 여유를 얻은 남편은 무너지려는 마음을 추스르고 살아나갈 의지를 다지게 된다. 주로 주인공의 시각에 의해 보여지는 아내의 '배려'와 능동적인 역할은, 가장의 역할을 보완해주는 현실 대응의 중요한 방법으로 되고 있다는 것을 보여주고 있는 셈이다.

이로써 최서해 소설은 후기에 와서 '동정의 윤리'와 '배려의 윤리'[28]가 그 폭과 깊이를 더하면서 확립되고 있음을 알 수 있다.

다음으로, 최서해 소설에서 남성 주인공과 관계를 맺는 어머니상은

---

28 하버드의 발달심리학자인 캐롤 갈리건은 '남성'과 '여성'의 도덕을 각각 '정의의 윤리'와 '배려의 윤리'로 보고, '정의의 윤리'는 개인들의 권리를 강조하면서 서로 간에 벽을 쌓도록 하지만, '배려의 윤리'는 사람들 사이의 사랑과 배려에 바탕한 상호 의존 관계로 거리감을 축소하거나 제거한다고 인정했다. 그의 관점은 음양의 윤리를 강조하는 동양의 전통적 윤리에 가까운 것으로, '배려의 윤리'를 '음성' 윤리로, '정의의 윤리'를 '양성' 윤리로 바꾸어 볼 수 있다. 배려의 윤리는 정의의 윤리를 보완하고 수정함으로써 음양이 조화된 윤리 세계를 구축하는 데 의의가 있는데, 최서해의 여성상도 이러한 맥락에서 분석할 수 있다고 본다. 肖巍, 「女性的道德发展—吉利根的女性道德发展理论评述」, 『中國人民大學学报』 1996年 第6期, 1996.11, p.57,59 참조.

또 하나의 전형적인 전통적 여성상으로 된다. 유교문화에서는 '여성의 이미지'와 '어머니의 이미지'로 양분된 여성관 즉 나약한 모습의 여성과 강인한 여성이 공존하게 되는데, 이 양자의 덕목은 모두 여성 스스로가 주체가 아니라 대상 즉 타자로 존재하면서 부각된 것이다.[29]

젊어서 남편 없이 홀로 "모든 정력과 성의"를 다하여 아들을 키우고 늙어서도 헌신적으로 아들과 며느리를 돌보아주거나 손자나 손녀를 키워주는 어머니상은 초기의 성공작으로 되는 최서해의 신경향파 작품에 거의 다 나오며 그 후에도 많은 작품을 통하여 자주 나타나고 있다. 어머니는 아버지 없이 '나'를 키운 "여장부"와 같은 분이었다. 어머니의 '여장부'와 같은 이미지는 주인공의 어린 시절 아버지를 대신하여 가장의 역할을 한 어머니에 대한 과대평가로 나타난다. 프로이트는 "어린아이의 부모에 대한 과대평가는 정상적인 성인의 꿈에서도 계속 남아 있다"[30]고 했다. 그런데 자신의 왜소한 모습으로 하여 더욱 "과대평가"되는 어머니의 이미지는 주인공으로 하여금 더욱 열등감을 느끼게 한다. 동시에 이제는 늙어서 가장으로 성장한 아들 앞에 약한 모습이 되어 아들의 보호를 필요로 하는 어머니와 약하고 순종적인 아내는 그의 죄책감과 무력감을 더해준다. 따라서 어머니와 아내는 하층민 가장을 절망적인 궁핍 속에서 자기 파괴적 또는 극단적 결말에 이르게 함으로써 전통적인 윤리관의 파탄을 경험하게 하는 데 일조한다.

그런데 어머니를 전통적인 여인상으로 부각하는 동시에 중기로 가면서 어머니의 '허물'을 드러내 보이기도 하고 아들이 어머니를 '밉'게

---

29 김미영, 「유교 가족윤리에 나타난 타자화된 여성」, 『哲學硏究』 제46집, 1999, p.55.

30 Freud, S., 김정일 역, 「가족 로맨스」, 『성욕에 관한 세 편의 에세이』, 김정일 역, 열린책들, 1996, p.61.

도 보는 예외적인 경우도 나타난다.

부르주아 자연주의 계열의 작품「해돋이」(1926.3.)에서 내적 초점화자로 등장하는 주인공 만수는 자신을 사랑하는 그 어머니의 은혜에 대해서는 백골난망이지만, 서울 유학을 떠나는 것을 반대하고 조혼을 강요한 어머니의 봉건사상에는 반항하고 싶어 한다. 동시에 어머니도 내적 초점화를 통하여 그의 보수적인 심리를 보여주었다. 어머니는 간도에서 독립운동을 하다가 감옥에 간 아들을 잘 이해하지 못하고 남들처럼 그 아들을 곁에 두고 아들의 효성을 받을 수 없는 것을 한스러워한다. 집단적 차원에서의 프로 인텔리겐치아의 본격적인 투쟁 실천을 보여준 이 작품은 이전의 작품에서 주로 주인공에 의한 내적 초점화가 이루어진 데서 한 걸음 나아가, 초점화가 독립운동가 만수와 그의 어머니 김소사, 그리고 만수의 친구이자 사회주의자로 활동하는 경석 등 여러 인물에 의해 상호 교체됨으로써, 한국의 반봉건 식민지 사회 현실을 보다 폭넓게 객관적으로 조명하는 동시에, 계급적인 시각을 수렴하면서 민족적 시각으로 시야를 확대하여 '투쟁의 담론'을 발전시키고 있다. 제3장 제1절에서 살펴보았듯이, 만수 모자의 갈등은 봉건과 반봉건이라는 신수 사상의 갈등 뿐만 아니라 혈연적인 애정과 이념적 신념사이의 불가피한 갈등이라는 복합적인 문제를 "현실감 있는 구체성으로 접근"[31]한 것으로, 전통적 "가족중심의 가치관"을 "개혁"하여 "새로운 사회중심의 가치관"과 "조화"[32]시키고자 했다는 데 의미가 있다.

---

31 임규찬, 「최서해의 「해돋이」론」, 基俗 姜信沆博士 停年退職紀念論叢刊行委員會 편, 『國語國文學論叢: 基俗 姜信沆博士 停年退職紀念』, 太學社, 1995.11., p.170.

32 최시한, 「현대소설에서의 '가족'—경향소설을 중심으로」, 『현대소설연구』 6호, 1997.6, pp.18~19.

어머니에 대한 주인공의 모순되는 심리는 「전아사(餞迓辭)」(1927.1.)에서 더욱 발전하는데, 이 작품의 내적 초점화자인 주인공 '나'는 자신이 근대적 자아를 지향하는 데서 걸림돌로 되는 어머니에 대해서 자신의 큰 은인인 동시에 큰 적이라는 생각까지 하게 된다. 최서해가 이 시기 '동반자형'로서의 아내상을 통하여 새로운 윤리도덕에 대한 탐색을 보여주었다면, '갈등형'의 어머니상을 통해서는 전통적 윤리도덕에 대한 개혁의 필요성을 강조했다고 할 수 있다.

후기 소설 「무명초(無名草)」(1929.8)에서는 부차적 인물로 등장한 노모는 '배려의 윤리'를 강화하는 역할을 하면서, 며느리한테 앓는 아들의 약을 사오라고 타이르기도 하고 아들과 손녀의 병으로 "기운없이 허둥지둥하면서 걱정하시"기도 하는 자상한 모습을 보여준다. 외적 화자의 서술로 된 이 작품에서는 아내와 어머니의 적극적인 '배려 행위'는, 주인공으로 하여금 가족과의 심리적 유대를 강화하고 인내성을 갖게 한다. 이 작품은 부부간의 '배려 행위'에서 한 걸음 나아가, 그 '배려 행위'가 가족에서 상호 간에 이루어질 뿐만 아니라 사회로 확장되어 나타나는 특징을 보여주었다.

그 다음으로, 최서해 소설 중 딸이 나오는 작품에서는 딸에 대한 주인공의 부성애를 섬세하게 표현하고 있다. 실명소설 「백금(白琴)」(1926.2.1)은 최서해가 회령에서 세 번째 부인과 결혼하여 낳은 딸을 모델로 하여 쓴 것이고 「담요」(1926.5.1)에서 나오는 딸은 백금의 분신으로 된다. 최서해가 작가가 되기 위해서 어머니와 아내(세 번째로 결혼한 아내)와 딸 백금이를 두고 상경한 후 아내는 가난을 못 이겨 가출하고 딸 백금은 영양실조로 죽었다. 따라서 최서해 소설에서 딸은 말 그대로 "오장이 끊기는 듯"(상권, p.172)한 '사랑의 아픔'을 주는 그림자였다.

「백금(白琴)」의 주인공은 뼈빠지게 일해도 먹고 살 수 없는 상황에서 딸애의 장래를 위해 보다 나은 직업을 얻으려고 상경한 사이 딸애를 잃게 된다. 때문에 딸애와 이별하고 상경하게 될 때 벌써 뚜렷이 마르크스의 『자본론』보담도 더 밝게 떠오르는 그림자가 있었으며 사랑하는 딸애가 죽었다는 소식을 접한 후에는 딸애와 식구들을 생각할 때마다 주먹을 부르쥐고 몸을 부르르 떨면서 세상을 노려본다고 술회한다. 가족에 대한 사랑으로부터 비롯된 이러한 반항의식은 최서해의 전기(前期) 소설에 자주 나타나는데, 「기아(飢餓)와 살육(殺戮)」(1925.6.1)에서는 극도의 가난 때문에 딸애를 비롯한 집식구를 살해하는 동시에 밖에 나가 닥치는 대로 사람을 죽이고 「홍염(紅焰)」(1927.1.1)에서는 열일곱 살 된 딸(최서해 소설에서 유일하게 장성한 딸의 모습)을 빼앗아간 중국인 지주를 도끼로 찍어 죽이는 보복행위로까지 발전하게 된다. 뒤의 두 작품이 「백금(白琴)」과 「담요」와 다른 점이라면 주인공의 딸들이 잠깐씩 모습만 보일 뿐 작품 전면에 부각되지 않은 것이다. 그러나 간도를 배경으로 한 이 작품들에서 딸들은 그 잠깐씩 보이는 모습만으로도 다른 식구들과 더불어 궁핍에 몰린 주인공을 극단적인 행동으로 나가게 하기에 족했다.

후기(後期) 작품 「무명초(無名草)」(1929.8)에서는 가난한 잡지사 기자이자 작가인 박춘수가 설사로 괴로움을 겪는 중에도 참외와 바나나를 사달라고 떼를 쓰는 네 살 된 딸애를 측은하게 생각하고 책을 팔아 참외를 사주는 것으로 자상한 부성애를 보여주고 있다. 그러나 앓는 몸으로 식구들의 끼니 걱정을 하면서 원고를 쓰다가 딸애도 설사를 하게 되자 악에 북받쳐 딸애가 죽었으면 좋겠다고 모진 생각을 하기도 한다. 하지만 곧 뉘우치고 가슴아파하다가 이튿날 의사의 언짢아하는 모습을 떠올리면서도 체면을 무릅쓰고 빈손으로 병원에 가서 외상으로 딸애의 약을 가져온다. 이러한 부녀간의 관계를 통하여 가족에 대한 사랑으로 현실의 고통을 묵묵히 이겨나가려는 주인공의 참된 모습을 실감있게 보여주고 있다.

가족관계 외에, 인물 상호 간에 남녀 애정관계, 우정관계, 시혜와 보은관계 등 여러 가지 심리학적 관계로 얽혀 있는 작품도 찾아볼 수 있다. 「보석반지(寶石半指)」(1925.7)에서 목사집 가정교사로 있는 '나'는 목사의 여동생 혜경을 남몰래 사모하나 가난한 가정교사의 신분에 사랑의 고백도 하지 못한 채 고민하다가 혜경이가 나이 많은 부자와 결혼하여 떠나가는 바람에 실망한다. 애정문제를 대하는 '나'의 태도에서 소심한 성격을 보여주고 있지만, 내적 초점화를 통하여 심리적 갈등을 제시하고 순수한 사랑의 마음을 보여주는 것으로 동정과 감동을 자아내고 있다.

「먼동이 틀 때」(1929.1~2)에서는 이미 앞에서 언급한 것처럼 사상단체의 회원인 주인공 허준과 죽마고우인 김관호의 우정관계를 제시함으로써 그들 사이에 이데올로기적 관계와 심리학적 관계가 동시에 작용하는 것을 볼 수 있다. 허준은 자신한테 취직을 알선해주면서 호의를 보여주는 김관호가 가난한 사람에 대해 동정심이 없는 것을 보면서 분개하는 한편, 그와의 우정때문에 심리적 갈등을 겪다가 결국 친분을 깨뜨리는 것으로 자신의 이념을 실천에 옮긴다. 이를 통하여 사사로운 우정보다도 인간애를 우위에 놓고 그것을 이념과 결부시키려는 그의 정신세계를 여실히 보여주고 있다.

장편소설 『호외시대(號外時代)』(1930.9~1931.8)의 두드러진 특징은 중심인물들의 관계가 '수혜—보은' 관계로 얽혀있고, 그들이 확대된 가족적인 사랑의 관계를 보여주고 있다는 것이다. 민족 자본가이자 가난한 사람들의 조력자인 홍재훈은 가난한 집안의 고아인 양두환을 도와 은행원으로 출세시키고, 양두환은 은인이자 의부인 홍재훈의 파산과 몰락을 복구하기 위하여 은행 사기사건을 조작하여 범행을 저지르며, 양두환에게 부채감을 갖고 있던 홍재훈의 아들 홍찬형은 그 대신 감옥에 들어간다. 그러나 자본주의적 '재부'의 불합리한 축적과 분배를 상징하는 '돈'의 은유로 주인공 양두환을 비롯한 주요 인물들과 식민체제의 대립관계를 암시하였고, 확대된 가족관계를 보여주어 역시 '가족애'에 의하여 서사가 추동되었다.

마지막에 홍재훈과 홍찬형이 죽음으로써 '부르 심퍼다이저'가 퇴장한 자리에 홀로 남은 양두환이 홍씨 일가를 돌보는 한편 야학교를 계속 꾸려나가게 되는데, 이로써 식민지 치하의 부르 민족운동과 프로 민족운동에 모두 공감의 입장을 보이는 프로 심파다이저가 "변모된 시대상황의 담지자로 추천"[33]되고 있음이 확인된다. 그리고 '남성'들의 '의리'로 결속된 "상호의존 내지 은혜―보은"[34]의 관계는 종결되고, 그 대신 류숙경이라는 부르주아 신여성이 조력자로 등장하면서 '상호의존의 동지애'가 새롭게 구축되기 시작하는 것으로 끝난다. 이로써 '동정의 윤리'와 '배려의 윤리'를 통합하는 방식으로, 악화되어 가는 현실의 난관을 타개하고자 했다고 할 수 있다.

이상으로 최서해 소설의 가족관계를 중심으로 인물들의 심리학적 관계를 살펴보았는데, '윤리 도덕 의식'에 기반한 가족애 또는 확대된 가족애가 서사적 추동력으로 되는 것을 볼 수 있었다.

전기의 '신경향파 소설' 중 인물의 빈부의 대립구조와 가족관계를 설정한 작품들이 성공작으로 되었다. 인물에 갇힌 화자의 자전적 서술과 외적 화자의 서술로 된 이 작품들에서, 하층민 주인공의 순종적

---

33 한점돌, 「한국 신경향소설 연구―최서해 소설의 변모과정과 그 내적 논리를 중심으로」, 앞의 책, p.109.
34 曺南鉉, 「崔曙海의 「號外時代」, 그 갈등구조」, 앞의 논문, p.367.

인 아내들은 임신 중이거나 병 중으로 성(여성), 계급(하층민), 민족(조선인), 육체(병자)에 있어 중층적 '타자'이자 '약자'로 설정되고, 헌신형의 어머니 또한 젊어서는 혼자 아들을 장년으로 키워낸 '여장부'와 같은 존재였으나 이제는 늙어서 아들의 보호를 필요로 하기에 아내 못지 않은 '타자'와 '약자'로 등장한다. 남성 주인공 역시 나라를 잃고 자국 또는 간도라는 타국에서 최하층 생활을 하는 처지로, 주체적 삶을 영위하지 못하는 '타자'이자 '약자'로서 불쌍하기는 마찬가지다. 따라서 아내와 어머니, 그리고 어린 딸애 앞에 죄책감과 열등감과 무력감을 느끼며, 식구들이 생존 위기에 처하게 되자 개인적으로 감내할 수 없어 자기 파괴적 또는 극단적 행동을 하거나 자각을 통한 투쟁의 길로 나아가는 결말에 이르게 된다. 이 작품들은 고정 초점화, 환상 등 장치를 통하여 인물의 성격 발전을 리얼하게 보여주었다.

이 시기 부르주아 자연주의 계열에 속하는 빼어난 작품인 「해돋이」(1926.3)에서는 헌신형에서 갈등형으로 바뀐 어머니상이 나타났는데, 외적 화자의 서술로 된 이 작품에서는 가변 초점화를 통하여 민족 운동가 아들과 이데올로기적 갈등을 빚는 봉건적인 어머니를 초점화의 주체로 등장시킴으로써, 전통적 윤리에 대한 개혁의 필요성을 제시하고 민족해방을 위한 집단적 차원의 투쟁 실천을 현실감 있게 보여주었다.

후기(後期) 작품은 빈부의 대립구조가 약화되는 대신 소시민적 주인공들이 다수 등장하는 가운데 가족의 협력관계를 보여주고, 식민지 현실의 대응 방안으로 윤리도덕에 대한 다양한 탐색이 이루어지는 것을 볼 수 있었다. 인물에 갇힌 화자의 관찰자적 시각을 보여준 「갈등(葛藤)」(1928.1)에서는 순종형에서 동반자형으로의 변모를 보인 아내상이 형상화되어, '부르 심파다이저' 남편과 더불어 약자에 대한 '동정의 윤리'를 지향하는 것을 볼 수 있었다. 한편, 외적 화자의 서술로 된

「무명초(無名草)」(1929.8)에서는 가장에 협력할 줄 아는 아내와 어머니의 역할을 부각시킴으로써, 가족 내지 사회적 차원에서의 '배려의 윤리'가 현실 대응의 중요한 방법임을 강조한다.

후기(後期) 작품 중 인물들의 우정관계가 나타나는 작품에서는 주인공과 친구의 심리학적 관계와 이데올로기적 관계를 통하여 주인공의 복잡한 심리적 갈등을 치밀하게 묘사하고, 장편소설 『호외시대(號外時代)』는 표면상으로 시혜와 보은, 애정관계라는 다양한 관계를 보여주고 심층적인 의미에서는 확대된 가족 관계를 암시함으로써 독특한 미학적 가치를 창조하고 있다. 민족의 생존과 발전에 관심을 보여준 『호외시대(號外時代)』에서는, 악화되어 가는 민족 현실에 대한 대응 방법으로 프로 인텔리겐치아 주인공으로 대표되는 '프로 심파다이저'가 주축이 되고 신여성으로 대표되는 '부르 심파다이저'가 협조하는 '상호의존의 동지애'의 관계를 구축함으로써, 사회적 차원에서 '동정의 윤리'와 '배려의 윤리'를 통합시키는 것을 볼 수 있었다.

이밖에 전기(前期)와 후기(後期)의 일부 남녀 또는 부부의 애정 관계를 보여준 작품은 주인공의 순수하고 고통스러운 사랑으로 '배려 행위'를 제시한 일면이 있으나 주인공의 성격이 비관적이거나 소극적이라는 감상적인 한계를 내포하고 있다.

 2. 시간적 구성과 갈등의 입체적 재현

1) 시간 역전 기법에 의한 인물 심리와 분위기의 부각

최서해 소설에서 인물에 갇힌 화자에 의한 서술이 '액자 형태'를 통한 회상의 수법을 자주 사용했다면, 외적 화자에 의해 서술된 적지 않은 작품은 중간에 회상적인 사건을 배치하고 있는 것을 볼 수 있다. 이는 서구 소설에서 흔히 볼 수 있는 플래시 백 또는 나라타주의 기법이라고도 할 수 있는 것으로, 신춘호는 이러한 서구 소설의 기법을 서해가 이용한 것은 그의 전기적인 사실에 비추어 볼 때 영미 작가나 러시아 작가 등 외국 작가의 작품에 대한 평소의 독서량이 많았다는 것을 반증해 준다고[35] 지적했다.

최서해 소설의 '회상'은 거의 전부 "외적 회상"과 "완결된 회상"으로 되어 있는데[36], 특히 '액자 형태'의 구성을 취한 소설은 대개 서술의 시작이 나중 시점부터 시작됨으로써 비교적 긴 기간의 사건의 전개를 회상의 수법으로 보여주었다. 최서해 소설에 나타난 '회상', 즉 시간 역전의 기법에 대하여 그 기능을 보다 구체적으로 파악하기 위하여,

---

35 신춘호, 『최서해—궁핍과의 문학적 싸움』, 건국대학교출판부 1994, p.71.

36 미케 발은 회상이 완전히 파블라의 1차 시간 밖에서 일어날 때 이를 "외적 회상"이고, 주 파블라의 짧은 시간 안에서 회상이 일어나면 그것을 "내적 회상"이라고 하며, 회상이 1차 시간 밖에서 시작하고 그 안에서 끝난다면 그것은 '혼합적 회상'이라고 한다고 했다. 이는 제라르 쥬네뜨의 이론과 완전히 일치한 것으로, 쥬네뜨는 회상을 다시 "기본 서사와 연결되지 않고 펄쩍 건너뛰는 회상"을 "부분적 회상"이라고 하고, 이와 반대로 "두 스토리 사이에 아무런 틈새가 없이 기본서사로 연결"되는 회상을 "완결된 회상"이라고 분류하였다. Bal, M., 앞의 책, p.111; Genette, G., 권택영 역, 『서사담론』, 敎保文庫, 1992, p.51.

'도입 액자'[37]에 의한 역전으로 된 작품과 서사의 중간에 회상이 끼어든 '삽입적 역전'[38]의 구조로 된 작품으로 나누어 보았다.

'도입 액자'에 의한 역전:

「탈출기(脫出記)」(1인칭), 「보석반지(寶石半指)」(1인칭), 「설날밤」(3인칭), 「백금(白琴)」(1인칭), 「담요」(1인칭), 「만두」(1인칭), 「동대문(東大門)」(1인칭), 「전아사(餞迓辭)」(1인칭), 「이중(二重)」(1인칭), 「폭풍우시대(暴風雨時代)」(1인칭, 미완), 「차중에 나타난 그림자」(1인칭)

'도입 액자'에 의한 역전과 삽입적 역전의 결합:

「향수(鄕愁)」(1인칭), 「무서운 인상(印象)」(1인칭), 「미치광이」(1인칭), 「갈등(葛藤)」(1인칭), 「같은 길을 밟는 사람들」(1인칭)

삽입적 역전:

「토혈(吐血)」(1인칭), 「고국(故國)」(3인칭), 「기아(棄兒)」(3인칭), 「해돋이」(3인칭), 「누가 망하나?」(1인칭), 「이역원혼(異域冤魂)」(3인칭), 「홍한녹수(紅恨綠秋)」(3인칭), 「홍염(紅焰)」(3인칭), 「낙백불우(落魄不遇)」(1인칭), 「용신난(容身難)」(3인칭), 「먼동이 틀 때」(3인칭), 「주인아

---

37 한스 브라허는 액자 소설에 대해 논의하면서 신통한 플롯이 없고 소설의 도입부 역할밖에 하지 않는 바깥 이야기를 '상황 액자'라 부르고, 줄거리다운 줄거리를 갖추고 있는 바깥 이야기를 '소설 액자'라 구별하였다. 이에 비추어 본 연구에서는 최서해 소설을 '액자 형태'를 취한 소설과 '소설 액자'를 취한 소설로 구분하였다. '액자 형태'를 취한 소설과 '소설 액자'를 취한 소설에 대해서는 제2장의 1절과 2절에서 상세하게 논의한 바 있다. 한스 브라허의 이론에 대해서는 김천혜, 『소설 구조의 이론』, 문학과 지성사, 1990, p.168 참조.

38 래메르트는 역전을 크게 구성적 역전, 해결적 역전, 삽입적 역전의 세 가지로 나누었는데, 본 연구의 삽입적 역전은 래메르트의 용어를 그대로 쓴 것임. 위의 책, p.50.

씨」(1인칭), 「수난(受難)」(3인칭), 「무명초(無名草)」(3인칭), 「누이동생을 따라」(1인칭)

위의 분류에서 보다시피 '도입 액자에 의한 역전'('도입 액자에 의한 역전'과 '삽입적 액자'의 결합으로 된 작품을 포함) 구조로 된 작품은 「설날밤」을 제외한 외에 모두 인물에 갇힌 화자의 서술로 되어 있다. 반대로 '삽입적 역전' 구조로 된 작품은 대개 외적 화자의 서술로 된 소설로서, 「누가 망하나?」(1인칭), 「먼동이 틀 때」(3인칭), 「누이동생을 따라」(1인칭) 등 3편의 작품만이 '소설 액자' 형식을 취하고 있다.[39]

우선 '도입 액자에 의한 역전' 구조로 된 작품은 '도입 액자'에 의하여 내부 서사가 전형적인 회고식 서술을 지향함으로써, 대개 인물에 갇힌 화자(1인칭 화자)의 과거의 경험을 "통째로 더듬어 보려는 목적"[40]이 분명히 나타나고 있다. 「탈출기(脫出記)」(1925.3)에서는 인물에 갇힌 화자의 회고식 서술을 통하여 극한적인 상황으로 치닫는 주인공의 과거의 절박한 빈궁체험과 그에 수반된 심리적 고통을 실감 있게 보여줌으로써 그러한 체험을 통하여 사회제도의 모순을 깨닫고 독립단에 가입하게 된 '탈가'의 이유가 설득력있게 제시되었다.

「담요」(1926.5)는 화자인 '나'가 딸애의 담요에 얽힌 과거의 일을 추억하면서 가난 속에서 죽어간 딸애를 그리워하는 아버지의 슬픈 심정을 토로하고 있다. 「백금(白琴)」(1926.2)에서도 '나'가 아무리 일해도 먹고 살기 힘든 상황에서 딸애의 미래를 위하여 보다 나은 직업을 찾

---

39 '액자 형태'에 관한 것은 본 연구의 2장 2절을 참조.

40 쥬네뜨는 "외적 회상"과 "완결된 회상"의 기능이, 전자는 " '먼저 일어난 사건'을 독자에게 전함으로써 기본 서사를 보태주는 것"이고 후자는 "사건 진행 중간에서 시작하는 서술 관습에서 나온 것으로 서술 시작 '이전 사'건을 통째로 더듬어 보려는 목적"이라고 했다. Genette, G., 앞의 책, p.39; p.51.

으려고 상경하지만 결국 가난에서 벗어나지 못하고 딸애까지 잃게 된 과거를 회상하는 가운데, 가난한 살림에 부성애를 다할 수 없는 아버지의 고통스러운 심정과 그에 따른 사회에 대한 불만이 고조되어 있다. 「전아사(餞迓辭)」(1927.1)에서는 인물에 갇힌 화자가 회상의 수법을 통하여 '나'의 의식의 변화 과정을 생생하고 섬세하게 그려내고 있다. 다시 말해, 농촌에서 가난때문에 공부하고 싶어도 하지 못하고 어머니에 대한 효성을 다하지 못하는 '나'는 사회 의식에 눈을 뜨게 되면서 근대적 도시인 서울로 '탈출'하여 작가로 등단하게 되나, 왜곡된 삶의 현장에서 생계조차 유지하기 힘들어 '매춘부'보다도 못한 생활을 한다. 그러다가 어머니의 작고소식을 접하고 사회에 대한 저항의지를 다지게 된다.

가난체험을 다룬 위의 작품들과 달리, 아래의 작품들은 애정문제에 대한 관심을 보여주고 있다. 「보석반지(寶石半指)」(1925.7)는 위의 작품들과 다른 애정소설로서, 교회 목사집의 가정교사인 '나'가 목사의 누이동생 혜경을 몰래 사모하나 가난한 지식인 신분에 감히 사랑을 고백하지 못하다가, 결국은 혜경이가 결혼반지인 보석반지를 끼고 부자한테 시집가는 것을 지켜보게 되었다는 과거의 고통스러운 첫사랑의 추억을 서술하고 있다.

「동대문(東大門)」(1926.11) 역시 애정소설로서 친구들의 장난으로 밤중에 동대문으로 낯선 여인을 만나러 갔다가 헛물 켠 '나'의 과거의 우스운 이야기를 서술하고, 「차중(車中)에 나타난 마지막 그림자」(1929.4)도 젊은 시절 간도로 가는 길에 우연히 만난 미모의 여성을 속으로 사모한 이야기를 서술하는 것으로 가난한 생활을 하면서도 애정을 갈망하거나 애정의 유혹을 물리치기 힘든 인간의 보편적인 심리를 잘 그려내고 있다.

이밖에, 인물에 갇힌 화자의 서술로 된 작품으로 사소한 것 같으면서도 중요한 경험을 통하여 느낀 감상을 서술한 작품과 관찰자적 입장에서 민족운동가에 대한 이야기를 서술한 작품도 있다. 꽁트에 가까운 「만두」(1926.7)와 「이중(二重)」(1927.5)에서는 인물에 갇힌 화자가 시간 역전 기법을 통하여 만주 벌판에서 굶어죽게 된 상황에서 만두를 훔쳐먹고 살아난 경험을 통하여 느낀 감정과 일인이 경영하는 목욕탕에 갔다가 조선인이라 하여 들여놓지 않는 모욕을 당하고 느낀 이중의 비애를 서술하고 있다. 「폭풍우시대(暴風雨時代)」(1928.4)는 미완의 작품으로, 인물에 갇힌 화자가 역시 관찰자적 입장에서 민족운동가 조병구에 대한 이야기를 회고식으로 서술하고 있다.

이상의 작품이 대해 회상적 수법에 의하여 인물에 갇힌 화자가 과거의 고통스러운 생활체험이나 애정체험을 자서전적으로 서술하였다면, 「설날밤」(1926.1)에서는 외적 화자가 과거에 발생한 사건을 서술하고 있다. 이 유형의 소설 중 유일하게 외적 화자 서술로 된 이 작품은 비록 '도입 액자'에 '나'라는 명시적 단어가 나오지만 이때의 '나'는 내부 이야기에 등장하는 인물이 아니다. 그러나 화자는 '나'라고 자신의 신분을 밝히는 것 이상의 기능을 한다. 다시 말해 도입부에서 '활극'이라고 지칭하는 내부 서사에서 화자의 해설자적인 역할이 눈에 띄게 나타난다. 설날밤 거지들이 무리지어 다니는 서울의 거리와 돈많은 은행가의 집에서 벌어진 황홀하고 성대한 만찬회의 장면을 대조적으로 제시하는 것으로 빈부가 양극화된 사회적 분위기를 보여준 것은 의미가 있지만, 극적 갈등의 제시도 없이 만찬회에 뛰어들어 금품을 강탈해간 청년의 당돌한 강도 행위만을 미화한 것은 한계라고 해야 할 것이다.

다음으로, '도입 액자'에 의한 역전과 '삽입적 역전'의 결합으로 이중 역전이 나타나거나 역전이 여러 차례 나타나는 작품들은 모두 인물에 갇힌 화자의 관찰자적 서술로 되어 있다. '도입 액자에 의한 역전'에서 역전이 일어나도록 하는 주체가 화자였다면, 여기서는 '화자에 의한 역전' 뿐만 아니라 '작중인물에 의한 역전'과 '화자와 작중인물의 결합에 의한 역전'41도 나타나고 있다.

「향수(鄕愁)」(1925.4)에서는 '도입 액자'와 '소설 액자'에 의하여 이중 역전이 나타나고 있는데, 인물에 갇힌 화자의 관찰자적 서술방법에 의하여 과거의 일이 회상되고 있다. '도입 액자'에서 화자는 황혼 속에 찾아든 김우영에 대한 그리움을 서술한 후 과거를 서술하면서, 먼저 관찰대상의 편지를 삽입하여 제시하는 특이한 구성을 취하고 있다. 관찰대상으로 되는 화자의 친구 김우영은 편지에는 그의 모친과 처자가 가난 속에서 죽은 소식을 들은 후의 슬픈 심정과 자신이 집을 떠난 후 이역에서 고생한 경과를 요약하여 서술하고 만주나 시베리아로 가려는 뜻을 밝히고 있다. 그 다음 화자는 김우영이 가난과 일제에 대한 원한 때문에 집을 떠나게 된 경과를 서술하고 있다. 이러한 구성을 통하여 김우영의 비애와 김우영의 불행에 대한 '나'의 동정, 그리고 김우영처럼 고향을 떠나 방황하는 '나'의 애수를 생동감있게 보여주고 있다.

「무서운 인상(印象)」(1926.12)에서도 '도입 액자'와 '소설 액자'의 '이중 액자'에 의하여 이중 역전이 이루어지고 있다. 즉 인물에 갇힌 화자인 '나'가 자신이 직접 목도한 사건을 쓰겠다고 밝히고 나서, 회상

---

41 김천혜는 역전이 일어나도록 하는 주체는 화자일 수도 있고 작중인물일 수도 있는데, 주인공의 입을 통해서 밝혀지는 사실이면서도 화자가 자기의 문체로 바꾸고 자기의 이야기로 재편성한 경우는 화자와 작중인물의 결합에 의한 역전이라 볼 수 있다고 했다. 김천혜, 앞의 책, pp.49~50.

의 수법으로 작년 가을 ××역에서 정거장 일을 하면서 작품의 주인공 봉준 어머니를 만나게 된 경과와 봉준 어머니가 기차에 치어죽은 사건을 서술하는데, 그 중간에 다시 시간 역전의 기법으로 봉준 어머니한테서 들은 봉준 아버지와 봉준이가 ××역의 노동판에서 죽은 이야기를 화자가 자신의 말로 정리하여 서술하고 있다. 이렇게 함으로써 봉준 어머니의 비참한 일생을 몽타주해서 입체적으로 재현시켰을 뿐만 아니라, 같은 '무산자'의 처지에 있는 화자가 그들을 동정하는 한편 자신과 어머니의 운명에 대해 연상하면서 갖게 되는 두려운 마음을 생생하게 전달하고 있다.

「미치광이」(1926.12)는 인물에 갇힌 화자의 관찰자적 서술방법에 의하여 과거의 일이 회상되고 있는데, 회고식 서술에 '화자에 의한 역전' 뿐만 아니라 '작중인물에 의한 역전'과 '화자와 작중인물의 결합에 의한 역전'이 동시에 일어나고 있는 것을 볼 수 있다. 4년 전의 어느 날 '나'는 처가에 갔다가 미치광이를 보게 되고, 마을 사람들의 대화를 통하여 그가 정상인보다 더 정직하다는 것을 알게 되고, 그후 마을의 박서방한테서 중국인 지주와 눈이 맞은 집주인 김참봉의 아내의 모함으로 우매한 김참봉한테 쫓겨난 사실을 알게 된다. 여기서 화자는 '작중인물에 의한 역전'과 '화자와 작중인물의 결합에 의한 역전'을 통하여 미치광이에 대한 정보를 제공해주는 동시에 마을사람들의 동정의 태도를 보여주고 있다면, '화자에 의한 역전'을 통해서는 미치광이와 관련한 정보를 종합하고 분석하면서 마음속으로 미치광이의 이미지를 그려보게 하고 있다.

「갈등(葛藤)」(1928.1)도 이중 역전의 구성을 취하고 있는데, 첫 번째의 역전을 통하여 과거 '나'의 집에 두었던 어멈의 이야기들을 둘러싸고 그들을 관찰하는 가운데 생긴 심리적 갈등을 서술하는 것으로 되어 있다. 화자는 몰인격적이고 굴종적이고 비열해 보이는 어멈들의 모습들을 보면서 그들에 대해 동정하는 한편 비판하고 있다. 그런데 그 비판은 어멈들에 대한 비판을 넘어서서 그들을 그렇게 만든 사회적 환경에 대한 비판으로 나아갈 뿐만 아니라, 자신이 속한 '중산계급'이 하층계급인 그들을 동정하는 척 하면서도 '괄시'하는 데 대한 비판과 반성으로 이어지고 있다는 데 의의가 있다. 화자는 첫 번째의 역전 중간에 또 하나의 회상을 삽입하여 아내가 집에서 제일 오래 알고 지내던 인상 좋은 어멈한테서 들은 그의 불행한 신세에 대한 이야기를 화자의 말로 서술함으로써 사회적 환경이 인간에게 주는 피해를 강조하고 있다. 그러나 주인공은 자신의 어멈에 대한 동정과 행동의 모순으로 하여 심리적 갈등이 심화되는데, 그 갈등을 '종결 액자'에서 관념적 구호로 해결되는 한계를 보여주고 있다.

「같은 길을 밟는 사람들」(1929.12)은 '도입 액자'에서 친구 K의 1주기를 맞은 '나'가 남의 일 같지 않다는 느낌을 서술한 후 세 번의 역전이 이루어지는 복잡한 시간적 구성을 보여주고 있다. 첫 번째 역전에서 '나'의 친구인 K가 생활난에 부대끼다가 중병에 들게 된 경과를 중심으로 '나'와 주변 사람들의 K와 비슷한 곤궁한 처지에 대해서 곁들여 서술하고 있다. 두 번째 역전에 의해서 K가 죽은 후 그의 친구 S한테서 들은 K의 임종 전후와 장례식 때 본 의문의 여자에 대한 이야기가 '나'의 말로 서술되었다. 세 번째 역전을 통해서는 K의 장례식 후 술파는 여자가 S에게 들려준, 그의 불우한 경력으로 인한 K에 대한 동정의 마음을 역시 '나'의 말로 서술하였다. 이 세 번의 역전을 통하여 화자는 K와 같은 운명에 처한 가난한 지식인 공동체의 고단하고 위태로운 삶의 현장을 제시하는 동시에 자신의 처지에 대한 위기감과 인정이라는 정신적인 위로를 갈망하는 심정을 형상적으로 보여주고 있다.

　최서해 소설 중 '도입 액자에 의한 역전'이 이루어지는 작품에서 화자의 '회상'을 통하여 과거에 대한 완정(完整)한 이야기를 제시하여 일관된 의미를 보여주고 그 의미를 점차적으로 강화시켰다면, '도입 액자에 의한 역전'과 '삽입적 역전'의 결합으로 이중 역전이나 여러 번 역전이 나타나는 작품은 의미의 일관성을 추구하는 동시에 새로운 정보의 제시로 더욱 복잡한 의미 구조를 구축했다. 이에 비하여, 다음에 살펴볼 '삽입적 역전'이 일어나는 작품에서는 '회상'에 대개 작중 인물의 내력을 요약하여 제시하거나 과거에 일어난 사건을 구체적으로 묘사하여 전체 텍스트에 여러 가지 의미를 부여하는 것을 볼 수 있다.

　'삽입적 역전'이 나타나는 소설 중 인물에 갇힌 화자의 서술로 된 몇 편(「누가 망하나?」, 「주인 아씨」, 「누이동생을 따라」)의 작품에서는 '화자와 작중인물의 결합에 의한 역전' 또는 '작중인물에 의한 역전'이 이루어지고 있다. 이 작품들은 공통적으로 인물에 갇힌 화자의 관찰자적 서술에 의하여 서사가 전개되는 특징이 있다. 그 밖의 '삽입적 역전'은 인물에 갇힌 화자의 서술로 된 몇 편의 작품 외에 모두 외적 화자의 서술로 된 작품에 나타나는데 이들 작품에서 외적 화자의 서술로 된 「먼동이 틀 때」에 '화자와 작중 인물의 결합에 의한 역전'이 나타나는 외에, 다른 작품은 모두 역전이 일어나도록 형성하는 주체가 화자이다.

　「누가 망하나?」(1926.7)에서 인물에 갇힌 화자의 관찰 대상은 걸인(乞人)이었다. '기본 서사'[42]에서 '나'의 눈에 비치는 그 걸인(乞人)은 순사 앞에서 자신을 도둑으로 모는 신사를 때리기도 하고 남이 먹을

---

[42] 쥬네뜨는 1차 시간 단계에서 서술되는 이야기를 '기본 서사'라고 하고, 그에 삽입되는 서사 즉, 이식되는 서사는 시간적으로 두 번째 서사라고 규정하였다. 따라서 앞에서 언급한 '도입 액자'나 '소설 액자'의 내용도 결국 '기본 서사'에 속하는 것으로 보아야 할 것이다. Genette, G., 앞의 책, p.38.

걸 주지 않으면 빼앗아 먹기도 하는 등 특이한 인물이었다. 이 작품은 중간에 '소설 액자'에 의하여 '삽입적 역전'이 나타나면서 걸인(乞人)의 과거에 해당하는 내력이 서술된다. 빈한한 소작인의 가정에서 태어난 그는 아버지와 어머니를 일찍 여의고 가난한 살림에 아내마저 병들어 약 한첩 써보지 못하고 죽는다. 이 부분에서는 '화자와 작중 인물의 결합에 의한 역전'으로부터 '작중인물에 의한 역전'으로 바뀜으로써 이야기의 '진실미'를 더해주고 있다. 걸인(乞人)의 내력을 들은 '나'는 그에 대한 인상이 바뀌면서 세상을 저주하는 그를 동정하는 한편 공포를 느끼는데, 걸인의 내력은 작품의 공포적인 분위기를 더해 주는 데 기여하고 있다. 소품에 가까운 「주인아씨」(1929.4)에서는 두 번의 '삽입적 역전'을 통하여 '나'에 의해 관찰되는 하숙집 주인아씨의 도적을 만들고 도적을 잡는 비인간적 소행에 대한 역겨움을 나타내고 있다.

후기(後期) 작품 「누이동생을 따라」(1930.2)에서는 중간에 '나'에 의해 관찰되는 단소부는 사나이의 내력이 그의 직접화법에 의해 제시되고 있다. 어릴 때 어머니를 여읜 단소부는 사나이는 서모의 학대에 애꾸눈이 되고 노동판에서 사고로 한쪽 다리가 불구로 된다. 그는 어릴 때 헤어진 누이동생이 유곽에 팔려갔다는 소문을 듣고 단소를 불며 누이동생을 찾아다니지만 누이동생이 바다에 몸을 던진 후에야 그곳에 도착한다. 단소 부는 사나이는 결국 누이동생을 따라 자살하는데, 그의 비극적 생애가 '기본 서사'에 제시되는 애처로운 단소 소리와 어울리면서 작품의 음울한 분위기를 더욱 가중시키고 있다.

'액자 형태'를 취한 위의 작품들이 '화자와 작중 인물의 결합에 의한 역전'이나 '작중인물에 의한 역전'으로 이루어진 것과는 달리, 아래의 두 편의 전기(前期) 작품에서는 인물에 갇힌 화자에 의해 '삽입적 역전'이 이루어지고 있다.

「토혈(吐血)」(1924.1)에서는 앞부분에서 '삽입적 역전'이 이루어져 어릴 때 어머니의 슬하에서 외아들로 금지옥엽처럼 귀여움을 받으며 자란 과거가 회상됨으로써 기본서사에 새로운 정보를 제공해주는 동시에 현재의 힘든 생활이 과거의 생활과 대조를 이룬다. 따라서 '나'는 가장의 의무와 어머니에 대한 효성을 다하지 못하는 심리적 고통을 극명하게 보여주고 있다.

「낙백불우(落魄不遇)」(1927.1)에서는 '삽입적 역전'에 의해 '나'와 같은 집에 세들어 있는 행랑방 젊은 부부의 이야기가 관찰자적 서술로 제시된다. 딸까지 포함하여 세 식구인 그들은 부부가 모두 맞벌이를 하지만 끼니를 굶을 때가 많아서 '나'의 아내는 늘 먹다남은 밥이 있으면 갖다주곤 하였다. 그들의 일을 생각하면서 '나'는 남의 일 같지 않아한다. 그 후에 이어진 기본서사에서 '나'는 아내로부터 그집 남편이 처자를 버리고 달아났다는 이야기를 듣고 또 그와 비슷한 자신의 처지를 떠올린다. 이처럼 인물에 갇힌 화자에 의하여 자전적 서술로 된 「토혈(吐血)」에서는 '삽입적 역전'을 통하여 '나'의 현재와 과거가 대조되고, 관찰자적 서술로 된 「낙백불우(落魄不遇)」에서는 '나'와 관찰 대상이 비교되면서 '나'의 내면의 고통이 더 심화되고 있다.

'삽입적 역전'이 일어나는 소설 중 외적 화자의 서술로 된 작품에서는 대개 화자에 의한 역전이 일어나고 있다. 「기아(棄兒)」(1925.9)에서는 앞부분에 인도주의자 최순호가 집의 대문밖에 버려진 아이를 보고 어쩔 줄을 몰라하다가 할멈보고 경찰서로 데려가라고 하고는 "엑 도척 같은 놈들! 자식을 버리다니!"(상권, p.69)하고 어린애 부모들을 비난한다. 그러나 중간부분에 있는 '삽입적 역전'에서는 주인공 김철호가 일자리를 찾지 못하여 그의 가족이 굶주림에 허덕이는 암담한 생활장면이 생생하게 묘사되고 있다. 그런 상황에서 김철호는 밥달라고 보채는 아들을 보다 못하여 부잣집 대문앞에 갖다 버리게 된다. 이는 프루스트의 회상 수법 중 가장 전형적인 것으로서,[43] 역전을 통하여 '기아'의 처음의 의미와 완전히 반대되는 해석이 나오게 된다. 또한 이 '삽입적 역전'은 비극적 효과를 발생시키면서 밤 경치와 더불어 작품에 우울한 분위기를 형성시켜준다.

「이역원혼(異域冤魂)」(1926.11)의 기본서사는 과부인 여자 주인공이 중국인 지주가 겁탈하려는 것에 반항하다가 살해당하는 일이 참혹한 분위 속에 기술되었다. 이 작품에는 '삽입적 역전'이 두 번 나타나는데, 첫 번째는 여주인공이 살 길을 찾아 남편을 따라 간도로 갔다가 남편이 병사하고 중국인 지주의 겁탈의 위협을 받게 되는 과정이 요약적으로 서술되고, 두 번째는 남편의 임종 장면이 묘사되었다. 두 번의 역전은 나라잃고 남편잃고 겁탈의 위협까지 받는 주인공의 불행을 더욱 극대화시키고 작품의 비극적 분위기를 강화시켜주고 있다.

「홍한녹수(紅恨綠秋)」(1926.11)에서도 두 번의 '삽입적 역전'이 일어나는데, 각각 요약 서술과 장면 묘사의 방법으로 서울에 와서 고학하는 여학생이 학비와 생활비를 벌기 위해서 몸을 파는 과정이 회고되고 있다. 이 작품의 기본서사에서는 주인공이 가책을 느끼면서도 생활난에 어쩔 수 없다고 생각하는 심리를 묘사하고 있다. 다시 말하여 시간 역전을 통하여 여학생의 타락의 모습을 보여주었다면 기본 서사를 통해서는 그 원인을 사회적 문제에서 찾고 있다.

「홍염(紅焰)」(1927.1)에서는 우선 주인공이 눈보라가 휘몰아치는 겨울날에 사위이자 지주인 중국인를 찾아가는 장면을 묘사한 다음, '삽입적 역전'의 방법으로 지난해 가을에 빚을 갚지 못하여 딸을 지주

---

43 위의 책, p.47.

한테 빼앗기고 아내가 화병으로 앓아눕게 된 과정을 구체적으로 기술하였다. 그 다음 외적 화자는 다시 기본서사로 돌아가서 병든 아내한테 딸을 보여주려고 네 번째로 찾아갔으나 중국인 사위가 결국 딸의 얼굴도 보여주지 않고 있음을 제시한다. 따라서 이 작품에 나오는 '삽입적 역전'은 작품의 비극적 분위기와 인물의 정서를 고조시키는 기능을 하고 있다.

후기(後期) 작품 「무명초(無名草)」(1929.8)에서도 외적 화자에 의한 역전을 통하여 잡지사 기자인 박춘수의 과거가 서술되고 있다. 시골에서 태어나 일찍 아버지를 여의고 홀어머니의 슬하에서 고생스럽게 자란 그는 서울에 와서 잡지사 기자가 되었으나 생활난에 쫓겨 어머니와 처자를 먹여 살리기 힘들었다. 현실의 고통을 잊기 위하여 술을 마시고 취하기도 하였지만 깨고 나면 방탕했던 자신의 생활을 질책하고 후회하였다. 이러한 박춘수의 과거에 대한 서술을 통하여 그의 식구들에 대한 죄책감과 생활에 대한 의욕을 잘 보여주고 있다.

위의 작품들처럼 가난한 하층민을 주인공으로 내세우지 않고 독립운동가나 사회주의자를 주인공으로 등장시킨 작품에서는 '삽입적 역전'을 통하여 인물의 심리나 분위기를 부각시키고 있는 것을 볼 수 있다.

「고국(故國)」(1924.10)에서는 외적 화자가 먼저 간도에 귀국한 주인공 나운심의 현재 상황을 제시한 다음 그가 삼일운동이 일어나던 해 간도에 가서 민족 교육 사업을 하기도 하고 독립군에 들어가 총을 메고 싸우기도 하다가 패배감만 안고 돌아오게 된 과거를 서술하고 있다. 이런 '삽입 역전'을 통하여 당시의 시대적 분위기와 불우한 시대에 개인의 이상을 실현할 수 없는 주인공의 비애를 두드러지게 보여주고 있다. 「해돋이」(1926.3)에서는 주인공 만수의 어머니가 철부지 손녀를 데리고 귀국하는 장면이 먼저 나온 다음 중간에 독립운동가 만수의 행적이 '삽입적 역전'에 의하여 상세하게 서술되고 있다. 만수는 3·1 운동 후 옥살이를 하고 나온 후 만주에 가서 독립운동을 하다가 체포되었다. 그런데 기본서사에서 만수 어머니는 아들을 이해하지 못하고 거지꼴을 하고 귀국하는 것을 부끄럽게 생각하는 평범한 조선의 어머니로 묘사된다. 따라서 만수 어머니의 설움과 손녀에 대한 측은한 마음이 더욱 독자들의 가슴을 울리고 있다. 화자는 '삽입적 역전'을 통하여 시대적 배경을 입체적으로 제시하여 독특한 분위기를 형성시킴으로써 민족의 정한과 독립운동가의 고난에 찬 삶을 형상화하고 있다.

「용신난(咨身難)」(미완, 1928.8)은 미완의 작품으로서 사회주의자인 주인공 조인현이 운동과 공부를 위하여 상경하는 장면이 서술된 다음 이중 '삽입적 역전'이 제시되고 있다. 즉 그의 아내의 임종 장면이 먼저 묘사된 다음, 아내의 내력과 부부 사이의 애정 갈등이 제시되고, 그 다음에 고향을 떠나는 과정이 서술된다. 시간 역전의 기법을 통하여 애정과 이념 사이의 갈등을 동류애로 극복하려는 주인공의 의지를 잘 보여주고 있다.

「먼동이 틀 때」(1929.1~2)에서는 '화자와 작중 인물의 결합에 의한 역전'과 '작중인물에 의한 역전'이 나타나고 있다. 이 작품은 사회주의자 허준이 친구 김관호의 도움으로 직업을 얻었다가 그만두는 과정에서 겪는 심리적 갈등을 기본서사의 중심축으로 하는 가운데 두 번의 '삽입적 역전'이 나타나고 있다. 첫 번째 역전을 통하여 허준과 고향 친구 김관호의 미묘한 관계에 대해 서술하였다. 허준과 김관호는 죽마고우이나 서울에서 다시 만났을 때 허준은 가난한 사회주의자이고 김관호는 돈 있는 신사였다. 그러나 김관호는 옛정을 잊지 않고 허준을 자신이 주임으로 일하는 물산 회사에 취직하도록 알선해 준다. 두 번째 역전을 통해서는 허준이 취직할 자리에서 밀려난 김순구라는 사람이 허준을 찾아와서 그의 내력과 현재의 처지를 이야기하는 것으로 되어 있다. 이 역전은 김순구가 허준에게 들려준 그의 내력을 화자가 자기의 말로 바꾸어 서술하는 것과 김순구가 직접화법으로 해고당하게 된 경위를 이야기하는 것으로 처리되어 있다. 김순구의 가난한 처지를 알게 된 허준은 친구와의 우정과 이념의 실천 사이에서 갈등을 겪다가 결국은 친구의 호의를 물리치고 김순구와 손을 잡게 되는데, 두 번의 역전은 허준의 심리적 갈등을 심화시키는 기능을 하고 있다. 「수난(受難)」(1929.4)은 연작소설로 외적 화자에 의한 '삽입적 역전'을 통하여 서울에 와 학교 다니는 시골 소년의 설움을 서술하고 있다.

이상의 논의를 종합하면, 최서해의 인물에 갇힌 화자의 서술로 된 작품은 대개 '도입 액자'에 의한 회고식 서술방법을 이용하였는데, 그 중 자전적 서술태도를 보인 작품은 화자의 가난했던 체험과 애정체험을 완전한 이야기로 보여주는 동시에 그에 수반된 심리적 활동에 대하여 치밀한 묘사와 심층적인 분석을 진행시킨 특징이 있었다. 관찰자적 서술태도를 보인 작품은 '도입 액자에 의한 역전'과 '삽입적 역전'의 결합으로 된 이중 역전과 '삽입적 역전'만으로 된 작품으로 갈라볼 수 있는데, 전자의 경우 인물에 갇힌 화자가 '화자에 의한 역전' 뿐만 아니라 '작중인물에 의한 역전'과 '화자와 작중인물의 결합에 의한 역전' 등 다양한 서술방법으로 관찰 대상의 불행한 운명을 사실적으로 보여줌으로써 그에게 동정을 보내는 동시에 그와 유사한 자신의 처지로 인한 공포나 애수의 감정을 표출하고 있다. 그리고 인물에 갇힌 화자가 관찰대상보다 우월한 위치에서 비정상적인 인물에 대한 관찰을 통하여 비정한 인간 사회에 대한 해부를 진행시키거나 하층민에 대한 동정과 행동의 모순을 보여주는 자신에 대해 반성한 작품도 있었다. 후자의 경우는 인물에 갇힌 화자가 '작중인물에 의한 역전'과 '화자와 작중인물의 결합에 의한 역전'의 서술방법으로 하층민의 불우한 운명을 재현하여 '기본 서사'의 공포적 분위기나 음울한 분위기를 고조시킴으로써 독자들의 공감대를 형성하고 있다.

외적 화자의 서술로 된 작품은 대부분 화자에 의한 '삽입적 역전'을 통하여 인물의 심리나 분위기를 부각시키는 것을 볼 수 있었다. 하층민이나 소시민 또는 지식인의 궁핍했던 체험을 소재로 한 작품의 경우, 전기(前期) 작품은 '삽입적 역전'을 통하여 하층민의 비참한 처지를 확대하여 보여줌으로써 작품의 비극적 분위기를 강화시키고, 후기(後期) 작품은 소시민 또는 지식인의 고달픈 생활과 현실에 대한 인식을 제시함으로써 심리적 갈등을 심화시키는 것으로 작품의 미학적 가치를 제고하였다. 독립운동가나 사회주의자를 주인공으로 등장시킨 작품의 경우는, 독립운동가를 주인공으로 한 전기(前期) 작품에서 '삽입적 역전'을 통하여 시대적 분위기와 민족의 정조를 부각시키고 사회주의자를 주인공으로 설정한 후기(後期) 작품에서는 사랑 또는 우정과 신념 사이에서 방황하는 주인공의 복잡한 심리적 갈등을 보여주는 것으로 그 갈등을 극복하고 이념 실천의 자세를 보이는 주인공의 진실한 모습을 볼 수 있었다.

최서해가 사용한 이러한 시간 역전의 기법은 그의 소설의 독자적인 특성을 형성하는 동시에 서사구조적 측면에서 "사건 진행이 중심에 놓여 있던 서사 구성의 방식으로부터 탈피, 인물의 내면이나 사건의 전후 배경에 대한 관심의 증대를 보여"[44]준 김동인이나 염상섭의 근대적 서사기법과 그 맥을 같이하고 있는 것이다.

---

44 김석봉, 「1920년대 초기 단편소설의 서사론적 연구」, 서울대 석사논문, 1997, p.31.

2) 예시적 기법을 통한 진실성의 강화

래메르트는 예시를 '미래 확실한 예시'와 '미래 불확실한 예시'로 나누고, '미래 확실한 예시'를 작품 내의 위치에 따라 다시 '도입적 예시', '삽입적 예시', '종결적 예시'로 구분하였다. 여기서 '도입적 예시'는 제목, 머리말, 작품의 서두 같은 곳에서, 그리고 '삽입적 예시'는 작품의 중간부분에서 앞으로 일어날 일이 제시되는 경우이고, '종결적 예시'는 소설의 결말에서 결말 후의 사건 진행의 방향이 암시되는 것을 말한다. '미래 불확실한 예시'는 꿈·예언·신탁·경고·저주·축복 등을 통해 미래가 암시되는 경우를 말한다. 물론 나중의 결과는 반드시 암시된 대로 되는 것이 아니다.[45] 그리고 조남현은 예시의 구체적인 방법으로 두 가지를 들어, 하나는 표제를 통해 소설의 내용을 암시하는 방법이고 두 번째는 작품 속의 앞 장면에서 다음 장면의 윤곽과 방향을 암시하는 방법이라고 하였다.[46] 이에 따라 아래에 최서해 소설에서 비교적 분명하게 나타나는 예시의 방법 또는 장치에 대해 살펴보기로 하겠다.

우선, 최서해 소설은 「박돌(朴乭)의 죽음」(1925.5), 「기아(飢餓)와 살육(殺戮)」(1925. 6), 「기아(棄兒)」(1925.9), 「큰물진 뒤」(1925.12), 「폭군(暴君)」(1926.1), 「이역원혼(異域冤魂)」(1926.11), 「홍염(紅焰)」(1927.1), 등 적지 않은 전기(前期)의 소설이 작품의 제목을 통하여 내용을 암시하고 있는데, 이러한 작품에는 주인공의 살인과 방화, 강도 등 극단적인 행위가 나타나거나 피살과 같은 공포의 장면이 제시되는 공통점이 있다.

---

45 김천혜, 앞의 책, pp.53~54.
46 조남현, 『소설신론』, 서울대학교출판부, 2004. p.148.

「박돌(朴乭)의 죽음」(1925.5)은 죽음이라는 사건을 다룰 것이라는 점을 예시하고, 서사적 내용은 박돌이 식중독으로 괴로움을 당하다가 죽는 과정을 서술하는 것으로 되어 있다. 「기아(飢餓)와 살육(殺戮)」(1925.6)은 제목에서와 같이 경수가 기아로 인해 살육하게 된다는 것이 주된 서사이다. 따라서 텍스트에서는 주인공이 기아로부터 살육에 이르는 전 과정이 소설적 긴장을 유지하면서 극적으로 전개되고 있다.

「기아(棄兒)」(1925.9)의 제목은 어린애를 버리는 사건이 제시될 것이라는 것을 예시해준다. 이 작품의 첫 장면에 버려진 애가 나온 다음 집주인이 그 기아의 원인에 대해서 알려고도 하지 않고 애를 경찰서에 넘기는 것으로 되어 있어 가짜 인도주의자의 정신세계를 여실히 보여주고 있다. 이후에 다시 애를 버릴 수밖에 없는 부모의 슬픈 사연을 제시하는 것으로 서사가 진행되었다.

「큰물진 뒤」(1925.12)의 제목은 우선 홍수에 관한 장면을 제시해주고 그 뒤의 일을 상상하게 한다. 작품의 내용은 홍수진 뒤에 밭과 집을 잃은 주인공이 굶주린 몸으로 일하러 나갔다가 감독에게 매맞고 공사장에서 쫓겨나게 되자 살아가기 위하여 강도질을 하는 것으로 되어 있다. 「폭군(暴君)」(1926.1)은 제목이 시사하다시피 작품에 포악한 행위를 하는 자가 등장할 것이라는 것을 예시한다. 이 작품에서 폭군인 남편은 밖에 나가서는 난봉과 행악을 일삼고 집에 들어와서는 아내에게 폭행을 일삼다가 결국에는 취중에 아내를 돌로 치어죽이는 끔찍한 살인을 저지르고 만다.

「이역원혼(異域冤魂)」(1926.11)은 이역에서 원혼이 된 사람의 한맺힌 이야기라는 점을 제목에서부터 알려주고 있다. 작품의 내용은 간도에서 남편 잃고 무덤을 지키며 외롭게 살던 불행한 여자가 중국인 지주의 겁탈에 저항하다 목숨을 잃는 것이다. 「홍염(紅焰)」(1927.1)은

'붉은 불꽃'이라는 제목의 뜻으로 작품의 저항적인 주제를 암시하고 있다. 이 작품의 주인공은 간도에서 중국인 지주한테 딸을 빼앗기고 아내마저 화병을 앓다가 죽자 중국인 지주 집에 찾아가 불지르고 지주를 죽인 다음 딸을 찾는다.

이렇게 표제에서 제시된 작품의 기본 스토리들은 작품에서 전개된 사건을 미리 독자에게 알림으로써 독자의 흥미를 감소시키는 듯이 보이지만, 실제로는 보다 큰 효과를 노리거나 다른 종류의 효과를 노리는 것이 보통이다.

다음으로, 최서해 소설은 인과관계에 충실한 서사적 전개 양상을 보여주고 있다. 따라서 서두에서 다음에 나올 장면을 암시하고 점층적인 수법으로 인물의 불행 또는 성격의 변화나 심리적 갈등을 제시하는 경향이 있다. 최서해 소설에서 예시적 기법은 외적 화자의 서술로 된 전기(前期) 작품에 자주 나타나고 있는데, 이러한 작품은 서두가 작중인물의 행위 또는 배경의 제시로부터 시작되는 경우가 많은 편이며, 이를 통하여 앞으로 전개될 사건의 성질이나 내용을 예시하고 있다.

「박돌(朴乭)의 죽음」(1925.5)에서는 서두에 자정의 고요한 밤 배경이 묘사된 다음 박돌 어머니가 의사 김초시 집으로 허둥지둥 달려가는 모습을 보여줌으로써 위급한 상황을 암시하고 있다. 그러나 박돌 어머니의 애타는 목소리에도 불구하고 김초시는 진료를 거부하는데, 이는 박돌을 살릴 수 있는 희망을 끊어 놓은 것이나 다름 없었다.

그래서 돈이 없다고 무시하고 죽는 사람도 살려주지 않으니 한심하다고 살 에는 듯한 목소리로 말하며 돌아서는 박돌 어머니의 눈에는 이상한 불빛이 섬뜩하였다. 상한 고등어를 주워먹다가 식중독으로 병이 나 앓던 박돌은 결국 죽고, 죽은 아들의 시체를 앞에 둔 박돌 어머니는 서로 의지하고 사는 하나밖에 없는 아들을 잃은 슬픔이 극도에

달하여 까무라친다. 박돌이 부르는 소리에 깨어난 그의 눈앞에는 살이 피둥피둥하고 얼굴이 검붉은 자가 박돌의 목을 매어 험한 가시밭 속으로 달아나고 박돌이가 온몸에 피투성이 되어 끌려가는 환상이 나타나는데, 이 환상은 앞에서 제시한 박돌 어머니의 표정과 더불어 그의 복수를 암시해줌으로써 나중에 그가 김초시 집으로 찾아가 그를 물어뜯는 행동에 대하여 독자들로 하여금 자연스러운 것으로 받아들이게 한다. 「기아(飢餓)와 살육(殺戮)」(1925.6)에서는 서두에서 주인공 경수가 산에 가서 나뭇짐을 해오는 것으로 시작되고 있다.

> 경수는 묶은 나뭇짐을 걸머졌다.
>
> 힘에야 부치거나 말거나 가다가 거꾸러지더리도 일기가 사납지 않으면 좀 더하려고 하였으나 속이 비고 등이 시려서 견딜 수 없었다.
>
> 키도 넘는 나뭇짐을 가까스로 진 경수는 끙끙거리면서 험한 비탈길로 엉금엉금 걸었다. 짐바가 두 어깨를 꼭 죄어서 가슴은 뻐그러지는 듯하고 다리는 부들부들 떨려서 까딱하면 뒤로 자빠지거나 앞으로 곤두박질할 것 같다. 짐에 괴로운 그는,
>
> "이놈 남의 나무를 왜 도적질해 가나?"
>
> 하고 산임자가 뒷덜미를 집는 것 같아서 마음까지 괴로웠다. 벗어 버리고 싶은 마음이 여러 번 나다가도 식구의 덜덜 떠는 꼴을 생각할 때면 다시 이를 갈고 기운을 가다듬었다.
>
> — 「기아(飢餓)와 살육(殺戮)」 에서(상권, p.29)

이 작품은 서두에 경수가 추위에 떠는 가족을 위해서 나무를 해오는 장면이 서술됨으로써 가장으로서의 의무에 충실한 그의 풍모를 보여주었다. 그런데 굶주림에 허덕이고 추위에 떨면서, 그리고 산임자

한테 걸려 욕볼까봐 조바심을 치면서 나무를 해지고 오는 그의 모습에서 몸과 마음이 모두 극도로 고달프다는 것을 알 수 있다. 즉 경수의 가장으로서의 의무감은 험악한 현실 속에서 실현되기 어려움을 암시함으로써 향후의 서사가 비극으로 치달을 수 있도록 한다.

그의 집에는 산후풍으로 앓는 아내와 누덕 치마 하나도 못 얻어입고 입술이 파래서 지내는 철부지 딸애가 있고 늙은 어머니가 기다리고 있었다. 그들을 대하는 경수의 심정은 고통스러운 나머지 모두 죽었으면 좋겠다고 생각하기도 하고 그들도 사람이니 살아야 한다고 생각하기도 하며, 입을 것 먹을 것이 수두룩하지만 잘 사는 몇 놈만 가지게 하는 이 놈의 세상을 그냥 두나 하고 벼르기도 한다.

산후풍이 이는 아내의 약을 짓기 위해 약국에 갔다가 돈이 없어서 짓지 못하고 돌아온 그의 눈앞에는 괴물이 철관으로 아내의 심장과 자기 염통의 피를 빨아먹고 딸애를 깨물어먹는 환상이 나타나고, 그 다음 밖에 쌀을 구하러 나갔던 어머니가 중국집 개한테 물려 피투성이가 된 채 마을 사람한테 업혀 들어오자 어디선가 악마들이 뛰쳐나와 식구들을 불로 태우고 칼로 찌르고 식구들은 피를 흘리면서 괴로움을 겪는 환상을 보게 된다. 특히 두 번째 환상에는 불과 함께 칼과 피가 복합적으로 제시됨으로써 강한 자극을 불러 일으키고 긴장을 고조시키는데, 이 환상의 충격으로 주인공은 벌떡 일어나서 식칼로 식구들을 찔러 죽이고 밖으로 뛰쳐 나가 보이는 대로 찌르고 닥치는 대로 부수는 극단적인 행위를 하게 된다. 이 작품은 일련의 불행한 사건, 그리고 내적 사고와 환상을 비롯한 심리적 변화를 통하여 불가피한 결말을 예시함으로써 독자들이 주인공의 살인행위에 작위적인 느낌을 덜 받도록 하였다.

「홍염(紅焰)」(1927.1)은 배경의 제시로부터 시작하여 미래에 벌어질 사건을 예시해주고 있다. 추운 겨울 서간도 한 귀퉁이에 있는 촌락 빼허에 기승을 부리는 눈보라와 그 눈보라에 터질 듯이 동요를 일으키는 좁은 골짜기, 산과 강 사이에 게딱지처럼 끼어 있는 귀틀집 등 배경의 제시로 인한 살벌한 분위기는 앞으로 전개될 사건의 비극성을 예시하고 있다.

이러한 분위기 속에서 주인공 문서방은 빚 대신 딸을 빼앗아 간 중국인 지주 인가를 찾아가지만 인가는 딸의 얼굴도 보여주지 않고 돌려 보낸다. 문서방은 이십 년 가까이 손끝에서 자기 힘으로 기른 딸을 억지로 빼앗긴 것도 원통한데 자유로이 볼 수조차 없으니 사지가 떨리면서 주먹이 쥐어졌지만 병석의 아내가 떠올라서 주먹을 풀고 머리를 숙일 수 밖에 없었다. 여기서 문서방의 인가에 대한 원한과 복수의 심리를 볼 수 있는데, 그가 참을 수 있는 것은 집에 딸 때문에 병이 난 아내의 얼굴이 떠올랐기 때문이다. 따라서 끝내 딸을 보지 못한 아내가 피를 토하면서 죽자 그는 인가를 찾아가서 집에 불을 지른 다음 그를 도끼로 찍어 죽이고 딸을 구해오는 극단적인 행위를 하게 된다. 이 작품에서는 서두의 배경과 중간의 문서방의 심리, 아내의 병사에 대한 제시가 모두 예시적 기능을 하고 있다.

「큰물진 뒤」(1925.12)에서는 서두에 홍수지기 전의 배경 묘사가 나오고 있다.

닭은 두 홰째 울었다. 모진 비바람 속에 울려 오는 그 소리는 별다른 세상의 소리 같았다.

비는 그저 몹시 퍼붓는다. 급하여 가는 빗소리와 같이 천장에서 새어 내리는 빗방울은 뚝뚝— 뚝뚝 먼지 구덩이 된 자리 위에 떨어진다. 그을음과 빈대피에 얼룩덜룩한 벽은 새어 내리는 비에 젖어서 어스름한 하늘에 피어오르는 구름발 같다. 우우하고 불어오는 바람에 몰리는 빗발은 간간이 쏴— 하고 서창을 들이쳤다.　　　　　　—「큰물진 뒤」에서(상권, p.122)

서두에 홍수지기 전의 아슬아슬한 장면이 묘사되면서 미구에 홍수가 터져 재앙이 들이닥치게 되리라는 것을 분명하게 예시해주고 있다. 뿐만 아니라 이러한 배경묘사에 의하여 형성된 참담한 분위기가 작품 전체의 분위기에 영향을 주기에 작중인물의 행위로 시작된 서사보다 더 큰 예시성을 나타내고 있다.

이 작품의 주인공 윤호는 홍수에 갓난애와 밭을 잃은 슬픔을 가시기도 전에 살기 위하여 굶은 몸으로 공사장에 일하러 나갔다가 일본인 감독한테 매맞고 쫓겨난다. 일련의 경험을 통하여 세상에 못된 무리들만 잘살고 있다는 인식에 이른 그는 자기에게 남은 것은 실날 같은 목숨뿐이므로 죽지 말고 살아야 한다고 생각하면서 주먹을 부르쥐는 것으로 그 다음에 있을 강도 행위를 예시하고 있다. 그리고 그의 목표물로 되는 돈 많은 이주사에 의해서도 창백한 그림자가 나타나 돈을 빼앗는 환상이 제시됨으로써 결말의 강도 행위가 필연적인 것으로 처리되고 있다.

최서해 소설에는 긍정적 주인공의 극단적 행위가 나오는 위의 작품들뿐만 아니라 긍정적 인물이나 주인공이 피살되는 작품들도 있다. 여기서도 마찬가지로 예시적 기법이 자주 사용되고 있다. 「폭군(暴君)」(1926.1)에서는 부정적 인물인 주인공 춘삼의 행위로부터 서두가 시작되고 있다.

구들이 차다는 트집으로 아내를 실컷 때리고 나선 춘삼이는 낮전에 술이 흙같이 취하였다. 흥글멍글하고 남의 집 대문 앞에 서서 오줌을 쉬쉬 쏟다가 그 집 늙은 부인한테 욕을 톡톡히 먹었건만 그래도 빙글빙글 웃고 골목길을 걸었다. 길을 걷는지, 춤을 추는지 뼈가 빠진 동물같이 이리 홍글 저리 멍글, 이리 비틀 저리 주춤 내려오다가 조그만한 쪽대문에 들어서서 정지(부엌방) 문을 펄쩍 열었다.

—「폭군(暴君)」에서(상권, p.135)

이 작품의 서두는 제목의 암시와 맞물리면서 춘삼의 폭행과 난봉이 서술되어 앞으로 벌어지게 될 비극적 사건을 보여주고 있다. 뿐만 아니라 중간에 긍정적 인물인 춘삼의 아내의 공포적 심리에 대한 제시를 통해서 그의 피살을 예시하고 있다. 그는 "밖에서 바람 소리만 들려도 신 끄는 소리 같아서 가슴이 두근거리고 마음이 죄었"(상권, p.142)고, 등불을 보아도 남편의 취한 눈알을 보는 것 같은 환각에 보지 않으려고 눈을 감았으며, 집 구석에서 무엇이 자기를 노려보는 것 같아 마음이 떨려왔다. 결국 그는 밤중에 술에 취하여 집에 돌아온 남편이 뿌린 돌에 맞아 허리가 부러져 죽고 만다.

「이역원혼(異域冤魂)」(1926.11)에서는 여주인공이 피살되는 날의 밤 배경과 그의 심리가 전 작품에 공포적 분위기를 확산시키면서 예시적 기능을 하고 있다. 특히 피살되기 직전에 그의 환상에 의하여 중국인 지주의 모습이 "방망이 만한 검은 것"으로 "꿈틀 꿈틀하게 보이"기도 하고 "징글징글하고 무시무시한 구렁이 같고" "험상한 얼굴"로 나타나기도 함으로써(상권, p.285) 비극적 결말을 예시해주고 있다.

최서해의 전기(前期) 소설에는 서두에 꿈이나 대화 장면을 통하여 미래에 벌어질 비극을 예시하는 작품도 있다. 「그믐밤」(1926.5)은 서두에서 주인공 삼돌이의 꿈을 통하여 미래에 닥칠 비극을 예시하고 있다.

삼돌의 정신은 점점 현실과 멀어졌다. 흐릿한 기분에 싸여서 한 걸음 한 걸음 으슥하기도 하고 그저 훤한 것 같기도 한 데로 끌려 갔다.

수수깡 울타리가 그의 눈앞을 지나고 꺼뭇한 살창이 꿈속같이 뵈는 것은 자기집 같기도 하나, 커단 나무가 군데군데 어른거리고 퍼런 보리밭이 뵈는 것은 이웃 최돌네 집 사랑뜰 같기도 하고, 전번에 갔던 뫼 같기도 하였다. 그러나 그는 그것이 어딘 것을 알려고도 하지 않았고, 또 그 때문에 기분이 불쾌하지도 않았다. 그는 자기가 앉았는지 섰는지도 의식치 못하였으며 밤인지 낮인지도 몰랐다. (하략)

─「그믐밤」에서(상권, p.224)

뱀한테 발뒤축을 물린 꿈을 꾼 삼돌은 그것이 꿈인지 현실인지 분간하지 못하는데, 그의 현실의 삶이 얼마나 힘든지를 잘 말해주고 있다. 주인집 아들의 연주창 치료를 위하여 뱀잡이에 내몰린 그는 뱀한테 다리를 물리고 아파서 드러누웠다가 꿈을 꾼 것이다. 머슴 삼돌이의 비극은 뱀독에도 낫지 않은 연주창을 인육으로 치료하려는 집주인 김좌수 부부의 음모에 의하여 추진되고 그들의 꼬임에 빠진 삼돌이가 자기 집을 갖고 장가 드는 환상을 하는 것에서 확정적인 것으로 되고 있다.

마지막에 김좌수의 실수로 삼돌이 죽은 후 그의 눈앞에 삼돌의 유령이 나타나는 것으로 김좌수의 비극적 종말이 예시된다. 즉, 김좌수에 의하여 두 번의 환상 장면이 제시되는데, 첫 번째는 피묻은 그림자를 보는 것이고, 두 번째는 목으로는 검붉은 선지피가 홍건히 흘러서 고의적삼을 물들이는 피칠갑이 된 삼돌의 구체적인 영상이 나타나 그의 악문 이빨과 목으로 뿜는 피가 김좌수에게 튀어오는 것이다. 그 바람에 김좌수는 놀란 나머지 머리맡에 둔 환도를 들어 잠든 자기 아들을 쳐죽인다. 따라서 이 결말은 환상을 통하여 있을 수 있는 일이라는 것을 강조함으로써 어느 정도 우연성을 벗어나 그 나름대로 실감을 주고 있다.

「기아(棄兒)」(1925.9)는 서두에서 대화 장면이 제시될 뿐만 아니라 제목에서 암시된 '기아'도 기정 사실로 보여주고 있다. 인도주의자 최순호와 그의 아내는 자기 집 대문앞에 버려진 애를 두고 어쩔 줄을 몰라 하다가 경찰서로 보내는데, 이는 마지막에 주인공 김철호가 아이를 다시 보려고 해도 볼 수 없는 비극적 결말을 예시한다. 중간에 시간 역전 기법을 통해서는 주인공의 극한적인 상황과 고통스러운 내면을 제시하는 것으로 그의 '기아'라는 행동이 불가피함을 강조하고 있다.

후기(後期) 작품은 예시적 기법이 분명하게 나타나지 않을 뿐만 아니라 다양한 방법을 사용하지 않고 인물의 심리를 예시의 중요한 방법으로 삼는 경향이 있다. 「먼동이 틀 때」(1929.1~2)에서는 친구가 든 셋집에서 빈대·모기·벼룩에게 뜯겨 잠을 설치는 사회주의자 허준의 내면의 고통을 제시하는 것으로 서사를 시작하고 있다. 그러나 그에게 있어서 이러한 환경보다도 더욱 큰 고통은 배고픔임을 그 뒤에 제시되는 장면에서 보여주고 있다. 이러한 생활환경과 심리는 취직을 주선해주는 친구 김관호의 호의를 받아들이게 한다. 그러나 주인공은 그 자리가 김순구라는 가난한 사람이 쫓겨난 자리임을 알고 심리적 갈등을 겪다가 결국 친구의 우정을 물리치고 취직을 거절하는 모습을 보여주고 있다.

「인정(人情)」(1929.3)에서는 주인공 승현이 밤중에 창문에 나타난 옷 도둑에게 처음에는 공포를 느끼다가 차츰 호기심을 가지고 지켜보며, 도둑이 작대기를 들이밀어 자신의 하나밖에 없는 외투를 벗기려는 것을 보자 급한 나머지 양산대로 도둑을 냅다 찌른다. 눈을 찔린 도둑이 비명을 지르면서 쓰러지자 그의 마음은 큰일을 저질러 놓은 것 같아 두근거리면서도 그것을 변명할 여지가 있는 것으로 생각한다. 그러나 굶어죽어가는 식구들을 위해 할 수 없이 도둑질을 한다는 사정을 알게 되자 동정과 죄책감을 느끼면서 자신의 외투를 도둑에게 주려는 인정을 보여준다.

이상으로 최서해 소설에 나타난 예시적 기법을 검토해 본 결과, 최서해의 전기(前期) 소설은 제목부터 강한 예시성을 나타내고 서두를 비롯하여 배경, 상황이나 사건, 인물의 심리 등에 대한 제시를 통하여 반복적으로 결말을 예시하는 것으로 긴장을 조성함으로써 충격적인 결말이 억지로 조작된 것이 아니라 필연적이라는 느낌을 주고 있다. 특히 전기(前期)의 살인 모티프가 나타나는 작품에는 환상 장면이 나타나 인물의 의식을 극대화하는 것으로 예시성을 강화시키고 있는데, 환상 장면에 피가 나오는 경우에 환상하는 주체의 의식을 자극하여 살인 행위로 발전하도록 하고 피와 불과 칼이 복합적으로 제시되는 경우에는 주인공의 살인 행위가 더욱 강렬하게 표현되었다. 이와 달리 환상 속에 적대자나 대립적인 존재의 무서운 이미지가 나타나는 경우에는 환상하는 인물의 공포적 심리를 확대하여 보여줌으로써 그의 피살을 예고하였다. 후기(後期)의 소설에는 뚜렷한 예시를 보여주는 표제가 나타나지 않을 뿐만 아니라 텍스트에서도 예시적 기법이 분명하게 나타나지 않는데, 이는 결말에 극단적인 행위가 나타나지 않는 것과 관련된다고 볼 수 있다. 이들 작품은 주로 인물의 심리를 예시의 중요한 방법으로 삼음으로써 객관현실에 대응하는 인간의 행위의 진실성보다는 복잡한 내면을 진실하게 보여주는 데 관심을 두었다.

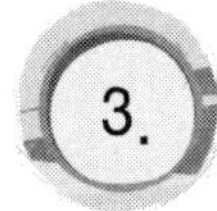 3. 공간의 기능에 의한 사실성과 상징성의 동시적 제시

1) 지속적 기능에 의한 현실 모사와 주제의 암시

(1) 간도 배경의 작품과 사회 구조의 직·간접적인 제시

스토리는 파블라를 제시하는 방식에 따라 결정되는데, 이 과정에서 지각과 관련이 있어 보이는 파블라의 한 성분으로 되는 장소를 '공간' 이라고 한다. 스토리에서의 공간 기능 방식은 두 가지로서, 하나는 인물이 없거나 정확히 위치해 있지 않은 공간으로서의 배경이고 다른 하나는 행동이 실현되는 장소이다. 공간은 전적으로 배경에 그대로 남을 수도 있고 공간 자체가 '주제화'하여 제시 대상이 될 수도 있다. 배경—공간과 주제화된 공간이 관계가 있는 곳에서 공간은 지속적, 또는 역동적으로 기능할 수 있다. 지속적 기능을 하는 공간은 고정된 배경으로서 주제화되건 그렇지 않건 간에 사건은 그 안에서 일어나며, 역동적인 기능을 하는 공간은 인물의 움직임을 준비하는 하나의 성분으로 된다.[47]

이러한 의미에서 아래에 최서해 소설의 공간을 지속적 기능을 하는 공간과 역동적 기능을 하는 공간으로 나누어 고찰하고자 한다. 최서해 소설에서 지속적 기능을 하는 공간은 배경이 되는 동시에 주체화되는 경우가 많다. 최서해는 가난이라는 사회적인 문제를 형상화하는 데 지속적인 노력을 보여준만큼 그의 소설에서 지속적인 기능을 하는

---

[47] 공간에 관한 이론은 Bal, M., 앞의 책, pp.169~177.

공간은 사회적 공간으로 구체화되었다. 즉 최서해 소설의 지속적 기능을 하는 공간이 지니는 중요한 의의는 바로 "식민지 궁핍화의 사회적 공간을 가장 확실히 포착했다는 데 있"으며, "그 공간이 국내에서 만주 간도를 함께 포함하고 있었다"[48]는 데 있다.

최서해 소설 중 간도를 배경으로 한 소설은 15편으로서, 이들은 대부분 사회적 공간이라는 지속적 공간의 기능을 최대한으로 활용하고 있음을 볼 수 있다. 최서해 소설에서 간도의 의미는 우선 "실향이주민(失鄕移住民)의 고통어린 삶의 현장(現場)"으로서 "불모화(不毛化) 한 식민지 치하(植民地 治下) 조선인(朝鮮人)들의 참담한 삶의 상징적 장소(場所)"[49]라는 데서 그 중요성이 찾아진다. 최서해의 간도 공간에 대한 이러한 문학적 인식은 인물의 비극적 삶에 대한 형상화를 통하여 간접적으로 제시되는 동시에 사회적 공간에 대한 구체적인 묘사를 통하여 직접적으로 표명되기도 하였다. 「탈출기(脫出記)」(1925.3)에서 주인공은 국내의 절박한 상황에서 간도로 살길을 찾아갔으나 역시 암담한 사회적 현실을 마주하게 된다.

내가 고향을 떠나 간도로 간 것은 너무도 절박한 생활에 시들은 몸에 새 힘을 얻을까 하여 새 희망을 품고 새 세계를 동경하여 떠난 것도 군이 아는 사실이다.

(중략)

나는 농사를 지으려고 밭을 구하였다. 빈 땅은 없었다. 돈을 주고 사기

---

48 金允植, 「二O年代 小說의 系列別 體系化―文學史的 意味綱試考」, 『文學思想』 通卷 第13號, 1973.10, p.347.

49 申順澈, 「曙海小說의 特性과 限界」, 『慶州實業專門大學 論文集』 第3輯, 1987. 8, p.54.

전에는 한 평의 땅이나마 손에 넣을 수 없었다. 그렇지 않으면 지나인(支那人)의 밭을 도조나 타조로 얻어야 한다. 일 년내 중국 사람에게서 양식을 꾸어 먹고 도조나 타조를 얻는대야 일 년 양식 빚도 못 될 것이고 또 나 같은 시로도(아마튜어)에게는 밭을 주지 않았다.

—「탈출기(脫出記)」에서(상권, p.17)

인용문은 식민지 조선인으로서 나라 잃은 설움과 더불어 남의 땅에서 타민족 지주의 착취를 받으면서 쓰라린 고통을 겪어야 하는 간도의 현실 상황을 생생하게 보여주고 있다. 따라서 이 작품의 주인공은 이중의 고통 속에 시달리면서 출구를 찾지 못하고 고민하다가 결국은 독립군에 가입하는 길을 선택하게 된다. 「이역원혼(異域冤魂)」(1926.11)에서도 여주인공은 국내에서 기한을 못 이겨서 남편과 함께 간도로 갔다가 중국인 지주의 소작인으로 별별 구박을 다 받게 된다.

그는 가물에 곡식을 일구고 홍수에 밭을 이룬 뒤로 겨죽과 토스래(삼으로 짠 것) 옷으로 겨우 목숨을 이어 가다가 너무도 기한을 못 이겨서 그 남편 형선이와 같이 재작년 봄에 이 간도로 왔다. 간도에 와서도 이날 이때까지 중국 사람의 소작인으로 별별 구박을 다 받으면서 겨우 목숨을 이어왔다.

—「이역원혼(異域冤魂)」에서(상권, p.280)

이 작품에서 여주인공은 "구박"을 받는 데 그치는 것이 아니라 남편 잃고 홀로 남게 되자 나중에 중국인 지주의 겁탈에 저항하다가 목숨까지 잃게 된다. 또한 이 작품은 최서해 소설에서 여주인공이 등장하는 몇 편 안 되는 작품 중의 하나로서, 여주인공의 피살을 통하여 남편에게 의지할 수 없는 과부의 처지는 더욱 비참할 수밖에 없다는 것을 암시하는 것으로 간도로 이주한 조선인의 험난한 생존환경을 강조하고 있다. 「홍염(紅焰)」(1927.1)에서는 간도에서 소작인으로 살아가는 조선인의 실태가 더욱 상세하게 묘사되고 있다.

> 언제나 이놈의 소작인 노릇을 면하여볼까? 경기도에서도 소작인 생활 십 년에 겨죽만 먹다가 그것도 자유롭지 못하여 남부여대로 딸하나 앞세우고 이 서간도로 찾아들었더니 여기서도 그네를 맞아 주는 것은 지팡살이〔小作人〕였다. 이름만 달랐지 역시 소작인이다. 들어오던 해는 풍년이었으나 늦게 들어와서 얼마 심지 못하였고 그 이듬해에는 흉년으로 말미암아 일 년내 꾸어먹은 것도 있거니와 소작료도 못 갚아서 인가에게 매까지 맞고 금년으로 미뤘더니 금년에도 흉년이 졌다.
>
> ─「홍염(紅焰)」에서(하권, p.15)

주인공은 소작인 신세를 면하여 볼까하여 서간도로 갔으나 그곳에서도 역시 이름만 바꾸었을 뿐 소작인과 똑같은 지팡살이 생활을 하게 된다. 더구나 흉년으로 인해 소작료도 물지 못하여 타국인 지주한테 매까지 얻어맞는 참혹한 처지에 놓이게 된다. 여기서 부정적인 세력을 대표하는 구체적인 인물 중국인 지주를 내세움으로써 「탈출기(脫出記)」에서보다 뚜렷하게 중국인과 조선인의 대립을 다루고 있는 것이 주목된다. 따라서 간도라는 소설적 공간의 상징성과 더불어 '중국인/조선인'의 이항대립적 구조는 '지배/종속', '일본/조선', '제국주의/식민주의' 등으로 무한히 확장될 수 있다.[50]

위의 세 작품들이 간도에서 소작인으로 살아가는 조선인의 처지에

---

50 '중국인/조선인'의 이항대립적 구조는 '지배/종속', '일본/조선', '제국주의/식민주의'라는 이항적 대립구조로의 설정이 가능하다는 논의는 박훈하, 앞의 논문, p.119.

대해서 보여주었다면 「돌아가는 날」(1926.12)에서는 집단 부락을 형성하고 스스로 농사 지으며 살아가는 가운데 마적 떼의 피해로 고통받는 간도 유이민의 어려운 현실을 반영하고 있다.

> 그가 그 모든 사람들과 같이 집을 떠난 것은 두 달 전이었다. 그네들의 동리는 북간도 한 구석이었다. 그네들은 조선서 몰려들어서 험한 간도 한 구석에 부락을 이루고 감자와 강냉이 농사를 하여 근근히 연명하였다.
> 그러나 그네에게는 행복이 없었다. 가을이 되어 추수 때나, 여름 산삼, 녹용 때가 되면 마적의 떼가 모여들어서 그네를 괴롭게 하였다. 처음에는 늘 거기서 시달리었으나 늘 그럴 수는 없었다. 다시 내지로 갈 수 없고, 또 다른 데를 더 갈 수 없는 그네에게는 죽음밖에 없었다. 그러나 펄펄 뛰는 생목숨을 그렇게 무가치하게 끊기는 그네의 용기가 그것을 허락지 않았다. —「돌아가는 날」에서(상권, p.314)

이러한 현실에 대응하여 작품 속의 인물들은 조직적인 반항을 하고 있는데, 이는 집단적 투쟁보다도 개인적 복수의 길로 나아가는 「홍염(紅焰)」과 구별되는 점이 있다. 그러나 이 역시 "자기방어(自己防禦)의 본능(本能)적 반항(反抗)"[51]의 범주를 벗어나지 못하고 있다. 그러면서도 이들 작품은 "역사·사회적 의미가 작품 속에 용해되어" "개인의 삶에 투영된 사회적 관련성과 그 의미를 주요한 문학적 과제로 삼았"[52]다는 데 의미가 있다. 1920년대 한국의 현실을 살펴보면 국유 미간지

---

51 方英柱, 「崔曙海論―日帝植民地下 窮乏化에 대한 文學的 證言」, 『北岳論叢』 第2輯, 1984.2, p.19.
52 신동욱, 「최학송의 소설과 분노한 인물」, 『國語國文學硏究』 第14輯, 1991.12, p.699.

와 역둔토 약탈을 목적으로 동양척식회사를 설립한 일제는 1912년에 토지조사령(土地調査令)을 공포하고 한국인의 토지를 약탈하기 시작하여 20년대에 접어들면 농민의 8할이 소작농으로 전락하였다.[53] 그 뒤에 잇달은 식민지 농업정책의 결과로 절대빈곤에 빠진 농민의 상당수는 농촌을 떠나지 않을 수 없었으며, 1925년만 하여도 농촌을 떠난 인구는 15만 명 이상이었다. 이러한 이농인구는 일본, 만주, 시베리아의 노동시장으로 흘러 들어가거나 국내의 각 도시로 일자리를 찾아 모여들었는데,[54] 간도로 건너간 조선인은 1912년의 163,000명에서 1922년 323,080명, 1926년 356,016명으로 증가하였으며,[55] 1920년대 간도에 이주한 가구수(家口數)는 3,133호에 이르고 인구수는 약 100만명에 이르렀다.[56]

최서해 소설에서 간도 배경의 대부분 작품들은 "간도 이주 농민들의 고난사"[57]라고 할만큼 간도의 현실을 직시하고 그 속에서 벌어진 참상을 사실적으로 묘사하였을 뿐만 아니라 그 서사구조는 상징성으로 말미암아 당시 조선의 식민지 사회구조와 일치하게 된다는 데서 보다 큰 문학적 가치가 성립된다.

앞의 작품들에서 간도의 사회적 현실에 대한 생생한 묘사를 통하여 식민지 조선인이 처한 사회의 모순을 암시하고 서사의 극적 전개를 통하여 주제를 심화시켰다면 「해돋이」(1926.3)에서는 사회적 배경을 제시하는 동시에 그에 대한 인식도 분명하게 보여주고 있다.

---

[53] 「小作人은 단결하라」, 『동아일보』, 1922.8.2일자 社說; 강만길, 『고쳐 쓴 한국 근대사』, 창작과 비평사, 1994, p.267.

[54] 위의 책, pp.128~129.

[55] 고승제, 『한국이민사연구』, 장문각, 1973, p.30.

[56] 金文植, 『日帝의 經濟侵奪史』, 民衆書館, pp.61~62.

[57] 신춘호, 앞의 책, p.85.

군데군데서 조선 사람의 동리를 만나면 공연히 기뻤다. 조선 사람들은 어느 골짜기나 없는 데가 없었다. 십여 호, 삼사 호가 있는 데도 있고, 외따로 있는 집도 흔하다. 거개 쓰러져 가는 초가집에서 중국 사람의 소작인으로 일평생을 지낸다. 간혹 전지를 가진 사람이 있으나 그것은 쌀에 뉘만도 못하였다. 그네들 가운데는 자기의 딸과 중국 사람의 전지와를 바꾸는 이가 있다. 그네들은 일본과 중국과의 이중 법률(二重法律)의 지배를 받는다. 아무런 힘없는 그네들은 두 나라 틈에서 참혹한 유린을 받고 있다. 그래도 어디 가서 호소할 곳이 없다.

—「해돋이」에서(상권, p.206)

보다시피 「해돋이」에서는 간도의 어디서나 찾아볼 수 있는 조선인 사회에 대해 묘사하고 있다. 그런데 조선인들은 "거개 쓰러져 가는 초가집에서 중국 사람의 소작인으로 일평생을 지내"고 "간혹 전지를 가진 사람은 있으나 그것은 쌀에 뉘만도 못하"다는 표현에서 독자는 조선인들의 비참한 생활상을 구체적이고도 총체적으로 파악할 수 있다. 뿐만 아니라 이러한 생활상에 근거하여 간도를 조선인들이 "일본과 중국과의 이중 법률(二重法律)의 지배를 받으면서" 참혹하게 유린당하는 공간으로 확대하여 해석해 볼 수 있다.

간도를 배경으로 한 작품에 주인공의 극단적인 행위가 자주 출현하고 비극적 색채가 농후한 것도 이러한 공간 구조에 대한 인식에서 비롯된 것이라고 할 수 있다. 최서해는 바로 지속적 공간의 상징적 기능을 통하여 작품 전체에 일관된 분위기를 형성시키는 데 성공하고 있다.

최서해 소설에서 간도는 또한 "쓰라린 망향(望鄕)의 정서(情緖)를 바탕으로 한 민족해방운동(民族解放運動)의 처소"[58]이기도 하다. 최서해는 식민지하(植民地下)의 조선에서 의병과 독립군과 간도(間島)를

역사적으로 관련지어 인식하려 했던 작가였다.[59]

이때 한창 남북 만주에 독립단이 처처에 벌떼같이 일어나서 그 경계선을 앞뒤로 늘인 때였다. 청백한 사람으로서 정탐꾼이라고 독립군 총에 죽은 사람도 많았거니와 진정 정탐꾼도 죽은 사람이 많았다.

—「고국(故國)」에서(상권, p.101)

이때 만주 서백리아 상해 등지에는 ××× 이 벌떼같이 일어나서 그 경계선을 앞뒤에 벌렸다.

내지로서 은밀히 강을 건너와서 ××× 에 몸을 던지는 청년들이 많았다. 산골짜기에서 나무를 베던 초부터 밭을 갈던 농군도 호미와 낫을 버리고 ××× 에 뛰어드는 이가 많았다. 남의 빚에 졸려서 ××× 에 뛰어든 이도 있었다. 자식을 ××× 에 보내고 밤낮 가슴을 치면서 세상을 원망하는 늙은이들도 있었다.

××× 의 세력은 컸다. 이역의 눈비에 신음하고 살아오던 농민들은 한푼두푼 모은 돈을 ××× 에 바치고 곡식과 의복까지, 형과 아우와 아들까지 바쳤다. 백성의 소리는 컸다. 그 무슨 고리였던 것은 여기 쓸 수 없다.

—「해돋이」에서(상권, p.207)

이러한 묘사는 1920년대 간도의 독립군 운동을 객관적으로 반영하고 있다는 데서 그 일차적인 의의를 찾아볼 수 있다. 간도 지방은 1905년부터 한일합방을 전후하여 항일무장세력이 이주하여 독립운동

---

58 申順澈, 앞의 논문, p.54.

59 洪以燮, 「1920년대 植民地的 現實—民族的 窮乏 속의 崔曙海」, 『文學과 知性』 第3卷 第1號, 1972.3, p.115.

의 근거지를 건설하고자 하였다. 일본과 중국 군벌의 관계 변화에 따른 일제와 중국 관헌의 추적과 간섭 속에서도 항일무장독립운동과 반일자치운동이 활발하였고 1920년대 중반이면 한일공산주의자 단체도 생겨나면서 간도 지방에서의 반만 항일 투쟁은 더욱 격렬해졌고 그에 따른 중국 군벌과 일제의 대응도 무자비해졌다.[60] 「고국(故國)」(1924.10)과 「해돋이」(1926.3)에서는 서사의 한 부분으로 주인공들이 독립군에서 싸운 경력을 간단히 요약하여 서술하는 것으로만 그치고 그들이 패배감을 안고 귀국하게 된 전후 과정이나 옥살이를 하게 되어 가족이 불행하게 되는 과정에 치중하여 서사를 전개시키고 있지만, 이러한 간도를 배경으로 하여 독립운동의 간고함과 그들의 저항의 의미가 부각되고 있다. 이 두 작품을 포함하여 간도를 배경으로 한 최서해 소설은 그 주인공의 저항의 성격이 3중적 의미를 갖게 된다는 데서 간도라는 지속적 공간은 그 기능이 최대한으로 발휘되고 있는데, 여기에 간도라는 지속적 공간의 이차적인 의의, 즉 확대된 주제를 보여주는 상징성이 발견된다. 왜냐하면 1920년대 간도가 지니는 성격은 "일본이라는 것, 중국이라는 것, 그리고 지주라는 것에의 저항이 조선민족이라는 단일선에 핵이 놓이는 곳"[61]으로 되었기 때문이다. 「폭풍우시대(暴風雨時代)」(1928.4)에서는 3·1운동의 연장선에서 간도 공간이 가지는 의의를 파악해 볼 수 있다.

그때 소사허에는 조선 내지서 들어간 동포들이 삼백 명 가까이 있었습

---

60 스칼라피노·이정식 공저, 『한국공산주의운동사』 1, 돌베개, 1986, pp.198~233; 김준엽·김창순 공저, 『한국공산주의 운동사 4』, 청계연구소, 1986, pp.409~466 (이상경, 「간도 체험의 정신사」, 『작가연구』 통권 제2호, 1996.10, p.10에서 재인용).
61 金允植, 『韓國文學史論考』, 法文社, 1973. p.180.

니다. 이네들은 그 곳에 큰 학교를 세워 놓고 공부를 힘썼읍니다.

"공부를 하라. 큰일을 하려면 공부를 하라. 모르는 사람에게 성공이 없나니라."

이것이 그네들의 표어이었읍니다. 큰일 큰일 하는 큰일이 별것이 아니라 잘 살도록 일하자는 것이었읍니다. 그네들은 한쪽으로는 가르치고 한쪽으로는 학교 후원회를 조직하여 가지고 조선 내지며 원근 동네를 다니면서 후원원(後援員)도 모으고 후원금도 모집하였읍니다.

—「폭풍우시대(暴風雨時代)」에서(상권, p.373)

이 작품은 조병구 집안의 삼대에 걸친 민족운동의 내력을 서사의 기본축으로 하면서 "조선인(朝鮮人)의 독립의지(獨立意志)를 역사적 관점(歷史的 觀點)에서 종적(縱的)으로 파악하고 있"[62]는데, 간도를 민족교육사업의 터전임을 암시하고 있다는 데 그 공간 구조의 사실성과 상징성이 동시에 획득된다. 한국의 역사를 살펴보면, 일제가 1910년에 강제 합방을 통해서 한국에 대한 식민통치를 본격적으로 실행함에 따라 망국노(亡國奴)가 되기를 원치 않는 한국의 애국지사, 의병장들은 간도를 정치적 피난처, 조국 광복을 위한 투쟁 기지로 간주하여 대거 이주하였다. 1919년 3·1 독립운동 직후에 한국에서 더욱 많은 망명자가 간도를 투쟁의 기지로 생각하고 찾아들어, 조선 농민을 모집해서 황무지를 개간하게 하고 학교를 설립하여 군사 교육을 시켰다.[63] 민족운동가를 주인공으로 내세운 「폭풍우시대(暴風雨時代)」에서는 군사 교육

---

62 孫英玉, 앞의 논문, 1977, p.46.

63 楊昭全·李鐵環, 『東北地區朝鮮人革命鬪爭資料匯編』, 中國 遼寧人民出版社, 1992, p.2 (季 琨, 「日帝强占期 間島小說 硏究」, 慶南大 박사논문, 2002, p.10 에서 재인용).

에 대해 언급하지 않은 대신 민족교육에 대해서 강조하고 있다. 민족교육에 대한 관심은 「고국(故國)」과 「탈출기(脫出記)」에서도 나타나는데, 이들 작품에서는 간도를 주인공의 "이상실현의 근거지"[64]로 보기도 한다.

　이상과 같이 최서해 소설에서는 지속적 기능을 하는 공간으로 되어 있는 간도라는 배경에 대한 묘사를 통하여 사회 구조를 직·간접적으로 제시하고 있다. 우선 간도를 식민지 조선의 연장선에서 파악하고 조선인의 간도 이주 배경과 간도에서의 고통스런 삶의 현장에 대하여 철저하게 사실적으로 묘사함으로써 일차적으로 작품의 리얼리티를 획득하고 이차적으로는 이중 법률의 지배라는 사회적 구조를 제시하고 있다. 대부분의 작품은 국내에서 농토를 잃은 조선 농민들이 간도에 살길을 찾아가서도 중국인 소작인 노릇을 하거나 품팔이로 연명하면서 중국인한테서 수모를 받거나 피해를 입는 것으로 나타나고 있다. 어떤 작품은 조선인들이 스스로 농토를 개간하고 살아가나 중국인 마적 떼의 시달림을 받기도 한다. 간도라는 특수한 공간에 의한 '중국인'과 '조선인'의 대립 구조는 공간 구조의 상징성에 의하여 '일본'과 '조선'의 대립 구조로 확장될 수 있었다. 또한 이러한 지속적 공간의 기능으로 하여 작품 전체에 비극적 분위기가 농후하고 나아가서 작품의 개인적 반항의 의미가 확대될 수 있었다. 다음으로, 간도의 사회 구조에 대한 인식과 더불어 식민지하(植民地下)의 조선에서 의병과 독립군과 관련지어 간도를 민족 독립운동의 처소 또는 민족 교육사업의 장소로 파악하고 민족 독립의 사상을 암암리에 고취하고 있다는 데 간도라는 지속적 공간의 또 다른 문학적 의의가 있다.

---

64 김은정, 「최서해 소설의 현실수용태도와 가족의 의미 연구」, 『한국어문학연구』 第14輯, 2001.12, p.249.

(2) 국내 배경의 작품과 사회 현실의 간접적·우회적인 묘사

국내 배경을 지속적 기능을 하는 공간으로 삼은 최서해 소설은 크게 도시와 농촌 배경의 작품으로 나누어 볼 수 있다. 그런데 배경에 의한 사회적 환경의 제시는 간도 배경의 소설보다 뚜렷하지 않고, 대부분 지역에 대하여 밝히는 데 그치거나 일부는 하나 또는 그 이상의 특수한 상징물이나 대표적인 인물, 그리고 특정한 현상이나 환경을 통하여 간접적 또는 우회적으로 묘사하는 것으로 나타나고 있다. 「큰물진 뒤」(1925.12)에서는 철도라는 상징물을 통하여 식민지 농촌사회의 단면을 잘 보여주고 있다.

> 작년 봄에 이 마을 밖으로 철도가 났다. 그 때문에 저편 산 아래로 돌려 놓은 물은 철교를 지나서 이 마을 뒷 방축을 향하고 바로 흐르게 되었다. 이 때문에 촌민들은 군청, 도청, 철도국에 방축을 더 굳게 쌓아 주든지, 철교를 좀 비스듬히 놓아서 물길을 돌게 하여 달라고 진정서를 여러 번이나 들였으나 조금의 효과도 얻지 못하였다.
>
> ―「큰물진 뒤」에서(상권, pp.124~125)

이와 같은 철도에 대한 묘사는 당시 조선에서의 철도확장을 통하여 일본 자본의 침투를 촉진[65]시킨 일제의 식민지 정책을 간접적으로 비판하고 있는 것이다. 일제가 조선에서 식민지 정책을 통하여 강행한 근대화는, 이 작품에서 순박한 농촌 주인공으로 하여금 홍수 피해로

---

65 당시 전면 삭제당한 『시대일보(時代日報)』의 사설 「철도의 확장과 우리들의 생활」이 『時代日報』 1926.5.12 사설 「朝鮮の言論と世相」(朝鮮總督府編 1927.10.5, pp.27~30)에 재수록되었는데, 이를 참조.

집과 밭이라는 삶의 터전을 잃는 결과에 당면하게 되는 비극적인 작품의 주제를 암시하고 있다. 따라서 주인공의 강도 행위는 삶을 위한 선택이라는 점에서 정당성을 부여받게 된다. 「그믐밤」(1926.5)에서는 김좌수라는 인물에 대한 소개를 통하여 농촌사회의 현실을 간접적으로 제시하고 있다.

> 김좌수는 삼대 좌수이다. 그 까닭에 여기에는 지금도 읍으로 들어가나 시골집으로 나오나 세력이 등등하였다. 누구나 그 앞에서는 기지 않으면 호령이요 볼기였다. 그것은 무조건이다.
>
> —「그믐밤」에서(상권, p.234)

이처럼 김좌수는 농촌의 지배층에 속하는 대표적인 인물로서, 그의 형상을 통하여 낙후하고 반봉건적인 농촌사회의 면모를 여실히 보여주고 있다. 이러한 사회적 환경으로 말미암아 머슴 삼돌이의 죽음이 초래되며, 근대사회로 전환하는 과도기에서 생활한 김좌수 역시 심리적 부담으로 자멸의 종말을 맞게 된다. 이 작품은 공간 구조의 기능을 통하여 개인적 비극이라는 사실성을 뛰어넘어 광범위한 농촌사회의 문제를 상징적으로 보여주려는 목적에 도달하고 있는 것이다. 따라서 이 작품을 단순히 계급대립을 다룬 작품으로 도식적으로 평가하거나 결말에 대해서 타당성이 결여된 것으로 보았던 기존의 논의는 재검토되어야 할 것이다. 도시를 배경으로 한 작품은 지속적 공간이 주로 서울로 되어 있는데, 전기(前期) 작품, 이를테면, 「백금(白琴)」(1926.2), 「설날밤」(1926.1), 「전아사(餞迓辭)」(1927.1)등 작품에서 서울을 무대로 거지들이 득실거리는 부정적인 공간으로 묘사하고 있다.

서울에 들어서던 날부터 내 눈에 비친 서울은 내가 동경하던 서울이 아니었다. 나는 진고개도 보고, 신마찌도 보았으며, 종로도 보고, 광화문 밖도 보았으며, 새문밖도 보고, 구리개도 보았다. "나리 돈 한푼 줍쇼!"하고 뒤를 쫓아오는 부대투성이도 서울에 와서 보았고, 거적을 쓰고 차디찬 길 위에서 잠자는 무리들도 서울서 보았다. 날이 갈수록 간판과 전등으로 화려하게 꾸민 서울의 내막이 어둡고 지저분하게 보였다. 나는 이 모든 것을 볼 때마다 내 두 팔에 힘 약한 것을 한탄하였고 나의 담이 좀 더 커지기를 원했다. 콸콸 흐르는 뜨거운 피로 썩어진 도시를 밀어 버리고 싶었다.

—「백금(白琴)」에서(상권, p.178)

위의 인용문은 「백금(白琴)」(1926.2)에서 나오는 장면묘사로서 거지 무리들의 모습을 통하여 "간판과 전등으로 화려하게 꾸민 서울의 내막"을 파헤치고 있다. 이러한 서울의 모습은 간접적으로 사회적 현실의 모순을 암시하는 것이다. 다시 말하여 거지가 많다는 것은 실업인구가 많다는 것을 말하며, 실업인구가 많다는 것은 일제의 식민지 정책의 결과임을 암시하는 것이다. 이러한 사회적 구조에서 이 작품의 주인공은 아무리 애써도 가족을 먹여 살릴 능력이 없게 된다.

「설날밤」(1926.1)에서도 서울의 거리에서 "진창에서 금방 빠져 나온 돼지같이 허디헌 푸대 조각으로 몸을 싼 거지들"(상권, p.157)이 배회하는 장면을 묘사하는 것으로 당대사회의 이면을 제시하고 있다. 이는 1922년의 『조선일보(朝鮮日報)』 사설(社說)에서 일제(日帝)의 식민지 정책이 조선인을 실업으로 몰아넣고 그 실업으로 말미암아 기아현상이 생기고, 또 그 기아는 사기, 횡령, 강도, 절도 등의 범죄행위를 유발시킨다는 인과율의 법칙으로 사회 현상을 투시한 것[66]과 일치하는 면이 있다. 이러한 사회 현상에 비추어 「설날밤」에서는 「백금(白

琴)」에서처럼 거지들의 모습을 묘사하는 데 그친 것이 아니라 그들의
소극적이고 비굴한 행위에 대해서 분노하고 멸시하고, 이와 대조적으
로 주인공의 강도행위를 삶에 대한 적극적인 태도 또는 당당한 추구로
미화하는 데까지 나아가고 있다. 이는 최서해에게 영향을 미친[67] 러시
아 작가 고리끼의 『첼캇슈』[68]에서 가난과 비굴함을 전혀 다른 것으로
보고 어디든지 굴복치 않는 개인의 인격에 권위를 부여하여 첼캇슈의
도둑질을 정당한 것으로 묘사한 것과 유사한 점이 있다. 「전아사(錢迓
辭)」(1927.1)에서는 서울이 근대적 공간으로 농촌과 대조적으로 나오
고 있다.

　　함께 소학교와 글방에 다니던 친구들은 어느새 서울 어느 학교를 졸업하
였다는 둥 동경 어느 대학에 입학하였다는 둥 하는 소리를 들을 때마다 내
혈관의 피는 진정되지 않았습니다. 그것보다도 괴로운 것은 한때는 같은 글
방에서 네냐 내냐 하던 친구들이 고향의 학교와 군처에 혹은 교사로 혹은
군 주사나리로 부임하여 면소에 출장을 나오면 옛정은 잊어버리고 배 내미
는 꼴을 차마 참을 수가 없었습니다.

—「전아사(錢迓辭)」에서(상권, p.335)

　　이렇게 괴로운 중에도 서울을 인제 구경하나 보다 하니 뛸 듯이 기뻤
읍니다. 이까짓 서울이 왜 그리도 그립던지? 어째서 서울로 오고 싶던지?
오늘날 생각하면 그것도 소위 도회 중심의 문명 사상에 유인된 것이나 아

---

66 「政治와 産業」, 『朝鮮日報』, 1922.12.16 社說.

67 金鏞熙, 「崔曙海에 끼친 고리끼와 알치 · 바세푸의 影響」, 『國語國文學』 第88
　　號, 1982.12.

68 막심 · 고리끼 저, 秦瞬星 역, 「첼캇슈」, 『동아일보』, 1922.8,2~9.16(위의 논문,
　　p.56에서 재인용).

니었던가 싶습니다. 내남 할것없이 이리하여 도회에 모여드나 봅니다.

—「전아사(餞迓辭)」에서(상권, 329)

여기서 주인공이 농촌에서 바라보는 서울은 자신의 이상을 실현할 수 있을 뿐만 아니라 출세의 길로 향할 수 있는 문명하고 열린 공간임을 알 수 있다. 그러나 상경한 후 "서울의 내막을 보내는 때에 나는 비로소 내 상상과는 아주 딴판인 것을 발견"하게 된다.

하루가 지나고 이틀이 지나서 차츰 서울의 내막을 보는 때에 나는 비로소 내 상상과는 아주 딴판인 것을 발견하였습니다. 제일 눈에 서투른 것은 할멈과 거지였습니다.

형님, 우리 함경도에야 어디 거지가 있읍니까? 또 할멈도 없는 것입니다. 그런데 서울에는 골목골목이 거지여서 나같이 헐벗은 사람은 괜찮지만 양복조각이나 입은 신사는 그 거지 성화에 길을 갈 수 없읍니다. 그리고 할멈이라고 하여 꼭 하대를 합니다. 소위 자유와 평등을 주장한다는 이들도 이렇게 하인을 두고 애 재 하대를 합니다.

—「전아사(餞迓辭)」에서(상권, p.334)

서울의 내막에 대하여 주인공은 '할멈'과 '거지'의 문제를 가지고 파헤치고 있다. '거지'에 대한 것은 이전의 소설에서 자주 언급한 것이었지만 '할멈'에 대한 문제는 이 작품에서 처음으로 제기하고 있다. '할멈'은 하인, 즉 신분이 천한 늙은 여자로 "소위 자유와 평등을 주장한다는 이들"이 할멈에 대하여 하대를 하는 것은 봉건적인 신분질서의 관념에서 벗어나지 못하고 있음을 비꼬고 있는 것이다. 「전아사(餞迓辭)」의 뒤를 이어 최서해의 후기(後期) 작품인 「갈등(葛藤)」(1928.1)

에서는 본격적으로 '어멈'의 문제를 다루는 것으로 사회적 환경이 인간에게 주는 피해를 비판하고 있다.

> 그 몰인격적이요, 굴종적이요, 야유적인 그네의 행동, 언어, 표정, 웃음은 그네 외의 다른 사람으로서는 누가 보든지 상스럽고 얄밉게 보일 것이다. 하나 그네의 자신은 그것을 느끼지 못할 뿐만 아니라 그것이 도리어 그네의 실날 같은 목숨의 줄은 이어가는 유일한 무기가 될지도 모른다. 우리가 그네의 무기를 상스럽게 보는 것은 우리의 웃계급의 사람들이 우리의 무기를 비열히 보는 것이나 마찬가질 것이다. ……(생략)…… 그 행동, 언어, 표정이 그네의 삶을 옹호하는 무기일 것이다. 그 무기는 그네가 의식적으로 금시에 배운 것이 아니라 그 계급의 환경이 자연 그네를 자연 그렇게 지배하였을 것이다. 그밖에 다른 도리는 그네의 환경이 허락지 않았으니까…….
> —「갈등(葛藤)」에서(하권, p.43)

이 작품에서는 공간에 대한 묘사를 "계급의 환경"에 대한 묘사로 대신하고 있으며, '어멈'을 통하여 도시라는 근대적 공간에서 새로운 하층 계급관계를 만들어내는 사회적 환경에 대하여 날카롭게 해부하고 있어 주목된다. '어멈'이란 남의 집에서 심부름하는 여자로서 '할멈'과 함께 '행랑 아범'이나 '행랑 어멈'과 같은 계층에 속한다고 할 수 있다. 소위 '행랑 아범'이나 '행랑 어멈'은 신분 사회가 경제 사회로 옮겨가는 과도기에 존재하던, 비록 자유민이었지만 노비나 다름없이 천시당하던 계층이었다.[69] "작품이 사실적이기 위해서는 현실에 있는 대로를 천착(穿鑿)·추구·직시하려는 '사실(寫實)의 눈'이 있어야"[70] 한다고

---

69 林鍾國, 『韓國文學의 社會史』, 正音社, 1974, p.60.
70 위의 책, p.60.

할 때, 최서해의 '어멈' 계급에 대한 묘사는 우선 그의 '사실의 눈'에 대해 긍정해야 할 것이라고 본다. 더 나아가서 '사실의 눈'에 근거하여 확대된 문제 의식을 보여준 것이 더욱 중요할 것이다. 즉 이 작품에서는 그러한 '계급의 환경'이 누가 보든지 상스럽고 얄밉게 보일 몰인격적이요, 굴종적이요, 야유적인 그네의 행동, 언어, 표정, 웃음을 만들어 낸 것이라고 파악하는 동시에, "생각하면 같은 처지언만 어찌하여 그네와 우리 사이에는 금이 그어졌는가. 우리는 어찌하여 그네를 괄시하는가"라고 하면서 지식계급의 허위성을 반성하고 있다. 이러한 '계급의 환경'에 대한 인식은 결국 인위적인 계급관계를 타파해야 한다는 주장을 펴기 위한 것이라는 데 그 의의가 있는 것이다.

최서해가 「갈등(葛藤)」(1928.1)에서 '계급의 환경'에 대해 관심을 가졌다면 「무명초(無名草)」(1929.8)와 「같은 길을 밟는 사람들」(1929.12)에서는 '사실의 눈'을 통하여 지식인의 생활 환경에 대해 묘사하는 것으로 일제의 식민지 통치하에 있는 근대적 도시—서울의 암담한 사회적 배경을 우회적으로 제시하고 있다.

세상에 나왔다가 겨우 세 살을 먹고 쓰러져 버린 『반도공론』이란 잡지 본사가 종로 네거리 종각 옆에 버티고 서서 이천만 민중의 큰 기대를 받고 있을 때였다.

『반도공론』의 수명은 길지 못하였으나 창간하여서 일 년 동안은 전조선의 인기를 혼자 차지한 듯이 활기를 띠었었다. 『반도공론』이 그렇게 활기를 띠게 된 것은 여러 가지 이유가 있으나 무엇보다도 가장 큰 이유는 그때 그 잡지의 사장에 주필까지 겸한 이필현씨가 사상가요 문학자로 당대에 명망이 높았던 것이요 또 하나는 『반도공론』은 여느 잡지와 색채가 달라서 조선 민중의 기대에 등지지 않았다는 것이다.

그러나 돈의 앞에는 아름다운 이상도 물거품이 되고 마는 것이다. 자본주들의 알력으로 한번 경영 곤란에 빠진 뒤로는 삼기 넘은 폐병 환자처럼 실날 같은 목숨을 겨우겨우 이어가다가 창간한 지 삼 년 만에 쓰러지고 말았다. 『반도공론』의 운명은 그 잡지 사원 전체의 운명이었다. 그들도 처음에는 어깨가 으쓱하였으나 나중에는 잡지의 비운과 같이 올라갔던 어깨가 한 치 두 치 떨어져서 얼굴에까지 노랑꽃이 돋게 되었다.

—「무명초(無名草)」에서(하권, p.127)

이 작품에서는 이천만 민중의 큰 기대를 받고 전조선의 인기를 혼자 차지한 듯이 활기를 띠던 잡지사가 경영난으로 지탱할 수 없게 된 원인을 자본주들의 알력에서 찾고 있는 것으로 사회적인 문제를 암시하고 있다. 그 당시 잡지사의 경영난과 그로 인한 최서해와 가난한 문인들의 생활난은 최서해의 전기적 사실[71]을 통해서도 잘 알 수 있는 일이다. 그런데 최서해의 작가적 역량은 이러한 사회적 배경에 의하여 자신의 체험을 작품화한 일상의 가난한 생활을 다루었음에도 불구하고 그것을 사회적인 모순과 직접 연결시킬 수 있다는 데서 인정되는 것이다.

「같은 길을 밟는 사람들」(1929.12)에서도 인물에 갇힌 화자가 얼굴에 "노랑꽃"이 핀 서울의 어떤 신문사 사원들의 운명에 대한 묘사로 기자들이 활동하는 사회 공간의 형편을 사실적으로 보여주고 있다.

나는 입사한 지 얼마 되지 않아서 모든 사원들의 노랑꽃 피인 얼굴을 의미 있게 보았다. 그들은 축 처진 어깨를 어쩔 줄 모르고 이맛살을 펼 사

---

71 金基鉉, 「朝鮮文壇」時節의 崔曙海—崔曙海의 傳奇的 考察(4)」, 『우리文學研究』第2輯, 1977.10; 「晩年의 崔曙海」, 『우리文學研究』第4輯, 1981.12.

이가 없었다. 간혹 무슨 일에 웃음이 없지 않으나 그것은 거개 속없는 웃음이요 이맛살을 펴니 못하였더. 그것은 그들만이 아니었다. 그 속에 묻힌 나 자신도 그들과 같은 운명의 길을 밟지 아니치 못하였다.

오늘이나 내일이나 하고 사의 운명이 펴이기를 바라는 초조한 마음은 가슴에 재가 들어앉을 지경이었다. 그것은 대개 자기 생활의 안정을 얻으려는 마음이었다.

―「같은 길을 밟는 사람들」에서(하권, p.155)

위의 인용문에서 드러난 바대로 신문사의 경영난은 사원들로 하여금 똑같은 생활의 어려움을 겪게 하는데, 그들의 모습에 대한 생생한 묘사를 통하여 그 당시 문인 공동체의 위기의 생활 상황을 충분히 보여주고도 남음이 있다. 이러한 상황에서 주인공 '나'의 친구 K는 병들어 죽을 수밖에 없었고, 모두들 혹독한 가난으로 죽음의 변두리에서 헤매이게 된다. 이 작품은 기자들의 험난한 운명에 대한 사실적인 묘사로 그러한 운명적 환경을 조성하는 사회에 대한 간접적이면서도 첨예한 비판의 목적에 도달하고 있다.

최서해의 유일한 장편소설 『호외시대(號外時代)』(1930.9.20~1931.8.1)에서는 외적 화자가 서울에 있는 반도인쇄사의 파산의 운명을 통해서 식민지 조선의 암울하고 참담한 사회 상황에 대해 암시하고 있다.[72] 이 작품에서는 "황금의 녹슬은 바람"이 불어와 "큰 기계가 소리를 내는 때마다 작은 기계들은 쥐죽은 듯이 고요하였고 큰 굴뚝이 연기를 뿜는 때마다 작은 굴뚝들은 숨도 못 쉬었다"(p.110)라고 묘사함으로써 일본 독점자본의 침투로 국내 중소기업의 파산이 속출한 당시 경제계

---

72 郭 根, 「식민지 상황의 올바른 진단―최서해의 『호외시대』론」, 『作家研究』 第1 號, 1996.4, p.177.

의 변화를 생동감있게 보여주고 있다.

이상의 논의를 종합해 보면, 최서해 소설 중 국내 배경의 작품은 도시와 농촌 배경의 작품으로 나누어 볼 수 있으며, 이들은 당대 사회 현실을 간접적이고 우회적으로 묘사한 특징이 있다. 우선 농촌 배경의 작품은 많지 않은데, 철도와 같은 특정한 상징물을 통하여 식민지 농촌 사회의 현실을 압축하여 보여주는가 하면, 대표적인 인물의 사회적 신분에 대한 묘사를 통하여 낙후하고 반봉건적인 농촌 사회의 면모를 포괄적으로 제시하고 있다. 이에 따라 작품은 일제의 식민지 정책을 비판하고 작중인물의 강도행위를 유일한 삶의 선택으로 정당화하거나, 무지몽매한 인간들이 빚어낸 의도적이 아닌 살인의 비극을 보여주고 그들에게 교훈을 주거나 경종을 울려주고 있다. 다음으로 도시 배경의 작품은 전기(前期)와 후기(後期)의 작품으로 나누어 볼 수 있다. 전기(前期)의 작품은 주로 거지가 득실거리는 서울의 거리에 대한 묘사를 통하여 화려한 근대 도시의 배면에 숨겨진 암흑하고 부패한 식민지 사회의 현실을 폭로하고 작중인물의 강도행위를 적극적인 삶의 자세로 미화하거나 사회에 대한 저항의지를 표출하고 있다. 후기(後期)의 작품 중 「갈등(葛藤)」은 사회적 환경에 대한 보다 섬세한 해부를 진행하여 '어멈' 계급의 환경을 제시하는 것으로 봉건적인 신분질서의 관념을 비판하고 그에 대한 지식인의 반성을 통하여 계급 타파의 사상을 선전하기도 한다. 그리고 일부 작품에서는 일제가 만들어낸 자본주의의 심한 소용돌이에 휘말려 죽음의 변두리에까지 이른 가난한 문인 계층의 험난한 생활 환경에 대한 묘사를 통하여, 식민지 사회의 모순을 교묘하고 우회적으로 비판하고 그러한 환경 속에서 일말의 희망이라도 버리지 않고 꿋꿋하게 살아가는 문인들의 눈물겨운 모습을 보여주고 있다. 최서해의 유일한 장편소설 『호외시대(號外

時代)』에서는 상징적인 이미지를 통하여 일본 자본의 침투로 국내 중
소기업의 파산이 속출하고 나아가서 재력이 있는 민족자본까지 실패
하게 한 식민지의 시대적 상황을 교묘하게 총체적으로 제시해줌과 동
시에 민족공동체의 위기를 모면할 대응방안으로 젊은이들의 희생 정
신을 요구하고 있다.

2) 역동적 기능에 의한 인물의 행위방식의 다양성

(1) 내부 공간으로서의 '집'과 인물의 진실한 삶의 태도

서사의 독립된 부분이 공간에 대한 정보 제시에 집중할 때 그것을
묘사라고 하며, 이때 공간은 통행을 나타내는 것일 뿐만 아니라, 제시
의 명시적 대상이기도 하다. 리얼리즘 소설에서 공간의 묘사는 아주
세밀하게 이루어진다. 공간은 실제 세계와 닮아야 하기에, 그같은 묘
사에서 실제적인 양상이 분명하게 보일 수 있다는 것은 중요한 사실
이다.[73]

최서해 소설에서 사회적 배경으로 되는 공간에 대한 제시를 통하여
객관적 현실을 거시적으로 조명하는 데 주력했다면 역동적 기능을 하
는 공간에 대한 묘사를 통해서는 작중 인물의 미시적 삶의 세계를 보
여주는 데 치중하고 있다. 이들 작품에서 인물의 움직임을 준비하는
장소로서의 역동적 기능을 하는 공간은 크게 '집'을 중심으로 한 내부
공간과 외부 공간으로 나누어볼 수 있다. 아래에 이러한 역동적 기능
을 하는 공간에 대한 제시를 통하여 어떠한 문학적 의미를 부여하고

---

73 Bal, M., 앞의 책, pp.178~179.

있는지를 살펴보고자 한다.

우선, 최서해의 많은 소설은 가족관계가 중요시되고 가난한 주인공의 강한 가족의식을 보여주고 있다. 그런만큼 집이 역동적 기능을 하는 주요한 공간으로 되는 경우가 대부분이다. 「탈출기(脫出記)」(1925.3)에서는 인물에 갇힌 화자는 내부 공간으로 되는 집에 대한 묘사를 통하여 주인공을 비롯한 가족의 가난한 삶의 모습을 잘 보여주고 있다.

> 콧구멍만한 부엌방에 가마를 걸고 맷돌을 놓고 나무를 들이고 의복가지를 걸고 하면 사람은 겨우 비비고 들어앉게 된다. 뜬 김에 문창은 떨어지고 벽은 눅눅하다. 모든 것이 후질근하여 의복을 입은 채 미지근한 물속에 들어앉은 듯하였다.　　　　　　—「탈출기(脫出記)」에서(상권, p.20)

여기서 "콧구멍만한 부엌방"이라는 은유, "의복을 입은 채 미지근한 물속에 들어앉은 듯하였다"는 비유종지(比喩終止)와 "벽은 눅눅하다"는 형용종지(形容終止), 그리고 "가마를 걸고 맷돌을 놓고 나무를 들이고 의복가지를 걸고 하면", "뜬 김에 문창은 떨어지고 벽은 눅눅하다"는 나열식 구문(羅列式 構文)이 결합된 시화(詩化)된 언어표현으로 비좁아 숨막히고 헐망하여 살기 불편한 주거 환경과 그 속에서도 먹고 살기 위해 애쓰는 작중인물들의 진실한 삶의 모습을 구체적으로 보여주고 있다. 화자의 내적 초점화와 결부된 시화된 서술이 공간이라는 서사적 요소를 통하여 분위기를 고양시키면서 작품의 미적 가치를 실현하고 있는 대목이기도 하다. 「박돌(朴乭)의 죽음」(1925.5)에서는 외적 화자가 작중인물의 열악한 주거 환경을 더욱 생생하게 그려보이고 있다.

> 서까래가 보이는 천장에는 까맣게 그을은 거미줄이 얽히설키 서리고 넌들넌들 달렸다. 떨어지고, 오리이고, 손가락 자리, 빈대피에 장식된 벽

에는 누더기가 힘없이 축 걸렸다. 앵앵하는 파리떼는 그 누더기에 몰려들어서 무엇을 부지런히 빨고 있다. 문으로 들어서서 바로 보이는 벽에는 노끈으로 얽어 달아매놓은 시렁이 있다. 시렁 위에는 금간 사기 사발과 이빠진 지대접 몇 개가 놓였다. 거기도 파리떼가 웅성거린다. 부엌에는 마른 쇠똥, 짚부스러기, 흙구덩이에서 주워 온 듯한 나뭇가지가 지저분하다.

— 「박돌(朴乭)의 죽음」에서(상권, p.62)

이처럼 화자의 외적 초점화를 통하여 천장으로부터 벽, 시렁과 부엌에 이르기까지 차마 눈뜨고 볼 수 없는 집안의 정경이 치밀하게 제시되고 있다. 거기다가 "떨어지고, 오리이고, 손가락 자리, 빈대피에 장식된 벽"이라든가, "마른 쇠똥, 짚부스러기, 흙구덩이에서 주워 온 듯한 나뭇가지"라든가 하는 나열식 구문에 의하여 공간적 이미지가 더욱 두드러지게 나타나는 가운데 "넌들넌들", "앵앵"이라는 의성·의태어의 사용으로 하여 시청각적 이미지가 형성되면서 분위기를 더욱 참담하게 만들고 있다. 이러한 최악의 환경 속에서도 박돌 어머니는 아들 하나만 믿고 살아갈 수 있었는데, 아들마저 죽게 되니 거의 미치게 되며, 그러한 정신상태에서 아들의 병 치료에 나서지 않은 의사를 찾아가 행패를 부리게 된다.

「기아(棄兒)」(1925.9)에서는 외적 화자가 외적 초점화에 의해 포착된 주인공 김철호의 가족이 기거하는 움집에 대하여 간결한 묘사에 그치고 있지만 비유법을 거듭 사용함으로써 시적 효과를 나타내는 동시에 암담한 분위기를 조성하고 나아가서 작품의 주제와 직결되는 의미를 부여하고 있다.

콧구멍만한 드나들 거적문 하나를 달아 놓은 움 속은 저물어 가는 황혼빛 속 같다. 모두 빛을 잃어서 그 속에서 움직거리는 사람조차 유령 같

은 느낌을 준다.　　　　　　　　　　　　　　　—「기아(棄兒)」에서(상권, p.70)

　　그는 광희문 밖 움집으로 왔다.
　　짚부스러기 양철 조각 떨어진 거적으로 예인 움집은 황혼빛 속에 오랜
무덤 같다.　　　　　　　　　　　　　　　—「기아(棄兒)」에서(상권, p.72)

　　위의 인용문을 보면 화자의 외적 초점화를 통한 서술방법과 "콧구멍만한"이라는 은유와 "저물어 가는 황혼빛 속 같다"라는 직유를 통한 문체적 표현으로 비좁고 암흑에 가까운 움 속의 공간을 보여 주고 있으며, "그 속에서 움직거리는 사람조차 유령 같은 느낌을 준다"는 직유로 움 속에 사는 사람들에 대하여 죽은 사람의 혼령이라는 끔찍한 이미지를 그려보이게 한다. 뒤의 인용문에서는 화자가 외적 초점화를 통하여 움집 전체를 조망하고 "움집은 황혼빛 속에 오랜 무덤 같다"고 비유함으로써 죽은 목숨이나 다름없는 그들의 삶을 상상하게 한다. 이러한 상황에 처한 주인공이기에 아들을 살리고자 하는 마음에서 잘 사는 집 대문앞에 버릴 수밖에 없게 된다.
　　위의 작품들에서 화자가 긍정적인 인물들의 집에 대한 묘사를 통하여 가난한 자들의 삶의 진상을 밝히는 것과는 달리, 「설날밤」과 「홍염(紅焰)」에서는 긍정적인 인물들의 삶의 공간과 대립적인 공간으로 되는 부정적인 인물들의 집에 대한 묘사를 통하여 긍정적인 주인공들의 비참한 처지를 더욱 부각시키고 있다.

　　훈훈하고 구수한 공기가 흐르는 식당의 천정에는 가스 넣은 전등 두 개가 간격이 알맞게 고요히 달렸다. 그 아래 방 한복판에 설백색 고운 보에 덮힌 교자상이 길게 이어 놓였다. 교자상 아래 위와 양 옆으로는 아청

선을 두른 붉은 붉은 비단 보료가 반듯하게 깔렸다. 마루 방문으로 들어
서면서 바로 보이는 저편 벽과 이편 벽에는 화환에 싸인 기다란 체경이
걸렸다. 밖으로 통한 남창 좌우 미닫이 두껍집에는 지나 사람의 산수화가
붙었고 창 위에는 김해강의 육필현액이 달렸다. 북창은 유리창인데 아롱
아롱한 회색 문장이 가렸고 그 위에 서양화가 걸렸다. 그 창 아래에 피아
노가 놓이고 그 위에 두어 권의 보표책과 국화 화분이 놓였다.

—「설날밤」에서(상권, pp.160~161)

위의 인용문은 「설날밤」(1926.1)의 일부분인데, 성대한 만찬회를
열고 있는 재산가 한남윤의 집에 대해 화자가 외적 초점화를 통하여
식당으로부터 시작하여 아랫방을 걸쳐 마루방으로 시선을 이동하면
서 묘사하고 있다. 다시 말하여 넓은 공간과 화려한 장식과, 값비싼
기물들에 초점을 맞추어 보여줌으로써 부자인 한남윤의 호화로운 생
활이 집도 없이 바깥에서 떠도는 거지 무리들의 처지와 선명한 대조
를 이루게 하고 있다. 이러한 대조적 이미지는 곧바로 불공평한 사회
에 대한 비판을 암시하며, 주인공의 강도 행위를 미화하게 된 서술 동
기를 제시해주는 것으로 된다.

「홍염(紅焰)」(1927.1)에서는 외적 화자가 내적 초점화에 의해 포착
된 부정적인 인물인 중국인 지주 인가의 집을 「설날밤」에서처럼 사치
하고 호화로운 공간이 아니라 낡고 더럽고 어두운 공간으로 묘사함으
로써 특수한 의미를 부여하고 있다.

구들 위에서 나는 틱틱한 소리는 인가였다. 그는 일꾼들과 무슨 의논
을 하던 판인가? 지껄이는 일꾼들은 고요히 앉아서 담배를 피우면서 호
기심이 번득이는 눈을 인가와 문 서방에게 보내었다. 어느 천년에 지은

집인지, 거미줄이 얽히설기 서린 천정과 벽은 아궁이 속같이 까만데 벽에
붙여놓은 삼국풍진도(三國風塵圖)며 춘야도리원도(春夜桃李園圖)는 이
리저리 찢기고 그을었다. 그을음과 담배 연기에 싸여서 눈만 반짝반짝하
는 무리들은 아귀도(餓鬼道)를 생각게 한다. 문서방은 무시무시한 기분
에 몸을 부르르 떨었다.   ―「홍염(紅焰)」에서(하권, p.1)

이처럼 천정과 벽이 "아궁이 속같이 까만" 것으로 비유하고 그 속에
있는 무리들을 굶주림에 시달리는 귀신의 세계인 "아귀도"를 생각하
게 한다고 하면서 중국인 지주의 검은 심보와 메울 수 없는 욕심을 상
징적으로 보여주고 있다. 뿐만 아니라 "벽에 붙여놓은 삼국풍진도(三
國風塵圖)며 춘야도리원도(春夜桃李園圖)는 이리저리 찢기고 그을었
다"는 표현에서는 우수한 민족성과 고전문화를 자랑하는 중국인의 이
미지가 볼품없이 파괴되고 있음을 시사하고 있다. 이러한 것이 주인
공 문서방의 내적 초점화를 통하여 제시됨으로써 중국인 지주의 집은
그의 삶에 "무시무시한" 공포의 분위기를 더해주고 있다.

최서해의 전기(前期) 작품들에서 '집'이라는 내부 공간을 통하여 가
난한 하층민의 최하층 생활을 직접적으로 보여주거나 하층민의 집과
대립적 공간으로 설정된 부자의 집에 대한 묘사를 통하여 하층민의
비참한 처지를 간접적으로 제시했다면, 후기(後期)의 작품에서는 가난
한 지식인이나 소시민 또는 사회운동가인 주인공이 '집'이라는 빈한한
삶의 공간에서 삶의 의의를 되새기면서 의지적으로 살아가는 모습을
보여주고 있다. 「무명초(無名草)」(1929.8)에서는 외적 화자가 전기(前
期)의 작품에서처럼 "콧구멍만한 방"이라는 비유로부터 '집'에 대한 묘
사를 시작하고 있다.

콧구멍만한 방 한 간에 육칠 식구가 들어박이니 너무도 비좁아서 이웃
친구집 대청 마루에서 여러 날 잠잔 탓인지 아침에 일어나면 사지가 찌뿌
둥하고 뱃속이 트릿하였다. (중략) 파리 소리와 어린애 울음에 교향악을
이룬 콧구멍 같은 방에서 뛰어나오니 기분이 좀 가벼워지는 듯하나 대문
간에 따라 나와서 남이 들을세라 은근히,

　"여보! 저녁 거리가 없으니 어떡하오! 오늘은 일찍 나오시오."
하고 처다보던 아내의 흐린 낯이 눈앞에 떠올라서 머릿속이 다시 무거워
졌다.　　　　　　　　　　　　　　　　　　　　　　(하권, pp.127~12)

　집이라고 찾아들었으나 편히 앉았을 자리도 없다. 수구문 안에서 쫓겨
난 뒤로 이 집으로 온 지 두 달이나 되는데 한 집안에 세 살림이 살고 있
다. 행랑에 한 살림, 안방에 한 살림, 건넌방에 한 살림, 이렇게 세 살림인
데 춘수는 건넌방을 차지하였다. 일곱 식구가 콧구멍 같은 방안에서 들끓
게 되니 어떻게 협책한지 그의 어머니는 마루에서 자고 그는 이웃 친구집
마루에서 자게 되었다. 마침 여름이니 그렇지 겨울이나 되었더면 더욱 큰
고난을 받았을 것이다.　　　　　　—「무명초(無名草)」에서(하권, p.137)

　위의 인용문에서 "콧구멍만한 방"이라는 것을 반복적으로 강조하고
있음을 볼 수 있는데, 비좁은 공간 때문에 건강뿐만 아니라 주인공 박
춘수가 잡지사 기자로서의 생계를 위한 글쓰기에도 영향을 받고 있음
을 암시하고 있다. 비유법과 더불어 "행랑에 한 살림, 안방에 한 살림,
건넌방에 한 살림, 이렇게 세 살림"이라는 반복·나열식 구문을 씀으
로써 비좁은 공간의 이미지를 구축하여 답답한 분위기 속에서 지식인
의 고달픈 삶을 보여주고 있다. 그러나 주인공은 "친구집 마루에서
자"는 것으로 비좁은 공간의 한계를 극복하기도 하고 바람을 맞고 설

사를 하여 출근하지 못하면서도 손에서 필을 놓지 않고 생존을 위한 완강한 고투를 벌이고 있다.

「부부(夫婦)」(1928.10)에서는 외적 화자가 외적 초점화에 의해 제시된, 약국점원으로 일하는 소시민 주인공의 집을 묘사하고 있는데, 비좁은 공간의 의미를 강조한 것이 아니라 변소의 악취라든가 쥐의 피해라든가 하는 주변적 환경에 대해 집중적으로 묘사하고 있다.

변소의 위치는 바로 툇마루 귀퉁이로 돌아가면 방 웃목 벽에 붙었읍니다. 거기밖에는 변소를 지을 수 없이 된 것은 워낙 마당이 고양이의 이마빡만도 못하니까 변소는커녕 십 전짜리 나뭇단도 거둬 들이기 어려웠읍니다. 그렇게 설비가 불충분한 변소가 바로 곁에 있으니까 비가 오고 침침칠야 같은 때에는 해롭지 않으나 냄새가 어떻게 나는지 장장 여름날에 견딜 수가 없었읍니다. 냄새만 날 뿐이 아니라 벽 하나 사이를 두니까 뒤 보는 소리는 한 방안에서 들리는 것 같았습니다. 그것도 내외간만 있는 때면 무슨 허물이 있겠읍니까마는 손님이나 있는 때면 피차에 괴로웠습니다.
— 「**부부(夫婦)**」에서(상권, p.400)

이사한 뒤로 쥐라고는 그림자도 없었는데 한 보름 뒤부터 천정 속에서 우루루 우루루하고 달리는 소리가 들렸읍니다. 방에 가만히 앉아 있으면 이놈들이 마라톤 경주를 연습하는지는 모르나 이리 달리고 저리 달리고 하는 것은 금시에 지붕이 우수수 무너져 내리는 것 같았읍니다. 그러다가도 어떤 때는 싸우는지 서로 쩍쩍하면서 바로 화용도 연극이나 연습하는 듯한 기분을 주었읍니다. 또 어떤 때에는 반자지를 싸극싸극 긁어서 듣기에도 픽 애처로웠읍니다. 아씨의 말을 들으면 낮에도 방안에서 인기척만 없으면 그 모양으로 저희끼리 찢고 까불고 줄달음을 치었습니다. 아마 그

놈들은 천정 속이 컴컴하니까 밤중인 줄만 아는 것입니다.

─「부부(夫婦)」에서(상권, p.401)

앞의 인용문에서는 "마당이 고양이의 이마빡만도 못하다"는 비유, "들리는 것 같았습니다"라는 비유종지와 "괴로웠습니다"라는 형용종지의 사용, 그리고 뒤의 인용문에서는 "마라톤 경주를 연습하는지"라는 은유, "화용도 연극이나 연습하는 듯"하다는 직유, "애처로왔다"는 형용종지 등의 사용과 "우루루 우루루", "우수수", "쨱쨱", "싸극싸극"이라는 의성어의 사용으로 입체적 이미지와 청각적 이미지를 그려주고 있다. 근대적 문명과는 거리가 먼 이러한 가정환경에 대한 묘사를 통하여 가난한 소시민 부부의 고통스러운 삶을 실감나게 보여주고 있을 뿐만 아니라 그 고통을 넘어서고자 하는 의욕을 보여주었다. 즉 처음에 변소의 냄새 때문에 괴로움을 받다가 '아이젤'로 냄새를 제거한 후에는 변소에서 나는 소리 때문에 고민하지만 참고 견디며, 천정 속에서 활동하는 쥐 때문에 고통을 받다가 나중에는 쥐와 유희놀이까지 하면서 기분전환을 시도하기도 한다.

「먼동이 틀 때」(1929.1~2)에서는 외적 화자가 내적 초점화를 통하여 사회운동가 출신의 주인공의 임시 '잠자리'가 되는 친구의 '집'이나 사회운동가들이 모여사는 '회관'에 대하여 묘사하고 있다.

짧으나짧은 여름밤을 빈대 모기 벼룩에게 쪼들려서 받아주는 사람도 없는 화중과 비탄으로 앉아 새다시피 한 허준이는 가까스로 들었던 아침잠조차 앵앵거리고 모여드는 파리떼로 흔들리고 말았다. 그러지 않아도 남의 집에서 자는 잠이니까 늦잠을 잘 수는 없는 일이지만 화나는 양으로 말하면 그놈의 파리를 모조리 잡아서 모가지를 가위로 싹둑싹둑 잘라 버

리고 싶었다.　　　　　　　　　　　　　　　　　　　(하권, p.67)

　　회원들 그림자는 차츰 많아졌다. 회관은 끓기 시작하였다. 한쪽에서는 이론 투쟁이 벌어지고 한쪽에서는 성강연(性講演)이 벌어졌다. 양키라는 별명을 듣는 키 크고 눈알이 노란 사람은 마룻 바닥을 텅텅 울리면서 댄스를 하고 있고 배지라고 온 몸둥이에 배만 보이다시피 된 사람과 늦잠장이는 볕발이 쨍쨍한 마당에서 볼을 던지고 있다. 이렇게 각인 각양으로 떠들면서도 거개 아침 먹을 걱정을 한마디씩은 하고 있다.

　　　　　　　　　　　　　　　　─「먼동이 틀 때」에서(하권, p.69)

　　앞의 인용문에서는 '집'이라는 공간의 묘사를 통하여 빈대, 모기, 벼룩한테 시달려 여름밤을 샌 주인공이 아침에는 파리떼의 성화로 더 이상 잠을 잘 수 없는 처지가 묘사되고 있다. 화자의 주인공에 의한 내적 초점화를 통한 서술과 "앵앵", "싹둑싹둑"이라는 의성어로 청각적 이미지를 구축한 서사적 전략에 의하여 주인공의 불편한 심리가 생생하게 보여지고 있다. 뒤의 인용문에서는 회원들로 들끓는 회관의 불편한 환경과, 그 속에서도 생기를 잃지 않고 발랄하게 살아가는 그들의 모습을 보여주고 있다. 그러나 정신만으로는 굶주림의 문제를 해결할 수 없었기에 모두 각인 각양으로 떠들면서도 거개 아침 먹을 걱정을 한마디씩은 하고 있다. 두 인용문에서 '집'이라는 역동적 기능을 하는 공간은 사회 운동가의 간고한 삶을 사실적으로 보여주는 데 기여하는데, 이로 인해 현실의 난관을 극복하고자 하는 주인공의 의지가 더욱 돋보이게 된다.

　　『호외시대(號外時代)』(1930.9.20~1931.8.1)에서는 젊은이들의 주요한 활동 공간으로서의 야학교가 그들의 마음 속의 '집'으로 상징되고 있다.

> 동대문 밖만 나서면 멀리 나갔다가 자기 집이 있는 동구에나 이른 것 같고 야학교 대문 안에 드러서면 사랑하는 언니며 아우가 자기를 기다리고 있는 것 같아서 시각이 바쁘게 교실문을 열고 싶었다. (중략) 어떤 때는 정애를 보고
> "나는 학교에만 오면 모든 괴로움이 다 잊어지는 것 같습니다."
> 하고 말하였다. 그러면 정애도 감격한 표정으로
> "저도 그리운 집에나 돌아온 것같이 기뻐요!"
> 하고 정답게 말하였다. ─『호외시대(號外時代)』에서(p.489)

> 그는 방안을 한번 돌아보았다. 어제와 다름없는 방안이나 어쩐지 어제와 다른 것 같았다. 벽에 붙인 시간표에 달아놓은 숙경의 그림(그것은 대구에서 두환이 가지고 온 것이다)이며 책시렁의 책이며 책상 위의 필통이며 연갑은 어제 보던 그것이었마는 어제보다 정돈된 것 같이 보였다. 그는 방안을 다시 한번 돌아보았다. 저편 책상 위에 흐트러졌던 책이 바로 정돈된 것을 보는 때
> '정애가 아까 와서 바로 놓았구나!'
> 하고 비로소 방안의 모든 것이 정돈된 것을 확실히 느꼈다.
> ─『호외시대(號外時代)』에서(p.490)

앞의 인용문에서는 화자의 내적 초점화를 통한 작중인물의 심리묘사와 모방적 서술로 전개되는 대화에 의하여 야학교라는 '집'의 의미가 구체화되고 있다. 뒤의 인용문은 주인공 양두환의 시각의 이동에 따르는 내적 초점화와, "벽에 붙인 시간표에 달아놓은 숙경의 그림(그

것은 대구에서 두환이 가지고 온 것이다)이며 책시렁의 책이며 책상 위의 필통이며 연갑은”이라는 나열식 구문에 의하여 정돈된 사무실 안의 이미지가 그려지고 있다. 이러한 것을 통하여 야학교는 젊은이들이 애착을 느끼는 희망의 공간임을 알 수 있는 것이다.

　이상에서 보다시피 최서해 소설은 ‘집’이라는 역동적 기능을 하는 공간에 대한 묘사를 통하여 작중인물의 삶의 진실한 모습을 보여주고 있다. 전기(前期) 작품에서는 가난한 하층민의 열악한 생활 환경을 보여주는 ‘집’에 대한 묘사를 통하여 그 속에서 살아가기 위해 몸부림치는 작중인물들의 처절한 생활 모습을 보여주거나, 이들과 대립되는 부정적인 인물들의 집에 대한 묘사를 통하여 하층민들의 비참한 처지를 대비하여 부각시키고 있다. 후기(後期) 작품에서는 ‘집’이라는 역동적인 공간의 기능이 다양하게 나타나는데, 가난한 지식인의 ‘집’은 협책한 공간이 인체와 글쓰기에 끼치는 폐해를, 가난한 소시민의 집은 비좁은 공간의 의미보다도 주변 환경의 피해로 최저 수준의 문명한 생활도 할 수 없는 안타까움을, 그리고 사회운동가의 ‘집’은 임시 거처가 되는 친구의 ‘집’이나 ‘회관’으로 설정되어 집도 없는 간고한 삶을 증언하는 장치로 활용되고 있다. 장편소설『호외시대(號外時代)』에서는 역동적 기능을 하는 공간으로 주요인물들인 젊은이들의 각자 개인의 집보다도 야학교라는 마음 속의 ‘집’이 강조되고 있다. 이러한 내부 공간으로서의 ‘집’에 대한 묘사는 그 자체로서 의미가 있는 것이 아니라 작중인물의 절망적이고 고통스러운 삶을 보여줄 뿐만 아니라 그 절망과 고통을 넘어서려는 강한 의욕과 열정을 보여주는 기능을 한다는 데 보다 큰 의의가 있는 것이다. 뿐만 아니라 외적 초점화나 내적 초점화를 통한 화자의 서술방법, 그리고 화자의 시화된 언어표현을 통한 문체적 전략을 통하여 독특한 이미지와 분위기를 형성함으로써 디테일에 있어 사실적이면서도 전체적으로 상징성을 나타내고 있는데, 여기서 최서해 소설의 공간이라는 서사적 요소의 소설미학적 가치가 성립된다.

(2) '집'의 외부 공간과 행위의 변화 또는 방향의 제시

최서해 소설에서는 가난한 사람의 집과 잘사는 사람의 집이 대립적 공간으로 나타나고 있다는 것을 앞에서 언급한 바 있다. 그런데 「토혈(吐血)」(1924.1~2), 「기아(飢餓)와 살육(殺戮)」(1925.6), 「홍염(紅焰)」(1927.1), 「미치광이」(1926. 12), 「큰물진 뒤」(1925.12) 등 전기(前期) 작품에서는 외부 공간인 부잣집 대문 안팎에 대부분 개라는 동물이 작중 인물의 행위 방식에 영향을 미치는 하나의 의미 있는 장치로 설정되고 있는 것을 볼 수 있다. 즉 이들 작품에 등장하는 개는 가난한 사람을 해치려는 '위협자'이면서 잘사는 사람을 지키는 '파수꾼' 역할을 맡고 있다.[74] 그 중 간도 배경의 작품은 지속적인 공간 구조가 되는 사회적 구조에 의하여 중국인의 이미지는 조선인의 지배자나 착취자로 나타남에 따라 중국인의 집 앞 또는 대문 앞에 등장하는 개가 기세 사나운 짐승으로 묘사되어 있으므로, '사나운 개'의 이미지를 지배자나 착취자로서의 중국인과 관련시켜 파악하고자 한다.

「토혈(吐血)」(1924.1~2)에서는 주인공 '나'의 어머니가 중국인의 집 앞을 지나다가 개한테 물린 장면에 대하여 인물에 갇힌 화자가 '김'이

---

[74] 최서해 소설에 등장하는 개의 역할에 대한 것은 鄭英吉의 논문에서 개를 "주인공을 해치려는 위협자이면서 악인을 지키는 파수꾼 역할을 맡고 있다"고 본 관점을 참조한 것임. 鄭英吉, 「서해 최학송 소설 연구」, 『현대소설연구』 제6호, 1997.6, p.238.

란 마을 사람한테서 들은 대로 간접화법의 형식으로 요약하여 서술하는 데 그치고, 이 작품의 개작 「기아(飢餓)와 살육(殺戮)」(1925.6)에서는 외적 화자가 주인공 경수의 어머니가 중국인의 집앞을 지나다가 개한테 물려 쓰러진 장면을 김참봉이라는 작중인물의 직접화법의 형식을 빌어 전달하고 있다.

> "하, 내가 지금 최 도감하고 '물남'에 갔다오는데 요 물 건너 되놈〔支那人〕의 집 있는 데루 가까이 오니 그늠으 집 개가 어떻게 짖는지! 워낙 그늠의 집 개가 사나운 개니까 미리 알아채리느라구 돌째기(돌멩이)를 찾느라고 엎대서 낑낑하는데 '사람 살리오!' 하는 소리가 개 소리 가운데 모기 소리만큼 들린단 말이야! 그래 최 도감하구 둘이 달려가 보니까 웬 사람을 그늠으 개들이 물어뜯겠지! 그래 소리를 쳐서 주인을 부른다, 개를 쫓는다 하구 보니 아 이 늙은이겠지."
>
> —「기아(飢餓)와 살육(殺戮)」에서(상권, pp.37~3)

여기서 "모기 소리만큼"이라는 비유와 "주인을 부른다, 개를 쫓는다"는 나열식 구문은 당시의 위급한 분위기를 이미지화하여 보여주고 있다. 이와 더불어 중국인 집의 개 앞에서 조선인인 김참봉과 최도감은 "돌째기(돌멩이)를 찾느라고 엎대서 낑낑하"고 경수 어머니의 " '사람 살리오!' 하는 소리가 개 소리 가운데 모기 소리만큼 들린"다는 말에서 조선인들이 그저 당하기만 하는 약한 이미지와 그에 대조되는 개의 "사나운" 이미지를 그려볼 수 있다. 따라서 중국인은 작품에 직접 등장하지 않지만 앞에 내세운 '사나운 개'의 이미지만 보아도 사나운 그들의 특성을 짐작하게 한다.

「미치광이」(1926.12)에서는 인물에 갇힌 화자가 내적 초점화를 통

하여 간도의 달리소라는 마을에 사나운 개들이 많아서 몽둥이가 없이
는 다니기 힘듦을 제시하고 있다.

> 첫 여름 흐뭇이 더운 어떤 날이었읍니다. 보리밭 밀밭 조밭 김도 아시
> 가 지나고 후치질까지 다 필한 나는 말과 소는 농군에게 먹이라고 부탁하
> 고 처가로 갔읍니다. 처가는 우리 집에서 이십 리나 북쪽으로 더 가서 달
> 리소라는 곳에 있었읍니다. 아침을 먹고 해가 퍼져서 나는 감발을 하고
> 막대를 끌고 집을 떠났읍니다. 이곳은 삼림이 울창하고 풀이 우거졌고 물
> 고인 진창이 많아서 발감개를 하지 않고는 다닐 수 없읍니다. 그리고 군
> 데군데 중국 사람 집에 사나운 개가 어찌 많은지 몽둥이 없이는 다닐 수
> 없습니다. ─「미치광이」에서(상권, p.89)

여기서는 달리소라는 곳의 자연 환경에 대한 언급과 더불어 "군데
군데" "사나운 개"들이 많음을 요약하여 서술하고 있는데, 조선인들이
중국인집의 개한테 물릴 위협을 수시로 느끼고 있음을 말해주고 있
다. 이 작품에서도 중국인의 모습을 직접 묘사하지 않지만 공포의 분
위기를 만드는 개에 대한 서술을 통하여 그들의 이미지를 그려보게
한다. 그런데 "몽둥이 없이는 다닐 수 없"다는 제시에서 개에 대한 방
어적인 자세가 보여지는데, 이는 중국인집 문밖이라는 외부 공간에서
보여지는 작중인물들의 진전된 행위에서 찾아볼 수 있다.

「홍염(紅焰)」(1927.1)에서는 중국인 지주집 대문을 지키는 개가 여
러 번 등장하면서 작품의 전체적인 분위기를 지배하다시피 하고 있다.

> 문밖에서 뼈다귀를 핥던 얼룩개 한 마리가 웡웡 짖으면서 달려들더니
> 이 구석 저 구석에서 개무리가 우하고 덤벼들었다. 문 서방은 울긋불긋한

채필로 관운장과 장비를 무섭게 그려붙인 집 대문 앞에 섰다. 문밖에서 뼈다귀를 핥던 얼룩개 한 마리가 웡웡 짖으면서 달려들더니 이 구석 저 구석에서 개무리가 우하고 덤벼들었다. 어떤 놈은 으르렁 으르고, 어떤 놈은 뒷다리 사이에 바싹 끼면서 금방 물 듯이 송곳 같은 이빨을 악물었고, 어떤 놈은 대들었다가는 뒷걸음치고 뒷걸음을 쳤다가는 대어들면서 산천이 무너지게 짖고, 어떤 놈은 소리도 없이 코만 실룩실룩하면서 달려들었다. 그 여러 놈들이 문 서방을 가운데 넣고 죽 돌아서서 각각 제재주대로 날뛴다. 그렇지 않아도 지금 개 때문에 대문 밖에서 기웃거리던 문 서방은 이 사면초가를 어떻게 막으면 좋을지 몰랐다. 이러는 판에 한 마리가 휙 들어와서 문 서방의 바지가랭이를 물었다.   (하권, p.18)

    그가 바위 모퉁이 빙판에 올 때까지 개들은 쫓아나와 짖었다. 그는 제 분김에 한 마리 때려잡는다고 얼른 돌멩이를 집어들었다가, 작년 가을에 어떤 조선 사람이 어떤 중국 사람의 개를 때려죽이고 그 사람이 주인에게 총맞아 죽은 일이 생각나서 들었던 돌멩이를 헛뿌렸다.   (하권, p.21)

    그 바람에 슬근슬근 가던 그림자는 휙 돌아서서 손에 들었던 보자기를 개 앞에 던졌다. 보자기는 터지면서 둥글둥글한 것이 우루루 쏟아졌다. 짖으면서 달려오던 개들은 짖기를 그치고 거기 모여들어서 서로 물고 뜯고 빼앗아먹는다. 그러는 사이에 그림자는 인가의 울타리 뒤에 산같이 쌓아놓은 보릿짚더미에 가서 성냥을 쭉 긋더니 뒷산으로 올리닫는다.
—「홍염(紅焰)」에서(하권, p.25)

    첫 번째 인용문에서는 외적 화자가 외적 초점화를 통하여 '사나운 개'의 이미지를 구체적으로 묘사하고 있다. 즉 "웡웡", "우", "으르렁",

"휙"이라는 의성어와 "실룩실룩"이라는 의태어, 그리고 의미가 고도로 함축된 한자어 성구 "사면초가"에 의한 비유법을 사용하고 "어떤 놈은 으르렁 으르고, 어떤 놈은 뒷다리 사이에 바싹 끼면서 금방 물 듯이 송곳 같은 이빨을 악물었고, 어떤 놈은 대들었다가는 뒷걸음치고 뒷걸음을 쳤다가는 대어들면서 산천이 무너지게 짖고, 어떤 놈은 소리도 없이 코만 실룩실룩하면서 달려들었다"라는 반복·나열식 구문을 사용함으로써 개들의 기세등등하고 무서운 이미지를 직접 눈앞에 보이듯이 그려보이고 있다. 이러한 중국인 지주집 대문 앞에 나타난 개의 무리 앞에서 주인공 문서방은 "어떻게 막으면 좋을지 몰라"서 쩔쩔 맨다. 두 번째와 세 번째 인용문에서도 외적 초점화를 통하여 서술되고 있지만 서술의 주요한 초점은 개보다도 개를 마주한 사람의 심리나 행동에 맞추고 있음을 볼 수 있다. 두 번째 인용문에서는 문서방이 딸을 친정에 데려오려고 중국인 사위인 인가를 찾아갔다가 사위한테 문전박대를 박고 돌아오면서 "제 분김에 한 마리 때려잡는다고 얼른 돌멩이를 집어 들었다가, 작년 가을에 어떤 조선 사람이 어떤 중국 사람의 개를 때려 죽이고 그 사람이 주인에게 총맞아 죽은 일이 생각나서 들었던 돌멩이를 헛뿌렸다"고 서술하고 있는데, 이를 통하여 개의 신세보다 못한 조선인의 처지와 개의 주인의 위세를 암시하고 있다. 세 번째 인용문에서는 문서방이 보자기에 싼 개 먹이로 개들을 유인하고 중국인 지주 인가의 집에 불을 지르는 행동을 묘사하고 있다. 여기서 주인공의 개에 대한 대응 방식은 처음의 피동적인 자세로부터 적극적인 공격 행위로 바뀌고 있는데, 이러한 행위 방식의 변화는 그의 중국인 지주에 대한 태도의 변화를 설명해주는 것이기도 하다. 다시 말하여 문서방이 개에 대한 태도의 변화는 지주에 대해 순응했던 것에서부터 일련의 사건을 겪은 후 각성하고 용감하게 반항하는 데로 나아가는 행위의 변화와 일치한데, 여기서 개라는 장치를 통하여 지주집 대문밖이라는 공간의 역동적 기능이 효과적으로 작동하고 있음을 볼 수 있다.

위의 작품들을 통하여 간도 배경의 작품에서 개는 잘사는 사람을 지키는 '파수꾼' 보다 가난한 사람을 해치려는 '위협자'의 역할이 강조되고 있음을 볼 수 있다. 이러한 '사나운 개'의 이미지는 중국인의 포악한 이미지를 상징하며, 이를 통하여 화자의 서술 기법이 리얼리즘에 기반하고 있는 동시에 미학적인 승화를 목표로 하고 있음을 다시 한번 확인할 수 있다.

국내 배경의 작품 「큰물진 뒤」(1925.12)에서도 주인공이 개에 대하여 적극적인 대응 방식을 취하고 있음을 볼 수 있다.

> 윤호는 커다란 숫을대문 앞에 다다랐다. 그는 급한 숨을 죽여 가면서 대문을 뒤두고 저편 높다란 싸리 울타리 밑으로 갔다. 그의 가슴은 두근두근하고 사지는 떨렸다. 귀밑 맥이 툭탁툭탁하면서 이가 덜덜 솟긴다.
>
> (중략)
>
> 마루 아래서 으웅— 하고 으릉대던 개가 울타리 안에 그림자가 어른하는 것을 보더니 으르렁 엉웡웡 하면서 내닫는다.
>
> "으훙! 이 개!"
>
> 방에서 우렁찬 사내 소리가 들렸다. 윤호는 얼른 고기를 꿰어 가지고 온 낚시를 집어던졌다. 개는 집어 먹었다. 낚시에 걸린 개는 낚시줄을 잡아당기는 대로 꼼짝 소리를 못 지르고 느른히 쫓아다닌다. 낚시줄을 울타리 말뚝에 잡아맨 윤호는 살금살금 마루로 갔다.
>
> —「큰물진 뒤」 에서(상권. p.131)

이 작품의 주인공 윤호는 이주사 집 대문을 지키는 개라는 장애물을 낚시로 제거한 후 부잣집의 돈을 빼앗는 강도 행위에 성공한다. 여기서 개짖는 소리를 모방한 "으응—", "으르렁 엉웡웡"이라는 의성어는 '사나운 개'의 이미지를 그려주며, 윤호의 긴장된 마음을 모방한 "두근두근", "툭탁툭탁", "덜덜", "살금살금"이라는 의성어는 개를 제거하기 전과 제거한 후의 그의 판이한 심리를 이미지화하여 보여주고 있다. 이 작품에서 개는 공격적이기보다는 부잣집을 경호하는 '파수꾼'의 역할을 충실히 수행하는 동물로서, 주인공의 "의지를 실현하는 데 방해가 되는 장애물로 설정되어 있"[75]다.

최서해의 전기(前期) 작품 중 「매월(梅月)」(1924.11), 「해돋이」(1926.3), 「누가 망하나?」(1926.7)에서는 강이나 바다 또는 바닷가가 역동적 기능을 하는 공간으로 설정되어 있다. 「매월(梅月)」(1924.11)에서 낙동강은 양반 집의 가비인 매월이 투신 자살하는 곳으로 설정되어 있다.

교군에서 내려 나룻배에 오를 때 매월의 눈에 비추는 용용한 푸른 물결은 그에게 무슨 암시를 주었읍니다. 이 무슨 암시인지요?

어디로서 와서 어디로 가는지 저편 해 넘어가는 서산 아래로 양양이 흘러와서 저 아래 세류촌을 지나 끝없이 끝없이 가는 푸른 물! 흰 구름이 뭉실뭉실한 하늘을 띤 수면! 강풍에 옷소매를 날리면서 신비로운 우주 자연의 풍경을 물끄러미 보는 그 찰나 매월이는 현세의 모든 고통을 잊었읍니다. 그는 이때 양양한 벽파 속으로 용궁을 찾아보았으며 철철한 물소리 속에서 용녀의 깨끗한 노래를 들었읍니다. 매월이는 '아아 알았다. 원수의 몸으로 인하여 이 마음까지 고통이로구나!' 하고 속으로 부르짖었읍니다. 날씬하던 그의 두 어깨는 으쓱하여지고 하다못해 푸르스름한 낯에는

---

75 앞의 논문, p.238.

엄연한 빛이 돌았읍니다.　　　　　　　　　—「매월(梅月)」에서(상권, pp.87~88)

이 작품에서는 외적 화자가 매월에 의하여 초점화되는 낙동강에 대하여 "끝없이 끝없이 흘러가는 푸른 물! 흰 구름이 뭉실뭉실한 하늘을 띤 수면!"이라는 나열식 구문으로 시화된 서술을 진행함으로써 신비로운 낙독강의 풍경을 이미지화하여 펼쳐보이고 있다. 이러한 낙동강은 매월로 하여금 "현세의 모든 고통을 잊"고 "용궁을 찾아"서 "용녀의 깨끗한 노래"를 듣게 함으로써 큰 깨우침을 받게 한다. 따라서 매월의 자살은 단순히 현세의 고통에서 벗어나려는 것이 아니라 깨끗하고 아름다운 세계를 지향하는 지조 있는 행동으로 전환된다고 할 수 있다. 「해돋이」(1926.3)에서는 서두에 바다라는 역동적 기능을 하는 공간을 배치하고 있다.

　　한풀 싱싱하여서는 남들이 수질하는 것을 코웃음치던 김 소사(金召史)는 이번에는 욕을 단단히 보았다. 어제 석양 청진(淸津)서 떠날 때부터 사납던 풍랑은 밤이 깊어 갈수록 더 심하였다. 오전 세시쯤 하여 명천무수끝〔明天無水端〕을 지날 때는 뱃머리를 쿵쿵 치는 노한 물 소리가 세차게 오르내리는 추진기 소리 속에 더욱 처량하였다. 닥쳐오는 물결에 배가 우쩍뚝하고 소리를 내면서 번쩍 들릴 때면 몸을 무엇으로 번쩍 치받아 주는 듯하다가도 배가 앞으로 숙어지면서 쑥 가라앉을 때면 몸을 치받아 주던 그 무엇을 쑥 잡아 뽑고 깊고깊은 함정에 휘휘 둘러넣은 듯이 정신이 아찔하고 오장이 울컥 뒤집혔다.

　　　　　　　　　　　　　　　　—「해돋이」에서(상권, p.193)

여기서는 바다뿐만 아니라 김소사가 타고 있는 배도 역동적인 기능

을 하는 공간으로서의 의미가 강조되면서 제시되고 있다. 외적 화자
의 시각에 따라 바다의 풍랑과 배 안의 정경이 묘사되고 있는데, "쿵
쿵", "우쩍뚝", "번쩍", "쑥"이라는 의성·의태어의 사용으로 하여 시청
각적 이미지를 형성하면서 바다의 세찬 파도와 그로 인해 심하게 흔
들리는 배 안의 장면이 입체적으로 나타나고 있다. 그리고 배가 "번쩍
들릴 때면"과 "쑥 가라앉을 때면"을 나열한 구문과 "몸을 치받아 주던
그 무엇을 쑥 뽑고 깊고 깊은 함정에 휘휘 둘러넣은 듯이"라는 긴 비
유법의 결합으로, 바다의 충격이 배를 통하여 김소사에게 전해지는
과정이 동적인 이미지를 구축하면서 작품에 상당한 격조를 띠게 하고
있다. 이 격조는 화자의 시화된 언어표현에 의해 이루어지는 동시에
작중인물인 김소사의 저조의 심리와 파도가 사나운 바다의 이미지가
대조를 이루면서 더욱 고양된다. 다시 말하여 간도에서 아들 만수가
독립운동을 하다가 일제에게 체포되어 손녀를 데리고 혼자 귀국하게
된 김소사의 고통스러운 심정은 아랑곳하지 않고 무정한 바다는 사나
운 풍랑으로 가득한데, 이러한 "냉엄한 대조는 작품의 주제를 제시하
는 강렬한 리얼리티"[76]를 생성시키고 있다. 뿐만 아니라 바다는 험악
한 세상을, 그리고 김소사가 타고 있는 배는 그의 파란만장한 인생을
상징하면서 바다와 배라는 공간의 효과가 한층 명료해지고 있다. 이
러한 상황에서 김소사는 자신을 불행하게 만든 아들을 원망하지만,
아들의 친구이자 동지인 경수는 훗날 김소사의 처지를 동정하면서 투
쟁의 결의를 더욱 다지게 된다. 「누가 망하나?」(1926.7)에서는 인물
에 갇힌 화자가 바닷가를 역동적 기능을 하는 외부 공간으로 제시하
고 있다.

---

[76] 鄭漢淑, 『현대소설 창작법』, 웅동, 2000, p.168.

때가 마침 음력으로 칠월 보름이라 달이 퍽 좋았다. 원래 법성포의 동령(東嶺) 달은 법성 12경 속에 드는 하나로서 아름다운 것이다. 나는 미리 약속하였던 친구들과 함께 달돋을 때에 갯가로 나아갔다. 스러져 가는 연기같이 푸르고 엷은 안개는 산을 가리고 바다를 덮고 마을을 살근히 싸고 돈다. 밀물이 소리없이 들이밀어서 소드랑 섬과 한시랑 앞까지 느긋한 바다에는 하늘빛과 마을의 불빛이 어우러 떨어져서 한 폭 그림 속 같았다.

(중략). 서로 말없이 갯가에 오르락내리락하던 우리는 갯가에 둥실둥실 매여 있는 빈 배에 올랐다.

어느새 달은 천심에 가까웠다. 높은 하늘은 더 높아 보이고 빛나던 별들은 자취를 감추었다. 저편 재덕산 높은 봉우리를 넘어노는 두어 조각 흰 구름은 퍽 서늘한 것이 나그네 마음을 천리 밖으로 끌어가는 듯하였다. 맑은 하늘 밝은 달 아래 드는 밀물은 속살속살 가늘고 이쁜 물결을 보인다.　　　　　　　　　　　　　　　　─「누가 망하나?」에서(상권, pp.261~262)

위의 인용문의 앞부분에서 '나'에 의한 내적 초점화를 통하여 달밝은 밤의 바닷가라는 공간에서 바다에 비친 "하늘빛과 마을의 불빛"을 바라보는 가운데, 외적 화자가 "스러져가는 연기같이 푸르고 엷은 안개"라는 비유와 "산을 가리고 바다를 덮고 마을을 살근히 싸고 돈다"는 나열식 구문, 그리고 "한 폭의 구름 속 같았다"는 비유종지에 의한 시화된 언어로 지상과 천계의 아름다움을 찬미하고 있다. 역시 내적 초점화를 통한 서술로 된 뒷부분에서는 "높은 하늘은 더 높아 보이고 빛나던 별들은 자취를 감추었다", "맑은 하늘 밝은 달"이라는 나열식 구성과 "속살속살"이라는 의성어 등의 사용으로 시적 정취를 보여주는 가운데 "나그네 마음을 천리 밖으로 끌어가는 듯하였다"는 비유종지를 사용하여 작중인물의 심리적 상황도 이미지화하여 보여주고 있다. 이러한 공간의 아름다움은 미구에 서술되는 주인공인 거지 박서방의 구슬픈 이야기와 대조를 이루면서 한의 정서를 유발하게 한다. 따라서 주인공은 "내가 죽었더라도 오늘밤 저 달과 이 바다와 이 바람은 그저 있겠지요! 또 당신네두! …… 내가 살아야지! 내가 살아야 하고 나는 돌아왔지요!"(상권, p.267)하고 사회에 대한 울분과 저항 의지를 표출하게 된다.

이밖에 전기(前期) 작품 중 「만두」(1926.7)는 인물에 갇힌 화자가 만주 벌판을 역동적 기능을 하는 공간으로 서술하고 있는 특이한 구성의 작품이다.

> 어떤 겨울날 나는 어떤 벌판길을 걸었다. 어둠침침한 하늘에서 뿌리는 눈발은 세찬 바람에 이리 쏠리고 저리 쏠려서 하늘이 땅인지 땅이 하늘인지 뿌옇게 되어 지척을 분간할 수 없었다. 홑고의적삼을 걸친 내 몸은 오싹오싹 죄어들었다. 손끝과 발끝은 벌써 남의 살이 되어 버린 지 오래였다. 등에 붙은 배를 찬바람이 우우 들이치는 때면 창자가 빳빳이 얼어 버리고 가슴에 방망이를 받은 듯하였다. 나는 여러 번 돌쳐서고 엎드리고 하여 나한테 뿌리는 눈을 피하여 가면서 뻐근뻐근한 다리를 놀리었다. 이렇게 악을 쓰고 한참 걸으면 숨이 차고 등에 찬땀이 추근추근하며 발목에 맥이 풀려서 그냥 눈 위에 주저앉았다. 주저앉아서는 앞뒤로 쏘아드는 바람을 막으려고 나로도 알 수 없이 두 무릎을 껴안고 머리를 가슴에 박았다. 얼어드는 살 속을 돌고 있는 피는 그저 뜨거운지 그러안은 무릎에 전하는 심장의 약동은 너무나 신기하게 느껴졌다.
>
> —「만두」에서(상권, p.269)

이 작품에서는 내적 초점화를 통한 인물에 갇힌 화자의 서술로 바람 불고 눈 내리는 만주 벌판을 상세하게 묘사하고 있다. "이리 쏠리고 저리 쏠려서 하늘이 땅인지 땅이 하늘인지"라는 반복·나열식 구문과 "우우"하는 의성어의 사용을 통하여 사나운 눈보라를 이미지화하여 보여주는 동시에 "창자가 빳빳이 얼어 버리고 가슴에 방망이를 받은 듯하였다"는 비유종지와 "돌쳐서고 엎드리고 하여", "숨이 차고 등에 찬땀이 추근추근하며"라는 나열식 구절의 사용을 통하여 추위와 굶주림으로 하여 사경에서 헤매는 주인공의 사정을 이미지화하여 호소하고 있다. 이러한 상황에서 생의 소중함을 절실하게 느낀 '나'는 淸人의 음식점에 들어가 물불을 가릴 새없이 만두를 도둑질한 후 달아나서 살아남게 된다.

후기의 작품에서는 유사한 외부 공간이 나타나지 않는 대신 극장, 묘지 등 특수한 공간이 역동적 기능을 하고 있다. 「부부(夫婦)」(1928.10)에서는 극장이 역동적 기능을 하는 외부 공간으로 묘사되고 있다.

> 서편 부인석은 오늘도 만원이었읍니다. 유난히 빛나는 전깃불에 비취인 부인석은 일세의 부귀의 상징같이 보였읍니다. 사내들은 안 보는 체하면서도 그리로만 시선을 보내면서 저희끼리 웃고 손가락질하고 수군거렸읍니다.
>
> 비단과 금붙이와 보석과 기름과 분과 향수로 꾸민 그 화석(火石)들은 서방님의 눈에도 싫지는 않았읍니다. 그 속에서도 그 온갖 장식의 혜택을 입지 못한 몇 사람은 행여 그림자라도 보일세라는 듯이 그 빛나는 화석 틈에 찍혀 눌려서 눈도 바로 거듭 뜨지 못하고 있었읍니다. 그것을 본 서방님은 찌르르하는 가슴을 만지면서 곁에 앉은 아씨를 보았읍니다. 부인석 한 귀퉁이에 찍혀 눌린 그 여자들의 그림자나 아씨의 그림자나 틀릴 것 없었읍니다. 아씨의 처지가 그 여자들의 처지요 그 여자들의 처지가

아씨의 처지였읍니다. 그는 일종 모욕을 느꼈읍니다.

—「부부(夫婦)」에서(상권, p.418)

여기서는 주인공인 서방님에 의하여 내적 초점화가 이루어지면서 극장의 부인석이 초점화 대상으로 되고 있다. 외적 화자는 서방님의 눈에 비치는 정경에 대하여 "일세의 부귀의 상징 같이", "행여 그림자라도 보일세라는 듯이"라는 비유법과 "웃고 손가락질하고 수군거렸읍니다", "비단과 금붙이와 보석과 기름과 분과 향수로 꾸민 그 화석(火石)들", "그 여자들의 그림자나 아씨의 그림자나", "아씨의 처지가 그 여자들의 처지요 그 여자들의 처지가 아씨의 처지였읍니다"라는 반복 또는 나열식 구문, 그리고 "찌르르"하는 촉각적 이미지를 나타내는 상징부사 등을 사용하면서 시적인 리듬 속에 입체적으로 재현시키고 있다. 특히 잘 사는 여자들과 못 사는 여자들에 대한 대조적 이미지를 통하여 "일종 모욕을 느끼"는 가난한 소시민 주인공의 내심의 고통과, 한걸음 더 나아가 가난 때문에 극장이라는 근대적 공간에서 문화생활을 정상적으로 누릴 수 없는 안타까움을 리얼하게 보여주고 있다. 이러한 현실에 대해 주인공은 불만을 느끼면서도 적극적으로 대응하지 못하는 대신, 내부 공간으로 되는 '집'에서 화기애애한 분위기를 조성하여 아내와 함께 일상의 사소한 일에서도 즐거움을 찾는 것으로 현실의 고통에서 벗어나고자 한다.

장편소설 『호외시대(號外時代)』(1930.9.20~1931.8.1)에서는 마지막 부분에 나오는 묘지가 주인공 양두환이 힘들 때마다 찾아가서 하소연하기도 하고 용기를 얻기도 하는 특수한 외부 공간으로 나타나고 있다.

무덤은 여전하였다. 일전 달밤에 나왔을 때에는 물 같은 달빛 아래 고요히 놓인 무덤은 그윽한 애수를 자아내더니 지금의 붉은 석양 속에 고요히 놓인 무덤은 적적하면서도 비장한 느낌을 일으켰다. 두 무덤 사이에 길다란 그림자를 던지고 우두커니 서 있던 두환은 무슨 말을 하려고 입덤을 움직이다 말고 그저 우두커니 서 있었다. 언제나 이 두 무덤을 대하면 온갖 기억과 설움이 새로운 바이지만 오늘은 더하였다.

─『호외시대(號外時代)』에서(p.600)

여기서 양두환이 묘지를 찾아가는 것은 그곳에 두 무덤, 즉 그의 의부이자 대가정의 아버지격인 홍재훈과 홍재훈의 아들이자 양두환의 친구이자 동지였던 홍찬형의 무덤이 있기 때문이다. 외적 화자는 양두환의 시각에 따라 무덤에 초점을 맞추면서, "일전 달밤에 나왔을 때에는 물 같은 달빛 아래 고요히 놓인 무덤은 그윽한 애수를 자아내더니 지금의 붉은 석양 속에 고요히 놓인 무덤은 적적하면서도 비장한 느낌을 일으켰다"라고 반복 또는 병렬식 구문과 대조법을 구사하여 이미지를 구축하면서 묘사하고 있다. 이러한 묘사에서 양두환의 마음의 변화까지 읽을 수 있는데, 양두환은 그들의 죽음으로 인한 비애에서 벗어나 그들이 헌신적으로 하다가 채 하지 못한 일을 계승해 나갈 의지를 다지고 있음을 엿볼 수 있다. 그러나 외적 화자가 양두환에 초점을 맞추어 "우두커니"라는 상징부사를 반복적으로 사용함으로써, 양두환이 그들을 잃음으로 인한 슬픔과 고독에서 벗어나지 못하고 있으며 더구나 홀로 헤쳐나가야 할 현실의 난관으로 하여 힘들어 하고 있음을 암시하고 있다. 하지만 양두환은 그러한 역경을 헤쳐 나가려는 노력을 끊임없이 보여줌으로써 비극적 색채로 가득한 이 작품에 밝은 빛을 주고 있는 것이다.

이상에서 논의된 내용을 귀납하면, 최서해의 전기(前期) 작품에서는 역동적 기능을 하는 외부 공간으로 부잣집 대문 안팎과 강이나 바다 등이 나오는 것을 볼 수 있다. 우선 부잣집 대문 안팎을 외부 공간으로 할 경우, 흔히 빈자의 ‘위협자’나 부자의 ‘파수꾼’ 역할을 하는 개라는 동물을 배치하고 있다. 특히 간도 배경의 작품에는 중국인 집의 대문앞에 ‘사나운 개’가 나타나 조선인을 해치는데, 이때 개의 이미지를 통하여 그 배후에 있는 집주인의 포악한 이미지와 조선인에 대한 인간이하의 대우를 상상할 수 있다. 국내 배경의 작품에서는 개가 빈자의 ‘위협자’의 역할보다도 부자의 ‘파수꾼’의 역할이 강조되고 있다. 따라서 작중인물의 개에 대한 대응 방식에 따라 빈자의 부자나 사회에 대한 순응이나 반항 등의 태도나 행위의 변화가 나타나는 것을 볼 수 있다. 다음으로 강이나 바다 등을 외부 공간으로 할 경우, 강물은 작중인물이 현세의 고통에서 벗어나 아름다운 세계를 지향하려는 의지를 실현하는 장소로 되며, 바다는 작중인물의 고통스러운 심정과는 대조되는 무정하거나 무심한 이미지를 보여주어 작품에 상당한 격조나 한의 정조를 불어넣음으로써 주인공이나 주요인물의 행위의 방향을 제시해주고 있다. 동시에 어떤 작품에서는 사나운 파도가 이는 바다와 그 위에 뜬 배를 통하여 험난한 세상살이를 상징해주기도 한다. 이 밖에 만주 벌판을 외부 공간으로 설정하여 사경에 처한 극한적인 상황에서도 생에 대한 열망을 잃지 않고 살아남는 주인공의 정신을 찬미한 작품도 있다. 후기(後期)의 작품에서는 전기(前期)의 작품에서처럼 유사한 외부 공간이 반복적으로 제시되는 것이 아니라 극장, 묘지 등 특수한 공간이 나타나고 있다. 극장을 역동적인 공간으로 볼 경우, 활동사진을 관람하는 여성 관객들 중 부유층의 여성과 가난한 소시민층의 여성이 선명하게 대조되는 이미지를 보여줌으로써 소시민층의 주인공으로 하여금 사회적인 모멸감을 느끼면서 사회의 불합리한 구조에 대하여 한층 인식하게 한다. 장편소설『호외시대(號外時代)』(1930.9.20~1931.8.1)에서는 묘지가 외부 공간으로 나오는데, 주인공 양두환은 상징적인 의미가 있는 두 사람의 무덤을 찾아 자신의 고통을 하소연하기도 하고 역경 속에서도 희망을 잃지 않고 꿋꿋이 나아가려는 의지를 다지기도 한다. 한마디로 최서해 소설에서 특정한 외부 공간은 화자의 초점화의 기교와 다양한 서술방법에 의하여 역동적 기능을 최대한으로 발휘하여 사실성을 지니는 동시에 상징성을 나타내기도 한다.

제5장

서술방식을 통해 본 최서해 소설의 문학적 성과

최서해 소설 연구

1920년대는 서구 리얼리즘의 수용을 통하여 한국 리얼리즘 소설의 서사 양식이 정립된 시기이다. 1920년대 중반에 등단한 최서해는 자신의 체험을 바탕으로 하여 왕성한 창작활동을 진행함으로써 당대 어느 작가보다도 많은 양의 작품을 발표하였으며 다양한 서사 기법을 탐구한 진수를 보여주었다.

최서해 소설에 대한 평가는 긍정과 부정으로 엇갈려왔는데, 최서해 소설을 예술성이 풍부하지 않은 소재문학으로 보는 견해가 있는가 하면, 당대 궁핍한 식민지 현실을 리얼하게 보여주었다는 관점이 있다. 이 두 가지 상반되는 평가 중 처음에는 전자가 우세하다가 나중에 후자 쪽에 기울어져 최근의 연구에서는 대개 한국 근대소설의 리얼리즘적 성과로 인정되고 있다. 그럼에도 불구하고 최서해 소설의 미학적 측면에 대해서는 아직도 부정하는 경향이 강한데, 이는 최서해 문학을 소재문학으로 보는 선입관에서 크게 벗어나지 못하고 있음에 기인한다. 즉 최서해 소설의 의의를 소재의 진실성에서만 찾고 문학의 진실성, 특히 표현의 진실성에 대해서는 간과하고 있는 것이다. 물론 이것은 최서해 소설에 대한 미학적 측면의 연구가 제대로 이루어지지 못하고 있는 데서 비롯된 것이기도 하다. 따라서 본 연구에서는 최서해 소설에 대한 서사론적 측면의 전면적이고 심도 있는 연구를 시도해보았다.

본 연구에서는 최서해 소설이 체험을 바탕으로 하여 쓰여진 것이라는 점에 대해 동의하면서 그 체험이 어떻게 근대적 서사기법에 의하여 문학적으로 승화되었는가 하는 점에 보다 집중하여 살펴보았다.

　최서해 소설의 변모과정은 한국 리얼리즘 소설 양식의 성립 과정과 거의 일치하는데, 이는 최서해가 당시의 소설 양식에 관심을 보이고 그것을 적극적으로 수용하여 자신의 체험을 소설화하는 데 이르렀다고 추정해 볼 수 있다. 최서해 소설의 미학적 가치를 증명하기 위하여 작품을 객관적으로 분석하는 데 필요한 연구방법으로 미케 발의 서사이론을 중심으로 한 현대 서사이론을 도입하여 텍스트의 분석을 진행하였다.

　서사 분석에서 핵심이 되는 것은 화자의 서술방식과 초점화 방법인데, 초점화 방법은 결국 화자에 의하여 선택되는 것이므로 우선 화자의 서술방식에 주목하였다. 여기서는 글쓰기 주체를 강조한 미케 발의 화자 이론을 수용하여 화자를 인물에 갇힌 화자와 외적 화자로 크게 구분하였다. 미케 발은 문법적인 관점에서 화자는 항상 1인칭이므로 3인칭 화자라고 하는 것은 불합리한 용어라고 지적했는데, 논의의 혼란을 피하기 위하여 소위 '1인칭 화자'와 '3인칭 화자'를 '인물에 갇힌 화자'와 '외적 화자'로 대체하였다. 그리고 내용이나 이데올로기적 문제를 중요시하면서 형식적인 문제에 관심을 보인 최서해 소설의 서사기법을 연구함에 있어서, '허구외적 목소리'의 의식이 서사의 조직에 참여할 수 있는 페르소나의 세 수준에서 공적 화자, 사적 화자 그리고 초점화자를 구분한 수잔 스나이더 랜서의 관점을 참고하여, 화자의 위치와 서술방식에 대하여 심도 있는 논의를 전개하고자 하였다.

　화자의 위치와 서술방식과 관련하여 우선 최서해의 서간체와 액자소설에 나타난 서술방법을 살펴보았다. 최서해는 초기에 서간체에 각별한 관심을 가졌는데, 그것은 서간체가 주체의 자기 표현 양식이라는 데 있을 뿐만 아니라 수신자를 중개자로 삼아 독자들과 관계를 맺고 작가로서의 권위를 수립하는 데 용이한 서사양식으로 인식되었던 것이라 추정해 볼 수 있다. 뿐만 아니라 최서해는 그의 서간체 소설에서 서신 교환의 형식을 취하여 화자(발신자)와 청자(수신자)의 대화적 관계를 설정하고, 화자와 청자를 남성으로 내세우는 등 방법으로, 글쓰기 주체로서의 화자의 역할을 강화하고 개인의 '탈출'에 관한 논의를 사회의 근본적 구조를 묻는 '사회적 담론'으로 확대시킴으로써 독특한 소설 미학적 가치를 실현하여, 출세작 「탈출기(脫出記)」를 내놓고 얼마 안 지나 직업작가로 성장했다.

동시에 최서해는 액자소설 형식에도 집요한 관심을 보였다. 이 유형의 작품에서 화자는 주로 관찰자적 시각을 취하여 객관적 입장에서 이야기를 서술할 수 있는 위치를 확보하였다. 최서해의 액자소설은 화자에 의한 순차적 서술과 회고식 서술의 작품으로 나누어 볼 수 있는데, 순차적 서술로 된 작품에서는 작중인물의 직접화법에 의하여, 회고식 서술로 된 작품에서는 화자의 간접화법에 의하여 가난으로 불행해진 하층민과 소시민적 지식인의 이야기가 삽입되어 신빙성 있게 제시되었다. 이러한 작품은 화자가 작중 인물에게 발언권을 양보하거나 작중 인물의 이야기를 전달하는 방식으로 죽음과 관련된 비극적 이야기를 서술함으로써, 독자들의 연민과 공포를 불러일으키고 카타르시스의 비극적 효과를 보여주고자 한 특징이 있었다. 이를 통해, 최서해가 액자소설 형식을 빌어 다양한 인물의 생활처지를 보여줄 수 있는 서술적 권위를 확보하고, 식민지 사회에 보편적으로 존재하는 빈궁문제를 제시하는 동시에 그에 대한 해결방안을 모색하고자 한 노력을 감지할 수 있다. 따라서 최서해 문학은 자신의 빈궁체험을 출발점으로 했지만 그의 궁극적 목적은 단순히 개인의 체험을 재현하기 위한 것이 아니라 사회적인 요구에 의해 민중을 위한 문학을 창조하기 위한 것임을 입증해 주었다.

다음으로 화자의 위치와 서술방식과 관련하여 '인물에 갇힌 화자'의 서술태도에 따라 자전적 서술과 관찰자적 서술로 된 작품을 나누어 검토해보았다. 이에 앞서 이 유형의 소설에서 자주 사용한 '액자 형태'의 기능을 고찰해 보았는데, 최서해 소설에서 '액자 형태'는 화자가 진술적 권위를 표명하고 서술의 거리화를 실현하여 개인적 체험을 보편적인 사회적 문제나 인생의 문제와 관련시켜 탐구하는 수단, 즉 화자의 총체적인 서술태도를 보여주기 위한 '틀'로 이용하고 있음을 볼 수 있었다. 인물에 갇힌 화자의 서술로 된 작품에서 자전적 서술태도를 보인 경우, 화자는 시화된 언어와 결합된 논평식의 서술방법을 동원하여 서술의 정조화와 논리화를 동시에 실현함으로써, 자신의 곤궁한 생활로 인한 고통을 호소하고 이를 사회적 차원에서 논의할 수 있는 서사적 담론의 장을 마련하였다. 여기서 시화된 언어의 사용은 미감(美感)이라는 소설언어의 표현기능에 대한 자각적인 인식을 보여준 것으로 되며, 논평이라는 비이야기적 요소를 적극적으로 활용한 사안은 한국 근대소설의 서사구조의 변천에 큰 기여를 한 것이라고 볼 수 있을 것이다. 관찰자적 서술태도를 보인 작품은 화자의 관찰대상인 인물 또는 화자의 직·간접화법을 통하여, 낙오계층을 비롯한 하층민이나 소시민 또는 지식인의 비참한 운명을 진실하게 재현하였을 뿐만 아니라, 이들 사회적 약자에게 발언권을 양보하는 등 배려 및 그들에 대한 동정의 시각을 보여줄 수 있는 서술적 권위를 수립했다는 데 의의가 있다.

그 다음으로, 화자의 위치와 서술방식과 관련하여 외적 화자를 통한 서술에서 공적 화자의 위치가 어떠한 서술방법에 의하여 어떻게 확립되는지를 몇 가지로 검토해 보았다. 인물에 갇힌 화자의 서술로는 관찰대상의 성격이나 감정 변화를 완벽하게 표현할 수 없었으므로, 최서해는 외적 화자를 통해서 허구적인 권위를 내세우는 동시에 공적 화자의 위치를 정립하고자 했던 것으로 보인다. 첫째, 최서해 소설에서 외적 화자는 설명적인 서술을 삽입하거나 함축된 한자어 또는 '소원화어'를 사용하는 것으로 공적인 화자의 신빙성을 보장해 주고 지적인 화자의 이미지를 보여주었다. 이 뿐만 아니라 '액자 형태'를 취한 것과 유사한 방법으로 결말에 화자의 코멘트를 덧붙이는 것을 볼 수 있었다. 그러나 인물에 갇힌 화자의 서술에서 고백체로 주관적인 감상이나 해설을 덧붙인 것과는 달리, 외적 화자의 서술에서는 절제된 어조의 정경묘사체로 냉정하게 결말을 맺고 있다. 즉 행위자 텍스트와 화자 텍스트를 분리시킨 두 겹으로 되는 결말 구조를 통하여, 전자의 경우 개인의 체험을 사회적 문제와 관련시켜 인식하는 독특한 담론구조를 만들었다면, 후자의 경우는 독특한 분위기를 조성하는 것으로 작중인물의 행위에 상징성을 부여함으로써, 승화된 소설 미학적 가치를 실현하고 있다. 둘째, 외적 화자는 비유종지(比喩終止)·형용종지(形容終止)·비유법, 그리고 의성어·의태어 또는 반복(反復)·나열식 구문(羅列式 構文)에 의한 시화된 언어를 다양하게 사용하여 인물의 심리나 배경을 묘사함으로써, 비극적 색채가 강한 작품에서는 직설적이고 경화된 표현을 억제하고 처참한 분위기나 강렬한 비애의 정서를 유연화시키고 있으며, 비극적 색채가 약하거나 작중인물의 과격한 행동이 나타나지 않는 작품에서는 감성적인 인식에 근거한 논리적인 사유를 전개함으로써, 궁극적으로 화자의 담론을 리듬화하고 질서화해 주었다. 셋째, 최서해 소설에서는 외적 화자의 화법과 인물의 화법이 하나의 통사구조에 함께 나타나는 이중 화법을 통하여 화자 텍스트에 인물의 사고와 의식을 사실적으로 재현한 서술층위가 나타났다. 따라서 인물의 내면의 감정이나 의식, 사고나 갈등을 정리하여 객관적이고 사실적으로 보여주는 공적인 화자의 우월한 위치를 다시 한번 확인할 수 있었다. 그러나 화자가 그의 권위를 통하여 소외된 광범위한 대중들로 하여금 그들의 억눌린 마음의 목소리를 직접 내고 진실한 감정을 표현할 수 있도록 배려해준다는 점에서, 그리고 그러한 배려로 독자들에게 더욱 큰 심뢰감을 준다는 데서, 최서해 문학의 심원한 의의가 찾아지는 것이다.

화자의 위치와 서술방식을 검토한 후에 최서해 소설에 나타난 초점화의 양상과 의미를 살펴보았다. '누가 보는가'의 문제를 반영한 초점화는 화자의 서사 기법에서 하나의 중요한 조작 수단이다. 초점화에 있어서도 최서해는 '무엇이' 전달되는가 뿐만 아니라 '어떻게'라는 문제에도 깊은 관심을 보여 주었다. 다시 말하여 최서해는 화자나 작중 인물의 시각을 통하여 '외재적 진실성'과 '내재적 진실성'을 통합하면서 서사의 진실성을 끊임없이 추구함으로써 리얼리즘이라는 문학적 지표에 도달할 수 있었다.

최서해 소설에 나타난 초점화의 양상과 관련해서는 초점화의 주체와 초점화의 대상의 관계를 중요시하고 초점화 단계에 주목한 미케 발의 견해에 근거하여, 외적 초점화와 내적 초점화의 두 가지 유형과 단계로 나눈 다음, 외적 초점화와 내적 초점화의 관계와 전개양상, 그리고 내적 초점화의 의의에 대하여 총체적으로 살펴보았다. 내적 초점화에 대해서는 쥬네뜨의 내적 초점화에 대한 구분을 참조하여 고정 초점화와 가변적 초점화로 된 작품을 나누어 고찰하였다.

우선 외적 초점화를 살펴볼 경우, 최서해의 외적 화자의 서술로 된 작품은 내적 초점화가 외적 초점화에 삽입되는 형식으로 존재하여, 외적 초점화자가 스토리를 전체적으로 조망할 수 있는 시각을 확보하였다. 즉 초점화의 1단계에 위치한 외적 초점화자의 조작 기능은 외적 초점화뿐만 아니라 2단계의 내적 초점화를 통해서도 발휘되었다. 따라서 최서해의 외적 초점화에 대한 논의에서 외적 초점화와 내적 초점화를 동시에 고찰했는데, 외적 초점화자가 한 명 또는 그 이상의 인물에 대한 지속적인 초점화를 통하여 시각의 일관성 또는 다양성을 보여줌으로써 인물의 성격을 생생하게 제시하고 주제의식을 심화시키는 것을 볼 수 있었다.

외적 초점화를 통하여 주인공을 지속적으로 초점화하는 것으로 초점화의 일관성을 보여준 대표적인 작품에 대한 분석에 의하면, 전기(前期) 작품의 경우 일련의 사건을 경험하는 주인공의 정서적 변화와 그에 따른 행동의 방향을 일관되게 추적하는 것으로 식민지 사회의 구조적 모순을 암시하면서 그에 대응하는 주인공의 저항적 성격을 리얼하게 보여주었고, 후기(後期) 작품의 경우는 당대 식민지 현실에서 겪는 주인공의 생활난을 객관적으로 제시하면서 그들의 심리적인 변주를 통한 갈등의 전개와 해소 과정을 일관성 있게 보여주는 것으로 심신상의 고통과 심리적인 갈등을 극복하는 주인공의 인내력과 의지를 감동적으로 보여주었다. 전기(前期) 작품에서 인물의 살인으로 끝나는 소위 '신경향파 소설'에 속하는 작품은 주인공의 정서적인 긴장을 점층적으로 보여주다가 나중의 극단적인 행위를 표출하고 있어, 결말의 개연성을 보여준 우수한 작품을 내놓을 수 있었다.

외적 초점화를 통하여 초점화의 다양성을 보여준 작품은 주로 주인공을 지속적으로 초점화하는 것 이외에 부분적으로 다른 인물도 지속적인 초점화의 대상으로 삼았다. 전기(前期)의 대표적 작품을 보면 외적 초점화자는 지속적 초점화의 대상으로 가난한 주인공과 그와 대립되는 부자를 각각 내세워 부자의 비도덕성이나 부패한 생활태도를 보여주는 것으로 그들을 향한 주인공의 살인이나 강도 행위를 정당화하거나 미화하는 경향이 있었다. 이때 주인공의 극단적인 행위는 하나의 문학적 수단으로 상징성을 지니면서 부자의 비도덕성과 사회의 부조리에 대한 분노를 보여준다고 해야 할 것이다. 후기(後期)로 가면서 독립운동가 등 특수한 신분의 주인공과 그와 대립되지 않는 주변의 인물을 지속적으로 초점화하는 추세를 보여주었는데, 이 경우는 그들의 관계를 다양하게 보여주는 것으로 어떤 확고한 신념을 갖고 있는 주인공의 사회에 대한 저항적 행위가 지니는 의미를 확대하면서 보여주고 있다. 특히 후기(後期)에 발표한 장편소설『호외시대(號外時代)』는 제시되는 사건이 다소 통속적이고 인물이 지나치게 이상화된 한계에도 불구하고, 인물들의 상호 관계에 가족애 내지 민족애라는 특수한 의미를 부여하여 그들이 공동으로 지향하는 민족 독립의 의지를 상징적으로 보여주는 것으로 소설의 미학적 가치를 살려내고 있다.

이상의 최서해의 외적 화자의 서술로 된 작품에 대한 논의를 통하여 외적 초점화에 종속된 내적 초점화의 비중이 상당한 부분을 차지하는 것을 볼 수 있었다. 그리고 인물에 갇힌 화자의 서술로 된 작품은 시종일관되게 내적 초점화를 보여주었다. 따라서 최서해 소설의 초점화의 특성을 깊이 있게 파악하기 위하여 다음으로 내적 초점화를 중점적으로 살펴보았다.

내적 초점화는 한 명의 인물을 통한 고정 초점화와 두 명 이상의 인물을 통한 가변 초점화로 나눌 수 있었는데, 최서해 소설은 한 명의 인물을 고정 초점화자로 삼아 직접 경험을 부각시키는 경향이 강했다. 고정 초점화를 살펴볼 경우, 인물의 시각을 통하여 전기(前期) 간도 배경의 작품에서 주로 하층민 주인공이 자신과 가족의 궁핍 상황과 중국인에 의한 피해 상황을 보여주고 국내를 배경으로 한 작품에서 주로 소시민이나 지식인인 주인공이 자신이나 가족의 궁핍한 현실을 확인하였다면, 후기(後期) 작품은 지식인 등 소시민 계층에 속하는 주인공이 자신과 가족의 궁핍한 상황뿐만 아니라 자신과 비슷하거나 자신보다 못한 타인의 가난한 처지에 대해서도 제시하고 있다. 그리고 인물의 내적 경험을 통하여 전기(前期) 작품에서 저항적 성격의 주인공의 치열한 사고에 의한 심한 정서적 파동을 보여 주었다면 인물의 저항적 성격이 약하거나 없는 전기(前期) 작품과 후기(後期) 작품은 주인공의 섬세한 사고로 복잡한 심리적 갈등을 제시했다. 이러한 것은 새로운 서사기법으로 되는 '내면의 진실성'에 대한 최서해의 다방면의 탐색을 말해준다. 그런데 전기와 후기의 작품에서 주인공의 현실과 동떨어진 치열한 생각이나 관념적 사고를 보여주는 작품은 설득력이 약한 것으로 나타났다. 한편 환상 또는 공상이라는 장치를 통하여 인물의 내적 경험을 생생하게 제시하는 것을 볼 수 있는데, 그러한 문학적 장치는 작중 인물의 내면 의식을 극대화하여 보여줌으로써 '외재적 사건'의 진실성을 환기시키는 기능을 했다. 특히 '내면의 진실'이라는 측면에서 감각과 정서의 층위에까지 확대하여 가면서 새로운 리얼리티를 발굴함과 아울러 종전의 문학에서 소홀히 다루었던 사회 하층민의 의식의 여러 층위를 보여주고자 한 노력은 문학사적으로 의의가 있는 것이라고 해야 할 것이다. 구체적으로 살펴보면, 전기(前期)의 비극적 색채가 강한 작품에서 악마 등 공포적 이미지를 보여주는 환상으로 비극적 분위기를 고조시킨 반면, 전기(前期)와 후기(後期)의 애정문제가 중요시된 작품에서는 아름다운 여성의 이미지를 보여주는 환상을 통하여 현실적인 애정 갈등을 확대하여 제시하고, 후기의 가난한 일상을 다룬 작품에서는 주인공의 부(富)에 대한 공상을 통하여 이상과 현실의 괴리를 보여주었다.

　가변 초점화를 살펴보면, 외적 화자의 서술로 된 작품에서는 주로 주인공과 그와 대립되는 인물을 동시에 내적 초점화자로 등장시켜 인물들의 갈등을 심화시키고, 인물에 갇힌 화자의 서술로 된 작품에서는 '나'에 의한 내적 초점화에 '나'의 관찰 대상으로 되는 '그'에 의한 내적 초점화를 삽입시키는 것으로 시각의 동일화를 실현함으로써 문제의식을 확대시키는 것을 볼 수 있었다. 전자의 경우 인물의 내면의 갈등을 일부 추상화한 한계가 있기는 하지만 대비적인 시각을 통하여 인간의 본성과 사회적 모순에 대한 보다 깊이 있고 폭넓은 인식을 지향하였고, 후자의 경우는 화자의 주관적인 판단이 일부 개입하고 있지만 가난한 하층민과 소시민 또는 지식인에 대해 따뜻한 동정의 시각을 확보함으로써 사회적 문제와 전망에 대한 심각한 고민을 보여준다는 데 의미가 있는 것이다.

본 연구는 마지막으로 최서해 소설의 화자의 서술방법과 초점화 방법과 더불어 형성된 서사구조의 특성 및 그 미학적 가치를 검토해 보았다. 최서해 소설에 나타난 서사구조는 사건, 인물(성격), 배경이라는 소설의 기본요소로부터 파생되어 나온 세 가지 서사구조를 복합적으로 보여주고 있는데, 이는 최서해의 근대소설이론에 대한 이해를 입증하는 것이기도 하다. 서술의 일관성을 위하여 미케 발등의 서사이론에 근거하여 인물의 성격과 시공간 구성을 중심으로 최서해 소설에 나타난 서사구조를 분석한 결과는 아래와 같다.

첫째, 이데올로기적·심리학적 관계에 의하여 인물의 성격이 창조되는 것을 볼 수 있었다. 우선 이데올로기적 관계를 살펴볼 경우, 최서해의 전기(前期) 소설은 비교적 완결된 이야기의 구성을 갖고 있으면서도 외부적 사건의 진행과 동시에 인물의 내면 심리가 중요시되고 있음을 볼 수 있었다. 특히 '이항 대립적·대위적 구성'으로 되어 있는 작품은 빈부의 대립이라는 '횡적 긴장'과 주인공의 정서변화라는 '종적 긴장'이 상호 교차되면서, 삶과 죽음을 넘나드는 주인공들의 고통이 리얼하게 묘사되었고 그들의 반항에 상징적 의미가 부여되어 소설의 승화된 미학적 가치를 실현했다. 이에 비하여 빈부의 '이항 대립적 구성'으로만 된 작품은 대개 인물의 성격을 생동하게 형상화하지 못한 한계가 나타났다. 후기(後期)로 가면서 빈부의 '이항 대립적 구성'을 변형시켜 인물의 복잡한 관계와 심리적 갈등을 보여주거나 상징적인 수법으로 사회적 갈등을 암시하는 새로운 기법을 보여주는 것으로 리얼리즘 문학의 지표에 도달하였다. 이밖에 양반과 가비, 남자와 여자, 정상인과 비정상인 등 다양한 이데올로기적 관계를 보여준 작품은 인물의 미묘한 심리에 대한 포착과 외면에 대한 의미 있는 관찰로 일정한 문학적 성과를 올렸다.

동시에 최서해 소설은 심리학적 관계라는 측면에서 볼 경우, 주로 주인공·노모·아내·자식의 범주 안에서 인물구성이 이루어지고 '도덕과 윤리 의식'에 기반한 가족애 또는 확대된 가족애가 서사적 추동력으로 되는 것을 볼 수 있었다. 전기(前期)의 소위 '신경향파 소설'에 속하는 작품 중 가족 구성원 간의 심리학적 관계를 설정한 작품들이 대개 성공작으로 되었는데, 이는 개인체험을 사회적인 모순과 직접 연결시킬 수 있는 도식적인 구조의 발견과 더불어, 한국인의 정조를 보여줄 수 있는 단순하면서도 내용이 풍부한 인물 구성에서 비롯된다고 해야 할 것이다. 인물에 갇힌 화자의 자전적 서술 또는 외적 화자의 서술로 된 이들 작품에 등장한 순종형의 아내와 헌신형의 어머니는 중층적인 약자로서, 가장으로서의 책임을 다할 수 없는 하층민 주인공이 절망적인 궁핍 속에서 전통적인 윤리도덕관의 파탄을 경험하고 사회에 대한 자발적인 반항을 하거나 자각적인 투쟁의 길로 나가는 데 일조하게 하였다. 그리고 부르주아 자연주의 계열에 속하는「해돌이」에서는 외적 화자의 인물에 대한 초점화의 분배를 통하여, 헌신형에서 갈등형으로 변모한 봉건적인 어머니와 독립운동가 아들의 복합적인 갈등관계를 제시하고, 민족해방 투쟁과 사회현실을 폭넓게 조망하는 동시에 전통적 윤리도덕에 대한 개혁의 필요성을 제시하는 소설적 변모를 보여주었다. 후기(後期) 작품은 계급대립의 구조가 약화된 대신 소시민적 지식인으로 신분상승을 한 화자 또는 주인공이, 순종형에서 동반자형으로 변모한 아내, 그리고 헌신형의 노모 등과 협력 관계를 보여주는 가운데 사회문제에 대한 다면적인 사고와 현실대응의 방법으로서의 윤리도덕에 대한 다양한 탐구를 진행하는 것을 볼 수 있었다. 후기에는 주로 인물에 갇힌 화자의 관찰자적 시각을 보여준 작품을 통하여 '동정의 윤리'를, 외적 화자의 서술로 된 작품을 통하여 '배려의 윤리'를 구축하였다. 나중에 남녀 간의 우정이라는 심리학적 관계를 보여준 장편소설 『호외시대(號外時代)』에서는 프로 심파다이저 주인공의 조력자로 이상적인 신여성을 등장시켜, 악화되어 가는 민족 현실에 대한 대응 방법으로 프로 심파다이저가 주축이 되고 부르 심파다이저가 조력하는 '상호의존의 동지애'를 구축함으로써, '동정의 윤리'와 '배려의 윤리'를 통합하는 데까지 나아간다. 이를 통하여 서사방식과 더불어 윤리도덕에 대한 다양한 탐구를 진행한 최서해의 노력을 느낄 수 있었다. 전기(前期)와 후기(後期)의 남녀 또는 부부의 애정 관계를 보여준 일부 작품은 주인공의 순수하고 고통스러운 사랑으로 '배려 행위'를 제시하였으나 주인공의 성격이 비관적이거나 소극적이거나 감상적인 한계가 있었다.

둘째, 최서해 소설은 시간 구성을 통하여 갈등을 입체적으로 재현시키고 있음을 볼 수 있었다. 먼저 시간 역전 기법에 대해 살펴볼 경우, 최서해의 인물에 갇힌 화자의 서술로 된 작품은 대개 회고적인 서술방법을 이용하고 외적 화자의 서술로 된 작품은 '삽입적 역전'의 방법을 사용하는 것으로 인물의 심리와 분위기가 부각되고 있다. 인물에 갇힌 화자의 서술로 된 소설 중 자전적 서술로 된 작품은 화자가 회고식 서술로 완결된 이야기를 서술하는 한편 자신의 심리적 활동을 치밀하게 묘사하였고, 관찰자적 서술로 된 작품은 이중 역전 또는 '삽입적 역전'의 방법으로 화자가 하층민의 비극적 운명에 동정을 보내는 동시에 자신의 운명에 대한 애수를 표출하거나 공포적 분위기나 음울한 분위기를 고조시켰다. 외적 화자의 서술로 된 작품은 대부분 '삽입적 역전' 기법을 쓰고 있는데, 전기(前期) 작품의 경우 하층민의 비참한 처지를 확대하여 보여줌으로써 작품의 비극적 분위기를 강화시켰다면, 후기(後期)의 일부 작품은 지식인의 고달픈 생활과 현실에 대한 인식을 제시함으로써 심리적 갈등을 심화시켰다. 그리고 주인공의 독립운동이나 사회주의 활동을 보여준 작품의 경우는, 시대적 분위기와 민족 정조를 부각시키거나 복잡한 심리적 갈등을 제시해 놓았다.

뿐만 아니라 시간 구성에서 예시적 기법을 통하여 소설의 진실성을 강화하는 것을 볼 수 있었다. 외적 화자의 서술로 된 최서해의 전기(前期) 소설은 제목을 통하여 작품의 내용을 암시하고 서두를 비롯하여 배경, 상황이나 사건, 인물의 심리 등에 대한 제시를 통하여 반복적으로 결말을 예시하였다. 따라서 사건이 긴밀한 인과관계에 따라 전개되어 긴장을 점층적으로 강화시킴으로써 주인공의 극단적 행위나 피살 등과 같은 비극으로 끝나는 충격적인 결말이 필연적이라는 느낌을 받도록 독자들을 유도하였다. 특히 전기(前期)의 살인 모티프가 나타나는 작품에는 환상 장면이 나타나 인물의 내적 경험을 극대화시키는 것으로 예시성을 강화시켰다. 이에 비하여 후기(後期) 소설에는 뚜렷한 예시성을 지닌 표제가 나타나지 않을 뿐만 아니라 텍스트에서 예시적 기법이 분명하게 나타나지 않았다. 이들 작품은 인물의 심리가 예시의 중요한 수단으로 동원됨으로써 인물의 행위의 진실성보다는 복잡한 내면의 갈등을 보다 진실하게 보여주는 데 관심을 두었다. 한마디로, 최서해 소설의 시간적 구성을 통하여, 최서해가 근대소설에서 중요시하는 성격이나 분위기 묘사에 관심을 가지고 전통소설의 이야기 중심의 서사구조에서 탈피하고자 한 꾸준한 노력을 엿볼 수 있는 것이다.

셋째, 최서해 소설에 나타난 공간을 지속적 기능과 역동적 기능을 하는 공간으로 나누어 살펴보았다. 지속적 기능을 하는 공간은 간도와 국내로 나눌 수 있었는데, 간도 배경의 작품은 사회 구조를 직·간접적으로 제시하고 국내 배경의 작품은 당대 사회 현실을 간접적이고 우회적으로 제시한 특징이 있었다. 다시 말하여 간도 배경의 작품은 간도를 식민지 조선의 연장선에서 파악하고 조선인의 간도 이주 배경과 간도에서의 고통스런 삶의 현장에 대하여 철저하게 사실적으로 묘사함으로써 일차적으로 작품의 리얼리티를 획득하고 이차적으로는 이중 법률의 지배라는 사회적 구조를 제시하였고, 국내 배경의 작품은 철도와 같은 특수한 상징물이나 사회의 대표적인 인물, 그리고 거지가 많은 사회적 현상 또는 계급적 환경이나 생활 환경에 대한 제시를 통하여 사회 현실을 간접적 또는 우회적으로 묘사하였다.

역동적 기능을 하는 공간은 내부 공간으로서의 '집'과 '집' 밖의 외부 공간으로 나타났는데, 내부 공간으로서의 '집'에 대한 묘사를 통하여 작중인물의 진실한 삶의 태도를 보여주었다면, '집' 밖의 외부 공간을 통해서는 작중인물의 행위의 변화 또는 방향을 다양하게 제시해 주었다. '집'에 대한 묘사는 그자체로서 의미가 있는 것이 아니라 작중인물의 절망적이고 고통스러운 삶을 보여줄 뿐만 아니라 그 절망과 고통을 넘어서려는 강한 의욕과 열정을 보여주는 기능을 한다는 데 보다 큰 의의가 있었다. 외부 공간으로는 전기(前期) 작품에 부잣집 대문 안팎이나 강이나 바다등이 나오는 것을 볼 수 있었다. 부잣집 대문 안 팎에 흔히 빈자의 '위협자'나 부자의 '파수꾼' 역할을 하는 개라는 동물을 배치함으로써, 작중인물의 개에 대한 대응 방식에 따라 빈자의 부자나 사회에 대한 순응이나 반항 등의 태도를 보여주는 것을 볼 수 있었다. 강이나 바다 등을 외부 공간으로 할 경우, 강물은 작중인물이 현실의 고통에서 벗어나 아름다운 세계를 지향하려는 의지를 실현하는 장소가 되며, 바다는 작중인물의 고통스러운 심정과 대조되는 무정하거나 무심한 이미지를 보여주어 작품에 상당한 격조 또는 한의 정조를 불어넣음으로써 주인공이나 주요인물의 행위의 방향을 제시해준다. 후기(後期)의 작품에서는 유사한 외부 공간이 반복적으로 제시되는 것이 아니라 극장, 묘지 등 특수한 공간이 나타나고 있는데, 이는 사회의 불공평을 인식시키거나 작중인물의 민족공동체를 위한 희생정신을 보여주는 장치로 사용되었다. 역동적 공간에 대한 묘사에서 화자의 시화된 서술과 초점화의 기교를 통하여 독특한 이미지와 분위기를 만들어 디테일에 있어 사실적이면서도 전체적으로 상징성을 나타냈다.

요컨대, 최서해 소설은 화자의 공적 위치와 서술방식의 독자성에 의하여 개인적 체험을 리얼하게 재현하고 사회적 담론의 차원으로 끌어올리는 동시에 초점화를 통하여 인물의 성격을 생생하게 부각시키고 소설의 리얼리티를 심화시켰다. 뿐만 아니라 화자의 역할과 여러 가지 소설적 요소를 결합시켜 유기적인 통일체를 구성함으로써 복합적인 서사구조를 구축하고 소설의 미학적인 승화를 실현하였다. 즉, 최서해 소설은 화자의 다양한 서술방식을 통하여 끊임없이 진실성을 추구하고 서사구조에 사실성과 상징성을 부여하는등 수법으로 '총체성'의 형상화라는 리얼리즘의 문학적 지표에 도달하였다. 따라서 최서해는 기교가 부족한 작가인 것이 아니라 주제와 기법을 통일시킬 줄 아는 작가로서 한국의 근대 리얼리즘 소설의 확립과정에 특수한 기여를 하였다고 해야 할 것이다.

그리고 최서해 소설을 '소재문학'으로 폄하하거나 '신경향파 소설'로 단순하게 규정할 것이 아니라, 작가가 자신의 빈궁체험에 비추어, 그리고 문학의 진실성에 대한 다양한 탐구를 통하여, 광범위한 민중의 목소리와 생활을 깊이 있고 폭넓게 반영한 '민중문학'을 한국문단에 선보인 것으로 된다고 새롭게 평가할 필요가 있다고 본다.

참고문헌

1. 기본자료

崔曙海 著, 郭根 編,『崔曙海 全集』上·下, 文學과知性社, 1987.7.
崔曙海 著, 郭根 編,『號外時代』, 문학과 지성사, 1994.
崔曙海 著, 郭根 編,『崔曙海 作品, 資料集』, 國學資料院, 1997.6

2. 국내자료

강만길,『고쳐 쓴 한국근대사』, 창작과 비평사, 1994, p.267.
季 琨,「日帝强占期 間島小說 研究」, 慶南大學校 박사논문, 2002.
郭 根,「曙海 崔學松 研究」, 서울大學校 석사논문, 1976.
_____,「曙海小說의 特質研究」,『成大文學』第21輯, 1980.12
_____,「식민지 상황의 올바른 진단—최서해의『호외시대』론」,『作家研究』第1號
　　　1996.4.
權九玄,「一月創作評」(二),『東亞日報』, 1927.1.30.
權寧珉,『한국현대문학사(1896-1945)』1, 민음사, 2002.
金基鎭,「文壇最近의 一傾向—六月의 創作을 보고서」,『開闢』第61號, 1925.7.
金基鉉,「間島時節의 崔曙海—續·崔曙海의 傳奇的 考察」,『우리文學研究』第1
　　　輯, 1976.4.
_____,「歸國 직후의 崔曙海—崔曙海의 傳奇的 考察(3)」. 淵民 李家源博士 六秩
　　　頌壽紀念論叢 刊行委員會 편,『淵民 李家源博士 六秩頌壽紀念論叢』, 汎學
　　　圖書, 1977.4.
_____,「晚年의 崔曙海」,『우리文學研究』第4輯, 1981.12.
_____,「崔曙海와 카프(KAPF)」, 성봉 金聖培博士 回甲紀念論文集 刊行委員會
　　　編,『金聖培博士回甲紀念論文集』, 형설출판사, 1977.9.
_____,「朝鮮文壇」時節의 崔曙海—崔曙海의 傳奇的 考察(4)」,『우리文學研究』
　　　第2輯, 1977.10.

______,「崔曙海의 傳記的 考察 (1)—그의 靑少年時節」,『語文論集』第16集, 1975.1.

金東仁,「小說作法」,『朝鮮文壇』通卷 第7號~第11號, 1925.4~1925.8.

______,「朝鮮近代小說考」(一)~(十五),『朝鮮日報』, 1929.7.28~8.16.

金東煥,「殺風景한 쩌른 生涯—曙海의 三周忌에(上); 後繼者업는 아까운 그의 작품 —曙海의 三周忌에(下)」,『朝鮮中央日報』, 1934.6.12.~13.

______,「生前의 曙海 死後의 曙海」,『新東亞』第5卷 第9號, 1935.9.

김미영,「유교 가족윤리에 나타난 타자화된 여성」,『哲學研究』제46집, 1999.

김석봉,「1920년대 초기 단편소설의 서사론적 연구」, 서울대학교 석사논문, 1997.

金永和,「崔曙海 小說의 構造」,『月刊文學』第8卷 第6號, 1975.6.

金鏞熙,「崔曙海에 끼친 고리끼와 알치·바세푸의 影響」,『國語國文學』第88號, 1982. 12.

金宇鍾,「崔曙海 研究」, 李崇寧博士頌壽紀念事業委員會 編,『李崇寧博士頌壽紀 念論叢』, 乙酉文化社, 1968.

______,『韓國現代小說史』, 宣明文化社, 1968.

김욱동,『수사학이란 무엇인가』, 민음사, 2002.

金允植,「二〇年代 小說의 系列別 體系化—文學史的 意味綱試考」,『文學思想』通 卷 第13號, 1973.10.

金允植·김현,『韓國文學史』, 民音社, 1984 重版.

김윤식·정호웅,『한국소설사』(개정판), 문학동네, 2000.

金仁煥,『다른 미래를 위하여—김인환 비평집』, 문학과 지성사, 2003.

金亭子,「서술의 유형으로 본 소설의 문체적 분석—蔡萬植과 崔曙海를 중심으로」, 『國語國文學』第23輯, 1986.2.

金周南,「1920年代 韓國小說의 敍述文體 研究—金東仁, 崔曙海, 廉想涉을 中心으 로」, 西江大學校 석사논문, 1984.

______,「崔曙海 作品論考—敍述者問題를 中心으로」,『西江語文』第4輯, 1985.4.

金杜演,「울음의 文體와 直接話法」,『文學思想』通卷 第26號, 1974.11.

金昌植,「崔曙海小說의 言語와 그 象徵構造 研究—「吐血」·「饑餓와 殺戮」·「紅焰」 을 中心으로」,『國語國文學』第22輯, 1984.12.

______,「1930년대 한국 신문소설의 특성과 그 존재의미에 관한 일연구—최서해의 『호외시대』를 중심으로」,『國語國文學』제32집, 1995.12.

김천혜,『소설 구조의 이론』, 문학과 지성사, 1990.

金台俊,「朝鮮小說發達史」,『三千里』第8卷 第1號, 1936.1.

김흥규,『한국문학의 이해』, 민음사, 1986

나병철,『문학의 이해』, 文藝出版社, 1997.

문학사와 비평학회 편,『최서해 문학의 재조명』, 새미, 2002.

閔玹基,「1920~30년대 독립 투쟁의 문학적 형상화와 작가 의식」,『한국 근대 소설과 민족 현실』, 文學과知性社, 1989.

朴商準,『한국 근대문학의 형성과 신경향파』, 소명출판, 2000.

박성창,『수사학』, 문학과 지성사, 2000.

朴信憲,「崔曙海 小說에 나타난 TREMENDISMO」,『語文學』第54輯, 1993.5.

朴月灘(朴鍾和),「三月創作評―開闢·朝鮮文壇 生長」,『開闢』第58號, 1925.4.

朴鍾弘,「崔曙海小說의 精神分析學的 考察―외디푸스 콤플렉스의 반영양상을 중심으로」,『울산어문논집』第1輯, 1984.2.

박 진,「미케 발의 서사이론 연구―서사학과 텍스트이론의 결합」,『現代文學理論研究』21호, 2004.

朴泰尙,「破壞와 沈沒의 美學―식민지시대 죽음의 두 양상」, 韓國放通信大學『論文集』第6輯, 1987.2.

방민호,「한국현대소설에 흐르는 환상의 발원지를 찾아서―식민지 시대 한국의 환상소설첩」, 장정일 외 지음, 방민호 엮음,『환상소설첩―한국문학의 환과 몽(근대편)』, 향연, 2004.

方英柱,「崔曙海論―日帝植民地下 窮乏化에 대한 文學的 證言」,『北岳論叢』第2輯, 1984.2.

白 鐵,「한 발 앞선 孤獨의 意味」,『文學思想』通卷 第26號, 1974.11.

______,『新文學思潮史』, 新丘文化社, 1986 四版.

______,『增補 新文學思潮史』, 民衆書館, 1955.

徐宗澤,「궁핍화 시대의 현실과 작품 변용―최서해·김유정의 현실 수용의 문제」,『語文論集』第17輯, 1976.2.

孫英玉,「崔曙海 研究」, 서울大學校 석사논문, 1977.

宋百憲,「一人稱小說 研究―나레이터의 機能에 대하여」, 蘭汀南廣祐博士 華甲紀念論叢 刊行委員會 편,『蘭汀南廣祐博士 華甲紀念論叢』, 一潮閣, 1980.

申水晶,「韓國 近代女性小說에 나타나는 基督敎的 經驗의 히스테리적 변용 양상」,『語文研究』, 제34권 제3호, 2006.

申順澈,「曙海小說의 特性과 限界」, 慶州實業專門大學『論文集』第3輯, 1987.8.

신춘호,『최서해―궁핍과의 문학적 싸움』, 건국대학교출판부 1994.

安含光,『崔曙海論』, 朝鮮作家同盟出版社, 1956.

우정권,『한국 근대 고백소설의 형성과 서사양식』, 소명출판, 2004.

禹漢鎔, 『韓國現代小說構造硏究』, 三知院, 1990.

유승환, 「1920년대 초중반의 인식론적 지형과 초기 경향소설의 환상성―『개벽』과『조
        선지광』의 인식론적 담론을 중심으로」, 『한국현대문학연구』 제23집, 2007.12.

유태영, 「최서해 소설에 나타난 폭력의 성격 연구」, 『한국언어문화』 第23輯, 2003.6.

尹柄魯, 「1920년대 전반의 한국소설 양상」, 『COMPARATIVE KOREAN STUDIES
        (비교한국학)』 第1輯, 1995.12

윤지관, 「민족적 현실과 가난체험의 모랄리즘―최서해론」, 『韓國文學』 第16卷 第4
        號, 1988.4.

尹弘老, 『韓國近代小說硏究』, 一潮閣, 1982.

______, 「韓國現代小說의 統合解釋論―崔曙海論」, 『東洋學』 第9輯, 1979.

李康彦, 「春園과 曙海의 書簡體小說硏究」, 『韓國語文論集』 第2輯, 1982.2.

이경돈, 「최서해와 기록의 소설화」, 『泮橋語文硏究』 第15輯, 2003.8.

李光奎, 『韓國家族의 構造分析』, 一志社, 1975, p.285.

이덕화, 「염상섭의 동정자(同情者) 윤리를 통해 본 세계관과 돈에 대한 인식」, 『현대
        문학의 연구』 32, 2007.

李東熙, 「崔曙海小說의 文體論的 考察」, 『人文硏究』 第6號, 1984.9.

이상경, 「간도 체험의 정신사」, 『작가연구』 통권 제2호, 1996.10

李相和, 「지난달 詩와 小說」, 『開闢』 第60號, 1925.6.

李永成, 「崔曙海 文學 硏究 序說」, 『국민어문연구』 第8輯, 2000.

李恩淑, 「北間島 景觀에 대한 朝鮮移民의 이미지―崔曙海의 단편소설을 중심으로」,
        『한국학연구』 제2집, 1996.

李在銑, 『韓國短篇小說硏究』, 一潮閣, 1997.

______, 『韓國現代小說史』, 弘盛社, 1979.

李鍾鳴, 「曙海의 追憶―그의 日週忌를 앞두고」, 『每日申報』, 1933.6.30~7.4.

李海聲, 「새 資料를 통해 본 崔曙海의 生涯」, 『文學思想』 第26號, 1974.11.

李 勳, 「崔曙海 小說論―가난체험과 가족애를 중심으로」, 『冠岳語文硏究』 第12
        輯, 1987.12.

임규찬, 「최서해의 「해돋이」론」, 基俗 姜信沆博士 停年退職紀念論叢刊行委員會
        편, 『國語國文學論叢: 基俗 姜信沆博士 停年退職紀念』, 太學社, 1995.

林鍾國, 『韓國文學의 社會史』, 正音社, 1974.

林 和, 「朝鮮新文學史論序說:李仁稙으로부터 崔曙海까지」, 『朝鮮中央日報』, 1935.
        11.12.

장사선, 『한국리얼리즘문학론』, 새문사, 1992.

장성수, 「崔曙海文學의 再檢討」, 『國語文學』第23輯, 1983.2.

장수익, 「최서해 소설과 조선 자연주의」, 『한국 현대소설의 시각』, 역락, 2003.

전문수, 「1920년대 소설의 구조에 관한 연구」, 『人文論叢』第3輯, 1996.1.

정문권·Kotchanova Tatiana, 「막심 고리끼 문학이 한국작가들에게 끼친 영향」, 『人文論叢』第18輯, 2002. 12.

정보영, 「1920年代 小說에 나타난 '불'의 象徵的 意味」, 『도솔어문』第8輯, 1992.

鄭英吉, 「서해 최학송 소설 연구」, 『현대소설연구』제6호, 1997.6.

鄭昌喜 「1920年代 小說에 나타난 불의 象徵的 意味」, 『홍익어문』第8輯, 1989.1.

鄭漢淑, 『현대소설 창작법』, 웅동, 2000.9

______, 『現代韓國文學史』, 高麗大學校出版部, 1982.

曺南鉉, 「「예술가소설」의 의의와 특질」, 『한국 지식인 소설 연구』, 일지사, 1984.

______, 「觀點으로 본 曙海와 玄民」, 『月刊文學』第9卷 第2號, 1976.2.

曺南鉉, 「崔曙海의 「號外時代」, 그 갈등구조」, 『韓國文學』, 第15卷 第5號, 1987.5.

______, 『소설신론』, 서울대학교출판부, 2004.

______, 『소설원론』, 고려원, 1982.

조동일, 『한국문학통사』5, 지식산업사, 1994 제3판.

趙演鉉, 『韓國現代文學史』第一部, 現代文學社, 1956.

趙鎭基, 「20年代 現實과 貧窮의 文學―崔曙海의 作品을 中心으로」, 『語文學』第34輯, 韓國語文學會, 1976.5.

______, 『한국근대리얼리즘소설연구』, 새문사, 1989.

朱耀翰, 「取題의 傾向과 第三層 文藝運動―新年號小說月評」, 『朝鮮文壇』第4權 第2號, 1927.2.

蔡　壎, 「貧窮文學에서의 脫出記」, 『文學思想』通卷 第26號, 1974.11.

崔仙姬, 「韓國現代小說에 나타난 불의 象徵的 의미: 1920년대 작품을 중심으로」, 『목멱어문』제3집, 1989.3.

최수일, 「『개벽』소재 '기록서사'의 양식적 기원과 분화」, 『泮橋語文研究』제14집, 2002.8.

최시한, 「염상섭 소설의 전개―서술자의 객관화 과정을 중심으로」, 서종택·정덕준 편, 『한국현대소설연구』, 새문사, 1990.

______, 「가족 이데올로기와 문학 연구」, 『돈암어문학』, 제19호, 2006.12;

최예열, 「최서해 소설 연구」, 『大田語文學』제10집, 1993.2.

한수영, 「돈의 철학, 혹은 화폐의 물신성(物神性)을 넘어서기―최서해의 『호외시대』론」, 한국문학연구회 편, 『1930년대 문학 연구』, 평민사, 1993.

한용환,『서사 이론과 그 쟁점들』, 문예출판사, 2002.

한점돌,「한국 신경향소설 연구―최서해 소설의 변모과정과 그 내적 논리를 중심으로」, 문학사와 비평연구회 엮음,『한국 근대문학 연구의 반성과 새로운 모색』, 새미, 1997.

_____,「한국아나키즘문학 연구―최서해 소설의 아나키즘적 특성」,『현대소설연구』第31號, 2006.9.

許判浩,「崔鶴松 小說研究―그 人物과 指向性을 中心으로」, 成均館大學校 박사논문, 1991.

홍기돈,「최서해 소설의 문학사적 의의」,『批評文學』, 第1卷 第30號, 2008.

洪以燮,「1920년대 植民地的 現實―民族的 窮乏 속의 崔曙海」,『文學과知性』第3卷 第1號, 1972.3.

황도경,『문체로 읽는 소설』, 소명출판, 2002.

황효일,「최서해 소설연구」,『국민어문연구』第3輯, 1991.4,

曉鐘(玄哲),「小說槪要」,『開闢』第1卷 第1號~第2號, 1920.6~1920.7.

3. 국외자료

Aristotle, 陈中梅译,『诗学』, 北京: 商务印书馆, 2008.

Auerbach, E., 김우창·강덕화 역,『미메시스』, 민음사, 1999.

Bakhtin, M., 전승희·서경희·박유미 역,『장편소설과 민중언어』, 창작과 비평사, 1988.

Bal, M., 한용환·강덕화 역,『서사란 무엇인가』, 문예출판사, 1999.

Chatman, S., 김경수 역,『영화와 소설의 서사구조』, 민음사. 1997.

Freud, S., 김정일 역,「가족 로맨스」,『성욕에 관한 세 편의 에세이』, 열린책들, 1996.

Gayatri C. S., 陶鐵柱譯,『第二性』, 北京: 中國書籍出版社, 1998年版.

Gelfert, H. D., 정인모·허영재 역,『소설 어떻게 해석할 것인가?』, 새문사, 2002.

Genette, G., 권택영 역,『서사담론』, 敎保文庫, 1992.

Lanser, S. S., 김형민 역,『시점의 시학』, 좋은날, 1998.

_____, 黃必康譯,『虚构的权威―女性作家与叙述声音』, 北京 : 北京大學出版社, 2002.

Lukcs, G., 반성완 역,『소설의 이론』, 심설당, 1998.

Rimon-Kenen, S., 최상규 역,『소설의 현대 시학』, 예림기획, 1999.

Stanzel, F. K., 김정신 역,『소설의 이론』, 탑출판사, 1990.

Stanzel, F. K., 안삼환 역,『소설형식의 기본유형』, 탐구당, 1982.

Todorov, T., 신동욱 역,『산문의 시학』, 문예출판사, 1992.

Uspenski, B., 김경수 역,『소설 구성의 시학』, 현대소설사, 1992.

Watt, I., 전철민 역,『소설의 발생』, 열린 책들, 1988.

Yalom, M., 이호영 역,『순종 혹은 반항의 역사—아내』, 2003.

唐躍·谭学纯,『小说言语美学』, 合肥:安徽教育出版社, 1995.

刘雪芹,「西方文學眞實性內涵的現代发展」,『求索』2002年 第5期, 2002.10

张成武,「客观实在性 生活真理性 文学真实性—关于生活真实与艺术真实问题
　　　的教学思考」,『陝西教育学院学报』1999年 第2期, 1999.5.

陳平原 著, 이종민 역,『中國小說敍事學』, 살림, 1994.

肖　巍,「女性的道德发展—吉利根的女性道德发展理论评述」,『中國人民大学学报』
　　　1996年 第6期, 1996.11.

최서해 소설 연구

최서해 연구서지

朴月灘(朴鍾和),「甲子文壇縱橫觀」,『開闢』第54號, 1924.12.

春　海,「文士들의 이모양 저모양」,『朝鮮文壇』第6號, 1925.3.

朝鮮文壇,「朝鮮文壇 合評會」第一回~第六回,『朝鮮文壇』第6號~第11號, 1925.3~9.

朴英熙,「二月創作總評」,『開闢』第57號, 1925.3.

朴月灘(朴鍾和),「三月創作評—開闢·朝鮮文壇 生長」,『開闢』第58號, 1925.4(박
　　　　종화,『달과 구름과 思想과』, 휘문출판사, 1965에 수록).

廉想涉,「三月創作小說總評」,『朝鮮文壇』第7號, 1925.4.

金東仁,「小說作法」,『朝鮮文壇』第7號 ~ 第11號, 1925.4~1925.8.

李相和,「지난달 詩와 小說」,『開闢』第60號, 1925.6.

金基鎭,「文壇最近의 一傾向—六月의 創作을 보고서」,『開闢』第61號, 1925.7(金
　　　　時泰 編,『植民地時代의 批評文學』, 二友出版社, 1982.에 수록).

______,「六月創作總評」,『朝鮮文壇』第10號, 1925.7.

憑　虛,「新秋文壇小說評」,『朝鮮文壇』第12號, 1925.10.

朴英熙,「新傾向派의 文學과 그 文壇的 地位」,『開闢』第64號, 1925.12(李哲範,
　　　　韓國新文學大系(中), 耕學社,1972.에 재수록).

李殷相,「曙海創作集『血痕』의 序를 넑고」,『東亞日報』, 1925.12.1~3.

玄鎭健,「朝鮮魂과 現代精神의 把握」,『開闢』第65號, 1926.1.

憑　虛,「新春小說漫評」,『開闢』第66號, 1926.2.

崔獨鵑,「二月의 創作評」,『新民』第11號, 1926.3

春　海,「二月小說評」,『朝鮮文壇』第14號, 1926.3.

方仁根,「三月小說評」,『朝鮮文壇』第15號, 朝鮮文壇社, 1926.4.

李相和,「五月創作小說總評」,『朝鮮文壇』第9號, 1926.5.

朝鮮文壇,「文士들의 얼굴」,『朝鮮文壇』第16號, 1926.5.

朱耀翰,「文壇時評—五月의 文壇」,『東亞日報』, 1926.5.5~5.20

魯峯一,「「금음ㅅ밤」의 毒蛇問題」,『東亞日報』, 1926.6.1.

P.B 生,「叛逆의 宣言『血痕』—曙海의 近業에 對하여」,『時代日報』, 1926.6.7.

文藝時代,「文壇險口兩復面鬼」, 1926.11.10.

梧　影,「曙海에게 進言」,『中外日報』, 1926.11.30.

中外日報,「新興文壇의 重鎭 崔曙海氏의 家庭」,『中外日報』, 1926.12.5.

金基鎭, 「丙寅歲暮 文壇總評」(一)~(十三), 『中外日報』, 1926.12.11~25.

______, 「文壇一年―常識文學論·「新傾向派」·正音紀念·積極的戰鬪部隊」, 『東光』 第2卷 제1호, 1927.1.

權九玄, 「一月創作評」(二), 『東亞日報』, 1927.1.30.

金聲近, 「朝鮮現代文藝槪觀」(一)~(五), 『東亞日報』, 1927.1.1~5.

朱耀翰, 「取題의 傾向과 第三層 文藝運動―新年號小說月評」, 『朝鮮文壇』 第4權 第2號, 1927.2.

廉想涉, 「文壇時評」, 『新民』 第22號, 1927.2.

朱耀翰, 「二月創作瞥見」(一)~(四), 『東亞日報』, 1927.2.21~2.24.

廉想涉, 「二月文壇時評」, 『朝鮮文壇』 第4卷 第3號, 1927.3.

金基鎭, 「文藝時評」, 『朝鮮之光』 第67號, 1927.5.

______, 「創作界의 一年」(一)·(二), 『東亞日報』, 1928.1.1~1.2.

梁柱東, 「丁卯文壇總觀―創作界漫評」, 『新民』 第33號, 1928.1.

尹基鼎, 「千九百二十七年 文壇의 總決算―그 发展過程의 檢討文」, 第75號, 1928.1.

李壽昌, 「文壇諸家의 側面觀」 一~十, 『中外日報』, 1928.8.17~18.

桂山人, 「戊辰文壇總觀」(一)~(九), 『東亞日報』, 1928.12.20~12.28.

金基鎭, 「回顧와 展望」, 『朝鮮之光』 第87號, 1929.1(金時泰 編, 『植民地時代의 批評文學』, 二友出版社, 1982에 재수록).

______, 「新春創作評」, 『衆聲』 2號, 1929.5.

文藝公論, 「崔鶴松氏 家庭 訪問」, 『文藝公論』 1929.5, 創刊號.

沈 熏, 「내가 조화하는 作品과 作家」, 『文藝公論』 創刊號, 1929.5.

方仁根, 「文人相」, 『文藝公論』 제1권 제2호, 創作特輯號, 文藝公論社, 1929.6.

尹基鼎, 「文藝時感」, 『朝鮮文藝』 創刊號, 文藝時代社, 1929.6.

朝鮮文藝, 「朝鮮文人最近生活相」, 『朝鮮文藝』 創刊號, 1929.6.

韓雪野, 「文藝時評―主로 '콘트'에 對하야」, 『朝鮮之光』 第85號, 1929.6.

金東仁, 「朝鮮近代小說考」(一)~(十五), 『朝鮮日報』, 1929.7.28~8.16(『東仁全集』 第8卷, 弘字出版社, 1968.10 四版; 『金東仁全集』 6, 三中堂, 1976에 재수록).

朴鍾和, 「朝鮮文壇의 回顧」, 『新生』 第2卷 第12號, 1929.12.6.

金東仁, 「作家四人―春園, 想涉, 憑虛, 曙海」(一)~(五), 『每日申報』, 1931.1.1~1.8.

天峯學人, 「朝鮮文壇의 昨日과 明日」(1)~(6), 『每日申報』, 1931.1.1~1.9.

金起林, 「文藝時評―「紅焰」에 나타난 「意識의 흐름」」, 『三千里』 第3卷 第9號, 1931.9.

彗 星, 「朝鮮文人의 푸로필」, 『彗星』 第1卷 第6號, 1931.9.

金岸曙, 「崔曙海의 近著 「紅焰」을 읽고서」, 『東亞日報』, 1931.9.21.

金東仁, 「續文壇懷古」(十), 『每日申報』, 1931.11.22.

崔貞熙, 「文人初印象」(二), 『三千里』 第4卷 第2號, 1932.2.

朝鮮日報, 「新興文壇重鎭 崔曙海氏 長逝」, 『朝鮮日報』, 1932.7.10.

朴鍾和, 「哭崔曙海」, 『東亞日報』, 1932.7.12.

李泰俊, 「嗚呼, 曙海兄!」, 『東亞日報』, 1932.7.18.

沈　熏, 「哭曙海」, 『東亞日報』, 1932.7.20.

金東仁, 「사람으로서의 曙海」, 『三千里』 第4卷 第8號, 1932.8.

＿＿＿, 「小說家로서의 曙海」, 『東光』 第36號, 1932.8(『東仁全集』 第10卷, 弘字
　　　出版社, 1968 三版에 재수록).

金石松, 「曙海와 우리들」, 『三千里』 第4卷 第8號, 1932.8.

金岸曙, 「曙海의 핀을 읊었노라」, 『東光』 第4卷 第8號, 1932.8.

朴月灘, 「憶崔曙海」, 『三千里』 第4卷 第8號, 1932.8.

三千里, 「文壇雜話―崔曙海의 죽엄」, 『三千里』 第4卷 第8號, 1932.8.

廉想涉, 「哭崔曙海」, 『三千里』 第4卷 第8號, 1932.8.

李光洙, 「崔曙海와 나」, 『三千里』 第4卷 第8號, 1932.8.

李秉岐, 「追憶」, 『三千里』 第4卷 第8號, 1932.8.

巴　人(金東煥), 「埋葬後記」, 『三千里』 第4卷 第8號, 1932.8.

洪曉民, 「嗚呼, 曙海兄이여!」, 『三千里』 第4卷 第8號, 1932.8.

沈　熏, 「「紅焰」映畵化, 其他―演藝界散步」, 『東光』 第4卷 第10號, 1932.10.

南又薰, 「曙海와 逸話」, 『三千里』 第4卷 第12號, 1932.12.

朴想葉, 「曙海와 그 遺族」, 『新女性』 第7卷 第1號, 1933.1.

李光洙, 「朝鮮의 文學」, 『三千里』 第5卷 第3號, 1933.3.

李鍾鳴, 「曙海의 追憶―그의 日週忌를 압두고」, 『每日申報』, 1933.6.30~7.4.

梁建植, 「人間曙海」(上)·(下), 『每日申報』, 1933.7.11~12.

朴祥燁, 「感傷의 七月―曙海靈前」(一)~(十四), 『每日申報』, 1933.7.14~29.

金東煥, 「殺風景한 쩌른 生涯―曙海의 三周忌에」(上);「後繼者업는 아까운 그의
　　　작품―曙海의 三周忌에」(下), 『朝鮮中央日報』, 1934.6.12.~13.

廉想涉, 「曙海 三週忌에」(一)·(二), 『每日申報』, 1934.6.12.~13.

金岸曙, 「曙海의 三周忌를 마즈며」(一)~(五), 『朝鮮日報』, 1934.6.12~17.

田榮澤, 「曙海의 藝術과 生涯」, 『三千里』 第6卷 第8號, 1934.8.

閔丙徽, 「砲石과 曙海」, 『三千里』 第7卷 第1號, 1935.1.

朴祥燁, 「曙海와 그의 劇的 生涯」, 『朝鮮文壇』 第4卷 第4號, 1935.8.

李光洙, 「前「朝鮮文壇」追憶談」, 『朝鮮文壇』 第4卷 第4號, 1935.8.

金東煥, 「生前의 曙海 死後의 曙海」, 『新東亞』 第5卷 第9號, 1935.9.

林　和, 「朝鮮新文學史論序說―李仁稙으로부터 崔曙海까지」(一)~(二十五), 『朝鮮
　　　中央日報』, 1935.10.9~11.13(임화, 『林和 新文學史』, 한길사, 1993에 재수록)

金台俊, 「朝鮮小說發達史」, 『三千里』 第7卷 第12號, 1935.12.

______, 「朝鮮小說發達史」, 『三千里』 第8卷 第1號, 1936.1.

李光洙, 「多難한 半生의 途程」, 『朝光』 第2卷 第3號, 1936.4.

方仁根, 「文學運動의 中軸 「朝鮮文壇」 時節」, 『朝光』 第4卷 第6號, 1938.6.

金台俊, 『朝鮮小說史』, 學藝社, 1939(영인본: 『韓國文學史 硏究叢書』 第3卷: 『朝
　　　鮮小說史』; 『朝鮮漢文學史』, 三文社, 1982에 재수록).

方仁根, 「曙海를 追憶함」, 『朝光』, 第5卷 第12號, 1939.12.

白　鐵, 『朝鮮新文學思潮史 現代篇』, 首善社, 1948.

金東仁, 「文壇三十年의 자최」 九, 『新天地』 第4卷 第2號, 1949.2.

朴花城, 「故思友―曙海가 살았다면」, 『國際新聞』, 1949.11.16~17.

白　鐵, 『朝鮮新文學思潮史 現代篇』, 白楊堂, 1950 再版.

方仁根, 「文壇交友錄」 (1)·(2), 『文藝』 第2卷 第3號~第4號, 1950.3~4.

白　鐵, 『新文學思潮史』, 民衆書館, 1953(『增補 新文學思潮史』, 民衆書館, 1955
　　　再版).

安含光, 『崔曙海論』, 朝鮮作家同盟出版社, 1956.

趙演鉉, 『韓國現代文學史』 第一部, 現代文學社, 1956.

金東仁, 「文壇裏面史―春江女史·崔曙海·月刊野談」, 『新文藝』 第2號, 1958.7.

金　松, 「曙海文學의 再吟味」, 『東亞日報』, 1958.9.18.

方仁根, 「人間 崔曙海」, 『自由文學』 第3卷 第10號, 1958.10.

朴英熙, 「韓國現代文學史」 (七), 『思想界』 第7卷 第1號, 1959.1.

______, 「初創期의 文壇側面史」, 『現代文學』 第5卷 第12號; 第6卷 第4號,
　　　1959.12; 1960.4.

尹柄魯, 「反逆과 熱愛의 作家」, 『女苑』 第6卷 第8號, 1960.8.

趙演鉉, 『韓國現代文學史』, 人間社, 1961.

朴花城, 「貧困과 苦鬪한 崔曙海」, 『現代文學』 第8卷 第12號, 1962.12.

李明溫, 「無骨好人 崔曙海」, 『希望』, 1962年 2月號, 1962.2.

方仁根, 『黃昏을 가는 길―人生懺悔 六十年』, 三中堂, 1963.

______, 「北青의 意志, 曙海」, 『思想界』 제11권 제13호(1963年度文藝特別增刊號),
　　　1963.11.

趙演鉉, 『韓國現代文學史槪觀』, 正音社, 1964.

大村益夫,「一九二〇年代の朝鮮文學—プロレタリア文學と「民族主義文學」」,『文學』, 岩波書店, 1965.11.

______,「朝鮮の初期プロレタリア文學—崔曙海の諸作品」,『社會科學硏究』11 卷 3號, 早稻田大社會科學硏究所, 1966.1.

趙演鉉,『韓國小說의 理解』, 一志社, 1966.

河東鎬·安東民,「處女作 주변—崔曙海篇—」,『東亞日報』, 1966.3.25.

洪以燮,「1920年代 植民地下의 精神—崔曙海의「紅焰」에 대하여」, 昔村 吳宗植先生 回甲紀念文集編纂會 編,『思想과 社會—昔村 吳宗植先生回甲紀念文集』, 春秋社, 1967.

金宇鍾,『韓國現代小說史』, 宣明文化社, 1968.

______,「崔曙海 硏究」, 李崇寧博士頌壽紀念事業委員會 編,『李崇寧博士頌壽紀念論叢』, 乙酉文化社, 1968.

方仁根,「朝鮮文壇의 回顧」,『月刊文學』第1卷 第2號; 第2卷 第1號~第2號, 1968. 12~1969.2.

金八峰,「나와 카프 時代—崔曙海」,『大韓日報』, 1969.7.1(김기진 저, 홍정선 편, 『金八峰文學全集』II, 文學과 知性社, 1988에 재수록).

宋敏鎬,「日帝下의 韓國抵抗文學」, 趙容萬外,『日帝下의 文化運動史』, 民衆書館, 1970.

李承萬,「鶴이 소나무를 잃었구나—崔鶴松—過人風物誌」,『月刊中央』1972年 6 月號.

李哲範,「「개벽」·「朝鮮文壇」을 통해 활약한 몇몇 作家들」,『韓國 新文學大系(中)』, 耕學社, 1972.

蔡　塤,「韓國現代小說속에 表現된 人間觀에 關한 硏究—특히 1920年代를 中心으로」, 淑明女子大學校『論文集』, 1972.12.

洪以燮,「1920년대 植民地的 現實—民族的 窮乏 속의 崔曙海」,『文學과知性』第3 卷 第1號, 1972.3(洪以燮,『韓國精神史序說』, 연세대학교출판부, 1975(1985 5판); 林熒澤·崔元植 편,『韓國近代文學史論』, 한길사, 1982 초판(1984 3판) 에 재수록).

金基鉉,「崔曙海의 逸話」, 金基鉉·李正惠,『石塔 위의 흰 구름』, 高大出版部, 1973.

______,「崔曙海의 處女作—短篇「吐血」을 中心으로」,『국어국문학』제61호, 1973.7.

______,「崔曙海의 初期作品—處女作「吐血」을 중심으로」,『文學과 知性』第4卷 第4號, 1973.10.

金炳翼,『韓國文壇史』, 一志社, 1973.

金容城, 『韓國現代文學史探訪』, 國民書館, 1973.

______, 「「脫出記」의 曙海 崔鶴松」, 『韓國日報』, 1973.2.25.

金宇鍾, 「崔曙海論―體驗의 世界와 思想性問題」, 『作家論』, 同和文化社, 1973.

金允植, 『韓國文學史論攷』, 法文社, 1973.

______, 「二〇年代 小說의 系列別 體系化―文學史的 意味綱試考」, 『文學思想』 通
        卷 第13號, 1973.10.

金允植·김현, 『韓國文學史』, 民音社, 1973(1984 重版; 1996 改訂版).

林鍾國, 「脫出記―貧窮의 문학」, 『女性東亞』 第68號, 1973.6.

權寧惠, 「「脫出記」와 「殺人」에 나타난 反抗性 研究」, 『한국어문학 연구』 제14집,
        梨花女子大學校 國語國文學會, 1974.2.

金禮泰, 「曙海와 그의 作品世界」, 『青波文學』 第11輯, 淑明女子大學校 國語國文
        學會, 1974.2.

金永和, 「曙海小說研究」, 濟州大學 『國文學報』 第6輯, 1974.12.

金柱演, 「울음의 文體와 直接話法」, 『文學思想』 第26號, 1974.11.

______, 「體驗과 文體」, 『文學批評論』, 悅話堂, 1974 初版(1986 補正重版).

金澤東, 『韓國文學의 比較文學的 研究』, 一潮閣, 1974.

讀書新聞, 『貧困의 荒漠天地를 날은 不運의 彗星』, 1974.11.24.

박준황, 『항일문학론』, 世宗出版公社, 1974.

白 鐵, 「한 발 앞선 孤獨의 意味」, 『文學思想』 第26號, 1974.11.

尹炳魯, 「崔曙海論―反逆과 熱愛의 作家」, 『現代作家論』, 宣明文化社, 1974.

李明子, 「새 調查에 의한 崔曙海 作品目錄―韓國現代文學의 再整理」, 『文學思想』
        第26號, 1974.11.

李海聲, 「새 資料를 통해 본 崔曙海의 生涯」, 『文學思想』 第26호, 1974.11.

林鍾國, 「貧窮文學의 旗手―〈탈출기〉와 崔曙海」, 『韓國文學의 社會史』, 正音社,
        1974.

任軒永, 「崔曙海의 評價」, 『韓國 近代小說의 探求』, 汎友社, 1974.

曹南鉉, 「1920年代韓國傾向小說研究」, 서울대학교 석사논문, 1974.

蔡 壎, 「貧窮文學에서의 脫出記」, 『文學思想』 第26號, 1974.11.

金基鉉, 「崔曙海의 傳記的 考察 (1)―그의 青少年時節」, 『語文論集』 第16集, 1975.1.

金永和, 「崔曙海 小說의 構造」, 『月刊文學』 第8卷 第6號, 1975.6.

金根洙, 「아직도 엷은 안개 속의 曙海」, 『文學思想』 通卷 第39號, 1975.12.

李在銑, 『韓國短篇小說研究』, 一潮閣, 初版, 1975(1997 重版).

蔡 壎, 「一九二〇年代 作家研究」, 숙명여자대학교 박사논문, 1975.

郭　根, 「曙海 崔學松 研究」, 서울大學校 석사논문, 1976.

金基鉉, 「間島時節의 崔曙海—續·崔曙海의 傳奇的 考察」, 『우리文學研究』 第1輯, 1976.4.

徐宗澤, 「궁핍화 시대의 현실과 작품 변용—최서해·김유정의 현실 수용의 문제」, 『語文論集』 第17輯, 高麗大學校國語國文學研究會, 1976.2.

曺南鉉, 「觀點으로 본 曙海와 玄民」, 『月刊文學』 第9卷 第2號, 1976.2.

趙鎭基, 「20年代 現實과 貧窮의 文學—崔曙海의 作品을 中心으로」, 『語文學』 第34輯, 韓國語文學會, 1976.5.

______, 「小說에 나타난 知識人의 樣相(I)—特히 20年代 作品을 中心으로」, 『韓民族語文學』 第3輯, 1976.11.

______, 「崔曙海作品論考—1920年代 現實受容의 姿勢를 中心으로」, 慶南大學 『論文集』 第3輯, 1976.11(국어국문학회 편, 現代小說研究, 정음사, 1982에 재수록).

蔡　壎, 『1920年代 韓國作家研究』, 一志社, 1976.

金基鉉, 「歸國 직후의 崔曙海—崔曙海의 傳奇的 考察(3)」, 淵民 李家源博士 六秩頌壽紀念論叢 刊行委員會 편, 『淵民 李家源博士 六秩頌壽紀念論叢』, 汎學圖書, 1977.4.

______, 「崔曙海와 카프(KAPF)」, 성봉 金聖培博士 回甲紀念論文集 刊行委員會 編, 『金聖培博士回甲紀念論文集』, 형설출판사, 1977.9.

______, 「朝鮮文壇」時節의 崔曙海—崔曙海의 傳奇的 考察(4)」, 『우리文學研究』 第2輯, 1977.10.

金永和, 「貧窮의 軌跡—崔曙海論」, 『現代 韓國小說의 構造』, 泰光文化社, 1977.

孫英玉, 「崔曙海 研究」, 서울大學校 석사논문, 1977.

유재엽, 「崔曙海研究」, 東國大學校 석사논문, 1977.

張珖變, 「崔曙海 研究」, 『先淸語文』 8집, 서울大學校 國語敎育科, 1977.

具仲書, 「崔書海論」, 『분단시대의 문학』, 전예원, 1978.

金宇鍾, 「哲學이 없는 가난의 文學—崔曙海 「脫出記」」, 『文學思想』 第66號, 1978.3.

金根洙, 「崔曙海는 獨立軍이었다」, 『月刊讀書』 1978年 9月號, 1978.9.

金治洙, 「崔曙海의 放火小說」, 『文學思想』 第71號, 1978.8.

우남득, 「韓國 現代小說의 죽음과 葛藤에 對한 考察—1920, 1930年代의 短篇小說을 中心으로」, 梨花女子大學校 석사논문, 1978.

柳在燁, 「崔曙海 研究」, 『東岳語文論集』 第11輯, 1978.8.

曺南鉉, 『일제하의 지식인 문학』, 평민서당, 1978.

蔡 壎, 「崔曙海硏究—소위 第二系列의 作品을 中心으로」, 淑明女子大學校『論文集』18, 1978.12.

金正淳, 「1920年代 韓國寫實主義小說의 類型硏究」, 단국대학교 석사논문, 1979.

尹弘老, 「韓國現代小說의 統合解釋論—崔曙海論」, 『東洋學』第9輯, 1979.

李在銑, 『韓國現代小說史』, 弘盛社, 1979.

蔡 壎, 「崔曙海論」, 徐廷柱外 編, 『現代作家論』, 螢雪出版社, 1979.

千亨均, 「植民治下의 文學에 나타난 現實認識의 推移—崔曙海와 廉想涉의 抵抗意識을 中心으로」, 群山水産專門大學『硏究報告』, 第13輯 第2號, 1979.12..

郭 根, 「曙海小說의 特質硏究」, 『成大文學』第21輯, 1980.12

徐宗澤, 「崔曙海·金裕貞의 세계 인식」, 金治洙 外, 『植民地時代의 文學硏究』, 깊은샘, 1980(국어국문학회 편, 『現代小說硏究』, 정음사, 1982에 재수록).

尹弘老, 『韓國近代小說硏究—20年代 리얼리즘小說의 形成을 中心으로』, 一朝閣, 1980(1982 重版).

李丙烈, 「曙海 崔鶴松 硏究」, 高麗大學校 교육대학원 석사논문, 1980.

조갑상, 「崔曙海 作品論」, 東亞大學校 석사논문, 1980.

蔡 壎, 「崔曙海隨筆考」, 『靑波文學』第13輯, 淑明女子大學교 文科大學 國語國文學科, 1980.2.

金基鉉, 「晩年의 崔曙海」, 『우리文學硏究』第4輯, 1981.12.

金炳翼, 「崔曙海의 「脫出記」—개체적 존재로부터 사회적 자아로의 발견」, 李在銑·趙東一, 『한국 현대소설 작품론』, 도서출판 문장, 1981(1984 중판).

김우종, 「「큰 물진 뒤」—극한상황에서의 범죄, 최학송 작(作)」, 『사법행정』第22卷 第4號, 1981.

安一順, 「崔曙海 硏究」, 延世大學校 敎育大學院 석사논문, 1981.

李洧植, 「20年代 作品과 〈죽음〉의 結末考—續·韓國小說論①」, 『現代文學』, 第27卷 第6號, 1981.5.

權秀吉, 「崔曙解 硏究」, 국민대학교 석사논문, 1982.

金鏞熙, 「崔曙海에 끼친 고리끼와 알치·바세푸의 影響」, 『國語國文學』 第88號, 1982.12.

金宇鍾, 『韓國現代小說史』, 成文閣, 1982.

金潤圭, 「崔曙海 作品 硏究」, 慶北大學校 敎育大學院 석사논문, 1982.

김 철, 「식민지 시대 세계 인식의 두 유형—빙허와 서해의 경우」, 『현상과 인식』, 제6권 제3호, 한국인문사회과학원, 1982.

서종택, 「계급적 갈등의 공격성과 폭력성」, 『한국 근대 소설의 구조』, 詩文學社, 1982.

宋永穆, 「曙海 崔鶴松 研究」, 『國語國文學』 第87號, 國語國文學會, 1982.5.

李康彦, 「春園과 曙海의 書簡體小說研究」, 『韓國語文論集』 第2輯, 1982.2.

이재선·신동욱, 『문학의 이론』, 학문사, 1982.

이필석, 「韓國現代小說에 反映된 罪意識에 關한 研究―黃順元, 金東仁, 金東理, 羅
　　　稻香, 孫昌涉, 崔曙海의 小說을 中心으로」, 慶熙大學校 석사논문, 1982.

정덕훈, 「최학송 작품 연구」, 서강대학교 석사논문, 1982.

鄭漢淑, 『現代韓國文學史』, 高麗大學校出版部, 1982(1988 5版).

曹南鉉, 『小說原論』, 고려원, 1982.

趙鎭基, 「崔曙海 作品論考―1920年代 現實受容의 姿勢를 中心으로」, 국어국문학
　　　회 편, 『現代小說研究』, 정음사, 1982.

강대성, 「崔曙海 小說 研究―民族主義 文學을 中心으로」, 濟州大學校 教育大學院
　　　석사논문, 1983.

金尙朝, 「崔曙海 初期 作品研究―「토혈」, 「고국」, 「탈출기」를 중심으로」, 東亞大
　　　學校 教育大學院 석사논문, 1983.

金乙洙, 「曙海 崔鶴松의 小說研究―短篇小說을 中心으로」, 韓國外國語大學校 教
　　　育大學院 석사논문, 1983.

金周南, 「1920年代 韓國小說의 敍述文體 研究―金東仁, 崔曙海, 廉想涉을 中心으
　　　로」, 西江大學校 석사논문, 1983.

신수호, 「曙海 崔鶴松 研究」, 崇田大學校 석사논문, 1983.

장성수, 「崔曙海文學의 再檢討」, 『國語文學』 第23輯, 全北大學校 國語國文學會,
　　　1983.2.

정호웅, 「1920~1930年代 韓國 傾向小說의 變貌過程 研究―人物類型과 展望의 樣
　　　相을 中心으로」, 서울大學校 석사논문, 1983.

千二斗, 『韓國現代小說論』, 螢雪出版社, 1983 改訂版(1985 改訂再版).

김양호, 「1920年代 小說에 나타난 불의 象徵解釋―羅稻香, 玄鎭健, 崔曙海를 중심으
　　　로」, 檀國大學校 석사논문, 1984.

金昌植, 「崔曙海小說의 言語와 그 象徵構造 研究―「吐血」·「饑餓와 殺戮」·「紅焰」
　　　을 中心으로」, 『國語國文學』 第22輯, 1984.12.

盧載一, 「曙海 崔鶴松 研究」, 충북대학교 교육대학원 석사논문, 1984.

朴鍾弘, 「崔曙海小說의 精神分析學的 考察―외디푸스 콤플렉스의 반영양상을 중
　　　심으로」, 『울산어문논집』 第1輯, 1984.2.

방광호, 「曙海 崔鶴松 研究」, 淸州大學校 석사논문, 1984.

方英柱, 「崔曙海論―日帝植民地下 窮乏化에 대한 文學的 證言」, 『北岳論叢』 第2

輯, 1984.2.

尹弘老, 「崔曙海의 문학과 현실인식」, 全光鏞外, 『韓國現代小說史研究』, 民音
　　　社, 1984(1987 2판).

李康彦, 「체험의 형상과 서간체소설」, 『한국근대소설논고』, 螢雪出版社, 1984.

李東熙, 「崔曙海小說의 文體論的 考察」, 『人文研究』 6, 嶺南大學校人文科學研究
　　　所, 1984.9.

全明喜, 「崔曙海 소설연구―작품세계의 변모양상을 중심으로」, 영남대학교 석사논
　　　문, 1984.

曺南鉉, 「「藝術家小說」의 意義와 特質」, 『한국 지식인 소설 연구』, 일지사, 1984.

조병길, 「曙海 崔鶴松 研究―作品에 나타난 抗日意識을 中心으로」, 成均館大學校
　　　석사논문, 1984.

具仲書, 「崔曙海―극한상황과 인간의 분기」, 『韓國文學과 歷史意識』, 創作과 批評
　　　社, 1985.

金基鉉, 「崔曙海 研究史 槪觀―韓國近代小說史의 史料를 겸한 考察」, 『우리文學
　　　研究』 第5輯, 1985.3.

金周南, 「崔曙海 作品論考―敍述者問題를 中心으로」, 『西江語文』 第4輯, 1985.4.

方光鎬, 「曙海 崔鶴松 研究」, 『語文論叢』, 第4號, 淸州大學校, 1985.

徐宗澤, 「窮乏化 現實과 階級葛藤」, 金用成·禹漢鎔 共編, 『韓國近代作家研究』, 三
　　　知院, 1985.

禹斗鉉, 「崔曙海 小說의 精神分析學的 研究」, 계명대학교 교육대학원 석사논문, 1985.

柳潤熙, 「궁핍과 소외의 소설적 변용―최서해·조세희의 경우」, 『漢城語文學』
　　　제4호, 1985.

李南勳, 「小說에 나타난 間島의 意味―崔曙海, 姜敬愛, 安壽吉의 作品을 中心으로」,
　　　延世大學校 석사논문, 1985.

이동희, 「韓國 近代 小說의 文體에 대한 研究」, 檀國大學校 박사논문, 1985.

崔鎭宇, 「曙海 崔鶴松 小考」, 『原型』 第11號, 1985.

郭　根, 『日帝下의 韓國文學研究』, 集文堂 1986.

金基鉉, 「植民地時代의 受難과 反抗―崔曙海의 경우」, 『順天鄕大學報』 第54號,
　　　1986.3.26.

金永和, 「曙海 作品의 抵抗衣食 考察―1925年 前後에 발표한 膾炙作을 中心으로」,
　　　湖西大學 『論159. 文集』 第5輯, 湖西大學 論文集編輯委員會, 1986.12.

金亭子, 「서술의 유형으로 본 소설의 문체적 분석―蔡萬植과 崔曙海를 중심으로」,
　　　『國語國文學』 第23輯, 釜山大學校國語國文學科, 1986.2.

金昌植, 「崔曙海 額字小說의 構造와 意味―「누가 망하나?」·「무서운 印象」을 中心으로」, 『國語國文學』第23輯, 釜山大學校國語國文學科, 1986.2.

白　鐵, 『新文學思潮史』, 新丘文化社, 1986 四版.

愼鏞銀, 「崔曙海 研究」, 慶南大學校 석사논문, 1986.

任軒永, 「빈궁문학의 원형」, 『民族의 狀況과 文學思想』, 한길사, 1986(1989 제3판).

황승택, 「최서해 연구」, 延世大學校 敎育大學院 석사논문, 1986.

郭　根, 「曙海文學의 이해를 위하여」, 郭根 編, 『崔曙海 全集』(下), 文學과知性社, 1987.

金性洙, 「崔曙海小說의 敍述方法研究」, 建國大學校 석사논문, 1987.

朴泰尙, 「破壞와 沈沒의 美學―식민지시대 죽음의 두 양상」, 韓國放通信大學 『論文集』 第6輯, 1987.2.

송영목, 「曙海 崔鶴松의 作品世界」, 『韓國文學의 作品世界』, 그루, 1987.

申順澈, 「曙海小說의 特性과 限界」, 慶州實業專門大學 『論文集』 第3輯, 1987.8.

신춘호, 「간도 이주 농민들의 반항적 삶―최학송의 〈홍염〉」, 『한글새소식』 제174~175호, 한글학회, 1987.2.5 ~ 3.5.

李錫在, 「崔曙海의 小說研究」, 漢陽大學校 敎育大學院 석사논문, 1987.

李　勳, 「崔曙海 小說論―가난체험과 가족애를 중심으로」, 『冠岳語文研究』 第12輯, 1987.12.

張文平, 「特異한 文學的 試圖들―작품해설」, 『韓國短篇文學』, 金星出版社, 1987(1990 중판).

曹南鉉, 「崔曙海의 「號外時代」, 그 갈등구조」, 『韓國文學』 第15卷 第5號, 1987.5.

八重樫愛子, 「韓國 近代小說과 國木田獨步」, 『建國 語文學』 第11·12合集, 建國國文研究會, 1987.4.

姜滉求, 「曙海 崔鶴松 研究―作品에 投影된 文學觀과 現實觀을 中心으로」, 嶺南大學校 敎育大學院 석사논문, 1988.

고환석, 「1920년대 농민소설 연구」, 延世大學校 석사논문, 1988.

권미경, 「崔曙海 小說의 獨立運動思想」, 『水原大文化』 4호, 水原大學, 1988.

金基鉉, 「崔曙海研究―遺作詩, 遺族, 建碑 및 移葬에 대하여」, 順天鄕大學 『論文集』, 第11卷 第2號, 1988.6.

金潤奎, 「初期 韓國 傾向小說의 變貌―〈饑餓와 殺戮〉에서 〈農夫 鄭도령〉으로」, 『국어 교육 연구』 第20輯, 國語敎育研究會, 1988.12.

문종호, 「서해 최학송 소설 연구―작품내용의 변모과정을 중심으로」, 계명대학교 석사논문, 1988.

송성만, 「최서해와 현진건의 소설언어비교 최서해와 현진건의 소설언어비교」, 『중국 조선어문』 第34號, 1988.

신영동, 「崔曙海 小說 연구―間島背景作品을 중심으로」, 延世大學校 석사논문, 1988.

유제상, 「崔曙海 小說의 人物研究」, 『國語國文學論文集』 第14輯, 東國大學校 國語國文學會, 1988.12.

윤지관, 「민족적 현실과 가난체험의 모랄리즘―최서해론」, 『韓國文學』 第16卷 第4號, 1988.4.

이명진, 「서해 최학송 연구」, 『慶熙語文學』, 第9卷 第1號, 1988.

蔡宗奎, 「崔曙海 研究」, 成均館大學校 석사논문, 1988.

최연순, 「최서해 소설연구―사회상과 작가의식을 중심으로」, 『말과 글』 제1집, 忠北大學校 人文大學 國語國文學科, 1988.2.

하창수, 「이미지를 통한 小說分析 試論―崔曙海의 「底流」를 중심으로」, 『語文教育論集』 第10輯, 釜山大學校師範大學國語教育科, 1988.2.

許判浩, 「曙海 崔鶴松 研究」, 仁山 金圓卿博士 華甲紀念論文集 刊行委員會 편, 『仁山 金圓卿博士 華甲紀念論文集』, 1988.11.

김명탁, 「崔曙海 作品 論考」, 『중원어문학』 제5집, 1989.5.

金　仙, 「喀血처럼 쏟아낸 抵抗의 노래―沈熏과 崔曙海의 交友에 관하여」, 『東洋文學』 第2卷 第6號, 1989.6.

김 철, 「폭력에서 해방으로―최서해론」, 『잠 없는 시대의 꿈』, 문학과 지성사, 1989.

閔玹基, 「1920~30년대 독립 투쟁의 문학적 형상화와 작가 의식」, 『한국 근대 소설과 민족 현실』, 文學과 知性社, 1989.

배명숙, 「1988학년도 졸업논문 요약―서해 (曙海) 최학송 연구 - 체험의 작품화를 중심으로」, 『睡蓮語文論集』 第16號, 1989.

徐錫俊, 「曙海 崔鶴松 小設 研究」, 『高凰論集』 第5號, 1989.8

蘇寬燮, 「崔曙海 小說 研究―作品分析을 中心으로」, 圓光大學校 教育大學院 석사논문, 1989.

吳元奎, 「崔曙海研究」, 忠北大學校 教育大學院 석사논문, 1989.

李啓弘, 「崔曙海 文學의 實存認識」, 東國大學校 석사논문, 1989.

李啓弘, 「崔曙海 文學의 實存的 世界認識」, 『東岳語文論集』 第24輯, 1989.12

이명진, 「曙海 崔鶴松 研究―後期作品의 再評價를 爲한 始論」, 경희대학교 석사논문, 1989.

이점숙, 「최서해 소설의 인물 연구」, 慶南大學校 教育大學院 석사논문, 1989.

李正成, 「崔曙海 研究」, 仁荷大學校 教育大學院 석사논문, 1989.

林興俊, 「최서해소설연구―간도배경작품을 중심으로」, 啓明大學校 敎育大學院 석사논문, 1989.

張秉禧, 「崔曙海 短篇小說 硏究」, 『語文學論叢』 第8輯, 國民大學校語文學硏究所, 1989.2.

鄭昌喜, 「1920年代 小說에 나타난 불의 象徵的 意味」, 『홍익어문』 第8輯, 1989.1.

정호웅, 「전망의 부재―최서해의 초기소설을 대상으로」, 김윤식·정호웅 편, 『한국 리얼리즘 소설 연구』, 문학과 비평사, 1989(1992 재판).

趙鎭基, 『한국근대리얼리즘소설연구』, 새문사, 1989.

崔仙姬, 「韓國現代小說에 나타난 불의 象徵的 의미―1920년대 작품을 중심으로」, 『목멱어문』 제3집, 1989.3.

具寶京, 「최서해 소설 연구―구조주의 의미론을 중심으로」, 忠北大學校 석사논문, 1990.

김규동, 「막노동 일 하며 문학을 한 탈출기의 작가 최학송」, 『한국인』 제9권 제10호, 사회발전연구소, 1990.

金庭淑, 「최서해 소설 연구」, 世宗大學校 석사논문, 1990.

박홍준, 「崔曙海小說 硏究―間島背景作品을 中心으로」, 啓明大學校 敎育大學院 석사논문, 1990.

신춘호, 「최서해 소설의 시대적 의미」, 『현대 한국 소설 연구』, 새문사, 1990.

安靜愛, 「崔曙海 小說의 變貌樣相」, 慶北大學校 석사논문, 1990.

윤금선, 「崔曙海의 短篇小說 硏究」, 漢陽大學校 석사논문, 1990.

曺南鉉, 『한국소설과 갈등』, 문학과비평사 1990.

趙鎭基, 『韓國現代小說硏究』, 學文社, 1990.

허판호, 「최서해 소설 연구―프로문학적 성격 고찰을 중심으로」, 『泮橋語文硏究』 제2집, 1990.12.

郭 根, 『崔曙海의 抗日文學考』, 『大東文化硏究』 第26輯, 1991.12.

김인자, 「최서해 소설 연구」, 延世大學校 석사논문, 1991.

노귀남, 「서해 최학송 연구 I ―「탈출기」 분석을 중심으로」, 『高凰論集』 第8輯, 1991.5.

류경희, 「崔曙海 연구―體驗的 貧窮性을 중심으로」, 중앙대학교 교육대학원 석사논문, 1991.

박철석, 「한국 리얼리즘 소설 연구」, 東亞大學校 『大學院論文集』 제16輯, 1991.6.

신동욱, 「최학송의 소설과 분노한 인물」, 『國語國文學硏究』 第14輯, 圓光大學校 國語國文學科, 1991.12.

신현웅, 「서해 최학송 소설 연구」, 中央大學校 敎育大學院 석사논문, 1991.

柳基龍, 「崔曙海論, 韓國文學作家論—羅孫先生 追慕論叢」, 羅孫先生 追慕論叢 刊行委員會 지음, 『현대문학』, 1991.4.

尹炳魯, 「1920年代 前半의 小說樣相—새로운 소설미학의 추구와 경향」, 『大東文化研究』 第26輯, 1991.12.

尹錦仙, 「崔曙海의 短篇小說 연구」, 漢陽大学교, 1991.

許判浩, 「崔鶴松 小說研究—그 人物과 指向性을 中心으로」, 成均館大學校 박사논문, 1991.

______, 「崔曙海 小說 研究—小市民의 日常事 表現을 中心으로」, 美原 禹寅燮先生 停年退任紀念論文集刊行委員會 편, 『美原 禹寅燮先生 停年退任紀念論文集』, 한일문화사, 1991.8.

황효일, 「최서해 소설연구」, 『국민어문연구』 第3輯, 1991.4.

김선중, 「최서해 연구」, 전주우석대학 석사논문, 1992.

柳美貞, 「崔曙海 作品研究」, 淑明女子大學校 석사논문, 1992.

이국환, 「최서해 서간체소설 연구」, 東亞大學校 석사논문, 1992.

정보영, 「1920年代 小說에 나타난 '불'의 象徵的 意味」, 『도솔어문』 第8輯, 1992.

홍연실, 「間島小說研究—崔曙海, 姜敬愛, 安壽吉의 作品을 中心으로」, 建國大學校 석사논문, 1992.

김재용 외, 「궁핍한 삶에 대한 분노의 폭발—최서해」, 『한국근대민족문학사』, 한길사, 1993.

朴信憲, 「崔曙海 小說에 나타난 TREMENDISMO」, 『語文學』 第54輯, 韓國語文學會, 1993.5.

송준호, 「崔曙海 小說의 再考」, 『韓國言語文學』 第31輯, 1993.6.

신동수, 「曙海 崔鶴松 小說 研究」, 全北大學校 教育大學院 석사논문, 1993.

柳在烈, 「曙海 崔鶴松의 小說 研究—작품속에 형상화된 현실인식을 중심으로」, 曝園大學校 教育大學院 석사논문, 1993.

尹柄魯, 「최서해(崔曙海)론」, 『한국 근현대 작가작품론』, 성균관대학교출판부, 1993 (1994 재판).

鄭世基, 「崔曙海 傳記考察을 통한 作品의 兩面性 研究」, 建國大學校 教育大學院 석사논문, 1993.

최예열, 「최서해 소설 연구」, 『大田語文學』 제10집, 1993.2.

한상권, 「崔曙海 小設 研究」, 明知大學校 석사논문, 1993.

한수영, 「돈의 철학, 혹은 화폐의 물신성(物神性)을 넘어서기—최서해의 『호외시대』론」, 한국문학연구회 편, 『1930년대 문학 연구』, 평민사, 1993.

洪貴子, 「崔曙海小說硏究」, 誠信女子大學校 敎育大學院 석사논문, 1993.

金相熙, 「崔曙海 小說 硏究—父權不在 의식을 중심으로」, 大邱大學校 석사논문, 1994.

신춘호, 『최서해—궁핍과의 문학적 싸움』, 건국대학교출판부 1994.

李大揆, 「한국 근대 귀향소설 연구」, 全北大學校 박사논문, 1994.

林奎燦, 「1920년대 소설사 연구」, 成均館大學校 박사논문, 1994.

조동일, 『한국문학통사 5』, 지식산업사, 1994 제3판.

한 효, 「신경향파작가로서의 최서해」, 이선영 외, 『현대문학비평자료집』 8, 태학사, 1994.

郭 根, 「〈號外時代〉 硏究」, 『東國論集』 第14輯(인문사회과학편), 1995.12.

權 瑜, 「曙海 崔鶴松의 「脫出記」 硏究」, 『韓國學論集』 第26輯, 漢陽大學校 韓國學硏究所, 1995.2.

金東煥, 「근대 초기 소설의 현실 묘사 양상과 그 미학적 근거」, 『漢陽語文硏究』 제13집, 1995.12.

김동훈, 「식민지시대 프로소설의 리얼리즘—최서해, 조명희, 송영, 이북명의 소설세계」, 최서해 외, 『한국소설문학대계』, 동아출판사, 1995.1.

金相熙, 「崔曙海 소설 연구—부권부재 의식을 중심으로」, 大邱大學校 석사논문, 1995.

金正雨, 「曙海 崔鶴松 前期 小說 硏究」, 성균관대학교 敎育大學院 석사논문, 1995.

金昌植, 「최서해 소설의 언어와 그 상징구조」, 『韓國 現代小說의 再認識』, 三知院 1995.

______, 「1930년대 한국 신문소설의 특성과 그 존재의미에 관한 일연구—최서해의 『호외시대』를 중심으로」, 『國語國文學』 제32집, 1995.12.

尹柄魯, 「1920년대 전반의 한국소설 양상」, 『COMPARATIVE KOREAN STUDIES(비교한국학)』 第1輯, 1995.12.

李貴勳, 「최서해 소설연구—가족과 사회의 관계를 중심으로」, 西江大學校 석사논문, 1995.

임규찬, 「최서해의 「해돋이」론」, 基俗 姜信沆博士 停年退職紀念論叢刊行委員會 편, 『國語國文學論叢—基俗 姜信沆博士 停年退職紀念』, 太學社, 1995.11.

許判浩, 「〈호외시대〉 연구」, 『한국어교육』 第11號, 韓國語文敎育學會, 1995.12.

郭 根, 「식민지 상황의 올바른 진단—최서해의 『호외시대』론」, 『作家硏究』 第1號, 1996.4.

송희복, 「최서해의 『紅焰』 과 평판의 문제」, 『國語國文學論文集』 第17輯, 東國大學校國語國文學科, 1996.2.

申彦澈, 「韓國 貧窮文學에 關한 연구―崔鶴松을 中心으로」, 『한어문교육』 第14號, 1996.

尹柄魯, 「최서해의 〈탈출기〉」, 『한국 현대작가의 문제작 평설』, 국학자료원, 1996.

이상진, 「최서해 소설의 폭력과 무의식」, 『현대문학의 연구』 第7號, 1996.

李淵鎭, 「作家 崔曙海 硏究」, 昌原大學校 석사논문, 1996.

이원배, 「최서해의 "호외시대" 연구」, 慶南大學校 敎育大學院 석사논문, 1996.

李恩淑, 「北間島 景觀에 대한 朝鮮移民의 이미지―崔曙海의 단편소설을 중심으로」, 『한국학연구』 제2집, 상명대학교 한국학연구소. 1996.

전문수, 「1920년대 소설의 구조에 관한 연구」, 『人文論叢』 第3輯, 昌原大學校 人文科學硏究所, 1996.12.

정호웅, 「초기 경향소설의 성격」, 『한국 현대소설사론』, 새미, 1996.

郭 根, 「서해의 시, 수필, 동화 및 번역, 번안 소설―作品 解說」, 郭根 編, 『崔曙海 作品, 資料集』, 國學資料院, 1997.

유병수, 「최서해 소설의 갈등구조 연구」, 漢陽大學校 敎育大學院 석사논문, 1997.

尹英心, 「최서해의 탈빈궁계열 작품 연구―제재별 분석을 통하여」, 誠信女子大學校 敎育大學院 석사논문, 1997.

李在銑, 『韓國短篇小說硏究』, 一潮閣, 1997.

鄭英吉, 「서해 최학송 소설 연구」, 『현대소설연구』 제6호, 1997.6.

최시한, 「현대소설에서의 '가족'―경향소설을 중심으로」, 『현대소설연구』 6호, 1997.6.

한점돌, 「한국 신경향소설 연구―최서해 소설의 변모과정과 그 내적 논리를 중심으로」, 문학사와 비평 연구회 편, 『한국 근대문학 연구의 반성과 새로운 모색』, 새미, 1997. 3.

郭 根, 「최서해 문학 연구―소설 이외의 장르를 중심으로」, 『國語國文學』 第122號, 1998.12.

金順槇, 「최서해의 「탈출기」―도피와 참여의 顚倒」, 『韓日 近代小說의 比較文學的 硏究』, 태학사, 1998.

김순전, 「韓日 近代小說의 比較文學的 硏究」, 翰林大學校 박사논문, 1998.

文顯基, 「崔曙海硏究」, 尙志大學校 敎育大學院 박사논문, 1998.

林鍾秀, 「崔曙海 小說의 文體 考察」, 三陟産業大學校 『論文集』 제31집(Ⅲ), 1998.2.

張惠晶, 「崔曙海 小說의 人物 硏究」, 淑明女子大學校 敎育大學院 석사논문, 1998.

전채호, 「〈탈출기〉·〈홍염〉 바로 읽기」, 최서해 저, 전채호 편, 『탈출기·홍염 외』, 혜원출판사, 1998.

채지영, 「남북한 현대 소설 교육의 비교 및 전망」, 梨花女子大學校 敎育大學院 석사논문, 1998.

崔善姬, 「韓國 現代小說의 家族意識 研究」, 大邱曉星가톨릭大學校 박사논문, 1998.

김성구, 「崔曙海의 長篇小說 『號外時代』 研究」, 韓國外國語大學校 석사논문, 1999.

박상미, 「최학송안수길의 작품 대비 연구」, 東亞大學校 교육대학원 석사논문, 1999.

서순석, 「崔曙海의 短篇小說에 나타난 現實認識 研究」, 경기대학교 敎育大學院 석
사논문, 1999.

이은숙, 「1930년대 북간도 지역에 대한 조선이민의 공간이미지—이민소설을 중심으
로」, 『大韓地理學會誌』第34권 第4號, 1999.12.

李義鎭, 「崔曙海 前期 小說 研究」, 成均館大學校 敎育大學院 석사논문, 1999.

장순희, 「한국 신경향파 소설의 현실대응양상 연구—이익상, 주요섭, 최서해, 조명희
의 작품을 중심으로」, 韓國外國語大學校 敎育大學院 석사논문, 1999.

정덕준, 「1920년대 소설의 정신사적 연구」, 『語文論集』40, 안암어문학회, 1999.8.

최은경, 「최서해 소설 연구—소외 문제와 그 대응 양상을 중심으로」, 전북대학교 敎
育大學院석사논문, 1999.

郭　根, 「북한에서의 최서해 연구고」, 『國際言語文學』第1號, 2000. 5.

권진국, 「최서해 소설 연구—작품 양상과 작가 의식의 변모과정을 중심으로」, 중앙
대학교 교육대학원 석사논문, 2000.

김윤식·정호웅, 『한국소설사』(개정판), 문학동네, 2000.

朴商準, 「한국 신경향파 문학의 특성 연구—비평과 소설의 상관성을 중심으로」, 서
울대학교 박사논문, 2000.

＿＿＿, 『한국 근대문학의 형성과 신경향파』, 소명출판, 2000.

신창순, 「최서해소설연구—작중 인물의 변모 양상을 중심으로」, 경기대학교 석사논
문, 2000.

심재추, 『한국소설의 '근대성' 연구』, 건국대학교 박사논문, 2000.

오정수, 「최서해의 장편 〈號外時代〉 연구」, 단국대학교 교육대학원 석사논문, 2000.

李永成, 「崔曙海 文學 研究 序說」, 『국민어문연구』第8輯, 2000.2.

李在珖, 『한국소설사』, 민음사, 2000.

郭　根, 「개인과 사회의 관계에 천착한 작가—최서해의 생애와 문학 재조명」, 『文學
思想』第30卷 第9號, 2001.9.

金順槇, 「韓日〈書簡體小說〉の敍述的特徵研究」, 『龍鳳論叢』第30輯, 2001.12.

＿＿＿, 「韓日書簡體小說의 世界와 趣向」, 『日本語文學』第10輯, 韓國日本語文
學會, 2001.3,

김원우, 「현대소설 독법에서의 근대성의 무게—최서해 탄생 100주년에 부쳐」, 『동서

문학』제31권 제4호, 2001. 12.

김은정,「최서해 소설의 현실수용태도와 가족의 의미 연구」,『한국어문학연구』第14
　　　輯, 2001.12.

박상준,「현실성과 소설의 양상―박종화, 심훈, 최서해의 1930년대 장편소설을 중심
　　　으로」, 민족문학작가회의 편,『근대문학, 갈림길에 선 작가들―탄생 100주년
　　　문학인 기념문학제』, 대산문화재단, 2001.

이경돈,「『조선문단』에 대한 재인식―1920년대 중반 문학의 변화 양상과 관련하여」,
　　　상허학회,『1920년대 문학의 재인식―『상허학보』제7집』, 깊은샘, 2001.

이수정,「현대소설의 일탈적 인물화 연구―1920 ~ 30년대 단편소설을 중심으로」, 서
　　　강대학교 박사논문, 2001.

임규찬,「최서해의 〈해돋이〉와 신경향파 소설 평가문제」,『문학사와 비평적 쟁점』,
　　　태학사, 2001.

季　琨,「日帝强占期 間島小說 研究」, 慶南大學校 박사논문, 2002.

郭　根,「해방후 북한에서의 최서해 논의에 대한 연구」,『批評文學』第16號, 2002.7.

權寧民,『한국현대문학사(1896-1945)』1, 민음사, 2002.

金順槇,「韓日傾向小說の敍述的特徵研究,」,『日本語文學』제13집, 韓國日本語文
　　　學會, 2002.6.

문학사와 비평학회 편,『최서해 문학의 재조명』, 새미, 2002.

신창순,「최서해 소설의 변모 양상 고찰」,『成均語文硏究』第37輯, 2002.12.

우정권,「1920년대 한국 소설의 고백적 서술 방법 연구」, 서울대학교 박사논문, 2002.

이재선,『현대소설의 서사시학』, 학연사, 2002.

임동휘,「빈궁소설의 서사적 특징 연구―최서해·현진건·김유정을 중심으로」, 중앙
　　　대학교 석사논문, 2002.

임영봉,「식민지 근대성과 광인 서사의 의미―광인형 등장인물의 세 가지 유형을 중
　　　심으로」,『人文學硏究』第34輯, 中央大學校 人文科學硏究所, 2002. 8, pp.137~
　　　149.

정문권·Kotchanova Tatiana,「막심 고리끼 문학이 한국작가들에게 끼친 영향」,『人
　　　文論叢』第18輯, 培材大學校 人文科學硏究所, 2002. 12.

최수일,「「개벽」 소재 '기록서사'의 양식적 기원과 분화」,『泮橋語文硏究』第14輯,
　　　2002.8.

郭　根,「서해 최학송의 전기적 고찰」,『國際言語文學』第8號, 2003. 12.

박진희,「소설 속 죽음 연구―중·고등 문학교재의 소설을 중심으로」, 창원대학교 교
　　　육대학원 석사논문, 2003.

백현주, 「'가족의 의미 찾기'를 위한 문학교육 모형연구」, 서강대학교 교육대학원 석
　　　사논문, 2003.
유태영, 「최서해 소설에 나타난 폭력의 성격 연구」, 『한국언어문화』 第23輯, 2003.6.
윤상기, 「최서해론」, 대불대학교 『論文集』 제9집, 2003.
李庚燉, 「1920년대 단형서사의 존재양상과 근대소설의 형성과정 연구」, 성균관대학
　　　교 박사논문, 2003.
＿＿＿, 「최서해와 기록의 소설화」, 『泮橋語文硏究』 第15輯, 2003.8.
이호석, 「日帝强占期 滿洲 韓國文學 硏究－滿洲 背景小說에 나타난 移住民의 現
　　　實對應 樣相을 中心으로」, 아주대학교 석사논문, 2003.
장수익, 「최서해 소설과 조선 자연주의」, 『어문론총』 제38호, 2003. 6(장수익, 『한
　　　국 현대소설의 시각』, 역락, 2003에 재수록).
장춘식, 「日帝强占期 在中朝鮮人小說硏究」, 全北大學校 박사논문, 2003.
김지영, 「최서해 소설 연구」, 국민대학교 석사논문, 2004.
都愛慶, 「해방전 간도 체험소설의 공간수용 양상 연구－최서해, 강경애, 안수길의 작
　　　품을 중심으로」, 翰林大學校 박사논문, 2004.
방민호, 「한국현대소설에 흐르는 환상의 발원지를 찾아서－식민지 시대 한국의 환상
　　　소설첩」, 장정일 외 지음, 방민호 엮음, 『환상소설첩－한국문학의 환과 몽(근
　　　대편)』, 향연, 2004.
신춘호, 「서해(曙海의 「홍염」－이향민의 반항」, 『한국농민소설연구』, 집문당, 2004.
우정권, 『한국 근대 고백소설의 형성과 서사양식』, 소명출판, 2004.
유태영, 「최서해의 퍼서낼리티가 작품에 미친 영향 연구」, 『한국언어문화』 제26집,
　　　2004.12.
이태자, 「한국 근대 귀향소설 연구－시대별 양상을 중심으로」, 경성대학교 교육대학
　　　원 석사논문, 2004.
김영하, 「최서해의 삶과 그의 문학적 특징」, 신라대학교 교육대학원 석사논문, 2005.
金成玉, 「최서해 소설의 서술방식 연구」, 서울대학교 박사논문, 2005.
김춘매, 「최서해 문학에서의 체험의 형상화」, 『成均語文硏究』 제40집, 2005.
박애경, 「신경향파 소설에 나타난 저항의지 연구－최서해, 조명희, 주요섭의 작품을
　　　중심으로」, 경희대학교 교육대학원 석사논문, 2005.
신민수, 「'일제강점기 재만한국문학' 연구－최서해, 강경애, 현경준, 안수길을 중심으
　　　로」, 경기대학교 교육대학원 석사논문, 2005.
하정일, 「민족과 계급의 변증법」, 『한국근대문학연구』, 第6卷 第1號, 2005.
곽　근, 「최서해 소설에 나타난 죽음 고찰」, 『泮橋語文硏究』 第20輯, 2006.

______, 「최서해 소설의 재음미―서해 묘소 단장을 촉구하며」, 『月刊文學』 제39권 제1호, 2006.1.

유근경, 「최서해 소설의 변이 양상 연구―KAPF 탈퇴 전후를 중심으로」, 공주대학교 석사논문, 2006.

최시한, 「가족 이데올로기와 문학 연구 가족 이데올로기와 문학 연구」, 『돈암어문학』, 제19호, 2006.12.

한점돌, 「한국아나키즘문학 연구―최서해 소설의 아나키즘적 특성」, 『현대소설연구』 第31號, 2006.9.

곽　근, 「최서해 연구사의 고찰」, 『泮橋語文研究』 第22輯, 2007.2.

郭　根, 「한국의 사실주의(realism) 문학―최서해의 초기 소설을 중심으로」, 『國際言語文學』 제16호, 2007.12.

김춘매, 「최서해 소설연구―체험의 형상화 변화양상을 중심으로」, 성균관대학교 석사논문, 2007.

유승환, 「1920년대 초중반의 인식론적 지형과 초기 경향소설의 환상성―『개벽』과 『조선지광』의 인식론적 담론을 중심으로」, 『한국현대문학연구』 제23집, 2007.12.

김문영, 「1920년대 빈궁소설 연구―현진건·최서해를 중심으로」, 인하대학교 교육대학원 석사논문, 2008.

계　곤, 「최서해의 간도 소설에 나타난 현실의식」, 『東方學術論檀』 第8期, 2008.6.

김승종, 「최서해 소설의 기호학적 연구―간도 배경 소설들을 중심으로」, 『현대문학의 연구』 第36號, 2008.10.

배개화, 「『東光』을 통해 본 근대적 글쓰기의 형성」, 『국어국문학』, 第150輯, 2008.

서복원, 「최서해 문학의 현실인식과 저항의지 연구」, 서원대학교 교육대학원 석사논문, 2008.

손유경, 「최서해 소설에 나타난 〈연애〉의 의미」, 『우리어문연구』 32집, 2008.9.

송현호, 「일제 강점기 소설에 나타난 간도의 세 가지 양상」, 『한중인문학연구』, 제24집, 2008.

이　숙, 「1920-30년대 빈궁문학에 나타난 직업 모티프 연구」, 『現代文學理論研究』, 第34號, 2008.

홍기돈, 「최서해 소설의 문학사적 의의」, 『批評文學』, 第1卷 第30號, 2008.

金成玉, 「빈궁으로부터의 '탈출'을 지향한 글쓰기―최서해 서간체 소설의 문체 분석」, 『한중인문학연구』, 제26집, 2009.4.

______, 「최서해 소설에 나타난 여성상의 변모양상과 그 의미」, 『한국현대문학연구』 29집, 2009.12.

박경수·김순전, 「1920년대 계급적,민족적 갈등의 표출양상―최서해 원작 일본어소설을 중심으로」, 『일본연구』, 第12號, 2009.

박현수, 「최서해 소설의 승인 과정과 에크리튀르의 문제―조선문단합평회와 『개벽』 「월평」을 통해 본 1920년대 중반 문단의 지형도」, 『泮橋語文硏究』 第26輯, 2009.

오양진, 「나도향의 〈물레방아〉와 최서해의 〈홍염〉에 나타난 인간상의 비교」, 『현대소설연구』 第44號, 2010..8

조헌용, 「최서해 소설 연구―현실 인식과 소설적 공간 확장을 중심으로」, 서울산업대학교 산업대학원 석사논문, 2009.

쩐티란아잉, 「식민지 시대 한국과 베트남의 농민소설 비교」, 인하대학교 석사논문, 2010.

최애순, 「최서해 번안 탐정소설 〈사랑의 원수〉와 김내성 〈마인〉의 관계 연구―식민지시기 가스통 르루의 〈노랑방의 수수께끼〉의 영향을 중심으로」, 『현대소설연구』 第45號, 2010.10.

최희정, 「1920년대 소설에 나타난 빈궁 양상 연구」, 제주대학교 교육대학원 석사논문, 2010.

허　민, 「1920~30년대 '사회주의 연애' 담론과 프로소설의 재현 양상 연구」, 성균관대학교 석사논문, 2010.

곽윤경, 「최서해 단편소설 연구」, 목포대학교 석사논문, 2011.

김미란, 「'낙토' 만주의 농촌 유토피아와 공간 재현 구조」, 『상허학보』 제33집, 2011.

왕 가, 「일제강점기 재중 조선인 소설 연구―최서해, 주요섭, 강경애, 안수길의 작품을 중심으로」, 공주대학교 석사논문, 2012.

표언복, 「1920년대 만주 독립운동의 서사적 인식」, 『語文學』 第115輯, 2012.

최서해 소설 연구

찾아보기

• 작품명 •

•인명•

저자 | **김성옥** 金成玉

1962년 중국 연변조선족자치주 용정시에서 출생.
중국 중앙민족대학교 조선어문학과 졸업.
고려대학교와 서울대학교 대학원 국어국문학과에서 선후로 문학석사학위와 문학박사학위를 받음.
한국국제교류재단 2012년도 체한연구 펠로.
2012년 3월~8월까지 서울대학교 규장각한국학연구원 방문학자.
중국 길림대학교 조교수 역임.
현재 중국사회과학원 연구원으로 재직.

저서로 『염상섭의 《삼대》와 파금의 《가》에 대한 비교 연구』, 논문으로는 「사회축도로서의 봉건대가정과 신세대의 삶의 대응양상 — 염상섭의 《삼대》와 파금의 《가》의 비교」, 「빈궁으로부터의 '탈출'을 지향한 글쓰기 — 최서해 서간체소설의 문체 분석」, 「최서해 소설에 나타난 여성상의 변모양상과 그 의미」 등이 있음.

최서해 소설 연구

최서해 소설 연구

2쇄 인쇄 ｜ 2012년 12월 14일
2쇄 발행 ｜ 2012년 12월 26일

저 자 김성옥

책임편집 윤예미

발 행 처 도서출판 지식과교양
등록번호 제 2010-19호
주 소 서울시 도봉구 창5동 262-3번지 3층
전 화 (02) 900-4520 (대표)/ 편집부 (02) 900-4521
팩 스 (02) 900-1541
전자우편 kncbook@hanmail.net

ISBN 978-89-6764-006-4 93810   **정가** 31,000원

이 도서의 국립중앙도서관 출판도서목록(CIP)은 e-CIP홈페이지(http://www.nl.go.kr/ecip)에서
이용하실 수 있습니다. (CIP제어번호: CIP2012005859)